서울

第一卷

도서출판 韓國學資料院

THE SEOUL

서울

第一號

創刊號

祝創刊號

京城府南大門通三番地

白金齒 金齒 間齒 開面 半月 玉齒

治療

美國大統領 윌손

平壤中央市街圖
高句麗時代

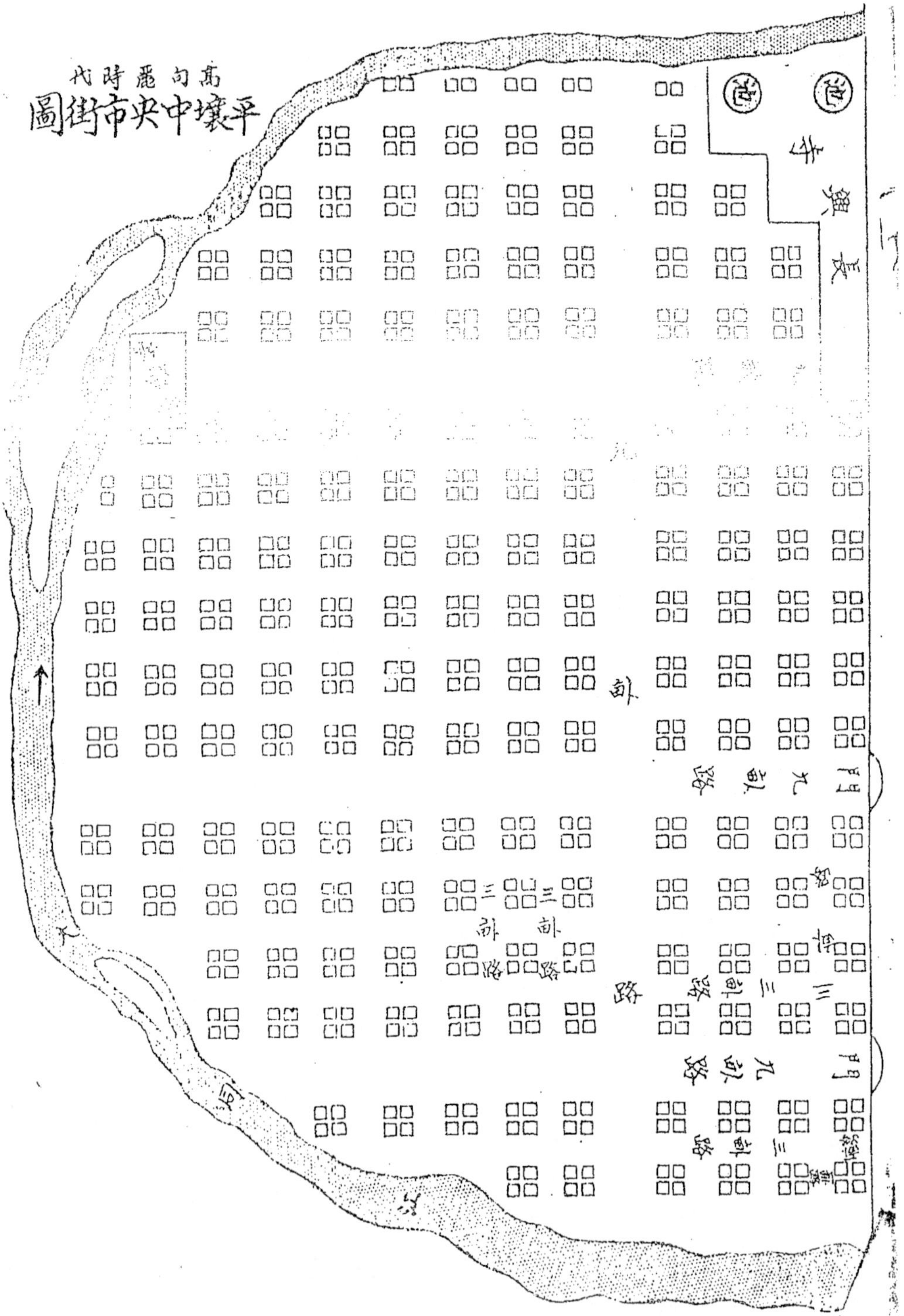

서울

創刊號

創刊辭

世界가改造되야革新的文明이渾地球에燦爛하랴하도다我等도이大勢를順應하야新文明을歡迎하여야할지라이主義의一宣傳者로雜誌「서울」이出하다

他人은임의二十世紀의文明에成功한者들로도이新文明마지에奔走하나니彼等은錦의上에花를添하랴함이며彼等은粱의上에膏를加하랴함이어늘함을며裸體、飢腸인我等이리오我等은百의一도革新아니할것이업고千의一도革新아니할것이업는지라곳道德도革新하여야하고敎學도革新하여야하고習俗制度도革新하여야하고藝術도革新하여야하고經濟도革新하여야하고精神界로나物質界로나무엇이던지다革新하여야할것이라我等의할일이이러케만흐며이러케밧부도다

이主義의宣傳者인「서울」은그聲이大하랴하며그眼光이銳하라하며그手腕이敏하랴하노니모르거니와我等의中에이聲을和하며이眼光을應하며이手腕을共할이ㅣ幾人이나될넌지

我等의 曙光

張道斌

世界는날로조와지도다이에精神界도조와지고物質界도조와지도다이에 舊時代의遺物인非正義、非人道、不便利、不快樂의等은다점점업서지고正義、人道、便利、快樂의等이환하게光을放하도다

試하야精神界로看하여라經天緯地가다만東洋式의虛飾辭가아니라 지금은과연經天緯地오萬人一體가다만宗敎家의講道話가아니라지금은과연 萬人一體로다學은星辰硏究까지上進하고智는氷洋遍踏까지普及하얏스며 見識은科學萬能을誇하고思想은萬國平和에入하얏스며혹은道德으로혹은政治로人生의福을備하고혹은經濟로혹은學藝로世界의榮을增하도다

또試하야物質界로看하여라極樂世界가理想的이아니라現在에 臨하얏스며黃金時代가夢想的이아니라事實로現하얏도다電燈、電話의等은오히려餘事라 無線電信이世界交通의常設機가되얏고汽車、汽船의等은오히려例件이라 飛行機隊가空中生活의大成功을奏하얏스며 혹은器具、혹은建築으로人類의利를供하고혹은繪畫、혹은

彫刻으로社會의美를謳하도다

이에個人의智德은날로向上하고社會의制度는날로改善되도다이에 奴隷가人格을恢復하고農民도政治에容喙하고婦人의手에參政權이歸하도다 이에萬人平等의觀念이점점發揮되고萬人平等의福樂이점점實現되도다어허조흔世界로다

또이에個人의快樂이날로進就되고社會의便利가날로發達되도다 이에水界空界에다不自由가업고飮食居處에다最便宜를與하고黃金의粧과 寶玉의飾으로身을莊嚴케하도다이에樂園生活이來하고淨土世界가來하얏도다어허조흔世界로다

그런데이조흔世界가開拓된原因은何뇨갈오되文明의進步니라 이조흔世界가成就된原因은何뇨갈오되文明의進步니라彼西洋人이이조흔世界를造成한原因은何뇨갈오되彼等이文明을進步식인故니라彼西洋人이이조흔世界를享有한原因은何뇨갈오되彼等이文明을進步식인故니라彼「카이제루」의一時威嚴이天下를震慴식엿스나此는「카이제루」一人의力이아니라곳西洋文明의進步로出來한一記錄이며彼「윌손」氏의德望이大衆을懷柔하얏스나此가「엘손」氏一人의力이아니라곳西洋文明의進步로出來한一現象이니라

統히文明의進步는이조흔世界를創造하고文明의進步는이조흔世界를 上進식이나

니어허조흔世界여어허文明進步여文明進步가何이기에能히이러케조흔世界를創造하며文明進步가何이기에能히이러케조흔世界를上進식이나뇨

二

文明이란何오갈오되未開의正反對니라進步란何오갈오되退步의正反對니라그런즉人類가조치못한世界를變하야조흔世界를만드랴거던먼저未開를變하야文明으로入하여야하리로다먼저文明의退步를變하야文明의進步를作하리라곳人類가自己의世界를조흔世界로하랴거던蔽一言하고文明進步를힘쓸지니라

文明進步가조흔世界를맨들음은何故뇨갈오되그理由는이러하니라試하야思하라彼精神文明의發達은何로出來하나뇨곳學者가學理를發明하며著述家가書籍을著作하며敎育家가人格을養成하며宗敎家가善道를指示하며德行家가道德을進就식이고政治家가政治를改良식이는等은다精神的文明을進步식임이니라또試하야思하라彼物質文明의發達은何로出來하나뇨곳工藝家가工藝를發明하고商業家가商業을增進하고美術家가美術을振興하고鑛業家가鑛業을擴張하고航行家가交通을開拓하고農業家가農林을改良하고勞動者가役事에奮勵하는等은다物質文明을進步식임이니라

그러하야文明이進步할사록世界는날로조흔世界가되나니라곳學者가조흔學理를

發明함으로此를應用하야各方面으로人生의便利가加하나니彼「루소」의政治學이나「몬데쓰큐」의法律學이發達함으로人生은점점完全한政治、法律에生活함이그實例니라著述家가조흔書籍을著述함으로此를應用하야各方面으로人生의便利가加하나니彼「푸라톤」의文集一卷이世界諸邦의進化를助하며彼「스마일쓰」의自助論數篇이歐羅巴少年의修養을資함이그實例니라教育家가人格을養成함으로賢哲、英雄、豪傑의等이輩出하야人生의福樂을增하나니彼「칸트」의弟子가獨逸의强盛을造하고彼福澤諭吉의門人이日本의維新을張함이그實例니라 宗教家가善道를指示함으로社會의罪惡이滅하고社會의善俗이進하야人生의福樂을增하나니彼「루터」의改教가世界的으로人民을向上식이고彼「로요라」의傳法이積極的으로風化를改善식임이그實例니라德行家가道德의發展을힘씀으로社會가改良되야人生은道德的生活을希求하나니彼「소크라테쓰」의篤行은一世를感化하고彼孔子의仁道는萬古에師表됨이그實例니라政治家가政治를改良홈으로人民은安樂을增進하나니 彼「와싱톤」의治績이合衆國의基礎를固하고彼「비스막」의政策이大獨逸의威勢를振함이그實例니라工藝家가工藝를發明함으로人生의便利가增進하나니彼「와트」의蒸汽發明은此가汽車가되며汽船이되야吾人으로하야곰水陸의不自由가업게되며彼「푸란코린」의電氣發明은此가

電信이되며電話가되야吾人으로하야곰通信의大便宜가되게함이그實例니라商業家가商業을發展함으로人生의便利가增長하나니彼東印度行의商船이東西文明을傳導식임이그實例니라美術家가美術을振興함으로人生의快樂을與하나니彼音樂家、謳伯의等이吾人의趣味를助長함이그實例니라 鑛業家가鑛業을擴張하며航行家가交通을開拓하며農林家가農林을改良하며 勞動者가役事에奮勵함이다그러하니라

그럼으로文明의進步는吾人의조흔世界를맨드럿나니吾人이今日이조흔世界를會遇하고또吾人이이조흔世界에生活하게됨은다文明의功德이라이에科學的文明으로出來한學理곳倫理學、哲學、政治學、法律學、經濟學、天文學、地質學、生理學、醫學、工學、化學、農學、數學의等學理가闡發되야知識이眞妙에入하고이에宗敎的文明으로舊日의迷信、僞善의等은다점점消滅되고眞理、正道의等이實現되며이에政治的文明으로舊日의專制、階級의等은다점점改革되고自由、平等의等이實現되며이에道德的文明으로舊日의誤想、固陋의等이다점점打破되고至善、盡美의等이發露되며經濟的文明으로舊日의卉服、木實의生活이改良되고錦衣、玉食의生活을營作하며工藝的文明으로五層十層의煉瓦屋、電話電燈、汽車汽船、飛行機、潛航艇、琉璃、磁器、自動車、馬車의等이出來하며美術的文明으로彼洋琴、寫眞、繪畵、彫刻의等이出來하고商

業的文明으로西洋의物貨가東洋에來하고東洋의物貨가西洋에往하며 交通的文明으로郵便、電信、航行이發達하야新大陸의物産이亞細亞에入하고歐羅巴의人民이濠洲土地를利用하며産業的文明으로鑛山이開發되야金銀銅鉄의等이 地外에出來ᄒᆞ고農産이振興하야米穀이進步하고林業이發達하야 鬱蒼한森林이山陵을蔽하얏나니이러케諸般의幸福이成就됨은다文明의功德이라 文明의功德으로이世界가이러케조와젓도다

이러한지라吾人의希求、快樂이高尙하야지고이러한지라吾人의生存、發達이旺盛하야지도다彼中古時代ᄭᆞ지女子에게人格을不認한社會가만핫거늘지금은歐美列强의議會에서婦人參政權을主張하게되얏도다 彼二十世紀의列强主義는絶對領土擴張을努力하얏기늘지금은世界改造의問題로國際聯盟을協議하게되얏도다彼古代에는馬와木車와帆船으로交通의要素를作하얏거늘 지금은航空船이空中에逍遙하야大西洋을橫斷하게되얏도다千事萬事가다이러하고 千物萬物이다이러하도다어허조흔世界로다

조흔世界가되얏도다이世界는아모不自由업는世界오아모不平等업는 世界로다곳精神的으로나物質的으로나自由世界오平等世界로다 此가今日世界의現狀이오此가

今日世界의大勢라이世界를會過한吾人이여이世界에生活하는吾人이여 吾人은何로써此를歡迎할샤吾人은何로써此를感謝할샤吾人에게 이조흔世界를贈與한者는文明이니吾人은文明의功德을讚美하리라吾人은文明의功德을記念하리라 어허文明이여어허조흔世界여

三

이조흔世界、 이文明進步한世界에我等은엇더하뇨我等의世界는 아조沙漠世界니라我等의世界는 아조暗黑世界니라我等은아조文明進步의世界에서落伍되니라그럼으로精神界로나物質界로나다退步한人民이오精神界로나物界로나다 進步하여야될人民이니라

我等이今日萬事寂寞의中에在함은性質上不可變의原因이잇나냐 아니라我等이現在에文明退步한人民됨은一時的이오永久的이아니며 我等이未來에文明進步한人民됨은可能的이오不可能的이아니라此는爲先我等의過去가證明하는바니라

我等의先祖는다엇더하얏나뇨 곳我等의先祖는엇던事業을하며엇던生活을하며엇던功德을세웟나뇨我等의先祖는我等갓히無能한人民이아니더니라 我等의先祖는我等갓히無力한人民이아니더니라 我等의先祖는光明한事業을하며完美한生活을하며

偉大한功德을세웟나니라

我等의先祖는氣象이活發하얏스며我等의先祖는精神이雄大하얏스며 我等의先祖는堅忍의意志가잇섯스며我等의先祖는勇敢한 氣魄이 잇섯스며我等의先祖는眼光이銳敏하얏스미我等의先祖는手腕이巧妙하얏스며我等의先祖는勤勉하얏스며 我等의先祖는勞動하얏스며我等의先祖는高明、 廣大、 沉深하얏스며我等의先祖는綿密、健全、 强毅하얏스며我等의先祖는頭는銅鐵갓고胷은河海갓핫스며 我等의先祖는身은山岳갓고腦는日月갓핫스며 我等의先祖는誠實正直하얏스며我等의先祖는聰明睿智하얏나니라

이제精神上으로論하자政治的으론聯邦自治를東洋에在하야는 我等의先祖가最先發明하얏고經濟的으론金貨本位가世界를通하야도我等의先祖가最先發明하얏고 科學的으론東洋에在하야代數學을我等의先祖가保全하얏고宗敎的으론 世界의中에一神敎를我等의先祖가創立하얏고道德的으론上古의我人은盜賊이라는名詞를不知하게되야과연世界無比의黃金時代를成하얏나니라또物質上으로論하자 藝術的으론三國時代에在하야는東洋唯一의藝術國이되얏고富力的으론三國時代에在하야는 世界一流의金銀國이되얏고 武藝的으론天下莫强의人民이엿스며交通的으론北으로西比

利亞、南으로印度洋에至하얏스며產業的으론東洋一流의農鑛國이엇나니라이러케我等의先祖는精神上이나物質上으로諸種의文明을다發明또擴張하얏나니라

하이에當時我等의世界는文明進步의世界가되얏더니라 彼世人이朝鮮의文明을論하라면一則高麗破器를誇하며二則活字發明을稱讚하며 三則鐵甲船發明을說하도다 그러나此는오히려我等先祖의餘事니라대저文化發達의第一利器되는活字를我等의先祖가最先發明하얏스며武力活動의第一良裝되는鐵甲船을我等의先祖가 最先發明하얏나니此等은과연世界的의文明發達이라 그러면此等이我人의榮華가아님이아니오此等이我人의權威가아님이아니나 此等만은오히려我等先祖의大文明을形象할수업나니라我等의先祖는檀朝의世에文明의根을固하고 五國의世에文明의芽를張하야밋三國時代가되매文明의花가滿發하고文 明의實이盛結하얏나니이러케大文明을成就하고大文明을享有하야至今世界를맨드럿더라 이에道德은「高句麗人、道不拾遺」의至善的이오政治는「高句麗東川王、愛民、及其崩、臣民多從死、「百濟太祖、篤於仁信、以立國」으로되얏스며經濟는「高句麗遼東一城、有積粟五十萬石」「新羅京都十七萬八千九百戶、「屋不葺草而皆以瓦、炊不以薪而皆以炭」으로되얏스며敎育은「高句麗人、雖窮里厮養之家、皆立學堂、聚子弟之未婚者、讀書習射」로되얏스며學藝로文學、史學、

法學、醫學、數學、天文學의等이燦爛하얏스며宗敎로國仙道、八關會는眞理를發揮하고儒敎의正路는我土에開拓되고佛敎의妙光은東方에大成하얏스며建築은沉香樞、水晶戶에金碧이輝煌하얏고繪畫는天人畫、四神畫의等이各般의精巧를競하고音樂은伽倻琴、玄琴의等이淸亮한調를奏하고彫刻은千佛塔、九層塔의等이諸種의優美를盡하고高句麗의明光鎧와百濟의金髹器는東洋을風靡하얏스며新羅의自鳴鍾은天下를驚倒하얏스며高句麗의楛矢와新羅의千步弩는一世를絶한武器이엇더라어허大文明이成就되얏도다어허조흔世界가되얏도다

이러함으로當時我人은個人으로福樂이極하고社會로福樂이極하야그榮華는兩間에塞하고그威嚴은八方을震하얏스며蒼海의明珠는我의衣를粧하고扶餘의黃金은我의冠을飾하고太白山의虎豹는我의帶를供하고黑龍江의魚鱉은我의饗에登하고天下萬姓이自由自在로歡呼偃仰하얏스며社會萬衆이一瀉千里로長足前進하얏나니라

이러케文明進步의世界가되게하고이러케조흔世界가되게함은다當時我等의先祖니라我等의先祖가腦를勞하며手를苦하야未開를拓하야文明을造하며現在를變하야進步를取하얏슴으로能히文明進步의世界곳조흔世界를맨드럿도다彼諸位의學哲•英雄、彼乙巴素。蓋蘇文。金庾信의等政治家、彼乙支文德•沙法名•梁萬春의等大將、

彼我道・惠聰・義相의等宗敎家、彼薛原郞・惠亮・圓光의等敎育家、彼高興・李文眞・元曉의等學者、阿非知・三陵建築師의等建築家、强古乃末・里上宅一典等의鑄造家、王山岳・于勒의等音樂家、曇徵・率居의等畵伯、良志・大城等의彫刻家、仇珍川의等兵器制造家、一般의發明家、一般의勞作家、一般의學生、勞動者等이統히熱腦、敏捷、勞力의結果로이러한文明進步의世界、조흔世界를맨드럿도다彼等은此로써自己가榮光의生活을하고또此로써自己의子孫인我等의相續할遺産을삼엇도다

我等의先祖가이러케苦心盡力으로文明을進步식여조흔世界를맨들고조흔生活을하얏거늘彼等의後에彼等의子孫은엇지하야此를繼續치못하얏나뇨엇지하야그文明을退步식이고그조흔世界를조치못하게하얏나뇨此가과연何故뇨갈오되그原因은이러하니라【一】三國末世의長久한爭鬪는支那人의襲入을誘引하고【二】南北朝末世의新羅는支那文明輸入의影響、支那勢力利用의習慣、奢侈歡樂의結果로懶惰柔弱에陷하고【三】渤海의軍國主義는諸民族의劇烈한鋒鏑을招하야極端滅亾에入하고【四】佛敎의迷信末流는民性과國力을墮落식이고【五】儒敎의朱學餘弊는族粹와文化를腐敗식이고【六】近世의漢學은支那崇拜의誤想을樹하고【七】近世의尙文抑武政策은極端의文弱을造하고【八】近世의僞學、誤政은百般의産業、藝術을頹癈식엿나니此等의結

果로道德은亾하고政治는惡하고 經濟는衰하고學術은退하고무릇百事千事가다날로下落하얏슴뿐이로다이에精神上으로文弱、迷信、懶惰、卑劣、愚鈍、不正、私鬪、野慾、階級의等缺点이遍滿하고物質上으로高樓巨閣이矮屋으로變하고 高麗磁器는理解도못하고紋錦羅紗가織布로化하고鐵甲船은名稱도忘하게되얏도다 이러케文明은退步되고世界는조치못한世界가되얏도다

先祖의手澤이未乾하야서先祖의遺産을 蕩破하고曠野에呼號하는人生들아我等이장차何로써我等의文明을進步식일재我等이장차何로써조흔世界를再造할샤 他人은婦女도活潑히動作하거늘我等은男子도 元氣가缺乏하며他人은三尺兒童도世界知識을가젓거늘我等은老成한紳士도흔히常識이업스며他人은社會利益을爲하야 犧牲的으로努力하기늘我等은아즉公德이라는觀念도不足하며他人은「벨사이유」宮殿에서世界平和를議하거늘我等은아즉私黨觀念에偏하얏스며他人은平等、正義、快樂의天國生活을하거늘我等은아즉昏衢에彷徨하며飛行機를製造키는姑舍하고아즉 理解하는者도不多하며潛航艇을利用키는姑舍하고아즉研究하는者도未有하며 燐寸一個를用하라도東京이나大阪의製造品을求하고 煉瓦一個를得하라도上海나山東의勞動者를賴하나니어허我等이여我等은愧死하리로다

그러나吾儕가일즉「안크」氏의格言을讀하얏노라彼는曰「一人이可能한事는他人이可能한다」하얏더라과연그러하니라我等의先祖가임의能하얏고世界의他人이또한能하얏나니我等이엇지此를能치못하리오我等은缺點이잇스나此는可히改善할缺點이오我等은長處가잇스매此는能히發揮할長處라我等이과연缺點을改善하고長處를發揮하야洋洋히勇進하면能히今日退步한文明을變하야進步한文明을造하며能히今日조치못한世界를變하야조흔世界를맨들리라

四

어허曠野에소리가들니도다暗夜에새별이보이도다我等이임의千年以來의原因으로現代의結果를作하얏더라이제我等은점점此를自覺하야來하도다임의自覺한지라이에活動을始하도다

무릇我等은文明을退步식혓슴으로조치못한世界를맨드럿나니이제我等은文明을進步식여조흔世界를맨드러야할지라곳我等이조흔世界를맨들랴면싁文明을進步식여야할지라이제我等이此를自覺하야來하고此로活動을始하니此가과연엇던福音이뇨

그러면我等은이思想을더욱鼓發하고이主義를더욱奮勵하야文明進步를實現식일

지니라 곳學者는文明的學理를索得하고著述家는文明的著書를出하고敎育家는文明的으로敎育을實行하고宗敎家는 文明的으로宗敎를宣傳하고政治家는文明的으로政治를改善하고 經濟家는文明的으로經濟를擴張하고藝術家는藝術文明을振興하야世界的文明潮流에並駕齊驅하여야할지니라

무릇文明은野昧치아니하고開化的이며文明은不道가아니오合理的이며文明은退嬰이아니오進取的이며文明은頑舊가아니오革新的이며文明은麁惡이아니오優美的이며文明은卑陋가아니오高尙的이며 文明은壓制가아니오自由的이며文明은階級이아니오平等的이며 文明은爭奪이아니오平和的이며文明은不便이아니오便利的이며文明은苦痛이아니오快樂的이며文明은不義가아니오正義的이며文明은害他가아니오愛他的이니 我等은精神에나物質에나平和에나競爭에나保守에나進取에나破壞에나建設에나다文明的으로하야文明進步로我等의惟一한使命을삼을지니라

그러케하면政治家가政治活動을하되항상文明的으로하야 文明的政治가成하고經濟家가經濟活動을하되항상文明的으로하야 文明的經濟가成하고學者의腦에서文明이生하고工匠의手에서文明이生하고農夫는農夫로文明을造하고商人은商人으로文明을造하고勞動者는勞動으로文明을造하야能히全社會의大文明을成就할지니라

이러케文明이進步되면 我等의世界는조흔世界가되리로다이제我等이임의점점此를自覺하야來하고또임의점점此로活動하기始한지라 我等은有爲活潑、至誠正直、熱心敏腕、勞苦忍耐、勤勉勇致으로이目的을貫徹하리라我等은文明한歷史、文明한血統、文明한習性을가젓나니我等은此를恢復하리라我等은此를擴張하리라

五

我等의世界는조흔世界가되리로다我等의世界는平和、文明、進步、快樂、愛、아모不平等업고、아모不自由업는世界가되리로다我等에게이런曙光이臨하얏도다

試하야看하라今日世界의大勢가엇더한가舊思想、舊事物은다打破되라하고新思想、新事物로世界를改造하라하도다이新思想、新事物은何뇨곳眞正、壯大한文明進步的의思想、事物이니이世界의大勢를順應하야進取하라는我等이여곳이文明進步를努力하라는我等이여我等에게조흔世界가來하리라

또試하야看하라지금我等의腦膜을窺하건대대개文明進步의慾望곳조흔世界맨드라는慾望이바야흐로盛히運動되나니이慾望은全社會에瀰滿한慾望이오이慾望은金剛石갓치堅實한慾望이라 我等은임의그러한自信이잇고또임의그러한理由가잇나니我等에게조흔世界가來하리라

또試하야看하라我等은聰明英達한先祖의遺傳性이存하고我等은勤實强壯한 先祖의遺傳性이現하지아니하얏는가山에金과石炭이富하고野에米와綿花가富하며氣候、水利、交通의等天然의恩이我等에게偏重치아니한가我等이임의조흔理想이잇고또이런조흔資料가잇나니我等에게文明進步의世界곳조흔世界가來하리라

어허我等이여지금은新時代니라新思想의時代니라 新生活의時代니라舊時代의思想、舊時代의生活을다 一擧에打破하여라곳頑固、僻陋、差等、專恣、不快、不便、麤率、劣鈍의等舊時代遺物을다엽시하여라弱한者를壓迫하지말어라 惡한者에게蹂躪되지말어라 頑强한男子에게서婦女를解放식여라固陋한老人에게서靑年을解放식여라豚柵갓흔小屋을毁하고三層五層의 樓屋을지어라痲油魚油를覆하고電燈瓦斯燈을켜라馬車 自働車를맨드러라汽車汽船을맨드러라飛行機를맨들어太平洋을橫斷하여라潛航艇을맨드러新世界를回航하여라 自由自在로活活潑潑히踊躍前進하여라正義의世界를맨드러라人道의世界를맨드러라 平和의世界를맨드러라便利의世界를맨드러라安樂의世界를맨드러라愉快의世界를맨드러라참조흔世界를맨드러라

我等이여忍耐하리로다我等이여勤勉하리로다我等이여勇敢하리로다 我等이여勞作하리로다我等은文明을進步식이리로다 縱으로先祖의文明을中恢하리로다橫으로

世界의文明을擴張하리로다어허我等의조흔世界가저건너보이도다 我等은自信이잇도다世界人이我等에게解惑하얏도다我等의 조흔世界가점점갓가와오도다我等은이曙光을보앗도다我等은이曙光을따라勇進하도다

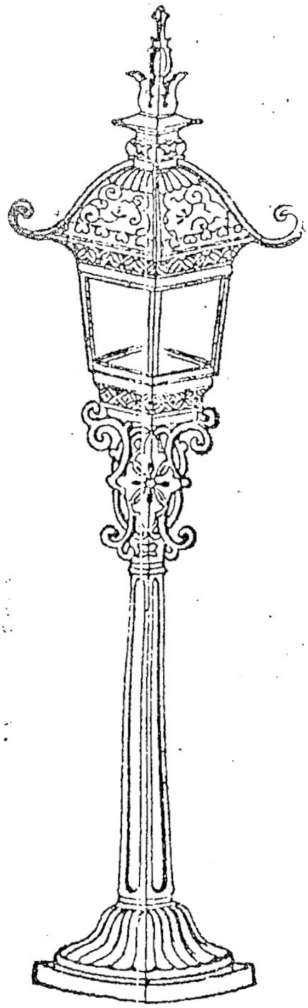

노래

한빗

(一) 우리神

엡부고두렷한 우리神의얼골、
五色구름사이에 환하게낫하나、

바르고새뭇한 우리神의마음、
私情업는그사랑 兩間에가득해、

솜갓히쌋듯한 우리神의손이、
우리등을문질며 괴로움위로해.

해보다밝으신 우리神의눈이、
우리속에비취여 가리움업도다。

(二) 녀름밤

불갓히더운해빗이 山넘어갓도다、
뜨거운赤帝열골에 부채를가렷네。
시연히부는바람이 어두음싸라와、
더위에울던萬民이 숨쉬고땀긋네。
서늘한이슬흐르니 萬物이살도다、
반짝거리는별들이 밤功을讚美해、

巴里會議의「윌슨」

秋江 撰

윌슨氏의事는世界人의記錄에登한바가多多한지바그러나우리中에는아즉氏의事를記錄한이가甚乏하더라이제簡單히氏의記錄一篇을撰하니記錄의너무疎忽함은讀者에게深謝를不已하노라

目錄

「윌손」年表

一八五六年十二月二十八日	生
一八六一年	南北戰爭
一八六五年	南北戰爭終
一八七〇年秋	『고롬비아』移住
一八七三年秋	데뷔도손大學에入學
一八七四年	『윌밍톤』移住
一八七五年九月	부리스톤大學에入學
一八七九年	卒業
一八七九年	부아지니아大學에入學
一八八一年	休養
一八八二年五月	아토란타移住辯護士開業
一八八三年九月	쫀쓰、보부긴쓰大學에入學
一八八四年	史學特待給費를受
一八八五年	「代議政體」出版
一八八五年六月二十四日	「약구손」孃라結婚
一八八五年秋	부린、모아女子大學敎授被任
一八八六年六月	쫀쓰、보부긴쓰大學에서哲學博士의位號를授
一八八八年	우에스레야안大學敎授被任
一八九〇年	부린스톤大學敎授被任

一九〇二年	仝大學總長被任
一九〇七年	寄宿舍問題紛擾起
一九〇九年春	「푸로、크타ㅣ」五十萬弗寄附申出
一九一〇年二月	大學理事會「푸로、크타ㅣ」寄附拒絕大學院問題紛擾起
一九一〇年四月十七日	빗트파구演說
一九一〇年五月	「와이만」氏三百萬弗寄附
一九一〇年九月十五日	「니유、자ㅣ、지ㅣ」知事로指名
一九一〇年十一月八日	仝知事로選任
一九一一年十月十七日	知事就職
一九一三年三月四日	大統領就任
一九一三年十月三日	關稅法案이法律로成立
一九一三年十一月二十三日	幣制改正案이法令으로成立
一九一四年	「트라스트」取締法制定
一九一四年八月六日	夫人逝去
一九一五年十二月十八日	再婚
一九一六年十一月七日	大統領再選
一九一六年十二月二十一日	各交戰國에講和條件提議를求
一九一七年二月三日	美獨國交斷絕
一九一七年四月六日	對獨宣戰

第一、美國과「윌손」

一、美國强盛의略歷

美國이新大陸에誕生된지 一百五十年에不過하다 彼가첨에는荒漠한野에漂泊하는民이더니지금은매우强盛한實力을가지고世界에雄飛한다此는그原因이잇다第【一】彼는新大陸의寶庫를獨占開發하고第【二】彼는「와싱톤•푸랭클린•린컨」以來에賢明한政治家•學者•宗敎家들이輩出하야經綸을雄張함으로政治•敎化가優美하고第【三】彼는平民的의國임으로人民의活動力이健全하야萬般의發達이廣大하고第【四】彼는侵略•軍備•帝國主義보다殖產興業•實力主義가盛行하야世界一의富國이되고第【五】彼는歐亞와遠隔하야所謂몬로主義를堅守하고歐洲人과競爭이 劇烈치아니한等原因이잇서저러케强盛하야젓다

이에美國은富로는世界의一됨을天下가熟知하던바오또이번 歐洲戰爭에彼는數百萬의軍兵을無難히動員하게되얏다이에彼는歐洲聯合國에 金錢을供하고器機를供하야歐洲列强의大債權國이되얏다 또彼는多數한兵員을 歐羅巴로送하얏다이러케金力兵力이歐洲天地를震動식엿다

이에前日武裝萬能主義를標榜하던世界列國이다大驚하얏다과연實力主義者가最後勝利者임을覺悟하얏다과연實力이第一이다

二、美國과世界

이번巴里講和會議에美國勢力이盛大한것은萬人共知의事實이다 대저이번巴里會議는과연世界的의大會議이다 大小三十國의代表者六十六名을包含한最高會議가잇고五大國의代表者인十人會議가잇고歐洲問題로成한四國會議가잇고諸種의問題를研究하는多數한委員會가잇다其中에 가장中心的또實力的의會議는곳五大國의會議이다이五大國의會議에가장有力하기는英·佛·美三國이다이三國中에가장有力하기는美國이다이世界的의平和會議·永久的의平和會議에美國이이러한地位를가젓다

무릇歐洲戰爭은世界改造의幕을造하얏다彼意氣衝天하던「로마로푸」家가草露로化한後로露西亞는淚의洗禮中에잇고彼萬丈赤焰의勢를張하던「카이제루」가一場春夢을悲하자獨逸은瘡痍가遍身하고墺凶國은土崩瓦解하고英·佛·伊도바야흐로疲弊하얏다所謂歐洲六大强國이지금다强弩의末이되얏다 이機會에彼美國이新銳한頭角을現하얏다世界가다瞠目凝視한다

이에美國은世界平和席上에매우重鎭이되얏다 美國은英國을代하야世界的支配를

實行하랴한다美國은이러한抱負를가지고世界舞臺에堂堂히進한다年來에獨逸은英國을代하야 世界를支配하랴하얏다그러나獨逸은너무此에熱中하다가失敗하얏다이機會를乘하야美國의出動이現한것이다

무릇美國은土地의廣大‧人口의夥多‧物質의豐富等과연世界的勢力을가질만한資料가잇다彼는이資料를잘利用하야과연世界的偉大한資格을修養하얏다 이資格을가지고이時勢를乘하야出來하얏다 此가곳지금美國이世界的活動에榮冠을取하게된것이다現在뿐아니라未來에도어느時機까지世界的支配곳實力으로覇業的世界支配를實行하랴한다

대개歐洲戰爭以前까지의世界는比較的英國勢力의支配이엿다 其中에먼저獨逸이此를動搖식엿고맛츰내美國이此를代하랴한다最近에는世界에三大潮流가잇섯다第【一】은獨逸「카이제루」主義。第【二】는美國「윌손」主義‧第【三】은露國「레닌」主義이다「카이제루」主義는임의失敗되얏다「레닌」主義는아즉알수업다지금바야흐로世界를덥허揚揚히得意하기는美國「윌손」主義이다美國의現象이이러하다

三、「윌손」

이美國의代表者「윌손」、이强盛한美國의勢力을仗하야口로 正義人道를唱하고手

로十四個條의講和條件을携하고巴里의「벨사이유」宮殿에濶步하는「윌손」、未來의問題이지만所謂世界永久的平和를雙肩에擔하고宇宙에俛仰하는非戰論平和論者의「윌손」氏여

世界가改造되도다國家의强弱・盛衰・興亡이改造되고國際聯盟等國際現象이改造되고勞働問題가改造되고理想이改造되고實事가改造되도다 이改造의有力者가되야意氣萬丈한「윌손」氏여

「윌손」은「윌손」主義곳自家本來의平民主義를世界的으로宣傳하도다이에世界思想의三大潮流에氏의主義가크게實現되도다이의「윌손」氏의略傳을看하라

第二、「윌손」의略傳

一、幼少時代의「윌손」

「윌손」의父는「죠쇼・랏달쓰」氏오母는「자네」氏오祖父는「졈쓰・윌손」氏더라「졈쓰。윌손」은大英國의愛爾蘭의人이니青年時代에雄心이勃勃하야新大陸곳美國에渡來하얏더라

「젬쓰·윕손」이子「죠쇼·랏달쓰」를生하니「죠쇼·랏달쓰」는매우熱心으로基督敎를信仰하더니中年에맛츰내다른事業을다解脫하고一八五五年에『푸아ㅣ지니아』州「스타톤」洞의長老敎會牧師가되니라

「죠쇼·랏달쓰」가「자네ㅣ」孃과結婚하야二女를生하얏더니是時에「죠쇼·랏달쓰」牧師는그夫人을携하고「스타톤」洞에就職하니라此에就職한지二年만에子「우도로우·윌손」을產하니곳「윌손」氏는이러케一八五六年十二月二十八日에『푸아ㅣ지니아』州스타톤洞에서生하니라그러면윌숀」氏는今年이약六十三歲니라

氏는幼少時代에매우活潑怜悧하더라九歲에「데ㅣ리」氏의設立한私立學校에入하야學을修할새氏는熱心으로工夫하고매우誠力으로「데ㅣ리」先生의薰陶를受하더라그러나當時가장有力한敎師는곳氏의父親「죠쇼·랏달쓰」氏나「죠쇼·랏달쓰」氏는博聞強記하고頭腦明晳하고世事에通曉하고文學·美術等의批評에鏘鏘하고神學·哲學等의知識이廣博하매「윌손」氏는이父親의敎訓을善承하얏더라

二、大學時代의「윌손」

「윌손」이이러케私立學校밋父親에게서工夫하야大學入學을準備하얏더라一八七三年秋곳十七歲에北「가로라이나」州데우잇도손大學에入하니이大學은宗敎的色彩

가濃厚한學校라 그럼으로氏의父親이氏를이大學에 送하얏더라氏는學을勤修하고또宗敎를잘信仰하얏나니매양이大學禮拜堂에서鍾소리나자먼저禮拜堂에習하는者는꼭氏더라그러나身病을因하야이大學을退하니라

一八五年에氏는健康이回復되얏슴으로九月에부린스톤大學에入하니 이大學은後日氏에게因緣만흔大學이더라氏가이大學에工夫할세 매우北部地方學生들의壓迫을受하얏나니此는다름아니라當時는南北戰爭의後임으로南部諸州는瘡痍가 全愈치못하야南部學生으로大學에入하는者ㅣ極히少數어늘이제 氏는南部出身임으로北部出身의學生들이氏를壓迫하더라그러나氏는雄健한身手로 領袖될만한風采가잇슴으로、一部의學生이매우氏를尊敬하더라氏는學業成績表에冷淡하야試驗點數에拘束되지아니함으로成績表에는대개優等이아니라그러나오직政治記事等을잘耽讀하고또政治問題硏究等으로演說하기를조와하더라그럼으로一八七九年에이大學을卒業하고同年에法律을硏究하기爲하야푸아지니아大學에入하니그人格의力은一大學을驚動하야運動部。文藝部。辯論部等의領袖로推選되더니또不幸히身病으로退學하니라

一八八一年에休養하야健康을回復하고一八八二年五月에氏는『아토란타』에移住하야辯護士開業을始하얏더니아즉實力의不足함을自覺하고이에辯護士業을廢하고

政治學硏究하기를힘쓰니라 그러나이辯護士時代의一成功은後日氏의夫人된「악쿠손」孃과相知하게됨일너라

一八八三年九月에 쫀쓰·보부기쓰大學에入하야 政治經濟史硏究를힘써더욱學業을博修하고一八八五年에「代議政體」라는書를著하야出版하니이冊은매우好材料로成한冊이더라

氏의「代議政體」는곳氏의出世作이니이一書가出版되자世上은매우氏에게同情하야이冊의好評이上進할사록氏의令望이더욱上進되는지라이에各大學에서敎授되라는招聘狀이만히來到하고學者들은稱讚하고學生들은驚嘆하더라쫀쓰·보부긴쓰大學敎授會는此書로써博士論文에相當하다하야氏에게哲學博士의徽號를贈進하니라

三、敎授時代의「윌손」

一八八五年夏에「악국손」孃과結婚하고同年秋에부린·모아女子大學의敎授로被任되야夫人을伴하야同大學에就職하니라어허是年은氏의福年이로다

女子大學에赴任하야文學·歷史를担任하고女子高等敎育에努力하더니四年만에곳一八八八年에「곤네캇트」州우에스레안大學의敎授가되야歷史·經濟의講座를担任하니氏의新進한思想·新進한講說은非常히好評을得하야一大學이다 敬愛하고이

에氏의名譽가四方에遍하니라

밋一八九〇年에부린스톤大學「죤손」博士가死去한故로氏가同大學의政治學敎授가되니이에氏의蘊積한理論은世上에發現될好機會를得한지라 氏가政治學講座에登하야一言二言을吐하자全大學의學生은크게驚喜하야氏의餘唾를拾하야도榮光으로知하게되야學生全部의敬愛線은氏의身上에總集하얏더라 대저氏가이러케學生社會를惹動하야그精神界를感化식임은【一】氏가博聞强記【二】知識廣汎【三】造詣深高【四】恢諧味富한等所以라氏는각금時事問題를提來하야自己의學說을闡明하매學生等은크게嘆服하는지라氏가이大學에서十二年間의長歲月에法理學•政治學을擔任하야聲望이隆隆하니 其中各團體에서請邀하야氏의言論을乞하기多多하매氏는演說講座等으로到處에廣長舌을揮하야一世卓越의言論家가되니라 一九〇二年에同大學總長「핫론」博士가死去함으로氏가大學總長이되더라

四、大學總長의「윌손」

氏는平民主義者더라 氏가修養時代에나敎授時代에그一貫한大主義는平民的이더라氏가大學總長이되야五年의間에 校風革新에盡力하고試驗制度를嚴重히하고온갓手段으로新時代人物을養하기에熱心하얏더라 밋一九〇七年에비로소氏의根本主義

인平民的施設을爲先이大學에서實行하게되얏나니此는곳寄宿舍問題니라

대저이大學의近方은대개 富豪家의集居가多함으로이大學의學生은半部나富豪家의子弟라이富豪家의子弟들은俱樂部를 組織하야一箸千錢의飮食이며一襲千金의衣服이며 온갓豪奢。 娛樂으로貴族的生活의巢穴을成하는지라氏는此를크게憂慮하야이에大學構內에寄宿舍를設하야學生을寄宿케하고此에 敎授一二人씩學生과同居케하야學生을監督感化케하고彼貴族的의俱樂部를破하자하니이에 富豪家所屬은此를反對하야畢竟에理事會。敎授會。校友會의等이다分裂紛擾하야互相是非하매氏는이非難의中心人物이되얏더라 此는곳平民主義對貴族主義의爭鬪라맛츰내서로讓步하야대개解決을告하니라

이寄宿舍問題의後를踵하야大學院問題가起하얏다一九〇九年春에「푸로크타ㅣ」라하는者ㅣ條件附로五十萬弗(百萬圓)을大學에寄附하기를請하매그條件은이大學의遠隔한地에大學院을設立케하라함이라 此는곳이大學을隔離하야貴族的의大學院을置하라함이니此는實은「윌손」의主義를反對하는手段이더라「윌손」氏ㅣ「푸로크타ㅣ」에게無條件寄附를請하니彼가應從치아니하는지라이에大學內에서議論이紛紛하야혹은寄附를引受하자하거늘「윌손」氏ㅣ大聲하야曰「우리大學의生命은五十

萬弗보다大하니라」하고寄附를拒絶하니라時는一九一〇年이더라

이寄附를拒絶하매氏에對한批評이자못紛雜하더니四月十七日빗트파구演說에氏는滔滔한辯을縱하야曰「美國의諸大學은天井속붓허床밋싸지改革하지아느면아니된다」하고自己의意見을宏壯히吐하니世人의耳目이크게聳動되더라이에「에ㅣ・지ㅣ・와이만」老人이五月十八日永眠되는同時에그財産三百萬弗을大學에寄附하니「푸로크타ㅣ」또한悔悟하야無條件으로五十萬弗을寄附하는지라「윌손」氏ㅣ이에自己의理想대로大學의革新을實行하더라是年夏에卒業式을乘하야氏가辭表를提出하니氏가부린・스톤大學에在한지무릇二十餘年이더라

五、大統領時代의「윌손」

是年에「너유쟈ㅣ지ㅣ」州民主黨이氏를推하야知事로選任하니此가氏의政治界出馬의初라氏가知事되야그主義를勇敢히進行하더라

知事된지四年後에大統領候補者가되야「크라ㅣ크・부리이텐」氏와競爭하야此를勝하고大領統이되야一九一三年三月四日에大統領으로新任하니라

學者오理想家오政治家인「윌손」氏ㅣ白堊舘의生活하는以來에그光彩燦爛한生涯는吾人의廣知하는事實임으로此下에는다만氏의最近生活一覽表를提示한다

第三、「윌손」의 生活

午前六 時 起床

七 時 朝食 新聞一瞥

八 時 運動(고루후又는乘馬)을始

十一時 書齋에入

午后一時半 晝食

二時半 (火●金兩曜)閣議

七時까지勤務

七 時 夕食

八 時 觀劇(一週二回) 夜에書齋에入하야執務

十一時 就床

常識과科學

張膺震

一

常識이라고一言으로말하면多少의普通敎育을受한人의疑心업시常用ᄒᆞ는標語라。甚히平凡하야人의好奇心을ᄭᅳ을만한아무것이업스나、이것이우리生活上에얼마나重且緊切한關係가有한가를吟味ᄒᆞ야보랴함이다。

林檎이ᄶᅥ에ᄯᅥ러지난것을實見한人이야古來로幾千萬에止하랴만은、「뉴ー톤」에至하야비로서此에서地球引力說을唱導하엿고。湯鑵이나釜鼎의水가沸騰하난것을目擊한人이古來로亦幾萬億에止하랴만은「와트」에至하야비로서此에서蒸汽機關의原理를發明하엿나니。眞理란것은決코高遠한處에在한것이아니오吾人이日常에作爲하며尋常히看過하는平平凡凡한事物中에서도、詳細한注意와精密한觀察을不怠하면、往往非凡한學理를案出하며、深遠한眞理를發見함이決코稀貴한事이아니라。

二

常識의語가甚히平凡하나此에完全한定義를付하랴면容易한事가안일다。그러나수에그通俗的意味를말하면常識이란「普遍的知識」이라、다시말하면「通常의人으로서知치아니치못할知識」이라할수잇다。假令具體的으로말하면今日의世에處하여는如何한業務에從事함을莫論ᄒᆞ고、人으로서讀書、作文、算術의能力을多少라도有치아니하면、個人으로能히社會에立할수업슬것이라。道德파法律、經濟의觀念이全昧하여서는、國民으로、社會의一員으로能히活動의餘地가업슬것이며。全世界의交通이今日파갓치頻繁한時代에地理와歷史의知識이업서도못할것이오。더구나今日物質文明의淵源인自然界에關한知識이야엇더타고此에贅言을試ᄒᆞ랴。

農夫에게는農業의常識이有하여야만하겟고、商人에게는商業의常識이有하여야만하겟스며、工匠에게는工業의常識을要할것이다、人力車軍에도常識이必要하며、勞動者에도常識이必要하다。(人이엇던一事

門의業에만全力을다하야研究하거나從事할時는往往常識의修養을缺하야時代思潮에써러지는弊가업지안타)家庭에서는家庭의常識、國民으로는國民的常識人類로서는人類의常識을가저야만할것이다。人이엇더한地位와境遇에處하든지、機에臨하며變에應하야其處地에對한最完全의任務를遂行케하는것이、總히常識의作用일다。一家의主婦로서常識을缺하면家事의整理는此를到底이望할수업슬것이오。一國의國民으로서常識이幼稚하면劣敗의地位는自脫의道理가업슬것이며。一民族의常識이發達치못하면野蠻의待遇를免치못하는것이다。그럼으로今日우리의生活이世界的으로開放되는同時에常識도亦世界的常識을標準하여야하겟다。

三

常識의發達은人格의向上을促進하며、社會組織의發展完成을可能케하나니。今日一國의文明程度를比較함에는、其國民의平均常識程度를標準하는것이다。그럼으로今日世界各國이全力을傾注하야、國民에게義務敎育을實施하고、義務敎育의年限은經濟力의許하는範圍內에서、可及的延長하기를힘쓰며。國民敎育에普通敎育을爲主함도벗허常識을普及함으로爲主함일세니라。年前에엇더한統計表에依한則米國에서는、全國民中에讀書力을有한者가平均百人中九十七人에達한다하엿고、今日義務敎育을實施하는各國에서는、國民의男女老少를勿論하고、國民의全部가이普通敎育을受하엿슬것이다。我朝鮮의狀態를回顧하면一千七百萬口人中에讀書力을具有한者가果然幾人이나될고、數百戶로成한堂堂한一村里에서、通常의書信이나、公文의一枚를能히讀하며쓰는者가僅僅十指를넘기難하거든況且其他一般常識에關하야서랴?寒心에不堪할者ㅣ此에서더할것이업다。

四

圓滿한常識을修養하는同時에、우리는科學을좀배와야하겟다。今日의文明은科學의産物이니라。그러면科學이란、엇더한것인고、此亦一言으로定義를付하기는極難의事이다。그러나이것을槪言하면科學이

만體系的知識이라하는듯하다。우리는直接의經驗或間接의經驗(言語와文字로相傳함)으로社會上萬般現象에對하야、多少의知識은가지지아닌者가업스며、自然界에對하야서도、部分的일망정。多少察知하는能力이잇다。假令말하면우리는晝가過하면夜가來할줄知하며、今日의太陽이明日에도東天으로昇하야西天으로沒할것을確信無疑한다。雷電이作하면雨가下할줄을預測하며、暑가往하면寒이來할줄을知한다。日常에目擊하는禽獸草木의名도若干知함이잇다。法律이나道德이니하는말도耳에는嫻熟하다。其他耳目에觸하며、經驗에入하는、온갓事物에對하야、範圍의廣狹과分量의深淺은異할지라도。人으로서多少自己境遇에相應한知識은업는者가업슬것이다。그러나이와갓치엇던事物이나現象에對하야斷片的으로部分的으로若干의知識이有하다할지라도、此를科學的知識이라고稱치안는다。科學이란것은엇던事物이나現象에對하야반다시體系的으로組織된知識을云함이니。假令夜가經하면晝가來하는一自然現象에對하여서도鷄가鳴하니晝가來하리라고信하는것은、事實은事實이나、此를科學的知識이라稱키難하고、地球가太陽系에屬한位置를分明히하며、地球自轉의速度를測定하야、그結果一定의時間을經過하면、地球의暗黑面이반다시太陽을向하지아니치못할理由를說明하여야即其現象을全体上으로觀察하야統合하며、分類하고、原因結果의法則을明瞭히說明한後에야、此를科學的知識이라할수잇다。또雷電과雨의現象으로말할지라도、雲의起ㅎ는原因과雷電의發하는原因을講究하야其必然의結果로雨가降치아니치못할理由를說明한後에야此가科學的知識이되는것이다。其他人爲的現象이나自然的現象임을莫論하고、上과갓치一現象에對하야硏究할時에同種類는此를統合하며、分類하야其原因結果의法則을体系的으로明瞭히說明함을得한然後에、此가비로서科學的知識을組成하는것이다。

科學은此를對象의範圍로因하면自然科學과精神科學의二門으로大別하나니。物理學、化學、動物學、植物學、鑛物學、天文學等自然界에關한現象을對象으로硏究하는學이前者에屬하고、倫理學、心理學、法律學、經濟學等精神上의現象을對象으로硏究하는學이後者

에屬하며。 또科學은硏究上方法으로因ᄒᆞ야此를說明科學과規範科學의二種으로分할수잇나니。物理學、化學、心理學、動植鑛物學等自然的으로存在한現象을그대로說明하는것이前者에屬하며、倫理學、法律學等과갓치人爲的으로作成한現象에對하야說明을加하는것이後者에屬하니라。

五

우리人類의生活하는方式은此를二個의方面으로觀察할수잇스니、一은物質的方面이오、一은精神的方面이라。 그런中今日의文明을形成한原動力의大部分은自然科學의利用에在함을생각할時에此에對하야一言을更試하는것이無益의事가아닐가한다。

物質方面에關한것은、이것을總히自然界에붓쳐論할수잇스니。彼茫茫蒼蒼한虛空에는無數한日月星辰이一定의軌道를싸라運行을不息하고。晝夜는서로交代하며。四時는循環을不已한다。月은晦望의現象을顯出하며。潮水는干滿의差異를生한다。鳥는樹林에飛하며。魚는淵에躍하고。獸는山野에走하며。蜂蝶은美花를憧憬하고。秋風은殘葉을날닌다。雷雲은雨를喚起하며。水는低處를싸라흘은다。火山이爆發하며。地震이起한다。一一이셉기로말하면到底이枚擧에不遑하나、이와갓치暫時도停滯함이업시、宇宙間에서時時刻刻으로일어나는千態萬象의所謂自然的現象은直接或間接으로、우리人類生活上에多少의影響을及치안는것이업고、多少의關係를有치안는것이업다。 그런則此間에處한우리人類가엇더케하면、가장安全한生活을保續하며、가장滿足한生活을向上하야엇을고? 一言으로自然界를征服하여야한다하면語가猥妄에近할는지알수업스나。何如間우리의生活上에조곰이라도危害를주는것은此를預防하며驅除하기에努力하여야할것이오。우리生活上에조곰이라도便利를주는것은此를保護하며利用하기에怠치아니하여야만할것이다。 다시말하면人類가今日갓흔物質文明의社會를形成한것은人類가此地上에發生한지幾百千年以來로至自然의威力에對하야、猛烈한戰鬪를繼續하야온努力의結果라고할수잇다。 假令風雨가襲來할時에家屋을建하며、洪水가氾濫함엔堤防을築하엿다。寒

熱을避하야는高殺을用하고。江海를通함에는舟楫을案出하엿다。猛獸는此를驅除하고家畜은馴養하며、長江을掘하야傾注하는水道는、우리에게淸冽한甘水를供給하고。沃野에耕作하는珍果野菜는。우리의食卓을채운다。金銀銅鐵은物品을製造하기에足하며。石炭、石油는燃料에利用한다。

　近世에發達된人類의知識은以上과갓치自然界의産物을利用함으로써滿足하지안코。다시科學의力으로能히精巧한온갓機械를發明하야、莫大한人力을代用하며、化學工業의發達은各種의華美한物品을人造로製出하야、實用에만供할뿐이아니라。우리의好奇心을더一層滿足하게하야준다。特히近世에至하야蒸汽機關과電氣事業이發明된以後로는物質文明의趨勢는非常한急速度로進步를하엿다。海에는汽船、陸에는汽車、自働車、電車를駛하며。空中에는飛行機를날녀、全地球를자못隣家와갓치交通하게되엿고。電信電話、無線電等의通信事業은全世界의消息을瞬時間에傳達하야준다。이뿐아니라此等의原動力은工業製造其他온갓方面에應用되야、人力의消費를節約하고生産을增加하는同時에우리의文明은더一層燦爛한光彩를더친다。

　그리하야科學(自然科學精神科學)發達은常識의進步를促成하며、常識의進步는科學의發達을促進하니常識과科學은兩兩이서로原因이되며結果가되야、우리人類가恒常不滿하게感하며、不平하게感하는現實의生活을層一層完全의域으로引導하야간다。

　大正八年六月十五日炎蒸의苦를참으면서쓰다

今後의結婚問題

尹丙燮

사람이通常하는말에家運의盛衰는其家에出生하는後進人物의如何로判定한다하고或은自家에出生하는兒童中에그氣質과容貌가自己의欲望에不足을感할時는이를말하기를家運이衰門으로入하는것이니任意로할수업다함은以前부터잇섯다나도此에對하야는果然인듯하다그러나좀생각하여볼것은大凡運이라함은人

力으로不得하는自然界에運行하는循環變化의一定한現象의觀察로나온법이니엇지人事로盛衰를作하는人類家族盛衰에도自然界와갓치一定不變하는循環法則이잇스리요疑心나니므롯國家의興隆은國民의力으로家族의繁昌은家人의力으로되는것인則一家에在하야는英傑의子女가生하기를願하며一國에在하야도英傑의國民이多出하기를欲할지니此는今日生物學者의口로產出된人種改良問題의解決을要하는外에는計가無홀것이라人種改良上에가장큰問題되는것은結婚問題라나는學理는그리알지못하나좀此問題에對하야論하고저한다。

爲先舊來로慣行하는門閥取擇의婚姻은如何한가人種의區別로由來하지아니한兩班이니常人이니老少南北이니하는分別은今日에更히論할餘地가無함에不拘하고今日婚姻의取擇은그慣習이조곰도變치아니하엿다某之孫이니某之第幾代孫이니하고其血族系統을分明히그配偶될者의精神及肉體上의遺傳的事實을考究하기爲함이라하면此는不可가아니라도리혀正當하다할지나財產及位置의程度가相等하고某之幾代孫과某之幾代孫女이면配偶者의才質性格等의調査와其他遺傳系統上如何한疾病과如何한本質이有한지는少許도考念치아니하고互相結婚의約을成하니如此히成立된夫婦間에는後日에或盛運이니衰運이니하는運語가出함이當然하지아닐가疑心난다

婚姻은自己의一生涯를開拓하는新紀元이요自己로부터永遠無窮한自家의系統을始作하는播種期인則엇지重大하지아니하리요勿論重大하기로信用잇는仲媒를要하며看擇을하며家規와家風을探問하며家系를調査한다그러나이러한茫然한觀察로엇지滿足을得하리요그러면配偶者撰擇에무슨標準이잇느냐하면他動物과갓지아닌以上에엇지一定한標準이잇스리요마는第一配偶者의性格을알어야할것이다吾人家族互相間中에夫婦以上에더神聖한것이업고더親密한것이업스니만일相反되는兩性質이會合될時에엇지神聖하고親密한和唱을得하리요寒冷한氷의性은溫熱한火의性과合하지못하고輕한性은重한性과合하지못하고急한性은緩한性과合하지못할것이라農業家에는農業에適當한性格이有하고商業家에는商業에適當한性格이有하고

醫師法律家에도各各適應한性格이잇슬것이라諸般條件이如何히具備하여도性格이適應치아느면到底히完全하고和樂한家庭을成하지못할것이라故로性格調査는配偶者選擇에가장重要하다한다

第二는健康이確實한줄알어야하겟다心身의健全은幸福의源이요吾人이本務을行함에第一要件이라如何히學識과技能이豐富할지라도此를進行하게하는自己의一身이健全치못하면엇지幸福을得하리오

第三은遺傳系統을調査하야볼것이다이것이今後結婚問題에最大한困難이요等閑에附치못할重大한問題가되는것이다遺傳에는非病理的遺傳과不具의遺傳과疾病의遺傳이잇스니此에對하야는專門의智識이아니면仔細히알지못할것인則配偶者取擇에도專門家의調査를要한단말인가하고甚히迂濶하다하고或은嘲笑에附하겟지마는만일自家의後進의期待를確實히滿足코저하라면此는到底히輕忽히하지못할것이요또社會人種改良上重大한問題이라非病理的遺傳에도体力才質容貌多產은確實히遺傳性이라한다엇던家族에는世々聖長壽가多하고엇던家族에는世々로英傑이多出한다함恒은常座席에서評論하는것이다그러나世世로長壽의連續이無하고歷代에英雄의繼出이無하니聖子神孫이繼繼承承이라함은하고저하얏스나不能하얏스니이는畢竟結婚으로由한他의惡性의遺傳質이混合된結果가아닌가疑心난다疾病의遺傳에도內障眼、夜盲、色素性角膜炎等의眼病、先天的聾性、癲癎症、健忘性等其他의神經病은確實히遺傳性이요不具의遺傳에도分趾性、多指性、矮性、唇裂性等이皆遺傳性이라한은學者의認識하는바요(不具가不具를生하지아니할지라도此는優性의形質과劣性의形質이混合될時에純粹接合體가아닌故로外觀에는表現하지아니하야도此는劣性의形質이潛隱하얏슬뿐이니後日에更히發現될機會가有한不表現의不具者를生함)또或種의形質은男女에對하야遺傳의法則이相異한것이有하니假令色盲과如한것은父가色盲이요母가正常인境遇에生하는男子는正常이나其女子는不現의正常이라此를表型正常이라한다此表型正常의女子는正常의男子와結婚할지라도色盲의男을生한事가有하다色盲遺傳의事實은

親		子	
父	母	男	女
正常	色盲	色盲	表型正常
正常	表型正常	½色盲 ½正常	½表型正常 ½正常
色盲	正常	正常	表型正常
色盲	色盲	色盲	色盲
色盲	表型正常	½色盲 ½正常	½色盲 ½表型正常

와如하다하니然則色盲의性에對하야는女子에게는如何한徵候를不見할지라도本人의父母와本人의兄弟姉妹와甚하야는本人母의兄弟姉妹까지라도看選하지아니하면色盲의素質이潛伏하얏는지업는지를斷論하기어렵고또其他의性質도遺傳法則이잇는지업는지는專門家가아니면알지못할것이나그러나結婚問題中에遺傳系統의調査는決코等閑히附하지못할것이다余는

昨冬에某講演席에서犯罪性과自殺性까지도遺傳에關係가잇다고聽한것이記憶에殘하엿다그러면或者는말하기를如此히多方面으로考査한後에야結婚의約을成하랴면國民中互相間配偶者를得함에困難하고또社會의風紀는大段紊亂되겟다한다此에對하야는果然이다그러나以上의事實이眞으로認定하고또自己의後來民族으로하야금優秀한民族되기를願할진댄不可不實行치아니치못할것이다此에對하야는國民道德의改良을期待하여야할것이다民族中有望치못한分子에게는結婚치아니하고獨性生活하는것이有益됨을自覺케할것이다만일自己가自己의遺傳質이劣惡한줄을自覺할것갓트면結婚하고서不良한後進을生하야此社會에害毒을與하고또社會로부터自己의恥辱을受함이무슨快樂이되리요이와갓흔多男子는엇지自己의苦痛이아니리요某國어느地方에서는國民의力量과才質을調査하야定한標準以下에는去勢를行한다는法律이잇다하니이는動物飼養이아닌以上에는到底히行하지못할것이오國民의道德心을改良시키여서自己의良心으로反省하게할것이다

我朝鮮에서는古來로習慣이同姓同本이며는結婚치못하는風俗이잇다이는倫理道德上美良한風俗이라고外國人에자랑할만하다한다그러나近親結婚을人種改良學으로探究하여볼것이다近親結婚이有利할것갓트면古來의弊風이라도직혀여갈것이오有害할것갓트면古來의美風이라도破壞할것이다從來로近親結婚이有害하다함은生物學者가植物이自然으로他花受精한結果와家畜의近親繁殖의結果만觀察하고近親繁殖은子孫을纖弱히化한다不具者를生한다生殖力이減한다하고有害로斷論한것이다그러나近來進步된「멘델」의遺傳法則의原理로보건댄有利한것도아니며有害한것도아니다近親結婚과利害問題는別問題이다美良한形質을共有한近親에게는도리혀純粹하고優良한形質을生하는것인則今后의結婚은좀그다지苛하게同姓同本이라고絕對的結婚치못하는舊習은打破하고同姓同本中에라도兩者가다特秀한形質(高尙한德器。卓越한才質、雄秀한體力)을共有할진대互相結婚하야優秀한人種을社會에供給함이社會民族의改良이되고倫理道德上에罪가無할줄로思하노라

第四는結婚의年齡이相當하여야하겟다近來에는自由結婚이라는말이大段히流行한다勿論무엇이던지自由에서行할것이오決코束縛으로行할것은아니다하물며人生의重大한結婚에무슨束縛이잇스리오그러나自己의知識과理想이低한程度에서는自己가自己를알지못함으로戀愛와情欲에盲目이되야一時의自由로一平生不可救不可改의禍를招하기容易한것이니父母된者는自己의子女에對하야結婚에相當히指導監督할義務가잇다그러나父母는自己의子女를愛物로만思하고어서며나리보아야겟다어서시집보내야겟다하고子女의婚姻에獨斷하지못할것이다婦는子의妻며婿는女의夫요父母의從屬物이아닌則엇지子女의意思를無視하고其婚姻을獨斷하리오近來에相當한學校를卒業한學生이歸家한後그前琴瑟조코和樂하든自己의妻를冷待한다逐出한다離緣한다하는罪惡의消息이각금각금들닌다이는本人이如何히卓越한知識이잇슬지라도偏險不能恕의心量이淺薄한知識에奴隷된者라하겟다足히責할것이업스나自己의子女로하야금이와갓흔罪惡에빠지재한것은엇지父母로하야금責任이업다하리오이것

은다早婚의弊害로來한것이아닌가幾十年前부터早婚의弊害를論하야온今日에도이弊習이그대로잇다男은滿十七、女는滿十五歲가되지못하면結婚을不得한다는法律의制限이잇는故로結婚을하고서民籍의移轉을行하지못하는것이甚히만타結婚의年齡은普通으로男은二十歲니女는十八歲니하는標準은何로由함인지알지못하겟스나아마生殖器能의發育된時期를말하는것갓다그러나나는이標準도不可하다한다畢竟은互相間自己의理想과自己의知識技能이完全히自己의一生涯를營爲하고社會上에完全한一人格을成하기確實한時期가아니면到底히正當하고神聖한結婚이라하기不能하다하노라

航空界의發展

航空生

古人의航空夢想

古記錄을探하며歷史를溯考하야보면空中에飛하엿다는神이나、空中에飛翔하기를試驗한人人의古譚을發見함이決코尠치안타。「이칼쓰」의使用한膠造의翼이盛夏의炫光에쐬여危難을當하엿다는等古譚이希臘神話의만흔「페ー지」(頁)를차지하엿고。古闇黑時代에阿弗利加蠻人의傳說中에도「쎄루ー」人、東印度人、「싸비론」人等의飛空에關한教文이만히남아잇스며。希伯來人의經文中에도神聖한神의使者라하면、반다시羽翼이나飛翔의能力을具備치아닌것이업섯고。東洋傳說에도古來로鶴을乘하며。龍을乘한다는等의古話가尠치아닌것을보면、蓋航空은人類의先天的慾望이오、飛行의術은人爲的極致最後의理想인듯하다。그럼으로現代에近하야옴을따라、此夢想을實現코저企圖하는空想家가漸次로多함에至한것도、決코偶然의事가아니라。

엇든種類의羽翼으로써彼鳥類와갓치鼓動하면人類도亦是重力에逆하야飛行함을得하리라는信念은多數人의頭腦를支配한것이니。佛蘭西의鎖匠「배스니아」는二個의棒을兩肩에支하고、此에羽翼을附作하야、手足으로써此를上下로鼓動하기를考案하엿스나、氏自

身은飛行의冒險을行함에至치못하엿고。其後그門弟中二三의人이此裝置를用하야飛行을決行하야보앗스나、모다失敗에終하야버렷다。飛行에關한研究와計劃은其後에도接續不絕하엿스나、此等人人의智識이모다物理學的基礎를缺한까닭으로數多人의種種한努力도畢竟一場夢幻에歸하야버리고、成功의端緖는如前히열니지못하엿섯다。

現在의航空界

輓近物理學의發達을따라案出된輕氣球로人類가空中에飛上을始作하게된것은一般周知의事實이라、此輕氣球의進步는最近飛行船의偉大한發達을促成하엿고、또他一方으로는距今十五年前에「윌버ー라이트」及「오ー빌라이트」의兄弟가長久의研究와幾多의實驗을經하야、空氣보다重한機体에搭乘하고空中에飛上하야一世를驚倒한以後로飛行機는進步된諸科學의促進을맛아非常한急速度의發達을成하엿고。特히最近四個年半은歐洲大戰亂의影響을受ᄒᆞ야、各國이競爭的必死의努力으로非常한發達을促成하엿다。

然한데戰爭이結末을告하고世界가平和의時代로一變하면至今까지專혀軍用上目的으로發育하야온航空機는大部分其用途를失하게되고戰爭中에簇生하엿든航空機製造所는他軍需品製造를唯一의目的으로與하엿든會社等과同一의運命에逢着하야或은規模를縮小하며或은閉業를아니行할수업시되야其中에大多數는自然의形勢로淘汰되야버리고僅僅이支保하야가는小數의工場으로航空機의命脈을保續하게되면今後의其進步發達은一頓挫를來할念慮가업슬가。

그러나一邊으로생각하면今番戰亂에陸海를莫論하고飛行機가軍事上에及한偉大한効力은깁히人人의腦裏에刻入되엿슨則何國을勿論ᄒᆞ고如此重要한航空機의發達을自然의運命에一委할理는萬無할것이오。且各國은戰爭中에이미養成하야온幾萬의飛行家를失치안코一邊航空機製造所의衰滅을防止하기爲하야戰後經營의一大問題로各方面利用의途를講究하는中인則空中交通의一新機關이不遠한將來에可驚할發達을成할것이오、此가完成을告하는日에는世界는다시縮圖가될지며、따라서國際協定에도一大改造의問題가生

할것은明白한事實이라。

今後의航空機

至今까지戰爭上에使用하든多數의飛行機、飛行船及飛行家들交通方面에그대로轉用하랴하면航空은安全의度와經濟上價値에缺如함이有할것은免할수업는事情이오、此에根本的一大改造를加ᄒᆞ고、安全의度와經濟上方面으로航空上諸般設備에도多大한改良을施하야平和의利器로서健實한發達을遂한然後에世界新文明에偉大한貢獻이有할것을括目期待할지니라。

英國海軍省의航空船建造計劃中에는二百五十萬立方呎의容積을有하고六十噸의荷物을搭載한後一時間六十五哩乃至七十哩의速力으로八千哩의航空에堪할만한大航空船이今年末에는竣功할豫定이오、其後引續하야다시超「쳬페린」航空船造의計劃이有한데此等은海上巡邏及展望用任務에服케ᄒᆞ기爲하야海岸에配置駐屯될터이고。又民間事業으로도倫敦巴里二百四十哩間에每日定期旅客輸送을開始하야賃金은往復에合一百五十圓이오飛行時間은平均二時間半乃至三時間을要한다하며。諸威의「스타반겔」로부터英國蘇格蘭「아바ㅣ딘」에至하는海上三百二十哩間에定期郵便遞送線을創始할計劃이有하고。又本年八月에는倫敦파南米「쎄노쓰아일네스」間六千哩을連絡하는航空船의商業空中航路를開할計劃이나途中西班牙及伯剌西爾二個所에着陸하야六日間에到着할豫定이오、片道의賃金이五千圓을不下하리라하며、此航空船上의客室은今日汽船에서보는바와갓치華美를極하야、至今부터벌서其切符買入에豫約을申請하는者가不少하다한다。其他英國의各避暑地에서는各會社가이믜遊覽飛行의權利獲得을競爭하는中이며、此擧는英國뿐아니라佛米其他各國에서도海水浴場에는遊覽乘用飛行機를備置한곳이不少하고、佛國에서는昨年八月부터이믜巴里와「루안신로나살」間에空中郵便遞送路를開通하야平均三時間을要한다하며、其他各重要都會間에定期空中航路도不遠에成立될模樣이오。米國에서는本年七月一日부터始作되는次年度航空費로四億萬弗의豫算을政府에서計上하엿는데、其中에는一隻價格百五十萬弗의最大航空船四隻、二十五萬弗의價格

되는中型十二隻、七萬五千弗의小型十二隻을各新造하는案이成立되엿스며。華盛頓、費府、紐育間二百十八哩은昨年五月十五日에이믜開通되야日曜日을除한外에는每日定期郵便物遞送을實施하엿고、其他各重要地間에도所謂空中航路脈을漸次로形成할計劃이오且近來로頻傳하든太西洋一千九百哩間에一氣橫斷大飛行도英米飛行家의熱心勇敢한企圖로畢竟成功이되엿슨則歐米兩大陸間에空中連絡도不遠한將來에完成을告할것은無疑의事實이라。

飛行機가軍用以外에商業이나遊樂用으로多數히直接轉用키難한것은其價額과維持費가比較的高함에基因한것이라、今日實用上利用으로는第一郵便物遞送用에가쟝넓히使用되는趨勢이고、其次에發達될것은旅客及荷物輸送에利用할것이나此等目的에對하야는設計의方針이從來와갓치專혀軍事上見地로爲主한것과는判異하야大型의것을使用치아니하면안될것이라假令乘客用으로는三十人乃至五十人乘以上의것이아니면營業上에收支를相償키難할것이오、그럼으로交通機關으로서는動力一馬力에對하야可及的載荷量의多함을望할것도亦自然의要求될것이라。今次戰爭에서使用한爆彈投下用飛行機는動力一馬力에對하야約十四封度의載荷力을有하엿고、一人乘戰鬪用飛行機는一馬力에對하야僅이七封度의載荷力을有함에不過하니、如此한것으로平時商事上에利用하야서는經濟上에到底이堪耐할것이아님則載荷力의增進을計한後에야비로서商業上交通上에完成을期할것이라。

何如間全世界를通하야日로月로駸駸然發展하야가는航空의事業은今後發動機의完成、機體構造의改良飛行場의設備、航空地圖의作成等을따라着着實用의域에進하겟슨則吾人이今日汽車나自働車의便으로愉快安全한旅行을得함과갓치羽化登仙하야京城으로붓터釜山或은義州까지千里에남는道程을僅僅二時間餘에安全히空中으로旅行할時代가不遠間에到來하리로다。

大政治家乙巴素氏

張道斌 撰

目錄

第一章 乙巴素의 來歷

一

汪洋한鴨綠의江。沉深한鴨綠의谷。風景幽閒한左勿村에서大政治家乙巴素氏가誕生하다

乙巴素는姓은乙이오名은巴素니 高句麗太祖大王時代去今一千八百二十年前頃에高句麗琉璃王의大臣인乙素의家에서誕生하다

乙巴素의家는高句麗의貴族이오또三國의名門이니 곳乙氏는高句麗。百濟의大官英傑이多出한姓이니라 乙巴素의祖父인乙素는高句麗琉璃王의大臣이오乙音은百濟太祖의賢英한大臣이오乙豆智는高句麗大武神王의智謀잇는大臣이오乙巴素는高句麗故國川王의大臣이오乙支文德은아미高句麗人으로靺鞨部落에往留한傑士오 乙支文德은高句麗嬰陽王의大臣이더라이러케乙氏는高句麗의 貴族名門이오乙巴素는이貴族名門에서出하얏더라

祖父乙素氏가逝하고乙巴素의家庭은점점衰替하얏더라乙巴素氏는幼少의 時븟허讀書와騎射의等으로知德과體勇을修養하니性質은剛毅하고 智謀가淵深하야早年에

벌서天下料理의大才를抱하얏더라

二

爾來에高句麗는東明聖王。琉璃王。大武神王。太祖王等의聖君英主가輩出하야高句麗의權威를大振하더니不幸히次大王의失政을因하야明臨答夫의等의革命으로新大王이登極하매內로國本動搖의後를繼하고外로漢人侵入의鋒을鬪하야形勢가자못滅衰한中에밋故國川王이登極하매戚臣인沛者(爵名)於卑留。評者(官名)左可慮의等이用事하야國政을亂하고그子弟가恃勢驕侈하야人民의子女、田宅을掠奪하거늘故國川王이懲하야此等을誅코저한즉於卑留。左可慮의等이드듸여叛旗를擧하야京都를攻하거늘故國川王이畿內의兵으로賊軍을平하야겨우殘局을收拾한지라이러케內亂이잇슨中에또西邊에는漢人의窺覬가不絕하야境上에자조烽火를傳하더라乙巴素가正히이時代에出하니라

乙巴素氏는內外多事의秋를當하야그心中에는奉公할念이懇切하나小人이朝廷에滿하야賢者의登用을遏하는지라氏가오래不遇身勢로閭巷에閒居할새家가貧하나諂치아니하고몸이窮하나惱치아니하야다만田農을力하야自給을得ᄒᆞ더라

故國川王이左可慮의等의內亂을討平하고宸憂가바야흐로重하야天下治平의策을

研究할세內로百政이頹弛하니何로써此를振興할세外로强敵이狡猾하니何로써此를威服할가하야宵旰의中에百念이極한지라 是時乙巴素는오직左勿村의開天地에서鋤를執하고草를耘하야處士生活을資하니屋은겨우風雨를蔽하고食은다만菽水를供하나山水의自然·圖書의閱讀이적이精神修養을助하더라어허蛟龍이池中에在하도다

三

國이亂하면良相을思하는지라 故國川王이黃金의臺를築하고詔書를天下에나려人才를求하니그詔書에略曰「朕이先業을承한以後로官은寵으로써授하고位는德으로進치못함으로群小가並集하야百姓을害하고王家를擾하얏스니此는다朕의不明한責이라지금붓허는賢을選擢하야政을共謀하리니爾五部는各히人才를擧薦하라」하얏더라

이詔書가나리매衆이東部의晏留를擧薦하거늘故國川王이 晏留를招見한즉晏留ㅣ對하야曰「微臣은庸愚하야大政을叅할수업사오며 鴨綠谷의左勿村에故琉璃王의大臣乙素의孫子인乙巴素가잇스니性質이剛毅하고智慮가淵深한지라治小의大材를求하라면此人이가장適宜하니이다」한대故國川王이이에使臣을遣하야卑辭厚幣로乙巴素를迎하니라

乙巴素ㅣ閒雲野鶴을伴하야 草堂에偃仰하더니문득緋衣의官이紫綸의書를呈하거늘乙巴素氏ㅣ갈으되「時勢가아니거던止하고時勢여던動함이士의常事라」하고이에安車에登하야玉陛에現하니大王이大喜하야中畏大夫(內部次官인듯)를叙任하고于台(爵名)의爵을加하며曰「孤ㅣ先業을叨忝하야臣民의上에處하얏스나德이薄하고才가短하야國을理치못하얏는지라先生이用을藏하고明을晦하야오래草澤에窮處하다가이제我를棄치아니하고이러케來하섯스니此는孤의福이오生民의福이라先生이여아모조록잔孤를敎하소서」하거늘乙巴素ㅣ上奏하야曰「陛下여臣은駑鈍하야嚴命을堪當치못하겟사오니願컨대良材를擇하야高官을삼아大業을成하소서」하니此는乙巴素ㅣ中畏大夫의職으로는到底히自己의理想을實現할수업는故로任을辭함이라大王이大悟하야이에即日로國相(內閣總理大臣)을任命하니乙巴素ㅣ이에大命을拜하고內閣을組織하니라어허大人의德으로大人의位를得하얏도다

乙巴素ㅣ國相이되니高句麗의貴族世卿等은다大驚小怪하야猜疑가萬端이라이에衆口가沸騰하야大王께讒訴하거늘大王이赫怒하야勅語를나려曰「敢히乙巴素國相을毁하는者ㅣ잇스면首를斬하리라」하니滿廷이股栗하야敢히다시異論하는者ㅣ업더라大王이乙巴素를得하고너무驚喜하야이에晏留에게沛者라는爵을下賜하야曰「卿

이아니면乙巴素를得치못하얏슬지오乙巴素가아니면天下를治치못하리라」하더라

乙巴素ㅣ이에內閣에坐하야大政을總理하니上으론君主가信賴하고下으론庶民이瞻仰하야威望이날로隆隆하고朝에一令을行하고暮에一禁을施하매事事히宜를得하고物物히善에就하야맛치十年大旱에甘雨가一降하면山川草木이다欣欣然生氣를誇하는것갓더라

第二章　平和主義의乙巴素

一

朝鮮人은平和的人民이더라그럼으로檀朝붓허今日에至하기까지上下四五千年에대겨平和를希望하고平和를愛護하야그一貫한主義가平和더라「檀君生而神明九夷君之」라함은檀朝가干戈를耀치아니하고平和的으로天下를感化한記錄이오「扶餘人謹厚少寇抄」、「箕朝不用征伐而四方皆服屬」、「三韓人能於戰鬪而貴相屈服」은五國時代의平和的現象이오三國以來로大戰爭이頻頻하얏스나此는다防禦的이오侵略的은아니니彼漢魏의高句麗入侵‧日本의新羅入侵‧隋煬帝와唐太宗의大寇‧契丹의渤海

및高麗人侵·蒙古의三十年入寇·壬辰의亂·丙子의亂이다彼等의侵略을我가防禦하얏슬뿐이오我가彼等을侵略한事는거의皆無한지라이러케朝鮮人은平和的人民이니그럼으로漢土史上에도古代붓허我人을「君子의國(周書)·道義의國(唐書)·性仁의國(高麗圖經)」이미讚美하얏더라이제이乙巴素氏는平和的인我民族性의好個代表者니라

政治家는흔히一樣이아니라各方面으로各히그性能을發揮하나니라彼蓋蘇文이政治家나彼는侵略的政治家며彼金庾信이政治家나彼는術策的政治家더라 곳蓋蘇文은拿破崙式의政治家오「클럼웰」式의政治家며金庾信은加富爾式의政治家오「비스맥」式의政治家미라이제이乙巴素氏는平和的政治家니곳百里奚·「왜싱돈」·「윌손」式의政治家미라

그럼으로乙巴素氏는그主義가平和오그思想이平和오그動作이平和오 그目的이平和오그手段이平和오彼는平和의代表者오彼는平和의敎師오彼는平和의神이더라

二

乙巴素의出身을看하라高句麗의習俗은대개活潑·激烈·雷厲風飛的이니當時彼等의生活을想像하면彼等은대개弓馬를誇하야金革에死하는武丈夫며彼等은대개官府에遊하야靑紫를貪하는活動客이어늘氏는名門貴家의出生으로도아모 急進的의運動

이업고오직村里의農夫로樂天的生活을하얏더라

밋氏가國相이되매政教를明하며賞罰을愼하야一般의法令·文化·殖産等을다平和的으로運行하더라

故國川王이十九年五月에崩하니皇后于氏ㅣ喪을秘하고夜에皇弟發岐의家에往하야相見하고曰王이崩하고嗣子가업스니君이繼位하라한대 發岐ㅣ拒絕하여曰天의曆數ㅣ歸할바잇나니輕率히議論할바아니오또婦人의夜行은禮가아니로소이다 하거늘于氏ㅣ慚하야次弟延優의家에往한즉延優ㅣ喜하야室에延入하고함께 酒를飮할세延優ㅣ手로肉을割하다가刀에指가傷하매于氏ㅣ裙帶를解하야指를裹하야주며夜深토록娛樂하다가未明에于氏ㅣ延優의手를携하고宮中에入하야 前主의喪을發하고遺詔를矯稱하야延優ㅣ登極하니是가山上王이라 山上王이곳于氏로后를삼더라이에皇兄發岐ㅣ怒하야兵을擧하야闕을犯하며曰先君이崩하얏슨즉我가맛당히繼位할지어늘爾가兄을先하야登極함은萬萬不可라하니그러나 國人이發岐를應하는者ㅣ업는지라發岐ㅣ드듸여敗走하니라 이亂에乙巴素는아모異論이업시優遊自在하야오직國相의職을盡하얏는지라 혹思하면이런亂에國相으로서不整한宮廷을能히矯正치못함이庸劣한듯하나그러나 氏의腦에는國家와人民이잇슬뿐이라皇室의內亂은氏의大問題가

아니며于后의失德은個人의罪過에止할섇임으로氏는于氏를攻擊치아니하며 山上王과衝突치아니하고다만國家人民의百年大計를完成하얏슬섇이더라

山上王이子가업거늘于后ㅣ老하야生産치못하고또于氏ㅣ妬忌가甚함으로山上王은妃嬪을近接치도못하는지라 山上王이크게憂慮하더니一日은山上王이朝廷에서諸臣더러曰朕의昨夜의夢에天帝가語하야曰「予가少后를與하리라」하얏스니엇지하면조캣는가하거늘乙巴素ㅣ對曰「陛下여天命은測量할수업사오니陛下는待하소서」하니山上王이올타하고가만히잇더니맛츰내偶然히酒桶村의 女子를得하야東川王을誕生하니라此는대개當時于氏ㅣ너무頑悖한婦人임으로만일山上王이少后를娶하면반드시宮中의內亂이生하겟는故로乙巴素는山上王의意를止하야 徐徐히形便을圖하게함이니라

三

當時高句麗는貴族。 武將等이跋扈하야平民을壓迫하며 勢力을互爭하는지라乙巴素는此를漸히調和하야貴豪의專橫。 黨派의爭鬪를諭解하얏나니 此는乙巴素가平和的으로兩者間의事情을最善하게措處한所以라 그럼으로乙巴素時代에는 貴豪의跋扈가업섯고勢家의爭鬪가업섯더라

當時高句麗의局勢는內로百濟‧新羅의統一을思하고外로支那‧鮮卑의强寇를對한지라그러나乙巴素는써하되內政이完美치못하거니엇지天下의統一을早計하리오國勢가强盛치못하거니엇지外國의侵略을急圖하리오하고다만彼等隣邦을慰撫交歡하기를힘쓴지라그럼으로乙巴素時代에는發歧의漢兵誘引을除하고는外國과干戈를交함이업서四境이靜謐하고士民이太平하얏더라

무릇事의成功은대개調和에잇나니調和는곳幸福의神이라過激과衝突이快하기는快하나成功의秘訣은아니며過激과衝突이成功의先驅는되나最後勝利者는아니니라이제乙巴素는이理致를잘理解한지라그럼으로氏는每事에調和를힘썻나니此가곳乙巴素로하야곰成功者되게한原因이오此가곳乙巴素로하야곰平和的政治家되게한原因이니라

第三章　平等主義의乙巴素

一

梅特涅의政治는階級主義오周公의政治는階級主義오蓋蘇文의 政治는階級主義오

金庾信의政治는階級主義러라 그러나乙巴素의政治는平等主義니라

朝鮮人은平等。不平等主義로觀하야도또한退化的人民이라 朝鮮의上古에는도리혀不平等보다平等이만핫더니檀朝。五國이다그러한지라 밋三國時代에他方面으로는다大發達을成하얏스나이平等。不平等의方面으로는오직弊害가不少하얏더라三國에대개다貴族의姓氏가特有하얏나니彼高句麗의高氏와百濟의十姓과新羅의朴昔金밋六姓이다貴族의姓氏라政治上社會上에大地位를占有한者는대개이貴族出身이만핫나니此는我人上古의部長遺風으로高句麗의皇族高氏와百濟의建國한十臣의子孫과新羅의建國한六部村長의子孫等이그勢力을雄張한故인듯하더라 그以後로南北朝에도新羅에는니어朴昔金等의貴骨을崇尙하고渤海에는大氏밋張氏烏氏高氏等貴族이잇더니밋高麗朝에는若干의名族이잇스나대개平等主義가實現하야階級이만히消融되얏나니李氏朝鮮의前半期곳宣祖以前時代ᄭᆞ지는이러케平等主義의社會로存在하더라不幸히宣祖時代곳黨論이生하야다시階級社會곳不平等社會가되얏나니此가朝鮮衰弱의大原因이되니라乙巴素는이階級主義를排斥하고平等主義를實行한政治家니라

當時高句麗는貴族大家가小民을專制하고鄉曲에武斷하는지라그럼으로貴人武將

의等은國家萬事에有力하고農夫商工의流는社會下層에屈伏되얏스며더욱當時我人의征服한濊貊人。沃沮人等은매우賤待를受하야魚鹽을貢하고奴婢로在하는者ㅣ잇더라乙巴素는이階級主義를排斥하고平等主義를實行한政治家니라

二

乙巴素는그初年부터平等主義니彼가大臣乙素의孫이나彼는心理로던지身勢로던지임의平民化한사람이더라彼는決코大臣의孫이라하야遊食의道를求치아니하며彼는決코名家의子라하야平民의職을卑視치아니하얏더라그럼으로彼는左勿村에서一般의農夫와함께耕作에從事할새아모差別업시金書房。李書房의役夫들과조흔親舊가되얏더라

彼가大内에陞見한後에中畏大夫의職을辭함은彼의絕對平等主義니國家大臣은決코貴族世臣의專有物이아니오다만才德이相當하면可히곳任命할줄로確認한故로彼는中畏大夫를辭하고國相이되얏더라彼가布衣書生으로一躍에國相이됨은과연平等主義의實行이라무릇三國時代에新羅는純然한貴族。平民곳階級制이엿스나高句麗。百濟는첨에는대개非階級곳平等制니다만高句麗의高氏및百濟의十姓은國中顯榮한姓으로時時機會를乘하야政權을壟斷할뿐이오全社會가絕對階級主義는아니라高句

麗。百濟가初世붓허出身을不問하고人才를擢用한事實은대개平等主義의結果니라 그러나爾來高句麗는貴人武將의權勢가大盛하야점점階級的의現象에接近하얏나니 이제乙巳素가處士로學相됨은이階級的現象을打破한大記錄이니라

當時高句麗의政治組織은最上에君主가在하야全國를統하고京都의五部에大人을置하고地方의五部에褥薩(都督)을置하고褥薩의下에沛者。皂衣의等常設官이잇섯나니大人。沛者。皂衣의等을君主가任命하나대개그部內人民이먼저擧薦하는例라이擧薦을受하는者는대개그部內有力者니그럼으로世襲되는者ㅣ多하고因하야此等有力者는그部內國民을揮動하얏고이有力者의出身으로흔히貴官大將이되나니라(그러나國家의大旨는人材를擇用하야文武才德이잇는者를登庸함)이에이런有力者階級은흔히下級人民을賤待하얏나니이러한現象으로社會는점점不平等하게된지라因하야農民、商賈等은租稅等負擔이重하고貴人豪族은此가輕하며農民商賈等은政治上權力이少하고貴人豪族은此가多하며農民商賈는生活이薄하되貴人豪族은奢侈가盛한지라곳當時社會는上級。下級의區別로【一】政治上勢力不均等、【二】經濟上分配不公平이더라乙巳素는이弊害를깁히憂慮하야苦心勵精으로이不平等社會를變하야 平等社會로하얏나니彼의爲政中에設立된賑貸法은곳經濟上分配의公平을助함이오貴族

專橫의防杜。平民社會의扶護。教育의普及等은政治上勢力의均等을實行함이니彼가當時人民에게五體投地의膜拜를受한最大原因은곳이平等主義의 政策으로可憐한庶民을貴族의壓迫中에救出함이니라

三

平等은人類의原則이라試하야吾人의頭面眼鼻等을看하라何가 差別이잇는가함을며靈的의知情意等을思하면何가差別이잇스리오人類의差別은職業·出身·實力等의差別이니此는吾人의外樣곳變動되는現象이오吾人의 自體곳固定體는아모差別이업는지라곳外樣의差別은吾人이身體에衣服을着함과 갓흐니吾人이靑服을着하얏다고吾人의身體가靑하야짐이아니오吾人이 紅服을着하얏다고吾人의身體가紅하야짐이아니라곳吾人은엇던衣服을닙엇던지吾人의 身體는本色대로잇나니此와한가지로吾人의外樣곳職業。出身等으로吾人의人格을變動할바는毫無한지라곳平等은人類의原則이오不平等은이原則의叛逆이니라乙巴素는이 人類의原則을잘理解하고잘應用하얏더라

또平等은社會의進步式이오不平等은社會의非進步式이니政治。文化。經濟其他百般으로다그러한지라가령政治를不平等으로하면 上級의專橫。下級의退縮으로하야

政治가廢할지니라文化上으로觀하자不平等으로하면 上級社會는愚惡하야도氣勢輝赫하고下級社會는智德이잇서도下層에屈服되리니그리케하면上級社會는智德을다지아니하야도好함으로智德을다지아니하고下級社會는智德을다가도所用이업는故로智德을다지아니하며또下級社會는知德을닥그라하야도力不及이되야잘닥글수도업는지라그럼으로文化가退步될지니라經濟上을觀하자不平等으로하면上級社會는遊手徒坐하야도錦衣玉食하고下級社會는汗出力作하야도凍餒瀕死하리니그리케하면上級社會는勤儉치아니하야도好함으로勤儉치아니하고下級社會는勤儉하야도所用이업는故로勤儉치아니하는지라그럼으로經濟가退步되나니라 이러케百般의事物이다退步되면그社會는곳退步하야그社會가衰弱。滅亡에至하리라 이反對로平等으로하면政治가公正하야지고人人이智德의發達을힘써各히그能力地位를向上함으로文化가進步되고人人이勤儉力作을힘써各히富饒한生活을營함으로經濟가進步하고其他百般事物이다그러케進步되리라 이러케平等은社會進步의大原因이라乙巴素는此를잘覺悟하고잘實行하얏더라

乙巴素는그一生이平等的이라 身이貴人의後裔라하야自負치아니하고業을農家에執하얏스나富貴한者에게阿諂치아니하고大王께陛見하매 大王命令이라고屈意肯從

치아니하고貴族大臣의間에서農夫로大宰相이되여驚喜치아니하며身이 大官이되얏다고下民을壓視하지아니하고오직頑冥不道의徒輩를 消融케하고一般平民을親友로救助하얏더라

第四章 正義主義의乙巴素

一

政治家는實利主義의政治家도잇고術策主義의政治家도잇스며 外交主義의政治家도잇고帝國主義의政治家도잇더라乙巴素氏는正義主義의政治家니라

乙巴素가平和的政治家나그러나彼는正義의旗幟下에서平和를料理하얏스며乙巴素가平等主義의政治家일으로더욱正義를 標榜하얏스며乙巴素가實力主義의政治家나正義의範圍內에서實力을養成하얏스며 乙巴素가勞力을主張하얏스나그勞力은正義를爲하야하는勞力이더라곳彼는正義를爲하야生하며正義를爲하야死하며正義를爲하야謳歌하얏더라

乙巴素가藏用晦明하고力田自給하되鄙夫의前에屈膝을耻함은正義를爲함이오밋

出世하매一心專力으로鞠躬盡瘁함은또한正義를爲함이더라 어허正義는乙巴素의生命이로다

二

무릇正義는我가他人을害치아니하고또我가他人에게害를受치아니 함이라그럼으로社會는正義로야生存하나니正義업는社會는腐敗하고腐敗한社會는死亡하는것이라그럼으로社會救濟策은그社會를組織한個人에게正義의觀念•正義의實行을付與함이무엇보다도時急한問題니라

乙巴素는自己가他人을害치아니하고또自己가他人에게害를受치도아니하얏나니그럼으로彼는貴顯도憚치아니하고오직自己의職分을自由自在로運行하얏스며彼는殘氓도侮치아니하고오직自己의思行을恭儉謹愼히操守하얏더라彼는頑强한者를矯正하며無力한者를矜憐하야政敎•賞罰이오직公正을主하얏더라

그럼으로乙巴素時代에는正義의社會가實現하얏나니 豪貴한者라고勢力을濫用치못하고殘弱한者라고不利를甘受치아니하고上下가다正義로 活動하고上下가다正義에歸宿하얏더라

三

乙巴素는正義를主함으로無端히他國을侵害치아니하고또無端히他國의侵害를受치아니하얏더라그럼으로乙巴素時代에는他國을侵略한事는一回도업섯더라그러나他國이我를侵害하면我는반드시勇進하야그亂을平하얏더라

山上王元年에皇兄發歧ㅣ兄으로登極치못함을怨하야山上王을攻하다가敗하야遼東(奉天附近)에出하야漢의太守인公孫度를見하고曰延優ㅣ兄嫂를通하야大位를取하얏스니天倫의不容할바라顧컨대貴國의援兵을得하야亂을平코저하노라한대是時에公孫度ㅣ바야흐로高句麗의邊地를窺覬하던中에이發歧의言을聞하고大喜하야此가好機會라하고이에兵을出하야入寇하니西邊이매우擾亂한지라當時國相인乙巴素ㅣ곳防戰의策을決하야이에皇弟罽須를遣하야軍을率하야西下하야漢兵을大破하야逐하니發歧ㅣ慚憤하야自刎하야死하고漢人은다시入寇치못하니라

第五章 勞力主義의乙巴素

一

乙巴素氏는勞力主義더라彼는精神으로나肉體로나勞力하는主義더라彼는精神勞力者인同時에또肉體勞力者더라

世上에혹勞力을厭避하는者ㅣ잇고더욱肉體勞力은下等社會의所爲로認하는者잇도다그럼으로一分의腦를使치아니하며一腕의力을役치아니하고서安樂生活을求하는者ㅣ잇나니此는可히與論할바업고더욱精神勞力者곳政治家。學者。宗敎家等은肉體的勞力을蔑視하는者ㅣ만나니 이에所謂貴骨곳上流人士는肉體를使役하는力量이거의乏少하야身體의虛弱。實務의窒礙를致하고畢竟에 社會의蟊賊이되는수잇는지라此等은人類의責任을疎外하는者며社會의發展을沮害하는者니라試하야思하라天이吾人에게腦髓를賜하고또筋骨을賜하얏나니만일精神。肉體를使用치아니함이好할진대當初에吾人에게 腦髓와筋骨을잇게아니하얏슬지오또或人은精神勞力만하고或人은肉體勞力만함이好할진대當初에或人에게는 腦髓만잇게하고或人에게는筋骨만잇게하얏슬것이라 이제吾人은何人을勿論하고腦髓와筋骨을並有케하고또이腦髓는매우細密히되얏스며 筋骨은매우强靭하게되얏나니此는吾人으로하야곰精神과肉體로다勞力하라 함이라 그러면勞力은人類의天然한責任이니라이社會는決코偶然히造成。維持。發展되는者ㅣ아니라반다시그原因이잇나니그原因中에最大原因은곳吾人의勞力이라吾人이勞力하야昨日에一事를發明하며今日에一物을擴張하야此가千人萬人。千年萬年의無窮大로進行하야맛츰내 人類의社會가造成되고維持되고發展

됨이니 吾人의勞力이아니더면地球는荒廢하고人類는蠻昧하야거의吾人의存在가업섯슬지라그러면吾人의勞力은과연社會의生命이니라 이제이勞力을卑視하거나厭避하는者는곳人類의責任을背叛하는者오社會의發展을沮害하는者니라 乙巴素는此를痛切히自覺하고此를圓滿히勵行하얏더라

當時高句麗는무릇勞力主義의社會니貴賤·知愚·男女를勿論하고다勞力을貴重히한社會라이에政治家는政事에鞅掌하고學者·宗敎家는敎化에勇勵하고武人은弓劍으로勞力하고殖産家는實業에勞力하고혹은腕으로勞力하고혹은脚으로勞力하야勤勉·忍耐·勇進의風이全社會에遍滿하얏나니此는곳古代我人의本性이오또高句麗의强盛한原因이오三國時代의輝煌한發源이니라그럼으로當時社會의狀態를考하건대皇室의子弟도다幼時부터書史와騎射를習하야밋長成하매대개다實事와戰爭에奔走하얏나니高句麗一代에武將이最多하기는아마皇室이라 곳君主도대개射擊에能하고戰鬪에善하얏스나 高句麗歷代二十八王에自將出戰하야成功치못한王이거의업섯고皇弟의等으로는名將이多多하나니彼達賈·罽須·武·建武等은다皇弟로大勝戰한將帥오더욱可驚할事는皇室子弟로不幸히되면肉體勞力을甘作하얏나니彼烽上王의弟인美川王이窮한時에樵를採하며鹽을販하야도아모羞恥업시지냄이 好實例라統히高句

麗時代는王公。政治家。學者。實業家。農民。勞動者等一般의人이다勞力으로活動하고勞力으로生活한時代니乙巴素는이勞力主義時代의好個代表者니라

二

乙巴素ㅣ農村에在할새彼는書史를通하나 足히써一級의爵을干할만하며彼는弓馬를鍊하니足히써一城의守를求할만하지만은彼는自己의主義實行을期待함으로這個虛榮에動心치아니하며彼는紳士의資格이오彼는識者의階級이로대彼는此等의體面으로天職을卑視치아니하야이에自手로田을畊하고草를耘하고禾를穫하야自己의汗으로自己가食하는本意를勵行하얏나니此는곳彼의勞力主義더욱肉體勞力主義를實現함이라이러케彼의半生은勞動生活에送하니라

乙巴素가農夫로在하나彼의賢德은四方에聞하고彼의令名은갈사록偉大하얏나니此는彼가그러한大才를抱하고도他人에게自矜치아니하며世上에서驕慢치아니함으로그德名이더욱壯하야질이오더욱彼가名家의孫。豪傑의士로되親히勞動生活을樂作하야苦役을避치아니하며勞力을惜치아니함으로此를目擊하는世人은다驚歎感服하는所以더라

무릇肉體勞力은身體를强壯케하고生活을營得케하고精神을快活케하나니 肉體勞

力곳勞動이무엇으로吾人의忌諱할바리오社會萬事가勞動을賴치아니하는者ㅣ업나니勞動은곳吾人幸福의源이라 그럼으로勞動을厭避하는人民은幸福이업나니俗談에所謂「손이閒暇하면입이閒暇하다」함이是라乙巴素는과연吾人의良模範이니라

三

乙巴素의肉體勞力時代곳勞動時代가去하니彼의 精神勞力時代가來하얏더라彼가國相으로在하야軍國大事를苦心經營하기가 무릇十四個年의長歲月이니이十四個年間에는一日도時間을浪費한事가업더라 彼가當時內外多事의中에處하야天下萬事를一手로解決하니그專精勞神이엇더하얏슬가

乙巴素의生年月을史氏가記錄치아니하얏슴으로彼의一生年齡을解得치못할너라그러나彼는아마老成한時에 國相이되얏스리라彼는乙素의孫이오乙素는琉璃王의大臣이니琉璃王時代는乙巴素時代보다約二百年前이라그러면아모리하야도乙素의孫子인乙巴素는그國相될時에임의老年이엿슬지라彼가老年으로大局을當하얏스되彼의精力은갈사록健全하고彼의活動은갈사록奮鬪되야彼의後半生은全혀政治生活에費하얏더라 彼가이러케偉大한精神勞力이잇서슴으로個人으로는能히千古一人이라할만한政治家가되야光輝잇는生活。 光輝잇는歷史를 造하얏고社會로는能히現代一

國의 安寧福樂을增進하고高句麗後日興隆의大基礎를築하야 파연 澤流萬世의大功德을建하얏나니라

第六章 實力主義의 乙巴素

一

무릇人生의原則은實力問題니個人으로도實力問題오社會로도實力問題니라 彼虛榮的。詐欺的의手段으로는到底히 完全한幸福을取하지못하나니곳實力이라야能히他의障碍를打勝하고我의進路를開拓하나니라 혹一攫千金的의事業이업지아니하나此는極히例外오또最後勝利는아니라더욱지금人文이大開하고萬事에實을主하는時代에는決코一攫千金的의手段을信賴치못할바니라

自古及今。於東於西에個人의起倒。社會의興亡을考하여라何가實力主義를脫하얏는가德性의力。智識의力。財產의力。勇力。腕力等實力이잇는者는勝利하고此等實力이업는者는失敗하얏나니곳人生의成敗史는그實力消長史의反面이니라 試하야思하라乙支文德이英雄됨은彼가當時强敵인隋煬帝를勝한所以니 彼가隋煬帝를勝함은彼의德性。智識。勇力等이隋煬帝보다勝한所以라곳當時에高句麗나隋가다相等한兵力。

財力이잇섯나니隋煬帝는何로써敗하고乙支文德은何로써勝하얏나뇨다름아니라乙支文德은곳德性·智識·勇力의等이具美하야그兵力·財力을善히應用하얏거늘隋煬帝는그러치못한所以니라 泉蓋蘇文이英雄이엿스나彼는當時强敵인唐의患을根絶치못하야彼가身死하자高句麗가亡하얏나니此는當時高句麗의兵力·財力으로到底히唐을全滅할수업는故라 곳蓋蘇文의意志·才略等은能히一世를掃蕩할수잇지만은累代戰弊한高句麗의兵力·財力은決코新興勃勃한唐의兵力·財力을打破할수업는故니라彼「카이제루」가當年의威聲이世界를震撼하야英佛露伊等이一時는敗退無奈하얏슴은何故뇨곳「카이제루」의實力·獨逸의實力이其時에는聯合國을凌駕한所以니라그러나지금은「카이제루」가伯林宮殿을可憐히別하고장차拿破崙의末路를再演하게됨은何故뇨곳獨逸의實力이到底히最後까지世界의列强을當할수업는所以니라彼「윌손」氏가지금世界의中心的人物이되야萬人을驚喜식임은何故뇨곳美國의實力이現世界의第一位를占하게된所以니라그럼으로個人이나社會를勿論하고그勝敗存亡은오직實力問題니곳德性의力·智識의力·財產의力·勇力·腕力等實力을總合하야比較的그總合斤量이强한者는勝하고存하며그總合斤量이弱한者는敗하고亡하는것이라此가社會學上에所謂「社會의勝敗는抵抗力의强弱에잇나니 곳抵抗力이强한社會는抵

抗力이弱한社會를打勝한다 함이니라

乙巴素氏는以上의理由를잘洞知하는지라그럼으로彼는徹頭徹尾ㅣ實力을主하얏더라이에彼는個人으로도實力問題오社會로도實力問題를主하얏더라 이에彼가匹夫로在한時에도虛張聲勢的의手段을用치아니하고오즉智德修養·體勇鍛鍊에努力하얏스며彼가大臣으로在할時에도彼는無謀亂動的의政策을執치아니하고오즉國家人民의實力을養成하기에努力하얏더라

二

故國川王十六年에大王이質陽(地名)에佃獵할새路傍에哭하는者ㅣ잇거늘大王이問曰엇지哭하나뇨其人이曰臣이貧窮하야항상雇傭이되야老母를供養하압더니今年에歲凶하야雇傭할곳이업사오니升斗의食을得할수업는지라그럼으로哭하나이다大王이曰朕이民의父母되야民으로하야곰此極에至하게함은朕의罪라하고衣食을給하야存撫하고內外有司를命하야鰥寡孤獨과老病貧乏을訪하야賑恤하니라是時의國相인乙巴素ㅣ廟議에參하야賑貸法을立하니곳每年三月붓허七月까지官穀을出하야百姓을賑貸하고每年十月에此를返償케함이라此가民力養成의大補가助되니라(賑貸法은最近까지遺傳하얏나니還上法이곳是라)

山上王二年二月에丸都城(滿洲懷仁縣)을築하다대저是時에支那에는漢이亂亾하고魏가新興하는時代오또其時代의西北邊에는漢人公孫度의等과鮮卑族이崛起하는時代라그럼으로乙巴素는西來의賊을慮하야이丸都城을築케함이더라무릇乙巴素는外國을侵略치아니하고다만我의實力을準備함에用心하얏나니此가곳後日高句麗强盛의大原因이되니라

三

乙巴素ㅣ內로民力을休養하고外로列國과平和하야國家의實力이점점充實하게된지라是時高句麗는바야흐로衰弱하던中에이러케再起의勢를造함은實로乙巴素의力이니라그러나當時의實力으로도오히려四方征伐에制勝하기難한故로乙巴素의身을終하도록아모外競을起함이업섯더라

이實力主義의政策을東川王이繼續하고小獸林王이繼續하야畢竟에廣開土王이功을大成하고또文咨明王이繼續하고平原王이繼續하야맛츰내乙支文德·泉蓋蘇文等이功을大成한지라乙巴素의實力主義는이러케影響이大하얏더라

第七章 乙巴素의功德

一

乙巴素가國相이되야文治武備에盡心竭力함으로政化가大成하야天下太平하고四方이率服하미니 山上王七年秋八月에生民이無福하야이大政治家乙巴素가薨하니어허日月이無光하도다

이에上에서王이哀悼하고政府에萬官이呼泣하며下에는百姓이痛哭하야市街나巷谷이나都會나村里를勿論하고다涙의中에 乙巴素氏를送하더라어허乙巴素의恩惠가天下人의心中에얼마나浸潤하얏더뇨

乙巴素가國相으로在함이무릇十四個星霜이니 이無多한期間에彼의事業은實로煌煌한지라彼의要는萬人의慈母가되얏고彼의威는四海의天神이되얏고彼의策略。彼의信用・彼의榮譽는內外國의焦點이되얏는지라彼는과연大政治家로다

二

乙巴素의功德은實로國家全體에亘한功德이니 乙巴素의功德으로當時高句麗에人民이安樂하고內外無事한지라그럼으로彼當時史氏가輝煌한筆을擧하야曰「乙巴素爲國相、明政敎愼賞罰、人民以安內外無事」라하얏더라

乙巴素의功德은實로萬年大計에亘한功德이니 乙巴素의功德으로高句麗가强盛하

고三國의昭代가되고此로今日까지及하야億萬世子孫의基礎를鞏固한지라 彼史氏所記「國相乙巴素卒、國人哭之慟」이라함을觀하야도乙巴素의功德이엇더케國家에有助하얏슴을可認하리라

이러케乙巴素의功德은國家全體·萬年大計에亘한 功德이라 彼가左勿村의農夫로엇더케이런大功德을立하얏나뇨彼는과연大政治家로다

三

乙巴素는과연 大政治家로다彼의人格·彼의位望·彼의功德이다과연大政治家로다彼는一世의大政治家뿐아니라萬古의大政治家며 彼는一國의大政治家뿐아니라世界의大政治家로다

그럼으로天下後人이朝鮮有史以來의平和的大政治家를數하면 반드시乙巴素氏를第一指에屈하도다彼는高句麗人民의父母오彼는三國의天使오彼는 我等의模型이로다彼의功德은永遠하고彼의功德은廣大하고彼의功德은 彼等의子孫인我等을항상保護하도다

漢詩

石儋 柳 瑾

自嘲

富且貪無厭 貧猶樂任眞 此眞還恐奪 對富不言貧

醒惟醉本色 不飮僭稱醒 酒國聯盟會 宜開公判庭

聰明誤身世 愚昧樂平生 何幸吾家子 未能記姓名

落齒

往年落一齒 今年落一齒 一年一齒落 尙餘三十禩

非不好有齒 亦何妨無齒 厨寒食無肉 廢嚼可飮水

隣少見落齒 勸我插假齒 眞齒尙不支 假齒豈久矣

學生界의 一大危機

張道斌

一

社會는그社會를組織한個人의反映이니라곳個人이善하면그社會가善하고個人이惡하면그社會가惡하며個人이上進하면그社會가上進하고個人이墮落하면그社會가墮落하나니라이럼으로社會를救濟하는最高手段은곳個人이自己를改善함이니라

彼歐美列邦의强盛한原因을一思하여라彼等의人民은색그社會를强盛케할만한德義와力量이잇슴이니라彼等의强盛한原因의太部分은그社會制度에잇지아니하고도리혀個人自休에잇나니라무릇엇던人民이던지個人이대개改善되면그社會의制度는절로上進되리라

그러면그社會를組織한個人은그社會를爲하야반드시自己를改善할責任이잇나니라이責任은老人이나靑年이나農夫나學生이나엇던사람이나다잇는責任이나마그러나其中에가장責任크기는靑年이오靑年의中에또가장責任크기는學生이니라此는다름아니라靑年은社會의基礎오學生은靑年의中心인所以니라

그런故로어느社會던지그社會의靑年더욱學生을보면그社會의現在및未來를알수잇나니라靑年더욱學生이改善되얏스면그社會는生榮하는社會오靑年더욱學生이墮落되얏스면그社會는老死하는社會니라어허學生이여學生이社會의生命이로다

學生은맛치一家의子弟와갓다어느家門이던지그子弟가잘낫스면그家門이繁昌하고그子弟가못된일을하면그家門은亡하나니라社會의學生은색家門의子弟이다그럼으로父兄이그子弟의잘되기를힘쓰는것처럼社

會와一般人은靑年며옥學生의잘되기를祈禱하는것이니라

二

이제우리靑年며옥우리學生들을一見하여라수方엇며한現象에잇는가내개우리社會의空氣는腐敗하얏며니라이腐敗한空氣中에或一二의新鮮한空氣穴이現하기는오직學生界이더니라世界의靑年며옥學生中에지금우리學生처럼責任큰學生은업스리라

지금우리는思想。實際가모다板蕩한中에잇도다며옥靑年。靑年中에도學生들은며옥板蕩한中에잇도다이런異常한時機에흔히죠치못한魔가襲來하는것이라맛치虛弱한身体에病菌이잘侵入하는것처럼지금우리靑年은이魔곳墮落의魔를逢하기易하다

或者는이墮落的行爲를辯護하야曰時勢가이러하거니心事가不平하고心緖가不平하니解鬱的。慰安的으로娛樂의場에入한다하도다此는다濫藉하는例話요그實狀은대개가墮落生되는者들이라따저이墮落生되는原因은【一】時勢板蕩에伴하야心理上秩序。節制가破壞됨【二】監督者。訓育者의教導가不充分함【三】本來에性行不修하던者가이機會에放心恣行하매此輩의惡感化로新墮落生이加入하는等이라그러나대개다平日에修養이不足한때문이니所謂「疾風知勁草」라함갓히板蕩한中에修養잇는靑年을分辨할것이아닌가

靑年들아더옥學生들아諸君은希求가잇도다그러면諸君은먼저그希求하는바를엇을만한資格을失치말어라엇던資格이잇는者라야엇던希求하는바를엇는줄을記憶하여라무슨慌忙한中에도決心하고學生의職分을失치말어라무슨困苦한中에도決心하고學生의職分을極盡히하여라

三

이社會에各人이普通으로잇는職分外에또各히自己特別의職分이잇나니라가령軍人은軍人의職分이잇고商人은商人의職分이잇고官吏는官吏의職分이잇고女子는女子의職分이잇는것처럼學生은學生의職分이잇나니라곳學生은普通人의職分外에또學生特有의職分이잇나니라諸君이이職分을盡하는日이야곳眞正한成

功이오는日이니라이제그가장學生의職分을損傷하는惡弊를斷하기를勸한다

第【一】奢侈하지말어라奢侈는滅亡의本이니라彼高句麗神人의「奢侈無度、滅亡無日」이라는言이我等의耳에鏘鏘하니라奢侈는아모必要업고도리혀心神의懶弱・身体의窮屈・經濟의衰耗・德行의頹落等惡結果를生하나니라或者는曰修飾이交際上에必要하다하나此는恐妄의語니라整齊淸潔은交際上에必要하나過分의修飾곳奢侈는도리혀他人의冷笑를買하나니라지금學生中에혹燦爛한洋服에金時計・金眼鏡으로市街에橫行하는者ㅣ잇도다혹錦繡綾羅로몸을휘감고단니도다혹料理店을自家廚房갓히知하도다彼等이다엇더케될가諸君아質素하여라質素하여야强毅하니라質素하여야健康하니라質素하여야餘裕가잇나니라質素하여야正直誠實하니라

第【二】放浪하지말어라東洋式으로는放浪을英雄의本色으로認하는수잇섯더라그러나放浪은決코英雄의本色이아니오도리혀小事에라도周密함이英雄의本色이니라ᄯᅩ現世界곳西洋式世界에는決코英雄이放浪에서出할바아니니라지금우리學生中에혹放浪에陷하야言語는秩序가업고行爲는規律이업고思想은浮虛에走하고朝에淸涼寺오暮에光武臺로다이러하면서口로는拿破侖・華盛頓・카이제루・윌손等을說하도다試思하여라拿破侖이少年修養이엇더하얏스며華盛頓이少年修養이엇더하얏는가彼는다諸君처럼淸涼寺・光武臺生活한사람이아니더니라諸君아沈着하여라眞實하여라自重하여라規律잇서라秩序잇서라

第【三】담배먹지말어라담배에「니코진」毒이잇서此가甚하면腦神經衰弱等大病을成하는수잇슴은何人이던지熟知하는바니라더욱頭腦를맛히使用하는者가담배를먹으면精神이매우減損되나니라담배는經濟에도大損害니라

第【四】술먹지말어라酒는百害오一利가업나니라酒는精神・身体를衰弱케하고酒는혼히人을殺하고酒는萬事를不成功케하고酒는德行을傷害하고酒는經濟를消耗하나니라酒는과연人生의惡敵이니라酒는도모지먹지아니함이可하니斷할수는잇서도節할수는업는物件이니라或者는曰酒는交際에必要하다하나此는舊式

腐敗의語니라朋友中에酒朋은損友니拙友는업슴이好하니라或者는曰酒는慰安한다하나此는飾詐의語니라酒를飮하야慰安하는者는飢를療하랴고毒藥을服하는者니라

第【五】女色을近하지말어라流蕩淫靡는人生을腐敗케하나니라女色으로써慰安을藉하는者잇스나此는誤解니라飮酒도慰安으로認치못하거던항울며此보다甚한女色이랴女色에沈惑하는者는다시아모所望이업나니라或者는曰沈惑이아니라一時娛樂이라하나一時가習慣이되면沈惑치아느랴

諸君아注意하여라墮落하지말어라學生의職分을堅守하여라奢侈하지말어라放浪하지말어라담배먹지말어라술먹지말어라女色을近하지말어라

諸君아學生의職分을堅守하여라質素하여라自重하여라健康을힘써라性行을操하여라純潔하여라이런等學生의職分을堅守하여라아모見識도업시「비스맥」의酒草잘먹은니야기만하고아모力量업시漢太祖의貪財好色이나稱讚하고아모所爲업시蓋蘇文의奢侈나拜하는者들아爾가「비스맥」·漢太祖·蓋蘇文等의英雄事業을하얏느냐酒草·貪財·好色·奢侈等은彼等에게도缺点이거던항울며諸君갓흔者이냐

조선 옛 말

笑 堂

一

쌔는三國時節。쌔는新羅地方이라어느싀골에旁㐌라하는農夫가잇서그아우와함께한洞內에서살엇다旁㐌는맘이[illegible]하야착한일을만히하고그아우는惡하야惡한일을만히하더라

二

하로는旁㐌가김매러밧헤가니異常한새한머리가울고가거늘旁㐌가그새를짜라어느山中으로갓다새는간곳이업고鬼神들이모혀놀다가旁㐌를보고놀내여逃亡하거늘旁㐌ㅣ그자리에가보니金박맹이한個가잇서이박맹이를두드리니銀도나오고金도나오고쌀도나오고비단도나오고무엇이던지나오라는대로나온다어허조흔박맹이로다이에旁㐌는집에도라와논을사고밧흘사서큰富者가되엿다그아우가와서旁㐌의富者된理由를물엇다旁㐌ㅣ事實을말하엿다그아우가쏘한밧헤가[illegible]異常한새가울고간다그새를짜라가니과연鬼神들이모혀논다旁㐌의아우ㅣ이제야[illegible]하고鬼神의압흐로가니鬼神들이와락달녀들며旁㐌의아우를붓잡고하는말이이놈이저[illegible]우리金박맹이盜賊하야간놈이라하고코를잡아쌤아석자가되게하얏다

三

旁㐌는잘살다가죽엇다旁㐌의子孫中에未練한者가잇섯다그者가金박맹이를두드리며쭹이나오라하얏다瞥眼間하늘에서霹靂소리가나며天神이나려와金박맹이를쌔아서갓다

研究

大平壤

張道斌

一、麒麟窟은穴居時代의標本

平壤은朝鮮最古의都會이다平壤은朝鮮의始祖인檀君이定居한處이다(檀君이平壤에都하지아니하얏다는論者가잇스나그러나各種調査의結果로平壤은檀君의都한處임이明白하나니此는다른때에詳說하기로讓하노라)

지금平壤의北部인牧丹峰의南側에麒麟窟이잇다이窟은山의中側에시작하야山의下部곳平地와거의一面되는處까지通하얏다그穴勢는迂回屈曲하야長蛇의樣으로되고穴의長은대개朝鮮半里假量이된다어느時代의所爲인지는모르나그穴內上部및兩側에磚石으로築하고그入口의架石에는麒麟窟이라書하얏다

이窟에對하야諸種의傳說과記錄이잇다大槪一致되기는東明王의九梯宮遺址라하고또東明王이麒麟馬를타고이窟로入하야大同江의朝天石(麒麟窟의西南에隣近한大同江의中에在한岩)으로出하얏다한다그럼으로이窟을麒麟窟이라하얏다고稱한다

그러나余의研究로는이窟이朝鮮人穴居時代의遺跡이라한다곳檀君時代前後의遺跡이라한다「그理由는【一】이窟이東明王의九梯宮아님이分明하다東明王은卒本(滿洲桓安縣)에都하고當初에平壤에來하지아니하얏다當時의平壤은漢武帝劉徹에게占領되야漢人植理의鄕이居하다가厥後約二百年後에東川王이비로소開拓하얏다그러면東明王의宮이될수업고또當時는穴居時代가아니다하읍며麒麟馬朝天石의等은神話에不過한다【二】支那史書에皆曰「高句麗國東、有大穴國人祭之」라하얏다이大穴은곳麒麟窟이다대개其時高

句麗의京都인平壤城은지금平壤의外城이中心이엿나니此處에서이窟이東北에在하다國東이라함은곳京都의東쪽이라함이다그러면이窟이古來異常한窟곳我人이그先祖를祭하던窟이다【三】三國史記高句麗本紀에曰「東川王移都平壤平壤者神人王儉之宅」이라하얏다王儉은곳檀君이다三國遺事「古記」에曰「檀君名王儉」이라고明記하얏다그러면平壤이我人의始祖等이居生하던都會됨이分明하다【四】支那史書肅愼傳에曰「肅愼俗穴居至有九梯者」라하얏다그리면古代東方의諸民族의穴居에九梯를架한大穴이잇섯다麒麟窟을東明王九梯宮의遺址라함은곳古代我人先祖等의九梯穴임을意味함이다무릇檀君時代의前後는아즉穴居時代를免치못한時代니이時代에最高主權者곳君長의穴은아마深邃하게穿하얏슬것이다이麒麟窟은곳當時君長의穴인듯하다【五】이窟을石築의入口에麒麟窟이라皆함은아마이窟의崇奉心을傳受한後人들의所爲인듯하다

그럼으로余는麒麟窟을太古我人곳四五千年前我人穴居時代穴居의標本이라斷定한다

二、王儉城

箕朝는平壤에都하얏다 (反對論者가잇스나그詳細한辨論은다른機會에讓하노라) 當時에는平壤을王儉城이라하얏다

그理由는【一】漢書에曰「衛滿、擊破朝鮮王準而自王之、都王險城」이라하얏스니대개漢이衛滿의孫인右渠를亡하야樂浪을置하고高句麗가樂浪을取하야平壤을作함은多數史書에明白히記在된事實인즉漢書所謂王險城」은곳王儉城이오王儉城은곳平壤이라젼에檀朝가平壤에서遷하고五國時代가되매箕朝는平壤에都하얏다가箕朝의末王곳四十一世王準이漢人衛滿에게平壤을失하고衛滿이平壤에都하얏슴이라【二】三國史記高句麗本紀에曰「東川王、移都平壤、平壤、神人王儉之宅」이라하얏스니神人王儉은곳檀君이오王儉之宅은곳王儉城과一樣의語라그러면統히平壤은檀朝時代와五國時代에는王儉城으로稱하얏나니곳檀君王儉의都邑임으로王儉城이라하얏슴이라

그럼으로余는王險의險은곳王儉의儉이誤字되얏고

同時에箕部가平壤에都하얏슴을斷定한다

三、大平壤의建設

大平壤이建設되기는高句麗東川王二十一年去今一千六百七十年前이다先是에漢이平壤을據하야樂浪(樂浪의首府는지금平壤의東南곳大同江東岸의土城이라)을삼엇더니高句麗大武神王以來로자조南征하야漢人을除하고平壤을復하얏다밋東川王이此에平壤城을築하야移都한後에故國原王은丸都城에遷居하얏다가그翌年에다시平壤城의東인黃城(平壤의東으로十里니곳大同江의東岸이라)에還하고그後에는혹은黃城에잇고혹은國內城(滿洲輯安縣)에잇더니長壽王十五年丁卯에비로소京都를平壤城에確定하고國內城과漢城(京城)은別都로하얏나니大平壤의建設은곳長壽王이完成한지라그런데當時의平壤城곳長壽王의宮城은지금平壤의北으로二十里인安鶴宮基址(大聖山의下)요그後에平原王이長安城을築하야大平壤의美를盡하얏나니長安城은곳지금平壤府및外城一圓이니라

四、大平壤의周圍및戶口

當時에는平壤을平壤城혹은長安城또혹은平壤이라稱하얏나니곳高句麗의京都요三國最大의都會라이平壤의市는北은故平壤城(곳大聖山下의平壤城)으로始하야西는蛇水(普通江)의西岸에逼하고南은大同江및蛇水의合流處에濱하야東은土城。黃城의等곳大同江의東岸을包한지라그東西는대개三十里오南北은대개六十里이다

이平壤의組織은대개故平壤城및長安城。黃城및土城等을連合하야一大市街를建設하얏나니이에大同江의東岸은東部市街。大同江의西岸곳普通江의東岸은中央市街。普通江의西岸은西部市街로되야大同江과普通江은市街의中央을貫流하고錦繡山과牧丹峰은市街中央에蜿蜒하얏다이에往來의便利를爲하야大同江에南橋(中央市街에서東部市街에通하는橋)를架하고普通江에蛇川橋(中央市街에서西部市街에通하는橋)를架하얏다南橋의架한人氏및年代는知할수업스나蛇川橋는泉蓋蘇文이寶藏王時代에架하얏다(그故址가

지금도揚名前에在함)

當時平壤의戶數는二十一萬五百八戶니此는三國遺事에明記되얏다人口를대개一戶에五口로하야도一百五萬二千五百四十人이엿슬것이다지금京城의約五倍이엿다어허大平壤이다

五、大平壤의中央市街

大平壤의中央市街는곳長安城이엿다長安城은곳지금平壤府및外城一圓이니北으로祥光山의丘陵을負하고西는普通江·東과南은大同江을繞하야一望漠漠한平野이다 이平野로平壤의中央市街곳平壤의最大市街·模範市街·中心市街를맨드럿다

이市街는대개西北을背하고東南을向하야거의半月形으로完成하얏나니市區는무릇一百八十區오그市區는다規律이整齊하야썩規則的으로排列되얏다이市街에大路·中路·小路를分置하얏나니大路는九畝路(幅五十四尺)오中路는三畝路(幅十八尺)오小路는一畝路(幅六尺)라이九畝路는縱으로市街左側에一·中央에一·市街右側에一이니무릇三大路오橫으로市街中央을橫貫한一大路이엿스며其外에各區를繞한路는대개다中路니縱으로十三中路오橫으로十二中路이엿스며各區에各히十字形으로區를貫通한小路가잇스니小路는每區에二小路곳縱으로一小路·橫으로一小路이엿다

이市街의幅圓은長이約十里오廣이約十五里니이廣濶한地에市區가꽉充滿하야規則的으로排列되얏다市區는꽉다正方形이오그市區에十字小路가잇슴으로썩田字形으로되얏다이市區는대개一區에三百戶를置할만하고全市街의戶數는대개五萬戶以上이되얏슬것이라그러면이市街의戶數가平壤全部戶數의約四分一을占領하얏다무릇이市街는平壤市의最繁華·最殷盛·最文明의市街이엿다

六、大平壤의建築및設備

가、城壁

大平壤의城壁은대개【一】平壤城·【二】黃城·【三】長安城으로되얏다平壤城은東川王二十一年에築하고故國原王四年에增修하고長壽王十五年에完成하얏다黃

城은故國原王十三年에築하얏고長安城은陽原王八年에築하얏다
　平壤城은대개三重의城壁으로存在하얏다【一】宮城이니周圍가五千一百六十一尺이오土築이니곳大聖山외下에安鶴宮基址가此이며【二】羅城은土築이니곳大聖山의東北에始하야大聖山의東南인原野를包하야大聖山의西南에至하얏스며가장廣濶하고宮城및市街가다이羅城中에入하얏다【三】山城이니周圍가二萬四千三百尺이오石築이니大聖山의上에在하고城中에多數한井池가잇스며가장堅緻하니지금大聖山城이곳此이다 黃城은大同江의東岸에在하니小規模의土築이엇다
　長安城은嚴한三重의城壁이엇다【一】宮城이오【二】羅城은土築이니大同江의東및南을瀕하고西로普通江을沿하고北으로丘陵을接하얏고周圍가二萬四百五尺이니지금平壤의外城이곳此이라廣濶하야大市街를包하얏다【三】山城이니石築이오周圍가二萬四千五百三十九尺이오西北으로錦繡山、牧丹峰等의丘陵을隨하야屈繚하고東은大同江을沿하고南으로羅城을擁하얏나니지금平壤의城壁및中城을包括한城壁基址가此이다가장堅緻하얏다
　대개宮城은君主의大闕所在地오羅城은宮城및市街를繞한郛郭이오山城은軍備를嚴設하얏다가有事의秋에堅守하는處이다彼漢土史書에每曰「平壤城險固」라함은이山城을指함이다

나、宮闕、官衙

　長安城곳壯麗의平壤城에宮闕은대개北部에잇섯다當時山城의中인萬壽臺附近에離宮이散在하얏나니所謂靑雲橋、白雲橋의等은此時의遺跡이다大聖山下의安鶴宮은故闕로在하니安鶴宮의本名은安樂宮인가한다此外에珠宮의等別宮이잇섯다
　宮闕은宮城의內에在하니매우華麗하얏다其中에中央部에는周圍約一里되는玉石의墻을繞하고此內에正殿이잇섯다彼漢土史書所謂「高句麗王宮有水晶城方可一里」라함이此이다
　中央政府곳莫離支(大宰相)以下各大臣의官衙와大模達(大將)以下各將軍의官衙는대개宮城附近에잇섯고此平壤을五部에分하고各部에大人의官衙가잇섯다

東部는大同江의東岸[illegible]普通江西
岸附近이오南部는大同江[illegible]附近이오北部
는故平壤城及大聖山[illegible]街及長
安城附近이엇다。

[illegible]

大學은小獸林王二年[illegible]
書館은宮城附近[illegible]平壤을陷落
하고圖書館에入하야曰「이[illegible]一炬에
燒燼함이此이다倉[illegible]麗文이敀
變을顧할時에만저此書을燒하[illegible]
山城에多數히配置[illegible]
寺院은的門寺[illegible]
開土王의創立[illegible]
多多하얏다金剛寺는[illegible]大同江의
東岸及當時東部에[illegible]

第七、大平壤의人物

大平壤의人物은[illegible]主權을
雄大、優美、秀麗한勝地勢、前況은大人物을만히産出
하얏다

帝王으로는廣開土王이生하얏다當時宮城은黃城에
在하얏나니廣開土王의誕生地는黃城及大同江東岸이
다이廣開土王은朝鮮歷代君主中에가장完全한君主이
다

政治家로는蓋蘇文이生하얏다彼는東部大人大對盧
의子이야마東部及大同江東岸에서生하얏다彼는朝鮮
의最大理想的、最大氣力的의政治家이엿다

軍人으로는乙支文德이生하다乙支文德은大平壤의
郭外인石多山에서生하다彼는朝鮮陸軍의軍人으로歷
代第一人이다

宗敎家로는我道가生하다我道는黃城에서生하다彼
는朝鮮最初의高僧이다

學者로는李文眞이生하다彼는當時大學의博士이엇
스며高句麗史를修正하다

藝術家로는曇徵이生하다彼는畵伯으로當時東洋에
一流名畵師이엇다

音樂家로는王山岳이生하다彼는玄琴及「검은고」創

造者이다

附言「지금平壤은朝鮮人의戶數가一萬戶에不過한다。中央市街의遺跡을井田遺跡이라하나니後人의無識이可憐하다。무릇平壤에關한事跡을訛傳•錯論•昧說로終하는者ㅣ만흐니我人의程度가이러케可惜하게된것은實로愧汗을不禁할바로다」。

婦人欄

愼宗錫 譯

■獨逸의婦人代議士■獨逸의男女職業競爭■戰爭과婦人의凌辱

獨逸의婦人代議士

戰勝國된英國의總選擧에資本主義的政府가大勝을博하야婦人候補者가慘憺한敗衄을蒙하며同戰勝國된佛國이今尙婦人參政權을認치아니함의好個對照됨은戰敗國된獨逸의國民議會에三十六名의婦人代議士가選出된事實이라

今에其婦人等의黨派別을調査하면最히頑迷한保守主義者의集合이라할獨逸國民黨에六名ㅣ婦人參政權運動에首領으로또女權論의著述家로高名한「케ㅣ테•실맛헬」女史도其中에一人이더라

加特力黨(舊中央)四名即「아구네후•노이하우쎄」夫人「슈밋스」夫人「우에쎌」夫人(이二名은女學校敎師)及뮤ㅣ에히勞働組合의幹事「쓰에로라ㅣ」孃이다「쓰에로라ㅣ」孃의職業을見하면加特力黨에도勞働者團体와如한民主的의左翼을含하여잇다이것은同盟罷業이라든지何等의大事件이突發하면社會主義的精神을發揮하야黨의統制에服從치아니케함을想起케하는것이다

民主黨에屬한五人中에智的職業에從事치아니하는者는僅히一名인대即케ㅣ니히스풀구商店員「푸렌나ㅣ」夫人뿐이오其他는校長•女醫•書肆의女主人等이더라

社會黨多數派에屬한十八名의婦人代議士中에職業

不明者가十一名이오數名의勞働組合役員又는社會黨支部幹事가有하다
最後에社會黨少數派는二名의婦人代議士가叅하얏는대即一은「로ー래●아구네스」女史요一은「루이제●디에스」女史인대此二人은共히勞働組合의出身으로急進主義者로認定된者이다特히「디에스」女史는旣히二三年來洗濯婦組合並社會黨部內에서奮鬪하야來하얏스며故首領「베ー베루」와提携하야常히修正派에敵對한社會黨中錚錚한人物이다
女의職事를寺院과厨房과兒子에限하엿든歐洲의一賢母良妻國이「카이제루」의沒落과共히一轉하야歐洲中最多數의婦人代議士를有함에至한것은진실로珍聞이다

獨逸의男女職業競爭

最近에獨逸로서歸來한一人의記한바에依하면獨逸서는戰爭中에婦人을電車의車掌으로採用하얏든바戰線으로븟허歸한男子車掌이復業을强迫하나一方에婦人車掌도退職을肯從치아니함으로不得已하야一車에男女二名의車掌을置하야一人은乘客에게金錢을收集하고一人은此를受取하야保管한다는奇談이有하다其他到處에이러한새문에冗員을備置함으로經濟上破綻에心力을勞하게된다고한다

戰爭과婦人의凌辱

「獨墺兵卒이聯合國婦人에對하야暴虐한凌辱을加함에對하야佛國婦人이抗議를開始하엿는대美國婦人五百萬人도右運動에叅加하야다」함은巴里電報에報道한바다

格言百則

愼 宗 錫 譯

忍耐篇 (五十則)

忍耐하라 忍耐訓

忍耐하라忍耐하라忍耐하라忍耐의行路에横在한것은成功이며月桂冠이라汝는月桂冠을得코저하야惱하는者ㅣ아니냐汝는忍耐持久하라그리하면汝의榮冠은汝의手에

落하리라

忍 辱　釋 迦

杖劒・瓦石・誹毀・罵詈을當하야도 맛당히忍辱의鎧胄를着하라

一 忍　蘇老泉

一忍으로써百功을敵하며一靜으로써百動을制하나니라

忍 耐　안다ㅣ손

忍耐라함은十九回의失敗로서第二十回째의成功이다

不 可 能　카ㅣ라일

一切의高尙한事業은그始初에는다不可能이라

伸하기爲함　東洋俚諺

尺蠖의屈縮함은伸하기爲함이오龍蛇의蟄伏함은時를得하기爲함이니라

良 師 友　히우시루레루

世界는大學校오困難은良師友니라

勝 利　拿 波 翁

勝利는最히忍耐의强한者의掌中에歸하나니라

成 功　몬테스키유

許多事業의成功은事業의成功하기까지에幾何나多한時間을要할가함을知함에在하니라

失誤와發見　디수레리

人으로서一의失誤도無한者는決코一도發見하기不能하니라

不 棄　藤原藤房

天이其人을禍를過케함은天이오히려其人을棄함이아니라禍를過하고改치아니한後에此를棄하나니라

勉强과注意　수테우ㅣ도

如何히才能이優勝하야도百折하야撓치아니하는勉强과萬事에精勤하는注意가無하면事業의成功할餘望이無하니라

待할줄知함　스마일쓰

成功은待할줄은知하는者에게來하나니라

徐 行　스마일쓰

徐行하는者가오래가고쏘멀리가나니라

艱難學校　스마일쓰

艱難은最良의學校니라

艱難은天賦의梯子　스마일쓰

艱難은吾人을天國에登케하는梯子니라

成功의要件 스마일쓰

早年의困苦는成功의要件이니라

艱難은興奮 스마일쓰

艱難은吾人을興奮식여前進케하나니라

失敗가有力 스마일쓰

失敗는吾人의奮鬪力을猛烈케함에大有力하니라

樂의種 西洋俚諺

苦는樂의種이니라

天才 스마일쓰

天才는忍耐•勤勉으로來하나니라

甘來 東洋俚諺

苦가盡하면甘이來하나니라

桑葉이綢緞 스마일쓰

時間과人力은桑葉으로綢緞이되게하나니라

困難이敎師 스마일쓰

困難은吾人을訓練하는最良의敎師니라

進과信仰 마리아ㅣ

不休而進하며不絕而信仰하면困難할도遂히困難치아니할지며始에能爲키難한事도遂히能爲함에至하리라

水銀 써이론

予는變動이多함을惜함予는水銀과如한物質로되여서其胸中에永久한基礎가無한人을嫌惡하며忌避하야此를詰責하며此를斷絕함

着手 시에ㅣ크스페야

한일一回事業에着手하면그하는바의總事業을得成함이아니면休止함이不可하니라

熱誠 에마루손

世界의歷史에在한偉大出色의運動은何者든지다熱誠의勝利니라

眞理 부루노ㅣ

予는死할지언정眞理는枉치아니할진저그러면火刑의前에도恐함이無할지니라

境遇 로바루토손

苦痛•悲哀•失望又는恢復하기難한過失等과其他如何한境遇에在하야도世上에忍할만한事物이存在치아니하다고言치아니하노라

熱　心　　　　バ

熱心　　바루쿠

그筋肉은撓치말지며그眼은逃치말지며그思想은惑처말지어다이와갓치하면勝利를得하리라

進步가遲함　　스마일쓰

人은宜히志向을定하며功課를勉하며忍耐하야成就의時를待하라與利의最히善한者는그進步가最히遲함저니라

不幸　　다니ㅣ루ㅣ

不幸을遇치아니한者보다不幸한者가無하며禍災를知치못한者보다禍災를受하는者ㅣ無하니라

英才

逆境에서在하야還易함은英才가안이니眞의英才는逆境의裡에在하야順境을作하야出하는者니라

特色　　진구수테ㅣ

艱難에僻易함은小人의特色이오此에頓頑하야屈치아니함은大人의特色이니라

名譽　　스마일쓰

人生의戰爭은險阻한處에서할지어다戰치아니하고利를得함은此를得하야도名譽됨이無하리라

沮喪　　존향수ㅣ

하기難한事를當하야志氣를沮喪하는人은大業을爲키不能하며하기難한事에克戰코저하는志氣가有한人은決코功績을失치아니하나니라

一條의光明　　아라고ㅣ

進하는君이여進하는汝에게際會되는困難은더욱더욱汝로하야금勇進케하야進하는心을決定케하는것이니라進하고進하며忍耐奮進하야止함이無하면畢竟은一條의光明이汝의頭腦에落하야汝의行路는進하는대로益益明瞭함을成하리라

忍耐는剛德中에在함　　라수킹

忍耐는剛德中에在하야最히美하며貴하고稀罕한者라忍耐는種種의快樂의根本이오種種의權威의根本이니人의將來의期望은忍耐로붓허得할지라故로持久의忍耐力이無한者는그期望하는事物을失함이有할지니라

最히價値가有한成功　　새루쿠

失望中에도活動을繼續하라最히價値가有한成功은最多의困難을排除하고功을成한者이며最히榮譽가有

한功名은極劇한舞臺에서[illegible]忍耐하며精
勤하라그러하면俯仰天地에[illegible]無하리라

境　遇　[illegible]

境遇는高名의人을[illegible]英豪의
士는何者든지다干難萬難[illegible]鮮血淋漓의
裏에서凱旋의歌를[illegible]世界에
人의最大한事業은[illegible]大
의事業을함에[illegible]有치못
할지니라

運　命　[illegible]

汝의精神을振起하야[illegible]汝의選擇한
運命으로못하면[illegible]觀한事로有
할지며賢哲의一生[illegible]決
코沮喪치勿하며汝에[illegible]此
堅한氣를挫치勿하라[illegible]勝利가留在
하나니라

大敗의才　王朗川

能히人의忍키不能한事[illegible]不能한事
를할지라凡人이大敗의才[illegible]必有大敗의度

이有하나니子房이履를納함을恥치아니하며韓信이胯
下로出함을辱됨으로아니하야後日에皆莫大의功名을
成하얏도다屈辱의境과横逆의地는곳豪傑을鍛鍊하는
爐槌며聖賢을琢磨하는砥石이라能히其琢磨鍛鍊을受하
야玆에大器를成하나니受함에能치못한者는其器의大
함을成치못하나니라

捨함이無하라　수로우夫人

汝ㅣ困難한地位에落하며萬事가如意치못하야今에
一分間이라도汝의地位를維持키不能할만한境遇에達
할지라도決코此를捨함이無하라盖如斯한時는如斯한
境遇이야말노潮汐의變更하는時가되는所以니라

中止치勿하라　호투무수

決코中止치勿하라神力을信하라最히賢良한者는大
胆의者니라그러하매經絡言中에最히善한者는더最古
의嚴格한標語인決코中止치勿하라함에在하니라堅忍
하라好運의分子는眞正着實한美론人의胆에在하니汝
의目的을固持하라

徐徐히進하라　貝原益軒

凡勤務함에退屈하야勤務키難함은大槪精力의弱한

者ㅣ아니오氣乏하야事에務함을嫌하며心忙氣短한故로難하겨思하야抵觸하는者이라心을靜히하야事를嫌치아니하며次第를隨하야한아식한아식成就하면久勤하야도疲함이無할시니怠함이無하며休함이無히하면徐徐히進하야도成遂함을得하나니라

한숨과笑 엘로리스디

甲은好運의笑하는中에座하야한숨을吐하며其喜할時에도尙히暗影이有하나乙은常히飢餓의苦痛을受하면서死의前에在하야尙히笑하도다

水

水와如히定함이無하고卓越한事를欲함은不可하니라

偉人

忍할만한事를忍함은人의通常이오忍키難한事를忍함은偉人이니라

牛와馬 三浦安貞

今에人이或은學에志하며或은藝에志하는者ㅣ一旦奮起하야晝夜를分치아니하고務하며勵하나已히一月을經하며半月을過하야懶怠의心이漸生하면余의勤勉함이至極치못함은云치아니하고氣質의過失에委하나니라馬가疾하다하야朝에暫走而留하면있지牛의終日의役을及하랴谷間의石이磨하며非幹의間하게됨은一朝一夕의力이안이니라今日에不怠하며明日에不怠하며今年에不怠한然後에야其功績이實現되리니人이一生의力으로써道에努力하야도오히려其玄奧함에至하기는不易의事라하물며一月半月乃至一年半年의勉勵로써他人의一生의功에比코저함이리오是는思치못함이甚한者니라

勤勉篇 (五十則)

勤勉 勤勉訓

勤勉은人生에幸福을賜하는者니汝는徒히拱手夢想으로機會의來하기를待치勿하라勤勞치아니하는者에는天이決코幸福을與하지아니하나니라

勤勉의樂 勤勉訓

一日에業을終하고休憩하는夕에如何히樂할가를知치못하느냐汝는勤勞하라스사로勤勞치아니하면誰가有하야幸福을與할가早히勤勉하라汝를大케함은實로勤勉의力이니라勤勉이라勤勉이라勤勉은何物에도成

功을與하는者됨을知하라

肉體와靈魂의安息　토바루토손

怠惰하야何事도爲치아니함은肉體의安息이오完全한活動으로써業務에從事함은靈魂의安息이니라

勤學訓　貝原益軒

人이生하야學치아니하면生치아니함과同하며學하야道를知치못하면學치아니함과同하며知하고行치아니하면知치아니함과同하니라

人에재學함　쌔이론

生하야知하는者ㅣ有치아니하나니名士와博學者가다人에재學한者이라

上帝와賞與　뻐ㅣ수

上帝는徒히人의成功을賞치아니하고其勉力을賞하며且人의心理를視하야其才幹을賞치아니하고其耐能을賞하나니라

懶惰　翠園漫錄

何事에도依賴치勿하고業에就하야怠치말며成功에急치말고오직恒常心을此에存할지니라

幸福　라수킨

五穀의長함을見함에花의開함을望하고鋤犂持한手로愛하야祈한다神은此等의人을幸福스롭게하나니라

長壽의法　스마일쓰

長壽는千歲의長壽로써計치못할지라壽命의實을知코저하면宜히其人一生의間에行한事로써此를算할지니懶惰하야無用의人은雖幾何의長壽를得하얏다하야도한갓生活하는一物됨에不過하나니라

靈力　재ㅣ테

일직이淚로써쌩을食한事無하고또일직이冷한衾上에서苦慮의多한夜를발킨事가無한者는汝의美妙한靈力을識함을不得한者니라

休息과空漠　크ㅣ바ㅣ

職業이無함은決코休息함이아니라凡職業이無한時에起하는空漠한思想처럼人을苦勞케함이無하니라

勞働은神聖　카ㅣ라일

世에如何한手頭의勞働이라도苟히職業인것은皆其中에神聖한意가有하다

樂趣充滿　미루

工事를務行함은비록極히勞苦의業이나매우無量의

樂趣가充滿한者로시ᄯᅩ스사로其身의進修하는바와具가되나니라

現　在　　로바루로손

오직現在에埋沒되지말지어다今日은如何히迅速케昨日되는것을見치못하느냐

ᄯᅩ歸來치아니함　　배ㅣ론

人生의中에는每時每分에各各其特別의事業이有하나니一次此를失히면ᄯᅩ歸來치아니하나니라

幼齡者와老年　　배ㅣ큰

幼齡의人이라도時間을虛費치아니하면其時間을閱過한限界로부터老年經驗의人이라謂할지로다

睡의短縮　　뻐ㅣ돌

余는可能한때ᄭᅡ지余의生活을助長키爲하야可能한때ᄭᅡ지睡함을短縮하노라

永遠으로부터來　　카ㅣ라일

白日이ᄯᅩ來한다浪費치아니할事를勉하라此日이永遠으로부터來하야夕에及하야永遠에復하나니라

才　能　　론구후에로ㅣ

成功의才能이라함은汝의能히할만한바를하며其함바의何事됨을不問하고名利의念을懷치아니하야此를能히함에在하니라

勞　役　　라수킨

余는天賦의才가有하다稱하는靑年이有함을聞하는때마다彼는果然勞役하느냐先히問함을常으로하노라

何物이라도賣함　　에말손

神은相當의價를支拂하는者에向하야는其人의誰됨을問치아니하고何物이라도賣하나니라

事　業　　가ㅣ후이루도

此世界에在한總事業은人이스사로作치아니하면決코自然히製作되는者有치아니ᄒᆞ도다

時間과生命　　푸랑클딘

汝는生命을愛하나냐그러면時間을浪費치勿하라何者오時間은生命을造하는元素가되는所以니라

勿하라　　朱晦庵

謂치勿하라今日에學치아니하고來日이有하다고謂치勿하라今年에學치아니하고來年이有하다고、日月이逝하야歲ㅣ我와共히留치아니하나니라嗚呼라老함이是誰의愆이랴

移하는太陽　　　西洋俚言

汝ㅣ名譽를得코지하면太陽으로하야곰汝의臥床에窺케勿하라

再　讀　　무랑클린

一回讀할의價値가有한書籍이거든모름직이再히此를讀하라

貧　賤　　張楊園

財가無함이貧이아니오祿爵을忘함을貧이라하며官이無함이賤이아니오詩書를廢함을賤이라하노라

誇치勿하라　　솔로몬

明日이有함으로써自誇치勿하라盖人이一日中에도何事가生함을知치못하는故니라

十　年　　스마일쓰

每日一時間式勉學하야積함을十年에至하면即愚昧의人이化하야聰明한人을成할지니라

處世訓　　德川家康

人의一生은重荷를負하고遠한道를行함과如하니라急遽히말지어다常히不自由를思하면不足함이無하고心의所望이來하면困窮할時를思出하라堪忍은無事長久의基本이니怒하야敵에게勝할事뿐知하고負할事를知치못하면害ㅣ其身에至하리라自己를責하고人을責치말라及치못함이過함보다優하니라

即刻에하라　　東洋俚言

汝ㅣ讓하야光陰을蹉過함이無하라何事든지眼前에할것은即刻에하라行하야終한後에當히遊息할거시오決코未了의前에는遊息치말라譬컨대事務는軍行과如하니若前隊에게俄然히阻礙되야軍行의常度를變하면後陣은必히混亂할지니라이와갓치手에當하는事務를急速키處辦치아니할時는他의事務ㅣ後를繼하야累至할지니如斯히一時의許多한事務에圍繞催逼되면엇지心神混亂치아니함을得하리오

職　業　　米國諺

職業을有한者는即財産을有한者이며事業을有한者는利益과名譽를有한者니라

大將과豪商　　나폴레옹

豪商의富를得한者는大將이一擊의戰爭에依하야敵을勝함과如히迅速且容易한事로는予ㅣ決코思惟치아니하노라

天職 스마일쓰

人이苟히此世에生하면自己의할當然의職分이有하며毅然히擔當할勞苦가有하야此를決코逃避함이不可하니若此를强히逃避하면其自己의損害만될뿐아니라邦國全體의損害가되나니라

寒暑 椿山

凡人이非業으로써天下에鳴코저하는者는謹하야寒暑를口頭에出치말지어다人生이僅히五十年요로서寒暑를除하면其餘의時間이幾何이뇨宜히夜로써日을繼하야孜孜勤勉할지니엇지寒暑를厭할暇隙이有하랴

人生의長短 세네카

人生의長短은可히年齡의多少로써數할것이아니요宜히其行한事業의多少로써此를算할지니라

奮發 中村正直

前人의勞苦를經하며試驗을積하며難事에堪耐하야大業을成就함을觀하야奮發의意를發하라

思想 카프일도夫人

正確한思想은勤하는者를幸福케하나니라그러나勞하지아니코正確한思想을得하는者無하니라

懦者와勇者 카ー라일

若大石이道路에橫在하면懦者는此를觀하고行路에障碍라하며勇者는此를視하고猶히進步의發階라하나니라

忠實 福澤翁

人이其從事하는바業務에忠實치아니치못할지니其大小輕重을勿論하고苟히其責任을怠하는者는獨立自尊의事이안이니라

布團 단테

布團의上에座하며錦衾의下에臥하야는名譽의路를達키難하니라

光陰 말레잉

汝ㅣ後日如何한事業을하겟다함에着眼함보다寧히今日如何히하야此의光陰을無益치아니케送하겟다함에注意하라

率先하야

良主人이되고자하면率先하야寢하며率先하야起치아니치못할지니라

蜩 松平樂翁

蠅은다시업시惜하는것이나蠻猴의夢을妨함은懶怠者에謙함이라云할것인즉咎함이無할거시로다

依賴心　　樗山佚齋

人을依賴하야讀한念佛經이我를爲하야通치아니함은人을依賴하야食한飯이我의飢함을饒치못하며人의知한事가我의智慧의自得에及치못함과合點되나니라

識見　　스마일쓰

勤勉의功을積하지아니하고容易히得한바識見은此를敎養의道로하지못할지니라

勞働을愛하라　　우엘암펜

勞働을愛하라汝ㅣ만일食物을爲하야要치아니하거든此를肉體를爲하야要하라이것은身體를强固케하며精神을健全케하며懶怠의結果를防禦하는者니라

克己　　쎄ㅣ콘

스사로依賴하는事와己를克하는精神이라함은人에게學함에我가自力으로甘味의麵包를食하야自己의生活을得하기爲하야學하는것이며且眞正히勞働하며貯蓄에注意하야스사로信하는바善事에消費코저하는事로써하는者니라

勤儉推讓　　二宮尊德

今日의物을明日에讓하며今年의物을來年에讓하는道를務치아니하면人으로人이아니라十錢을得하야十錢을消하며二十錢을取하야二十錢을費하야越夜의錢을持치아니하는今日主義는禽獸의道이오人道가아니라禽獸에는今日의物을明日에讓하며今年의物을來年에讓하는道가無하니라그러나人은不然하야今日의物을明日에讓하며今年의物을明年에讓하는道가有할뿐아니라此外에子孫에讓하며他人에讓하는道가有하니라人에雇傭하야給料를受하야其半을消費하고其의一半은後日의計로讓하야或은田畓을買하며家와倉庫를建立하야子孫에讓하나니此世間의人이不知不識히行하는바卽讓道라云할者니라

그러한대此讓道는單히我를爲하며子孫을爲함에止함이아니라또親戚朋友를爲하야鄕黨을爲하야讓하는者이며且此를大히하야國家를爲하야讓할者니라如斯히眼前에他에讓함과如히現하나然이나押出한水의來함과同一히畢竟我의身上을維持하는道이라故로家產이有한者는勉하야家法을定하야推讓을行할지니라

그런대人으로부터。家로부터老幼가多하며家族이多하며病人이行하미厄災가有함으로每戶必히一樣으로行치못할것이나그리나此道를勉하는者는富貴榮譽ㅣ此에歸할지오此道를勉치아니하는者는富貴榮譽ㅣ此를離할지바少行하면少히歸할거시오大行하면大히歸할거시니此ㅣ勵치아니하고有치못할지니라

時 間 스마일쓰

時間은黃金이니라

후유며。山東。土耳其

細耘

一、「후유며」는엇던地方이뇨

「후유며」는今番巴里會議의大問題가되엿던地方이다「후유며」의狀態는以下갓다

「후유며」는匈牙利의領有이던良港이나「크알네로」灣의北極에잇서有名한「또리에쓰트」灣의西南으로四十六里가된다市街의半分은적은丘陵을의지하고

半分은海岸에잇서墺匈國의「아드리아틱」海岸에서는「또리에쓰트」의弟되는繁盛한商業地이다이市街가바로적으나매우必要한良港임은事實이다이번墺匈國이分崩되매伊太利와「유고슬라부」가서로이市街를競爭하엿다

伊太利가此를取하라는理由는대개이러하다【一】伊太利는自來로이良港에目을注하던바오【二】「후유며」에는伊太利人이多數히住居하나니곳「후유며」總人口五萬弱內에伊太利人이二萬四千이며以外에匈牙利人六千。슬라부人近二萬이잇다【三】「후유며」는墺匈國의領有이엇스나千餘年間에伊太利人의自治市街로잇섯다昨年十一月墺匈國이瓦解되매「후유며」의政治는곳同地伊太利人會議의手에歸하엿다同時에그伊太利人들은「후유며」를伊太利에合併하기로宣言하엿다이러하야伊太利는「후유며」合併을主張한것이라그러나「유고슬라부」곳「쎄칸」半島에新興한슬라부人의大國은그必要上으로「후유며」를自國에合併하기를請求하엿다

맛츰내伊太利의反對로「유고슬라부」에合併이아니

되고自由港이되엿다는報道가잇다

二、山東은엇던地方이뇨

『후유머』와前後에巴里會議의大問題되엿던山東은이러한地方이다

山東은支那古代의文明淵發인齊魯故地이다聖人孔子。政治家管仲이다此地의人이다我渤海朝의張文休將軍이海를越하야登州刺史韋俊을擊殺하던地方이다人口稠密하고物産豐富한地方이다

往年露德法三國이遼東半島問題로支那를助力한後에歐洲列强이支那各地에根據地를取하얏다其時에獨逸은山東省의膠州灣을擁하고爾來靑島에大根據를備하얏다此가곳獨逸의東洋經營根據地이엿다歐洲戰爭이되자靑島가陷落되고獨逸의權利範圍가日本의手에歸하얏다이번講和會議에支那는山東問題로大活動을하얏다그러나맛츰내如意치못한形勢이다

三、土耳其의生死問題

土耳其는歐洲에在한唯一의黃人種國이다土耳其는本來에亞細亞東部에잇섯나니彼古史所謂玁狁。凶奴。突厥의等이此이다中世에彼等은東方에서擊退되야西方으로進하얏다彼는回敎를信하고强大한兵力을備하야一時歐亞阿三洲에橫行하얏다近世以來로彼는回敎의迷信。政治의腐敗等으로國勢大衰하얏다此上에歐洲의白人國곳基督敎國이强盛하매모다歸을齊하야土耳其를壓迫한다무릇土耳其의自身上過失이업지아니하나또한異人種。異宗敎의國인原因이多하다

이번歐洲戰爭에土耳其는獨逸을助하얏다밋獨逸이敗하고講和會議가되매土耳其는大不幸에陷하얏다歐洲列强은土耳其分割統治를唱함에至하얏다土耳其의生死問題는지끔刻刻危急하얏다

아々半月旗가장차이地球上에光을晦하랴는가突厥은昔日高句麗의隣國으로干戈보다玉帛으로만히相見하던者라아々半月旗야爾가此를知하나냐

自信의生活

李載甲

世界의人類를細分하면黃人이라던지白人이라던지

東洋人이라던지西洋人이라던지朝鮮人支那人이라던지北人南人이라던지論할수잇도다그러나如斯히複雜한多類以外에更히二種人으로分類할수잇스니成功한人과失敗한人이是라成功한人은成功의甘酒에醉하되失敗한人은失敗의苦果에泣함으로世人은誰某를勿論하고成功한人이되고지熱望하며失敗한人이되기는夢中에라도思慮치안이하도다그러면何故로世界의人類를吾人이成功한人과失敗한人으로細分케하는事實이有한가?是는一大疑問이라고말하지안을수업도다

成功이라던지失敗라던지그自身은存在한것이안이오다만吾人의實行의結果를描寫하야論함에不過하니라그런故로成功을欽慕하는者는成功을맷는實行의樹를植할것이오失敗를厭惡하는者는失敗를맷는實行의樹를拔할지니라失敗를맷는實行의樹는맛치地下에盤居한樹根이야充分한滋養을吸收할수잇는지可否를不問하고다른樹木이發芽하얏스니發芽하여야되겟다다른樹木이開花하얏스니開花하여야되겟다。다른樹木이繁盛하엿스니繁盛하여야되겟다하야最速度로發芽하며開花하며繁盛함과갓흐니이는目前의瞬間은芳香을發하며綠陰을作하나地下의樹根이充分한滋養을吸取치못하야憔殘함을未免이오成功을맷는實行의樹는맛치地下에盤居한樹根이充分한滋養을吸取할수잇는지可否를問하야可하면다른樹木이發芽하며開花하며繁盛하는時에發芽하며開花하며繁盛하고萬一否하면다른樹木이야發芽하얏던지開花하엿던지繁盛하엿던지不拘하고目前의瞬間에는其香을不發하며綠陰을不作하야數多한樹木과同列되지못함을不拘하고늣지만은먼지地下의樹根을더욱더地下로盤居케하야充分한滋養을吸取하야長久히其香을發하며綠陰을作함이니라

以上論한失敗를맷는實行의樹는世人의行動을模倣하야行動함을指함이니수에眼瞳을크게하야社會의人衆을보라自己의主義、理想懷抱를따라投足하며擧手하는者가幾人이나되는가?社會의人衆의大多數는盲目的으로他人이飮酒하닛가飮酒하며喫煙하닛가喫煙하며靑樓에가닛가靑樓에가지안는가?그네들은社會의耳目을避하기爲하야自己의主義는右로行함이나社會의人衆이左로行함에左로行하고自己의理想은上으

로指하나社會의人衆이下로指함에下로指하고自己의懷抱는社會의罪惡을滅코저하나社會의人衆의耳目을忌憚하야罪惡中에醉生夢死하는도다如斯한人의게成功이몟億萬番을訪問한들成功이갓치할수가잇슬가？成功을맷는實行의樹는世人의行動을模倣하야行動하는正反對로自己의主義、理想、懷抱에依하야行動함을指함이니今에眼瞼을크게할뿐안이라顯微鏡을대고社會의人衆을觀察할지라도社會에는極히少數의人外에는自己의主義、理想、懷抱에依하야行動하는者가殆無하도다

思하라諸君이여！自己의心中에깁히잇는主義理想懷抱라도滋發이有하야發動하는行動이안이고엇지成功의芽를發하며成功의花를開하며成功의結果를得하렛다라고論할수나잇는가？世人의多數는말하면그럭저럭의生活을한다고하야도決斷코過言이안인줄로思하노니그네들의生活은맛치野草가東風이吹하면西에傾하고西風이來하면東에曲함갓하야自己中心이안이오他人中心인故로主義、理想懷抱가업는것은勿論이오아모經綸定見이無하야世人의毁譽에自己의眼目을두어世人의毁譽로自己의目標를삼오니世人이怒하면恐縮하고世人이笑하면喜悅하야다만衣를爲하야動하며食을爲하야樂하며情慾을爲하야活動하나니萬一衣、食、情慾等그네들의所求物이手中에無하면곳悲歎하며煩悶하야大聲으로社會를咀呪하며萬一衣、食、情慾等그네들의所求物이手中에在하면곳喜悅하며踊躍하야高聲으로社會를稱讚하야全혀主張업시自欺하며他欺하야그럭저럭生命을繼續하다가人生百年이狹風갓치馳去하야世上을離別할때에는遺世함이殆無하야社會에아모影響이無하도다

그러나大丈夫의生活은自己의主義、理想、懷抱를實顯키爲하야잇나니主義를爲하야는苦痛도謝하는것이안이오理想을爲하야는窮도避하는것이안이오懷抱를爲하야는妻子도離키를不惜하야다만前進할뿐이니라大丈夫는他人의行動에依하야行動하지안이하고自己의主義理想懷抱에依하야行動하나니世人의毁譽를全혀置之度外하는도다！大丈夫는自信하야自欺치안이하니他人을欺하고저策略을用하지안이하며卑劣한手段으로偉人、君子라고稱言함이된다할지라도生前의

虛榮。死後의虛榮을求코저하지안나니大丈夫는主義를爲하야生存하며理想을爲하야生活하며懷抱를爲하야活動하는故로世人은自己의主義。理想。懷抱를誤解하야牛馬라하던지鷄犬이라하던지世人의自由에任하고「多數의愚人은自己를不知하나識者는知하더라現代의識者는不知하나後世의識者는知하리라後世의識者로不知할지라도神은知하리라神도不知한다하드라도余ㅣ余를知하니余의지未練을말하며愚痴를나타낼가？世上의毁譽褒貶이余의게무엇하랴？」하고自信이有하야何必勇往直進한後에야如斯히함에大丈夫의主義理想懷抱는一時에는失敗한듯未成한듯하나生中에는成功하리라一生中에成功치못할지라도後世에는確實히成功하리라是는허망하리라는漠然한推想이안이오東西古今의事實이分明히證明하는바ㅣ로다然則諸君！諸君은成功하고저하는가？그러하면主義를爲하야生存하며理想을爲하야生活하며懷抱를爲하야活動하라活舞台上에障害가有할지라도主義를目標삼아主義가成功될것을自信하고勇往하라勝城이有할지라도理想을標準하야理想이成功될것을自信하고前進하라威嚇이有할지라도懷抱를規矩하야懷抱가成功될것을自信하고直進하라諸君의諸君을知함은確實하고明白하니엇지成功치못하랴?!

舊傳

撫古生

一、三國時代의三國一

△三國一의大都會 平壤(二十一萬五百八戶)

△三國一의大山 太伯山(白頭山)

△三國一의大江 黑水(黑龍江)

△三國一의大野 扶餘野(滿洲野)

△三國一의大湖 涸沱湖(興凱湖)

△三國一의大城 長城(蓋蘇文의築)

△三國一의大島 耽羅島(濟州)

二、金貨의祖

世界에서金貨創造로現著하기는朝鮮과月氏라月氏가西에서興하는前後에新羅가東에서興하얏스매彼月氏에는人像을刻한金錢이오新羅에는有孔無文한金錢

이녀何如하면지金貨의祖로는新羅와月氏니라今人이貨幣의程度로그社會文明의程度를測하는수잇나니곳第一流의國은金貨國이니英美等國이皆是오第二流의國은銀貨니支那가그例라朝鮮은貨幣로이러케金貨의祖니라

三、古代人의冬季行事

▲扶餘는臘月에國中이大會하야天에祭하고連日飮食歌舞하야迎鼓라名하다

▲馬韓은十月에農功이畢하면神에祭하고晝夜酒會오群聚歌舞하매舞할時에는數十人이相隨하야地를蹋하야節을하다

▲高句麗는十月에國中이大會하야天에祭하고東盟이라名하며國東大穴에서神을迎하야祭할새매양君主가親히祭를行하다

▲百濟는매양十一月에天에祭하고或은十月에도天에祭한事가잇섯나니百濟에서는대개君主가獨히祭를主하다

▲新羅는十二月寅日에君主가五廟에祭하고十一月에八關會를開하야君主가親臨하야國人과합께禮를行하다

▲渤海는高句麗와略同하다

▲高麗는十一月에八關會를開하다

新話

拾香生

▲三頭目年齡

이번巴里會議에三頭目의年齡은佛國「클레망소ㅣ」氏가七十八歲니最年長者오其次에美國「윌손」氏六十三歲・英國「로드・쬬ㅣ지」氏가五十六歲라더라

▲婦人文官案

美國下院에서는勞働黨의提出한「婦人을普通文官及司法官에就任키不能하게한規定을廢止하게된法律案」을第二讀會에서通過하얏다더라

▲最大飛行機

지난五月二十四日英國「후안부」에서試驗飛行할際에破壞된「헤론」式三葉飛行機는世界의最大한飛行機니三千馬力의發動機를備하고一百人의乘客을載하고二千哩의飛行을繼續할만하다더라

社告

本雜誌創刊號는本月十五日에發行하기로定하얏스나印刷의遲滯로數日延期되얏사옵기玆에謹謝하오니讀者諸位는恕諒하시압소셔

京城府茶屋町八二番地

서울社 告白

寄稿歡迎廣告

本社에寄稿하시는諸位는左의事項을注意하시압

一、寄稿는每月一日以內로付送하시압

一、寄稿의揭載與否는本社에서定함

一、寄稿는返還치아니함

編輯室에서

定價表

一冊 定價四拾錢 郵稅貳錢

冊數	先金	郵稅	合計
參冊	一圓十五錢	六錢	一圓二十一錢
六冊	二圓三十錢	十二錢	二圓四十二錢
拾貳冊	四圓六十錢	二十四錢	四圓八十四錢

廣告料

等級	半頁	四半頁	一頁
特等			二十五圓
一等			十六圓
二等	七圓	四圓	十三圓
三等	六圓	三圓五十錢	十圓

大正八年十二月十三日 印刷
仝 八年十二月十五日 發行 （每月壹回十五日發行）

京城府堅志洞百十二番地
著作者兼發行者 張道斌

京城府黃金町二丁目二十一番地
印刷者 崔誠愚

仝
印刷所 新文館

發行所 京城府茶屋町八十二番地 서울社

月刊雜誌 曙光 第一號發行廣告

主筆 張膺震

主要目次

定價 壹冊 四十錢 郵稅 壹錢

發行所 京城府松峴洞四〇番地 文興社

長電話 一六三三番
振替京城七〇〇五番

寄稿歡迎廣告

本社에寄稿하시는諸位는左의事項을注意하시압

一、寄稿는每月一日以內로付送하시압

一、寄稿의揭載與否는本社에서定함

一、寄稿는返還치아니함

編輯室에서

定價表

一冊 定價四拾錢 郵稅貳錢

冊數	參冊	六冊	拾貳冊
先金	一圓十五錢	二圓三十錢	四圓六十錢
郵稅	六錢	十二錢	二十四錢
合計	一圓二十一錢	二圓四十二錢	四圓八十四錢

廣告料

等級	特等	一等	二等	三等
半頁	…	…	七圓	六圓
四半頁	…	…	四圓	三圓五十錢
一頁	二十五圓	十六圓	十三圓	十圓

大正八年十二月十三日印刷
仝 八年十二月十五日發行 （每月壹回十五日發行）

著作兼發行者 京城府堅志洞百十二番地 張道斌

印刷者 京城府黃金町二丁目二十一番地 崔誠愚

印刷所 仝 新文館

發行所 京城府茶屋町八十二番地 서울社

寄稿歡迎廣告

本社에寄稿하시는諸位는左의事項을注意하시압

一、寄稿는每月一日以內로付送하시압

一、寄稿의揭載與否는本社에서定함

一、寄稿는返還치아니함

編輯室에서

定價表

	參冊	六冊	拾貳冊
冊數	參冊	六冊	拾貳冊
先金	一圓十五錢	二圓三十錢	四圓六十錢
郵稅	六錢	十二錢	二十四錢
合計	一圓二十一錢	二圓四十二錢	四圓八十四錢

一冊 定價四拾錢 郵稅貳錢

廣告料

等級	特等	一等	二等	三等
半頁			七圓	六圓
四半頁			四圓	三圓五十錢
一頁	二十五圓	十六圓	十三圓	十圓

大正八年十二月十三日印刷（每月壹回十五日發行）
仝 八年十二月十五日發行

京城府堅志洞百十二番地
著作者 發行者 張道斌

京城府黃金町二丁目二十一番地
印刷者 崔誠愚

仝
印刷所 新文館

發行所 京城府茶屋町八十二番地 서울社

寄稿歡迎廣告

本社에寄稿하시는諸位는左의事項을注意하시압

一、寄稿는每月一日以內로付送하시압

一、寄稿의揭載與否는本社에서定함

一、寄稿는返還치아니함

編輯室에서

定價表

一冊 定價四拾錢 郵稅貳錢

冊數	先金	郵稅	合計
參冊	一圓十五錢	六錢	一圓二十一錢
六冊	二圓三十錢	十二錢	二圓四十二錢
拾貳冊	四圓六十錢	二十四錢	四圓八十四錢

廣告料

等級	半頁	四半頁	一頁
特等	七圓	四圓	二十五圓
一等	六圓	三圓五十錢	十六圓
二等			十三圓
三等			十圓

大正八年十二月十三日 印刷

仝 八年十二月十五日 發行 (每月壹回十五日發行)

京城府堅志洞百十二番地
著作者 發行者 張道斌

京城府黃金町二丁目二十一番地
印刷者 崔誠愚

仝
印刷所 新文館

發行所 京城府茶屋町八十二番地 서울社

月刊雜誌 曙光 第一號發行廣告

主筆 張膺震

主要目次

定價 壹冊……四十錢……郵稅……壹錢

京城府松峴洞四〇番地
發行所 文興社
長電話一六三三番
振替京城七〇〇五番

THE SEOUL

서울

(第貳號)

益智補心元

効能…補心滋血、補精氣、勞心疲身、難記善忘等症有効、益智寧神、潤皮膚、怔忡思慮不寐等症有効、壯元陽、暖丹田、壯筋骨、益聰明、健腦養胃、返老還童

定價…
一個月分 金十圓
二個月分 金十九圓
三個月分 二十七圓
郵稅每月三十錢

製造發賣元 半島賣藥商會

京城府唐珠洞五番地

淋疾神藥

効能…五淋白濁差効

定價…
十日分 金二圓
三十日分 金三圓八十錢

寸虫滅死劑

効能…寸白虫驅除

定價…一貼包 金五十錢

美人膏

効能…손등파얼골이얼어터진데와뽈에데이고피부가험한데바르는약

定價 大匣一圓、中匣五十錢、小包十錢

高句麗將軍

氷洋探險

너울

第貳號

新年感

新年이來하얏도다天時가行하고人事가備하야己未年이벌서가고庚申年이來하얏도다부뭇窮陰隆寒의己未冬을別하고和氣融融한庚申春을迎하는吾儕의心懷가엇더케歡樂치아니하리요

天下가新하자光陰이新하얏스며人心이新하자年事가新하얏스니今年의新春은맛치新時代의第一新春인듯하다그러나新春이야조타한들人人마다조흘바는아니라가령萬花方暢한時節에꼿구경을한다하더라도과연조흔處地에잇서조흔心身으로하는者는꼿이꼿으로보이지만은만일處地不利。心身不便한者로그꼿을보라면꼿이아니요가지로보일것이라그럼으로吾儕는新春을迎함에無限한感想이절로徘徊한다

吾儕는思하건매新年의我人은과연新年인듯한世界를造함이可하니라곳大寒以後에陽春佳節을造함이可하니라곳우리文化。經濟。政事。敎學。藝術等各界를通하야新勃興하는氣運을振起하고新建設되는基礎를鞏固하야一切의事物이다새로워지게함이可하니라

余가일즉聞하니支那의先哲은日日新을唱하얏더라뭇릇우리는日日新함이可하니新을知하고新을行하야今日來日에不塞不休하는勇氣로日日新하리라新을習하고新을啓하야今日來日에熱心熱狂하는誠意로日日新하리라이러케하야萬事萬物에다新記錄될만한成功을奏하여야할지니라

과연이처럼新을好하고新을成하면우리도新知識。新道德等이他人과並駕하게되야能히新朝鮮人을作할지라眼을擧하야彼南山의樹木을見하여라新年이來한다하야隱然한春意思를帶하지아니하얏는가우리는新年을常하야우리耳目。우리心理。우리行爲。우리事業을다一新하야汚染의舊를淨滌하고新鮮한人이되리라

(一月一日)

社會問題、世界問題

主幹

一、社會問題

學校는이러하다

我土의學校는엇더하뇨지금宇內의敎育狀況은엇더하뇨【一】小學은年前某國의調査表를據한즉그나라全人口의比例로就學年齡된兒童百人中에就學者가九十三人이요就學치못한者가七人이라하얏다지금我土에는就學年齡된兒童百人中에就學者가겨우七人이오就學치못한者가九十七人이라한다참可憐할事이다그럼으로吾儕는一面一校制의速成을希望한다【二】中等學校는我全土에官私立을合하야十校에不過한다某國의此例로하면我土에도現在의十倍以上又百校以上으로하야도오히려不足하다【三】印度에도大學이잇서十年前調査表에大學生이數千人이라하얏다我土의政治家들도大學을設立하라

圖書館은이러하다

海蔘威가露西亞의一邊鄙小都會이지만大圖書館이잇서各國圖書屢萬卷을藏하얏고朝鮮의古來奇書도余가彼處에서多讀하얏다支那가아즉頑奮하지만彼도相當한都會에는大圖書館을設立하얏다文明國은거의一小市村마다圖書館이잇나니某國은그地方이我土와거의相等한데大小圖書館을合하야數百個가잇다我土는古代에는書籍院이니修書院이니하는圖書館이잇섯스나지금은圖書館이라는名稱도모른다참可惜하다朝鮮全土에圖書館百個는잇서야하갯다

新聞은이러하다

各國에新聞이多數하게잇슴은我人도周知하는事實이다我土에도爲先이京城에여렷이잇서야하고地方大都會에도一二個씩잇서야하갯다吾儕는此가速히實行되기를期待한다雜誌도그러하다

敎會는이러하다

我土에敎會는매우旺盛하다그러나너무頑舊한方便이만음이걱정이다吾儕는敎會의職分을가진여러분이아못조록新文明的으로傳導하심을祈禱한다

病院은이러하다

某國調査表에그나라全人口比例로二千人마다醫師一人이잇다고한다이對照로하면我土에는醫師八千五百人이잇서야하갯나지금我土에는이리저리모와도醫師가겨우五百人內外라한다이도또한다完全한開業者뿐아니라한따아주멀엇도다第一可惜한것은朝鮮人經營의大病院이라고는全土에一個도업다學生들아醫學을잘배워야하갯다

工塲은이러하다

지금朝鮮의工業이야엇지忍言하리오참可痛한일이다無多한金錢이날마다國外로流出한다파연살것만잇고팔것은업다이러고서살을수가업나니라工場이업다工場의烟氣가언재나倫敦•紐育•大阪처럼이京城이나平壤을덥흘가石炭도만코金銀銅鐵도만코綿花•蚕桑도잘되지만只欠東南風은곳我人의手라我人은手가잇스나工場的手는업는所以로다어서배워야하갯다

會社는이러하다

最近에實業會社가만히振興됨은참大慶의事이다慶事이지만憂慮는잇다第[一]人才를잘擇하여야하갯는데人才가甚乏하다第[二]너무猝然勃興함으로金融上이나經營上에障碍가잇다아못조록注意하야相當히幹務할人才를任用하고金融上이나經營上에細密한警戒를加하라吾儕는各會社가不幸破産되지말고益益增張하기를祝願한다

二、世界問題

禁酒

美國은全國에禁酒令이實行된다하며또其他各國에서도禁酒問題가多出한다美國의調査表를據한즉禁酒八個月後에犯罪減少의統計를어느警察署長이提出하얏다

禁酒以前	禁酒以後	禁酒以前	禁酒以後
竊盜三〇九〇	一〇五三	殺人九七	四六
强盜一八三六	一一三八	賭博五〇三	三〇七

歐打九二七　七〇二　亂暴一〇七九　四二〇九

我土에는古來로禁酒法이잇섯다곳政府에서禁酒를施行할時는君主붓허庶民까지도모지酒를切禁한다그러나此는혼히大旱等災殃이잇슬째에施行하얏다我人은지금더욱禁酒하여야하갯다【一】我人은貧乏한者【二】我人은他人보다더욱할일이밧분者【三】我人은今年에凶年을當한싸닭이다창他人보다더욱禁酒하여야하갯다吾儕는朝鮮人의大大的禁酒運動을呼號한다

勞働

지금世界는勞働者의世界이다勞働者의手로能히世界를震動식인다이에巴里會議의國際聯盟問題에도勞働問題가爲先着手되얏다저번美國華府에서國際勞働會議를開하고各國의勞働委員을會合하야勞働問題를協議하얏다因하야이國際勞働會議에는各國의政府및資本委員도各國의勞働委員과共同派遣되얏다이會議에서벌서大綱의法則을作定하얏다

무릇이勞働問題가今日에始한것은아니다그러나最近에至하야이問題가大熾熱을加하얏다歐洲戰爭以後에各國의革命이대개勞働者의手로되고또世界에各種의怠業•罷業이流行하고또到處에勞働黨의崛強한運動이잇다어허大問題로다이에各國이이勞働者의安靜就業을營하야妥協的方針을議한다此가곳所謂八時間制니九時間制니하는等勞働會議의問題이다

勞働者의不平은대개이런데서起하는것이라【一】近世文明은貧富의差別이甚하야現在및未來에勞働者는그地位를改善하기極難함【二】勞働者와雇主間에分配가혼히不公平하야事業으로得하는利益을雇主가만히攫取하고勞銀은較少함【三】勞働의就業時間을雇主의任意로하야長時間勞役을强行식임【四】社會의物質은대개다勞働者의手로成하나니곳勞働者가조흔집을짓코勞働者가조흔옷을맨들고勞働者가조흔飮食을맨몰거늘이집에잇고이옷을닙고이飮食을먹는者는上流人士오勞働者는구경만하게됨【五】社會의文明이極度로進할사록勞働階級에도複雜한思想이浸入되는等으로이勞働者의不平이起하는것이라不平이起하야各種의運動을起하매彼脆弱한上流人士는到底히頑强한勞働者流를當할수업나니此가엇지世界의大問題가아니리

오그럼으로吾國에서此를協議하야【一】勞動時間短縮【二】雇銀引上【三】對遇優良等의現狀을馴致하는것이라참뒤숭숭한問題이다

그러나此에對하야一大驚醒할바는富者의注意이다富者가너무奢侈하야豪華가目을炫하고蕩樂이志를窮하니彼불상한勞動者들의猜忌。憤怨을買함은當然의事라이재富者가勤儉質素하야財産을事業方面에運用하야勞動者의生活을營得식이는等方便이잇스면이勞動者의不平을직이止息식일수잇다

講和

歐洲講和問題는아즉暗澹하다獨逸은그內容이全然白旗를竪코지는아니하고美國에서도對윌손非難說이잇섯다講和問題는매우前途蕭微하다

그러나吾儕의一思할問題는獨逸의降服이一時오長期가아닐뿐하다彼元氣旺盛。彈力豐富한獨逸이未久에勢力을恢復할것갓다또저美國이講和問題의主催者임에不拘하고一邊으로海軍을擴張함이異常하다統히講和의基礎가堅固하다고할넌지말넌지

國際關係는古來로그러하다支那의春秋時代齊桓公의九合諸侯를看하여라【비스맥】의獨伊墺三國同盟으로도저번歐洲戰亂에伊太利를看하여라아즉도國際上黃金時代는아닌줄아노라

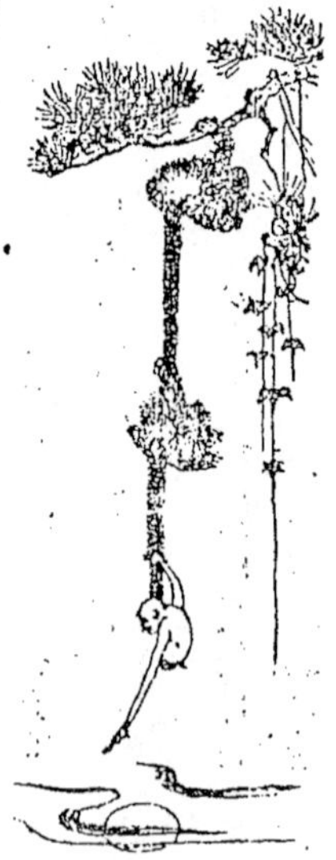

朝鮮人의事業熱과注意處

張道斌

一

最近我人의一般은매우活動에入하얏다紳士•學生•實業家•政事家•市民•村民•男子女子•老人•青年을勿論하고대개다活動에入하얏다맛치오래澁滯되얏던血管이一時에流通되야全身을遍하는듯하다

무릇人은動物이라動하여야生하고動하여야進步하나니動은吾人의最大事라곳動은吾人의生命이오動은吾人의本義라換言하면靜止하면死하고動하면生하는것이오靜止하면退步하고動하면進步하는것이라天下에動치아니하고生하는動物은一도업나니試하야看하라高等動物부터下等動物싸지何가動치아니하고生하는것이냐大하기象이나鵰갓흔것도生하랴고動하고小하기蟻나蜂갓흔것도生하랴고動하고彼鷄犬이蠢蠢히動함도生을求함이오彼蚯蚓이蜿蜿히動함도生을爲함이아니냐이러케動의世界의一되는吾人은가장잘動하는者곳動中動의者니라

그럼으로이제我人이靜止에서活動에入한現象은곳死에서生으로退步에서 進步로

入한것이니我人의活動이始作됨은實로筆舌로形容키難한喜的이라 試하야看하라지금我人의活動現象이과연엇더한가或은急進으로 或은漸進으로或은精神方面으로或은物質方面으로或은政治로或은經濟로或은民族的으로 或은世界的으로그活動하는形勢ㅣ과연人의耳目을驚할만하도다 이에此가到處에實現되야心理가行爲로思想이實際로刻刻進就되야마츰내諸方面의事業熱이勃興하라하도다

二

我人의事業熱이이러케盛起함에對하야我等은此를慶賀하는同時에또憂慮가多하고此를欣祝하는同時에또恐懼가多하나니 此는곳有始有終의美를希望함에서出하는至情이라가령지금我人의事業熱이旺盛하다할지라도 此는草木의一葉芽에不過하고行程의一步進에不過하나니이一葉이能히잘長大하야 과연百香의花를發하며凌雲의材를成할넌지或은이一葉이風寒의苦를凌치못하며 虫鳥의食을避치못하야十日百日에枯死할넌지모를것처럼또이一步가能히二步되고三步되야과연千里되는目的地·萬里되는目的地에到着할넌지或은이一步가二步에中止하거나 三步에中止할넌지모를것처럼지금我人의事業熱이能히繼續·擴張되야과연榮光燦爛한 彼岸에登할넌지或우이事業熱이中途에灰燼될넌지此가곳吾人의憂慮恐懼하는바라

대저我人의現今力量이歐美人이나日本人갓흐면 我等도아모顧念할것업슬지나事實이그러치아니한지라何方面으로던지我人은아족不足處가多하나니이럼으로吾人의顧念이重疊하는것이라곳靈的으로나物的으로我人은多大한不足處곳缺点이잇는人民이니이缺点을改善하기前에는我人의事業進就는希望할수업나니라

가령今日我人의活動現象이多少優美하다할지라도此를古昔先民의行蹟에比하면오히려霄壤의差가잇고此를世界列國의現勢에比하면오히려 鷄鳳의別이잇나니吾人은到底히我人의現象에安心할수업고自滿할수업는지라 或은容易히一躍에堂에升하고一變에道에至함을夢想하나世事는決코그러치아니한지라 과연自家의不足處를改善하야萬般의事業을進就식임이엇지一擧手一投足에洽足할바리오 반다시最大努力으로不足處를改善하고最大努力으로事業을進就식여야하리라

그런즉我人의不足處곳缺点이잇서이事業進就를沮害할만한것이무엇일가 統言하면이러한缺点이多多하야 指로勝屈치못할지나 그러나이多々한缺点의中에가장我人의進步를妨害하고我人의生命을危殆케하는바가잇나니라곳我人進步및生命에對한最大缺点이잇나니라 이最大缺点을除去치못하고는個人으로나社會로나도모지아모事業의進就가업고因하야我人의進步및生命이다無意味하게되리라

이에吾人은大聲疾呼하야 이缺点의除去를聲言하노니이缺点을除去하는同時에他一方으로長所를收來하야써 事業의進就를努力하면可히我等의夢想하는月桂冠이我等의手에來할지라試하야以下論旨를看하라

三

統一하여라곳精神과實力을統一하여라 대개我人의最大缺点은不統一곳分爭이니라이分爭으로中古에失敗하고近古에失敗하고 또現今에도此가最大缺点이니라分爭으로進步치못하고分爭으로興隆치못하고分爭으로衰하고分爭으로弱하고分爭으로亡하얏나니라이分爭곳不統一은我人의最大敵이니라

試하야思하라彼我人最盛의時代곳三國時代가엇더케업서젓나냐此는分爭의故니라곳高句麗・百濟・新羅가서로分爭하야兄弟가墻에서鬩하다가畢竟光彩陸離한三國時代가雲消霧散하얏나니此는곳我人의基礎를大損傷한一段落이니라 만일其時에三國이和合하야內治를整하고外敵을禦하야더면守하야도天下太平할지오進하면世界를凌踏하얏슬지어늘計가此에出치못하고三國이서로爭攻하야積屍如山의慘憺을極하다가마츰내唐人을誘入하야高句麗・百濟가亡하얏나니라 또其時高句麗는世界强國이엿지만不幸히蓋蘇文의子들의分爭이生하야男生・男建의輩가서로排擊하다가

마츰내高句麗의亾을促하얏나니라

또南北國時代를看하여라 新羅·渤海가또한和合치못하고 新羅는渤海를圖하며渤海는新羅를淩하야南北이分爭하다가 마츰내다서로衰弱하야짐으로遼金의人이渤海를覆하고我人은드듸여三千年以上의守護하얏던滿洲大陸을失하얏나니라또新羅朝도皇族金氏間의分爭이太甚하야마츰내新羅朝의亾을招하니라

또高麗朝를看하여라 高麗中世에武臣과文臣의分爭이極하야武臣의輩가文臣을誅戮하고勢力을爭奪하는間에國事가衰亂하얏는대 이機會에頑强한蒙古가壓迫하야我人의外競力을거의撲滅하기에 至하얏나니라 이러한中에또儒臣·武臣等의分爭으로高麗朝가亾하얏나니라

밋李朝에至하야는初葉봇허末世ᄭᅡ지分爭으로 時代를粧飾하얏나니太宗밋鄭道傳等의分爭·世祖밋金宗瑞等의分爭·戊午士禍의分爭·己卯士禍의分爭·乙巳士禍의分爭等이 年을繼하다가 맛참내朝鮮을 亡케한大分爭곳 東人西人의大分爭이起하얏더라이大分爭은그歷年三百有餘——그精神과手段은極히慘酷——그結果가万事万物의衰亡을招하얏더라

吾儕는最近我人社會의風潮를閱한지十數年에 대개慣知한바곳最近歷史의近因이

何일가하면吾儕는躕躇치아니하고또한分爭이그近因이라하리라 李朝末期에는勢道가잇서곳君主의最大信任者가잇서万機를左右하얏나니이勢道를得하기爲하야 또한分爭이盛起하얏는지라金氏趙氏의分爭。 大院王明成后의 分爭等이繼出하더니밋天下가점점新時代를當하매이에또分爭이踵生하야 甲申新舊派의分爭。 閔氏밋大院王派의分爭等이잇다가맛참내東洋의大事變곳東學黨亂이起하얏더라 東學黨亂은實로平民對貴族分爭。 人民對政府分爭이니이分爭에政府가淸兵을引하야東學黨을擊한結果ㅣ日淸戰爭이起하야朝鮮은드듸여 可憐한淚洮禮를受하게되얏더라 이러케된後에도또分爭이層起하야大臣은朝廷에서分爭하고 人民은鄕野에서分爭하고或은甲國黨으로或은乙國黨으로分爭하고或은政治를爭하야 分爭하고或은宗敎를引하야分爭하고朝에一事業이興하나暮에分爭으로亡하고 昨에一社會가成하나今에分爭으로敗하야이分爭이隨하는곳에 喪亡이至하야到處에紛爭이오到處에喪亡이라이러하야맛참내我人의今日世界가되얏나니어허分爭이여分爭이참可懼로다 그럼으로西洋의엇던人士가我人을評하야曰「朝鮮人은먹고는싸우고싸우고는먹어싸음으로亡한다」하얏다는것이라最近內外地의我人現象을觀하야도 대개이分爭이업지아니하나니어허我人이어我人이장차엇지되랴나뇨

대개이分爭은種種[illegible]中가장主因될만한것을擧하면

[一]惡習慣이니[illegible]人은오랫동안分爭의渦中에生活하야此가習慣이된지라가령別個階級이[illegible]別個地方이라던지別個敎派라던지別個族姓이라던지別個事業이라던지[illegible]同黨이아니면곳異人種相視하는習慣이잇나니이에此로因하야[illegible]이라 곳階級으로論하면貴顯과平常。平常과下賤等은대개[illegible]平常의事는優劣을不問하고貴顯全体가同黨을護하고平常을[illegible]曲直을不問하고平常全體가同黨을護하고下賤을抑하나니此는階級[illegible]으로知하는習慣이로다。또地方으로論하면가령此郡對彼郡。此道對彼[illegible]反對되야甲郡對乙郡의事는是非를不問하고甲郡全體가甲郡을護하[illegible]乙郡을護하고甲道對乙道의事는正邪를不問하고甲道全體가甲道를[illegible]乙道全體가乙道를護하나니此는地方的分爭을例事로知하는習慣이로다[illegible]方面에대개다이런分爭的習慣이잇도다이에아모理由업시아[illegible]分爭的習慣으로分爭을起하야事事히分爭으로亂亡케하도다이러한惡習慣[illegible]

[二]私利觀念이니[illegible]公德이發達치못하야아니라 公德이腐敗하야社會의

全體의利益을料하는者ㅣ極少하고다만個人私利에奔走하나니 이에私黨을樹하야私利를取하랴는手段으로私黨的分爭곳黨派的私鬪가起하는것이라 이私利觀念은實로害他害己의妄想이로다

【三】知德의幼稚니我人은아직知德이幼稚하야이分爭이 社會와自我에무슨關係가잇슴을잘理解할知識이不足하고 또이分爭을罪惡되는與否로取捨하는德性이不足한지라이에狹隘固陋、無知盲動、猜忌嫉妬的으로分爭을作出하도다

分爭하지말어라統一하여라 分爭的의惡習慣을打破하여라私利觀念을打破하여라知德을上進식여라

決코自己나自黨이나一地方이나一敎派나一階級을表準하지말어라 곳全朝鮮을表準하여라何人이하던지何黨이하던지何地方에서하던지 何敎派가하던지何階級이하던지다만朝鮮에有益한事에던協心同力하여라

決코私利觀念을두지말어라目前의 小利를爲하야未來의大害를思치못하나니目前의小利를爲하야未來의大利를忘하나니 私利觀念은他人을害하고自己를害하는줄을모르나니곳私利만爲하야 公共을害하면爾의居生하는社會가엇지되갯나니爾의居生하는社會가劣敗하면爾는엇지되갯나냐

힘써知德을上進식혀公共。協同。廣大。寬厚等의道를行하여라이런知德이上進되면彼固陋。狹隘。頑冥。猜疑의等惡事는自然消却되리라

統一하여라何가爾의兄이아니며何가爾의弟가아니냐爾의手가足을忌하지아니하며爾의足이手를厭치아니함을모르나냐

四

繼續하여라朝鮮人은무슨事業을하던지 흔히驟雨的이더라暫時에成功하랴하야一時勞作하다가조곰遲延하면곳中止하야忘置하고말도다 이러하고엇지成功이잇스리오

그럼으로山에森林을길으지아니하나니 곳一日이나一月에그樹木이長大하야一圓이나十圓價格의材木이되얏스면好하갯지만森林은少하야도十年이오대개三十年이나五十年을要하는지라이十年이나三十年을엇지기다릴수잇스랴하는故로 山에森林을길으지아니하도다工事商事가다이러한지라이에朝에一事를經營하다가暮에또他一事를經營하야始만잇고終이업도다

이러케繼續的元氣가업슴은곳我人의意志能力이薄弱한故니 此亦我人退步의一現狀이라彼古代人의事業을想像하여라 그繼續한力量이엇더한가彼長安城은二世君王

이完成하얏스며彼大藏經板은十六年만에竣功하지아니하얏는가彼西洋人의事業을歷觀하여라그繼續한氣象이엇더한가【와트】가十年硏究에蒸汽가發明되얏스며【루터】가歷代高僧의傳統으로改敎를實行하지아니하얏는가繼續치아니하고엇지成功이잇스라

繼續하여라十年百年이라도繼續하여라苦痛이잇서도繼續하여라障碍가잇서도繼續하여라爾의成功이今後一簣에잇나니라

五.

이에吾儕는【一】統一하여라【二】繼續하여라이問題로大聲呼號한다과연能히統一하고能히繼續하면마츰내成功하리라

이러케我人이統一또는繼續으로進行하면文化上。政治上。經濟上。社會上其他何方面에던지成功이잇스리라分爭하지말어라中止하지말어라이大缺点을改善하고統一。繼續의美德을涵養하여라

吾儕는또重言復言한다我人이여分爭하지말고統一하여라中止하지말고繼續하여라그러케하면我人의事業은愈愈旺盛하야大成功의彼岸에到達하리라

附言 他人과分爭하지아니하는方法의數個

一、항상社會全般을思할일

二、他人의事業에猥濫히關係하지말을일

三、萬般事業을할자하갓다하지말고한가지씩할일

四、謙讓할일

五、公平할일

六、寬厚할일

七、참을일

노래

한빗

(一) 새봄

새봄이와 바람부니
새봄이와 비내리니
봄님금이 사랑하사
萬物들은 반겨하야
우는새야 노래하라
오는나뷔 놀오너라
꼿이피고 닙이피니
새가울고 나뷔오니

녯나무에 꼿피네、
녯나무에 닙피네。
조흔햇빗 주시니、
으슬으슬 춤춘다。
봄님금의 恩惠를、
봄님금의 舞臺에。
봄님금의 고흔옷、
봄님금의 風流라。

(二) 생각

山에가나山의생각
山은어이쌀갯스며
黃昏되고달밝은때
열時지나열한時에
봄이와도꼿업스면
꼿잇서도香내업시
瀛州린꼿鯉魚색기
깃분消息적은편지

물에가니물생각、
물은어이말낫나。
안자생각하다가、
누어생각하노나。
봄이어이봄이랴、
꼿이어이꼿이랴。
언제저자에나와、
온집안을웃길가。

南北兩極의探險

李鍾駿

一、

우리人類는全宇宙를征服하고，開拓하야，이를自己支配下에두지아니하면마지아니할[illegible]한다。 그럼으로오래동안難關으로잇고曖昧하재두엇든南北兩極도，終乃는우리의손으로드리오고말엇다。 一萬五千尋의錘로도오히리밋치지못하는北極洋에도，우리의발자취가나스며，濠洲의一倍半以上의面積을가진南大陸에도，우리의旗가세치어잇다。 零下六七十度의極寒에서자라난植物도우리를爲하야우스며，寂寂히지내든動物群도우리를반가히歡迎하엿다。그러나，이거시一朝一夕의된일이아니며，偶然한機會로된것이아니다。이것은實로幾多의歲月，幾多의金錢，幾多의犧牲으로，엉키인結晶物이다。其中에도，勿論時勢進運에힘입은바만흐나，또한古來로身命을賭하고，冒險事業에從事한여러勇士의세친努力의힘입음이만흠은忘却치못할事實이다。

自然의征服!!!自然의開拓!!!이것이우리人類界의使命이다。그러나，말노는쉬우되實行키는어려운것이다。더구나，萬里의波濤를건너，氷雪을冒하고，苦寒과鬪하야，先人未踏의極地를踏査코저함이랴。보아라，積年의硏究에依하고，巨萬의準備를積하고도，오히려千古氷塊의鬼神으로化한者얼마며，多年苦鬪가空然히水泡로歸하야所期의目的을達치못하고失意의半生을보낸者얼마나되는가。이에이르러，우리凡夫는，한번놀내고한번절하야感謝의意를表하지아닐수업다。

十五世紀中葉의西班牙及葡萄牙의印度航路獨占은英佛蘭國으로하여금，新航路發見의急務를感하게되

엇다。이結果로[illegible]
探險隊一行六十二人[illegible]
와饑餓로北海一[illegible]
키엿스며、因하야[illegible]
「파ー리」「로쓰[illegible]
續히蹶起하게[illegible]
調는아니엿다。[illegible]
들의覺悟한、[illegible]
의期待한바「[illegible]
에도「하도손」[illegible]
뮤흠에따라그이[illegible]
물을禁할수업[illegible]
남진「하도숀」[illegible]
達하게됨에[illegible]
대한目的파一[illegible]
뫼고、드되어一[illegible]
者를小船에남기고武器[illegible]
이뢰하야그이의[illegible]
頭에이슬노變하엿다。[illegible]

[illegible]로推測할수잇스되다。그러나
[illegible]。그는「푸랭클린」氏에關한
[illegible]北海의風雪과鬪하며新航路를發見코저
[illegible]한것은그이의航路를防害하야多
[illegible]며、쌔라서準備한食物은漸
漸不足[illegible]하야寒氣는더욱猛烈함으로、
進退兩難[illegible]運命을天에기대릴뿐이엇다。
食物은絶乏[illegible]를補充할수업스며뎌못입은皮
類[illegible]하엿다。그러나그것도一時의일
이라二[illegible]우지못할것은定한일이다。乃
終에는[illegible]狀을呈하야、大部分은屈來한
土人에게殺[illegible]와되고기를貪食하게되엿다。
[illegible]現한地獄이아니다。이에이
[illegible]一片의氷塊로變하고말엇다。그
[illegible]家는이에落膽하지아니하엿다
[illegible]努力이虛되지아니하고、後繼
者「난젠」氏로하여금前後三回에亘하야北海의뭇길을
해여게고、風雪을무릅서、드되어極地의學術的研究를
完成케하엿고、米國人「파리」로極地에最初到達者의

光榮을지재한것이다。 이러하야北極의秘密의셋대가우리人類의손에써러진것이다。

그리고南極方面의旅行은一千五百九十九年和蘭人「걸릿츠」氏가南極圈을지나南緯五十六度의곳까지進하야여러島嶼를發見함이最初로伊後捕鯨者「스미쓰」及露西亞人「띠엘하우젠」氏等이新島嶼를發見하고或은世上未聞의新活火山을發見함에이르럿스나、南極探險家로써하기까지에는이르지못하엿다。 其後佛國의「듀무이유」氏、米國의「윌크쓰」氏、英國의「쎄입쓰」「로쓰」氏等이蹶起한後로無慮二千餘人의探險家가極地探險에努力하얏스나其最初到着者의光榮을가진이는諾威의「아문센」氏와英國의「스코트」氏다、그이들에關한記錄은追後更히詳言하려니와엇지하엿던지南極이나北極이나다우리人類의支配下로드러오게된것은、容易한事實이아니엇다。 이것이다歲月、金錢冒險家의피로봉키어된것이다。 이제南北兩極地에到着한最初者米國「피리」氏와英國「스코트」氏의略傳과그이들努力한跡痕을記錄코저하노니 太白의굿세인靈氣를타고、鴨綠의洋洋한精氣를마시고자라난半島健兒야! 起하라! 우리의든든한발길로、오래동안깁히든惰眠을차물니고、우리의굿세인팔둑으로懦弱의무리를물니처보잣구나。 그리고다갓치우리人類를爲하야피흘니고奮鬪한그이들압헤感謝의눈물을흘니고그이들의뒤을싸르지아니하려느냐。

一、最初北極到着者「피ー리ー」氏

前後八回에亘한大探險

一

北極探險은距今約二千餘年前「기리시아」의「피데아쓰」로부터伊後諾威、伊太利、英國、米國等의勇敢한探險家가、저마다、다先登第一로、이地球上의秘密境을發見하야그榮譽를어드리라고努力하여스나、뉘一人도其目的을完全히達한者는업섯다。 或은不幸히中途에斃하고、或은北極酷毒한氷雪中에겨우身으로써、免하야도라왓슬뿐임으로、二十世紀에至하기까지北極은許多한犧牲者를생키어슬뿐이요依然히地珠上秘密境으로남아잇섯다。 그러나、이에一大冒險家가가나

와前後八回에亘하야大探險을[illegible]그되어이極地에到着하야北極探險史上[illegible]最後의頁를남기엇다。 이大冒險家는[illegible]以下能錄코저하는「로바ㅣ트」에[illegible]그사람이다브「피ㅣ리ㅣ」氏의成功을[illegible]엇다。 그러나「氏의써이榮譽를가지게된[illegible]一步에일의하너엇다。 三十一歲에第一回[illegible]後二十有三年間에八回에亘한冒險을[illegible]生死의境을往來한것이다。 或時는[illegible]을許하生命의危險을當할번하여[illegible]極食의飢之으로將次餓死함에이를번한[illegible]百餘의剛銳又다구는自信을가진그의精神[illegible]으로、듬름이挫折되려하엿다。 그러[illegible]然히精神을가다듬어서目的을遂[illegible]難에不撓하야其業을完成한것이다。 實로[illegible]堅忍不拔의彼의精神에依하야大成한[illegible]

이世界的英雄「피ㅣ리ㅣ」는西曆[illegible]五十六年即我哲宗十三年五月六日北米合衆國「펜실베니야」州의一村落에서出生하엿다。 그는[illegible]하자곳父親은病歿하고、其後는[illegible]의손에成長하엿다。 母親은「피ㅣ리ㅣ」의兄弟와分하야三人의兒孩를다리고그때居住하든故鄕을써나「메인」州의海岸「포ㅣ트랜드」라는곳에移住하엿다。 그러나이「포트랜드」라는곳은太西洋에面한海岸임으로、眼界에미치는바는오즉浩浩한바다뿐이다。낫이나、밤이나間斷업시몰녀오는大洋의怒濤는그의威大한勢力으로陸地로달녀들어海陸의猛烈한肉搏戰을이릐킨다。이러한곳에자라는「피ㅣ리ㅣ」는어려서부터바다를무서워하지아니하는冒險的氣分을길너잇다。

小學時代의「피ㅣ리ㅣ」는工夫도勿論잘하엿으나特別히바다에서鍛鍊한그의身體에는班中에하나도그를對敵할만한사람이업섯다。 그러고體操와游技는그가가장조와하는것이엇고運動에는「참피온」이엇다。 그의性質의一特徵이라할만한것은、如何히困難한일을當할지라도不平이라고는말한적이업스며、또한氣運을꺽근일이업섯다。 實로堅忍不拔의氣運을가진아희엿다。 他日여러번失敗를掛念치아니하고一難을지날째마다一層의勇氣를더하야、 드듸여大業을完成할때

芽가、어린그의性質에도들어나섯다。

漸漸그가長成하야專門學校를二十一歲에卒業하고곳合衆國海軍機關士로되엿다。五年後命을바다華盛頓에도라온後暫時閒暇로時日를보내엿스나그가일즉일근「케인」博士의冒險談을生覺하고、鬱敎한그의胸中에잇든冒險的遠征의氣가一時에湧起하엿다。이로부터北極地方特히「그리ー랜드」에關한書籍을讀하야其他形과氣候의狀態等을研究하엿다。研究하야나아갈사록더욱이北極探險의感興과希望이닐어올낫다。그리하야그는終生의事業으로이를決行하리라는구든決心을가지고職을辭한後北極에이르는第一步로綠洲沿岸을探險할認可를得하엿다。其時그의胸中에는多大한希望과興味가、가득하여섯다。「놀덴숄드」가北海에섯다든지、或은「난젠」이綠洲를橫斷하엿다는等事를들을때마다、그의胸中에끌코잇든血液이一層더뛰놀믈禁치못하엿다。

二

「피ー리ー」氏의第一回遠征은一千八百八十六年에決行하엿나니이때氏는三十一歲의壯健한몸으로、如何한障碍가이슬지라도이를突破하고나아가리라는元氣가가득하여섯다。그一行은丁抹人一人을合하야겨우十名에지나지못하엿다。一行은綠洲의內陸探險을目的으로하여슴으로그곳에上陸하자、北極特有의氷河의研究를行하며、化石類의珍奇한것을採集하고、또는氷雪사이에華麗한꼿이피인野生의植物을發見하엿다。十分의調査研究를마치고無事歸國한그는、그의特有의붓긋을돌녀、그가探險한道順에研究한바를新聞紙上에發表하엿다。이때某學會에서는氏의研究한바가大端히有益함을알고、伊後다시第二回의遠征을行할진대、그費用은其學會에서負擔하겟다는것을請하엿다。이때氏의즐거움이야얼마나하엿스랴。

第二回遠征은一千八百九十一年六月六日에出發하엿는대、그一行中에는「피ー리ー」氏의夫人도參加하엿다。婦人의몸으로北海의氷雪을介意치아니하고、酷寒을무릅쓰고、夫君과가치萬里寒地에冒險을敢行함은、實로壯快한事實이엇다。特히前回經驗을參酌하야이번은動物學者、鑛物學者、氣象學者等學者를同伴

하야諸種硏究에不便함이업시充分한準備를하엿섯다그리고一行이綠洲에上陸하자、다시探險에必要한準備를마친後에、翌年四月에四台의雪橇에만흔荷物과、一行을分乘케하야、橫斷룰決行次로東으로向하야根據地를出發하엿다。

其途中에當한困難이란이로말할수업섯다엇던때에는、어름과어름사이싸저 大困難을當한일도잇스며、엇던때에는氷山우에서헤매이다가千仞의골작이로써러진일도잇섯고、살을쌔이는듯하고뼈를씨르는듯한風雪을、차고찬氷原우에서격근것이여러번이엇섯다그러나그사이에愉快한일도잇섯다。千古녹지아니한積雪사이에華麗한쏫을바라보앗스며、五千尺氷嶺上에서東岸을바라보고快哉를부르지젓다。아、軟弱子야ㅣ너는아느냐모로느냐、그이들의愉快와、그이들의快哉를부르는其心情을、그러나一行은그러한中에도各各自己가分擔한學術的硏究를잇지아니하엿다。或은昆虫、鳥類의捕獲으로몸의危險을이젓고、或者는數尺堅氷을깨트리어地質調査에從事하엿다。特히健氣잇는「피ㅣ리ㅣ」夫人은夫君과갓치이難行을우슴으로지내엇다。조곰추으면房안에서움직도못하고蟄居하는婦人들의感想은果然如何할넌지?

第三回는其後二年을지난後에實行되엇다。이번探險中에는天下破天荒의일이이러낫다。그는「피ㅣ리ㅣ」氏夫人이冬營中에一男兒를順産한반가운일이라몸이極北遠征中에이서氷雪로싸인産褥에서出産한다는것은千古未聞의일이라。其兒희는無事히成長하엿나니、이곳『雪兒』(Snow Boby)라고世人이써들든「마리ㅣ、피ㅣ러ㅣ」그사람이다。

十二臺의雪橇를몰아、눈을헤여치고氷上을달니어스나寒氣는더욱甚하고、暴風은더욱굿세어、出發後十三日間을지나스되其距離가不過百三十五哩에지나지못하엿다。그우에糧食은缺乏되어到底히多數의사람을보내일수업슴으로、「피ㅣ리ㅣ」氏는僅히三人만引率하고其外全部를不得已根據地로돌녀보내엇다。이리하야一行四人이零下六十度의寒氣를무릅스고前進을繼續하엿다。그러나極烈한寒氣는漸漸더甚하야使用하든輓犬은漸漸너머가서지금은다시더前進할수가업시되엇다。不得已一行은道威의눈물을머음고「하도

손」灣으로도라왓다。 이失敗로「피ᅵ리ᅵ」事業에는 一頓挫을이러키엿스나그러나그이의勇氣는이에꺽기지아니하엿다。

根據地에到着한後에「피ᅵ리ᅵ」氏의兄弟及學者等을태운汽船이到着하얏다。「피ᅵ리ᅵ」氏는一同과가치이배로北海沿岸探險에出發하엿다。다시「하도손」灣에도라온後그一行은곳本國으로도라갓스되、오즉「피ᅵ리ᅵ」氏만은其地에남어서全島探險을繼續하고잇섯다。그동안「피ᅵ리ᅵ」氏의苦心이야이로다말할수잇섯스랴、土人의救助로겨우목숨을保存한일도잇섯고、狩獵의具備히그의窮命을이어나갓슬뿐이엇다이러한冒險的事業을도리혀嘲笑할一部의사람이잇슬것이다。그러나世上에서는이러한이를英雄이나勇士이니하고崇拜하는사람이만흔것을記憶하엿다고。

三十

翌春에이르러다시食糧品과旅裝具等이到着하엿슴으로「피ᅵ리ᅵ」氏는一層더元氣를이르키어土人數名을引率하고北으로行路를取하야出發하엿다。그러나北進할사록寒氣는더욱甚합으로土人等은더前進하기를무서워하엿다。百方으로그들을달내엿스되그들은漸漸더反抗의心을이리키어服從치아니하엿다。이째氏도추위로因하야皮膚는씨여젓고、凍傷에걸니어半死半生의境에잇섯스나彼의忍耐心은이만한일에屈할것은아니엇다。이대로지내이면이째까지의大志望이부지럽시水泡로歸할것은定한일이다。이에氏는渾身의勇氣를다하야뷰르재젓다『몰너가도죽음。머물너도죽음이다。엇지나아가百尺水雪下에化石으로變하지아느려느냐』하고다만從者三人을다리고다시北進을繼續하엿다。

寒氣와싸우고饑餓를참으며겨우目的地에到着은하엿스나水上은고요하야一羽의鳥類도볼수업고다만北海의怒한물결이몰녀왓다몰녀갈뿐이다。饑餓의困한그들은狂氣와갓치食物을求하야도라다니어스나空然히時間만虛費할뿐이요、空腹만더感할뿐이엇다。아그러나天은아즉도이一大探險家를바리지아니하엿다。그이들압에는새로난짐생의발자취가잇다。이거슬본氏는뛰노는마음을鎭定하고그발자취를追求하엿다。

累絲한바위아래에不見한머리가이엇다。餓死에瀕한氏의손은썹나엇다。一發！二發！三發！三發에야겨우ㄱ小兎에命中하엿다。이리하야四人의목숨이다시恢復된것이다。[illegible]새를쏘고、짐생을잡아서露命을이어온一行四人은거이半死半生의狀態로『바우던』灣에到着한것은六月그믐의일이다。第五回의探險이如何히困難하엿든가는當時彼의記錄한日記로도推測할수가잇다。이러케滯在하는동안에救助船카이트號가到着하엿슴으로救助되어、다시故鄕의짜를밟게되엿다。[illegible]이믜五回에亘한綠洲探險으로그는여러번瀕死의苦境에싸지엇스나、오히려彼의勃勃한遠征心은조곰도꺽기지아니하고、不屈不撓의精神은過去五回의冒險에因하야益益堅忍과自信의度를더하엿다。이에對하야多數人이氏의努力에同情하야氏로하여곰畢生의目的인極地探險을成功케하고저하야『「피ー리ー」氏北極探險俱樂部』라는것이組織되엇다。其後援下에第六回의極地探險의路에就한것은一千八百九十八年四月의일이엇다。이번은前數回의經驗에鑑하야微細한點까지注意를다하야準備하엿다 一번쯧이成功하여보[illegible]리라」고郷黨人士에게盟誓하고떠난것이다。

航海中에서도여러가지研究를繼續하면서漸次北進하야極地로向하엿다。翌年一月末에雪橇로北進을繼續하엿는대、此處寒氣는더욱甚하야零下六十三度의低溫를示하엿다。이로因하야「피ー리ー」氏는凍傷을受하야足指八本을일코다시兩脚을侵하야至今은生命까지도危險하게되엇다。더구나北極은冬夜로黯黑하야엇지할수업시다만運을天에기대릴뿐이다。그러나一同의奮鬪로히미한달빗을利用하야傷處를毛皮로싸고、二月十八日에氏를雪橇에태여겨우船中으로移來하엿다。船中으로도라온後漸次快方으로向하야氏의危篤하든命이다시恢復되엇다。

四月이이르러勇氣를恢復하야다시冒險的行動을이르키엇다。이사이에때때로糧食其他補給船이往來하여슴으로氏의通信은本國新聞에依하야國內사람들에게報道가되엇고、또本國서學者들도交替로來하야學術的研究에從事하여슴으로、實로遺憾업는有益한探險을實施하게되엇다。一方으로「피ー리ー」氏는綠洲

北端을踏査하야, 北緯 [illegible] 地點까지到達하여스나, 其以北으로 [illegible] 一步도더前進할수업슴으로一旦 [illegible] 하엿다. [illegible] 翌年은일즉부터北進 [illegible] 時期에, 드되어北緯八十 [illegible] 스나, 寒氣는몸을세이고, [illegible] 以上一步라도 [illegible] 의生물을먹을 [illegible] 로이번에는, [illegible] 失敗의極에, 그는 [illegible] 못하엿다。

[illegible]

[illegible] 第六回의失敗는 [illegible] 세서계하여스나, 그러나 [illegible]「실 [illegible] 全한準備와充分한 [illegible] 서그의心氣를 [illegible] 險을企圖하게되엿다。「[illegible]「北極探險俱樂部後援會」[illegible] 결은

探險船으로「프람」號가新調되엿고, 其船內設備도거이理想에가가웁게準備되엇다。 이러한良船을어든氏는勇氣百倍하야, 滿腔의즐거움을엘골에띄이면서一千九百五年頃敢스럽게北進의路에上하엿다。

探險船은綠洲의北岸에冰發하야, 다시十分의準備를行한後, 極地로突進하야千難萬苦를물니치고, 古來로人跡不到인北緯八十七度六分의地點까지到着하엿다。 그러나, 引率하엿던「에스키모ー」人等은酷寒에怯해서, 더北進하려고하지아니함으로, 이에一旦退却할수밧게업섯다。 이제三度만더나아가면極地에到着할地點에이르러其目的을達하지못하고, 부즈럽시退却하게됨은, 氏로는참아못할일이엇다。「피ー리ー」氏가도라온後에는探險船의修繕, 準備品의補充을다하야, 이번은如何한일이잇던지, 極地를밟고야말니라는굿은覺悟를가지고出發하려하엿다。 그러나不幸히多數의困難한事情이이探險후에이러낫다。

그事情이라는것은即第一에資金의缺乏이라。 이는前回失敗以來로時日을徒費하야豫定한金額이消費된것이다。 第二는後援會의主腦者「모ー리쓰, 재삽」氏

의死去요、第三은季節이漸漸北極間氣期에入한事이라。이러한事情으로氏의年來의苦心이將次水泡로跡하게되어스나、다행이天은아즉도그를바리지아니하섯다。北極探險俱樂部는「하바ㅣ드」將軍을新會長으로맛게되엇고、「지ㅣ나쓰」라는一製紙業者의義俠으로探險資金은其人이給與하게되엇다。이러하야愁雲은다허터지고、다시光輝잇는光明을바라보게되엇다。

第八回의遠征은一千九百八年七月六日에決行하엿다。回顧하건대、氏가第一回探險을이떠킴으로부터星霜이玆에二十年。靑年期의든든하든筋骨은衰하엿고、鬚髮이히게된五十有三歲의老軀로變하엿다。그、러나그이의鬚髮은히어슬망정、그이의壯心은조곰도變치아니하엿다。그이의不拔의精神、持久의心力은實로敬服하지아니할수업다。

綠洲北岸의根據地를써나北海를北으로向한氏의一行은翌年二月十五日에探險船을바리고、百三十二頭의犬과十九臺의雪橇을使用하고十七人의『에스키모ㅣ』人과共히前進을始作하엿다。途中冰塊틈에싸진일이열어번이며烈風을만나前進의防碍된일이여러번이엇다。그러나、「피ㅣ리ㅣ」氏는如何한困難이라도이를물니치고前進하야北緯八十八度에이르러、오즉四人만引率하고全部를根據地로돌녀보내엇다。이러케北進하야四月四日에는八十九度의高緯을밧게되엇다。이제남은것은僅히一度라、滿身의勇氣을다하야冰雪파싸우며前進하야四月六日에、드듸어過去一千餘年間幾多探險家의犧牲을생킨北極에到着하엿다。이때一同의즐거움이야얼마間하여슬가? 特히二十餘年間八回에亘하야風雪을무릅스고、苦難파싸우든「피ㅣ리ㅣ」의즐거움이얼마나하여슬가?! 그는미리準備하엿든北米合衆國의國旗를冰上에놉히셰엇다。아아、「피ㅣ리ㅣ」氏의二十年來의苦心이虛歸치아니하야涯岨球上의秘密境이오不可到의極地로이르는北極을지금그가그의발노밟고서잇게되엇다。이러하야우리人類가그래도이宇宙에내로라고부를만하게되는것이다。

氏는北極에머문지三十時間에여러가지調査를行하엿다。極을距한五哩곳에서海底을測한結果一千五百尋의錘가오히려海底에밋치지못하엿다한다。다행이天候는快晴이엇고氣溫은올나서滯留時間中最低氣溫

이零下三十三度에不過하엿다한다。翌四月七日午後에一行은極地를써나歸途에就하야同月二十二日에는八十三度의地에到着하엿고二十七日에는綠洲의北端에歸着하엿다。이곳에서「루스벨트」號에移乘하야榮譽잇는報國을품고歸國하엿다。實로二十三年의기인歲月에亘하야一回二回는모르되七回까지나目的을達하지못하고도오히려그뜻을屈하지아니하고、드듸어最後의勝利를第八回에得한것은忍耐力行의준바라、堅忍不拔等語는實로氏를두고이름이라할만하다。

그러나奇現한것은「피ㅣ리ㅣ」氏以前에이의北極에到達하엿다揚言하는一人이、「피ㅣ리ㅣ」氏歸着前에出現한事다。그는「푸레데릭크」「쿡크」라稱하는博士인대、그는一千九百八年四月二十一日에極地를踏査하엿다는事를新聞에公表하고、或은責任잇는會合席에서宣言하엿다。이宣言이나자、世界를驚愕케하여스나其證據가너무不確함으로科學界에서는그리信用을두지는아니하엿다。이러한사람이出現하야北極到着者의榮譽를橫取하려하는中도라온「피ㅣ리ㅣ」氏의損失은적지아니하엿다。그리고二十餘年間苦心에對하야同情하지아니할수업다。그러나어데까지든지謙讓한氏는彼「쿡크」와爭論하는等卑劣한事는하지아니하엿다。그리고極地方에서携來한各種證據品等을希望人에게는隨意로自己의別莊에서觀覽하게하엿다。

그러나、多幸히「쿡크」의曖昧한일이漸次로드러나고、北極到達者는「피ㅣ리ㅣ」氏外에는다시업슴을알게되엿다、이것은全然히「쿡크」의詐欺的行動에서나옴임을알게되는同時에도리여、그와爭論도아니하고또는運動도이러키자아니하고、종용이自己別莊에서오래동안勞苦함을休養하고心身의保養을圖하든「피ㅣ리ㅣ」氏의雅量을稱頌하게되엿다。堅忍不拔의精神을가지고、오히려이雅量을가진氏의心情은如干한修養을積한사람이아니면、到底히바라지못할바라。그옥히、生覺컨대、그이의써世界一大事業을完成하게됨은如何한困難이라도退治하고前進하려하는百折不繞의精神과、部下一同을包容할만한雅量이이슴이라한다。

以下繼續하야南極到着의大業을完成하고도一片의冰塊로變한「스코트」大佐의悲慘한探險談을記錄코저

하노냐 其探險이如何히困難하엿스며、그이의最後가如何히慘憺하엿는지、請컨대讀者는一掬의同情의눈물을먹음고以下節을읽어다고。

三、南極의雪로化한「스코트」大佐
■悲絕！慘絕！의大冒險■

南極에는面積八十五萬平方里나되는大陸이잇다。그러나이大陸은오래동안世界사람들에게는알지못하엿다。至今부터百四十餘年前에英國에「쩨임쓰、로쓰」라는人이二隻의배를引率하고南極圈을지나航海할時에、처음으로이大陸을發見하야、英國女皇의名을冠하야「빅토리아랜드」라고命名한것이、이大陸을世界에서알게된처음이엇다。

爾來로여러探險家가이大陸을十分研究하고、할수만잇스면極地까지라도調査하러하는希望을가지고競爭的으로冒險探險이從事하게되엿다。이제記述코저하는「스코트」大佐도其中一人이엇다。

「스코트」氏가第一回의南極探險을計劃한것은一千九百一年卽十八年前八月의일이엇다。이때의目的은南極에잇는大陸의넓이와。또는如何한地形의陸地인가를調査하고或은氣候、岩石、動植物等의觀察이目的이엇다。途中에此等目的의研究調査를行하면서、幾多의苦難을겪고翌年十二月에아즉까지到達치못하엿든南緯八十二度十七　의地點까지到着하엿다。이리하야豫想以上의成績을어더一千九百四年에無事히本國으로歸國하매直時升進되어海軍大佐로昇任되엿고、또氏의學術的研究에對하야「켐부릿치」「만체스타ㅡ」의兩大學에서는名譽博士의學位를授與하여스며、又各地의地學協會에서는氏에게金牌를보내어、써氏의功績을稱揚하엿다。

「스코트」氏가豫想以上의成績으로歸國하엿다는報道가各國에傳하매、各國은다토아南北兩極에探險隊를派遣하게되엿다。이를들은「스코트」氏는躍起하엿다。如何히하든지南極은발고야말니라는決心을가지고、其時期를기다리고이섯다。그러자探險資金四十萬圓이調達됨에氏는勇敢히探險의途에就하엿다。때는一千九百十年이라諾威의「아문젠」、日本의白瀨中

尉等이南極探險의計劃을行한年으로極地探險上記念할만한해엿다。

「스코트」氏는探險船「테라노바ㅣ號」에올나威風이堂堂하게本國을出發하야『뉴지ㅣ랜드』島에到着한後直線으로南을向하야突進하엿다。一行의主要한人物을擧하전대第一에船長으로는勿論「스코트」大佐요、其外乘員에는「윌손」博士、尉官의「에반쓰」氏、同「포아ㅣ쓰」氏、兵曹「에반쓰」氏、同「랏스레ㅣ」氏、外科醫「아트킨손」氏等이엇다。그리고이번探險의目的은南極에到着하는일과、「로쓰」海附近의學術的研究할事等이主眼이엇다。그리하야이探險船이「롯스」島에到着하매全員을二隊에分하야一隊는南極을踏査케하고一隊는其附近을探險하야學術上研究調査를遂行하게하엿다。南極探險行에는勿論「스코트」氏가隊長이되엇고「에반쓰」尉官이이에隨從하게되엇다。以下로는主로南極突進隊의行動에對하야述코저하노라。

南極突進隊는南緯七十九度半의地點까지이르럿다此處에宿泊할準備와、糧食을貯蓄할倉庫等을設하야歸途의糧食은全部를이倉庫에積置하기로하엿다。萬一糧食全部를運搬하랴면困難이如干甚할뿐아니라、輓犬이虛弱될念慮가이서이러케한것이다。이倉庫를『壹噸分營』이라命名하고、必要한食料品等荷物을犬、馬로運搬하면서南進하엿다。南緯八十二度三度이러케緯度一度마다荷物의一部式을남기어犬馬의疲勞를적게하며、後日歸途時의準備로하엿다。

漸漸南進을繼續하엿는대、이때는南極地方의겨울은다지나가고、漸次여름이되여가는十一日初旬이엇다。十一日이여름이라하면。좀奇異하게들니겟지마는南極氣候는、우리나라와는全反對임으로、우리나라의겨울이南極地方에는여름이되는거시다。이러케하야、『에드와드』七世高原에서南極洲에上陸하여스나寒氣가酷甚하야、말은勿論이고輓犬까지도衰弱하야到底히荷物을運搬하기不能함으로、大佐로부터一同이다가치助力하야겨우前進하게되엇다。如此히困難을當하며、「스코트」氏一行이進할때는、마츰諸威의「아문젠」氏가南極에到着하야本國國旗를세워슬때이엇다。

二

南緯八十七度半무러는「에반쓰」尉官、「랏슐레ㅣ」兵曹를北으로돌녀보내고、스코트大佐、윌손博士、「오ㅣ트」、「보아쓰」兩尉官、「에반쓰」兵曹이五人이南極을向하야突進하기로하엿다。이五名은冰雪과싸우고、寒風을무릅스고前進하엿스나一日에겨우五十里(朝鮮里)式밧재는더나가지못하엿다。이러하야一千九百十二年即九年前一月十七日에는極地에到着하엿다。그이들의苦痛이甚하니만큼、目的을達한즐거움이더컷슬거시다。

南極에는先月에到着하엿든「아문젠」氏의天幕과記錄이남어이섯다。이를본「스코트」氏는自己보다먼저南極到着者가이슴을알고遺憾으로生覺하지아님은아니나至今은다過去의일이다。그래도各種研究나맛치뫼라고、「이에、天幕을치고疲困한身體를休養한後其翌日十八日에는經緯儀로天體觀測를始作하엿다、그結果「아문젠」氏가南極으로生覺하엿든거시眞正의南極이아니고、實로極地는其地點에七町餘을隔한곳임을알엇다。「스코트」氏는곳準備하엿든英國國旗을세우엇다。一同이펄펄날니는旗下에서모히어、無事到着함을祝하엿다。

極地의溫度는이날은華氏零下二十度에不過하엿다土地表面一帶는皚皚한白雪뿐이고、天地는오즉寂寞할뿐이다。一行은紀念撮影을行한後「아문젠」氏의남긴記錄의一部을携帶하고極地를써나歸途에就하엿다이제부터、「스코트」氏一行이辛苦惡鬪의幕이열니게된다。

一行中의「에반쓰」兵曹는南極에到達하기數日前부터酷寒으로因하야大端히衰弱하엿든中歸途에上하야不幸히吹雪로前面을보지못하고그릇冰塊틈에빠젓다깁히는얼마나되는지測知키어려운割隙이엇고、빠지는極端에머리를다치人事不省한채로그사이에세어외섯다。이를본一同은크게놀내여百方으로救助한結果다시쓰러내어露營地싸지이르러스나。可憐한그는終乃冰原上에鬼神으로變하엿다。이러한雙不幸으로突然히時日을虛費하는동안에寒氣는더욱甚하야지고、降雪은霏霏하야冰原의表面은砂礫과가치되어雪橇를

쓰는데大端한困難으로一日努力하여도겨우三四十里외里程밧게더나아갈수업섯다。 그리하는中목숨으로밋엇든燃料는漸次로缺乏되어가고、食糧은다음貯蓄所까지繼續하기는到底히不可能하게되엇다。

다시、不幸한일이一行中의「오ー로」尉官의우에걸니엇다。同氏는二三週間前부터健康을害하여스나、一同의念慮를시킴을未安하게生覺하고至今까지그대로참고온것시엇다。그러나如何히剛膽하고。如何히壯勇하드래도病魔에게는이기지못하엿다。至今은거이步行할힘은다하야 오족 뒤으로허덕허덕 쌔라갈쌘이엇다。 그리든中卒然히이러나는큰暴風사이에쌔여서、永久히氏의形體를볼수업시되엇다。時는三月十七日。

「스코트」氏以下三人의놀냄이야얼마나하여스랴。極地를밟븐줄기쁨도、至今은二人의勇士를일흔슬픔에쌔이여、以前元氣는消失되고서로悄然할쌘이엇다。天은오히려남은三人에게도幸福스럽게하지아니하엿다。暴風은漸漸그猛威를더하고、飛雪은容恕업시달려들어、一步도더前進하기는어려웟다。째로는冰上의업되어吹雪의襲來를避하엿고、째로는서로抱擁하야颶風에날녀감을避하엿다。糧食은全部絕乏이되어饑餓는刻刻으로逼하여지고、燃料는全部를태이여、「살을쎄이는寒氣을막을方策이업섯다。至今은寒氣와饑餓로因하여한발도쌔놀수업시되엇다。 아아天은그이들을바리셧나부다。 그들은冰上에넘어진채로死期를企期할쌘이다。 無人의南極에이슨지二年、겨우成功하야、비단을입고故鄕으로도라가는途中에、救助의길이쓴어진萬里異域애눈으로업서지는勇士를生覺하면、뉘가一掬의熱淚을쑤리지아니하랴。

「스코트」氏等三人의英魂이永久히잠든것은一千九百十一年三月二十七日이엇고、곳은冰雪이그득한南緯七十九度四十分의地點이엇다。

조곰前에事實이나、『로쓰』海附近에서調査하든探險隊에對하야一言하지아니할수업다。同隊는『괭귄」鳥의硏究等을行하면서南方으로向하야突進하여스나、天候險惡하야더前進하지못하고、오래牙營에滯在하는동안에食料品이缺乏되어、鯨油、豹肉等으로겨우生命을이어나갓다。 그리고氣象을觀測하기爲하야暴風의强力을試驗하든中에不幸히寒暖計가破壞되어溫度

와測定도할수업시되엇고、寒氣와食物의關係로病人은續出하는狀態에이르러研究도十分히實行할수업슴으로、前南極突進隊와허여진牙營싸지물너가기로하엿다。그러나九月이지나고、十月이되여도「스코트」氏一行의消息이업슴으로、이에搜索隊를派遣하기로되엇다。

搜索隊는二隊로分하야一隊는外科醫「아트킨손」氏가指揮하고、他一隊는「랏스레ㅣ」氏外七名으로組織되엇다。

二隊가다갓치三個月分의糧食을실코南進하야『一噸分營』싸지到着하엿다『一噸分營』은勿論「스코트」大佐가荷物을남겨둔곳이다。이곳에는以前에貯蓄하엿든荷物이그대로이섯다。그리한즉南極突進隊가아죽到着치아니한것이分明하다。그리하야搜索隊는奇異히生覺하면서南進하야「리쓰레ㅣ」氏의一隊는、드듸어「스코트」「윌손」「보아ㅣ쓰」三氏의死體를發見하엿다。搜索隊面面은어름으로化한三人의死體를보고、새삼스럽게萬感이가슴에가득하야當時는얼골을들지못하엿다。

三

搜索隊는「스코트」氏의衣服及天幕內를搜索하야、本探險隊前에南極에到着하엿든「아문젠」氏의證據書類와、「스코트」氏의手記한日記等을發見하얏다。이로因하야「스코트」氏一行이無事히南極에到着하얏던事와一行中「에반쓰」兵曹는南極附近에서遭難한事實과「오ㅣ토」氏는颶風을만나行衛不明된事도알게되엇다

搜索隊一行은눈물을먹음고三人의死體를埋葬한後돌을싸아墳墓를만들고、十字架를세워、南極到着者記念으로左의文字를記錄하얏다。

南極探險船「데라노버ㅣ」號船長 「스코트」大佐
同 隨行員 「윌손」博士
同 同 「보아ㅣ쓰」尉官

右三名은南極探險後此地에서終焉하얏다。이外同伴者「오ㅣ토」尉官은此地를距한八十里南의地點에서暴風으로因하야逝去하고同兵曹「에반쓰」氏는『피야ㅣ드모아ㅣ』氷河에서斃하얏다。

다시添書하여

前諸威人「아문젠」氏는一千九百十一年十二月十四日에極地에到着하얏스나此五名은一千九百一月十七日에南極에到着하얏다。

이러케記錄하고一部隊는更히南方八十里의「오ㅣ트」尉官의消散를搜索하얏스나또한거긔發見하지못하고다만其地에紀念의塔을세워記錄을남기고引還하얏다。

「스코트」大佐의日記를依하면、此悲慘事의原因은大佐의過失로이러남이아니요、緊張天候急變에因함이分明하게되얏다。第一運搬用馬는衰弱하야充分한糧食을搬移치못한事。第二로南緯八十三度附近에서大吹雪을만나、오래進行하지못하고避難하얏슴으로糧食의缺乏을이르킨事와第三케氷河附近에서大降雪로進行치못하고久然이滯留하야準備糧食을다하게함이며第四、同行者五名의凍傷과身體도病魔에잡힌바된等事情에因하야豫定行動에故障이生하야、드듸어千載遺恨을머금고逝去하게되얏다。

其中에도더욱同情할만한것은、「스코트」大佐夫人의일이다。大佐出發後처음은歡愛의音信이잇섯스나其後一年이나지나스되、一片의音信도업슴으로憂慮됨을禁치못하야本國을떠나、「뉴질란드」로向하는途中에이悲慘한報告를接하게되엇다。

이悲報가一次英本國에達하매、上下가擧하야哀惜하얏고地理學會는吊詞를贈하야氏의遺魂을慰勞하얏다。

諸威의「아문젠」氏는엇지하야成功의비단을입고本國으로凱旋하게되엿스며、「스코트」氏는目的을達하고도오히려悲慘한最後을當함은엇짐이뇨? 決코兩者手腕에相違가잇슴이아니고、其準備에甲乙이잇는것이아니다。「아문젠」氏의成功은天候의順調를得함이요、「스코트」氏의不幸은天候의禍한것이其原因이다이러케想到하매、我「스코트」氏의死는實로痛惜에不堪하는바라。뉘一掬의熱淚을禁하리요。

* * * * * *

이러케世界的勇士、世界的英雄은、全世界을爲하야일하얏고、全人類을爲하야그의피를뿌리엇다。우리가적은추위를못견대어、溫炎한간에들어안젓슬때에、氏들은冰雪暴風을무릅쓰고前進하얏슴거시고、우리中에서、술잔이나먹고美人의무릅을베개로삼고재선은

豪游한다는곳이生覺할때에、그들은數千丈氷山우에서快哉를불넛슬것이다。 그이들이나우리가다갓흔人類다、마치한집안에兄弟들과가치、우리는언제까지든지는兄弟들힘만입을수는업다。 우리도至今부터는우리손오로도兄弟들을도아줄만치는되여야한다。

文章이杜撰된中에도너무길게되어서讀者諸君의充分한感想을이리키지못함은生覺하는바이나、그러나다행이諸君中에筆者와同感의士가게시면이는實로筆者望外의幸福으로生覺하는바다。

西比利亞

秋江

西比利亞에는옴쓰크政府가失脚하고過激派의勢力이洋洋히東으로向한다고한다世界列國이다反過激派곳옴쓰크政府의援助를停止한다고한다

이西比利亞는古代에扶餘·高句麗·渤海의邊地되얏던地方이다지금도我人이만히移殖되얏다

吾儕는因하야阿骨打·高雲·李懷玉의等古代我人殖民家의偉傑을回想한다

公 正

辯護士 許 憲

一

公正은社會의生命이니라公正이잇서야社會가生存하고公正이잇서야社會가進步하나니라

二

우리社會는오랫동안公正이업섯나니라아니라公正이極히無勢力하게되얏나니라이公正이無勢力하게됨으로社會가衰退하고社會가劣敗하얏나니라

엇던西洋人士가이런말을하엿다「朝鮮에는오래公正이行하지못하얏다」고云하얏다果然이니라朝鮮數百年來에는公正이업섯나니라公正이업고 오직不公正이橫行하얏나니라이不公正이곳우리社會를衰退식이고劣敗식이니라

이제우리는公正을回復하리라公正을振興하리라 公正하게생각하고公正하게處事하고公正하게接物하리라 곳一点의私累업시靑天白日의 氣像으로公正한思想・行爲를作하리라

三

余는이에公正을大聲으로 疾呼하노라이公正이 來하여야우리社會가生存・進步하리라 (談)

物質과鐵道

西鮮殖産鉄道株式會社取締役 劉 墂 燮

一

무릇社會는物質이精神을助하고精神이物質을助하야互相循環되나니그럼으로余는物質의進步를또한重視한다

二

余는저번에西鮮殖産鉄道會社의發起人이되얏섯다이會社가임의成立되야起工의運에達하얏슨즉未久에黃海道를縱貫한鐵道網이出來하갯다因하야西鮮發達의一助가되리라한다我土에는아즉鐵道노을만한地方이만흐니次第로各地方이鐵道의速成을期하여야하갯다곳平元線의縱貫鐵道◦湖南線을縱貫하야南海岸을繞하는鐵道◦咸鏡線의橫貫鐵道等이다必要하다

三

鐵道는文明의傳導線이다어느나라이던지鐵道線의最綿密한地가文明의最綿密한地이다我土는아즉鐵道線이매우稀薄하다我土에도鐵道가어서蛛絲갓히되기를希望한다더욱希望하기는우리社會에도어서鐵道架設할企業家나技師나工匠이多出함이다

(談)

禁酒

鎭南浦牛山病院長 金銖衡

一、飮酒와疾病

「메치니코푸」博士는巴里에서左의宣言을하얏다

吾人의血液中에白血球와赤血球가잇다白血球는赤血球보다매우少數이다이白血球의作用은血管內에浸入하는病菌等에對하야反抗力、征服力을가젓다그럼으로白血球가健全히여야能히病을驅逐하고健康을保한다그런데이飮酒는白血球를衰弱케한다곳飮酒하면알콜이만히血管內에浸入하야白血球는活動力、病菌撲滅力을失한다그럼으로飮酒하는人은病에걸니기쉽다

二、飮酒와貧困

英國「찰스、부쓰」氏貧困調査表에는英國貧民의貧困原因은二割五分이飮酒라하얏다『요크』市의貧民調査者「론트리」氏는一割四分이酒에在하다하얏다「만체스타」市는五割一分이酒로貧困하다고하얏다

英國에서는「페ㅣ」氏의調査에二割四分이酒로貧困하다고하얏다『마사체셋트』州의調査에는三割乃至四割이酒로貧困하다고하얏다

獨逸『함부』市調査에도二割二厘五毛가酒로貧困하다고하얏다世界全體各種의統計로見하야도「부리쓰」氏의社會統計에도貧困의原因이一割一分은分明히酒에在하다고하얏다

三、飮酒와死亡

美國『간사쓰』에는一九一三年頃에酒를禁하얏다禁酒後의死亡率은매우減少되얏다곳人口一千에對하야九人이라하얏다此를日本의人口一千에對하야二十一人死亡率과對照하면禁酒가엇더케有効함을可知하리라또嬰兒死亡率에關하야「싸불류、씨ㅣ、스티븐」氏가英國에서調査한表가左갓다

二年間乳兒死亡率

飮酒하는母 五五二

禁酒하는때	二三八

이러케飮酒하는때는禁酒하는때보다約二倍의乳兒死亡率을가젓다

四、飮酒와犯罪

美國『시카코』市에서一九一五年十月一日부터市長「돔손」氏가日曜日禁酒令을發하얏는데그後犯罪減少表가左갓다

	一九一五年十月第一日曜	第二日曜	第三日曜	第四日曜	計
禁酒後	六三	二七七	一八一	一七一	六九二
禁酒前平均	三〇〇	三〇〇	三〇〇	三〇〇	一,二〇〇

五、飮酒와亡國

古來飮酒로亡한나라가적지아니하다가장現著하기는亞美利加紅人種이다美國에서는禁酒以前부터紅人種에게賣酒하는者를嚴罰하얏다「푸란클린」氏도紅人種의飮酒亡國을매우痛嘆하얏다彼는飮酒함으로더욱子孫의增殖을妨하야民族滅亡의悲運에入하얏다亞弗利加內部의土人이나布哇의土人도飮酒로亡國하얏다고한다

六、朝鮮의飮酒

我人도대개飮酒로以上의災殃을만히當한다【一】我人의貧困은實로大部分이飮酒에在하더라【二】我人의疾病死亡이아마三割은飮酒에在하리라【三】犯罪도大部分이飮酒에在하리라朝鮮人도또한飮酒亡國의譏를免키難하다

저都會나村里에多數人民을看하라彼等은勞力을賣하며米綿을賣하며牛와田을賣하야飮酒에費盡한다彼等의生涯趣味는대개飮酒中에在하다決心하고改善하여야하갯다

더욱普通人의接客禮는모다飮酒로한다賓客이오면依例히酒를勸한다市街에서相逢하야도依例히酒家로携入한다宴禮나祭祀에는飮酒가大節次이다이러하고는참못살을것이다接客禮는酒의代에茶를用하여라宴禮祭禮에도茶菓만用하여라

七、大禁酒의運動

余는이에我人도大大的禁酒運動을起하기를希望한다더욱靑年들은이禁酒를絕對實行하여야하갯다禁酒會가成立되며禁酒活動이開始되며禁酒令이施行되기를希望한다이亡身•亡家•亡國하는飮酒를絕對로禁하여라 (談)

漢詩

石倉 柳瑾

無私

天地大無私 日月光無私 大人公無私
能容萬物生 能令萬物明 能致萬民榮
無私利於他 有私害於他 何事世間人
便又利於己 便又利己矣 以私害公理

不黨

君子非無黨 小人若有黨 不如都不黨
爲公非爲私 以私害公彝 公私兩安之
有人稱不黨 若欲眞不黨 君子無私黨
不黨便無私 無私是能時 天下咸仰之

泉蓋蘇文實記

張道斌 撰

第一、泉蓋蘇文의來歷

一、泉蓋蘇文의生長

天을衝하는듯한大聖山、地를絶하는듯한大同江――이 中間에서偉人泉蓋蘇文이生하다

泉蓋蘇文의姓은泉이오名은蓋蘇文이오一名은蓋金이니 高句麗嬰陽王九年距今一千三百二十二年前에 高句麗의京都인平壤에서生하니라

蓋蘇文의姓에關하야古來로異論이잇나니라 혹은曰蓋蘇文의姓은泉이라하고 혹은曰蓋蘇文의姓은淵이니漢土의唐朝史家가唐高祖李淵의名을諱하야 泉으로記하얏거늘朝鮮史家는아모 意識업시漢土史家의蹤跡을効하야또한泉으로記하얏다하더라余가일즉 歷代史籍을考하니 아마蓋蘇文의姓이本來에淵일더라淵淨土는蓋蘇文의弟오寶藏王의女婿오報德王安勝의父라 朝鮮古史에淨土의姓을確實히淵으로記하얏더라그러면蓋蘇文의姓은淵이니라그러나이제余는世人의慣用을遵하야 아직泉으로記하노라

蓋蘇文의名에關하야古來로二種으로記하얏나니 혹은蓋蘇文이라記하고혹은蓋金이라 記하얏더라此는다름아니라蘇文은곳「쇠」니「쇠」는곳金이니 다곳本來에는國語로「쇠」라하얏거늘此를漢字로譯出하야金이라하얏

나니라彼三國時代에는人名地名을國漢二種으로書함은多多한事實이니高句麗의「南蘇城」을곳「金州」오新羅의「素那」는혹「金川」이라한等이是니라 그러면蓋金이라함은何뇨곳「큰쇠」니라余가일즉漢土에遊할새彼漢人이蓋蘇文을呼하야曰「카수원」이라하더라 그러면蓋蘇文을漢字로譯出하면곳大金이니라

蓋蘇文의生地에關하야 古來로疑問이잇나니라內外史書에 確實히生地를記한處가업더라혹은曰遼東에蘇文屯이잇스니此가蓋蘇文의生地라하며 혹은曰海州에蘇文倉이잇스니此가蓋蘇文의生地라하며唐書에는曰自云生水中이라하고我史에는曰東部大人大對盧의子라하얏더라 그러나遼東이아님이明白하고海州라함이未確하고또水中에서生하얏다自云함은一滑稽의談일뿐이라 그러면蓋蘇文의生地가과연어데뇨 余는考하건대蓋蘇文은東部大人大對盧의子라하얏스니 대저高句麗의京都에五部가잇스며 東方은곳東部라하얏슨즉東部는곳平壤의東部오高句麗風俗에大人은그部의世族이被任하얏슨즉 蓋蘇文의父親인東部大人은곳東部에居住하얏슬지라이東部大人의子인蓋蘇文은곳平壤東部에서生한人이니라 或者 는曰高句麗가全國도五部로分하고京都도五部로分하얏슨즉東部가全國의東部인지 京都의東部인지可知치못하갯다하도다 그러나余가考하건대蓋蘇文이東部兵을集하야城南에大閱하얏다하얏스니 蓋蘇文의東部는곳京都의東部가確實하니라 그럼으로余는蓋蘇文의生地를平壤의東部라하노라

蓋蘇文의生年에關하야古來로疑問이잇나니라 古記를考하건대嬰陽王二十五年甲戌은隋煬帝楊廣이三百萬

大兵을率하고遼東에寇하다가大敗한中이라 嬰陽王이降를隋主에게送하야 隋主와遠하遂和을促할새使臣에隋軍에到하매隋主ㅣ書를奉讀하더니 高句麗의一壯士ㅣ小弩를持하고 使臣을從隨하야軍中에入하얏다가小弩를發하야隋主의胸을中하니隋主ㅣ고만撤退할세 左右를顧하며恨歎하야갈으되朕이 天下兵으로高句麗를擊하다가大敗하야萬古의嗤笑를買하얏스니엇지可痛치아느냐 右相으로在한羊皿이奏하야曰陛下는過히傷心치말으소서臣이死하야高句麗大臣이되야高句麗王家를亡하야 陛下의怨讎를報하갯나이다하고死하더니과연是歲에蓋蘇文이生하얏다하니라또唐書를按하건대 隋煬帝ㅣ東征함에裨將羊皿이敗死하며 誓하야曰余가死하야高句麗에生하야彼를亡하리라하더니과연蓋蘇文이生하얏다하얏더라 그러면蓋蘇文의生年을嬰陽王二十五年甲戌이라함이라그러나蓋蘇文이漢土에遊하야唐太宗과會見한年은嬰陽王二十七年頃이니嬰陽王二十五年生이면엇지二十七年에漢土旅行이잇섯스리오此는誤傳이分明하도다또古記에曰蓋蘇文의年이 十五에聰明神武하거늘武陽王이召하야臣을삼앗다하얏스니 余는思하건대武陽王은곳嬰陽王이니 嬰陽王은二十九年에崩하얏슨즉嬰陽王二十五年生으로엇지十五歲에嬰陽王의臣이되얏스리오余는考하니대저蓋蘇文이隋寇의年에生하얏슴으로內外史氏가다羊皿의說을記하얏슴지라그러나이隋寇가隋煬帝의隋寇가아님이明白한즉이隋寇는곳隋文帝楊堅의隋寇니라隋文帝楊堅이 高句麗의皷壁을嫉하야楊諒의等을遣하야 三十萬兵으로入寇하다가大敗逃亡하얏나니羊皿은곳此時의裨將일너라是年은嬰陽王九年戊申이니그러면蓋蘇文은嬰陽王九年戊申去今一千三

百二十二年前이니라

蓋蘇文의父親의名은知할수업스나 彼는高句麗의貴族으로官은平壤東部大人이오 爵은高句麗의一等爵인大對盧더라蓋蘇文은一弟가잇스니 名은淨土라後에高句麗寶藏王의駙馬가되얏더라 蓋蘇文은이러케東部大人大對盧의長子더라

當時高句麗의京都가엇더하던가數百萬人口의平壤城에金의宮、玉의樓는 近十里에連하고軍의角、仙의樂은全城內를踴하고雙興發盛한公侯의邸宅、山塡海咽한市街의物貨——과연 世界의榮華를一城에集하얏더라이時代에高句麗의貴族이오京都의大人인 蓋蘇文父親의生涯가엇더하던가 富貴赫赫한一代의名家——玲瓏한金銀으로室을飾하고數萬의貔貅가門을護하고腰에는 霜光갓흔釰이오厩에는飛龍갓흔馬더라 이都會이家門에서蓋蘇文이出하니라

二、蓋蘇文의修養

蓋蘇文이生하야氣骨이雄偉하고 眉가揚하고目이光하더니맛점점長하매 聰明特達하고豪壯英傑한지라彼는鴻鵠의兒처럼一毛에凌霄할志가잇고 彼는虎豹의子처럼黃口에呑虎할勢가잇더라 어허天來한偉人이로다

蓋蘇文氏여氏는엇더케修養하얏나뇨 氏의出身한時代는高句麗의一極盛時代니彼歷史上의記錄갓치「風神이

俊傑하고濟世安民으로己任을삼은「嬰陽王이高句麗末世의一英主로拉枯摧朽의勢로遼西의大陸을一蹴하야가不幸히隋文帝楊堅의猾敵을遭하야 大圖를快試치못하고도리혀隋煬帝楊廣(隋文帝의子)의三百萬大寇를境上에引入하얏스나彼「沈毅하야智數가잇고屬文을善한」乙支大臣이鐵腕을一揮하야 이東洋有史以來未曾有의大戰爭에强寇를陷沒하야 邊塵을永淸하고威光을遠振한以來로 南에는百濟新羅가頭를縮하고西으로靺鞨契丹이脚을謹하얏고 一邊으론經濟家藝術家의等이出하야綽綽한食을備하고一邊으론宗敎家文學家의等이出하야煌煌한花를添하더라 그러나이時代는 人心이점점安逸을耽하고風俗이점점驕奢에陷하는時代니 外로四方이威勢를仰하고內로萬事가全盛에入한 이時代에安逸驕奢의惡魔가來襲함은實로難免의事인녀라이時代이社會에出身한蓋蘇文氏여氏가엇더케修養하얏나뇨함을며 堂堂한富貴大家에出하야 金의衣와玉의食으로幼年生涯와榮光을誇한蓋蘇文氏여氏가엇더케修養하랴나뇨

무릇人生은흔히社會慣習의管理를受하나니라 柔弱한社會의人生은흔히柔弱을染하고 强毅한社會의人生은흔히强毅를學하나니라 그러나 蓋蘇文氏는安逸驕奢한當時社會의範圍를超하랴하얏더라 무릇人生은墮落하기쉬운弱點이잇고其中에도富貴家의子弟는더욱墮落하기쉬움나니當時平壤에 富貴家의子弟들을想像하건대혹은牧丹峰에春을賞하고혹은綾羅島에月을翫하며 혹은大同江에舟를泛하고혹은平壤野에策을散하며혹은國內域구경을가고혹은金剛山구경을가는等이 彼輩의事業이더니라 그러나 蓋蘇文氏는富貴家의子弟로도墮落生이

아니되얏더라

대저氏는体力이非常히 [illegible] 時에항상身에五刀를佩하고 身体가甚히魁傑하고氣像이甚히威嚴있고一買功에百夫가勝 [illegible] 人이色을失할만하얏나니此는氏가 身体修養을힘쓴結果더라또氏는武術·武藝에極히鍊達 [illegible] 로도氏의一遊倅가되며大祚榮의 英武로도氏의 一裨校가됨은다氏의武術·武藝를敬服 [illegible] 朝鮮歷代에武術武藝의第一流를擧하건대陸軍에乙支公、蓋蘇文氏오海軍은겨우一人이 [illegible] 人의 一人이니라此는氏가武術·武藝의修養을힘쓴結果더라대개朝鮮古代의人은매우强毅 [illegible] 蘇文氏는强毅的人物의 代表者더라朝鮮古代의人은매우勇猛이있섯더라其中蓋蘇文氏는 [illegible] 者더라氏는軍人뿐아니라 氏는强毅뿐아니라氏는勇猛뿐아니라또한巧妙한智謀가있더니라 [illegible] 한結果니라

氏의幼年修養訣을詳考할 [illegible] 体壯에매우熱心하얏더라 氏는武術·武藝의修養에매우熱心하얏더라氏는剛毅한意志、壯烈 [illegible] 嗜好等을養修하기에매우熱心하얏더라

氏의身体를修養한方法은 [illegible] 라 當何麗風俗에 男子가未婚에 依例히學校에 就하야騎射를習하고靑史를讀하얏나니氏가 [illegible] 을受함은勿論이나氏는特別히騎射를力하야 身體修養을完成하얏더라

一氏는內外의兵法을通하야武術을廣備하얏며라氏는馬를善騎하고弓을善射하고또劍을習하야劍을善用하더라

氏는德으로는勇敢、强毅、活潑、自重、自大의等을力修하얏나니氏는精神으로나肉體로나항상勇敢을鍛鍊하며항상强毅를鍛鍊하며항상活潑을鍛鍊하며 항상自重을鍛鍊하며自大를鍛鍊하얏더라 智慧론온갓學問과 온갓經驗으로纖巨한識量이準備하고世界의見解가總集되얏더라

蓋蘇文이十五歲가되매 氏가東部大人의子로聰明한德이人을震하고 神武의威가世를動하니嬰陽大王이크게欽歎하야이에安車蒲輪으로氏를迎하거늘 氏ㅣ玉階에入對하매大王이大喜하야 官을授하고他日에大用을期하니라時는嬰陽王二十三年곳隋主楊廣의大寇가懷山襄陵의勢로驅人한 年이더라

그러나氏는苟且한兒孩처럼小成에 自滿한者아니며氏는拙怯한者流처럼 僥倖을自足한者ㅣ아니라氏는思하되我가東部大人의子로 世卿의職을受함은余의所願이아니나 余가지금小勢가잇고小榮을享함은余가東部大人의子인故니余는余의自力으로 余의地位를得하리라하고이에官을棄하 고더욱修養을힘쓰니라

蓋蘇文이幼年을지나고少年을지나 靑年이되얏더라靑年이되니氏의人格이이에完成하얏더라 巨한頭는銅鐵갓고靑한面은天神갓고眼은炬火갓치번쩍번쩍하고髥은赤虬갓치굽실굽실하고身은秀하고 長하며貌는美하고雄하며氣像이쩜쩜하고威風이凜凜하며膂力은山을拔할만하고 智는世를絶할만하고武術론天下의兵仙이될만하고 武略론萬古의名將이될만하고勤勉

堅忍하며勇敢頰毅하며活潑壯快하며自尊自重하며特立獨行하며高明廣大한等의德이잇더라

그럼으로彼內外史氏가氏의人格을記錄할새 三國史記에曰「蓋蘇文이儀表가雄偉하고 意氣가豪逸하다」하얏고唐書에曰「貌가魁秀하고鬚髥이美하다」하얏고高句麗古記에曰「蓋蘇文이聰明神武하다」하얏고 宋人王安石이曰「蓋蘇文이非常한人」이라하야 天下古今의人이筆을齊하야氏의人格을讚하며口를同하야 氏의人格을頌하얏더라

泉蓋蘇文氏여 氏는富家에生한지라勞치아니하고도膏粱이厭하고勞치아니하고도 錦繡가盈하니만일庸夫갓호면晝寢으로歲月을送할지며 氏는貴家에生한재라金紫의榮이依例의事며卿相의位가當來의物이니 凡輩갓효면遊戲로快樂을作할지어늘이제氏는더욱修養에專力하야 身體를修養하며知能을修養하며 德을修養하얏스니氏는과연偉大하도다

氏가不斷의勤勞로修養한結果는 氏로하야금軍人이되게하며氏로하야금 政治家가되재하며氏로하야금莫離支가되게하며氏로하야금 大臣이되재하고氏로하야금偉人이되게 하얏도다

이제富貴家의子弟들아이蓋蘇文을一看하라 氏는富貴하고도盡瘁하얏나니 富貴家의子弟라고엇지修養을輕視하갓는가彼貧窮한少年들아 이蓋蘇文을一看하라氏는富貴하고도修養에熱腸하얏거니貧窮한者들이야엇지一分時라도懶怠하갓는가

三、蓋蘇文의旅行

年이二十도못된青年武士로頭에金花꼬즌折風帽를쓰고身에銀鱗달린戰服을닙고左手에弓을掛하고右手에劍을提하고金鞍白馬로茫茫한平壤野에立하니大同江이絲갓치細하고平壤城이豆갓치小하도다橫으로萬古를睹하니오래寂寞하고縱으로四方을觀하니또한虛無하도다

氏가修養에修養을加하야天下北絕의雄材武略을抱하얏스나氏는思하되國內에서만修養함은井底의蛙와갓다하야이에塞外旅行을經營하니라

是時漢土는隋煬帝가高句麗와爭하야一役二役三役에다大敗하야戶口가衰亡하고財物이窮乏하고政治가紊亂하니이에人心이洶々하고國勢가搖搖하야一日二日에四百州山河가修羅場으로化하랴하더라

漢土는自來로我人과深大한關係가잇서彼의隆替盛衰는곳我에게影響이밋는바오또彼는地가廣하고物이衆하야研究의資料가多하고또彼는지금混沌岌業한中에在한즉正히男兒의好奇心을喚起할네라

氏가이에頭에漢巾을戴하고身에漢服을着하고飛하는듯한馬를鞭하야西으로遼水를渡하야臨渝關(山海關이니곳麗隋의境界라)에出하니時年이十九歲더라

東으로燕齊古地를歷하고西으로河洛大陸을觀하고혹은北으로長城에遊하고혹은南으로長江을臨하야彼의

人物을歷察하며彼의山川을遍覽하고一日은西京(西安府)等地에서馬首를回하야東으로來할새 및靈石에至하야馬에下하야旅舍에入하니맛참一壯士가美人을携하고이旅舍에在하더라

이壯士는誰오李靖이오이美人은誰오紅拂이더라 처음에隋煬帝ㅣ東都(江蘇省)에遨遊하고西京은楊素로하야곰留守하더니楊素ㅣ名妓잇스니곳紅拂이라蓮花갓흔面、曙星갓흔眸ㅣ과연天下絕色이오또人物觀相을잘보는女子더라 是時에李靖이西京에遊하매紅拂이李靖의爲人을보고크게欽慕하야이에靖에게請하야갈오되 小女가貴下에게身을托코자하노라하니靖이憐하야許諾하고함께馬를驅하야太原(山西省에在함)等地로向하던中에靈石에至하야旅舍에休息하더라

蓋蘇文이旅舍에入하야곳頭에枕하고床에臥하야 紅拂을對看하니是時에맛참紅拂은頭를梳하고李靖은庭中에서馬를刷하던中이라靖이室內를視하니엇던壯士가床에臥하야紅拂을對看하거늘靖이 大怒하야思하되何等無禮漢이我의婦人을對看하나냐彼와一鬪를試하리라하고 馬를捨하고室內로躍入하랴하더니 紅拂이靖의怒氣가勃勃함을見하고곳手를搖하야靖을止하더라

是時에蓋蘇文이臥하야靖을視하니彼가매우不平하얏거늘氏가思하되爾가我를知치못하고敢히不平을抱하니可笑라하고彼의動靜을觀하더니맛참紅拂이急히梳頭를畢하고 身을起하야氏의前에近하더니纖纖한玉手를揖하야恭順히拜하고曰小女는姓은張이오 名은紅拂이온데僥倖으로大人의席을近하얏사오니無窮한榮光이로

소이다하거늘氏ㅣ對答하야曰我도姓이張이니그러면卿가我의妹가되여다한대紅拂이曰感謝하나이다하고곳靖을呼하야曰어서入來하야우리올아바님세拜하소서하니靖이入來하매氏의威風에戰慄하야곳恭順히拜하며라

대저紅拂이蓋蘇文을觀하니氏는絕世偉人이라만일李靖이怒하야蓋蘇文과鬪하면맛치螳螂이轍을拒함과갓흔지라그럼으로먼저李靖을순씌하야怒하지말게하고一邊으로蓋蘇文을慰勞하야兩虎의爭을和解함이더라

李靖이蓋蘇文을觀하니파연天下巨傑이라彼勇敢無雙하고精銳有名한李靖으로크게感服되야敢히異志를懷치못하고蓋蘇文의言이出하면靖은곳唯唯할뿐이더라蓋蘇文이曰余가天下에橫行하야人物을遍觀하얏스되아작余의心에合하는者를得見치못하얏스니君이혹我를爲하야有用한人物을紹介할수잇는가靖이曰生은終才無目이라生이엇지人物을得知하오릿가만은晋陽(山西省에在함)에李郎이라는者ㅣ잇스니名은世民이오年은十七歲이온지라生의所見으로는李郎이人物인듯하더이다蓋蘇文이曰그러면余와同行하야李郎을訪하자하고이에蓋蘇文이李靖紅拂파함쎄馬를鞭하야晋陽으로向하니라

晋陽에至하야李郎을訪하야靖의紹介로會見하니파연英達한氣像이업지아니하더라蓋蘇文이思하되漢土四百州에此子가我의敵이라하고이에李郎을別하고靖을招하야함쎄蓋蘇文의宿所에至하야僮僕金帛을다靖에게與하며曰李世民은人傑이니君이輔佐하면반드시功業을成就하리라하고蓋蘇文이드듸여東오로歸하니라

氏가이번漢土旅行으로多大한修養을得한지라 곳漢土의物情을精察窮究하야彼의事狀에通曉하고또遠大한理想은此에서미욱培養되고雄深한圖略은 此에서더욱涵育되얏더라이旅行은무슨 方面으로든지氏의後日動作에大影響을及하얏더라

第二、蓋蘇文의出世

一、蓋蘇文이大人

蓋蘇文이故鄕에歸하니是時에父親大對盧가死하거늘蓋蘇文이位를嗣하랴하니라

대저高句麗慣例에部의大人은흔히貴族의世襲으로하되다만就職할時에衆의許可를要하는지라是時에蓋蘇文이너무非常함으로衆이다忌憚하야 蓋蘇文의大人됨을許可치아니하거늘蓋蘇文이衆을向하야首를頓하며恭請하야曰余가職에就하얏다가만일不可한일이잇스면 余를逐出하야도余가後悔가 업갯사오니余의嗣位를許하소서하니衆이許可하거늘蓋蘇文이이에父親을嗣하야平壤東部大人이되니라

鴨綠谷의處士가비로소大夫의堂에登하고石多山의俊傑이비로소蘇骨의冠을戴하얏도다我天下無二의蓋蘇文氏가첨으로 東部大人의 印을佩하니이에 氏의多年蘊蓄한 深懷를試展할席이備하얏고 이에氏의宿題獨拔한

良策을漸設할機가來하얏더라

是時는嬰陽王의仙駕가天에賓하고 榮留王이첨으로寶位를嗣한時代라 榮留王은名은建武오平原王의次子오嬰陽王의異母弟니 嬰陽王의世、隋煬帝의寇第一役에隋의海軍大將來護兒가戰船三百艘와戰士七萬人으로揚揚히海를蔽하야西海를截하야 大同江에入하거늘是時에乙支文德은隋의陸軍을防하기爲하야鴨綠江上에轉戰하고平壤城은거의空虛한지라 밋隋의海軍이猝然히驅入하매嬰陽王이 大患하야이에建武를命하야進擊하니建武ㅣ驍勇하고騎射에善한지라兵을提하고隋軍을犯하다가거즛敗走하니來護兒ㅣ兵을盡하야 追來하야平壤城에當하거늘建武ㅣ空寺의中에兵을伏하얏다가猝然히出擊하야敵兵을陷沒하니 來護兒ㅣ겨우單身으로逃亡한지라밋隋寇를廓淸한後에매우威望이잇다가是時에嬰陽王이崩하매곳嗣立하얏더라

그러나榮留王은嬰陽王의進取政策을捨하고保守政策을執하얏더라 첨에嬰陽王二十九年에漢土에는隋가亡하고唐이興하야唐高祖李淵이君主가되니 李淵은곳晉陽李世民의父親이라 蓋蘇文이世民을別하고歸國한後에世民이곳李靖의等과합세兵을起하야羣雄을削平하고漢土를統一하야唐을建하고 父親李淵을君主로奉戴하얏더라榮留王二年에王이使臣을唐高祖에게遣하야交通을開하고 平和를務하니라

二、蓋蘇文의巨變

蓋蘇文은當時의君主와主義가相容치못하고또當時의政府와主義가相容치못하니곳蓋蘇文은內로百濟、新羅

를統一하고外로漢土大陸을席捲하라하는政策이오君主와政府는唐을親하고百濟新羅와和平하라하는政策이며蓋蘇文은進取政策이오君主와政府는保守政策이며蓋蘇文은積極政策이오君主와政府는消極政策이더라

榮留王이二年、四年、五年에連하야使臣을唐에遣하야珍物을贈하더니五年에唐高祖李淵이書를與하야隋㓂時代에被擄한唐人을請하얏스니其書에略曰「隋氏季年、連兵搆難、攻戰之所、各失其氓、遂使骨肉乖離、室家分析、多歷年歲怨曠不申、今二國通和、義無阻異、在此所有高句麗人等、已今追括尋卽遣送、彼處所有此國人者、王可放還、務盡綏育之方、共弘仁恕之道」라하얏더라王이이에當時執留되얏던漢人萬餘人을遣하야唐에還하더라

王의六年、七年、八年에王이連하야使臣을唐에遣하야珍物을贈하더니밋九年에唐高祖ㅣ死하고太宗이立하니唐太宗은卽晋陽李世民이라是年에百濟、新羅가使臣을唐에遣하야告하야曰高句麗가百濟・新羅의通唐하는道路를杜絶하야交通을禁斷하고또高句麗가항상百濟・新羅를侵滅하랴한다한대唐主ㅣ使臣朱子奢를遣來하야百濟・新羅와의紛爭을調停할새唐主ㅣ子奢더러曰高句麗가道學을重히녁임으로卿을送하니卿은往하야大誼를講하고그賄遺을受치말라하더라밋子奢ㅣ來하매王이美女을子奢에게與하니子奢ㅣ敢히王의命을違치못하고美女를帶去하니라王이書를唐主에게與하야二國과平和하기를承諾하더라

王의十一年에唐主ㅣ突厥(土耳其의祖先이니今의蒙古地方에在하더니라)頡利可汗을擒하얏거늘王이使臣을遣하야賀捷하더니十四年에唐主ㅣ使臣長孫師를遣來하야王에게請하야隋㓂時代의隋兵骸骨을葬하고또

當時建立하얏던京觀(高句麗가隋寇를大破하고從來에隋兵의骸骨을聚하야封를作하고京觀이라名하얏더니라)을毁破하더라

二十三年에王이太子桓權을遣하야唐主를謁하니二十四年에唐主ㅣ使臣陳大德을遣하야回謝할세大德이入境하야所到에綾帛으로官吏를厚餽하고請하야 曰余가山水를愛하니引導하기를願한다하니官吏들가唯唯引導하야大德이이에各處를遊歷하니 隋人으로高句麗에執留된者ㅣ만히來迎하야 曰高句麗가我等에게遊女로妻를作케하야子孫이室에盈한다하며號泣觀望하는者ㅣ道路에遍滿하더라 大德이이러케하야我의虛實을覘察하고唐主에게歸告하얏더라

榮留王이萬機를이러케處理하매 蓋蘇文은항상異見을持하더라이에君主와政府가항상蓋蘇文을忌憚하다가二十五年에王이蓋蘇文을命하야長城(王의十四年에始한長城이니扶餘城「開原縣」으로부터南으로海에至하도록千餘里를築하니라)의役을監케하니此는蓋蘇文을外로出케함이라蓋蘇文이出하야長城의役을監하더니是歲十月에政府諸大臣이王새密謀하야蓋蘇文을誅하랴하더라

이密謀가發覺된지라蓋蘇文이이에東部의兵을總集하야城南에서閱兵式을擧行할세 一邊으로 大宴을排設하야酒饌을盛陳하고諸大官을請邀하니 文武大官이만히會集하얏더라어허晴天에霹靂이로다蓋蘇文의一號令에數萬壯士가躍起하더니 大官百餘人이다慘酷히世를別하고 太倉에는漫漫한黑煙이空中에漲하고安樂宮中의三

千粉黛는天地의暗黑을哭하더라

三、蓋蘇文의莫離支

蓋蘇文이榮留王을弑하고寶臧王을迎하야位를嗣하니 寶臧王은榮留王의弟大陽의子오名은寶臧이더라 王이登極하야蓋蘇文으로莫離支(大宰相)를삼아軍國大政을總執케하니라

蓋蘇文이莫離支가되미 어허蛟龍이雲雨를得하고虎豹에羽翼에生하얏도다 大軍國의萬事를一手에總執하야內로近萬里大陸의人民을號令하고外로西南北列邦의風雲을叱咤하게되얏스니 과연大人이大人의位를得하고大人이大人의機를乘하얏도다時年이四十五歲더라

當一世의大國高句麗의莫離支泉蓋蘇文氏여 그威嚴이엇더하던가天神갓혼身에 虬髯을거스르고黃金으로裝한冠에黃金으로飾한服이오腰에煌煌한五個大刀를佩하고手에獵獵한楛矢良弓을鳴하니 左右侍人이惶忙恐怯하야敢히仰視치못하더라氏가馬에上하면貴人武將이다 惶恐이地에伏하고氏가馬에下하면 貴人武將이坐한다惶恐히地에伏하더라氏가門에出하매 勇兵이四方을擁護하고前驅가大聲으로警呼하니人民이다驚恐奔避하야坑谷에墜하는者ㅣ잇더라어허氏는天神이로다

[illegible]이에一政府가氏의威를慴하고一國이氏의威를慴하고天下가氏의威를慴하는지라此로써國內에臨하매全國이甘服하야令하면行하고禁하면止하더라此로써國外에臨하매四方이震慴하야近者는恭順하고遠者는震動하더라

是歲七月에百濟가新羅를襲하야四十餘城을奪하니新羅大臣金春秋ㅣ新羅善德王께奏하되高句麗의援을請
하야百濟의怨을報하자한대善德王이許하야 春秋를上使로訓信을副使로하야高句麗에來하니時는寶臧王元年
이라春秋ㅣ陛見하고奏하야曰百濟가無道하야 臣의國을擊함으로寡君이大國의兵馬를得하야恥를洗코저하와
지금臣을遣하야敢請하나이다하거늘王이아즉決定치못하고大對盧蓋蘇文을命하야 春秋를宴待하니라春秋는
新羅의王族으로또한一世의英傑이라蓋蘇文이 彼를宴待하며彼의人格을察하니實로 非凡한人物이거늘蓋蘇文
이大驚小怪하더라이에王께奏하야曰春秋는 非凡한者라彼가來함은我의形勢를探코저함이니 彼를除하야後患
이업게하소서한대王이이에春秋를召見하고號令하야曰麻木峴과竹嶺(咸慶尙北道鳥嶺附近에在함)은本來我
의地니이제爾國이此地를我에게還與치아니하면 爾가歸國치못하리라하니春秋ㅣ曰國家土地는人臣의擅專할
바아닌즉敢히奉命치못하갯나이다하거늘王이 大怒하야春秋를捉囚하니라王이春秋를誅코저한는中에 春秋ㅣ
가만히靑布三百匹로王의嬖臣인先道解에게 賂物을주니先道解ㅣ春秋를見하고이리이리하라고 勸한지라春秋
ㅣ이에王께上書하야曰麻木峴과竹嶺은 本來大國의地오니臣이歸國하야 寡君에게請하야還呈케하오리다하니
王은庸主라春秋를放送하더니 春秋ㅣ境에出하야王에게報하야曰國家土地는 臣의知할바아니라다만死를免코
저하야王을欺하얏나이다하더라蓋蘇文이엇지痛心치아니하얏슬사
처음에唐太宗은항상高句麗를謀하며蓋蘇文을憚하다가밋是時에蓋蘇文이 莫離支가되얏다는消息을聞하매彼

가코게憂慮하야이에機를先하야來侵코저하나 彼의大臣長孫無忌ㅣ曰蓋蘇文이지금國政을新執하얏슨즉彼가반드시守를嚴하야國을固할지니 이제彼를攻하면我가반다시敗할지라 後日에彼의安逸不備한機會를待함이可하나이다하니唐太宗이憫하야 敢히入寇치못하더니三年三月에蓋蘇文이王쎄奏하야 曰國에三敎가잇슴은鼎에三足이잇슴과갓흘지라唐에는儒佛道의三敎가並行하거늘高句麗에는儒佛은興하나 道敎가업스니唐에使臣을遣하야求來하소서하니此는一邊으로唐의動靜을覘코저함이라王이使臣을唐에遣하야 道敎를求하니唐太宗이道士叔達외八人을遣來하야 道德經을獻하거늘王이道敎를廣行하야佛寺를取하야 道觀을삼으니라唐太宗이거즛平和의態를飾하야使臣을遣하야王의登極을賀하더라

대저唐太宗은本來에蓋蘇文의爲人을知하는者라 蓋蘇文이莫離支된後로唐太宗은寢이安치못하고食이甘치못하야항상北을望하고嘘唏하며무슨機會만待하는中이오新羅는金春秋ㅣ放送된後로 新羅의君臣이蓋蘇文의威嚴을甚恐하야항상兵을鍊하고政을勵하야 九死의一生을圖하는中이라어허蓋蘇文氏여이東西二强敵의間에處하야엇더케手腕을現하랴하나뇨

第三、蓋蘇文의活動

一、蓋蘇文의政策

「알넥산더」가馬其頓의雄武를振하고「나폴레온」이佛蘭西의强力을抱하얏도다當時高句麗의形勢가엇더하던가六十餘道의大地를擁하야北으로黑龍江부터南으로鳥嶺까지戶口가充溢하고三十萬의現役兵은勇이翩翩하고數十年의積儲穀은庫에盈溢하며城은堅하고壘는固하며弓은强하고馬는肥하더라

蓋蘇文갓흔人物로이러한好時勢를逢하얏거니彼가羽를一揚하야九天에소스랴하며彼가手를一揮하야世界를덥호랴함은當然의事라氏가弱時부터腦를苦하야修養에努力하며少年부터身을鍊하야內外에周遊함은何故더뇨曰今日이러한時勢를逢하야平生의理想을實現하랴함이며한번그抱負를張設하랴함이더니라이제氏가이런好時勢를逢하엿스니氏가果然何等의方法으로그目的을遂하랴하나뇨

是時에新羅에는金春秋金庾信과金法敏(春秋의子)이다英特한人物이오文化方盛하고人心이團結하얏스니비록小國이나實로强敵이오唐은英武한太宗이잇고國이廣하고兵이衆하니또한大敵이라그런데蓋蘇文은新羅와唐을다取하랴하고新羅는唐을連하야高句麗를害하려하고唐은또한高句麗를覬覦하니蓋蘇文이唐과新羅와는決코相容치못할形勢라그런中에唐은高句麗의西界를接하고新羅는高句麗의東界를接하야首尾가相救하고左右로夾攻하는形勢니蓋蘇文에게는此가더욱苦心할問題라蓋蘇文이力을專하야新羅를征하랴하나西으로唐이後를躡할지오蓋蘇文이力을專하야唐을伐하랴하나東으로新羅兵이角을猗할지니이東西猾敵이여此를엇지可하갓느가蓋蘇文이이에百濟同盟策을按出하니라

本來에百濟는高句麗와世讐의國임으로高句麗와互相侵伐하고百濟聖王이新羅를征하다가新羅兵에게被殺한後로新羅와世讐가되야 互相侵伐하더니及榮留王二十四年에百濟義慈王이 登極하매雄勇하야膽氣가잇는지라年年히新羅를攻하야兵을破하고 城邑을取하니新羅와는百年不解의敵이되얏더라 蓋蘇文이寶臧王元年에新羅의請兵을拒絕(곳金春秋가來하야百濟를攻하자고請兵한時)하고 二年에곳百濟와使臣을交通하야新羅를攻取하기로同盟하니라

대저高句麗는新羅의北界를接하고百濟는新羅의 西界를接하얏스니高句麗와百濟가聯合하면新羅는籠中의鳥갓치될지라北에서高句麗가擊入하고 西에서百濟가侵來하면新羅는抵當할策이업고 또高句麗가唐을伐하기에도매우便宜하게되얏스니 곳高句麗가唐을伐할時에百濟가新羅를制하면高句麗는後顧의憂가업게되얏고또高句麗百濟는다新羅의西에在한즉 新羅와唐人交通을禁止할수잇는지라어허 蓋蘇文의政策이또한巧妙하도다 그러나蓋蘇文의政策은此보다더욱巧妙한政策이잇스니 곳蓋蘇文이이同盟을締結함은다름아니라 면저百濟와合하야新羅를取하고次에兵을轉하야 百濟를取하고임이半島를統一한後에는大軍을 西로出하야唐을取하라함이더라어허蓋蘇文의政策이과연巧妙하도다

二一、 蓋蘇文의征伐

蓋蘇文이百濟와同盟한歲 곳寶臧王二年十月에百濟義慈王과謀하야 新羅의党項城 (新羅가唐에通하는要路

파)을 務하야 羅唐交通을 禁斷하기로 하고 百濟와 합겨 兵을 出하야 進攻하니라

高句麗가 百濟와 聯合하니 新羅는 크게 窘迫하야지고 唐은 또한 大懼하더라 밋 是時에 麗濟의 聯合軍이 党項城을 擊하고 또 高句麗 百濟가 相議하되 明年八月에는 大兵을 合하야 一擧에 新羅를 撲滅하기로 하니 新羅가 大懼하야 三年正月에 善德王이 使臣을 唐에 遣하야 救援을 請한대 唐太宗이 使臣 相里玄奬을 高句麗에 遣來하야 國書를 呈하야 新羅와 調停하기를 請하니라 是時에 蓋蘇文이 自將하야 銳卒로 新羅守兵을 殲滅하고 新羅의 兩城을 襲取한지라 바야흐로 軍을 繼하야 彼의 心腹까지 搗하랴 하는 中에 相里玄奬이 平壤에 入하얏더라 王이 蓋蘇文을 召하니 蓋蘇文이 還京한즉 玄奬이 國書를 示하며 新羅를 伐하지 말라 하거늘 蓋蘇文이 曰 往年에 隋가 入寇하매 新羅가 此際를 乘하야 我의 地 五百里를 奪取하얏스니 我가 此地를 還取하기 前에는 新羅를 伐하지 아늘 수 업다 하니 玄奬이 曰 已往의 事를 追論할 것 무엇되나잇가 지금 遼東의 數城은 中國의 所有하얏던 地가 아니오닛가 그러나 지금 唐이 高句麗에 向하야 一言도 發치 아니 하거늘 貴國에서 何必 故地를 還收하고야 已하오릿가 하거늘 蓋蘇文이 玄奬이 遼東數城이 中國의 所有하얏던 地라 하는 言에 더욱 冷笑를 不禁하며 써 하되 麗羅가 相爭에 唐人이 何關가 하고 玄奬을 却하더라 相里玄奬이 또 唐王의 國書를 奉하고 百濟 義慈王을 諭하고 또한 新羅를 伐치 말나 하니 義慈王이 外面으로 唯唯할 뿐이오 內容은 더욱 新羅를 經營하더라

飛龍이 騰함애 螭가 戀戱하고 大旗가 來할애 魔가 咀呪하도다 蓋蘇文이 山岳갓흔 志氣、雷霆갓흔 威力으로 一躍에

新羅全土를蹂躪하라하더니劍의光이비로소現하고鼓의聲이비로소動하자彼唐國과 衝突이生하야一瀉千里의濶步가半途에躓蹶하니此는實노志者의長嘆處라대저蓋蘇文이 新羅를取하면唐은實노 大損害니(一)唐이新羅와聯合하야百濟를制하라는奸策이破壞되고(二)蓋蘇文이新羅를取한後에는後顧의慮가업슴으로安心하면서兵을移하야唐을侵할진즉唐은매우危殆하고(三)蓋蘇文이濟羅統一이成功되면唐은實노古今莫強의大敵을逢함이라그럼으로唐이熱心으로高句麗를向하야 新羅를伐치말나함이라蓋蘇文이 此를知함으로더욱唐의勸告를拒絶하고一邊으로百濟와同盟을締하야더욱同盟의目的을成就하기로하니라

唐使相里玄奘이高句麗百濟에歷行하되 그遊說策이다失敗하고悄然히唐에歸하야 唐主에게報告하니唐主ㅣ一邊으로憤怒하고一邊으로驚慄하야이에다시 使臣將儼을高句麗에遣來하야더욱新羅와調停하기를請하거늘蓋蘇文이怒하야勇士를號令하야將儼을捕縛하야窟室中에囚하니라

蓋蘇文氏여氏의眼에는漢土四百州가彈丸갓히小하며氏의眼에는唐太宗이小兒갓흐며氏의眼에는相里玄奘將儼의輩가鼠갓도다蓋蘇文이將儼에게手를加함은맛치怒蠅拔劍과갓흐나그러나將儼은唐의國使오唐太宗의大使니蓋蘇文이將儼을侮함은곳唐을侮함이오將儼을威脅함은곳唐太宗을威脅함이더라彼唐太宗이滿腹驕心으로無理히他人의家事에容喙하다가이제一棒을痛遭하얏더라

蓋蘇文이임의將儼을囚한后에 써하되新羅를滅하기前에먼저唐을滅하리라하고이에 新羅征伐을停止하고兵

을鍊하며粟을積하야大戰爭을準備하니都下五部에將校는劍을擬하고二百餘城에士卒은弓을諳하더라

三、唐亂第一役

是時에唐太宗李世民은勇才武略으로漢土統一의餘威를仗하야北으로突厥을服하며西으로西域(中央亞細亞)諸國을破하며南으로印度列邦을略하야勢焰이方張하고庬氣가極驕한時代라自來로오쟉東方의高句麗를畏하고또오쟉高句麗의蓋蘇文을畏하야蓋蘇文一人이彼의眼中刺가되더니 밋是時에庸劣無能한榮留王이逝하고蓋蘇文이執政함은彼의大恨事오더욱蓋蘇文이百濟와同盟함은彼의大驚한 問題오또더욱蓋蘇文이朝夕로新羅를伐함은彼의最大苦痛되는 問題라彼가屢次使臣을遣하야蓋蘇文의計策을中止식이랴하나此가不成하고此가不成함도오히려憂憤不可測의事어늘 하물며彼의使臣蔣儼이捉囚되야 彼의體面이糞土갓히되얏스니彼의心事가엇더할가

蔣儼이捉囚되얏다는報가唐에達할애 唐主ㅣ크게憤怒하야夜에寢을成치못하고坐에 席을安치못하며目眦가裂하고頭髮이竪하야이에百官을會하고 東侵을議하니文武諸臣이만허唯唯聽從하나彼我의形勢을洞察하는大臣元老等은彼의必敗를測하고東侵을極諫하는者ㅣ多한지라그러나 唐主ㅣ曰八堯九舜이라도冬에는種치못하고野夫畜子라도春에種하면生하나니 此는時機를用하는故라이재高句麗는蓋蘇文의亂이잇섯스니 正히可破할時機라하더라이에唐主ㅣ期於히自將하야 東侵하기를決하고洪、饒、江의三州를命하야軍艦四百艘를造하고 登

州都督張儉을命하야幽(直隷省)營(直隷省)二州兵및契丹(契丹은本來에我의屬民이더니是時에我를叛하고唐에通하야營州附近에在하더라) 奚人의等을率하야先鋒으로遼東에出하게하고太常卿韋挺과 少卿蕭銳의等을命하야軍糧을運輸케하니時는三年七月이더라

唐의動兵作이 出하얏다는報가高句麗에達함애九月에 蓋蘇文이使臣을唐主에게遣하야白金을贈하니唐의諫臣인褚遂良이曰외의彼를絶하엿스니金을受치말자한대 唐主ㅣ金을却하고또使臣이曰莫離支가장차官吏五十人을遣하야 入衛코자하나이다하니唐主ㅣ怒하야曰爾等이莫離支를 爲하야我를遊說코자하나냐하고使臣을捉하야 大理獄에囚하더라대져蓋蘇文이使臣을遣함은彼의虛實을探하며動靜을知코저함이엿더라

十月에唐主ㅣ長安(唐의京都니今의西安)을發하니 群臣父老가다彼의敗를慮하야 彼의東行을不可라하며또그子弟를東征하기를懼하는지라그러나唐主ㅣ不聽하고갈오대余가君等子孫從行者를善히保護할지니憂慮치말나하더라行하야洛陽(河南)에至하야 隋朝時代에從軍하엿던鄭元璹를召하야東侵의可否를問하니元璹이曰遼東이道遠하고地勢艱阻하며또高句麗人이 城守에善하오니彼를攻하야成功할수업나이다하더라 是時에張儉의等은遼西에來하얏다가遼水가漲하고守備가嚴함을見하고懼하야逃亾하니라

唐主ㅣ마참내宣戰書를布告하니略曰「高句麗蓋蘇文、弑主虐民、情何可忍、且言隋煬帝殘暴其下、高句麗王仁愛其民、以思亂之軍、擊安和之衆故、不能成功、今何憂不克、布告元元、勿爲疑懼」라하얏스니대져隋朝時代에役

等이前後五百萬以上의兵과擧國所有의財力을竭하야 四次來侵에 맛참내百戰百敗하야 兵이疲하고財가乏하야 恐兢에陷가쓰한故로今에唐主ㅣ東侵함에唐의上下가다洶洶疑懼하야 그必敗할것을覺하는故로唐主ㅣ詔를下하야人心의疑懼를釋함이더라

唐主ㅣ이에東侵의策戰計劃을定하니曰開海路、陸路의二大軍을出하고自己는中央軍에處하야萬事를料理하게되얏더라

一、海軍

平壤道行軍大總管張亮

副大總管常何左難當

總管冉仁德

劉英行

張文幹

龐孝泰

程名振等

大將은張亮이니平壤道行軍大總管이되야江淮嶺峽(漢土南部)兵四萬과長安、洛陽兵三千과戰船五百艘를率하야萊州(山東省萊州)海路로浮하야遼東에上陸케하고

二、陸軍　遼東道行軍大總管李世勣

副大總管江夏王道宗

總管張士貴

張　儉

執失思力

契苾何力

阿史那彌射

姜德本

麴智盛

吳黑闥等

大將은李世勣이니遼東道行軍大總管이되야步騎六萬과胡兵의等을率하고遼東으로侵入하고

三、中央軍　唐主

馬軍總管使尉遲敬德

將作大監　閻立德等

唐主가親히兵을率하고李世勣行軍의後를隨하야遼東에來하더라

蓋蘇文이唐主가高句麗使臣을囚하얏다는報를接함애이에西方諸城을命하야防備를嚴하게할새【一】特히唐寇의最要路되는遼東城(遼陽)에는精兵二萬과軍粮五十萬石을備置하고【二】安市城(海城附近)主楊萬春을命하야城守를固하고【三】遼水에大軍을列하야唐兵을防하게하얏고一邊으로百濟를勸하야新羅를擊하야犄角치못하게하고一邊으로靺鞨(滿洲族이니我의屬民이되야我의領土에在하더니라)을命하야大衆으로出征하게하더라

唐主ㅣ新羅、百濟、契丹、奚人의等에게使臣을遣하야助力을求하고스스로諸軍을督하야洛陽에서發하니海陸軍이二十萬이라四年三月에唐主ㅣ遼水의西에至하야諸將을勵하더니四月에李世勣이疑兵을多張하야懷遠鎭(唐水의西에在하니곳麗隋相通의要路라)으로븟허遼水를渡할듯하니我의大軍이다이方面에集中하야敵을警戒하더니世勣이가만히北으로行하야甬道(地中으로開한道니隋가入寇할時에浮橋를造하노라고築하엿더니라)를出하야不意에通定(懷遠鎭의北에在함)으로遼水를渡하얏더라世勣의副摠管李道宗의等은新城(奉天의西北)을攻하다가敗走하엿스나世勣이道宗의等과합세南으로蓋牟城(蓋平)을侵하거늘蓋蘇文이加尸城兵七百人을遣하야城을救하니我軍이敵과合戰하야敵의左屯衛將軍姜確을擊殺하엿스나敵이맛참내城을破하고軍民二萬人과軍粮十萬石을奪하며敵將張儉은建安城(蓋平의西南)을擊하다가敗走하얏스나敵將張亮은海軍으

로海를越하야그驍將程名振副總管王大度와함셰卑沙城(旅順)을侵하야五月에城을陷하야男女八千人을掠하고亮은丘孝忠의等을遣하야鴨綠江口를向하고世勣의軍은遼東城(遼陽)을進侵하더라

一蟻萃갓치衆한敵兵이壓擾히驅來하거늘蓋蘇文이이에新城、國內城(輯安縣)의步騎四萬을發하야遼東城에兵을增하고西方諸城을指揮하야戰守를勵하니是時西方諸城의狀況은大略左와갓더라

一、遼東城　守兵約二萬、新增兵四萬

二、建安城　守兵約五萬

三、安市城　守兵約五萬

四、白巖城　守兵約一萬

五、新　城　守兵約五萬

六、烏骨城　守兵約三萬

七、後黃城、銀城의等諸城　各히相當의守兵을配置하얏더라

以上갓히大略三十萬兵을命하야西方을備하고是時에新羅는唐의請을從하야三萬兵을動하거늘蓋蘇文이百濟를勸하야新羅를擊하니五月에百濟義慈王이將을遣하야新羅를擊하야七城을取하니新羅ㅣ懼하야敢히動치못하니라그러나是時에唐이百濟에게助力을請함에義慈王이거즛應從하는듯이하야金採鎧(金談한부옷)를唐

軍에逆戰하더라

是時에唐主ㅣ親兵을率하고遼澤(遼水附近의泥澤)에到하니泥澤二百餘里에人馬가通할수업는지라唐主ㅣ將作大匠閻立德을命하야 土를布하야橋를作하고渡하야 遼東城을向하니是時에李世勣의等이遼東城을攻하는中이라蓋蘇文의派遣한四萬兵이맛참遼東城에達하니 敵將李道宗이行軍總管張君乂의等을率하고 精兵四千으로先鋒이되야我軍을犯할새敵軍이我軍의盛大함을見하고다首를縮하야 敢히動치못하더니 敵의小將馬文擧ㅣ馬를策하야突進하니君乂의等이다出來하거늘 我軍이一鼓賊에敵을大破하니 道宗君乂의等이겨우單身으로走하더니맛참我軍이約束을失하야陣이亂하니世勣、道宗의等이다시來鬪하야我軍이不利하야塹濠를失하니라

唐主ㅣ遼澤을渡한后에橋를撤하야將士의心을堅하고大軍을馬首山(遼水의東에在함)에留陣하고唐主ㅣ勇士數百騎로遼東城下에到하야 張君乂를斬하야 衆에徇하고道宗、馬文擧를賞賜하고 戰을督하니世勣의等이土를積하야塹濠를塡하고兵을進하야城을圍하더라我軍이敵兵을防하야 十二個日을惡戰苦鬪하니 敵兵이抛車로石을飛하야城을打코저하거늘我軍이城上에木을積하야戰樓를作하고緪網을結하야 飛石을防하나 敵兵이連하야石을飛하고또敵兵이衝車를作하야 戰樓를破하더니唐主ㅣ精兵萬餘騎를招하야 世勣을合하야城을攻하거늘我軍이力戰하더니不幸이南風이 大起함에敵兵이衝竿에登하야 城의西南樓에火를燃하니火가延燒되야城中에火災가起하야我軍萬餘人이燒死된지라 我軍이盾을擧하고槍을揮하야 敵兵을防하나맛참내城이陷落되니城中

에人口四萬、精兵萬餘人、粟五十萬石이다敵에게陷하니라

蓋蘇文이遼東城이失守됨을聞하고烏骨城(奉天의東)辱薩(都督)에게命하야白巖城을助力하라하니烏骨城辱薩이萬餘兵을率하야白巖城(奉天의北)을向하니라맛츰敵將世勣의等이白岩城을進侵하더니我軍이白巖城에達함애敵將契苾何力이勁騎八百으로先鋒이되야我軍을犯하거늘我將高突勃이逆擊하야長槍으로何力을刺하야腰를中하니何力이倒하거늘敵將薛萬備ㅣ何力을抱하고逃亾하니라彼我가接戰하야我軍이敵將李思壁를射倒하고苦鬪가方酣하다가日暮하야罷하얏더니그再明日곳六月丁酉에白岩城主孫代音이膽怯하야드듸여敵에게降하니城이陷落된지라城中人口萬餘와精兵二千四百이다敵에게陷하니라是役에高突勃이또한敵에게陷한지라契苾何力이腰瘡이甚하거늘唐主ㅣ突勃을殺코저하더니突勃은勇敢傑出한武士라何力이또한突勃의威風에感服되야唐主를諫하야曰突勃은忠勇한武士라彼가其主를爲함으로臣을刺하얏스니彼를殺치말으소서하니突勃이死를免하니라

是時에安市城(海城附近)에는楊萬春이城主로在하더라첨에蓋蘇文의巨變에萬春이安市城主로在하야蓋蘇文의政亂을聞하고그處斷이過度하다하야蓋蘇文의所爲를甘服치아니하니蓋蘇文이怒하야萬春을攻하나萬春은騎射에善하고才智가衆을超하고驍勇이倫을絕하는지라蓋蘇文이容易히破하지못하고또萬春은柱石갓흔人物임으로蓋蘇文이容恕하야萬春을曉喩하고繼續하야安市城主를삼으니萬春이또한感激하야蓋蘇文과和解하

고安市城을治하니兵이强하고民이安하더라 是時에唐主ㅣ白巖城을破하고李世勣더러曰余는聞하니 安市城은城이險하며 그兵이精하고또그城主楊萬春은 材勇이兼備하야 莫離支의亂에城을守하고不服함으로莫離支ㅣ擊하야克치못하고 因하야 城을與하얏다 하니此는兵法에 所謂可攻치 못할것이라建安城은 兵이弱하고糧이小하니이재不意에彼를擊하면반드시 勝할지니卿이먼저建安을攻하라 建安을勝하면安市는내腹中에잇지아니한가한대世勣이曰그러나建安은南에잇고安市는北에잇거늘 이제我의軍糧이다 遼東城에잇사오니만일安市를踰하야建安을攻하면敵兵이我의糧道를斷할지니 그러케되면엇지하오릿가이제먼저安市를 取하고次第로建安을攻함이可하나니다하니唐主ㅣ許하고이에遼東城을發하야安市城을向하더라

蓋蘇文이敵兵이점점驕橫함을見하고此를一擧에撲滅코저하야이에北部(곳外北部)傉薩高延壽、南部(곳外南部)傉薩高惠眞을命하야大軍으로出征하게하고靺鞨兵을招來하야大軍의前驅가되재하고對盧高正義는年老習事한名士임으로謀師로從軍케하니그兵力이大略左와갓더라

一、軍士十五萬人

二、將校三千五百人

三、靺鞨兵三千三百人

四、馬五萬匹

五、牛五萬頭

六、明光鎧(精鐵한甲옷)萬領

延壽、惠眞이鴨綠江을渡하야遼東을向하니敵兵이벌서白岩城을破하고安市城을侵하거늘我軍이急히安市城
을向하니高正義ㅣ延壽、惠眞더러曰李世民이內로群雄을滅하고外로他方을服하야漢土에君臨하얏스니彼는命
世의才라이제全國의衆을擧하야 來하얏스니彼를急擊하면當하기難한지라 余는思하건대我가兵을留하야戰치
아니하고曠日持久하면서 一邊으로奇兵을出하야 彼의糧道를斷하면彼가戰코저하나 戰할수업고歸코저하나歸
할수업스리니그리케되면彼를可滅하리라한대 延壽ㅣ써하되我의新募한大軍으로彼를擊함은猛虎가小兎를搏
함과一般이니何必曠日持久하리오하고軍을促하야 安市城을直向하야安市城東南四十里되는 地에서山을依하
고留陣하니라ㅣ

是時에唐主ㅣ安市城을攻하다가延壽、惠眞의大軍이來함을聞하고懼하야曰彼가만일安市城을連하야留陣하
야高山의險을阻하고城中의粟을食하면서一邊으로靺鞨을縱하야 我의牛馬를掠하면 彼를攻하야도破할수업고
歸하랴하야도泥濘이阻礙되니그러면彼가坐하야吾軍을困케함이니 此가可畏라我는速히彼와 決戰함이得策이
라하더니延壽의軍이安市城四十里되는地에至함에唐主ㅣ더욱我軍을促來코저하야이에 大將軍阿史那杜爾를
命하야突厥兵千騎로我軍을犯하거늘 延壽ㅣ逆擊하니敵兵이敗走하거늘 延壽ㅣ曰敵兵이怯하다하고이에敵兵

을追하야安市城東南八里되는地에至하야山을依하고止하니 대저此는延壽ㅣ敵의誘引하는術中에陷함이러라

延壽、惠眞이我軍및靺鞨兵을合하야陣을結하니陣의長이四十里라旌旗가日을蔽하고鼓角이天을震하더라唐主ㅣ長孫無忌의等과함께數百騎로山에登하야 我軍의形勢를望見하니 彼唐主갓히悍驕無雙한者로도大驚失色하야萬萬恐懼하더라唐主ㅣ이에軍使를我軍에遣하야延壽의等을遊說하니라

延壽、惠眞은年少氣輕하고經驗이少한者라唐의軍使가來하야唐主의書를傳하니 略曰我가來함은莫離支의弑主한罪를問함이오戰鬪를交함은我의本心이아니라 我가此에來하야芻粟이不足한故로 數城을取하얏스나이제我가이數城을還付하고兵을罷코저하노라하엿더라延壽의等이 此書를疑하나그러나써하되 我軍의形勢가너무强盛하니彼가아마懼怯하야逃歸하랴함이라하고이에守備를嚴整히아니하고放心優遊하더라

唐主ㅣ是夜에諸將을會하야策戰을定하고그翌日朝에 李世勣이一萬五千兵으로我軍의前面에서戰을挑하니延壽의等이世勣의軍이弱小함을見하고出戰코저하더니忽然히北山(六山)의上에서鼓角이鳴하자唐主ㅣ伏兵四千으로馳來하고또我軍의後面으로長孫無忌、牛進達의等이伏兵一萬五千으로突出하니我軍이三面으로兵을分하야敵을擊할새延壽의等이將士를督하야 挑戰하야敵의全軍을猛擊하며 李世勣의黑旗軍을包圍하니唐主ㅣ大懼하야全身이戰慄하더니맛참我軍이 約束을失하야陣이亂한지라 敵將薛仁貴ㅣ白衣로戟을提하고大呼하며陣을突하자敵將劉弘基、楊弘禮의等이繼至하야我軍을擊하니 我軍이大敗하야死者가二萬餘人이라延壽의等이

兵을收하야山을依하야自固하며 世勣의等은我軍을包圍하고無忌의等은橋梁을撤하야 我軍의歸路를斷하더라 그러나將士가만히死傷하고延壽、惠眞이餘衆三百六千八百人으로敵에재降하니唐主ㅣ延壽、惠眞以下將校三千五百人을留하고以外兵士는다放還하얏고唐이靺鞨兵三千三百人을盡數히坑殺하니 此는매양靺鞨이先鋒으로敵兵을突擊한故로唐이靺鞨人을痛懲하기爲함이더라 此役에唐主ㅣ매우憂懼하다가僥幸勝利를得함애彼가너무驚喜하야回수諸臣은天이我를助하엿다하고馬에下하야天에向하야再拜하더라

唐主ㅣ十五萬以上의大軍을破하고馬五萬匹、牛五萬頭、明光鎧萬領을獲하고高句麗大國의耨薩二人을擒함애彼의狂氣가萬丈이나하야揚揚히其功을自誇하며六山을駐蹕山이라命名하고 侍臣許敬宗을命하야 紀功文을作하야石에刻하고一邊으로驛書를띄며太子(名은治)에게告하야曰朕이將帥노릇을이럿케하니엇더하냐하고安市城東嶺으로移陣하더라

是時에蓋蘇文은엇더하며 上遼上의三城이敵에陷하고鴨綠의以西가敵을驚하고 上으로君王의 宸憂가重하고下으로軍民의勞苦가多한中에또一國의大軍으로出征한延壽、惠眞의輩가다劣弱하야敵의前에膝을屈하얏스니蓋蘇文氏의腦가엇더하얏슬가氏가이에一邊으로楊萬春을命하야攻守를嚴히하게하고一邊으로薛延陀(土耳其族으로今의蒙古地方에서國을建하니라)에使臣을遣하야直珠可汗에게厚利로遊說하야唐의內地를襲擊하기를勸하고一邊으로百濟에使臣을遣하야援兵을請하더라 그러나 眞珠可汗은怯弱한者라 唐에手를試치못하고百濟

義慈王은新羅를制禦할뿐이오直接으로出兵치못하더라

七月에唐主ㅣ李世勣을命하야 安市城을攻하니安市城主楊萬春이혹唐主ㅣ安市城을捨하고他處로往할가慮하야이에壯士를命하야城上에登하야敵을望見하다가 唐主의旗蓋를見함애곳鼓角을大鳴하며唐主를襲擊할샛이하니唐主ㅣ憤怒를不己하거늘世勣이奏曰速히城을破하고城中男女를다坑殺하겟나이다하더라高延壽,高惠眞이唐主더러曰安市城을攻치말고곳東으로烏骨城을攻하면 烏骨城孱薩은老耄無力한者라 반드시敗하리니烏骨城을破하고鴨綠江을渡하야 平壤을侵함이好하나이다하거늘 敵將이만히可라하나長孫無忌ㅣ曰不可하다今에도建安,新城의守兵이十萬이나되니我가烏骨을向하면彼가다我의後를躡할지라이제安市城을破하며建安城을取한後에長驅前進함이萬全의策이라하니唐主ㅣ이에諸將과합세安市城을急攻하더라

唐主ㅣ兵을增코저하야卑沙城의張亮을召하니亮이軍을率하고 建安城을過할새 建安城의守兵이城에出하야敵兵을擊하니敵兵이맛츰營壘가固치못하고 士卒도樵收하랴出한者ㅣ만흔지라 彼我가接戰하야勝敗가互有하더니敵兵이맛츰내敗走하니라 蓋蘇文이軍事探偵高竹離를遣하야敵兵의消息을察하더니 八月에高竹離ㅣ敵兵에게被捉하얏다가겨우放還되니라唐主ㅣ安市城東嶺으로봇허安市城南에移陣하더라

九月에唐主ㅣ諸將을率하고安市城을急攻하거늘 萬春이每日士卒을分番하야敵을逆擊할새每日六七合에敵을攻破하니敵將道宗이土山을築하야城의東南隅를攻하거늘萬春이城의雉堞을增高하야此를 抗하고敵將世勣

이抛石으로城의西面城樓를擅하거늘萬春이木柵을立하야 城의缺을塞하야此를抗하며라 敵이이에土山을大築할새晝夜를不息하고六十日에五十萬役夫를用하야 木을伐하며土를積하야 土山을成하니그山頂이城보다高한지라道宗이小將傅伏愛를命하야土山을守하거늘萬春이銳卒百人을出하야 土山에上하야敵을擊逐하고土山을奪하니어히我軍은때와好地勢를得하얏더라이에 萬春이大軍을號令하야敵을縱擊하니 猛將은虎奔하고勇兵은電擊하야 一이百을當하고十이萬을當하야三日大戰에敵을大破하니라

唐主ㅣ大敗하야殘軍을收拾하고營에退하니憤怯이俱極한지라 唐主ㅣ먼저傅伏愛를斬하야 衆에徇하더니大將道宗이跣足하야唐主에게詣하야死罪를請하더라唐主ㅣ이에餘衆을率하고 逃亡할새 밋遼澤에至함애泥澤八十里에人馬가行할수업는지라 唐主ㅣ크게困頓하야 스스로 薪을運하야道를築하고走歸하니라時는四年十月末이더라

翌五年三月에야長安에還하니陸軍十餘萬에 餘存者겨우千餘人이오海軍七萬에 餘存者겨우數千人이오戰馬萬匹에十에八은死한지라唐主ㅣ輕率驕誇로無謀妄動하얏슴을깁히後悔하야自嘆曰한일魏徵(彼의直臣이니數年前에死하니라)이잇섯드면我로하야금東行치못하게하얏스리라하더라唐主ㅣ이에使臣을遣하야蓋蘇文에게謝罪를謝하기로하더라

四、唐亂第二役

獅의前에蚊의雷가過하고鷙의遂에雀의噪가能하얏도다 高句麗大莫離支泉蓋蘇文氏의手腕이엇더하며 그一指를動치아니하고도彼勇銳自處하던唐兵을快掃하고一步를勞치아니하고도彼厖大自矜하던漢土를驚服하얏스며身이潭潭한平壤莫離支府를離치아니하고도 彼夜郎自大하던唐主를驅逐하얏도다 氏가이에戰後萬事를整理할세將士에게賞을行하고人民에게勞를慰하고.戰中의破毁된城隍를 增修하며亂後의失所된戶口를安輯하며파첨에唐主가遼東城●白巖城●蓋牟城의等十城을據하얏더니蓋蘇文이다官을命하야다시十城을整頓하야一寸의土도損失이업더라蓋蘇文이이에威信이十倍나大하고勢力이十倍나固한지라 內로萬民이다膝로行하고外로諸方이다篚를呈하더라

是時에唐主ㅣ더욱蓋蘇文을憚하야이에氏를撫安코저하야使臣李義琰을遣來하야 國幣를呈하며 平和를請하고蓋蘇文에게良弓과美服을贈하는지라 唐의使臣義琰이平壤에入하거늘王이玉榻에踞坐하야義琰을召見하고蓋蘇文은彼의弓服을恬然히坐受하고答謝도아니하더라氏가王께奏하야唐에 使臣을遣하야唐主에게 美女二人을贈하니此는彼의耳目娛樂을增하라함이라그러나唐主ㅣ受치아니하더라

是歲에唐主ㅣ또使臣李義琛을遣來하야 新羅와平和하라하거늘 王이玉榻에踞坐하야義琛을召見하니 義琛이

恭順俯伏하야再拜를畢하고國書를呈하더라蓋蘇文이이에唐主에게書를送하야 彼我의形勢를 陳하야彼의妄動을警하고또西方邊地에將士를命하야彼의形勢를伺하고또百濟와議하야新羅征伐을大張하더라

唐主ㅣ是後로아모리하야도煩燥疑慮를禁치못하는지라 遼水의風雲은夢에도怕하고麗山의草木은兵된가疑하고長身壯骨의莫離支는唐을亡할厲鬼갓히 보이는지라 十月에唐主ㅣ다시下令하야 高句麗와絶하더니六年二月에唐主ㅣ다시入侵을圖할새群臣이議하야曰高句麗ㅣ城이堅하야 攻破할수업는지라 年前戰爭에彼人이耕種치못하고또旱災가繼續하야太半이나食乏하얏사오니이제자조偏師를遣하야그地域을騷擾케하야 彼로하야곰奔命에疲하고耒耟를釋하면不數年에千里가蕭條하야 人心이離返하리니그러면鴨綠以西를戰치아니하고도可得하리다하니唐主ㅣ從하더라三月에唐主ㅣ李世勣으로遼東道行軍大摠管、孫貳朗으로副大摠管을삼아三千兵으로營州都督府兵을合하야 新城으로入寇하니此는陸軍이오牛進達노青丘道行軍大摠管 李海岸으로副大摠管을삼아萬餘人으로萊州에서發하야海路로來寇하니此는海軍이라此役에戰況은이러하니

一、五月에李世勣이遼水를渡하야南蘇城(奉天附近)等地에入寇하거늘我軍이擊退하다

二、七月에牛進達、李海岸이海를越하야石城(旅順附近)積利城(旅順附近)을侵하거늘我軍이擊退하다

이러케第二回에敵의海陸軍이다敗走한지라十二月에 蓋蘇文이王께奏하야 第二王子任武를唐에遣하야唐主를見하며因하야唐의動靜을探하고歸하니라

唐主ㅣ第二次大敗함애彼의憂憤이더욱甚하야다시入侵을圖할세今番에는全혀海路로入侵하기를圖하고이에七年正月에薛萬徹노靑丘道行軍大摠管、裴行方으로副大摠管을삼아萊州에서發하게하더라此役에戰況은이러하니 [illegible]

[illegible]一、四月에敵將古神感이海를越하야易山(旅順附近)에入寇하거늘我軍이五千兵으로擊退하고是夜에 [illegible] 또我軍이萬餘人을出하야敵의船을襲하니敵이敗走하다 [illegible]

[illegible]二、六月에薛萬徹이甲士三萬으로海를越하야鴨綠江에入하야泊汋城(義州府附近)四十里에至하거늘 [illegible] 泊汋城主所夫孫이萬餘兵으로敵을擊하다가戰死하니敵이泊汋城을圍하거늘將軍高文이三萬餘兵 [illegible] 으로兩軍을組織하야敵을擊退하다 [illegible]

唐主ㅣ第三回에또大敗함애더욱憤愧하야明年에다시入寇하기로決하고長孫無忌더러曰明年에는三十萬兵을發하야入侵할지니公이大摠管이되라하고劍南(四川省)을命하야戰船을大備하니彼의百官이噤口하고全國이騷動하고劍南에서는暴動이大起하는지라隴西(甘肅省)陝內(陝西省)의兵을遣하야겨우劍南을平定하더라

唐主ㅣ疲勞로病이되야八年五月에死하니라唐主ㅣ遺言으로다시高句麗를侵犯치말나하야戰備를罷하는지라

蓋蘇文이王께奏하야使臣을遣하야唐에吊하니라 [illegible]

五、唐亂第三役

西의一敵이去할에東의一敵이來하야左酬右應에暇日이업슴은當時蓋蘇文氏의氣短處라대저八年의間에干戈로相看하야爾生하면我死하고我生하면爾死한다하야天定의讎갓히苦爭하던唐太宗이 死하니蓋蘇文氏가男兒의大闊步를試할만하고英雄의長袖舞를現할만하거늘 어허千萬意外에第二唐太宗이來하얏도다此는誰뇨곳新羅太宗金春秋와寶藏王初年에春秋ㅣ高句麗에來하얏다가겨우殘命을保하고歸한後로蓋蘇文의擧動을크게驚疑하다가및麗濟同盟이 成하야新羅를肉薄할애 春秋ㅣ善德王및金庾信과 議하고輩佗로唐을通하야 高句麗를制하랴할세唐太宗을勸하야高句麗를攻하얏스나此는失敗되고麗濟의來侵은尤甚한지라眞德王(善德王을嗣立하니라)의世及寶藏王七年에春秋ㅣ使臣이되야唐에往하야事를議할세是時는唐太宗이蓋蘇文과爭하야第二役에大敗한後라唐主ㅣ光祿卿柳亨을遣하야郊外에서 春秋를迎勞하고및宮中에入할에 春秋ㅣ風采英達하고意氣偉傑하니唐主ㅣ敬畏하야特別厚待하고깁히結托하기로하더라이에春秋ㅣ唐主와秘密協約을結하니 그條件은大略左와갓더라

一、新羅와唐이攻守同盟으로高句麗、百濟를滅할事

二、高句麗·百濟를勝하면其地를分取할事

이協約을締結하니대저此는唐은思하되高句麗를破하라면新羅와合力하야東西夾攻함이可함을看破한故로新羅와同盟하야麗濟를擊하기로하고만일麗濟를 勝하면兵을移하야 新羅까지取하랴함이오新羅는思하되麗濟의侵伐을防하랴면唐과合力함이可하고唐과合力하야 麗濟를勝하면新羅는唐兵을逐하고麗濟의地를統一하랴함이더라

첨에蓋蘇文이春秋를誅코져하얏다가甫主寶臧王이奸臣先道解를信하고 春秋를放送한後로항상 虎를放하야患을遺한줄노녁이고憂慮不一하더니및是時에春秋ㅣ唐에往하얏다함애蓋蘇文이慮하야이에西海艦隊(高句麗에서는東海와西海에다艦隊를排置하야海上을警戒하더라)를命하야春秋의歸期를探하야春秋를殺하라하니이에西海艦隊가四面으로巡邏兵을縱하야海上의往來하는船舶을檢閱하더라맛참春秋ㅣ唐에서事를畢하고歸할새船을發하야西海를渡하는中이라 高句麗巡邏兵이一大船의東來함을見하고곳追及하니分明히新羅使臣의船이라是時에春秋의船에서高句麗巡邏船의急來함을見하고春秋의下官인溫君解ㅣ高冠大衣로春秋의樣을飾하야大船에坐하고春秋는從者의衣冠을換着하고小船을乘하얏더라 巡邏兵이來하야溫君解를春秋라하야殺하고春秋를放送하니라 어허蓋蘇文氏여어허金春秋氏여蓋蘇文氏가金春秋氏를殺치못한것은天인가人인가金春秋氏가蓋蘇文氏에게死치아니함은天인가人인가

年來에高句麗는兵을益修하며穀을增蓄하얏고또羅唐의通謀는日노甚한지라 蓋蘇文이이에一擧에新羅를援

取코저하야百濟와商議하고十四年正月에大兵을出하야新羅를擊할새 百濟兵、靺鞨兵이다合力한지라新羅를擊하야그北方三十三城을取하니新羅全國이鼎갓히沸하더라是時에新羅는太宗(眞德王이死하고金春秋ㅣ王位를嗣하니곳新羅太宗이라)金春秋의登極한지二年이라新羅太宗이大懼하야唐高宗에게使臣을遣하야救를請하니라

첨에唐主高宗(名은治라)이새로即位함에父君의遺言을恪守하야오래動치못하더니밋十二年에唐主ㅣ辛文陵•韋待價•薛仁貴의等을遣하야吐護眞水(遼水附近)等地를侵擾하거늘蓋蘇文이將을命하야擊退하얏더니十三年에蓋蘇文이契丹의叛함을怒하야將軍安固를遣하야擊하니安固ㅣ新城에서契丹大將李窟哥와戰하다가不幸히大風을遭하야矢가다還激함으로我軍이不利한지라契丹이唐에報하니唐主ㅣ懽喜하야揚揚히勝戰함를全國에布告하며밋新羅가救를請함에唐主ㅣ이에十四年二月에程名振、蘇定方의等을遣하야入侵하거늘五月에蓋蘇文이將을命하야貴端水(新城西南에在할듯)附近에서擊退하니라

十七年六月에唐主ㅣ또程名振、薛仁貴의等을遣하야入侵하거늘蓋蘇文이大將豆方婁를遣하야三萬兵으로赤烽鎭(遼水附近)等地에서擊退하니라

十八年十一月에唐이또薛仁貴의等을遣하야入侵하거늘蓋蘇文이大將溫沙門을命하야橫山(遼水附近)等地에서擊退하니라

十九年三月에新羅와唐이聯合하야百濟를伐할새 唐은蘇定方劉伯英의等을遣하야 十三萬兵으로海를越하고

新羅는太宗이金庾信의等으로 五萬兵을率하야西로下하거늘蓋蘇文이將을遣하야百濟를救하더니百濟義慈王이大臣興首의策을不用함으로兵이敗하야百濟가亾한지라어허高句麗는一臂가傷하얏더라

十二月에新羅와唐이또高句麗에入侵할세唐이契苾何力、蘇定方의等을遣하야大擧入侵하기로하더라二十年七月에唐이唐兵、回紇兵、胡兵의等三十五軍을發하니總히數十萬大兵이오一邊으론新羅가金庾信의等을遣하야또한大兵으로來하는지라四月에唐의諸軍이援援히海陸으로俱進할세 唐高宗이自將하야諸軍을繼코저하니그臣下李君球와그宮人武后ㅣ다極諫함으로唐主는來치아니하더라

蓋蘇文이諸將을命하야西으로唐을防하고東으로新羅를防하니 唐將蘇定方의等은海路로來하야 大同江에入하고唐將契苾何力의等은陸路로遼水를渡하야鴨綠江의西에至하고또東에는 新羅將金庾信의等이獐塞(遂安郡)에至한지라蘇定方이兵을引하야平壤城을圍하거늘蓋蘇文이 一邊으로兵을出하야定方마逆戰하고一邊으론子男生을遣하야五萬兵으로鴨綠江에往하야何力을禦하더니男生이大敗하야三萬兵이戰死하얏더라

어허此時高句麗의形勢가엇더하더뇨兄弟同力의百濟가임의倒하고東西兩面에敵兵이逼野하고神聖大都에敵兵이弄戈하니此時高句麗의形勢가果然엇더하더뇨蓋蘇文이正히快手를一試할日이來하얏더라

「한니발」의壯氣는百亂의餘에現하고「넬손」의雄略은萬險의中에耀하도다二十一年二月에蓋蘇文氏ㅣ大軍을率하고親히出征할세먼저精兵을驅하야蛇水(平壤普通江)에出하니敵의大將龐孝泰ㅣ其子十三人으로더불

히精兵四萬을率하야我軍을當하거늘蓋蘇文이한번接戰에敵을大破하야龐孝泰및 其子十三人其兵四萬을 沒數히擊殺하고因하야蘇定方의大軍을突擊大破하니定方이大敗하야이에殘軍을收拾하야逃歸하고何力、庾信의等도또한다敗退하니라以後로唐과新羅가다大懼하야敢히다시入侵치못하니라

第四、蓋蘇文의功德

一、그武功

蓋蘇文氏는軍人이오 武的人物이라彼의功德도武功이大하더라 彼萬丈赤焰의勢로聳起하는唐人이西南北의三塞外를다懾服하고漢族生長以來의最盛運을造하얏스나 오즉遼水의東에來하야는 十戰十敗하고百戰百敗하얏나니이에我가磐石갓히安하고我가泰山갓히尊하얏는지라 이事業의主人翁인蓋蘇文氏의 武功이과연엇더한가

氏가잇슴으로高句麗가安寧하고百濟가安寧하고 新羅가安寧하얏나니라 試하야思하라唐이外面으로新羅와和親하야함셰百濟를攻할세蘇定方의等을遣하야 百濟를滅할時에唐主ㅣ定方더러曰먼저百濟를 取하고引하야新羅를取하라하얏나니此만觀하야도唐太宗父子가 三國에垂涎함은 彼等의一根本主義더니라만일蓋蘇文이아니더면高句麗뿐아니라百濟新羅가다塚中의骨이되얏스리라

新羅는太宗이金庾信의等으로 五萬兵을率하야西로下하거늘蓋蘇文이將을遣하야百濟를救하더니百濟義慈王이大臣興首의策을不用함으로兵이敗하야百濟가亡한지라어허高句麗는一臂가傷하얏더라

十二月에新羅와唐이또高句麗에入侵할세唐이契苾何力、蘇定方의等을遣하야大擧入侵하기로하더라二十年七月에唐이唐兵、回紇兵、胡兵의等三十五軍을發하니總히數十萬大兵이오一邊으론新羅가金庾信의等을遣하야또한大兵으로來하는지라四月에唐의諸軍이擾擾히海陸으로俱進할세 唐高宗이自將하야諸軍을繼코저하니그臣下李君球와그宮人武后ㅣ다極諫함으로唐主는來치아니하더라

蓋蘇文이諸將을命하야西으로唐을防하고東으로新羅를防하니 唐將蘇定方의等은海路로來하야 大同江에入하고唐將契苾何力의等은陸路로遼水를渡하야鴨綠江의西에至하고또東에는 新羅將金庾信의等이獐塞(遂安郡)에至한지라蘇定方이兵을引하야平壤城을圍하거늘蓋蘇文이 一邊으로兵을出하야定方과逆戰하고一邊으론子男生을遣하야五萬兵으로鴨綠江에往하야何力을禦하더니男生이大敗하야三萬兵이戰死하얏더라

어허此時高句麗의形勢가엇더하더뇨兄弟同力의百濟가임의倒하고東西兩面에敵兵이遍野하고神聖大都에敵兵이弄戈하니此時高句麗의形勢가果然엇더하더뇨蓋蘇文이正히快手를一試할日이來하얏더라

「한니발」의壯氣는百亂의餘에現하고「넬손」의雄略은萬險의中에振하도다二十一年二月에蓋蘇文氏ㅣ大軍을率하고親히出征할새먼저精兵을驅하야蛇水(平壤背通江)에出하니敵의大將龐孝泰ㅣ其子十三人으로더불

히精兵四萬을率하야我軍을當하거늘蓋蘇文이한번接戰에敵을大破하야龐孝泰및 其子十三人其兵四萬을 沒數히殲殺하고因하야蘇定方의大軍을突擊大破하니定方이大敗하야이에殘軍을收拾하야逃歸하고何力、庾信의等도또한다敗滅하니라以後로唐과新羅가다大懼하야敢히다시入侵치못하니라

第四、蓋蘇文의功德

一、그武功

蓋蘇文氏는軍人이오武的人物이라彼의功德도武功이大하더라 彼萬丈赤焰의勢로聳起하는唐人이西南北의三塞外를다征服하고漢族生長以來의最盛運을造하얏스나 오즉遼水의東에來하야는十戰十敗하고百戰百敗하얏나니이에我가磐石갓히安하고我가泰山갓히尊하얏는지라 이事業의主人翁인蓋蘇文氏의武功이파연엇더한가

氏가잇슴으로高句麗가安寧하고百濟가安寧하고 新羅가安寧하얏나니라 試하야思하라唐이外面으로新羅와和親하야함세百濟를攻할세蘇定方의等을遣하야 百濟를滅할時에唐主ㅣ定方더러曰먼저百濟를取하고引하야新羅를取하라하얏나니此만觀하야도唐太宗父子가三國에垂涎함은彼等의一根本主義더니라만일蓋蘇文이아니더면高句麗뿐아니라百濟新羅가다塚中의骨이되얏스리라

氏가當時에新羅를掠하며唐을破하며 靺鞨을威服하야內로自家를擴張하고外로四方을征服함은오히려氏의餘事라氏의武功은此보다더욱 可敬할바잇나니 곳氏의武功은一時의福利뿐아니라 萬代의福利며氏의武功은一邦의榮光일뿐아니라天下의榮光이니라試하야思하라氏가隻手로金甌를完全한磁績은大同江、大聖山과함께久하지아니한가氏는秦始皇「알넥산더」처럼世界的活動家가아닌가

二、그文德

氏는軍人이나또한文敎에도熖熖한努力이잇더라 氏는武的人物이나 또한文治에도赫赫한事業이잇더라어허氏는武功뿐아니라文德으로도古今有名의一偉人이로다

氏는宗敎에매우留心하얏더라 그럼으로「國의三敎는鼎의三足갓다」하야彼唐土에道敎를求來하얏더라 欽哉森嚴의蓋蘇文氏로이無爲淸淨한道敎의大化主가됨은또한氏의廣大한德을証明함일니라

氏는또學術에매우努力하얏더라當時高句麗는文學、數學、天文學、醫藥學의等이다燦爛한時代라 그러나氏는더욱學術의振興을圖하얏더라氏가바야흐로唐과 大爭하는中이나그러나彼唐太宗이國學을 擴張하고學舍를盛大히發揮하거늘蓋蘇文氏는國中의子弟를만히唐의國學에留學식혀硏究를博勉하더라

氏는經濟政策에매우良能한듯하더라 그저器械와戰爭이二十年을繼續하얏스되 財政窮乏의慶가업서軍은糧

이備하고民은食이足하얏스며城池가完하고器械가精하얏스며 彼遼東城은西方와一邊陲로되五十萬石의軍糧이積하고倉廩에粟이餘하고牛馬는用이裕하얏나니經濟政策에良能치아니하얏스면엇지이러하얏스리오

氏는外征에雄하얏슬뿐아니라 또한內治에善하얏더라 彼唐太宗은漢土一流의英主라하나그러나彼가高句麗와三次交戰함에彼는벌서飢餓의暴動이起치아니하얏는가이제 蓋蘇文氏는二十年外征에一人의不平者가업서兵은더옥悅服하고民은더옥 樂從하얏스며 彼唐太宗은房玄齡·杜如晦·魏徵의等賢臣이 多多하야 彼의內治를助成하얏스나氏는萬事를氏가獨裁하얏스되令行禁止하야 國內가肅淸하얏스며彼唐太宗은初年에는 貞觀의盛治를謗하얏스나그末年에東征失敗로因하야 朝廷의威信이墮하고臣民의訕謗이重하얏거늘氏는二十五年의長期에庶政을總攬하야海內를專制하되 敢히異論을唱하는者ㅣ업서初年못허末年까지 天下靜謐하얏스니氏가平日에內治를善히아니하얏스면엇지이러하얏스리오 어허氏는外征으로唐太宗을 勝하얏슬뿐아니라內治로도唐太宗의以上이되더

氏는軍人뿐아니라外交家더라氏가百年讎國의百濟를 膠漆갓히和하얏스며 精悍不羈한李靖을小兒갓히弄하얏스며風馬牛不相及의眞珠미汗을隣里갓히交하얏나니 外交家의手腕이아니면엇지이러하얏스리오

氏는建築事業으로도朝鮮最大의成功者더라대저遼東의千餘里長城은氏의監役으로十六年에竣工하엿나니이長城은곳朝鮮古來의最大建築物이니라또平壤의蛇川(普通江)에大橋를架하야蛇川東西의市街를連絡하얏

나니지금楊命浦의石門이곳蛇川橋의一段이니라 어허氏는軍事上뿐아니라政治上뿐아니라 建築上으로도또한偉人이로다

三、그威光

蓋蘇文氏는그威風이兩間을震하고그光彩가萬世에燦하얏도다 彼漢士갓히自尊自大하는者로도 蓋蘇文의名으로小兒의啼를禁하개되고彼內外史氏가記錄을作함에반드시 氏의華啣에讚美를添하고彼古今人民이偉傑을想함애반드시氏의盛跡에欽嘆를呈하도다氏는我社會의不朽할巨築이오氏는全世界의莫大한威靈이로다

氏가大理想이잇슨지라이에我人의中에이런 大理想家가잇슴을證明하얏더라 氏가大氣力이잇슨지라이에我人의中에이런大氣力家가잇슴을廣告하얏더라氏는과연我人의巨大的代表者니라

氏는威오氏는光이더라이威는宇宙에 雄立한威오이光은宇宙에廣耀한光이더라 氏는이렁케大威며大光이더라

第五、蓋蘇文의死後

一、蓋蘇文의長逝

泰山이崩하고長城이壞하얏도다寶藏王二十五年에蓋蘇文이薨하니年이六十九더라

대저氏가出世한以來로百難千古를歷하며內治外征을當한지 四十年이오高句麗大莫離支가되야 文武大政을獨裁한지二十五年이오二十年大征伐에手에劒을釋한日이업고身에甲을解할時가업서 一生을矢石의中에過하다가彼羅唐의强寇를大破하야四方이淸平하고一身이閑安한지겨우四年만에薨하얏더라

蓋蘇文이薨하니上에는君王이痛悼하고下에는萬姓이悲惻하는지라 彼가生前에는一身으로 中流의砥柱가되얏스며彼가生前에는隻手로全土의鐵壁이되얏더니 이재天下에福이업서氏가舘을捐하니 蒼天은情이업고白日은光이업더라

二、蓋蘇文의遺族

蓋蘇文氏는三子가잇스니長子는男生이오二子는男建이오 三子는男產이더라 男生은不學無識하고庸愚劣惡하더니蓋蘇文이薨함애父를嗣하야 莫離支가되야州郡에出巡할세男建을命하야 京都에留守하얏더니或者가男建더러曰男生이男建을殺코저한다하고또男生더러曰男建이 男生을殺코저한다하니 男生이諜者를送하야男建을窺하다가發覺됨애男建이이에男生의子獻忠을殺하고王세奏하야 男生을召하니男生이叛하야 唐에降하고唐兵을引하야男建을攻하니이에唐과新羅가聯合하야高句麗를亾하니라어허虎父犬子로다

男建은平壤城이陷落할時에自殺하랴다가未遂하고唐에 被捉하얏고男產은唐에降하니라 男生의子獻誠은唐

에降하야仕하다가叛逆罪로捕誣되야死하니라

蓋蘇文이 一弟가잇스니名은淨土라 寶臧王의女婿가되얏다가 高句麗末年에新羅에歸하니라淨土ㅣ安勝을生하니安勝은寶臧王의外孫이더라 高句麗亡한後에大兄劍牟岑이安勝을王으로 奉하고新羅와聯合하야唐兵을擊退하니新羅文武王(太宗의子法敏)이安勝으로報德王을封하야金馬渚(益山郡)에居하야高句麗宗社를奉하더니및新羅가唐을擊退하고百濟故地및高句麗故地南部를取한後에는新羅神文王(文武王의子政明)이安勝王을京都로招去하야王位를奪하고蘇判(官名)을삼오니라 어허新羅의計策이또한巧妙하도다

蓋蘇文이族孫大文이잇오니 大文은곳安勝의族子러라 安勝王을奉하고金馬渚에잇더니및新羅가安勝王을擄함애大文이怒하야新羅를攻하다가敗死하니라

三、蓋蘇文의餘恨

蓋蘇文氏는그人格이秦始皇과恰似하도다氏의雄才大略이秦始皇과갓고氏의思想이 秦始皇과갓고氏의武强이秦始皇과갓고氏의威嚴이 秦始皇과갓고氏의多智가秦始皇과갓고 氏의專制가秦始皇과갓더라 蓋蘇文氏는그事業이秦始皇과갓도다 氏의外征이秦始皇과갓고氏의內治가秦始皇과갓고氏의勢力이秦始皇과갓더라 蓋蘇文氏는그興亡이秦始皇과갓도다彼秦始皇이漢土를統一하고遠方을壓服하야그猛力、嚴政이火갓히烈하얏스나그

러나天下가恐怖하고一世가戰慄하야彼의生前에는鳥獸의聲이업더니 밋彼가死하고不肖子二世가嗣位하메外로四裔가猝起하고內로各土가擾亂하얏나니 이제蓋蘇文氏가이러하야氏의生前에는强敵羅唐이다手를斂하고遠退하얏스며入國上下가다足을重하고屛息하더니氏가薨하고不肖子男生이出世함애人心이瓦解하고唐羅躍起하야氏의維圖가밋솜내東流의水가되얏더라어허蓋蘇文은朝鮮의秦始皇이로다

그러나秦始皇은內로六國을統一하고外로四方을征服하야 漢族雄飛의大事業을完成하얏거늘 이제蓋蘇文氏는有志未就하야內로는濟羅를統一치못하며 外로는唐人을掃廓치못하고皤皤白髮로天地에 徘徊하다가英靈이天에歸하얏스니氏의餘恨이과연엇더할샤함을며 家門이逆衰하야男生의蹤가庭闈에出來하얏스니 氏의餘恨이과연엇더할샤한을며山河가無情하야氏의手澤이未久에消磨하얏스니氏의餘恨이과연엇더할샤

만일是時에西에唐太宗이업고東에新羅太宗이업셧스면 蓋蘇文이그目的을完成하얏슬지며 新羅太宗이잇더라도唐太宗만업셧스면 蓋蘇文이그目的을完成하얏슬지오 또新羅太宗이잇더라도金庾信이업셧스면蓋蘇文이그目的을完成하얏슬지며金庾信이잇더라도新羅太宗이업셧스면 蓋蘇文이그目的을完成하얏슬지어늘 이제天이蓋蘇文을生하고또唐太宗을生하얏스며 또新羅太宗、金庾信을生하얏스니蓋蘇文의萬事가半途에中止하얏도다어허蓋蘇文氏여氏는餘恨이無窮하얏스리로다

蓋蘇文의餘恨은蓋蘇文一人의餘恨일뿐아니라 實로全社會의餘恨이니라蓋蘇文의 餘恨은蓋蘇文當時의餘恨일뿐아니라實로萬代人의餘恨이니라 만일蓋蘇文이그目的을完成하야 三國을統一하고禹域을籠絡하얏스면彼漢族의秦始皇事業갓히全社會의大基礎가鞏固하고萬代人의 大福祿이充滿하얏슬지어늘 이제그럿치못하야天下萬事가밋솜내支離蔑劣로局을結하얏스니世에此보다더可恨할事ㅣ잇는가

(完)

조선옛말

笑堂

一

쌔는新羅서울때는어느달금음날밤이라서울南山에불이낫다아니라별이셧다이별이彗星인가보다彗星이쓰면災殃이내리는것이라이에서울十七萬八千九百戶의老少男女가다南山만치다본다

二

혹은이별이兵亂날徵兆라하며혹은이별이怪疾돌凶數라하며혹은이별이凶年질凶數라하야온서울이설는다님금세서이것을보시고크게念慮하신다大臣을불으신다大將을불으신다天文博士를불으신대天文博士가엿자우되「이것이별이아니라불이올시다아모災殃이업고다만엇던百姓이아들죽일徵兆올시다」한다님금세서安心하신다서울百姓이安心한다

三

罪이것은파연불이다이때서울한사람이벼슬을하고십흐다그러나글을잘못하니文官될수도업고활을잘못쏘니武官될수도업섯다그럼으로그아들을식여南山에올나가홰ㅅ불을들게하고만일님금세서이것을별이라고念慮하야이것을업시하는者에게벼슬을주게되면自己가벼슬을하자던생각이라파연이날밤에그[illegible]들이南山에서범에게물녀죽엇다

研究

漢城一班

張道斌

一、伯濟는漢城

馬韓五十四國에伯濟가잇다伯濟는곳漢城附近一國이엇다무릇五國時代에帶水(臨津江)以北은箕朝의地요以南은馬韓의地이엇다이中에伯濟는아마馬韓의最北國인듯하다

溫祚王이浿(大同江)、帶二水를渡하야漢山、漢水의間에居하며馬韓王에게請하야屬國이되얏나니此가곳百濟太祖이다是時에馬韓王은東北百里의地를溫祚王에게與하야屬國됨을許하얏나니라此는三國史記밋內外史書에明記한事實이다

、그러면百濟가漢城附近에서創立됨은明白한事實이나라이百濟는伯濟의地에서創立되얏슴으로國號를百濟라하얏나니라그런즉漢城이馬韓時代의伯濟이엇슴은自明의事니라(十臣의十濟、百臣의百濟等說은後世附會의語니라)

二、慰禮城은漢城

百濟太祖가慰禮城에都하얏스매이城이漢城인지漢江의南인지不明하다곳三國史記에「十臣과함께負兒岳에登하야可居之地를望할새十臣이曰惟此河南之地北帶漢水……라하야河南慰禮城에都하얏다」記하얏다그런즉百濟初年에곳漢水의南에都한듯하다그러나此보다有力한反證이잇다三國史記에「溫祚王曰靺鞨連我北境」이라하고又「靺鞨侵慰禮城」이라하고又「十三年溫祚王曰北有靺鞨侵軼疆境、予昨出巡觀漢水之南、土壤膏腴、宜都於彼、秋七月就漢山下立柵、移慰禮城民戶」라하얏다그러면百濟初年에漢水의北인慰禮城에都하얏다가十三年에靺鞨곳北賊을避하야漢水

의南으로遷하얏나니此가곳河南慰禮城이라지금廣州가是니라그러면以上「十臣曰惟此河南之地北帶漢水」云云은곳後日史氏가河南慰禮城을重視하야十臣의言을記하얏슴이오十臣의言할時곳百濟元年에는아즉河北에都하얏다가十三年에야河南에都하얏슴이니라그럼으로余는漢城을慰禮城이라한다 (詳細는他日에讓함)

三、十三層塔의造成年時

塔洞公園의十三層塔은萬人이嘆服하는塔이다我人은近世에藝術이너무衰退하얏슴으로或者는이塔이我人의製作品이아니라는疑心까지두엇다또이塔을何人이造成하얏스며何時에造成되얏는지知하는人도거의無有하얏다참可惜한事이다그러나이塔은分明히我人의製作品이오또朝鮮世祖十二年四月八日에造成된事가明白하다곳世祖十年六月 日에起工한듯하고十二年四月八日에造成되야同日에落成式의設法을開한事가確實하다이塔을製造한工匠의氏名까지어느實數에記載되얏다고한다이제圓覺寺碑銘一篇을着하라

圓覺寺碑銘

이碑銘은지금만히剝落하얏슴으로沒字가多한바 此下의記錄에傍出한小字는續東文選에依하다

輔國崇祿大夫行判中樞府使兼知 □□□□館事臣金 守溫奉 敎撰

正憲大夫吏曹判書兼知 □□春秋館事□文館提學臣成 任 奉 敎書

推忠□□翊戴功臣崇政大夫行禮曹判書□□春秋館事晉山君臣姜 □□奉 敎篆

▲謹告▼

弊商會에서今般組織을株式會社로變更하야資本金百萬圓의廣元貿易株式會社를計劃中이온바株金第壹回金拂込도來五月末에는全部完了하겟사오니江湖諸位는照亮하시고倍加愛護하심을仰望

平南鎭南浦

貿易商 廣元商會

【電話 三五七番】

【電話【長】三五八番】

【電略(원)又ハ(ケン)】

代表者 李鍾驥

支配人 韓升琢

內外國旅行多諸氏를爲ᄒᆞ야旅行具類의獨特의高尙ᄒᆞᆫ品質과低廉ᄒᆞᆫ價額으로多少를不拘ᄒᆞ고親切迅速히提供ᄒᆞ겟ᄉᆞ오니一次試驗ᄒᆞ여보시면아시겟슴니다

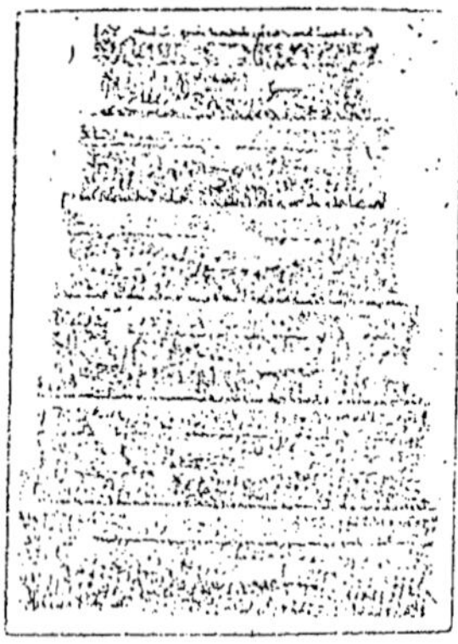

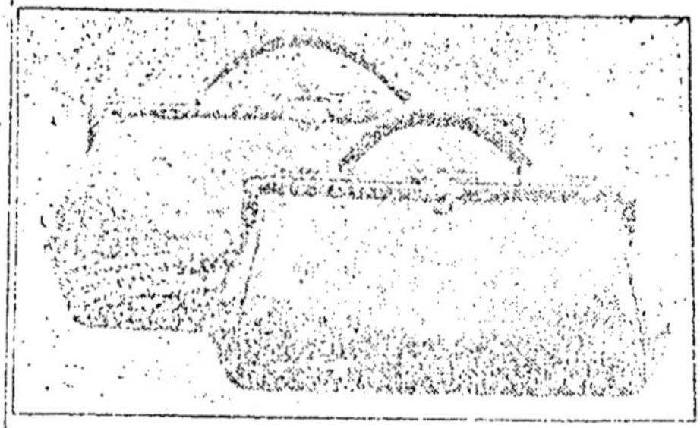

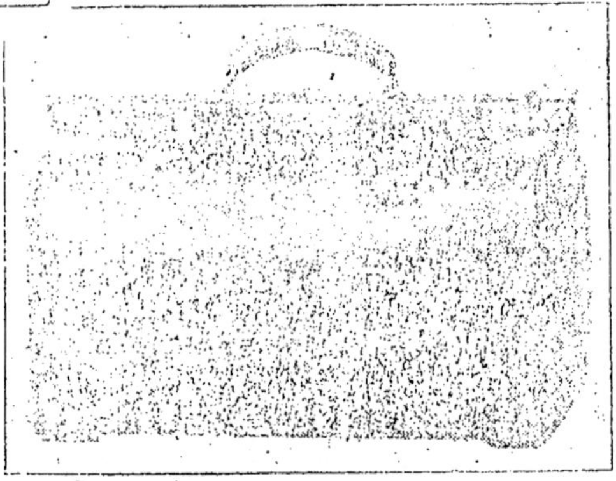

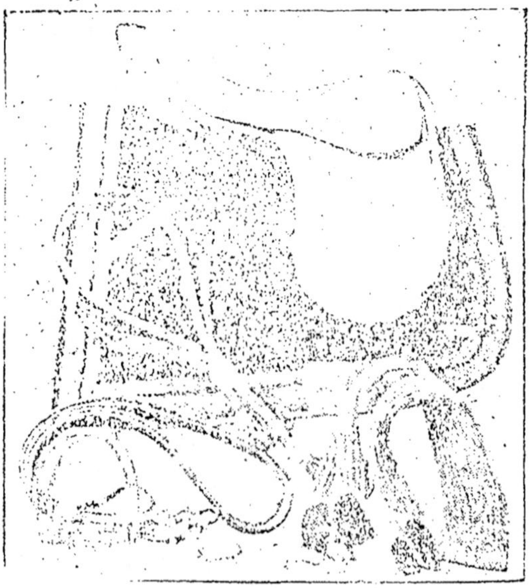

京城府鍾路中央青年會館下層

各種旅行具
各種馬具及
附屬品製造

販賣商 張豐商店

主 張哲煥

THE SEOUL

서울

第三號

文藝附錄號

益智補心元

效能…補心滋血、補精氣、勞心疲身、難記善忘等症有効、益智等神、潤皮膚、怔忡思慮不寐等症有効、壯元陽、煖丹田、壯筋骨、益聰明、健腦養胃、返老還童

定價…一個月分 金十圓
二個月分 金十九圓
三個月分 二十七圓
郵稅每月三十錢

製造發賣元 半島賣藥商會
京城府唐珠洞五番地

淋疾神藥

效能…五淋白濁差效
定價…十日分 金二圓
二十日分 金三圓八十錢

寸虫滅死劑

效能…寸白虫驅除
定價…一包 金五十錢

美人膏

效能…손등과얼굴이얼어터진데와불에데이고피부가험한데바르는약
定價…大匣一圓、中匣五十錢、小包十錢

高句麗美人

紐育의 舊市廳과 新市廳
(上은新市廳 ○ 下는舊市廳)

서울

第參號

正義

우리는正義만가지야한다金錢보다名譽보다勢力보다身命보다먼저正義를追求하여라

私慾을업시하여라私憾을업시하여라

私黨을업시하여라

이것이우리起死回生의惟一한方法이니라

希望과批評

主幹

一

近者에朝鮮人에게三新聞이許可되얏다吾儕는十年以來에初睹할盛事임을賀한다因하야吾儕는더욱希望하는바가잇다

무릇新聞은言論機關이다社會思想의推移、世界事實의形勢ㅣ모다此에서發現된다그러면新聞經營者나執筆人은매우注意하여야하겟다春秋의筆이아니면아니된다新聞記者나經營者가되얏스니가내가勢力이잇다하고붓을함부로놀녀서는아니된다新聞記者의붓은맛치壯士의칼인쥴을알어라因하야吾儕는우리社會에도英國의某氏갓흔新聞王아니라董狐갓흔賢先生이만히出來하기를希望한다

또當局에서더욱朝鮮의文化를爲하야京城이나地方에여러新聞을니이許可함을希望한다

二

救荒會나救濟會나하는飢民救濟會가各地에만히잇다고한다매우美事이다그러나엇던地方의消息을드른즉救濟會에서飢民에게金穀을주되그飢民의資力을調査하야後日에金穀을回收할만한資力이잇는者에게만金穀을준다고한다곳回收할만한資力이업는飢民에게는아니준다고한다과연이면잘못이다

무릇飢民을救濟한다함은地方有志者가그附近의飢民의餓死를불상히녁여慈善的으로救濟함이그本義니만일有資力者에게만金穀을주고無資力者에게는아니준다하면이것은救濟가아니라放債이다

吾儕는是等有志有力者에게對하야이러케希望한다飢民을救濟함에그飢民의資力有無를不問하고一視同仁으로金穀을주되다만有資力者에게는무론後日에回收할지오無資力者는벌어서갑게할것이다만일回收되지못하야損害가나는時는救濟會에서負擔할밧게업다

그러냐가救濟會라하는것이다이것이徹底한佩民救濟이다

三

東京帝國議會에서呂運亨君의問題로매우말이만핫다이呂氏問題에對하야彼我가다大事件으로思한것은吾儕의疑問이다곳이呂氏가東京에往한것을웨그리重大問題라하나뇨

代議士들은이呂氏問題로政府에問責한다고새지하엿다이것은一方無意味한일인줄안다呂氏의來不來가元來現時政界에아모別影響이업는事件이니라

彼此에政見이잇스면서로알어야하갓다서로알고서最善의策을擇하여야하갓다지금二十世紀는既往未開時代갓히無人道● 非人情의時代가아니니라

四

近日各料理店에晝夜를勿論하고遊客이썩차서迭宕히노는것은참亦一變事이다돈이어대서나서이러케잘노는사람이만한말가이노는사람들이대개浮浪子가만치만은쏘점자는사람들도만히잇다普通近日의流行이料理店이다엇던조고만한會가잇서도料理店으로엇던賓客을饗應하랴도料理店으로무슨일을議論하랴도料理店으로어느親睦와消遣하랴도料理店으로간다이料理店에가는사람이웨이러케만한말가

무론우리도生活程度가高尙하야지어야하갓다交際도頻繁하여야하갓다晩餐會도각금하여야하갓다日本料理도먹을줄알어야하고西洋料理도먹을줄알어야하갓다그러나空然히조타하고料理店出入을자조하야金錢을浪費함은大不可하다썩必要한境遇以外에는料理店出入을좀고만두어야하갓다

五

지금世界는改造의世界이다民衆主義다人道主義다하야全世界의人類가大改造에入하얏다무릇世界는엇마동안一律로지나면반드시變動이생겨각금改造하게되나니이改造의機會에能히時代에適應하야잘改造하는社會는잘生存擴張하고不幸히그時代에適應치못하

야改造의不能쏘는不善한社會는劣敗衰亡하는것이라 가령十八世紀改造時代에잘改造하야勝利를得한者는英佛美等國이是오잘改造치못하야衰弱에陷한者는西班牙. 土耳其等國이是며十九世紀時代에잘改造하야勝利를得한者는日本等國이是오잘改造치못하야衰弱에陷한者는支那等國이是라우리朝鮮은近世以來東西洋의改造時代를屢屢히遭遇하얏스나도모지改造치못하고舊陋에沈滯하마가맛츰내今日現狀에至하얏나니我人은지금改造時代를當하야今番에나僥幸으로改造의列에入하며거의桑楡의補를獲할지라만일그러치못하면我人의前途는悲慘뿐이리라我人이여改造하여라我人이여一躍에改造의新幕에登하여라 그러나我人은가장먼저改造할것은我人의頭腦인줄알어라我人의頭腦곳頑奮한頭腦.固陋한頭腦.偏狹한頭腦. 愚鈍한頭腦.他人의成就를猜妬하는頭腦.公을濫하야私를營하는頭腦.懶惰한頭腦.怯弱한頭腦.僞善의頭腦.不正의頭腦. 諸般의惡頭腦를改造하여라이런조치못한頭腦를改造하야조흔頭腦를맨드러라이頭腦가改造된後에야萬事가다改造되리라

우리改造의一斑

張道斌

一、社會의改造

第[一] 우리는먼저家族社會를改造하여야하갯다 우리의家族制度는흔히專制的이다 父母가子女의人權을無視하야人生의大事인婚姻問題에 그子女를强制하며子女가敎育을受하랴하나父母가此를 許可치아니하는수잇

스며子女의職業을父母가强制하는수잇는等은다大弊害이다婚姻。敎育。職業等大事는當者곳子女의自由에任할지오다만父母는嚴密한監督만할것이다子女도亦是이런大事에는父母의强制는受치아니할지나반드시父母의監督은受하여야하갓다 近來靑年男女가흔히萬事自由를主張하야그父母의監督을反對하느니 此는彼父母가子女를强制하는者와同等의罪惡이다

同時에子女된者가父母의벌은衣食을依賴하야徒食優遊함은不可하다 父母가子女를敎育하야주면子女는반드시獨立生活을營하여야하갓다父母의强制를受치는아니하랴면서 父母의벌어노흔밥은먹으랴함은實로無廉恥의極한事이다父母의强制를受치아니하는代償으로색生活은獨立自營하여야하갓다 自己는自力으로生活하고父母의遺産은殖産又는公益에使用함이可하나니此가곳社會興隆의基礎이다

同時에子女된者가父母에게孝道는極盡히하여야하갓다 父母의强制가否認되는同時에父母의權威가衰落함으로一方에는子女의孝道心이薄弱하야간다 此는大不可하다父母가子女를强制치아니함은곳그子女를더욱사랑하는故니子女는그父母에게더욱孝道를다하여야하갓다 彼父母가子女를强制치아니함은西洋道德의美點인同時에子女가父母에게孝道를힘써함은東洋道德의美点이다

夫婦制度에大改革을行하여야하갓다 우리社會의夫婦는實로夫婦라함보다 흔히怨讐이다夫가妻를스러하고妻가夫를스려하야할수업시사는것이太半이다 此는무론婚姻制度의罪惡이다 婚姻을父母의强制로하고當者의

合意가아닌故로대개다怨讐를만나게된것이라이것이家庭을亡하게하고社會를亡하게한다 夫婦는곳두몸이한몸되야一生의禍福存亡을갓치하는者니 이것을怨讐가모혀서할수업는것이라 저歐美人은그夫妻가먼저戀愛하는人이니彼는實로夫婦의眞意를實行하는者이다 夫婦는꼭서로戀愛하여야하갓다 이것은먼저婚姻制度를改良하여야된다

또우리社會에夫는흔히妻의人格을無視하야壓迫虐待를加한다 妻는흔히奴僕갓히使役된다 이것은大不可하다무릇男女가人格은同一하다 다만本質上關係로職事가相異할뿐이다 夫는그妻를敬愛하고妻는그夫를敬愛하야人格平等을實行하여야된다 頑强한男子로서脆弱한女子를慈憐치아니하고도리혀壓迫虐待를加함은野蠻의遺風이다그러나同時에妻는夫에게順從하여야하갓다 男女平等이라하야妻가夫를對抗하랴함은大誤解이다男女는平等이나夫婦는平等이아니다夫婦의人格은平等이나夫婦의權利는平等이아니다 곳夫는夫權이잇서法律上道德上으로다그妻를順從식일權利가잇다 이러케夫는夫權이잇고妻는夫權에服從할義務가잇다 此는家庭維持上에不得已한關係이다 一家庭에二人이各히權利를主張하면 그家庭은維持할수업다 그럼으로不可不一個主張者를要한다 여러事情上으로夫가主張者됨이便宜함으로 夫에게夫權이잇게한것이다 그러나妻가絶對로夫權에服從함은아니다大体上으로妻는服從할義務가잇슬뿐이니 彼妻를奴僕갓치부리고陵辱虐待하는等은夫權의濫用이다妻도이런夫權濫用에는服從할수업다 同時에近來女子들이所謂平等自由를誤解하야 夫를對抗하야順

스며子女의職業을父母가强制하는수잇는等은다大弊害이다婚姻。敎育。職業等大事는當者곳子女의自由에任할지오다만父母는嚴格한監督만할것이다子女도亦是이런大事에는父母의强制는受치아니할지나반드시父母의監督은受하여야하갯다 近來靑年男女가흔히萬事自由를主張하야그父母의監督을反對하ㄴ니此는彼父母가子女를强制하는者와同等의罪惡이다

同時에子女된者가父母의벌은衣食을依賴하야徒食優遊함은不可하다 父母가子女를敎育하야주면子女는반드시獨立生活을營하여야하갯다 父母의强制를受치는아니하랴면서 父母의벌어노흔밥을먹으랴함은實로無廉耻의極한事이다父母의强制를受치아니하는代償으로써生活은獨立自營하여야하갯다 自己는自力으로生活하고父母의遺産은殖産又는公益에使用함이可하나니此가곳社會興隆의基礎이다

同時에子女된者가父母에게孝道는極盡히하여야하갯다 父母의强制가否認되는同時에父母의權威가衰落함으로一方에는子女의孝道心이薄弱하야간다 此는大不可하다父母가子女를强制치아니함은곳그子女를더욱사랑하는故니子女는그父母에게더욱孝道를다하여야하갯다 彼父母가子女를强制치아니함은西洋道德의美點인同時에子女가父母에게孝道를힘써함은東洋道德의美点이다

夫婦制度에大改革을行하여야하갯다 우리社會의夫婦는實로夫婦라함보다 흔히怨讐이다夫가妻를스려하고妻가夫를스려하야할수업시사는것이太半이다 此는무론婚姻制度의罪惡이다 婚姻을父母의强制로하고當者의

合意가아닌故로대개다怨讐를만나게된것이라이것이家庭을亾하게하고社會를亾하게한다 夫婦는곳두몸이한몸되야一生의禍福存亾을갓치하는者니 이것을怨讐가모혀서할수업는것이라 저歐美人은그夫妻가꼭戀愛하는人이니彼는眞으로夫婦의眞意를實行하는者이다 夫婦는꼭서로戀愛하여야하갓다 이것은먼저婚姻制度를改良하여야된다

또우리社會에夫는흔히妻의人格을無視하야壓迫虐待를加한다 妻는흔히奴僕갓히使役된다 이것은大不可하다무릇男女가人格은同一하다 다만本質上關係로職事가相異할섇이다 夫는그妻를敬愛하고妻는그夫를敬愛하야人格平等을實行하여야된다 頑强한男子로서脆弱한女子를慈憐치아니하고도리혀壓迫虐待를加함은野蠻의遺風이다그러나同時에妻는夫에게順從하여야하갓다 男女平等이따하야妻가夫를對抗하랴함은大誤解이다男女는平等이나夫婦는平等이아니다夫婦의人格은平等이나夫婦의權利는平等이아니다 곳夫는夫權이잇서法律上道德上으로다그妻를順從식일權利가잇다 이러케夫는夫權이잇고妻는夫權에服從할義務가잇다 此는家庭維持上에不得已한關係이다 一家庭에二人이各히權利를主張하면 그家庭은維持할수업다 그럼으로不可不一個主張者를要한다 여러事情上으로夫가主張者됨이便宜함으로 夫에게夫權이잇게한것이다 그러나妻가絶對로夫權에服從함은아니다大体上으로妻는 服從할義務가잇슬섇이니 彼妻를奴僕갓치부리고凌辱虐待하는等은夫權의濫用이다妻도이런夫權濫用에는服從할수엽다 同時에近來女子들이所謂平等自由를誤解하야 夫를對抗하야順

從치아니하라함은큰弊害이다 夫가妻를敬愛하는同時에 妻는더욱夫를잘順從하여야하겟다夫가妻를잘敬愛함은西洋人의美風이오妻가夫를잘順從함은東洋人의美風이다

또우리社會에妻는흔히男子의벌어오는衣食을依賴할뿐이오아모벌이하는일이업다 무릇夫는活動勞作하야生活資料를準備하고妻는家庭에在하야 父母供養子女敎育에從事함이 夫婦의天職이다 그러나絶對로女子는벌이하지말나는것은아니라 무릇夫婦가同力하야벌음이好事이다 妻가夫의虐待를免하는同時에妻도夫와同力勞作하여야하갯다

親族關係를改善하여야하갯다 우리社會의親族은흔히依賴的이다 가령兄弟·姊妹·其他親族이서로依賴生活할을怪異히녁이지아니한다 此는큰弊害이다兄은兄이自立生活하여야하고弟는弟가自立生活하여야할다自己의腦나手들勞치아니하랴고他人의衣食을寄取함은他人의一寄生虫이니 此는自己의大恥辱이오社會의大盜賊이다決코兄이잘산다고兄을의지말어따아우가잘산다고아우를의지말어라내가벌어내가먹어야한다

第【二】우리社會는平等主義를完全實行하여야하갯다 數百年來의階級制度는아즉도그影響을根絶치아니하얏다 무론法律上으론아모階級이업고또社會上道德上으로보아도階級이다업서젓다 그러나아즉그餘風이多少流傳한다이것을根本的으로徹底하게改革하여야하겟다

지금도事實上奴隸制度가依存하얏다 法律上으론數十年前에임의打破된奴隸制度가지금도事實上으론全滅

치아니하얏다 곳京鄕大家에아즉女종이잇서그形式은雇女라하나 그內容은主人이彼等의自由를拘束하야彼等의婚姻을强制하며 彼等의移住를不許하며 彼等을金錢으로交換하는者잇나니此는곳事實上奴隸이다彼等은無知無力하야저러케可憐한生活을하나니 彼等은쌜리人權恢復을實行하여야하고 主人된者는쌜리此等罪惡을悔改하여야하갯다

쏘班常習慣을絶對로根絶하여야하갯다 이班常習慣은社會進步의障碍가되고社會反目의原因이된다 法律制度上으로는무론班常이업서젓지만習慣上으로는아즉餘存한곳이잇다 이習慣은대개京畿以南이尤甚하다 舊日의兩班은舊日의常民과아즉婚姻을不許하고 甚至於社交上待遇上에도多大한差別이잇다 本來에兩班은文武兩班이라는義오常民은平民이라는義이다 그런데近世以來로四色곳貴族一派는兩班이되고 以外의人民은대개常民이되얏다 當時의兩班은매우常民을虐待하얏다 이제는政治가變更되야此等虐待는업서젓지만그待遇上의差別은아즉餘存하얏다이에兩班이던人은常民이던人을無視하고常民이던人은兩班이던人을怨恨하야互相仇敵이된다此는國民統一進步의大妨害가된다 이것을改良하여야하겟다 因하야勞働社會의向上을圖하여야하겟다弱者社會의利益을保하여야하겟다 싹四民平等이實現하여야한다 試思하여라何가爾의同根한兄弟가아니냐何가爾와同等의天民이아니냐此는責任이더욱兩班이던人에게잇다 兩班들아지금은兩班이업나니世界에落伍하야可憐한人生된우리는모다상놈된줄을모르나냐 어서一般常民이던兄弟에게差別을撤廢하여라곳言語에差別이업

게하고待遇에差別이업게하고서로婚姻하여라 平等이團結의前提인줄을알어라 正義가生存의基礎인줄을알이라

또敎會의區別을打破하여라 우리社會의敎會는흔히偏狹한생각으로自己의同敎가아니면곳惡道異類로안다 그럼으로自家道德以外에는道德이업는줄로알고 自家敎友以外에는同情이업는줄로안다이에서로交際도아니하고무슨事業에協同도아니하고甚至於婚姻도아니한다 또宗敎信者가無宗敎者를對함에도 亦是異敎信徒갓히待遇한다이것은 大誤解이다宗敎가相殊하다고同民族이아님이아니요自己의同敎徒가아니라고野蠻惡人이랄수업다彼耶穌敎人으로觀하야도耶穌敎信者間에만婚姻을許한다 同宗敎가決코婚姻의要件이아니라 이것을改良하여라 宗敎의派列로社會上區劃을作하는者는半開國以下의常態인줄을모르나냐 이것을改良하야아모敎人間에던지區別이업시하여라 異敎徒間에나또는無宗敎者에對하야도서로協同하고서로아모差別업시 待遇하고서로婚姻하여라耶穌敎徒가天道敎徒와婚姻하야도조코天道敎徒가儒敎徒와婚姻하야도조타

第[三]우리는機會均等을實現하여야하겟다 우리社會는數百年來에機會均等이업섯다 有勢力者는分外의利益을攫取하고 無勢力者는제것도다 일허바리고 말엇다 이것이 우리社會衰敗의大原因이니라이제우리는前車의轍을蹈치말어야한다 아모리有勢力者라도機會를獨占치못하고아모리無勢力者라도 機會를見奪치아니하도록하여야한다가령實業·敎育·政事等何方面에서던지다機會均等곳均一한機會를가지게하여야한다이것은弱

者보다強者에게責任이만히잇다 強者가正義人道를알며社會生存을爲하야 萬人一休의進就를贊成함이當然하다그러나弱者도이되사지機會均等을차저야할權利와責任이잇다

二、教育의改造

第[一]우리는漢文教育을廢止하여야하겟다 이漢文教育은우리를衰亡케한教育이다 古來의우리教育制度를考하건대五國은渾然하야잘알수업지만三國時代에는教育이隆盛하얏다그制度는[一]京鄉에大學이잇고[二]各市村에學校를設하야經史와騎射를習하얏다 이러케教育이隆盛함으로能히當代의文明과繁榮을作出하얏다南北國을지나高麗朝에至하매學校에漢文을尙하고騎射를廢하얏다 밋近世에至하매이漢文教育이尤甚하야고만社會人才가다이漢文教育에消磨되얏다 지금우리人民이이러케墮落된것은싹이漢文教育의罪이다 그러하거늘지금二十世紀의大地에서 아즉도漢文教育을行하는우리社會는奇怪한現象이다 彼支那의教育部에서는自家의漢文이지만此가國民教育普及의障碍物이라하야朝鮮式의習字를新製하야 各州郡에提示하야 此를實行하도록힘쓴다고한다 우리는아즉도漢文私塾이만히잇다 이것이참狂愚한所爲가아니냐 이것이참남붓그러운일이아니냐아모리無知蒙昧한들이러케滋甚하단말가兄弟들아이어서이漢文教育을打破하여라

第[二]우리는宗教教育을改善하여야한다 近來우리社會에新文明을주기는대개耶穌教의力이다 그럼으로이耶穌教의經營하는學校가만히잇다 이宗教學校가곳우리에게 新文明을宣傳하는大機關이다 그러나從來에는너

게하고待遇에差別이업게하고서로婚姻하여라 平等이團結의前提인줄을알어라 正義가生存의基礎인줄을알이라

또敎會의區別을打破하여라 우리社會의敎會는혼히偏狹한생각으로自己의同敎가아니면곳惡道異類로안다 그럼으로自家道德以外에는道德이업는줄로알고 自家敎友以外에는同情이업는줄로안다 이에서로交際도아니하고무슨事業에協同도아니하고甚至於婚姻도아니한다 또宗敎信者가無宗敎者를對함에도 亦是異敎信徒갓히待遇한다 이것은 大誤解이다 宗敎가相殊하다고 同民族이아님이아니요 自己의同敎徒가아니라고 野蠻惡人이랄수업다 彼耶穌敎人으로觀하야도耶穌敎信者間에만婚姻을許한다 同宗敎가決코婚姻의要件이아니라 이것을改良하여라 宗敎의派別로社會上區劃을作하는者는半開國以下의常態인줄을모르나냐 이것을改良하야아모敎人間에던지區別이업시하여라 異敎徒間에나또는無宗敎者에對하야도서로協同하고서로아모差別업시待遇하고서로婚姻하여라 耶穌敎徒가天道敎徒와婚姻하야도조코 天道敎徒가儒敎徒와婚姻하야도조타

第[三]우리는機會均等을實現하여야하겟다 우리社會는數百年來에機會均等이업섯다 有勢力者는分外의利益을攫取하고 無勢力者는제것도다 일허바리고 말엇다 이것이 우리社會衰敗의大原因이니라 이제우리는前車의轍을蹈치말어야한다 아모리有勢力者라도機會를獨占치못하고아모리無勢力者라도 機會를見奪치아니하도록하여야한다 가령實業•敎育•政事等何方面에서던지다機會均等곳均一한機會를가지게하여야한다 이것은弱

者보다强者에게責任이만히잇다 强者가正義人道를알며社會生存을爲하야 萬人一体의進就를贊成함이當然하다그러나弱者도이듸사지機會均等을차저야할權利와責任이잇다

二、敎育의改造

第[一]우리는漢文敎育을廢止하여야하겟다 이漢文敎育은우리를衰亾케한敎育이다 古來의우리敎育制度를考하건대五國은漠然히야잘알수업지만三國時代에는敎育이隆盛하얏다그制度는 [一]京都에大學이잇고[二]各市村에學校를設히야經史와騎射를習하얏다 이러케敎育이隆盛함으로能히當代의文明과繁榮을作出하얏다南北國을지나高麗朝에至하매學校에漢文을尙하고騎射를廢하얏다 밋近世에至하매이漢文敎育이尤甚하야고만社會人才가더이漢文敎育에消磨되얏다 지금우리人民이이러케墮落된것은맥이漢文敎育의罪이다 그러하거늘지금二十世紀의大地에서 아즉도漢文敎育을行하는우리社會는奇怪한現象이다 彼支那의敎育部에서는自家의漢文이지만此가國民敎育普及의障碍物이라하야朝鮮式의音字를新製하야 各州郡에提示하야 此를實行하도록힘쓴다고한다 우리는아즉도漢文私塾이만히잇다 이것이참狂悖한所爲가아니냐 이것이참남붓그러운일이아니냐아모리無知蒙昧한들이러케滋甚하단말가兄弟들아이어서이漢文敎育을打破하여라

第[二]우리는宗敎敎育을改善하여야한다 近來우리社會에新文明을주기는대개耶穌敎의力이다 그럼으로이耶穌敎의經營하는學校가만히잇다 이宗敎學校가곳우리에게 新文明을宣傳하는大機關이다 그러나從來에는너

무宗敎的色彩가만엇다 이럼으로道德的으론잘發達되얏스나科學的으론흔히 落伍되얏다 그럼으로 就學者도그리全盛치못하다 此는社會進步上으로만아니라學校經營上이나敎會發展上에도得策이아니다 아못조록科學的에中心을두어世界的敎育곳現代的敎育을施하여야하겟다 이것이곳우리社會知德並進의基礎가되고또敎會擴張에도必要하다

第[三]우리는義務敎育이實現되여야하겟다 무릇男女가就學年齡이되거던곳小學校에入하야적어도各個人이다小學敎育곳普通敎育을受하여야한다 어서義務敎育制度가施行되며 어서우리人民의義務敎育觀念이充實하야지며어서우리人民의義務敎育實力이健全하야지기를祈禱한다

第[四]學制에對한管見은이러하다 지금은普通學校四年·高等普通學校四年·專門學校三年의學制이다 그런데이普通學校四年은매우不足하다 四年을배와普通의知識을得한다는것은될수업는일이다 적어도普通學校를六年은하여야하겟다 高等普通學校도四年은매우短少하다 高等普通學校는적어도五年은하여야하겟다 將來에大學이생김을따라이高等普通學校以上에高等學校를세우야하겟다

第[五]敎育設備에對한管見은이러하다[一]普通學校는約五千校·高等普通學校約二百校·師範學校나各種專門學校및簡易實業學校約二百校는잇서야하겟다[二]此上에大學敎育이잇시야하겟다[三]이런等의敎育費는다人民의負擔으로하여야하겟다무릇敎育의擴張은當局의盡力뿐아니라人民의自覺도잇서야한다

三、婚喪의改造

第【一】우리는婚姻制度를改良하여야한다우리古代의婚姻制度는꽤自由婚姻이엇다三國時代에도「高句麗人男女婚姻必男女相悅以後行之」라함갓치自由婚姻이오南北國時代에도대개自由婚姻이다高麗朝도「男女自爲夫婦者不禁」이라함갓치自由婚姻이엇다李朝以來로儒敎式의非自由婚姻이行하얏다挽近以來로此가尤甚하야꽤强制婚姻이되고말엇다父母나尊屬親이强制로子女의婚姻을主하고因하야早婚이行하얏다이婚姻에對한弊害및非理는萬人이共知하는事實임으로重言復言하지아니한다

婚姻은꽤自由婚姻이야한다因하야早婚은업서질것이다男女가相當한年齡能力이잇슨後에서로擇하야定하여야한다다만父母나尊屬親의監督은受하여야하겟다自由婚姻의方法은【一】彼此에잘알도록注意하야깁히交際相從함이가장確實하고【二】確實한紹介人이잇는境遇에도적어도數次面對함이可하고【三】最下策의寫眞婚姻은遠隔한地에在한境遇에不得已使用할方法이나매우不完全하다統히婚姻은꽤直接相從하야眞正한戀愛가잇슨後에行함이確實하다그러나혹少年男女가아모見識업시一時戀愛에因하야婚姻을成함은매우危險하다此는監督者의깁히注意할것이다이런少年輩의輕率한婚姻은오히려强制婚姻以上의弊害가잇슬수잇다

婚姻의節次에도大改良할것이잇다【一】所謂納幣에大費用을要함은至極히愚事이다婚姻은納幣의多寡에必要가업다納幣에는些少한禮物곳蟠指一個나上衣一次면足할것이다【二】宴禮에大費用을要함은또한不可하다

宴禮에도些少한設備와若干의飮食이잇스면足할것이다우리社會에서대개이婚姻의納幣밋宴禮에大金錢을投하야甚至於賣家賣庄하야此에費盡한다 우리人民中에太半은이婚姻費用으로못살게된다 이런惡事가어대또잇스랴어서改良하여야하겟다

第【二】우리는喪祭의習慣을改良하여야한다 近世以來우리社會는喪祭를人生의莫大한事件으로알엇다그럼으로父母가死하면그子女는罪人이라하야社會萬事를停止하고三年의間에葬祭의禮가極히煩雜하얏다이葬祭의禮에는多大한金錢을要하얏다家屋이나田土를賣하야父母의葬祭에費盡한다 全社會의이葬祭에消費하는金額이아마全體國稅負擔額과兄弟가될것이다참可驚할事이다 父母의喪에그리煩雜한禮를쓸것이아니다 金錢을濫費할必要가업다父母가死하거던若干布木을用하야斂葬에備하고葬地의設備도若干의金錢을用함이可하다小祥이나大祥에大設備할必要가업다 다만追悼의哀禮를行하면될것이다父母의忌日에追悼하며 父母의墓所에尋訪함이美事이나金錢을浪費할必要는업다 喪祭로因하야家產을蕩破하는多數人民의慘狀은참可憐하다 이것을어서改良하여야한다

四、生活의改造

第【一】우리는生活을改造하여야하겟다 이生活은곳物質的生活인狹義의生活을말함이다 우리生活中에爲先家屋을改良하여야하겟다溫突은조치만집이낫고좁아서못쓰겟다더욱不潔하야못쓰겟다 家屋은할수잇는대로

놉고넓히지어야하겟다 그리고淸潔하여야하겟다 西洋式의煉瓦屋을만히지어야하겟다 저市街는三層五層의煉瓦屋으로充滿하여야하고村落에도다 精潔한家屋으로居生하여야한다三間草屋이 半남아넘어지가는집에서사는人民은現世界에適當치못한人民인줄알어라

第【二】우리는衣服을改良하여야하겟다 衣服은白色이不可하다아못조록黑色이라야하겟다 白色은不經濟이다染料가좀빗사지만시다나무染料의發明됨을알어라 또할수잇는대로洋服을닙어야하겟다洋服을닙으되 奢侈한洋服은不可하다

第【三】우리는食料를改良하여야하겟다 점점陸田을水田으로改良하야粟의代에米를多産하도록하야 粟食의代에米食이增進하도록함이可하다또점점肉食을獎勵함이可하다무릇飮食에奢侈는不可하지만 相當한滋養品은먹어야할것이다統히衣食住의麁劣을不耻함은東洋式의舊思想이다相當한衣服、相當한飮食、相當한住屋을用함이人生의當然또必要한事이다그리나 衣食住生活程度의高尙은곳人民의殖産能力과相伴함이 可하니殖産能力은上進치못하고生活程度만上進하면 그人民은破産하는人民이오그社會는衰亾하는社會니라그러면生活程度의高尙을힘쓰기前에먼저殖産興業의上進을힘써야하겟다吾儕는이에經濟組織의改善을大呼한다

五、婦人의改造

第【一】우리婦人은內外의習慣을撤廢하여야하겟다婦人의內外는近世以來支那、式儒敎式의傳來한風習이다

우리古代의婦人은內外하는風習이잇섯더니라 가령婦女가比較的居內가多함은職分上當然한事이지만絕對外出을禁止하야一生에監獄生活을식임은大不可하다婦人도外出하는愉快를得하여야하고婦人도社交에出身하야交際場裏에一席을占하여야하겟다

第[二]우리婦人의敎育을힘쓰야하겟다彼西洋列邦이나東京等地에는一般女子의普通敎育은依例의事요女子의高等敎育機關도整備하얏나니라婦人의敎育을禁함은未開의極한事이다婦人의知德이 發達치못하면家政의處理와子女의敎導等이다完全히될수업다因하야그社會는完全히改良될수업다싹婦女의敎育을振興하야婦人의知德이向上하여야그社會가健全한社會될수잇다

第[三]우리婦人의職業을주어야하겟다 自來우리婦人은흔히男子를依賴하고活動力作치아니하얏다무릇女子는比較的活動力作이男子에不及할지나그러나現在우리婦人처럼坐食主義를가저서는아니된다婦人도可及的職業을執하야活動力作하여야한다婦人이라고針刺나、酒食을執할뿐으로는아니되겟다婦人도점점商業家醫師公吏의等職業을執하야多少라도男子와職業을競爭하여야하겟다女子도그事情力量等의許諾하는대로男子와함께活動하여야하겟다 다른나라에는婦人參政權運動이盛行하고女代議士가잇고女軍人이잇다우리女子는적어도敎師、公吏、醫師의等은만히생기야겟다더욱商店主人으로는女子가매우조타우리女子는매우活潑한素質이잇다近世以來로男子는너무文弱化하야元氣가消磨되얏지만女子는比較的活潑한天性을만히保全하얏다이天性을잘發揮하야社會事業에奔忙하면그進步가오히려男子보다速度될수잇다지금現象에도婚姻等問題에對하야男子青年보다오히려女子青年이더욱深甚한注意를두는것갓다엇지하던지우리婦人의地位를어서改良하여야하겟다

(言論의너무簡略함을謹謝함)

눈오난밤

李東園

놉고 놉고 限엽시 놉흔
더기 피린 더하늘 에서
하한 銀가루 풀풀 나라와
世上을 모다 희게 덥펏다

나무가지엔 모다흰꼿
집마다 닙은것 갓흔素服
검은世上이 한밤에變하야
흰꼿만 피여진 동산이되엿다

푸른나무 그늘아래 푸른풀빗을
아모것도 닙지안코 단두리서
삽붓삽붓발바 나오던 아담과에와
하나님의禁하신 善惡果 열매가

그덜의 慾心을 니르케내스나
흰동산우에 흰나무그늘엔
하나님의禁令은 하나도엽고
버스나 넘으나 自由른맘으로
어대던지 가려면 가렷다

붉은쏫 푸른나무 에덴동산엔
善惡果 生命果 압홀막어서
第一의아담이 罪를젓지만
흰나무에 흰쏫핀이동산엔
禁令의어김은 아모것업고
限업는自由가 길을여럿다

罪지를것이업는 이동산우에
第二아담이 에와를더리고
하한눈을 머리에 쓰면서

두사람의 발자죽 印쳐놋코
맘대로 거러간 뎌긔뎌자최
희고 희고 흰世上
다만 희빗 하나인世上
푸른나무 붉은꼿잇던 에덴동산엔
잇던誘惑은 하나도업고
自由를 피노은 다만 흰동산

十二、二九、一九一九

世界戰亂과改造問題

李 秋 江

에마손의말을引用할진대、總個人은共通되는마음卽普通的마음이잇나니、此마음의事業을記錄한거시歷史다。이마음의精髓는、日의全連續에依하야明確하여지고、人이란이歷史에依하야說明되는것시다。今日大戰亂의原因、大改造를絕叫하게된原因은、적어도總個人의마음에起因한거시오그거시共鳴된거시다

世界大亂이彼카이젤一人의純全한野心으로因함도아니며、세루비바一地方에비스톨두어방으로破裂된것도아니다。그리고今日에데모크라시(民本主義)를高唱하고、大改造를絶叫하는거시또한윌손一人이唱道한바이아니며、合衆國의獨有物이아니다。이거슨各個腦裡에鬱蔵되엿든마음이共鳴하게되고、그거시具體化함에不過하다。그럼으로今日의現勢를察코저할진대、먼저今日의써今日된原因을探究치아니치못하리라

十九世紀

는過去一切의合計로産出되엿고、二十世紀는十九世紀史가産出하는中이다。二十世紀는一九〇一年으로其幕을開하여스나、其前後數年間世界不穩의徵候가發露되어、一八九八年에는玖馬에米西戰後이起하고翌九九年에는支那에義和團의暴擧、南阿에獨立運動이起하엿다。萬里相隔하야殆히同時에中和를攪亂하엿슴은其時에는無心히看過되여스나、이거시實로二十世紀에捲起할大動亂의先驅이엇다。○는多年鬱積한勢가漏出한者라別로히何人의手에서成한者다고는言키難하나萬一便宜上代表者를擧할진대이는

所謂世界三傑

即米國에루ー스벨트、英國에쳄바렌、獨逸에윌리헴二世가是라、그러나代表者는看板이요實體가아니다그써世에顯見하는바는、所屬國家을擴大하고又는擴大코저하는者이니、此三國은何日이든지列國의均勢에變動을與치아니하면不已할形勢이엇다。米國은에맛킨레ー大統領下에玖馬를領有하여스며、英國은에드와ー드七世下에南阿를領有하엿고、其間윌리헴一世도各方面으로畫策하엿다。그리고列國의向背는支那에서가장明白하엿나니、其勢聯合國은共히義和團을追窮하면서日英米、獨露佛로相分하게되엿다。獨露佛의協同은實로他日日支戰後에所謂三國干涉의變影에不過한거시다、露國은東亞細亞에有意한지日久한中、日本勢力의伸張으로써自國進路를防碍하는者로思惟하든時、마참獨逸이東亞에根據를得코저하야露國에交涉함에際하야、同盟國인佛國을誘出하야、玆

에三國結托을形成하게되엿다。萬一英國이南阿에出兵하엿슬時에「獨逸이同樣의運動을敢行하여스면」世界戰役은十數年前에勃發되어슬거시다。그러나時期는아즉未熟하엿다。獨佛의提携는但히東洋에만止하엿고、依然히從來의關係로互相敵視하는中이며、露國쏘한伯林會議來로獨을敵視하게되어、形勢가佛露、對獨墺伊의對抗을避치못하게되엿다。獨은英國의疲弊를乘코저하여스나、佛國을써리어此를敢行치못하엿고、此로因하여英國은南阿의危急에서救함을得하엿다。英國은如斯히一時의危急은救하여스나、回顧컨대

印度危機

에頻하지아님은아니다。佛國과는漸次親密의度를加하여스되佛國은露國과同盟國、露國은實로英國當面의敵이다。萬一一朝露國과有事할時는佛國의拔助는到底히바라지못할거시며、南阿危急을救함은佛露의힘이나。露國이佛國과提携하고獨逸과共히하야東洋에서英國의勢力을侵害함은將次如何히하며、波斯、印度를窺함을將次如何히하고、支那에對하야露가南下하고、佛이北上하고、獨이東入함을將次如何히하리오。一國의兵力으로는此等과對抗함은到底不可能한事이다。그러나英國은果然世界政策에多年經驗을積하엿다。彼는此時日本과同盟함에有利함을認하고斷然此에着手하엿다。그러고日本도쏘한朝鮮에서露國과紛紜이不絕하엿고、其壓迫이甚하엿슴으로此와協約함을盟하엿다。그러하야一九〇二年에드되어日英同盟의成立을見하엿나니、當時列國은日本을能히理解치못하엿슴으로此同盟을도리혀一笑에附하엿다。此日本을輕視한거서、一九〇四年五年의日露戰役이起할前提이엿고、該戰役이實로今般大戰亂이起할前提이엿다。露國이萬一日本을善知하엿스면此와不戰하엿슬거시오싸라서爾後世界形勢도一變하엿슬이라。日本도露國을充分히知치못하엿거니와、露國쏘한日本을不知함이甚하엿다。露國은一擧之下에勝利를得하리라고期하엿다。그러나兵驕者는敗한다、彼露國은果然連戰連敗의勢를作하엿고、오즉敗軍으로도容易히屈치아니하는바에其國力의偉大함을示하엿슬뿐

이엇다。 그러나戰役의繼續은卽國力의消耗라萬一講和判談을開할진대奉天戰爭보다遼陽戰爭을取하여슬거시오、다시鴨綠江戰爭으로써하엿슬거시라。 그리고露國의益益疲弊困憊을希望함은獨逸과英國이니其利害는相異하나、其窮乏을待하는情은同一하엿다。獨逸은東洋에서露國과協同하는關係로此에게友誼를表示하야兵器彈藥을供給하고其外援助를與하엿스나그러나其써目的하는바는

日露兩國이共倒

함에存하고戰役의繼續을希望함이엇다。露國은米國의勸告로講和을開始하야幾分戰禍의減少함을得하엿스나、獨逸은露國을援助한다는口實下에物質的報酬를獲得하여슬뿐아니라兼하야露廷에力을伸함을得하야、露의衰弱으로써佛露同盟의可恃할바無함을確知하엿고、露國이如何히國力을恢復할지라도兵力의써畏懼할바無함을詳知하고、아울너佛國을擊破함이難事가아니라고思함에及하엿다。 그리하야露國戰敗以來로獨逸은意氣가頓揚하여、動輒則傍若無人의態度에出하려하엿다。 獨逸과同盟國인墺匈國이二州를倂合함과如함이其一例이나、露國은此에對하야何等對抗을敢行할勇氣와實力이無하엿스며、따라서獨逸의態度는漸次傲慢의度를加하엿다。 윌리헴二世는誇大妄想의缺點이有함을不拘하고、當初利害得失을計하며、躊躇逡巡함이常套이엇스나、自國이勢力의雄大함을確知함에따라、意滿氣驕하야、大陸의霸權을握하고英國의海上權을殺하려하엿다。 그리하야獨英戰役의避치못할事가種種發表되엇고、年을逐하야漸漸더甚하게되엇다。英國은由來競爭國을忌惡하고此를排斥함에全手段를用하는者라。 今에獨逸의競爭함을見하고此의對抗의策을講究치아닐수업다、 그러나그策이無함을如何히하리오、 造艦術의變更된結果英國海軍의標準은二聯合國上에在하기不能하엿고、獨逸海軍에六割를加하려하엿스나、此亦困難하야、드듸어獨逸과安協코저하엿다。 獨逸또한軍備擴張에困難치아님은아니나、英國의弱點을見한彼는此에서忍耐하면能히英國을凌駕하리라하엿다。 그리하야形勢는

時時刻刻이切迫

하엿다。 獨逸의陸軍競爭國인佛國은政界의紛擾로國防을安全히함을不得하고、陸軍腐敗의彈劾으로白義耳國境에要塞外堡寨이否決되어是히憂慮할바이無하며白耳義方面으로도陸人이면疾風의勢로佛國을征服함을得할지오、轉하야露國을征服할진대、英國은不戰而屈하리라하엿다。 그러나英國은獨逸이輕視하는바와如히自慢하지아니하고、如何히하면競爭國을抑制함을得할가思究하엿스며、獨逸의攻勢를挑함에對하야英國은守勢에傾하엿스며、獨의윌리헴二世는與伊의同盟으로써衛生中立을得하리라信함에反하여英의에드와ー드七世는多數의與國을得코저하야病을托하고各國을漫遊하야諸國間에舊情을厚히함에努力하엿다二人의心은即所謂國民의心이나、獨逸은自國兵力을重視하고、英國은聯合의力을重視하엿다。英國은海軍으로써自國의安全함을信하나、大陸에서獨軍과戰함에는他國陸軍을用치아니치못할지며、自國兵으로

出戰한다하여도到底히獨軍과는對抗치못할形便이다그럼으로佛國과結托할必要를認하엿고、佛國또한露國이豫想한바와如히强하지못함을知함으로英國과接近함을務하엿스며、英國은多年露國과는不好하엿스나、獨逸에對하야는露國과提携함을得策으로思하게되엇다。如此히하야英佛露의協約이成立하게되엇다

그러자

一九一四年六月二十八日

墺國皇嗣夫妻가塞爾維에서被殺되고、墺國은七月二十三日條件을定하야四十八時間內에回答함을要求하엿스며、二十五日塞爾維는此를拒絶하엿고、二十七日英國外相쑤레ー가倫敦에獨佛伊英의協議를開함에佛伊는此에應하고、獨逸此를拒絶하엿스며、二十八日墺國은塞國에宣戰하고、三十日露國은動員을始하엿스며、七月一日獨逸은露及佛에對하야宣戰하엿고四日英國은最後의通牒으로써白耳義의中立을守할事를要求하엿스되、獨逸은此를拒絶하고、即히레제를攻擊하엿스며、英國은獨逸에對하야宣戰을布告하엿

고、八月八日佛國은알사쓰에進軍하고、十日에墺國에宣戰하엿스며、十三日에례제가陷落하엿고、十五日에日本은獨逸에게最後通牒을送하고、二十三日에宣戰하야靑島砲擊을開始하엿다、이럭케하야絶大戰役이開幕되엿다。土、勃이獨墺에加하엿스며、一九一五年五月二十三日伊가墺에게宣戰하고、十月十八日勃에게宣戰하고、翌一六年八月二十八日獨에게宣戰하엿스며、一七年四月六日에米國이獨에게宣戰하고十二月七日에墺에게宣戰하엿다。獨墺側四個國에對하야聯合國側은二十四個國에達하엿다。佛國은多年품엇든復讐의戮으로露와共히獨逸을挾擊할時機가到來하엿다하야로ㅣ렌에進擊하엿스나、獨軍이白耳義를通過하야侵入함을製禦할術이無하엿다。萬一그대로相戰하엿스면、奈翁三世와同一의運命에陷하여슬거시라。그러나佛國은

退却의大英斷

을敢行하야、退却又退却、實로全速力으로退却하엿다。獨軍은此機를不失하고益益急히此를追擊하야休息의期間을不與하려한다。萬一獨軍이豫定과如히白耳義를通過하엿스면、一層더猛烈한勢力으로써進擊하여、佛國은殆히危急에陷하엿스리라。례제의維持가不過十日間이나그러나獨逸의豫定錯誤케함이多하엿고、因하야佛國은軍備를整備함이多하엿다。白耳義가조곰더長時日을獨軍에게抵抗하엿스면、佛國의大軍은白耳義에入하야此에서最後의勝敗를爭하엿슬거시다、이례제陷落은獨逸로써볼진대過晩하엿고、佛國으로써볼진대過早하엿다。初에獨軍이四週間으로巴里울攻陷하리라豫期한거시、반듯시無誤가아니엿다。佛國의無備를乘하야猛襲하엿스면、一擧之下에全佛을蹂躪하엿슬거시다。또는獨軍이自國에서時日을費하엿고、計劃의齟齬가有하엿슬지라도、進擊에其宜을得하엿면마루누의失敗를免하엿슬거시다。其巴里에直進하지아니하고佛國의大軍을追함은[illegible]로하여금兵을回轉하야此를邀擊케함에至한바이다、그러나果然多年準備한獨軍이다。必勝을期하고開戰한獨軍은마루누의大敗를當하엿스되、佛國의思함과如히潰亂치아니하고、佛國의重要한土地를占領하고、長

久間壕塹戰으로支持하엿스며、佛國은獨軍의進擊을遮止하엿슬뿐이요國內의工業地等重要地點이占領되어、或은勝敗旣定하엿다고稱하기까지에至하엿다。그러나此에反하야、露國은境를破하고、오히려獨를脅하야佛國이露와同盟하야安全히思하든理由를밝히하엿다。萬一佛露가互相呼應하고互相援助하엿스면獨軍을退함이絕望의事가아니나。無線電信은獨逸에게攪亂되어互相呼應하기極難하게되엿고、獨逸은佛軍을抑制하야其不進함을見하고、除히西部의兵을東部이迻하어輕躁侵入하는

露軍에게大打擊

을與하엿다。그리하야一九一五年八月四日에완소ㅣ가陷落되엿스며、爾來露軍은回復을圖하엿스되、寸進尺退의形勢로、다시振興치못하엿다。此時獨逸은更히力을西部戰線에注하야、一九一六年二月二十一日벨단攻擊을開始하야此를突破하고巴里에肉迫하려고計하야實로全力을注하야此를攻하엿다。이에此防禦는時日問題요、陷落은到底히不免하리라하엿스나佛軍善戰한지約一年에亘하되不屈하야、드듸어獨逸로하여금退却을決하게하엿나니、此벨단維持가써佛國兵力의強大함을表明하엿고、此失敗가獨軍에게깁히考慮할바라。卽獨逸은佛國征服을斷念하고、陣地固守에全力을用하게되엿다。獨逸이벨단은不援하엿스되自己陣地를維持함에는過難의事가아니다。佛國과英國부의協同作戰으로도進하야獨境에入키難하고互角의勢를維持하엿슬뿐이다。그러나월리헴二世는漸次戰役後에疲勞하야其終局을發하게되며、國內疲弊의報道가頻至하고、聯合與國이漸次增加하며、其中에도米國의參戰함은비록一笑에附하엿다하나、戰役遲延될것슨思及하게된다。이에實際軍事上中心인루덴쏘루쯔는絕對로巴里攻擊의方針을取하야、雙方이相疲한時에我에서一段의力을注하면、佛英의聯絡을破하고、巴里를陷함을得하리라하야、一九一七年十一月부터翌年三月까지休心한後、同月二十一日巨大한兵力으로

마루누方面攻擊을開始

하야向하는바에破碎치아님이업는勢力으로、다시巴里을距한二十里以內에進하야、連日巨砲로此를砲擊하게되어、前年聯合軍이惡戰苦鬪하야써恢復한바地點을獨逸에게委하게되얏다。其時獨軍의報告을據하건대、近三個月間無傷의捕虜가十九萬一千四百五十四人。大砲가二千四百七十六門。이러케攻擊을繼續하야七月十八日에至하엿다。이猛烈한攻擊에對하야聯合軍은但히防禦에忙殺하엿슬뿐이오、戰勝의希望은無하엿다。그러하야佛、伊兩國은相當한條件下에講和을締結한事를思考하게되얏고、獨墺側에서도또한、알사쓰、로렌을佛國에게讓與할事를暗示하엿다此時佛國이가장困難하엿슬때라。萬一獨軍이更히數個月間攻擊을繼續할餘力이有하엿스면、或은名譽의講和를結하엿슬지도不知하엿스리라。그러나佛國의疲弊한時는即、獨逸의疲弊한時며其攻擊力의竭하는時는即防禦力의竭하는時라。獨逸은이以上더攻勢를維持하기不能하엿다。이에이르러更히其後策에對하야迷惑치아닐수업시되엿다。國民은萬難을排하고飢渴을忍하야、日日大勝의報道를接하고、最後戰務日의到來를苦待하는中이다。今에突然히最後戰勝이絕望임을知하면「民衆의動搖가無함을期키難하다。希望업는戰亂에苦함은何을爲함이냐、父死하고、夫死하고、子死하며、父母妻子을飢寒을忍耐하여써奮鬪함은何를爲함이냐、此間에對하야當局은將次何로써論諭할가。方策이窮하야國民會로써此를決코저한거시드되어

革命을誘發

하게되엿다。前日에카이젤의威權에服從하고此를信賴하면、全世界를征服하리라고、思惟케하엿든거시一朝敬畏의念이變하야侮蔑로됨을免치못하엿다。이에獨帝和蘭에隱遁하야、全世界를놀내든獨逸帝國이一朝에無帝國으로變하엿다。이러하여前後四年半動員五千萬人、戰死者七百萬를計하고、戰備四千億을費한大戰役이其幕을閉하려한다。獨逸의써敗하고聯合側의써勝함은一概로言하기難하고、또한玆에其敎言을要할必要가無하거니와、如何間獨逸側이勝하고聯合側이勝함과는其形에이르러는著大한差가有하다

할지나、그러나其差異는國家外形의變化에不過한거시오暗流인社會는從前의進行ㅣ로리혀急速의進行ㅣ을繼續하는거시다。國家의盛衰로써社會의盛衰를論할바는아니다。

一二世紀以來民衆의勢力增進은暗默間에急速進步을遂하엿고、精神上進步는實로想像以外에出하엿다할수가잇다。그러나社會의組織은此와不伴하야幾多의缺陷幾多不公平이伏在하엿든것은否認치못할바이다그럼으로大暴風雨를經過한今日에이르러는、戰勝國이나、戰敗者를勿論하고、다가치其基礎의脆弱함을發明하엿스며、다가치大小의差는有할지나修繕의必要를感하게되엿다。그리하야「데콘스트락숀」(Re-constraction)改造「레빌딩ㅡ」(Rebuilding)再建의語가流行하게되엿다。그러면如何히此를改造하여야하기를先考함이

當面의問題

이다。勿論此改造案은多種多樣이다。一槪로論할수업스며또한空想도不少하고、各國이多少其趣를달니한者이나、要컨대「데모크라시」를實現함에不過하다此을如何한手段、方法으로實現할언지는各國의情形을살피지아닐수업다。그럼으로萬國을爲始하야其大略을擧코저한다。英帝國처름其領土의廣袤또는各民族을網羅한者는업고、英國의國家組織처름複雜한國家는업다。그럼으로英帝國의改造는、如何한國家보다도가장困難한바이며、萬一其改造가全然「데모크라시」(民本主義)을基礎로한組織으로變革할진대、其써世界文化에及하는影響이ᄯ라서偉大할것시다。大槪此戰後改造에는二方面이잇다。即一은其政治組織의改造요、他一은經濟産業及社會組織의改革이다。그리고이英國本土에서는이믜「데모크라시」를基礎로한政治組織이大略完成되엿다。그러나其經濟産業及社會組織에는、아즉民衆化하지아니하엿다。이로因하야「데모크라시」는實現되지못하엿고、此戰爭中英國國家組織의缺陷이가장深刻하게暴露되엿다。그리하야戰爭中其經濟産業組織을一變하야國家統一을圖하지아니하면아니될狀態에陷하엿다。從來英國은資本主義의經濟産業組織을其極度ᄭ지發展식힌國임으로

맨체스타ー派經濟學의感化를受하야英國은資本家에對하야는、殆히自由放任主義를採用하엿나니、此가卽富의分配에甚한不公平을生하고、貧富의懸隔을助成하야、勞働者와資本主間에、恒常反目敵視의狀態를呈하엿다。其結果、英國政治組織이民衆化함을不拘하고、國家緩急에際하야

資本家와勞働者

를融化、統一함에非常한困難을感하엿다。英國은臨機應變의策을講하야、勞働者의要求를許容하야、彼等으로하야금、國家를爲하야奮鬪케할途를樹하엿고勞働者는戰爭中、國家組織의가장有力한構成分子임을證明하엿다。如何한國家을勿論하고資本家階級은極少에不過하다。비록彼等이政治上及經濟上産業上、實權을有하다하나、國家緩急에臨하야總國民의能率를最高度로發揮치아니치못할時에際하야、彼小數資本家로는、國家의死活을制하기不能하다。此와反하야勞働者는其財力에關하야는極微하되、國民의多大數를占하엿고、國家를擧하야、國家運命을賭하지아니치못할時에는、其實力上、勞働者가國家의中堅이되나니、戰爭中英國의中心勢力은卽勞働者이엇다。勞働者의一致團結에依하야、英國은最後까지奮鬪하엿고、戰捷의光榮을得하엿다함도過言이아니다。彼勞働者는資本家와如히政治上發言權은有하엿스나、全然히資本家의支配를受하엿거늘、도리혀今般國家의運命은實로彼勞働者의手에서左右됨이證明되엿다그럼으로彼等은平時에도、國家의中堅勢力임을主張하게되엇고、平時에서도彼等의實力을充分히承認함이結局國家를爲하야有利한事이다。이거시、各列國의最大缺陷이엇나니、今日의써改造의必要를高唱함도、此에起因한거시다。그럼으로

英國의戰後改造

을唱함은、主로戰爭中國民의大多數인勞働階級者가贏得한地位를戰後에도、存續할政治、經濟産業、社會組織을造成함을意味함이다。前述한과如히英國本土에서는、이믜政治組織을「데모크라시」를基礎로하엿슴으로、政治組織의改造는重大한問題가아니다。

그러나經濟産業及社會組織은、全然少數資本가와貴族에게蹂躪되어섯다。 그럼으로英國의對한戰後改造는、第一에「其經濟産業組織을、勞、資共同經營으로함에在하다。 戰爭以前의英國産業은거이民營이엇다郵便、電話、電信을除한外其他交通機關及一切의産業은全혀資本家의經營이엇다。 그러나、戰爭으로因하야、總交通機關炭礦、製鐵、造船事業에至하기까지直接又는間接으로政府管理經營에屬하게되엿다。此는英國의經濟産業組織上、革命的變化다。 그리하야此等有力한産業을政府가管理함은、적어도、英國國民이此를經營하는거시다。 英國政府는、官僚、軍閥의政府가아니요、徹頭徹尾英國國民의政府다。 英國國民約四千二百萬。 其中에政治上發言權을有한者一千二百萬。 그럼으로英國의政治는英國人民이支配한다는것과同一한意味로、國民이是等官營、或은國營事業을支配하는거시다。 勿論英國은直히總産業을勞資共有로할程度까지、産業組織의改造를敢行치는아니하리라。 그러나、從前産業에對함과如한**自由放任主義을放擲**하고、少하여도、獨占的性質을帶한重要한産業은國家經營의方針을取함이無疑하다。 英國에는、이믜、勞働組合이公認되엇다。 勞働者의同盟罷業의權利도認定되엇다。 勞働者의養老金制度도確定되엇다。 勞働保險의組織도成立하엿다。 그리고、就業中勞働者의負傷等에對한賠償의道도法律上으로定하엿고、勞働時間의制限도有할뿐아니라、最低勞働賃金도一般으로定하엿다。 그리하야、勞働者가資本家에對한自衛의道도相當히整備하여잇다。 그리고重要한獨占的事業이國家經營에屬하고보면、其他産業은自然히勞、資의合議制에依하야經營하게될지오、이로因하야勞働者는經濟産業에는、資本家와거이機會均等을得할이라그리고其次는

英國의社會組織上改革

이다。 英國에貴族이社會上優勢이엇슴은、其家門에因함보다、其人의實力과經濟上의地位에因함이多하

다。旣述함과如히産業組織이改造되면、貴族의經濟上地位가그러優力치못할지라。元來英國人은個人을尊重하는國民이라、그럼으로門閥보다도實力을尊重한다。英國에서는華族이나平民이나、社會上甚한差別을不置하며、貴族이位階服을着用하고、社交上其威勢를示하는等事는絕對로無하다。그리고英國華族이政治及社交上에一種特權이라할만한者는、彼等이貴族院議席을占할資格이有합니다。英國의貴族院은衆議院의補助機關에不過하고、實際英國의貴族은今에는政治上何等實力이無하다。그럼으로「데모크라시」의實現上、殆히何等의障碍을不見할지며、因하야戰後直此를改造하거나、或은廢止가되지는아니할듯하다。그러나此英國貴族存在는、社會組織上、各人에機會均等을得하게함에、亦弊害가업지아니할거시다。因하야早晩間、此에對하여도、改造又는廢止의時機가到來할거슨無疑하다。그리고英國戰後改造에對하야第一困難한것슨即

教育制度問題

라。英國의高等敎育은非常히進步하엿스나、一般國民敎育은不統一을極하엿고、現在에도그러하다。眞正의「데모크랏시」을實現코저할진대、政治組織經濟組織、社會組織을如何히民衆化한다하여도、敎育上國民에게平等한機會를與치아니하면、到底不可能한事이다。엇지하엿든、「데모크라시」란根本이敎育이다。此에就하여英國은最大의缺陷을有하엿다。大槪中流以上의英國人은敎育도有하고、修養도積하야如何한方面으로보든지、훌융한紳士이다。그러나英國의細民階級에屬한者는、一般이無智矇昧의程度를不脫하엿다。彼等은、十八世紀産業革命的奴隸生活에서、冷酷한機械工業이勞働者群으로入하야如此히三四代를同一한境遇에서生存하여나려온者다。그럼으로彼等의體格骨相에至하기까지墮落됨을不免하엿다。그리고其等細民이英國에는決코少數가아니다
從來英國에서는此敎育에對하여는、全然放任한狀態로在하엿스나、今日實로「데모크라시」을實現코저하면彼等도英國國民인以上에는、敎育上均等의機會를與하지아니할수업다。그러나英國에는從來의敎育機

關으로其滿足을與할수업나。이에英國에서는此에相當한教育機關을完成하여야하겟고。此가極히困難한一事이며、또한重大한事이다。以上記述한바는英國本土에關한改造問題이다。그러나英本國의改造問題뿐아니다。

英帝國의繼屬領及領土

에對하여는如何한關係를設하여야할가。此가容易한事가아니며、가장重大한事이다。從來英帝國에는、英本國과屬領地와領土의三種이有하다。英國本國에對하여는前述한바와如하다。그러고屬領地에關하여는、이러한關係가有하다。英國屬領地에主要한것는카나다、濠洲 뉴질랜드及南阿等이다。此等屬領地는、其領土內에對한政治에는殆히絕對自由오、本國의監督、干涉을受하지아니하나、다못軍事外交問題에關하여서는、絕對로本國의命令만從하엿슬뿐이요何等此에對한權能을不與하엿다。그러나今般大戰亂勃發以後、英本國은軍事뿐아니라、出兵問題에就하여서는、此等屬領地의援助을求하지아니치못하게되엿고、그結果로此等屬領地의人民은其分에應하야軍隊을組織하야歐洲에出兵하게되엿다。이로因하야從前과如히軍事上에對하야、絕對로本國에服從함을拒否하엿고、國際上問題에對하여도、將來發言權을要求하엿다。此主張이屬領地의主張으로는不當한거시아니라할수가잇다。元來是等屬領地가本國에隷屬屈從함은、全혀本國政府가軍事外交의問題에關하여는一切容喙치못하게因함이다。그러나、今에至하여는此要求을承認하지아니치못하게되엿슴으로、英本國은戰爭中屬領地의代表者를、倫敦에集하야、英帝國의軍國政府의一員으로列席케하엿다。그리고講和談判에도是等屬領地代表者에게、一定의發言權을與하기에至하엿다。如斯히하야戰爭中、英國의屬領地는英帝國의軍事、外交에對하야有力한發言權을得하게되엿스며、戰後彼屬領地等도、此既得의權을放棄치아니할거슨必定의事이다。그러면、英帝國은此屬領地를、本國과同等의一國家로認하지아닐수업시될터이오、따라서英國을一種의

치아니치못하리라。從來英國의議會는此를英本國의機關으로하고、更히英本國及此等屬領地의代表者로組織될帝國議會를設置하여야하겟고、英帝國內의聯邦과聯邦의關係、一聯邦의住民과、他聯邦住民과의關係及權利義務의問題를解決할一種의高等法院이建設되여야하리라。그리하야英帝國의戰後改造로如斯히英帝國의聯邦組織이、不遠한將來에出現할듯하다

聯邦組織으로變更

英本土와從來의屬領地의關係는如斯히解決함을得할지나、是는屬領地의써希望하는바요、本國民의써豫期하는바라。그러나、英國은從前의領土를戰後改造에關하야如何히處理할가。是가英國改造第二의問題이다。如何히英國의勢力이偉大할지라도、此等領土를永久히領土統治하기는不能한事이다。

英國의領土

中에는 印度와埃及이其重要한者이요 其中에도主要한거슨印度이다。英國은戰亂中 多數의印度兵을 戰場에派遣하야 英帝國을爲하야奮鬪케하엿다。 是는英國이印度人의援助를受한事를意味함이며 他一方으로는 英國이 英帝國의一部로印度를認하게됨을意味한거시다。 此一事로만도 英國은印度에對하야從前의態度로써此를統治함은不可能한事이리라。印度兵이歐洲戰場에活動함에當하야 印度人는相當히印度兵의有力하엿슴을意識하엿슬지며 또한印度人民도 大戰이지은世界大勢에浸潤되엿슬거시며 戰前과如한英의統國治方法에滿足할理가萬無하다。但印度뿐만아니라 모로코도또한同樣이다。 英國은果然如何한態度로臨하려하는가。余의淺識으로서敢히此의辨斷을下하지못하거니와 印度及埃及等을純然한領土로統治하기는不可能한事이라고推定한다。如斯히英國은改造할缺點이多有하엿고 또한其區域이廣大하야 一朝一夕의써能히할바아니다 其改造의大略은旣述함과如하다。

米國에關한改造

에對하야逃하려하노니 今回戰亂에對하야 가장偉大한權威를示한은 아무리하여도米國이다。米國이此戰亂에參戰치아니하여도 聯合側에서勝利를得하엿슬지도不知하리라 그러나米國參戰에依하야 利益問題의衝突 嫉妬等主原因으로勃發된大戰의意義가 將來에對하야明白하게되엿고 此戰亂이速히終熄하게된것이라고할만도하다。米國은約一箇年間에 百五拾萬의軍隊를歐洲大陸에送하엿고 約三百億에軍事費을費하엿다。그러고講和談判에際하야는 何等利權獲得을主張하지아니하엿다。私念、嫉妬、猜疑를去하고大局으로觀察한時에 吾人은윌손의態度가公平正大하엿고 將來平和를確保코저하는主義에忠實하엿슴을知한다。彼가當初講和條約과國際聯盟과는分離치못할것이라한은國際聯盟을成立케할策略에서出한바이라 此가써彼의將來平和를維持함에如何히苦心하엿는가를測知할수가잇다。歐洲戰亂에對한米國의功績은實로 世界文化上에밋친바影響이偉大하다고할수가잇다。그러나此는國外의事다。國其國內에對하여는如何한缺陷이有하며 如何히改造하여야할가。吾人中에는米國은共和政治임으로其政治組織은極히「데모크라시」로되엿스리라고誤解하는者多할줄노思한다。그러나事實은此와反하야

政治組織改造

의必要가充分이有하다。今日의米國政治組織은民主的이아니라。그러고今日의憲法은不完全한憲法이다 一七七九年此憲法을制定한後 以來十五回의修正을經한者이나 오히려不完全함을不免하며 米國의上院은「데모크라시」實現上大端한累를及하게된다。今回講和條約과國際聯盟의批准에關한事와如한이其一例이다。그럼으로 米國은戰前부터此缺陷을補하기爲하야 一般投票制度라든가 리코ㅣㄹ及이니시티브의制度를採用하자는主張도有하엿다。하낫가 早晩間上院組織의改造를中心으로한政治組織의改革이成立될듯도하다。그리고米國戰後改造中第一困難한거슨

經濟産業組織의改革

이다。米國도英國과如히 從前經濟産業政策에對하

야는幾分資本家自由放任의傾向이有하엿스되獨占事業이나 「트라스트」를制裁한法律이나 獨占事業의合同을禁止하는法律이制定되엿고 또한 勞働者組合의公認 同盟罷業의承認도勿論되엇다。그러나米國의勞働者와資本家間에는大端한懸隔이되엿다。米國의資本家의勢力도偉大하다。 그러나 勞働者의勢力도輕見홀것슨못된다。윌손이戰爭中가장苦慮한거슨此勞働者이엇고 가장複雜한米國民으로하여금擧國一致의實을擧케함온此勞働者의了解을得함이라。卽「윌손」은勞働組合의首領「쏨파ㅣ쓰」와充分의理解가有함이엇다。國際聯盟規約中에勞働規約을插入함과 華盛頓府에國際聯盟會議를開하는等事가戰爭中「윌손」과「쏨파ㅣ쓰」間에서計劃된것시다。戰爭으로因하야米國勞働者는偉大한勢力을發揮하엿고 非常히其地位울向上식히엿다。米國勞働者는彼가獲得한地位를戰前의狀態로復舊함을希望치아니함은勿論이다。更히나아가 勞働者의地位울向上케하야 資本家와對峙하게함에는米國勞働者뿐으로不可能한事이다。世界動勞者가固結하야資本家에게對하재아니하면 現在資本主義의產業組織을根本的으로改造하기는不能하다고함은「쏨파ㅣ쓰」의多年의主張이다。現今의

資本家는世界共通

이다。小切手一枚에依하야 世界到處에、其勢力을扶持한다 그러나勞動者는不然하다。그럼으로現在產業下의勞働者가資本家와對峙코저함에는 各國의勞働者가同一한勞働條件을定하야互相提携하야資本家에當하는道外에업다。是가勞働規約을國際聯盟에插入한理由다。米國은天然의富、國土의廣大、商工業의隆盛等으로因하야元來世界如何한國家의勞働者보다도其地位을向上식히엇술뿐아니라 極히有勢하다。그러나 彼等은 이것스로도 오히려滿足지아니한다。그리고米國勞働者의가장排斥하는者는 國內資本家의壓迫보다 도리려海外에서移入하는低級의勞働者이다。一九〇〇年頃부터一九一四年싸지 米國에移人한各國勞働者數가一百萬以上에達하엿다。然而戰爭中歐洲의移民이當히杜絶하엿고 此가卽米國勞働者의地位를向上식힌一原因이다。그럼으로米國勞働者

는自己의地位를保全하고더伸長식히여資本家와對峙하려면 不可不 外國의低級勞働者의移入을制限할手段과方法을用할지며 是또한世界共通의勞働條件을制定코저하는理由다. 元來米國은國營이나官營事業이업섯다。그러나戰爭中重要한交通 通信機關等이政府管理에歸하게되엿고 食糧品及生活의必要한物品께지도政府에依하야供給되엿다。그러닛가 戰後今日에至하야此를戰前狀態로復함은不得할지오 此事業을永久히產業組織上에改造의痕跡을남기게될거시다。

米國의社會組織

에는 階級의別이無하고 四民平等의社會組織이다。그러나 米國에는米國人口의十分之一을占한約一千萬의黑人種이잇다。彼等은南北戰爭以前에奴隸의子孫이다。南北戰爭後奴隸가解放된지約五十年을經過하엿슬뿐이요로 黑人의社會的地位는差別의取扱을受한다。그러나米國도 米國의精神과黑人의覺醒으로因하야從前과如한差別的待遇를隱忍치는아니할것시다。最近「씨카고」及其他地方에서 黑白의衝突이有하엿슴은結局從來待遇에不滿이鬱積되엿든거시勃發함에不外한다。그럼으로 米國社會問題로가장困難한者가此黑人問題인데 萬一此가圓滿한解結을不得하면 米國社會組織은堅實하다고言키不能하다。그리고「데모크라시」를實現함에가장必要不可缺할者는敎育制度일다。그런대 米國의敎育制度는가장完備하엿다고할수가잇다。

米國民의義務敎育

은八年間이며 其上에四箇年의高等學校가잇다。義務敎育은勿論 是等高等學校에至하기까지 官費로써支給함으매 如何한者을勿論하고 八箇年의小學校四個年의高等學校를一錢의學費도不要하고 前後十二年間의敎育을受하게된다。敎育에對하야 米國은如何한國家보다도 가장機會의均等을與하게된다。米國의써 可驚할發達을圖함도 此敎育制度完備에因함이며 不完全한政治組織으로써도比較的「데모크라시」를實現함은此의賜物이다。그럼으로政治組織의

改造 産業組織의改造의困難한事가 或은此教育制度完備로因하야 容易히改造의解决을見할지도모르겟다。其次에는佛國에關한事을說하려한다。勿論

佛國은歐洲戰亂의中心

이엿다。 獨逸은全力을擧하야佛國을破壞하려고하엿다。 그리하야戰爭의가장慘禍을蒙한거슨——白耳義는別로하고——佛國일다。國力應하야는 交戰國中佛國과如히多數의人畜을傷하고 多額의軍事費을消費한國은無하다。 國土約三分之一이鮮血의洗禮을바덧다。 佛國人이如何히戰爭의禍害을痛切히感하여슬가를想像할수가잇스며 從하야佛國처름將來平和와世界改造을願하는者는無하리라。 佛國은일즉[봉건]家專制政治下에君主獨裁政治의暴虐을가장經驗한國民이다。其結果 十八世紀終부터十九世에歐洲政界를가장支配한自由平等四海同胞主義도佛國에서産出하게되엿고 天賦人權論의起함도佛國이며 人은生하면서부터平等의權利가有하다는極端의自由平等을叫唱케한것도佛國民이다。 其結果君主政體의長久한歷史를破壞하야共和政体를建設함에至하엿다。 現今佛國의政治組織은「데모크라시」를實現함에幾分適當하게되엇다。 其組織에이로러는 米國政治組織보다 훨신優越한點이有하다。 勿論此佛國政治組織이完全하다는거슨아니다。 幾多의改造를要할點이업지아는이아니다。 그러나 男女의區別이업시 絶對的普通選擧가實行되게되고 司法機關의改造가實現되면 完全히國民의意志를徹底히할政治組織의完成함을得하리라。 그리고此等改造는 戰前 極端社會主義者로目하든 能히佛國을統一하야戰勝을得하고 國內聲名을一身에集한

구레만소ー의手

에因하야實現됨을推測할수가잇다。 佛國政治組織이民衆化함에適하다하나 오래동안君主政治下에有하엿다。 그리하야經濟産業組織은民衆化하지는아니하엿다。 아즉싸지資本主義의組織임을不免한다。 此亦前述各國과如히戰爭中國家管轄로歸하엿다。 그리고富의分配를公平히하고 多額軍事費의戰後整理를行

하려면 佛國經濟産業組織은根本的으로改造하야重要한産業은 直接國家經營으로하든지 或은勞資의合議制에基한經營으로歸할거슨 無疑한事이며 佛國社會의組織에對하야는大體로는 四民平等의制에 近하다。 그러나戰爭前까지는佛國의國體上[봉건]家時代의階級制度가名義만이나마存在하엿다。 其中頑實한保守派中에는此階級을基礎로한君主政治의實現을希望하는者有하엿스며民衆化함에障碍가不無함은아니엇스나今回戰亂에依하야彼等도반드시 覺醒하엿슬터이며固陋한階級謳歌者의根絶을見하게되면 佛國社會組織은名實共히「데모크리틱」으로變할傾向이生함에至하리라고推한다。 佛國戰後復舊와改造에對하야가장困難한거슨

教育制度와人口上問題

일다。「데모크라시」를實現함에는 아모리하여도教育인다。 그런中 佛國은此에對하야機會의均等을與하가싸지 整備되지는못하엿다。 此에對하야勿論教育制의完成을期할거슨無疑한事이다 人口問題에對하여는實로慘然하다。 佛國은奈破翁戰爭後幾多의壯士를失하엿고 今回大亂에幾萬의勇士를失하엿다。大槪戰時에國家를爲하야戰하는壯丁은 國民中가장優良한血液을有한者愛國의至誠을有한者 共同生活에就하야深刻한責任을感하는者 가장勇敢한性質을具한者 가장强壯한體軀를具한者이다。 軍備金消耗 物資의破産等으로生하는損害도決코些細한事라고는못할것시다마는 此等壯丁의失敗야말노實로莫大한거시다。 今回交戰國中에此를感하는者 엇지佛國에만限하리오마는 더욱이佛國에서는奈翁國爭以後今日에至하기까지一切히感되는바라。 此가佛國國力恢復에多大한影響을及하는者요 佛國民將來永久히銘記할大打擊이라할수가잇다。 다시目을轉하야獨逸을觀하자獨逸은勿論大戰亂의主動者일다。 그러나 戰敗者인다。 그럼으로戰爭의慘禍는가장深刻히感하여슬거시오 싸라서平和를切望하는바가 戰勝國以下에不下하리라。 戰爭前까지의軍國侵略主義가 至今은獨逸國民이信賴할만한者가아니다 此가最上의方策이아닌거슬自覺하엿다。 그結果

【카이젤】은隱遁

하게되고 왼리皇家는滅亡하게되엇스며 帝國은變하야共和國이되엇다。 此가벌서獨逸의改造한바일다。聯邦을基礎한共和國의憲法이最近에制定되엇다。그러나此로써獨逸의政治組織이完全히改造되엇고 其基礎가鞏固하다고하기는難하다。今日獨逸의戰後恢復은容易히하리라고言하는論者가無함은아니나 惟思컨대 今日의써迅速히恢復할듯한氣勢를示함은 周圍의壓迫이甚함으로因하야 政治組織의不完全한點이有하여도此를忍耐하고周圍壓迫에對抗하려는現象에서出함이아닌가한다。獨逸帝國은 元來帝國의名義를씌엇스되 其實은聯邦組織이엇다。卽二十二의聯邦 三箇의獨立都市로成立되엇든거시다。 그리고各聯邦의主要한者는各各君主를戴하엿고 獨立軍隊를有하엿스며 【바바리아】와如한者는 交通 通信機關싸지도獨逸帝國管轄에서獨立한者가有하엿다。從來形便이如此하엿스닛가 今日써憲法을制定하며共和政體를實行한다하나 其實 幾多의缺陷이有할지며싸라서其基礎가鞏固하다고하기는難하다。勿論獨逸이共和政體를變하야君主政體로하는等時潮逆行하는事는無하리라 그러나此後에도幾多改造하여야할缺陷이伏在된거슨無疑한事實이다。그럼으로獨逸은從前의政治組織 卽 官僚軍閥을中心으로한政治組織을變更하야「데모크라시」를實現할가장有利한政治組織으로變革함에努力할지며 獨逸의經濟產業組織에關하여는 戰前英米와는其趣를달니하엿다。 獨逸은國家自身이各種產業에干涉하엿다。此는富의分配에公平을保하고 國家產業을國民의經營으로하고저하는意志에出함이아니오 軍國 官僚의勢力을扶持함에出함이며 軍國을爲한다는理由下에서計劃된거시다。그러나 萬一獨逸이「데모크라시」를基礎로한政治組織이 確實히建設되면 或은英米에對함보다其改造가容易할듯하다。

獨逸社會組織의改造

는實로一朝一夕의일이아닐듯하다。前記함과如히皇帝는逃走하엿고 皇室은廢하엿스되 各聯邦의國王

公侯等은如何히될가。勿論獨逸은共和國의憲法이制定되엿고 各聯邦의自治도 共和政體에適應하게改正되엿슴으로從하야 社會組織도一大改革을見할거슨無疑하나獨逸聯邦은多年武斷 官僚派跋扈에因한階級組織下에서生活한國民이다。其階級的社會組織이決코其根抵가頹敗하지는아니하다。그럼으로此를改造함에는實로一朝一夕의事가아닐다。今日獨逸의改造가容易하다許하기는難하다。其우에 獨逸은戰爭의痛痍을被함이決코佛國에不下한다。그러나今回戰爭의慘害을深刻히感할사록 國民의覺醒는迅速하엿슬거시다。此點으로因하여는 或은想像以外에 容易히改造가完成될시도不測하깃다。左右間獨逸이戰後恢復을迅速히하리면 産業을復興식힘이第一이다。이戰爭中獨逸은總殖民地을失하엿다。이거시獨逸에는如干한打擊이안일다。 國土의狹隘 國內에對하야原料品의不足은自然其原料를國外에서求하게될터이다。獨逸國民은元來奮鬪努力의國民이오 科學的進步도實로顯著하다。 然이나 原料供給이潤澤지아니하면産業에隆盛은見하기不能하다。 그리고此原料의供給은露國이가장便宜하다。그럼으로獨逸은其全力을擧하야 其勢力을露國內에蔓延식히려하는듯하다。 露國은最近漸次秩序를恢復하는貌樣이나。그러나아즉混沌한中이며 此間에獨逸이其勢力을扶持함이亦難事가아니다。그러나露國은過去二個年以來所謂過激派主義의支配를受하엿다。此思想은如何히政治組織이變遷된다하여도 露國民의頭腦에서全全除去하기는不能한事일다。萬一獨逸이其勢力을露國에扶持하려고하면 不可不此思想의移入은禁치못할事實이다。

그리하야獨逸은結局

國力復活의必要

上不得已一部의過激思想을採用하야國家의改造을圖하고 産業을國是로하야經濟的發展을計할거시다。그리하면或은成功할듯하며 戰前獨逸은國民敎育에多大한努力을要하엿다。其敎育의精神은誤謬하엿다하여도 旣爲敎育을受한者는 此가誤謬인줄노知覺하게되면 其方面을轉換함도또한迅速하다。 그럼으로獨逸이萬一彼露國所謂過激思想을明瞭하고此를善用하

며 露國에勢力을扶持하야 써産業의復興을計하면 歐洲天地에更히優勝의地位를得할것도 그러케難事가아닌듯하다。 그러고今回戰爭에交戰國이나 中立國을勿論하고 直接波動을受함과 餘波를受함과의別은有할지나 다가치其基礎에不完全함을知하게되엿고 其不完全한缺點은거이同一한것임을認하게되엿다。 多小差異는有하되 其改造의原理는同樣이다。 그럼으로更히長論할必要가無하거니와 特히露西亞에對하여는一言치아니할수업다。 現在

露國은實로渾沌

한者 其眞狀을容易히測知할수가업다。 일죽「케렌스키」의政府는露國民의聲望을集한者와如히報道되엿고 各聯合國도直接或은間接으로多少間此를援助하엿다。 그러나數個月을不過하야其片影도不留하엿고 此와反하여「레닌」「토록키」를中心으로한過激派政府는 成立後二年有餘를經한今日에도오히려嚴存하다。 萬一過激派가破壞를極하고 危險을極하엿슬뿐이라하면如何히露國民이無智蒙昧하다한들二個年以上을其政府下에屈從하야生活할理가無하다。 其間에는반드시 多年壓迫下에苦하든民衆에게何物이든지其生活에깁히滿足을與하는點이存在하는듯하다 露國은過去幾百年間의專制壓迫의政治組織을破壞하엿슬뿐아니라。 一朝에社會各方面의組織을破壞하엿다 그럼으로露國은改造가問題가아니오再建(Rebuilding)이問題다。 今後露國은果然如何히再建에着手할는지此가疑問이다。 露國은勿論 全露國을統一한一國으로成立되기는極히困難한듯하다。 支那가革命後十個星霜을經하엿스되 오히려南北이相爭하게되며 二個의政府가有함을見할진대 全露國의統一은困難할터이며 露國은歐露에서나 西比利亞에서나 다未開發의處가多하다。 이거시반드시 戰後列國이着目하게될터이고 싸라서露國統一은漸次困難을感하게될터이며 或은渾沌을極할넌지도不知하겟다。 各列國이戰後改造後國力恢復이成한日에至하야 露國의渾沌狀態는列國으로하여금 國際紛議을惹起하게되리라。 그러면此가但히露國民의問題가아니오

全人類의重大한問題 一

라고할수가잇다。此等改造問題는其際限이업도록廣大하고多岐하다。一國家의改造 一社會의改造도重大한事임은不疑하지마는 全宇宙의改造 全人類改造을將次如何히할가。勿論此는各國家의改造 各社會에改造로此를行할수잇스리라。그러나 今日各國家의改造로能히全人類의滿足을與하는改造를行할수가有할가。吾人은思하야此에及함에아즉前途遼遠의感이不無하다。各國內의安靜을得할수잇스나――此亦疑問에屬한바이나――國家와國家、民族과民族、全世界의女子와男子、全世界의勞働者와資本家의暗鬪가一朝에融化되리라고는不信한다。그러나吾人은落膽하는人이아니다。그는此에對한大改造가着着히進涉中임으로써니다。大改造는虛僞를暴露함에在하고魑魅魍魎의暗黑裡에서跳梁함을不許한다함은三宅博士의看破한바이다。「윌손」의十四個條가 名實不伴으로 도로혀一笑에附한은事實이나 此亦重大한現象임을不疑하고 劈頭第一에談判을公開하고秘密을廢止하는事를揭함은 其經過善否를不論하고 暗黑의伏魔殿을開放하려고하는第一步라고謂할수가잇다。秘密하는바에반드시虛僞가有하고 文明의進步는此를開放함에在하다。그럼으로今日의大改造는少數人의秘密裡에서計劃함을不許하고 此를解放하야 民衆化하게함이다。即人生生活의出發點에서同一한機會를與하게함에在하다。此가全人類의要求하는바며 總個人의心理에存한바다。此가但히一個人의止하얏슬時는實로微微하다。그러나그거시共鳴하는勢力은偉大하다。그러하야全世界의大改造는着着히其步를進하는거시다。(終)

우리三國時代의人道主義

研究生

一、政治는民衆化　二、敎育은正義的

三、土地는國有　四、婦人은男女平等

五、經濟는分配公平

(詳細는後日에讓함)

서울雜感

秋湖

一、머리말

英國에「London」이잇는셈으로 조선에「서울」이 생긴거슬 나는 몹시반가워하엿다。 이 偶然한일이아니오 씃이 깁흔거시라 생각하엿다。이무슨 異常한ㅣ茲ㅣ흔徵兆가아닌가하엿다。

「서울」이 「서울」이어 네부터 英國의 「론돈처럼되어라。 너「서울」노말매암아 조선을 英國처럼되게하여라。 그를 文明파自由와平和로 뒤덥게하여라。

「서울」이어 「서울」이어 너는 하날노 下降한天使로다。 너의大鵬의나래가튼 큰나래로ㅣ아 그부드티운그나래로 우리「서울」을두투싸거하여라。 그리하야 거긔서 煇煌燦爛한 光彩가나서 널니天下에퍼지게하여라。

아ㅣ「서울」이어 그대의나오기가 엇지그리느젓는가 그대가지금으로브터 五十年 아니三十 아니二十前에맛낫든들 우리「서울」이 이러한 서울은 되기아니하엿슬거슬ㅣ

아ㅣ그러나 느젓다고 엇지 그대를 背斥할수이스리오 나는 忠心으로깁븜으로 그대로 맛는다。 늣게나온罪로 힘은들니라만은 이제라도 죽을힘을 다해서 너의집집「서울」을 너의큰집조선을 잘도라보아라。 잘꾸미고 잘간수하여라 번뎍하니 새롭게하여타 환ㅣ하게 비치 나재하여라。 너의子女를 잘가라처서 사타ㅎ놀게하여라 나는 너「서울」을 向하야다시금 비는바로다。

이는 雜誌「서울」에대한 늣김과 바람이다。 筆者는 向者에 平壤에 이서서 「서울」主筆先生의게 寄稿하여달나고 請하심을 여러번밧고도 아직것 써보내드리지를 못하야 매우 惶悚하게지내다가 이번에서울을 지내는길에는 避할수업시 붓을 들게 된거시다 그러나 悤悤한동안에 볼만한 原稿를 쓸수가업습으로 글머리에 내인것파가튼 題目으로 서울에대한 感想을 좀 써보려고하는바로다。

○

나는 일즉 서울에서 몃해 사라도 보앗고 여러번 둘너서 놀고간일이 잇지마는 이번처럼 切切히 寂漠을 깨다른 적이 업섯다。 내가 南大門驛에서 내리기는 저녁 여둛時외다。 市街에 깜막깜막하는 등불들은 조름이 가득한듯 금박 써질듯 써질듯하고 너른 街路에 외다금 오고가는 行人들은 마치 親患이 危重하야 醫士를 모시러갓다가 失敗하고 落心千萬하야 도라오는 사람가치 보인다。 비록 靑天白日의 낫이라도 칠칠漆夜에 밤이 깁허 三更이 지난듯하다。

내가 서울에서 머믈은 쏫꾹는동안에도 近日에 별노히 맛보지못한 적막과 서름을 늣겻다。

峨峨한 北漢山松林우에 놉히뜬 기럭이는 발을 멈추어 깃드릴곳이 업서 이리저리 彷徨하고 五百年넷날의 푸른빗출 오히려 변치안는 木覓山이 여긔저긔 녹다남은 白雪을지고 默然이 울고섯는 낫츨 볼째에 나는단잠자든 넷날을 꿈우면서 一種 形言할수업는 悲哀를 늣겻다。

아ㅣ 今日의 서울이 무슨째닭으로 나의게 이러한 슬픔과 적막을 늣기게하는가 시골사람으로 가장 華麗하고 繁華한 서울에와서 이러케 적막함이 이무슨 째닭인가。 아ㅣ 알수업다 알수업다。 아ㅣ 나는 말할수업다 말할수업다。

一、서울과進步

나는 엇든 친구를 訪問하려써 鍾路로 校洞으로 桂洞싸지갓다가 安洞으로 해서 樂園洞으로 도라온 일이 잇다。

한二年보지못한동안에 얼마나 變한거시 잇나하고 살펴보앗다。 얼넌 눈에 씌인거슨 前에 업든 自働車집이 만아지고 前에 보기 凶하든 看板이 업서지고 若干美術的 看板이 걸니고 벽돌집 所謂現代式洋屋이 前보다 만아진거시오 그다음에는 前에는 막타고 막내리든 電車에 반다시 뒤로타고 압흐로 내리는法이 생기고 돈밧고 셍셍치는법이 업서지고 票를주고 또 밧파라는票를 주는것이 새로운거시다

이런것들이 變한거시라면 變한거시오 進步한거시라면 進步한거시라고할새——勿論 내눈에 띄인것 外部에 나타난것말이다 그러나 宏壯한 美術的看板밋헤는 原始的 草家막아리가 그냥잇고 現代식洋室가에는 상투갓고 망건쓰고 긴수염느리고 긴담배ㅅ대 가루운 兩班들이 팔장을 써르고 서잇는거슬 만히보앗다。

나는 생각하여보앗다 지금으로브터 한五十年前에 大院君이 絶對的 鎖國主義를 固執하고 佛國宣敎師와 天主敎徒 數萬名을 虐殺하고 鍾路에 「洋夷侵犯非戰則和主和賣國」이라는 石碑를 해세웟든 그때의 서울보다 變한거시무어시며 發達하고 進步한거시무어신가 하고。

아ㅣ 기막힐노릇이로다。 五十前보다 變한거시무어시오 進步한거시무어시나? 汽車가 생겻스니 變하엿너냐 電車●自働車가 생겻스니 變하엿느냐 三四層 벽돌집이 생기고 좁든길이 넓어젓스니 進步하엿는가? 그것들이 비록 千萬가지로 생기고 變하엿드래도 조선사람의게 相關이 무어시며 조선사람의 알바가 무어시냐。

다른사람의五十年間 發達과 우리의 五十年間의 發達(?)을 比較하니 그差異의 큼이 엇지 이러토시 크냐하고 놀내지 아늘수업다 五十年前의 東京과 京城●五十年后 今日의 東京과 京城을比較해보니 참 이런 神奇하고 異常한일이 잇는가생각이난다。

過去五十年間에 서울에 조선사람의 생각으로 조선사람의 손으로 만드러노은 作品과 事業이 그무엇이냐? 或무엇이 잇는지 모르지마는 나는 알지못함을 슬퍼한다。

나는엇든冊에서 론돈博物館에 英國의 最初의 住民이든 켈트族이 만드럿다는 土偶가 잇는데 그製法의 粗惡下劣함이 말할나위 업다고 한거슬보앗다 그勢力이 全世界를 뒤덥흐려하는 英國民族ㅣ그業이 世界에 패王이라는 英國의 녯날도 實은 그러하엿든거슬 보면 녯날에는 彼此에 다른거시업섯든거시다。 아니 實은 우리가 훨신 나앗섯다。 그들의 그業과 美術이 그와 가치 幼稚하고 보잘것업는 몽

안에 조선에는 高麗磁器가는 훌늉한 美術品이 이섯다。 엇든 獨逸貴族이 磁器를 사랑하며 모흐는 奇癖이 잇는데 말하기를 歐洲의 有名한 페르산磁器보다도 조선의 高麗磁器가 훨신 낫다고 그庭園을 단장하고 사랑하나는 거슬보앗다。

조선사람은 文化發達의 能力이 남보다 못하지아니는데 엇지하야 그文明이 이러케 남보다 써러젓느냐?

文明과幸福은 努力하는者의 어들거시分明하다英國사람은 그百姓들이 向上하고저 發達하고저 努力하고 努力하야 停滯업시 進步함으로 今日에 至한때문에 저와갓흔 文明과 富强을 어든거시오 우리는 努力함이 업고 向上發展함이 업고 한갓 桃源의 꿈을 꾸고 天下太平을 謳歌한싸닭이다。

文明과 幸福은 배우는者의 어들거시다。 日本사람이 넷날에는 우리보다 나운거시 업섯고 도로혀 우리의 가리침을 바든거시려니 今日에 나르러 저럿틋한 差異가 生진거슨「智識을 널니 世界에 求하야」 힘써 배운싸닭이다。 自己보다 어딘이의게나 自己보다 賤한이한데나 自己를 害하려하는 仇敵의게나 힘써 배운싸닭이다 五十年동안 부즈런이 배운거시 現生의 日本사람의 어든바文明과 幸福이다。

나는 鍾路서 桂洞갓다오는 동안에 골목골목左右쪽에 宏傑한 邸宅이 잇고 門에는 李某 朴某「閔某」하는 뚜렷한 名牌가 브튼것슬보고 생각하엿다。 京城府內에 저와가치 큰집을 쓰고 아모라는일흠을 내걸고 사는 中流以上人士들이 合하면 적은數爻가 안될거시다。 재사람들만 모도 놀지아니하고 各各 自己天分과 天職을다하야 무어시든지 努力하야 나아갈것갓흐면 서울이 今時에 文明의 實質이 充實한 都會가 될거시오 그文化와 그富力으로 世界에 붓그럽지안은 서울이 될거시라 하엿다。

아ㅣ 서울에 가득한 집에서 자고깨고 먹고 넙는 敬愛하는人士들이여 사랑하는 형님들이여 姉妹들이여 당신들이 힘써서 우리 서울도 東京이되고 론돈이 되게 하소서。

三、서울의精神的方面

今後의 文明은 마치 都會의發達이 더 地面에서는 싸흠할 餘地가업서서 二層이 되고 三層이되고 十層二十層 乃至 四五十層으로 차차 하날노 올나가는거처럼 經의 文明으로부터 縱의文明으로 나아가는거시다。經의文明이라는거슨(Godless Civilization (하나님업는文明)을 닐음이오 縱의文明이라는거슨 하나님을 向하야 正義와人道를向하야 올나가는 文明이다。

우리서울도 낫븐집이 놉하지고 單層집이 二三層으로놉하가는거슬 보건데 얼마큼 物質的으로는 經으로부터 縱으로 向上하는거시 잇지마는 그精神的生活을 보게되면 向上하기는커녕 墮落한다고 하이도 過한말이 아니겟다。

올타 物質的으로도 힘신훨신 웃호로 向上하여야 되겟지마는 精神的方面이 並行하야 올나가지못하면「싸벨논」搭과가치 崩壞은 믄어지고말거시다。況精神的生活物質的生活보다 써러짐에리오。

아! 애닯은 일이다。누구나 보든지 暫時보든지 오래보든지 서울의 物質的發達이 (그內容은엇재든지)이만한데 精神的向上이 싸라가지못하는거슨 불을보는것처럼 明白한일이다。

서울사람의 生活을 보매 모도 理想이업는 生活이다。現今 朝鮮사람의 生活을 通트러보드래도 理想이 잇다고 할수업지마는 더구나 서울사는 사람들은 참말沒理想이다。나는 富豪가되겟다든지 大實業家가 되겟다든지 나는文章家가 되겟다든지하는 理想을 가진사람이 더러 이슬는지 모르거만 엇든共通点이 잇는바 큰理想이라고 할만한 理想이업다。個人으로라도 무슨 高遠한 理想을 가지고 그거슬 實現하기爲하야 努力하는 사람이 잇는것갓지 아니하다。或그런사람이 어나구석에 이슬지 모르지마는 大体로보면 아모自覺도 업고 아모 理想이 업시 肉體的生活에 쫄녀서 이터저터 하로이틀 지나가는 사람이 大半이 아닌가한다。生活이 困難한 사람이나 生活의 餘裕가 잇는사람이나 엄벙ㅣ해서 時間을 보낼쑨이오 高尙한 理想이라든지 除

大한 Vision 幻夢을 가지고 精神的生活을 하는 사람이 어데잇는가。

理想이 업는 사람은 歷史的으로보아生存의 價値가 업슬거시다。理想이 이서야 計畫이 잇고 計畫이 이서야 事業이 이슬거시오 事業이 이서야 民族의게나 世界文化的 무슨 貢獻이 이슬거시어늘 이貢獻이 업시 사마서 무엇할것시냐。

理想이 업는生活은 마치 모래우에 세운 집과갓고 대들보나 기동업는 집과가튼거시다。이제 서울사람의生活을 살페보건대 果然 모래우에 세운生活이요 骨子가업는 生活이다。假令 이제 엇든 外國손님이 와서「당신들이 理想이 무어시오」무러본다든지 엇든 雜誌에서 平生이 理想이나 或은 社會上生活의 主義라든가 무슨問題에대한 意見을 무로면 이러이러하다고 對答할 사람이 쉽지못할줄안다

理想이 업고 써라서 意識이 업는 生活을 하는 때문에 그生活은 全部가 虛僞的이오 形式的이다 어느나라를 勿論하고 大都會는다 그러한 傾向이 잇지마는 우리 서울사람에 虛僞가만코 外式이 가득한거슨 果然 놀낼만하다。그들이 一動一靜과 一言一句가 거이다 虛僞요 外式이라고 할수잇다。그거슬 眞正으로 밋엇다가는 큰狼敗를 當한다 이거슨 오래오래 내려오는 遺傳的關係와 社會的影響으로 그러한거시지만 近日에 外國으로부터 드러오는 物質的文明 그中에도 現代文明의 暗黑面의 毒流를 맨먼저 가장 圓熟的으로 바다서 그들의 生活이 몹시 輕薄하고 形式이오 虛僞的이매 서울의 空氣에는 가장 不愉快한 毒液냄새가 흘너잇다。

나는 近日 每日申報紙上社說에서 아래와가튼 一節을 보앗다。

現時의京城은外觀으로는層樓傑構가坦道大街에櫛比하야자못華美를極하나內面은甚히腐敗하며淫靡하야各種의罪惡을釀造하는場所이다。飛馬와輕車를驅하야紅燈綠酒에浸染하야名을喪하고家를敗하는者ㅣ踵出하며詐欺와騙脅을事로하는 無賴漢의巢窟이다。虛榮과流行의策源地이다。若是히京城은墮落한京城이오腐敗한京城이다。腐敗하고墮落한京城에엇지淸淸한空氣가有하며朴直한風紀가有하리오云云

이거시 京城의 一面觀이오 또한 酷評일는지 모르나 또한 過半事實일거슬 나는 몹시 슬퍼한다。 나는 어느 程度까지 이말에 同情아니할수업다。

京城은 맛당이 政治의 中心地 文化의 中心地 經濟의 中心地가 되어야 할거신대 그것들의 進興發展은 볼수업고 無賴漢의 巢窟 罪惡의 釀造地가 웬말이냐。

처음에 말한바와 가치 맨몬저 눈에 씌인거슨 處處에 잇는 自働車商會와 現代式洋屋이다 조선사람도 文明의 恩賜物인 自働車도 타고 科學的으로 建築한 宏麗한 家에도 사는거시 아니죠흔바가 아니다。 그러나 그自働車를타고 그家屋에 사는이들이 그것들을 우리의게 팔고 傳해준 사람만한 智識이나 財産의 實力이 잇는지 나는 疑問임으로 그것들을 보기가 그리 愉快하지를못하다고 하는거시라。

한時間에 三四圓을주는 自働車를 타고 三四十圓돈을 비려야 할터인대 도로혀三四十圓돈을 갓다비리고오니 귀막힐 일이오 人力車를 살거나 땅을파도 시언치아는 貴族들이 無益有害한일에 타고 댄니는 꼴이야 참아 볼수가 업다。 서울에잇는 自働車는 好衣好食하는貴族이나 敗家亡身하는 浮浪者를 태우고 地獄으로 가는 特別列車요 虛榮心만잇고 아모 自覺이업는 女學生을 외그러 亡하게하는 誘惑物에 不過하겟다고 나는 생각한다。

交際場에는 그거시 必要하다고 할는지는모르나 겨울에 불못때고 三時를끄리지 못하면서도 서울사람들의 衣服이 너무 奢侈한거슨 또한 놀낼만하다 그中에도 두룩막우에 百餘圓짜리外套는 그만 두어스면 하는 생각이 懇切하다。

나는以上에 너무 晃荒하게 너무 酷評을하여 未安스럽다 그러나 忠告요 直言임을 아라주기를 바란다。

四、서울의曙光

우리서울도 어서 眞正한意味로 物質의 發達도 하야되겟고 거긔에 精神的向上이 平行하야 되겟다 理想잇는人士가 만코 人格잇는 紳士가 가득하야 되겟다。 그리하랴면 무엇보다도 먼저 敎育을 힘쓰

야 되겟다。宗敎를 進興식히고 專門學校와 大學을 세워야 되고 圖書館이 이서야 하겟고 新聞 雜誌가 이서야 하겟다。이거시 오늘날에와서 비로소 니러나는 問題가 아니지만 아직도 생기지아니하냇가 말이다。

京城에 조선사람의 힘으로하는 변한專門學校가 업고 圖書館하나이 업는거슨 참 붓그러운 노릇이다。京城에는 男女師範學校가 이서야할거시오 外國語 美術音樂 商船 水産等 各科專門學校가 이서야 할거신대 이거슬 누가 할가? 나는 京城에 잇는 人士가 하기를 懇切히 바란다。

서울에 잇는 各階級各方面財産家가 마음만 이서 힘을 合하면 한大學을 넉히 세울줄 밋는다。 사랑하는 京城人士들이 어學校를 셰우라 세우고 세우고 또 세우라 그리하야 東京에서 보는것 처럼 서울도 아참이나 저녁이면 電車와 길에 學生으로 뒤덥게하여라。

조히의 消費額으로 그나라나 그地方의 文化의程度를 헤아린다 하는데 京城의 出版界를 말하자면 不可形言으로 微微하고 寂寞하야 말치못그럽다。여기에 對하야도 혹이 時勢奈何를 말하고 出版의自由업슴을 핑게하지마는 그거슨 果然 口實에 不過한거시다。京城에 培材學堂이 生긴후에 英語배우는지 三十年이 되어서 오히려 변변한 英語字典이 하나 업는거슬보매 出版不自由만 아니라 努力함이 업슨사람이라고 할수잇다。

暗黑하든 서울에 寂寞하든 서울에 向하야흐르셔오로는 한줄기 曙光을 보게다。첫재는 産業ㅣ經濟的覺醒이오 二는 敎育ㅣ文化運動이 차차 생김이다 某某會社의 設立을 나는만히 깁버하엿고 北漢山밋헤 번적하게 屹立한 中央學校의 偉容을 바라보고 더욱 깁버하엿다。圖書株式會社에서 圖書館을 세우고 出版事業을 經營한다는 말과 東亞日報等 新聞數種이 생긴일과 昨年末브터 曙光「서울」等 有望한 雜誌가 생긴거슨 分明히 서울의 아니 조선의 큰 文化的運動이 始作되는거시라 하겟다。이는 서울의 復興을 意味함이요 서울의 큰 榮光이다。나는 이러한 運動의 前途를 囑視하기를 마지안는다。

그外에 「女子時論」等 婦人雜誌까지 出現한거슨 더욱 반가운일이다。 드른즉 東京에서 「女子界」를 繼刊하고 梨花學堂一派에서 「新女子」를 發行한다고한다。 한마듸 愚見으로 忠告하는거슨 果然 서울에 覺醒하고 自覺한 女子가 잇스면 조곰이라고 派를 가르고 黨을 짓지말고 野心을 가지지말고 排遜한 마음으로 서로 合하야 아울너 한개 婦人雜誌를 튼튼히 充實히 해서 暗黑하고 可憐한 조선 女人界의 忠實한 指導者가 되기를 바란다。

曙光이 빗치인 서울노하야금 將次 燦爛한 太陽이 내려비처 榮光이 조선에 두루비치고 일홈이 世界에 썰치게 하려면 서울人士들이 떠오르는 새벽비출 바라보고 勇氣잇게 니러나서 全身 死力을 다하야 或은 붓을들고 或은 土鎌을들고 算盤을들고 마치를 들고 싸우고 싸옵지어다。 니러나는 文明運動에 大呼하야 應援하며 投身하야 猛花이되어라。

그리하면 우리서울도 오래지아나서 東京이되고 【와싱톤】이 되고 巴里「파리」伯林 「베를린」이 되겟다。

(1920. 2. 8 서울에서)

○

朝鮮古代의 勞働名人

撫古生

乙巴素　左勿村의農夫로高句麗大宰相•大政治家가되다

乙支文德　石多山의治匠으로高句麗大臣•大軍人이되다

甄萱　役軍으로後百濟王이되다

良志　彫刻手로新羅의高僧이되다

曇徵　紙墨으로高句麗의大畵伯이되다

漢詩

石儂柳瑾

流行【一】

時俗嗜料理
一箸千錢窮
余不嗜料理
蔬食樂在中

流行【二】

時俗侈洋服
一襲費千金
余愛木綿衣
儉素適吾心

流行【三】

時俗好挾娼
一夜十匹羅
余不愛美人
老妻好對歌

梁起鐸氏를訪問함

一記者

一

記者는梁氏와熟面이잇다氏가十餘年來로時諱에觸하야前後獄中生活이十年에近하고數年前에겨우出獄하야곳滿洲・露領等地에漫遊하다가再昨年冬에支那北京을向하는中에當局에詞探되야朝鮮으로拿致되얏더라이에全南의海中인去今島에流謫되야滿一年에南海瘴雨를悲하다가去年十二月에비로소滿期放還되야京城에入하얏더라

氏가京城에入하야桂洞李交倓氏家에投宿하얏더라先是에記者는東亞日報經營者의一人인張德俊君이氏를歡迎次로去今島써지前往하얏다는消息을得聞하얏다이제氏가張君과함께入城하야그知人인李交倓氏家에留한다고한다

余는桂洞의옷옷한李交倓氏家를訪하엿다 과연梁氏가잇다 寒暄의禮를叙하고因하야余는氏의健康에關하얏다무릇余가旣往처음氏를보일째에는氏의壯年時代이엇다 그長軀黑髥의威風이늠늠하얏다 지금은斑白의髮이펄펄날며多年風霜의苦를形容한다 그러나그炯炯한眼光은그저잇고그雄健한身手는衰하지아니하얏다

二

余는梁氏에게서 얘기를 끄어내엿다

「記者」先生은旣往大韓每日申報를經營하던時代와갓히元氣가旺盛하신가요

「氏」余가多年縲絏中에在하야神經이좀괴로운듯하고眼精이減損되얏스나다만身體는健在하고精神은潤澂하닛가아모걱정업서요

「記者」南海의島中을보신中에무슨感想된일이업스싯나요

「氏」別로感想이업섯스나다만그島中의一大富豪가잇서利益을壟斷하고多數島民은菜食도겨우勞得하야凍餒에迫하니此가可憐합듸다엇지하던지我人은一般貧民의向上을圖하고經濟上分配의公平

을힘써야하겟서오

「記者」先生은近來로政事·道德·經濟等方面에무슨觀察이잇스신디이닛가그中의一斑이라도말슴하섯슴은엇더십닛가

「氏」別로히할말이입지만余는政事方面으로朝鮮의進步를認하오가령社會政事問題에對하야討究運動者의是非得喪은勿論하고爲先이思想이普及된것은事實이니此가十年前에比하면多大한進步라합니다 (氏는政事問題에는長話를避하고道德問題를討論한다)

「氏」余는우리社會의進步에對하야此를欣幸하는同時에一邊으로道德의缺陷됨을憂慮합니다지금知識은東京이나西洋에서大學을卒業한우리靑年들도점점만흐닛가此는慶賀하겟지만道德의進步는아즉確認할수업고도리혀缺陷이잇는줄로생각합니다

「記者」그리면무슨方法으로이道德을進步식일수잇슬가요

「氏」그는여러方面이갓지만余는爲先宗敎의力이큰줄로認합니다宗敎는우리人生을道德으로修鍊식이는것인데지금우리社會에는各敎派가잇서서로對立하고道德上統一된表準이업슴이遺憾임니다各宗敎가各其手段으로道德을指示하닛가社會의道德律이一致進步할수업서오가령무슨宗敎를밋던지그信者는社會上道德의表準은認하여야하겟소이다이것이곳萬善의綜合임니다

「記者」엇지하면各敎信者의道德律統一이될수잇슬가요

「氏」余는이러케思합니다무슨敎를밋던지다만靈的一致한方面으로活動식이면될줄암니다가령耶蘇敎人이나天道敎人이나其他何敎人이나다自己의靈이他人의靈과一般임을思하야當初에다하나인줄知하면思想上衝突이업슬지오因하야道德律의統一進步를期待할수잇는줄아나이다

「記者」그러면무슨宗敎를밋던지다思想을統一하여야하겟다는말슴이오닛가

「氏」무론道德의統一은思想의統一로由來할것인즉이思想統一이곳道德統一의前提가되나니이思想

統一은곳靈의統一임을覺悟하는同時에成就될줄로암니다

「記者」經濟에對하야말슴하심을바라나이다

「氏」余는經濟家가아니라經濟의말을하기어려우나다만余의所感에는우리는殖産興業이一大急務인同時에우리知人間에서도이殖産興業을爲先力成함을希望합니다우리知人들이흔히萬事에奔走하지만그成功의難함은대개經濟의缺乏이그大原因이니經濟力이不足하고는人生의職分을完全히實行할수업는것이事實이라우리人士中에는흔히經濟觀念이冷却하야다만政事。道德等方面에熱心하랴하나此는精算이아니라彼西洋人士를觀하면대개그러치아니하나니彼等은흔히經濟에綿密하야生活難이업도록맨들고因하야事業에專力하야써成功을得하는것이라우리가너무經濟觀念에等閒함은實로得策이아닙니다그럼으로余도할수잇는대로實業會社를成立하랴하나다만오랫동안異域에苦生한後임으로지금은좀心身을休養하랴합니다

三

氏는言을畢하고悠然히坐在하얏다房은一間土屋에자리도매우冷하다記者는다시語頭를돌녀閑話에入하얏다

「記者」先生은이러케찬房에계이서견듸기어렵지아느십닛가엇더케相當한生活을經營하시지아니하십닛가

「氏」아모러케居하야도無妨합니다내의生活은旣往에도寒士生活이오現在에도寒士生活이오또未來에도그럴줄암니다

「記者」그러케苦生하면서무슨樂이잇슴닛가

「氏」苦生하지만樂은만히잇서오우리人民이점점世界大勢를알어가며靑年이勤實하게修養을하며더욱婦女子까지라도思想이만히進步되얏서요이것을보고樂을삼어요우리社會가날로向上하야健全着實히改善되야감을보고매우깃버합니다

「記者」그러면先生은어대까지라도樂으로지내십니다

「氏」예ㅡ나는悲觀은업서요늘즐거워합니다苦生도樂이요걱정도樂이요나는樂主義者임니다

記者는氏의滿心快活에驚하얏다이때에氏는우스면서余에게火爐불을갓가히하라고勸한다아마余가찬房에오래坐在하야추이를견되기여려운줄로알은듯하다

余는火爐불단기쯤을생이고안젓다맛츰여러손님들이梁氏를차저드러오니조고만한房이지만賓客이滿堂하얏다梁氏는一一히賓客을間接後에나야기를始作한다

「氏」나는내別號大園의雲字를고치랴하오웨그럴고하면近日은祈雨祭를禮한다는字나新雨祭만하야서야될수잇나요비기와야되지요그럼으로나는비온다는字로別號를고치랴합니다

「賓客」大笑

記者는時間이밧바서고만辭歸하다桂洞을지나安洞으로온때찬바람이솔솔불어서러저가는外套를세웟다때는一月初旬매우추운적이다

成功한鳳陽園

李達元氏 談

一

京義線의汽車를타고沙里院에내리면그西便으로한五里가서鳳陽園이라는果園하나와村落이잇다

이鳳陽園은余및余의同志數人이設置한果園이다이果園은約十年前에始作하얏다當時에余가漢城의風塵을別하고農村生活을營하얏다맛츰同志數人이資力을供給하야이果園을經營하게되엿다

이果園의地積은約五六日畊의陸田이요지금五六千圓價値되는土地이다이土地에果木을種하며此에人夫및肥料等의費用으로消費된金錢이每年約三百圓이다그러하야近十年間培養한結果로今日은거의成功되얏다

再昨年부터는可觀할收入이잇다곳이果園의果木은대개다苹果요그株數는約二千七百株이다이苹果가再

昨年부터는三四千圓의收入이잇다將來數年後로는一萬圓內外의收入을預想한다

二

이果園이만일一樣進就되야每年一萬圓假量의收入이잇스면꽤利益이나갓다五六千圓價値되는土地에三四千圓金錢을支出한果園에서每年一萬圓收入이면大利益이라할수잇다또이果園을지금價格으로槪算하면果木一株에二十圓으로計하야도果木갑만五萬四千圓일것이다五六千圓價値되는土地에三四千圓金錢을支出한果園으로十年以內에벌서六七萬圓의物件이되얏다하면또한大利益이라할것이다今後數年만지나면이果園의一個年收入이能히이果園經營의總資本을敵할수잇스니果園이엇더케利益잇는것을알것이다

余는이果園을經營하는同時에果園近傍에農林講習所를設하고近地子弟를募集하야實業에關한知識을敎授하얏다此에서卒業한人이約八百名에達하얏다이卒業生은흔히實業에努力하고혹은官吏된者도잇다이卒業生들의卒業後狀況은黃海道附近에多大好影響을주엇다坡近에는이卒業生들이隣親契를組織하야實業啓發및師長報恩에努力한다

余는이果園近傍에점점農民의家室建築을許하얏다彼等은余를親切히녁여만히移來한다當初에余가其地에果園을經營할時에는曠野에一隅에余의新建한一屋이잇섯슬뿐이다지금은七八家가되야居然히一村落을成就하얏다余는이村落에居住하는農民들에게각금新知識을들녀주기를힘쓰며또一般生活狀態의改良을催促하얏다이村落은何如間新生活狀態의村落을맨들기로한다農民들은잘聽從하야매우滋味잇는洞內가되야간다

三

余는이果園을經營하기前에먼저생각한바가잇서京城에서農林講習所를設한事가잇다이講習所를設하야靑年을敎育한後에一二의卒業生을招來하야이果園을經營하얏다이果園의成功은彼等의力이多하다

余는都市에서오래生活하얏스나農村에移住한後로매우農夫노릇을잘하얏다내가親히쟁충을메이고勞働

者보다먼저나서서果園일을한다엇던재에는너무勞役이過度되야身病된쟈도잇섯다

余는이에實業이매우有利하고또滋味잇는것을깨다랏다因하야一般我人의實業熱을鼓吹하랴한다그러나이實業이그리케容易한事는아니다一心專力을다하기前에는아니된다彼二千七百株의果木이十年間에我의手를勞함이얼마나되얏슬가一株마다百回以上은我의手를關하얏스리라余는이經驗談을가저同志者의獎勵를助하랴한다

朝鮮古代의五大女傑

拾香生

柳花　解慕漱王의后오東明王의母니自由婚姻으로解慕漱王을得하야東明王을生하고東明王의業을助成하다

召西奴　卒本扶餘王의女오東明王의后니大財產으로東明王의業을助成하고또末年에其子인百濟太祖의業을助成하다

閼英　新羅太祖의后니賢明하야新羅太祖의業을助成하매國人이二聖이라하다

溫達公主　高句麗陽原王의女니自由婚姻으로溫達을得하야溫達의功을助成하다

善德王　新羅의女王이니金春秋·金庾信等을用하야新羅의國勢를크게擴張하다

俗戀愛는反對

林蚩正氏 談

一

지금우리社會는점점戀愛化가되랴한다戀愛中에도俗戀愛이다다이俗戀愛化하랴는우리社會狀態는참可憐한現象이다

무슨雜誌나小說을보건대거의다戀愛談이오靑年男女가모혀안즈면戀愛니야기오쏫갓흔少男少女들은혼히戀愛에醉하랴한다

이戀愛는西洋으로붓허日本에入하얏고日本으로붓허我土에入하얏다우리學生들이東京等地에留學하는同時에이戀愛를만히輸入한다戀愛中에도俗戀愛를만히輸入한다이것이참一大怪變이다

二

무릇戀愛라고다惡物이아니다高尙한戀愛는매우必要하다다만俗戀愛가禁物이다余는東洋式의禁慾主義者가아니다곳東洋式禁慾主義의道德에는戀愛는統히禁物로알엇다이것은大誤解이다

戀愛는人生의本然한情的이오趣味的이니戀愛업는人은枯索한人이오戀愛업는社會는冷한社會이다그男女가同情의極으로戀愛의域에入하면오작愉快喜樂할싸그럼으로西洋의人은대개靑年男女가自由로婚姻할配偶를擇하는바그擇하는方法은반드시戀愛에基礎를두나니彼等은이로써安樂한家庭。愉快한生活을構成하는지라戀愛가우리人生에게엇더케必要함으로可知하리라우리東洋은대개禁慾主義를主하야男女의戀愛를極端으로排斥하고婚姻은强制로成立함으로戀愛가업고因하야家庭이蕭瑟하고生活은不快하얏나니그런즉我等은이서西洋式戀愛로婚姻의基礎를삼도록追求하여야하갓다

그러나이런婚姻의基礎되는戀愛는高尙한戀愛곳必要한戀愛어니와지금우리社會의所謂戀愛는곳俗戀愛이다이것이걱정이다

지금우리靑年男女의所謂戀愛는그趣旨가대개婚姻

을成立하랴는것이아니오다만一時情意投合으로戀愛의素質을삼나니그럼으로旣婚한男子가흔히處女인女子와戀愛하고또女子도旣婚한男子와戀愛함을怪異히녁이지아니하야所謂自由戀愛說까지流行됨에至하나니此는社會衰敗의一原因될수잇는惡事라이제그弊害를略陳하랴한다

第【一】旣婚한男子가處女인女子와戀愛하면흔히本妻를離婚하게된다이것은社會衰亂의大原因이된다이런離婚은大罪惡이다

第【二】右婚姻에離婚되지아니하면奸淫의罪惡을犯할수잇다이것은社會腐敗의大原因이된다

第【三】奸淫의罪惡으로損害를當하기는男子보다女子가더욱甚하다女子가한번失手한后에는흔히全혀墮落되고만다그것은女子는흔히一次貞操를失하면고만落心되야汚身者로自認하는까닭이다

第【四】未婚한男女도俗戀愛곳情慾的戀愛• 盲目的戀愛는大弊害이다한갓一時戀愛로情慾을肆하고人의耳目을眩한뒤에婚姻도不成立하고고만서로다失敗한人生이되고만다

第【五】男女의俗戀愛로靑年男女의修養곳學問• 德行• 立志等을損傷식여墮落生이되기쉽다그럼으로學生의父兄더욱女子의父兄들은女子를京城이나外地에留學식이기를스려한다이것이文化前進의大障害가된다

第【六】男女의俗戀愛는社會風紀를紊亂하고因하야社會의進步를妨하고個人밋社會를墮落식이다

大綱만擧하야도以上갓흔弊害가잇다우리는俗戀愛를排斥하여야하겟다이俗戀愛가우리靑年男女를그릇되게하며우리社會風紀를紊亂하고우리進步밋生存에惡影響을준다

三

우리는그러면이戀愛問題를엇더케處理할까무릇俗戀愛은反對이다그러나絕對로戀愛를否認할수는업다다만高尙한戀愛를主하고俗戀愛는排斥할것이다이제그方法의一二를記한다

【一】旣婚한男女는他男女에게對하야戀愛를絕對로禁할일

【二】未婚한男子나未婚한女子는旣婚한女子나旣婚한男子에게絶對로戀愛를禁할일

【三】未婚한男女도다만將來婚姻할目的으로서로擇하야戀愛하는同時에俗戀愛는絶對로禁할일

【四】戀愛는人生의大問題인즉未婚한男女도決코輕率히戀愛를始作하지말을일

【五】立志未定한男女로戀愛에入하면흔히墮落者되기쉬우니可及的少年男女는戀愛를아니할일

【六】婚姻의基礎로하는戀愛外에는一切戀愛를禁할일

右의方法으로戀愛를取하면거의社會의弊害가업슬뜻하다다만男女間의社交와親切한交際는禁할것이아니다戀愛는特別注意할것이다西洋에는男女의社交는圓滿하나그러나夫婦以外의男女戀愛는禁物이다彼等은夫가妻의戀人。妻가夫의戀人이다以外에他男女와戀愛하면此는社會上大罪惡으로認한다西洋의어느나라政治家요大臣인某氏는어느大佐의大人과戀愛가잇다고하야그大臣이官職은削奪되고政界에서除名하고全國民에게信望을全失하야고만失敗亡身한事實이잇다彼等의道德制裁가엇더케峻嚴함을可知하리라

余는우리社會더욱靑年들의大注意를喚起한다俗戀愛는大反對이다余는이에俗戀愛反對論을主唱한다

無線電信

李鍾駿

一

今世界는駸駸히進步하야休止하지아니한다。特히科學의進步는 何人이든지驚異의눈을뜨지아니할이업다。飛行機는天宵을自由로飛翔하고 潜航艇은海洋를맘대로浮沈한다。그러고이世界를刻一刻으로縮少식히는거슨即無線電信電話等이다。

無線電信의發見은通信界에一大革命을이리키엿고發明後의進步도또한놀내일만하게되어 發明當時에無線電信과發明後의無線電信과는諸般狀態가一變한觀이업지아니하다。玆에無線電信에關한大要를槪하여讀者諸君의參考에供코저하노라。

二

此를說明함에먼저電波를說明코저하노니 電波라는것은마치물에물결이잇는것과가치 全宇宙間에充

滿한「에ㅣ델」이라는物件에서이러나는一種의波動을 이름이다。 물결에는小波와怒濤가잇는것과가치 이 「에ㅣ델」에도小波와大波가잇나니 小波라는거슨所謂光線이오大波라는거슨前에述한電波다。 이電波의性質은光線과소히갓흠으로其波動의傳함도全然同一하야一秒間에三十萬키로메돌卽七萬六千四百里(朝鮮里七十餘萬里)의速力으로傳播하는거시다。

「에ㅣ델」의振動으로因하야電波가이러나면、前述함과가치一秒間에七萬六千四百里卽地球의周圍를一秒間에七回轉半할만한高速으로四方에傳播하는거시다。그리고電波를이릐킴에는 適當한裝置로「에ㅣ델」을振動식히야하나니此는卽無線電信의發信機다。

總物體는惰性이이서急히其運動을休止식힘은不能한일이라「에ㅣ델」에도또한如此하나니今圖에示함과如히若干의間隙을有한線金의兩端에高壓力의電氣을加하면線金附近에잇는「에ㅣ델」이「겨문고」나「바이올인」줄멘것과가치堅張한狀態가된다。 그러하야其電壓이엇던程度까지올나가면 이間隙을깨트리고불꼿이이러나나니이때에「에ㅣ델」의緊張되엿든거시풀니어「에ㅣ델」의震動이이러나四方에傳播하야所謂電波라는거시된다。 如此히電波가이러나는거슬發明한이는……年項獨逸의物理學者「헬ㅊ」라하는이다 그럼으로電波를別로히헬ㅊ波라도한다。 如斯히하야電波가四方으로傳播되는事는知하엿스나 其電波를檢出하는거시極히困難함으로얼마동안은電波의應用을하지못하게되엿다。

其後幾多의硏究를積한結果電波를檢出하는各種의方法이發明되어 드듸여電波를使用하야遠方에一信號를與하기까지의氣運에向하엿섯다。 그러나可惜한事는「헬ㅊ」氏의方法으로는極히强力의電波를이릐키기至難한中遠隔地에電波를보내기不能한缺點이이슴이엿다。

그러나其……年에伊太利學者「마루코니ㅣ」氏가「헬ㅊ」氏의電波를이릐키는方法을改良하고此缺點을補하야實用的으로하엿다。 其改良의要點은「헬ㅊ」氏가使用한二本의金屬棒代에一本의金屬棒空中線(안테나)을地面에垂直으로高柱에서吊下하야其下端은불꼿「火花」(스파ㅣㄱ)을이릐키는間隙을作하야地面에

接屬하게한거시다。 그리고此空中線과地面사이에高壓의電氣를加하야火花를이리키게하엿다。이方法에依하면極强의電氣波를이리키일수가잇고其우에電波가地面을짜라四方으로傳播함으로非常히遠距離라도電波를보내일수가잇게되엿다。

「마루코니ー」氏가發明當時에使用한裝置는今日에比하면勿論簡單한거신데即一은地面을使用하고一은空中의電線을利用한거시라。今日使用하는幾多의無線電信의方式은其原理는此에基하여스되技術上改良은大端한進步를遂하엿다。

三

次에一言할거슨電波의種類이나 電波는大別하야此를二에分할수가잇다。其一은前記한火花로起하는電波인대此는마치鐘치는소리와갓흔狀態의波動이다鐘을치면 처음에그소리가크되 漸次로弱하여저서乃終에는업서지는것과가치 火花로이러나는電波는火花가이러나는間에는强하되時間이經過함에짜라漸漸弱하게되다가終當은업서지고마는거시다。 그럼으로電波를繼續하야이리키려할때에는火花를繼續하야내이는거시다。即鐘을連打함과同一한理라。今日普通使用하는無線電信에는一秒間에約千回可量의火花를이리키재한다。 如此히火花로電波를이리키는方式을火花方式이라고한다。 他一은마치工場의汽笛소리와가치電波가조곰도間斷업시連續하야이러나는거시다此種電波는比較的最近에發明된거신대目下大端한勢力으로此를利用하게되엿다。이電波를이리키는方法은火花方式과는달나서 特殊의裝置或은發電機에서直接으로이리케하는거시다。이方式에基하야가장大規模로行하는곳은獨逸의「나우엔」無線電信局이다。獨逸서米國까지三千里라는遠距離를晝夜間斷업시通信을交換하게되엿다。이連續電波는無線電話에는不可缺의物이라此를發明한後처음으로無線電話가完成한거시다。

無線電信의電波는前述한方法에依하야起하나그러나此電波가存在한거슬知치못하면何等의效用이업슬거시다。此를檢知함에는亦特殊의方法——檢波器——에依하여야한다。 最初에는「코히라ー」라하는거

金使用하엿나니此는一八九〇年頃佛蘭西의ᄲᅮ란레ㅣ」氏의發明한檢波器ㅣ라此「코히라ㅣ」의構造는一個의적은硝子管에一對의金屬栓을封入하고其間에銀과닉켈가루少量을詰入한거시다。此「코히라ㅣ」를發信裝置의火花이러나는間隙間에노흐면電波가오지아니하는동안은電氣가不通하되電波가이러나針金에觸하면此針金에電氣가誘發되어此「코히라ㅣ」가電氣가通하는特性을가지게한거시다。 無線電信의檢波器는此特性을利用한거신대먼저發信機에서遠距離에發信機와同一한空中線을作하고其下端에「코히라ㅣ」를置하면發信機에서電波가起할때마다電波가「코히라ㅣ」에感하야或은無線電信의受信器의作用을하고或은無線電話의受話器의作用을行하야發器所에서보내는通信을檢出하게되는거시다。

그러나此「코히라ㅣ」는感度가그리銳敏치못함으로其後코게研究한結果今日에가장만히使用하는거슨所謂鑛石檢波器라는거시다。

鑛石檢波器는圖에示함과如한構造를가진者인대大概金屬의化合物인鑛石이電波에는非常히잘感應됨을利用한거시다。 그럼으로이鑛石을通하야電話의受話器와連하야此를空中線의下端即「코히라ㅣ」를置한位置에노흐면電波가올때마다受話機에서는發信所에서이러나는火花의爆音과同一한소리를내이게된다。 그러하야一種의符號를따라火花를내이면同一한符號의소리가受信機에서感하게된다。 이鑛石檢出機의發明은無線電信의區域을非常히擴大식혀스나今日에는此以上의感應銳敏한檢波器가發明되고進하야極히적은音響이라도百倍以上을놉히는方法이發明되어슴으로非常한遠距離라도通信이可能하게되엿다。

四

要컨대無線電信이나無線電話는空中線(안데나)大地를利用하야高壓電氣로火花를이러키어「에ㅣ텔」의振動을식혀어所謂電波를이러키거나또는特殊한裝置로連續電波를이러키면此電波가一秒間에八萬六千四百의高速으로四方에傳播하게된다。 그리고電波가受信所에裝置한線金에觸하야電氣가誘發되어空中線과大地와의間隙(即發信所에서火花를이러키는間隙과

同一한者)에置한檢波器에感應되어發信所에서發함과同一한音響이受信機에서이러나게한거시다。

如斯히無線電信은通信機關으로는가장簡單하고가장容易하게行하는거시다。그럼하야海底電信의領域을漸次浸食한다。海底電信과如히工事에莫大한金額을消費치아니하고作業의困難과發見至難한故障이海中에서生하는事가업시또는戰時에敵國에게電線이切斷되는等念慮가업슴으로近日世界一等國이라稱할만한國에서는저마다大無線電信局을設置하려한다。卽獨逸은「나우엔」에無線電信局을設하야五千哩외通信能力을有하고英國은「쏠듀」無線電信局外에大西洋을橫斷通信하는數個의局이이스며佛蘭西에서는「에펠」塔을利用하야三百米突頂上에서空中線을懸垂하야公園의美觀을害하지아니하고送信火花에서發한音으로軍機를漏할가하야無線電信室을地下에藏하엿다。그리고米國에는「와싱톤」府에軍用大無線電信局이잇고日本에는船橋에軍用無線電信局이設置되엇다。

如此히通信界에無線電信應用은際限업시發達되어商船에軍艦에裝置한者萬으로써計하게되며大海航海中日日本國의通信을受하야新聞을發行하야航海者의慰安를與하게된다。그리고此無線電信이或은燈台와如한作用도하며或은航海中正確한時間을得하게하며或은母艦에서이서서水雷艇短艇等을任意로操縱하는等各方面의應用을一一히枚擧키難하게되엇다。如此히하야斯界는無限한進步를遂한다。吾人은모름직이日常의惰眠을깨트리고駸駸히一日도休止치아니하는文明의進步와가치나아가지아니치못하리로다。

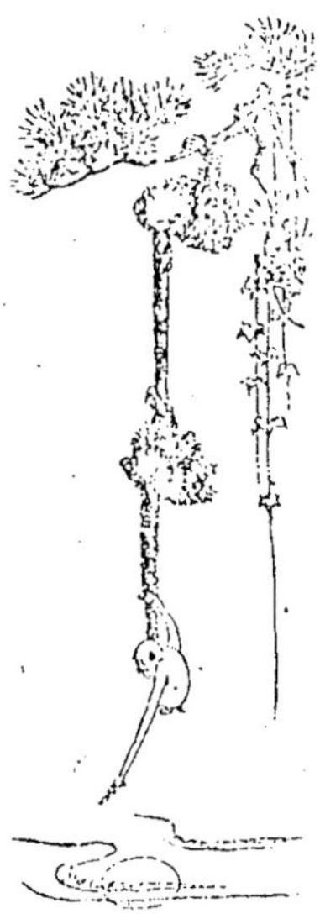

이것을엇더케하면조흡닛가?

ㄹ、ㅈ、ㅈ、生

一、先輩와後輩

저는 靑年이올시다 저는 사람의 子息된 몸이올시다 그럼으로 오날날 우리靑年의 生覺하는바와 希望하는바와 嗜好하는바를 大綱은 짐작합니다 그와同時에 우리靑年界의 共通되는 長所와 短所도 全然히 모르는비는 아니올시다 그리고 이社會에子息된사람의 共通되는心理도 얼마쯤은 아노라고 합니다。

아버지 나 兄님의쪽으로 子息이나 同生을 對할때에는 어데까지 子息이요 同生이올시다 그들의學力이 좀向上되어슬 때나 그러치 못하여슬때나、또는 그들이 어리슬때나 相當한 年齡에 達하여슬 때나 다한가지로 뵈오리다。그리고는 그結果로 恒常미듬지못합니다 저것들이 무엇슬알가 저것들이 무슨事業을 實行할만한 힘이 이슬가 一步나아가 그들에게 事業맛기고 事業을 行할만치 힘을써주시면서도 恒常 저것들이 失敗나 하지아니할가 하는 念慮가 잇슴이다 이거슨 父兄되시는이가 生覺아니하려고하여도 아니할수업는 일이오 또는그거시 그리조치못한거시라고 아니합니다

그러면 子息된 사람의心理도 恒常父兄을밋고 父兄의 指導하는대로 만 行하려고하느냐하면 그는그러치안슴니다。그들이 어려슬때에는 또는 그들이 相當한知識力이 업슬 때에는 무엇이든지 아버지나 兄님이指導하시는거슬 甘受하고 그指導를 바드려고도 합니다 마는 그들이 相當한 年齡에 達하고 相當한學力을 가지고 게다가 적으나마 經驗을엇게되면 그이들 속에는 抱負가 생기고 理想이맛거서 잇게됨니다 그리하여서 自己의抱負나 理想이 갓지아니하면 아버지시거나 兄님이시거나 또는 다른先輩

의 指導을 잘 바드려고 아니하게됨니다 이것도 또한 自然한發達이라고는할수 이슬지언정 全然히 못슬것이라고는안된말이올시다

자ㅣ 이러하고보닛가 이두사이에 意見이衝突하기始作이됨니다 卽 아버지는 子息과、兄님은 同生과 先輩는 後進과 서로거르게됨니다 이거시勿論 처음에는微微하야 잇는지업는지 모를만콤 됨니다 마는 차츰차츰 意見의衝突이 생기기始作하야 乃終에는 서로조치못한結果로 드러가고 말재됨니다 그리하여서 父兄이나先輩는 子弟나後進에게 對하야 經驗이업느니、輕薄하니 禮儀를모르느니 하고責妄하시게되고 지이들子弟요 後進되는 靑年은 父兄이나先輩어른들에게 對하야 遲鈍하시다든지 新思潮를 모르신다든지 空然한虛禮만 힘쓰신다든지 하고反抗하게됨니다 아즉도이만하면 多幸이올시다 마는 이거시 조곰더甚하야 이와갓흔 靑年은 指導할수업다 이러한패類의子息은길너서 무엇하느냐 잇다위同生은 도아줄수가 업다 이貌樣으로變하게되고 이러한先輩의 밋헤서 活動하겟다는거슨 처음부터 誤算이다 이러한 頑固한 아버지아래에서 到底히 일하겟다할수업다 조곰理解함직한 兄님까지 이러케 理解를해주지아니하여서야 도리혀 거는방에서 주는바이나먹고잇는 便이훨신낫게다 이便도 또이貌樣으로變하여감니다 이結果가 다만 주는밥이나 어더먹고이스면 조케슴니다 마는 다시한번 惡變을하여가지고「아무로케하면 잘한다는 소리 듯겟니」하는말이나재 되면 이社會는 아조 다되고말게됨니다。

처음은 건넌방 살님으로 지내보려고 드러안저스나 靑年의敎鬱한 氣運을抑制치 못하게되어 그結果로는 大慨는 惡變하게되지오、「이러한 壓制下에서 區區히사는이보다 차라리 乞人이될지언정 自由의몸이 되어보자」하는맘으로 집을 써어나온것은 오히려 容恕할수 이스나 이것이 金錢에설니어 礦夫도되어보고 求乞도하기始作하야 이러저리하다가는監獄에 신세를 지게되는事도 업지아니하며 一部로는「이런生覺 저런生覺하면 머리만 全然히압흘뿐이다 술이나 한盞……」나섯든거시 始初가되어 한번가고두번가고 세번가게 되어서는 異性의손목도 잡어보

고십흔生覺이 이러나지요 이러케되어서는 世上事가 술과色 뿐이다 맛밉지기나 남엇든것슬 典執하여다 하는일도잇습니다 그리고 極히 平凡일이나 이러하게되기도 쉬습니다 「살아잇자면 다 苦生이다 나는 樂園으로……」하게되여서 前程萬里의 길을 瞬間으로 주리고마는일도 잇습니다。

父兄側에서는 더이、子息놈 하나되는거시 저地境이니」「여러 놈들이 따한놈가치 壽則多辱이다」「前에는남부럽지안케 쉽잇셋마는 그子息재분에……」여게싸지 가는人生의悲劇을 演出하게됩니다 이거시누구의罪입닛가? 父兄과先輩의 허물입닛가? 아니요 그러면 子弟나後進에 罪입닛가? 아니올시다父兄이나 先輩나 子弟나 後進이 다갓치 이責任을 저야합니다 저는遲鈍과敏活 經驗과無經驗 舊思想과新思潮 虛禮와輕薄 의 妥協을 바라지 아니합니다 할수만이스면 기어틀靑年은 父兄이나先輩의長所인經驗、遠慮아래에는 感佩하여야 되겟고 父兄이나先輩는 저이들 靑年의心理를 理解해주서야 합니다 그리하여서 제마다 제의長所를 發揮하여야 될듯합니다 그러나 이도저도 안되고 各方面 各階級에서 暗鬪、反抗、嫉妬의暗流가滔滔히흘어나、이를억지하면조흘넌지오、다만 이를들어 賢明하신 先輩諸先生과 決斷力만흐신 實行家諸位에게 올닐뿐 이올시다。

二、結婚問題

至今우리社會에서 父兄이나 子弟나 男子나 女子나누구를勿論하고 이問題를 生覺아니해본이가 업슬터이고 이問題도 憂慮히보지아니한이가 업스리다。더욱이 婚齡에達한女子를가지신 이른세서 心慮를만히하오리다 其中에는 離婚한 子弟나 過年한女妹를 두신이는 如干한 걱정이아니올시다。일이 生年月日時나 적은거스로 왓다갓다할것가트면 別問題올시다마는 적어도 結婚이라는거시 一生을 支配하는거시다 生覺하는이나 조곰만치라도 新思潮……正否는모르나……를가젓다고 하는 靑年男女에對하여서는 참으로 死活問題올시다。그럼으로 煩悶도만히하게되고 生覺도 만히하게되지오。그結果로自

근의理想에 조곰이라도 適合하게生覺하고 남이라도 그만치認定할만한結實을맷게 되는일도잇기는 이올이다마는 大槪는 失敗하고맘니다 그리하여서는 失敗이나 무엇이나하고 써들게됨니다 그것도 그러할거시지오 男子側에서는「얼골잘생기고 婦德을가지고 家門도하賤하지나아니하고 敎育도子女나가르칠만하고 媤父母나잘恭敬할만한」이런條件를내여노음니다 그러면 女子側에서「제가 其條件下에 服從하고 싸라가게슴니다」하고 나서도問題가 그리쉬落着은아니될거신대 그便에서도 또한條件을내부침니다。「風采가사내스럽고 財産이좀넉넉하고 社會에서 相當한地位를가지고 家事는 大綱한거슨全部自己가맛하하고 日曜日이나休日에갓치散步나나가고 조곰이라도 女子를理解하여주고 할수만잇스면媤父母는안계신데로」이러케 마주나섬니다。 그리고其條件를細分하야 말슴하오면 얼골잘생기엇다든지 財産이라든지 무어시니하는其標準이 千人이면千人 萬人이면萬人이 各各다다를거시올시다 이러하닛가 언제나 이일이 씃시나나요 그리고 이條件을내부친이들이 그만한條件을提出할만한 資格이잇는인지요 저는그것부터疑問으로生覺합니다 그리하야서로 벗드되고 잇슴니다 結婚되고 안되는거슨 굿해여말할거시업슴니다 마는、이리고잇노라닛가 男子側에서는情慾의奴隸가되기쉬읍니다 그리하야 賤春婦의 놀님감도되고 妓生집은 내집아룸북으로 알게되지오 그리고女子도조곰 잘못하면 春情에쉽니어 男子만보면 人事도하여보고 차차그리하다가는隨落、倫落이란階梯를밟바서 所謂靑踏社類로變하고맘니다 그中에도우스운것은 旣婚者가 그가운데섞어나와서 한타랑 喜劇인지 悲劇인지 모를만치出演을하지오 이거시 누구의罪일가오 靑年男女에게로 이責任을보내는거슨 너무苛酷하올시다 그러면指導者인先輩나 父兄의허물임닛가 아니올시다 卽말하자면 時代의罪지오 時代가이러하게만드러노은거시올시다。 여러분! 여러분께서는 이의 이러한일에 處理하실方法을 生覺도만히하섯겟고 硏究도만히하섯스오리다 이靑年들노 健全하고 無缺하야次期中堅이될만한 靑年으로引導하시는거슨 今日

이것을엇더케하면조흘닛가、

이社會를指圖하시는 先輩어려先生에게 있지아니한지오 그러나 저는突然히 先輩어른에게만 責任을돌니려고하지아니합이다 말하자면 이를잘指導하실만한先輩께서는 아쥬한분도 이社會에나오시지아니하시고 南陽草堂에 가만이 누어계시지나아니한지오

여러분ㅣ 우리中에는突然히戀愛이나 失戀이니하고써들지만는 果然 戀愛란엇더한거시오 失戀이란엇더한거신지 能히 이거슬 呼虎할만한資格을가진이가 멧분이나 될듯합닛가。 우리全體가다戀愛所謂神聖한戀愛비는意味를발고 經驗하여보앗고 참말失戀이란 經驗을가지고 써들게되면 저는도리혀祝賀를올닐生覺이잇습니다마는 果然如何하신지오 諸君의賢明하신判斷에 미루고맘니다。

時代는變遷하고 思潮는새로워지며 道德도그大義는그대로잇다하여도標準이달나짐니다 그러나가그前生覺을가지고 그前그이들살님본으로만 만들녀고하는이도 저는올타고아니합니다 그와反對로 舊思潮는 보잘것업다。 慣習을무어시든지破壞하여라 내生覺하는바와다르면 그거는다좃치못한거시라고 認定하고나가려고하는이도 그리贊成은아니합니다 그러나 죽도밥도아닌거슨 조와하지안습니다 제가슐타고生覺하거든 어데사지든지貫徹하려고힘서야 합니다마는 남이올타고하는것도 종알아는수어야하지아니할가요 엇재던 이社會는 이러케얼마간지나지아니하면안될년지요 萬一그러하다고하면그동안엇더케指導를하고 指導를바다야합닛가 여러분ㅣ 이거슬엇지하면조흘닛가。

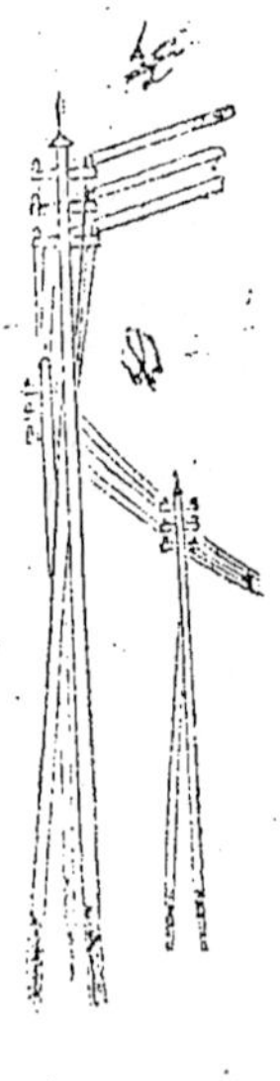

南北戰爭의精神

雪 坡

一、南北의分離

正義、人道、平等、自由의노래를高唱하며 僅僅二十人의同志者를거느리고「버지니아」에殺到하여 하ㅣ바ㅣ쓰페리를侵犯하고 그地方一帶에 奴隸(黑人種)를解放하라고絶叫한「쫀、색라운」이時不利하고天不助하여 찰쓰타운刑場에서 이슬가치시러진것은 西曆一千八百五十九年(我哲宗末年頃)十二月二日 서리차고 바람부는아침이다。「쫀、색라운」이臨死에大聲으로

『쫀、색라운은 이地方一帶에 怪惡한慣習 莫大한罪惡 다너우리神聖한솔아미리카에 耻辱과罪惡은赤血로洗滌하기前에는 到底히一掃하기어려울줄노안다 아ㅣ아ㅣ피를흘니지안코 이것을能히업시할줄노밋은것이 내의一大誤解라』고疾呼한지不過一年有半後에 果然北米廣野에서 風雲이捲起하니「쫀、색라운」에遺言과갓치 終乃피로써百年동안鬱結하엿든罪惡을 洗滌하기爲하여 慘憺한人道戰 即南北戰爭이始作되엿다。

元來北米合衆國은 포트막크 오하이오兩河를境界로하야南北에分離되여 南部諸州는氣候風土가良好함으로 奴隸를使役하여 甘諸 木棉等을耕作하여生活하고 北部諸州는 氣候寒冷 土地荒蕪함으로 專혀製造業에從事하여 自由勞働者을使用하엿다。 그런고로北部諸州에人民은『奴隸를强制로賣買하고 이것을牛馬와갓히使役하는것이 人倫에背反되며 우리아메리카에耻辱이라』하여 廢止論을主唱하고 南部諸州에人民은『奴隸는自己의財産이라 그所有權을侵害바를만한理由가업다』하여 南北이相爭不下하엿는대 一千八百八年에는 北部諸州에主張이愈益强硬하게되여 奴隸輸人을禁止하엿고 이로因하야南北間軋轢이激烈하게되여 南部諸州에서는 分離獨立을主唱하기싸지되엿다。

如斯히南北風雲이切迫하게되고 人心이漸漸緊張하게될때에 種種의事件이잇섯다。 前記와如히「쫀、

섀라운」의 버지니아進擊失敗한일이잇슨後로 北方人民은더욱激昂하게되여 奴隸制度는最後에武力으로라도 早速히解決하자는强硬한議論이盛行하엿고 써라서南方人民은더욱不安하게되여 國內에議論이沸騰하여스며 奴隸解放問題는世界注視의焦点이되엿다。 雪上加霜으로 一千八百六十年十一月에 아부라함 링컨이 데파부리컨黨中에서 選拔되여大統領이되엿는데 데파부리컨黨은 當時有名한 奴隸廢止主義에急進政黨이엿고 同黨에首領인링컨의出現은實로南部諸州에對하야多大한打擊이엿다。

링컨이翌年三月就職演說中에『나는直接이나間接이나 奴隸制度에干涉할生覺은업소 그러나合衆國의結合을維持하고 保護또는防衛하는데는 全力을쓰지안이할수업다』고明言하여 可及的南部諸州와 對抗을避하라하엿스나 終乃는南北의融合되지못하고 서로分離하게되여 分離한南方派는 大統領으로 쩨파손、세바쓰를選擧하야 링치몬조에서 不羈獨立共和國을發表하고 南北이서로干戈를相接하게되여 交戰五年間 一千八百六十五年에 北軍總大將 그란드가南部根據地리치몬도를 陷落한後에야게우 平和世界로回復되엿다。

二、人道와權利의戰

大統領링컨은『南部諸州와開戰함은 取할바이아니라』하여 可及的奴隸制度에 干涉하지안코 南方파相和하여 時局을平和的으로收拾하라하엿스나 不得己四圍形勢로因하여 開戰하게되매 猛然히決心을堅實히하고 斷然奴隸解放을宣言한後 南方討伐의義軍을募集하며 링컨은『人類의自由나 正義를爲하야는 國家와人命을앗기지안코 싸호지안을수업다』고絕叫하엿다。

링컨이한번蹶起하여 義勇兵을募集하매 士農工商을勿論하고 모다其業을中止한後 爭前投入하엿다 此等義勇兵은 한갓人道正義라는觀念에感動되여 人道正義를爲하여 銃劍을잡고이러낫다。 彼等은眞實로쓴싸따 운에말파갓치 人生의血潮로 此世에罪惡을除去할양으로 南方討伐에從軍하엿다。

古來幾多의戰爭이잇섯지만 如何한戰爭을勿論하

고其間에侵略的意味가 包含되지아니한것이업고 또 利害打算에立脚하지안니한것이업섯다。 十字軍의宗敎的戰爭갓흔것도 當年封建武士의領土慾 羅馬敎會의敎權擴張하랴는 野心에서이러난것이요 聖地恢復파갓흔것은 한美名虛飾에지나지못하엿다。 그러나 南北戰爭은 이와갓흔侵略的野心 利害打算이업시 人道正義을爲하여싸호는 人道戰이라고할수잇다 勿論이戰爭에도 多少利害打算은잇섯지만 그것은些少한問題요 이戰爭에大眼目은 北軍에『人道正義에擁護』南軍의『權利擁護』라는 此二点에잇섯다。 南方은 分離할時에 土地에廣濶함을밋고 分離하여獨立만하면 此下의干涉을밧지안코 自由로自己의權利을擴張하여 奴隸制度를維持하고 또쌕크손時代로붓터 南가로리나州가 恒常主張하던『各州의權利』를 行使할수잇다하엿다。 南方派에서도決코 不正義不人道를 取行하라는것이아니요 自己의權利를 擁護함으로써 人道正義라고밋엇섯다。 이와갓치自由意志로 一方은正義人道 一方은自己權利擁護를主唱하여 自由의戰爭을함은 古來로붓터稀貴한일이다。

三、珍貴한插話

南北兩軍이一般 侵略的野心 實利獲得의慾望이업시 다만人道正義。自由를爲한戰爭인고로 그戰爭의狀態갓흔것도 다른戰爭과달나 大端이興味잇고 義勇心을이리킬만하엿다。一槪로斷定할수업스나 南北戰爭에利害打算은 極小數政治權力家間에잇섯고戰士卽兵卒은 秋毫도私心업시 人道를爲하여義戰奮鬪한것인고로 이戰爭中에幾多插話逸話는 人道人情을背景으로한 深酷珍貴한것이이섯다。一南方富豪家에서는 父子間主義가不合하야 人道正義니 權利擁護니하다가 終乃戰爭이開始되자 子는人道正義下卽北軍에走하고 父는權利擁護하자는南軍에投하여 戰爭中偶然이 極烈한短距里接戰地에서 相逢하며握手抱擁하엿다하며 또當時北軍은綠衣를입고 南軍은赤衣를입엇섯는대 一人의綠衣兵士가 負傷하여苦痛하는것을 어떤赤衣兵士가發見하고 곳自己兵舍로 업고가서 親切히看護한結果 全快되여 情誼가兄弟와 갓치되엿다한다。 南北이서로戰爭은하엿스나 南北間

個人의情誼는이와갓하섯다戰爭이終息되자 南北에障壁은除去되야 其間에何等戰爭이라는 生覺도업서지고 渾然히兄弟相睦하는것갓하여 北軍은正義人道의綠衣를 南軍에게입히고 南軍은權利自由의赤衣를北軍에게返還하엿다。

南北戰爭은 이와것치人道·正義·自由·權利等高潔遙遠한理想下에서 이러난戰爭임으로 이戰爭과갓치高潔遙遠한理想을 抱懷한人物을輩出한적은업섯다北方에大統領링컨 南方에將軍리ㅣ갓흔이가잇는고로 저와갓흔 崇高한戰爭이되엿섯다。 링컨은아는사람이만키만 南軍에人傑리ㅣ는엇더한인가? 南軍이意氣沮喪한세에 리ㅣ將軍을한번보면 다시蘇生한것갓하여 百倍勇戰하엿다한다。 리ㅣ將軍은링컨파갓치 德望의將士로 리ㅣ將軍의南軍을激發식인것은그大勇보다도可히崇嚴한人格에에섯다한다。

四、人道上에影響

一

南北戰爭은悲慘한光景을演出하여 其間에幾多犧牲이잇섯다。 侵略的戰爭이나 人道戰爭을勿論하고戰爭은總히慘禍悲愁를極히하나 이犧牲이悲慘이部人類向上하는 誘因(主戰論者는아니나)이될수잇다。더구나 南北戰爭과갓치 所謂人道戰爭은 一世界上文化에세친影響이決코적다고할수가업다。

米國奴隸의解放은 實로人類의自由를徹底的으로世界人類上에 確認知하게되여 其後人類上問題는總히自由解放의根本的感性으로 解決를하게된것은이戰爭의큰影響이다。 이戰爭以前에도 自由思想은잇섯지만 이戰爭의結果 더强하게하고 더明瞭하게되엿다고 할수잇다。

第二는正義人道의感念이 世界人心을啓發하게한것이다。 그래서正義가最後勝利를 엇는다는感念을米國民間에 確實케한것이 人道上如何히多大한 好感化를밋치게한것은 想像以上이다。 이것은抽象的問題요 具体的으로認定할수업스나 正義의勝利라는것은누구던지알만하게되엿다。

第三은이戰爭의結果로 米國人間에人道感念이 顯著히發達되어 宗教傳道의志願者가 만아지서 世界上傳道의實績은 엇은것은 宗教界思想界特히注意할

만한일이다。亞米利加傳道事業에 큰効果를엇게한것은 이南北戰爭에賜物이라고하여도 過言이아닐듯하다。

第四는前後五個年間 그와갓흔大戰爭後 南北間何等溝渠업시 父子兄弟와갓치 密接親和한것이 世界人心을指導하고 米國의本領을發揮하는데 非常한效果가잇섯스니 그것은 南北間私心업고 利害貪慾心업시 다만自由•人道•正義를爲하여싸옴싸닭이다。

其他政治上•經濟上•外交上에幾多影響이 잇는것은 그方面專門家研究에 드를수밧게업고 最後一言을附加할것은 지금이와갓치南北戰爭을回想하고 這間에世界大戰爭을볼째에 엇더한가!? 何處에人道가잇스며 何處에正義가잇스며 何處에理想이잇는가!? 一千八百六十一年에는 北米廣野에서 제법 모든人類를解放하자는 人道戰이잇서건만 一千九百十五年에는 非人道•非正義•不平等•不自由의 野蠻的武力的戰爭이始作되야 空前絶後의大慘狀으로 腥風血雨間에서 怨恨•呪咀•悲愁의소리를지르며 不安•戰慄•恐怖하게五個星霜을지내다가 一千九百十九年에야 겨우 敗北이니 勝戰이니 講和 平和를셰틀엇지만 一千九百二十年即今年까지도 完全한平和가되지못하고 네가가지갓느니 내가먹갓느니 내가살갓느니 너를못살니갓느니하여 弱肉强食•陰謀•詐譎•破廉恥非人類의惡事를敢行하여 唯日不足하게지내니 嗚呼라이엇진일인고 이것이우리人類의向上하는歷路이나!? 이것이우리人類의滅亡하는現象이냐!?

寄稿欄

朝鮮人體育에對한管見

醫師 金基英

모든것을改造하며세로운것을建設하야新朝鮮을現出하며朝鮮人의榮譽를揮揚할新機運이바야흐로到達하얏도다於于萬事에우리의最善한努力을要하며間斷업는繼續的動作을要함이今日에서더緊切함이업도다

實로然하니라今日吾人의一擧手一投足은우리의運命을決할일새니라

우리의개부의이急先務가안니며焦眉의要求가안니리오文化上으로實業上으로우리의領域이無하며自恰할배無한지마는荒漠한三千里江山에는改造와建設을要할것뿐이로다그러나그모든不足한중에도余는朝鮮人의體育에對하야其發達旺盛케하기를絶叫하노라。

一國의將來를占하라면그나라中堅된國民의元氣의如何를觀察하면可知할것이라潑剌한元氣와健全한精神은全히健全한身體에서만차즐수잇슬것이라하노라

彼歐米諸國과日本帝國을試看하라그들이公的私的으로體育을얼마나奬勵하며其發達을計하는지個人으로그들을觀察하면血色돗코行動이敏捷하며筋肉이緊張하야一見元氣가潑剌함을感嘆할지라如此한個人으로組織된國家나社會에엇지元氣가업스며生氣가업스라

蓋運動은高尙하고健全한趣味라此로因하야直接間接으로모다不健全한習慣과誘惑을擊退할수잇슴은生理學上으로觀察한分明한事理라然而朝鮮青年의多大數는不健全한趣味에耽溺하야元氣업는心身의所有者가만흠이엇지識者의浩嘆을禁할수잇스리오더욱이可痛함은우리의先人先輩가體育에冷淡함이甚한것이라體育은知德兩育에比하야輕視할것인가萬若然하다하면그는不思의甚者라謂치안닐수업도다。

體育의效能及其必要에對하야는更히評論할機會가잇스려니와余는体育을發達增進케할方針을略述하고稿를終코저하노라

一、中央體育協會를設立할事

二、目的体育의發達增進을計하며且体育思想의宣傳

前記의目的을達하기爲하야年一次式朝鮮体育大會를開催하고各種競技를行하며其優勝者를褒賞하고最良의記錄을發表하야漸次世界最良의記錄을打破하고朝鮮人으로萬丈의氣焰을吐케할事

最後余는我同胞가体育에留意하시사公的私的으로其發達增進에最善의努力을盡하기를企望하노라。

(一九二〇、二、四、夜)

文益漸神道碑

(文益漸氏는 我土物質界의 一大恩人임으로 特히 그 碑文을 記載하노라)

學石生

所在　慶尙南道山淸郡北洞面新安里

年時　朝鮮純祖三十四年甲午

高麗提學三憂堂文先生神道碑銘(篆題)

高麗左司議大夫右文館提學三憂堂文先生神道碑銘幷序

稷以稼穡利天下功也、其所以爲本於功則固有矣、以詩書傳記所載者推之、稷之德亦不讓於其功、而當時之稱稷後世之美稷、以功不以德、何也、蓋曰有如是之功則其爲德可知已、古之論人者未嘗以本末而二之、余於高麗文忠宣公驗其然也、公諱益漸字日新、江城人也、以元至順辛未生、至正庚子年、三十登新京東堂及第、癸卯拜左正言、恭愍十二年奉使如元、被拘幽不屈、竄雲南萬里外、比三載得宥還、蓋嘉其節也、方其在敍南也、見中田多木綿花、使從者金龍摘之、有媼覺而訝曰國有厲禁敢爾、公潛以數核納于筆管孔而歸、植其花塢、分其一枚於外舅鄭天益種之、三年大蕃殖、又相與取爲繅車彈機絲樞取子以廣植、成棉以絮衣、引縷以織布、至于今遍滿國中、自公卿士庶以至深山窮谷之民、皆貯絮綿布以爲衣而不復知有狐貉厚者、皆公筆管孔數核之産也、故國中之人仰公如稷、稱之爲木綿公(以下略)以博學力行、始程朱諸書東至、公沉潛細繹妙契其理、遂悟心學之要、有別墅在晋之江城

治東集賢山下、川曰道川、洞曰悟理。里曰培養、澗壑清絕草樹葱蒨、公見邦運將傾無能爲、力謝病深居不求榮利、自號三憂居士、憂邦國之不振也、憂聖學之不傳也、憂己道之不立也、皇明洪武丁巳倭寇深入、所過州縣、殘滅無遺類、人皆望風走匿、公公方持母服、廬墓哭哀哭奠如平時、賊感其孝不加害、癸亥命旌其閭、道按廉使呂克珝啓城郡事崔卜麟勸石曰孝子里、戊辰召公爲左司議大夫右文館提學兼春秋館事。公悔出而應之上書論爲學之道不報、時諫官李增等、以私田之不可復上書爭之、公與李穡李琳禹玄寶移疾不署名、大司憲趙浚劾公曰益漸本以遺逸躬耕晋鄙、殿下以賢良徵拜諫議、置左右以資諮問、誠意進盡忠言、敷陳治道、以補聖治而乃依附宰臣、以事苟容、請罷之、乃罷、夫以公之憂時識勢、豈有晚年從宦之念哉。然忠賢愛君未敢輕絕、安知時君之終不可諫世道之終不可救乎、故一聞徵召飜然而起、首陳爲治之本、又不見用則已矣。無復望矣、於是乎且將復韓初服以求其志、正所謂身將隱矣、焉用文爲者也。豈肯隨時措之後署名於轉流逐末之章乎、浚之識不足以窺公微意、乃反文致遷言劾公去之而公未嘗一言較絜。奉身歸鄉、樂其道以終、是其從容渾厚不露涯岸、隱然有古君子之風焉、李文純公以爲公之大節、尤在於是而世或莫之知、噫盡之矣、末幾高麗革命、公杜門不出、庚辰公卒、享年七十、本朝光御我定城君諡忠宜　世宗大王加贈領議封富民侯、錄其子孫、多躋淸顯、爲麗史者立公傳列之名臣而贊以東方道學之宗、李文純公滉、記公之孝子碑閣、曹文貞公植、記公之墓祠、皆如史傳之稱、公孝、嶺南章甫發享公于道川書院、又享公于冠山之月川書院、幷請額于朝從之、蓋公倡明正學之德、在於學士大夫、衣被生民之功在於貴賤賢愚、易

曰易知則有親、易從則有功。有親則可久、有功則可大、可久則賢人之德、可大則賢人之業、公於此其庶幾乎、文氏
新羅三重大匡三韓壁上功臣南平伯武成公多省之後、入高麗多聞人、公曾祖典農寺事開城尹諱克儉祖典理判書
諱允恪考判典校贈侍中謚忠貞公諱叙寅妣趙氏戶部尙書珍柱女、公初娶周氏吏部尙書世侯女封八溪郡夫人、繼
娶判事鄭天翼女郎。 旬所謂擲繰車貸成木綿之功者也、五男、中庸獻納。中誠翰林、中實諫議、中晉進士、中啓尙
書、後孫昌爔簽衍、亦如木綿之種、九世孫緯世師事文純、倡義壬辰、配食月川書院、十世孫弘獻有文行殉節壬辰、
贈官旌閭、十世孫臧道丙子扈 駕南漢官至水使、其表見者也、銘曰
中田有實關反其房乃摘乃縆、或絮或紡寒不求綿冬無披羊維南有種伊誰來荒顯允文子衣我東方煖衣無敎民則
何賊維天降衷維聖乃光以及程朱厥謨洋洋書雖 自遠士猶面墻逝彼道川迷道 其相猗嗟文子敎餘之昉不斷其澤流
于無疆凡厥含生俾也可忘我斷貞珉道路之傍有來樵牧視此銘章
嘉善大夫吏曹參判兼同知 經筵義禁府春秋館事五衛都摠府副摠管李瀰撰
嘉善大夫前行禮曹參判兼同知 經筵義禁府事五衛都摠府副摠管李翊會書
通訓大夫行 章陵令俞漢芝篆
十七代孫桂恒始事治石於幾內不幸身逝中止矣其子秉烈與十五代孫光憲竣事成功
甲午十月 日立

西洋笑話

晒堂

醫師「오늘아침에는 좀나으십닛가?」

病人「네ㅣ다낫읍이다마는 呼吸할적마다 困難하여서 못견듸겟소」

醫師「그러면 가만이게십시요 卽今곳呼吸을 못하게하여 드리지요」

* * * * * * * *

客「그래 자네는 婦人叅政權運動에 贊成하나?」

主人「암ㅣ그러티마다 婦人도 叅政權만 잇으면 國政이 滋味업게되여도 우리마누라가 나를 가만이 둘터이니깐」

* * * * * * * *

雇人「제가 充實하게 일을하면 昇給하여 줄것을 約束하여 주시지요?」

主人「約束하여 주고말고 내가 누구하고던지 約束하엿던일은 곳이저바리는 精神이니깐」

* * * * * * * *

孫子「할먼이 할먼이가 쓴 眼鏡은 크게뵈이지요?」

曰易知則有親、易從則有功。有親則可久、有功則可大、可久則賢人之德、可大則賢人之業、公於此其庶幾乎、文氏

新羅三重大匡三韓壁上功臣南平伯武成公多省之後、入高麗多聞人、 公曾祖典農寺事開城尹諱克儉祖典理判書

諱允恪父判典校贈侍中謚忠貞公諱敘寅妣趙氏戶部尙書珍柱女。 公初娶周氏吏部尙書世傑女封八溪郡夫人、繼

娶判事鄭天翼女郎。 旬所謂猕繰車貸成木綿之功者也、五男、中庸獻納○中誠翰林、中實諫議、中晋進士、 中啓尙

書、後孫昌熾繁衍。亦如木綿之種、九世孫緯世師事文純、倡義壬辰、配食月川書院、十世孫弘獻有文行殉節壬辰、

贈官旌閭、十世孫臧道丙子屆　獨南漢官至水使、其表見者也、銘曰

中田有實斲反其房乃摘乃筐、或絮或紡春不求綿冬無披羊維南有種伊誰來荒顯允文子衣我東方煖衣無教氏則

何職維天降衷維聖乃光以及程朱厥謨洋洋書雖　自遠士猶面墻逝彼道川迷道　其相猗嗟文子敎餘之昉不斷其澤流

于無疆凡厥含生俾也可忘我斲貞珉道路之傍有來樵牧視此銘章

嘉善大夫吏曹參判兼同知　經筵義禁府春秋館事五衛都摠府副摠管李瀷撰

嘉善大夫前行禮曹參判兼同知　經筵義禁府事五衛都摠府副摠管李翊會書

通訓大夫行　章陵令俞漢芝篆

十七代孫桂恒始事治石於畿內不幸身逝中止矣其子秉烈與十五代孫光憲竣事成功

甲午十月　日立

西洋笑話

晒堂

醫師「오늘아침에는 좀나으십닛가?」
病人「네ㅡ다낫음이다마는 呼吸할적마다 困難하여서 못견듸겟소」
醫師「그러면 가만이게십시요 只今곳呼吸을 못하게하여 드리지요」

* * *

客「그래 자네는 婦人參政權運動에 贊成하나?」
主人「암ㅡ그럿타마다 婦人도 參政權만 잇으면 國政이 滋味업게되여도 우리마누라가 나를 가만이 둘려이니깐」

* * *

雇人「제가 充實하게 일을하면 昇給하여 줄것을 約束하여 주시지요?」
主人「約束하여 주고말고 내가 누구하고던지 約束하엿던일은 곳이저바리는 精神이니깐」

* * *

孫子「할먼이 할먼이가 쓴 眼鏡은 크게뵈이지요?」

祖母「암ㅣ크게되고말고 돗보기넛산」

孫子「할먼이 그러면 할먼이가 내ㅣ밥을 담을때에만 眼鏡을버스서요」

* * * *

敎師「一千八百八十八年에 난사람이 올에는 몃살이나 되엿는지 빨리暗算을 해보아라」

生徒「그사람이 男子인가요 女子인가요?」

* * * *

「엇재 자네는 스미스先生에게 診察을 하지안이하나」

病人「스미스박고하는 醫師가 용ㅣ한가?」

「確實하게는 모르나 개하고 고양이病을 고치는데는 有名하다든걸」

* * * *

女子「그사람이 정말 나를사랑하여주는지 알수가업서」

女子의친구「그럿치만 오늘도 또片紙가 왓대지?」

女子「겨우 스물다섯장박게 안이되는것!」

* * * *

「今番 당신結婚式에 가지를못하여 大端이 未安함이다」

結婚한女子「千萬에말슴 요다음結婚式에는 꼭와주서요」

* * * * *

메리「요새이는 여러해동안 約婚만하여 두고잇는것은 流行하지안치요?」

메리의친구「그럿지만 여러해동안 結婚만한대로 잇는것도 업서」

* * * * *

「아마 그女子는 金錢때문에 結婚을하엿지?」

「아니야 金錢이아니라 石油때문이야 사나히의 父親이 큰石油會社에社長이래」

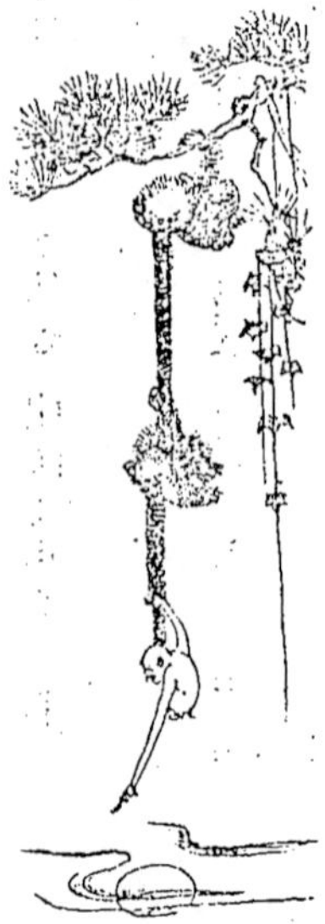

第三號

文藝附錄

「善으로模範을삼고惡으로懲戒를삼으라」

惡魔의 咀呪

金白岳

一

느즌봄이 느ㄱ日曜日午后에 七星門을지나서 乙密臺로올나가는 젊은男女두사람이잇다。사나회는 二十七八歲쯤되어보이고 威風이름々한 靑年紳士요 녀인은 二十이될락마락한 絶代佳人이다。玉色明紬겹저고리에 김히보사치마를 닙고 뒤축놉흔구즈를 신은그녀인은 장차 피러는꼿봉오리와가티 天然的美와要素를 具備한가에 더구나 人工을加하얏슴으로 길넙페 滿發한 自然의꼿들이 도로혀 부끄러워하는듯하다。왼손에는양산을들고 바른손에는 들엇든향케치로 입을가리우면서 방긋웃는 그얼골의表情은 果然 異性의 사랑을끄는魔力을 가진듯하다。金体眼鏡을 코허리에걸고 잿빗진洋服에 外套는버서 왼편팔에 걸시고 바른손에는 短杖을쓸면서 말업시 녀인과並行하던 그紳士는 고개를들어 녀인을 바라보면서 말을始作한다。

『여보 淳卿氏! 오늘은 일긔가 매우조흡니다。그새메칠동안은 바람이 몹시 불더니 오늘은 바람도 잔잔하고 날이싸뜻하여 散步하기는 第一조흔날이외다。』

淳卿이라부르는 그女子는 숙으렷든고개를 잠간들어 새별가튼눈으로 그紳士를 슬적처다보면서 앵도갓치 쌝간입수울 반쯤비리고 가는목소래로 대답한다。이瞬間에 淳卿의姿度는 鐵石肝腸이라도 녹일만한 사랑의뜨거운 火力을가진 天女인듯하고 그의목소래는 自然을노래하는 쐬고리소래보다도 더옥 淸雅한듯하다。

『저는 봄이되면 왜 그런지 心思가散亂하고 몸이 困하여 못견대겟서요! 오늘도 날이땃듯하니싼 오력이 녹작합니다。一星氏! 당신은 관계치안으시겟지요?』

『나야 運動을 힘쓰니싼 若干힘드는일을 하더라도 그다지 몸이困하지는아치요! 그럿치만 淳鄕氏야 연약한女子의몸으로 더구나 運動을

힘쓰지안으니싼 더하지요」

『저는 運動을 못해본줄아시네! 저도 學校에 단닐때에 體操를 하여보왓답니다。」

『오라! 언제인가 내가 그學校에 구경가슬때에 運動場에서 淳卿氏가 다른學生들과 손목를 잡고 섞여단니더구면……그것도 運動이라고할넌지……」

『당신은 남의흉만 작고 보십니다그려 그럿치만 男子들가티 비루하지는 안어요!」

日常 女子는 말할때에 自己가 몰니개되면 일도 당치안은 션문데를 쓰내는것이 그들의天性이다。淳卿도 運動에對한말을 하다가 男子들이 비루하다은 그말을 쓰냄은 自己가 男子全體를 비루하게생각한다는 高尙한理想잇슴을 表現함이다。 一星은 우스면서 말대답을한다。

『그래 男子들이 비루한것이 무엇이야요? 내 생각에는 女子들이 비루한것가흡되다。」

『男子들 비루한것을 말할까요! 공연이 女子들을보면 오려을 못쓰고 침을질질흘니는 그쌀은 참말 엇써케 비루한지 形言할수가 업슴되다。그럿치만 당신은 내눗코 다른사나희를 말임니나。」

『나도 淳卿氏는 새눗코 다른女子들말이외다。그런데 女子들은 대개 虛榮心이 만흔모양이야요! 自己의몸을 더렵펴서라도 그虛榮心을 滿足하려는사람이 만흐니 그런비루한일이 어대잇서요!」

『女子면 다 그럴가요? 女子도 數가만흐니싼 或그런사람도 잇섯지만은 男子들中에는 그런사람이 업는줄아십니가?」

『그러기에 淳卿氏는 새눗코라고 말햇지요!」

一星이라부르는 그紳士는 平安道內의甲富 金滋制의아들이다。 一星은 七歲부터 舍廊에 獨訓長을 처면서 漢文을배호더니 一星이十五歲되는해 일흔봄(甲辰年)에 日露의風雲이 니러난뒤로 오래동안 쇄국쥬의에단잠을 깁피들엇든 우리반도에도 文明의新風潮가 몰녀들어 오는바람에 時勢가忽變하여 斷髮令과 敎育令이 發表되니 各地에서 『머리를싹는것

이 文明式」이란말을 主唱하면서 제손으로 제상투를 베는사람도 잇스며 남의머리를억지로 깍가주려고 가위를 가지고 단니는사람도 잇섯다。 그中에 第一우수운것은 「身体髮膚受之父母 不敢毁傷」이라하야 누가 머리를 깍가주겟다하면 三十里式이나 도망을하는 頑固한兩班들이다。 그러면서도 學校는 洞里마다 세웟섯다。 얼는생각하면 民智가열녀서 새로운文明을 輸入하여야되겟다는 自覺을 그들이 가진듯하나 실상은 村에서 兒孩들의게 漢文을 가르처기爲하야 書堂을세우고 訓長의訓料를 支給하기爲하야 지금으로말하면 學校組合모양으로 當時에 所謂「書堂契」라는것을 組織하고 돈을모아 田庄을 사서두엇거나 或은 現金으로 뉘게맛겨서 生殖을하여 몃百圓이나 몃千圓資産이 洞里마다 잇던것이다。 만일 그洞里에서 學校를 設立하지안으면 그 近處다른洞里에서 「設立하는學校에 그資産을 붓치라고 官廳에서 强制的命令이잇슴으로 自己洞里의 資産을 남의洞里에 주지안켓다는 野心으로 前에 書堂하던그집에 「私立○○學校」라는 看板을부치고 算術日語몃가지外에는 如前히 漢文을專主하여 가라칠뿐이엿섯다。

一星도 그런學校中하나인 潤城學校에서 所謂卒業이라고 하엿섯다。 一星의집은 資産도잇스려니와 또한그父親이 남보다 先覺者인고로 그는 自己손으로 상투를 베고 여러사람을 勸喩하여 머리도깍게 하엿고 또한, 潤城學校은 自己가 經費를負担하여가면서 熱心으로 新思想을 鼓吹하던터이다。 一星이가 卒業을한뒤에는 곳 日本留學을 보내여 八年동안이나 異域風土에서 고생을하게하엿섯다。 一星은 그父親의熱心을 본바다 부즈런이工夫을한쓴結果로 今年봄에 某大學文學士라고 名譽잇슨稱號을 엇어가지고 錦衣로 還鄉하엿다。

一星이가 어리서 철모를때에 그父親이 自己親舊 朴監察이란사람의 딸과 婚約을定하여두엇섯다。 그러나 이거시 幸인지 不幸인지 그處子는 短命하여 一星이 十六歲되든해가을에 心臟病으로 因하야 自己의남편이라고 定한사람의얼골도 보지못하고 (아직婚求를 지내기前인고로) 그만 딴世上사람이 되

고말앗섯다。 그다음 一星의집에는 每日媒婆가 맷사람式出入하면서『뉘집처자는 人物이엡부고』『아모개셜은 바누질을 잘한다』고 婚姻하기를 勸하나 그父親은 自己가 早婚식혓든것을 後悔하야 二十이되기前에는婚姻을 식키지안켓다하며 더구나 一星은 自己가 大學卒業하기前에는 決코 婚姻을하지안켓다고 굿게거절하엿섯다。 果然二十七歲나되도록 오히려 獨身으로 지내는사람은 요사이 우리나라靑年들中에는보기듬은 將來有望한靑年이다。 이남 一星파가티 乙密臺로 올나가는淳卿은 今年봄에 平壤高等女學校를卒業하엿고 芳年이十九歲요 그의純潔한맘과 꼿가흔華容은 엔젤인가 의심할만하다。 그의집은 그다지 넉넉하지도못하고 門閥도보잘것이업는터이다 그러나 그父親李羲泰은 어려슬때에 木府아젼노릇을하엿다하지만는 그爲人이 어대로보던지 아조 淳厚한古人이요 조곰도 관속단니든틔는 보이지안는다 더구나 요사이는 아조 眞實한基督教人이된고로 教育의必要를 깨다라 無男獨女의딸을 남의아들덜 부럽지안케 가라치기도하─니와 子女를사랑함은 普通人情이라하겟지만은 李羲泰은 참말 淳卿이를 錦枝玉葉가티 貴愛하는터이다。

* * * * * * * * *

두사람은 談話하는동안에 어느덧 乙密臺에 다다랏다。 파랏케 도다나는 금잔듸우에 자리를定하니 가즈런이안젓다。 一星은 담배를 뀌여물고 반쯤누어 淳卿의게 지대이면서 그의얼골을 처다본다。 淳卿은 무슨생각을하던지 고개를 숙으리고 안저잇다。 두사람은 잠간침묵에 잠겻더니 一星이가 다시말을 새로 쓰내인다。

『참말 우리평양은 錦繡江山입니다。 綾羅島의 푸른버들은 우리로하여금 사천연前넷도읍에殘跡을 늣기게하며 逝彼不息흐르는大同江은 宇宙의순환무궁함과 歲月이 빨음을 깨닷게하지안아요? 나는 평양사람이니깐 그런지는 모로겟지만 어대를가던지 우리평양마가티 天然的美을 具備한곳이 西洋은모르지만은 東洋에는 업슬줄암니다。 淳卿氏─ 생각은 엇대요?』

『저야 어대가본곳이 잇서야알지요─ 前으로는

거우 서울까지 北으로는 安東縣까지밧게 못가보와스니깐 모르겟서요! 그럿치만 저도 평양이죠키는죠흔것가타요! 서울이나 安東縣보다……』『그래도 淳卿氏도 外國遊覽까지 하셧구려……』『外國이라니 제가 언제 外國갓다왓다구 만슈하며서요?』

『이지 安東縣갓다왓다구 그랫지요? 安東縣은 外國쌍이안인가요?』

『아이구 망측해라 그까짓 安東縣이야 녯날 高句麗時代에는 滿洲가 모다 우리쌍이댓다구 그러든대요! 더구나 義州사람은 每日二三次式 往來한다는데 그져도 外國이라고 할새요?』

『歷史工夫도 만히하엿구려! 만쥬가 고구려쌍이던것도 잘 아는것을보니깐……』

『넘어 무안보론다고 업세네기지마셔요! 그거야 學校에서 배혼것이니깐 알지요!』

두사람이 자미잇게 니야기를 하는이때에 넙폐와서 一星의어개를 툭치면서『자미잇는 니야기를하는구먼 나도 좀 듯세!』하는사람은 一星의唯一한 親友 吳賢洙이다。賢洙는 일즉 一星과갓치 漢城學校를 졸업하여스나 家勢로因하야 一星을살아外國留學도하지못하고 그다음 평양大同中學校에 入學하야卒業을한뒤에는 어느宣敎師가 賢洙의天才를사랑하야 特別히 學費를自擔하면서 南京醫學校에 보내여 그의天才를 發揮하게하엿다。賢洙는 昨年더름에 醫學校를 卒業하고歸國하여 지금은 어느病院助手로 勤務하던터이다。이날은 日曜日인고로 休業을하고 모란봉에 散步을왓다가 여기서 우연이 맛난것이다。淳卿은 賢洙을 잠간처다보더니 얼골이 붉어진다。이는 淳卿이가 지금부터四年前(賢洙가南京가기前)十五歲되엿슬 그째에는 賢洙을사랑하엿섯다。그러나 賢洙는 正直한靑年이다。自己는 안해가잇는몸으로 남의處女의게 사랑을밧는것이 罪됨을깨닷고 그의사랑을 굿게 거절하엿섯다。그럿치만 淳卿은 잠갈 이거시 철모루는少女의單調한 첫사랑이엿슴으로 賢洙가 南京간뒤에도 여러번 글월을붓쳣섯다。賢洙도 淳卿을 사랑하지안음은안이나 그는 다만 精神上靈的사랑을 할섇이다。賢洙는

南京에서도라온뒤에도 淳卿의맘이 不變함을보고 크게놀내여 自己로因하야 純潔한處女인淳卿이가 墮落하지나안을새 렴녀하야 한번은 조용이맛나서 自己는 안해가잇는몸이요 더구나 남을救濟하려는 者안즉 공연이 우리가 서로사랑한다든가 이런말이 남의게 들니면 彼此에不名譽가 될터이니 自今以後로는 우리兩人이 兄弟되기를 하나님아페 굿게맹세하고 우리는 永遠히 同氣갓치 사랑하고 친하게지내자고 말하니 淳卿도 마지못하여 許諾하엿섯다。

그후에 賢洙는 淳卿을 自己가 사랑하는친구金一星의게 紹介하고 두사람의將來幸福을 은근이心祝하던터이다。

一星은 賢洙을 쳐라보면서『자네는 엇더케 여긔왓노? 아무런지 잘왓네! 두리서 참말 적적하더니…………』말을 채 마츠기前에 賢洙는 쌀쌀우스면서『자미잇는니야기하는데 쓸데업는사람이와서 공연이 방해나 되지안켓나?』대답한다。 一星도 우스면서『이사람아! 그게무슨말인가! 나는 자네친구요 淳卿氏는 자네누의가안인가? 그런데 방해가 무슨방해란말인가 자우간 안심하면서 손목을잡아단기니 賢洙는 一星의 넙페 안즈면서『그래도 그럿치안타네! 자네가 입으로는 그러케 말을하지만은 속은 그럿치안치?』弄談을 건넨다。淳卿은 이말을 들을새에 무론 賢洙가 롱담으로하는말인줄은 알지만은 自然이얼골이 붉거짐을 깨닷지못하엿다。

세사람은 잠간 침묵에잠겻더니 賢洙가 손을들어 아플 가라치면서 一星의게向하야 말을始作한다。

『자네! 저긔삼아케보이는곳이 어대인지아푸?』『몰나! 八年만에 故鄕에도라오니싼 싼세상이 되엿데……八年이면 江山도變한다는 그말이 果然올테……그런데 거긔가 어듸인가?』

賢洙는 淳卿을 쳐다보고 우스면서 팔을선넨다。

『누이! 너! 저긔가 어대인지 아니?』

淳卿도 갓치우스면서 모른다고 대답한다。 賢洙는 두사람이모로는것을 自己혼자만 안다고 自矜하는듯한語調로 두사람을 번가라처다보면서 말한다。

「一星君은故鄕에도라온지가 얼마오래지안아스니싼 모르기도 쉬게지만 누이녀야 평양에여지것잇스면서 그것도 모른단말인가? 나만못하구나! 그럼! 내가 說明을하지! 거긔는 寺洞炭鑛이란다。 저긔 큰山이文秀峰이요 그아래희미하게 보이는굴뚝이 官營平壤鑛業所이란다。 石炭의産出로 우리半島에 屈指하던그것을 모른단말이냐? 平壤驛에서 寺洞가는 鉄道支線싸지 잇는데……」

淳卿은 好勝之心이 强한고로 말에지지안으려고 고개를 비적뷸고 빙긋웃스면서 말을쓰낸다。

「옵바! 거긔는 나도아라요! 작년가을에 학교에서 遠足갈때에 나도갓다왓는데……그럿치만 옵바는 아직 가보시지는 못하섯지요? 난 또 이되라고……거저 저긔가 어듸냐고 믈으시니싼 엇저케 알수잇서요! 文秀峰아래 뭇엇이잇느냐 그러케 뭇르서스면 얼는아라슬터인데 옵바가 뭇기를 잘못믈어서 몰낫소이다。」

두사람의 말하는것을 듯고안자잇던一星은 淳卿의컨을 들면서 웃고 말을한다。

「이사람 賢洙! 자네가 틀엿네! 淳卿氏가 자네보다 자세이 아는걸……」

「그만두세! 두리서 편을드니싼 혼자서 견댈수잇나……참말 나는 아직 거긔싸지 가보지는 못하엿서……」

세사람은 다시잠간침묵에 잠겻더니 賢洙가 몬져새문뎨을 쓰내여 말을다시始作한다。

「여보게 一星君! 그런데 禮式은 언제지내랴나? 내생각에는 速키 지내는것이 조흘뜻하네……」「웅! 글세 하기는 速키하여야 되겟는데……그인에對하야 자네하구 의론을 좀하려든터일세 아직도 어머님께서……」

一星의말이 채 쯧나기前에 賢洙는 별서 짐작함이 잇는듯하다。 눈살을 집프리면서 나여 말대답을한다。

「자네 慈親께서 아직도 不應을하시는 모양이로구면……허! 안되엿는걸……엣

싸가 내가 가서 말슴을 들여볼새?」

「말을 좀 잘하여주게 어머님께서도 자네는 信用을하시니싸……」

두사람의말하는것을 들으니 婚姻에 무슨異議가 잇슴을 가히알니로다。 엇써한異議가 생겨서 結果가 엇써케 될넌지 장차 알게되려니와 새사람은 乙密臺를서나 모란봉파 浮碧樓를것치서 해가 大成山머리로 넘어가고 서편하늘에는 빨간구름이 夕景의단장을 하여슬쌔에 서늘한바람을 등지고 淸流壁을 돌아 長慶門안으로 들어와서는 各各집으로 도라갓섯다。

二

淳卿의同窓生中에 聖淑이라는 동무가잇섯다。 聖淑은 얼는보매 그다지 德性은 업는듯하다 얼골의 表情파 愛嬌를부리는그態度는 純直한淳卿보다도 더욱 異性의사랑을 밧을만한道具를 가진듯하다。 더구나 聖淑은 資産家의令孃이요 門閥도相當한터이다。 그는 일즉 一星의게 結婚을 請하엿스나 거절을당하엿섯다。 그러나 그는 一星의게 이것이 첫사람이엿슴으로 비록 一星은 自己을 不顧한다할지라도 自己는 一星을니즈려하나 니즐수업섯고 생각을안이하려하나 안이할수업섯다。 그는 온갓 아양을 부려가면서 一星의母親의게 엇써케 手腕的交際을하엿든지 一星의母親눈에는 聖淑이갓흔淑女는 다시업스리라고 생각하게되엿섯다。 그럿치만 當者一星은 왜? 그런지는 自己도모르지만은 聖淑이와 結婚할맘은 꿈에도 업섯다。 그母親이 淳卿은不悅함은 聖淑이을사랑하는싸닭이다。 그러나 淳卿은아직도 世上에對한經驗이 적은고로 누구나 모다自己맘파 가튼줄만안다。 聖淑의爲人이 奸狡함과 또한 自己의强敵임을 조곰도 모르고 지내든터이다。

* * * * * * * *

몃날후에 賢洙의勸告로因하야 一星의母親도 마지못하여 一星파淳卿의婚姻을 承諾하여스나 아직 婚禮日字는 定치못하엿던터이다。 이쌔에 정부에서 金一星의재 三個月동안 平安南北道古蹟調査委員을 命한고로 정부의命令을 거역키어려워서 不得已쌔나게되엿섯다。 慶尙道가 비록 멀지는안치만은 오

래동안 異域風土에서 외롭고 적막하게지내다가 처음으로 쓰거운異性의사랑에 醉하야 단꿈을꾸다가 잠시이지만은 다시 愛人을니별하게되여스니 그는 果然가슴이 터지리로다。 車가 平壤停車場을 써날때에 淳卿이가 「안녕이단녀오십시요!」하면서 도라서서 惜別의淚를 흘닐때에 意志가堅强한丈夫로 自任하던一星이지만은 斷腸의淚을 禁치못하엿섯다 그는 속으로 「含淚眼看含淚眼 斷腸人送斷腸人」이란녯사람의詩이 名作임을 생각하엿다。 一星이가탄車에 갓치타고가는 女學生한사람이 잇다。 이는 慶州普通學校女教員으로 被任되여 任地로가는 朴聖淑이다。 偶然이 한車를타게된도 또한 무슨因緣인듯하다。 그러나 一星은 偶然이라고 생각할넌지모르지만 聖淑은 五六日後에 써나려든日字을 變更하여이날써나스니 이는 偶然이라고할수업다。 一星은 淳卿을리별하고 혼자 車속에서 적막키안저서 淳卿의일만 생각한다。「지금 淳卿이는 무엇을하고 잇는고?」「올제에 모든일을 賢淑의게 부탁하여스니 싼 다른걱졍은 업지만은 조혼일은 魔가만흔法이라는데 그동안 或 무슨魔나 생기지안을넌지…………그럿치만 엇더한 유혹파시험이 잇슬지라도 松竹가티 굿은淳卿의맘이야 不變하겟지…………아니……열번찍어서 넘어가지안는나무가업다는데……」이런생각 저런생각하는동안에 車는벌서 黃州驛을지냇다。「어대까지 가십니까?」하는女性의목소래에 一星은 놀나서 도라보니 이는別사람이안이요 自己의게 婚姻을請하던 朴聖淑이다。 더구나 그는 處女의몸으로 혼자 어듸를가는가? 다시 생각하니 더욱 놀내지안을수업섯다。그러나 요사이는 女子들도 文明의風潮를조차서 어듸나 혼자단니는때인즉 그다지 이상할것도 업다고 속으로 혼자 생각하면서 聖淑의게向하야 아조嚴正한 목소래로 말을하려하나 自然히 말소래는 가늘어진다。

「聖淑氏는 어듸가십니까? 나는 정부의명령으로 慶尙道古蹟을 調査하려고 가던길입니다。」

「一星氏께서 古蹟을調査하려가시는줄은 新聞에서 아랏습니다。 그런데 어늬정거장에서 나리시렴니까? 저는 所謂教師라는것이되여서

慶州普通學校로 가는길임니다。 무얼아모것도 모르는爲人이 남을 引導하게되여서 도로혀 부끄럽습니다。 엇재스나 우연이 同行이되엿스니 이것도 무슨因緣인듯합니다」하면서 異性을魔醉케하는아양을 부려가며 해죽 웃고 고개를들이면서 잠간 얼골을 붉힌다。

一星은 聖淑이가「이것도 무슨인연인듯합니다」할때에 공연이 不快한생각이나서 눈쌀을 잔득찌푸린다。 聖淑의敏銳한눈은 어느덧 벌서 一星의氣色을 살피고 속으로는「흥! 알겟다。 淳卿이고년의 생각이나서 그러는구나 그거지갓흔女을……」 싀긔하는맘이 붓나듯하나 얼골은 天然하게 가지고안저서 一星의對答을 기다리는듯하다。 一星은 잠간눈을 감고 침묵하엿다가 눈을뜨면서 말대답을 지어서 한다。

「네! 敎師가되섯서요! 祝賀함니다。 이제부터는 先生님이시구려! 저는 慶州驛에서 나리겟습니다。」

「그러케 사람을 넘어 놀녀주지마서요! 慶州가하도 쫏타구하기에 구경도할겸 얼마동안가서 잇스렴니다。」

두사람은 다시 침묵에잠기엿고 汽車는 速力을 다하야 작고 다라난다。

* * * * * * * * * * *

一星은 慶州에到着하야 郡廳에서指定하여주는 開慶館이라는 慶州第一華麗한旅館을 사양하고 그중조용하고 淨洒한徐羅伐館이라는 적은旅館으로 들어가서 行李를글너노코 爲先 無事이왓다는편지를 自己집에와 또는 約婚한淳卿의게 써서붓친뒤에 散步하려고 後園에 나갓다가 또한 偶然이 여기서 聖淑을맛낫다。 一星은 속으로 聖淑이도 이집에主人을 定하엿는게로다 그러나 何必이집에 主人을定함은 무슨까닭인고? 아모래도 聖淑의行動이 異常하다……아니……그도 아마 조용한집을擇하여서 이집으로 온게로다」 이런생각을 하면서 聖淑의게 向하야 말을전넨다。

「聖淑氏도 이집에 主人하섯서요?

「네! 이집이 그중조용하다기에 왓슴니다。 간

데마다 一星氏를 뵙게되니싼 깁붐니다。」

『저도 客地에 적막한터인데 故鄕친구와 갓치 잇게되니새 반갑슴니다。」

『각가운이웃집이 먼일가집보다 낫다는말이 잇지안아요? 당신이 경주게시는 동안은 져도 참말 큰외지가 되겟슴니다。 이제부터는 저를 남으로 아시지말고 동생과갓치 認定하여주십시요 저도 그러케 알고 一星氏게신방에 或놀너도 가겟슴니다。」

『고맙습니다 놀너오십시요!」

두사람은 元來한故鄕사람이요 前부터 親하게지내든터이요 더구나 異性사이라。 얼마 지내는동안에 一星은 聖淑이와 弄談도하고 或은 두리서 公園에 散步도다니다。 一星도 聖淑을사랑하는맘은 업다하지만은 그다지 밉게보이지는 안는다。 或엇지되여서 聖淑이가 하로짜도 自己방에 오지안으면 꽁연이 섭섭하고 갑갑한듯하여서 自己가 聖淑의 방에 놀너가기도한다。

멧날후에 一星은 自己의職務를 履行하려고 指導者을 압세우고 몬저 佛國寺를 차자가서 여긔저긔 古蹟과 景概를차자단니다가 세길이나 되는벼랑에 써러저서 몹시 傷하엿다。 指導하던사람은 곳 佛國寺까지 一星을 업어다가 누이고 慶州城內에 사람을보내여 醫師를 請하여다가 應急手術을한뒤에 보교을 엇어 一星을태와서 旅舘에 갓다누엿다。 慶州城內에 病院도 만치만은 一星은 自己가가장 信賴하는吳賢深의게 電報을노와서 急한일이잇순니 곳 오라고하엿다。 그러나 自己집에와 淳卿의게는 아모奇別도 하지안앗다。 淳卿이가 알면 얼마나 근심을할새 렴녀을하여서 奇別하지안는 一星의마음이 여 북하리요!。 이쌔에 聖淑은 學校에教授도쉬고 每日 一星의 겻레안자서 看護을親切히한다。

하로는 색이가 一星의게 오는편지를 가지고들어온다。 聖淑은 얼는니려나서 그편지를 밧아가지고 發信人일홈을보니 싀긔하고 미워하는 自己의원수 淳卿의편지라。 속으로『요년의게집애가 또 무순아양을부려서 편지를 하엿노?」하는 투긔심이 갑자기나서 그편지를 씨저비리려고 하다가 다시생각하

기를「病中에잇는一星氏가 이편지를모면 精神의安慰을엇어서 速키나올터이니 아직은 一星氏의맘을 위로하야 속키낫게하여야.되겟다。그새짓淳卿이야 내手段에 제가 견대배기나보쟈……………요년ㅣ 요쌈측한년 악측한년ㅣ 도적년!」 一星의病이 速키낫기를爲하야 그편지를 一星의게주기로 決心을 하여스나 한편으로는 淳卿을咀呪하기를 마지안는다。

一星이가 그편지를 바다가지고 淳卿이란이일홈에 입을대고 키쓰하는양을 볼때에 聖淑은 또다시 싀긔하는 맘이 니러나지만은 얼골빗을 天然하게가지고 넙、페서서 말업시잇섯다。一星은 몸이 몹시疲勞하여서 편지볼기운도 업다고 聖淑이다려 닑어들녀달나고 하엿다。聖淑은 그편지를 도로밧울때에 움킹거리는가슴을 억지로 진정하고 그편지를 쳐음부터 끗까지 소래를놉혀서 닑엇다。一星은 얼골에 깁브고 만족한비치 나타나보이면서 다시聖淑의게 向하야『고맙소이다。당신의친절한은혜는 平生에 니즐수업소。未安합니다만은。 그편지 代答좀하여주실수잇슬새요?」한다。聖淑은 一星이가「당신의 친절한 은혜는 平生에니즐수업소」할때에 무엇이따고 形言할수업는 깃븜을 늣기여스나 代答하여달나는 이말을 들을때에는 눈쌀이 自然찝프러지는것을 억지로 天然한낫빗을지으면서 대답한다『네ㅣ代答하여들이지요ㅣ그럿치만저야 淳卿이갓치 글시를 잘써야지요ㅣ」苦痛의、우숨을웃는 그우숨속에 淚이 숨어잇슴을 하나님밧게야 누가알니요? 一星은 다만 聖淑의 친절함을 고맙게 생각할뿐이엇섯다。聖淑은 一星의불어주는말을 대강듯고는 自己의文才를 다하야 누가보던지 嘆服할만하게 長書를써서는 一星의게 한번 닑어들니고 封套에너어 겻봉을써가지고 밧그로나간다。

聖淑은 그편지를 생이도 식키지안코 自己가 가지고 포스트아페가서는 녀을새?말새?」한참주저를하다가「에익!」하고 도라서면서 그편지를 찌저바리고 旅館으로 도라와서 主人의게對하야「病人이 或念데업는편지를 보면 不快한생각이나서 神經이 過敏하기 쉬우니 이다음부터는 一星의게 오는편지

를 몬저 내게가저오면 내가 一一히 검사한뒤에 病人의게 傳하겟다」고 付托을한뒤에 다시 一星의病室노 들어갓다」 一星의病은 賢洙가 온뒤로 賢洙외神妙한手術과 聖淑의親切한看護로 因하야 病床에누은지 二週日後에는 賢洙 或은 聖淑의게 依支하여서 庭園에散步는 기우하게되엿섯다。

하로는 一星이가 賢洙와갓치 庭園에서 散步을하다가몸이困하다고 쓰이를 붙너서 椅子를내다가 나무그늘에노코 두리안저서 니야기를 한다。 一星은 근심하는비시 낫에가득하여 눈썹을씨푸리면서 賢洙의게 對하야 말을 몬저 건넨다。

「웬셉이야! 淳卿의게서 도모지 편지가 업스니……그사이에 벌서 맘이 變하여슬까? 淳卿이가 그럴사람은 안인데………」

「이사람! 기정말게 淳卿이가 그런술안나! 참말 淳卿이는 요사이 보기듬은 眞女라네……」

「무론 나도 그런줄은 알지만은 편지하지안는것이 異常하지안은가?」

「글세! 아마 자네와갓치 或病이나 알치안는지! 그럿치안으면 中間에 무슨魔가 생긴게지!」「淳卿이가 病이나 나스면 父親이 아모리 사랑한다할지라도 母親도업는몸이 얼마나 외롭겟나! 그런데 淳卿의母親은 언제 도라가섯다던지?」「응! 淳卿의母親말인가? 淳卿이가 다숫살되여슬때에 도라가섯다구하더구먼 엇재스나……그父親이 무던하데 그딸을爲하야 再娶도하지안코 그러케 지낸다네………」「참말 그父親은 무던하시네………。左右間 편지업는것이 아무래도 異常하데………웬일인지!」「여보게 一星君! 내생각에는 저聖淑이가 아무래도 수상하데………」

「이사람! 자네는 別의심을 다하네 聖淑이야 저번에 내편지代筆까지 하여주엇는데 그러나!」「아니! 그럿치안타네」 열길물속은 띠려다볼수잇지만은 한길사람의속은 모른다네 자네 생각하여보게? 聖淑이도 아직 未婚한處女의몸으로 自己의게 遠大한希望이 업스면 무슨싸닥에 자네의게 그러케 親切하게 구겟나…

……」『글세? 그럿키는 그래……」
『가만잇게 내가 聖淑의방에가서 그態度를 보고올터이니……」하면서 一星을 庭園에 혼자두고 賢洙는 聖淑의방을向하야 들어간다。
聖淑은 오늘도午前에는 學校에가서 敎授을석키고도라와 自己방에 혼자안자서 前後일을 생각하여본다。『一星氏 가나를사랑하기는 하지마는 암만해도 結婚홀생각은 업는모양인데 공연이 나혼자외싸사랑이 안인가? 그럿치만 아모리 一星氏는 나를 不顧한다홀지라도 나는 一星氏를 니줄수는업다? 그동안 淳卿이고년의게서 一星氏의게온편지가 十餘次이나 되는데 이것을 엇지홀쇼? 一星氏를 줄싸? 말싸? 주면 一星氏는 깁범할터이지? 아? 이거시 罪가안인가? 罪? 罪? 罪를犯한者는 반다시 罰이잇써지? 아이고 무서워……에라 갓다주겟다」 이러케決心한뒤에 그동안 淳卿의게셔 온편지모와두엇든것을 ㅅ내여 가지고 一星의방으로 들어갓다。맛참 一星이가 업는ᄭ로 혼자셔서
그는일주會堂에서 들른聖經말을 성각을하여본다。『이와가 惡魔의게 쎄임을밧아서 善惡果를 먹은뒤로 사람이야 누구나모다 罪가잇다든데 이것이罪라니 日後에 自服하면 그만이지 예라 편지를 주지안켓다」 다시決心을하고 自己방으로 도라오니 생이가 지금은 一星이가 비록몸이 좀 健康하여젓지만은 아직도 習慣性으로因하야 一星의게 오는편지한장을 쪼갓다준다。聖淑이는 생이가 나간뒤에 혼자속으로『요도적년이 쏘 무슨아양을 부렷는고?」하면서 시긔하는맘으로 편지를쯧어가지고 한참낡어보는이쌔에 밧게 人跡이잇슨듯하여 얼는도라보니 별서 문을열고 들어오는 사람이잇다 이는 別사람이아니요 一星의親友 醫師與賢洙이다。聖淑은 蒼卒間에 엇지할줄을 모르다가 코룰푸는체하고 뒨문을열고 그편지를 밧게던젓다。賢洙는 말업시 다시 나간다。聖淑은 賢洙가그편지를 집지나안을싸 두려워서 뒷문을열고 뛰여나가니 賢洙는 별서 그편지를 집어가지고 一星이안저잇는곳으로 向하야 거러간다。聖淑은 엇지할줄을 모르고 밋친사람모

양으로 한참 징신업시 우두커니 시엿다가 自己방으로 들어와서는 그만 자리에 쓰러젓다。

賢洙는 그편지를 집어가지고가서 一星을 주면서 自己의錯誤을 自矜하는듯한목소래로 말한다。

『여보재 一星君! 내 짐작이 무던하지? 이편지를 보게……』

一星은 이편지를 바들쌔에 가슴이 울컥거리고 손이 썰니는것을 억지로 鎭定하고 처음부터 쯧까지 낡어보더니 怒氣가등등하야 賢洙을건너다보면서 말을 건넷다。

『글세 그럼은그럿켓지! 淳卿이가 편지를 안이할理는 업서……… 내! 聖淑의게 가서 그동안편지온것을 모다 찻겟네 나는 그런줄 몰낫더니 天下에 고한계집이로군………남의게오는書信을 제가 모다 橫領하여가지고……에이……생각을할사록 분하네………』

『여보게 一星君! 그럿치만 넘어 甚하게구지는말게 공한즘생이 사람을 害한다는말파갓치 넘어甚하게 굴면………』

賢洙의말을 채듯지도안코 一星은 怒氣가등등하여 聖淑의방으로 向하야 달아간다。

聖淑은 自己의일이 發覺됨을알고 自己방에 도라와서 精神업시 쓰러저울고잇다가 누가 압페와서 『에보! 聖淑氏?』 부르는소래에 씨로소 정신을차려서 그가 一星임을알고는 다시 울기만한다。 一星은 아조 嚴正한목소리로 『여보 남의편지를 橫領하는것이 淑女의할일이란말이요? 내게오는편지를 모다 엇지하엿소? 어서내노으시요…그럿치안으면………』말을채마추기前에 聖淑은 긔운업시 니러나서 말업시 冊床함에서 十餘度書信을 쓰내여 一星의게 주엇다。 一星은 書信을 밧아가지고는 門밧그로 나가려할쌔에 聖淑은 一星의옷자락을 잡으면서 『여봅시요 一星氏? 당신은 나를不顧하시지만 나는 참말 당신을 사랑합니다 만일 당신이 내말을 들어주지안으면 나는………나는………죽음………니다』 비록 남모르는 외짝사랑이라고할지언뎡 聖淑의 가슴에서 니러나는 사랑의불길은 一星의말한마대에 死活이달닌듯하다。 一星은 더욱

冷情한 口調로『나는 그런비루한사랑을 원치안소』하면서 뿌리치고 나가려고하는것을 聖淑은 매여달니면서 아조 悲哀한목소래로『여보 一星氏? 一星氏? 저……는……』할때에 門을열고 들어오는사람은 吳賢洙이다。聖淑은 賢洙을보더니 一星을노코 賢洙의게 달녀들어 넥다이를 잡아단기면서 發狂한사람모양으로 말을되는대로한다『이놈아 네가무순상관잇서………이놈, 네가 나를죽이는구나………』一星은 이 광경을보다가 달녀들어 聖淑이을 내밀치고 賢洙를 세여노으니 賢洙는 다만『에익』할뿐이다。主人老婆는 그방에서 써드는소리를듯고 뛰여들어가니 一星과 賢洙는 말업시 밧그로 나가고 聖淑은 자리에 쓰러저서 울고잇다。이말은 잠간 그치고 淳卿의形便을 좀 기록하려한다。

三

淳卿은 平壤에서 一星의탄車가 汽笛한소래를 머무르고 첫거름을 始作할때에 항켓치로 흐로는눈물을씻츠면서 프라토홈을나와 人力車를 불너타고총총히 집으로 도라간다。聖淑은 恩植이라부르는 四寸오라비가 잇섯다。恩植은 爲人이 얼는봄에 端雅하고 正直한듯하나 마음이不良하여 別別흉악한手段을 다써가면서 남의處女의貞操를 희롱하기로專務하지만은 엇더케하는지 그리不良한行動을 아는사람은 하나도업다 만일잇다하면 神밧게는 업슬터이다。이날 恩植은 聖淑을 전송하기爲하야 정거장에나왓다가 淳卿의엡분姿態擧動에 惚恍하야 엇지할줄을 모르고 淳卿의擧動만 살피더니 人力車를타고가는것을 보고는 失性한사람모양으로 눈이 멀거니서서『저것을 엇지하면한번……』속으로 생각하는동안에 발은 無意識的으로 서너거름거러젓다。恩植은 自己발뿌리압페 女子의 손가방이 써러저잇슴을 發見하고 얼는집어서 열어보니 그안에 성경책과 書信한장이 들어잇다。書信皮封을 보니 압페에는 李淳卿孃前이라쓰고 뒤에는『당신의사랑을 밧는한별이라고 써여잇다。恩植은 前에 自己누이의게 淳卿이가 美人이라는말을 들엇슴으로 이가방이

淳卿의몰건인것을 진삭하엿다。『저것을 엇지하면……」하고 한숨을 쉬던恩植은 아조 깁싼빗치 얼골에 나타나보니면서 왕ㅣ이것을 가저스면 내소원을 셩취할수잇다。 제가 아모럭 럼녀라도 내手段에야 셰려지지안을수잇지…………하나님이 내원을 일우워주시려고 이기을 셰리치게하엿구나…………」혼자 입속말노 중얼기리다。 아ㅣ 가방이 셰려진줄을 모르고 人力車를 재촉하여 집으로 도라가는淳卿의게 장차엇더한風波가 성길넌지 造化翁밧게는 아는 사람이 업섯다。 元來恩植는 心思가 不良한者를 利用하여 自己의 道具을 만드는法이다。 이제에 恩植의良心은 벌서 悪魔의압박을 밧아 그만道具가되고 말앗다

* * * * * *

淳卿은 一星을 니별하고는 精神업시 人力車우에 을나안저서 一星의일만 생각하는동안에 車夫가『宅문압이올시다 나리십시요ㅣ」하는소래에 비로소 정신을 차려 車비를엇든 가방이셰려진줄을 깨다랏다 『아이코 내가방ㅣ 가방이 어듸서 셰려젓노ㅣ 가방가방ㅣ」혼자 중얼거리는 소래를 듯고섯든車夫는 未安한싱각이나서『황송하옵니다 어듸서 셰럭젓는지 집작이계시겟습니다그려! 말슴하십시오 제가 가서 차자다들이겟습니다」한다。

淳卿은『맘만하여도 고맙소ㅣ그럿치만 어듸서셰려젓는저 알수가 잇서야지…………」하면서 賃金을 厚히주어 車夫는 돌녀보내고 自己방으로 돌어가서 冊床을 의지하고 안잣스나 그의精神은 旅行車를타고가는 一星의몸파갓치 慶州를向하야 날아간다。슉으럿든 고개를 넉적들면서 혼자 한식하는말이다

『一星氏는 지금어듸나 가슬고? 무슨생각을하고잇는지! 아마 一星氏도 나를생각하겟지ㅣ 내가 다섯살에 사랑하든 어머니가 도라가신뒤에 오직 한분이신 아부지씌서 나를 金枝玉葉갓치 귀해하시며 사랑하시지만은 아부지는 恒常 公務가분주하다 분주하다하시면서 每日아츰부터 저녁새지 小學校어린아희들敎授를 하시노라고 끈몰하게지내시며 밤에도 夜學을식히신다고 하시는고로 나는 한번도 아부지와죠

공이 담화도못하여보고 늘 외롭고적막하여 學校에갓다온뒤에는 혼자 방에서 늘 갑갑하게지내다가 우연이 一星氏를 맛난뒤로 一星氏가每日와서 담화도하고 散步도갓치하면서 자미잇게지내드니 아! 一星氏! 나를버리고 어듸가섯쇼! 나를 더려가지요! 그럿치안으면 어서도라오시요! 아이고 나는 혼자외로워서 엇더케살고? 석달이야 잠간이지………어서석달이 지나가면 우리 一星氏를 맛나보겟다。석달석달 어서어서』

淳卿은 心思가 散亂하야 밤에는 잠을일우지못하고 아츰에는 일즉이나려나 소시도하지안코 筆硯을당기어 一星의게 安寧이가셧슴니가 문안말부터 始作하야 나는 당신생각이나서 어제밤에는 뜬눈으로지내엿다는말을 자세이기록하여 편지를붓친뒤에下人老婆가 갓다주는 早飯을 먹는듯마는듯하고눈이멀거니 심란하여 안저잇다。老婆가 보기에 아처러운 생각이나서 위로하는口調로『아씨! 넘어心慮하지마시요! 석달은 잠간임니다。눈갓치잇는것보다헤여젓다가 맛나면 더 반갑담니다。말을 채마치지못하여 밧게서 누가 主人을부르는 소래가난다。淳卿은 老婆의게 向하야 밧게서 누가찻소! 나가보시요! 한다。老婆는 나려서면서 속으로『누가왓노!올사람이업는데……』중얼거리며 밧그로 나가더니 朴恩植이란명함을 가지고 들어오면서『이어른이 아씨를 잠간 뵙자고합니다』하는말을듯고 淳卿은속으로『朴恩植! 이! 사람이 聖淑의오라비라는데 무슨일인고? 나을차즐새닭이 업지안은가?』생각하다가 老婆다려 무슨일노 왓다고 하드냐고 무르니 老婆는『무슨일인지 색아씨를 뵈옵고 할말이잇다고하십듸다』대답하는말을 듯고 聖淑은눈살을씨프리면서 左右間이리로 들어오시라고 하시요한다。聖淑이가 恩植을面會함으로 因하야 장차 自己의게 엇더한 悲劇이 생길넌지 이는 恩植이外에는아모도모른다。聖淑은 왜? 그런지는 自己도 모르지만은 공연이 가슴이 울넝거리며 두려운마음이 싱김을 禁치못하여섯다。

恩植은 老婆의 引導함을 딸아 들어와서 웃는낫츠

로 쫑손이 모자를벗고 인사한뒤에 淳卿의勸하는자리에. 안즈면서 아조 다정한목소래로 말을건넨다

『淳卿氏! 우리 滿淑의게 말슴은만이 들엇슴니다만은 오날처음뵈임니다。』

『네! 저도 滿淑의게서 말슴은 만이들엇슴니다 그런데 오날은 무슨일노 이러케 루지에오싯슴니까?』

淳卿의단조직인的으로 무슨일노 왓느냐고 뭇는 嚴正한말은 書齋에서 恩植은 좀不快한생각도 업지안치만은 미우 다정한 口調로 愛嬌的우슴을 우스면서 말대답을하다。

『어제 정기작에서 손가방을 엇엇는데 열어보니산 속에 淳卿氏의 일홈쓰인 諧信파 성경이 들어잇기에 가방을 傳하려고 가저왓슴니다』하면서 양복포켓트에 커운손가방을 쓰내여놋는다。 아직도 世上졀을 모르는純潔하고 單調한少女 滿淑은 自己의일헛든물건을 차즘으로 깁븐생각뿐이요 뎌사람이 무슨目的으로 이것을 갓다주는지 모른다。 가방을엇어스면 下人을 식혀서 보내든지 그럿치안으면 이집에와숟시라도 老婆의게 주어傳하여도 無妨할터인데 아직三十前 血氣方壯한靑年이 혼자잇는 남의處女을 조용이 맛나려함은 그사람의 마음속에엇더한흉計가 잇슴이 明若觀火하지만은經驗이적은淳卿은 다만 恩植의親切함을 衷心으로 감사할뿐이요 다른생각은 조곰도 업섯다。

『이처럼 親切하게 가방을 갓다까지 주시니 무어라고 감사할넌지 모르겟슴니다。제아부지는 늘學校에가시고 저는 언제나 혼자잇서서 심심합니다。저를 滿淑이와갓치 누이로 아시고 餘暇가게시면 놀너오십시요 저도 恩植氏을 옵바와갓치 알겟슴니다。』

淳卿은 自己의마음을 미러워 남의마음을 헤아렷는고로 사람은 누구나 自己와갓치 마음이 淸白한줄만알고 自己의생각나는대로 말을한다。그러나사람의마음에 측량할수업는 흉計가잇슴을 모르고 웃고십프면 웃고 울고십프면 우는 天眞란만한 淳卿의몸에 엇더한 苦痛과 悲哀가 생길넌고?

恩植은 淳卿의 입에서 『혼자잇서서 심심하니 놀

녀오시요」하는말이 나올째에 혼자속으로『너도내손에 써러젓구나』하는滿足을 가지고잇다가 대답을한다。

『고맙슴니다。참말 저도 聖淑氏을 누이와갓치압고 잇다금 놀너도오겟슴니다。』

恩植은 交際의第一步로 자조來往할길을 열어노코는 처음에 넘어오래잇슨것이 不吉할듯하여 곳니러나 집으로 도라갓섯다。

聖淑은 恩植이가 도라간뒤에는 또다시 적막하게 혼자안자서 이일저일 싱각하여본다。

『一星氏는 지금무엇을 하고계신고? 내가붓친 편지를 아마모래쯤은 바다보시겟지 아ㅣ어서 석달…………그런대 恩植氏그어른은 매우 친절하신량반이다 나도 그런옵바나 한분게서스면…………聖淑이는 八字가죠타。아니……나는 賢洙옵바가 게신데…………그럿치만 그는 親옵바가 안이야…………親옵바는 別한가……

……참말 賢洙氏는 나의親옵바나 일반이지……

……또는 恩植氏도 나를 누이와갓치 아따주겟다는데…………그리고보니 나도 幸福된사람이다。

恩植은 그다음부터는 每日聖淑의집에 가서 談話도하며 或은 두리서 散步도단엿다。그러나 大門밧게서 엿보와 집에다른사람이 잇스면 들어가지안는다。自己가 聖淑이와 兄弟되기를 맹세한以上에야 누가 잇던지 光明正大하게 出入할터이지만 恩植은 自己속이 어두운고로 남모로게 숨어단니는모양이다

하로는 恩植이가 와서 말하기를 自己집全家族이 모다 箕子陵에 가서 오늘午後에 園遊會를 하니 淳卿이도 갓치가자고한다。淳卿은 다만 恩植의 친절함을 깁부게 싱각할뿐임으로 園遊會에 참예하기를 허락하엿다。恩植은 곳老婆를식혀서 人力車둘을불너다가 自己도 淳卿과갓치 타고 淸流壁新作路를져나 浮碧樓로向하야 모라간다。

淳卿은 다만 따라갈뿐이요 이제부터 自己一身에 엇더한悲劇이 싱길줄은 죠곰도 모른다。얼마가다가 人力車가 멋는곳에서 나리니 여기는 浮碧樓아래다 恩植은 압서고 淳卿은 쌀아서 올나간다。恩植

이가 도라다보면서「淳卿氏 매우덥지요? 저긔茶店에가서 氷水나 한잔먹구갑시다」할때에 淳卿도 덥지안음은 안이다。다만「네」하고 말업시 쌀아갈뿐이엿다。永明寺前에잇는茶店에 들어가서 恩植은 下女의게 第一조용하고 적은방으로 引導하여 달나고 부탁한다。淳卿이가 經驗이만은 女子가트면「어름한잔 먹고갈터인데 방에 들어가면 뭘엇해요? 이럭케 反對라도 하련만은 可憐한淳卿은 다만恩植의 친절함을 고맙게생각할뿐인고로 또한 말업시 下女의引導하는대로 들어갓다。지지는듯한 녀름해도 正午가 지내서 六七時後에는 어두움에幕이 열닐터이다。

恩植은 淳卿을 혼자방에 안치워두고 밧게나가서 下女의게 무어라고 한참니야기를하고 들어온다。淳卿은 웨? 그런지 自己도모르지만은 가슴이 두근두근하고 머리쌀이 옷삭하며 몸에 소름이 쭉세치면서 갑자기 두려운생각이 낫섯다。두사람은 말업시서로 처다만보고 잇슬때에 下女가 비루와사이다를 가저온다。恩植은 너털우슴을 우스면서 淳卿의게向하야 아조多情한 口調로「나는 비루먹을터이니 淳卿氏는 사이다 자시요」하면서 몬저 사이다를한 곱부에 부어서 淳卿을 勸하고 다음 自己는 비루를 마신다。下女는 淳卿의얼굴을 한참 듸려다보더니 불상하다고 同情을하는듯이 도라서 나가면서 혼자 입속말노 무어라고 중얼거린다。淳卿이가 마시는 곱부에 신경마시하는약을 석근줄이야 누가 알니요 아ㅣ 純潔無垢한 少女의運命이 장차 暗黑하여지는듯하다。一星이가 이일을알면 얼마나놀나며 얼마나 노하리요 그러나 千里를隔하야 잇는 一星이 엇지 自己愛人의게 이런不意의일이 잇는줄을알이요만은 夫婦는一体라니 一星의精神에는 無線電信과갓치 宇宙의空間을 通하야 무슨감응이이스리로다。

淳卿은 사이다를 한곱부마시고나니 머리가 행뎅하고 어줄어줄하다가 나종에는 정신이 삼박하며 그자리에 쓰러젓다。永明寺에 저녁재를 올니는 인경소래는 俗世의罪惡이 만음을 비웃는듯 경계하는듯 장차 열니려는 暗黑의幕을 通하야 처량하

개 울어온다。

* * * * * * *

淳卿은 얼마동안 정신업시 睡眠狀態로 잇다가 정신을차려 눈을새보니 여기는 어제午后에 恩植이와 갓치와서 사이다를 먹든 그방이다。화닥닥놀나서『내가왜 엿태썻 여기잇노? 아버지께서 學校에단녀오서서 나를기다리실터인데……어서 가야되겟다……몃시나 되엿노?』하면서 時計를 쓰내보더니『에――벌서 새로두시가 되엿네……발기前에는 갈수가업구나……아이고 이를 엇지하노……自己가 정신업시 누어잇슨동안의일이 꿈갓치 희미하게 생각된다。아 可憐한淳卿은 하로밥 아니 몃시간사이에 벌서 지금은 處女의몸이 아니요 惡魔갓튼 恩植의게 더러힌바되고말엇다 淳卿은 생각할사록 원통하고 분하여서 니를갈며 恩植을 咀呪하다가 一星의생각이 머리에 써올을째에는 두려움이 싱겨서 몸에 소름이 쭉세치며 감작놀내엿다。

『아이고 원통해 아이고 분해 이놈 恩植이 이놈 惡魔 惡魔 네놈이 언제던지 天罰을밧으리라。아이고 무서워……이일을 엇지하노……당초에 내가 잘못이지……그惡魔갓흔놈과갓치 散步가 다무엇이야……아이구 원통해……내몸은 벌서 그놈의게 더러워젓구나……이일을 엇지하면 죠흔고……千里他鄕에 외로이게신 우리郎君 이런줄은 모르고 나를생각하시고 게시겟지……여보 一星氏 내가 잘못하여스니 용서하여주시요……아이구 무서러워……一星氏가 도라오면 무슨낫츠로 對하노……반가이 와서 내손을 잡을터이지……이 더러운몸을……一星氏가 賢洙옵바는 무슨일노電報로불너갓노……옵바도 無情하시지……갈때에 단녀가지도안코 急히 오라는電報가 와서서 간다는藥醫한장을부치고 그러케간다……간다음에는 賢洙氏의醫信도 업스려니와一星氏는 왜 소식이 업는고……稱이나 나지 안앗넌지……醫師옵바를 청하여간것을

성각하면 病이난모양이야…………아이구 나무옴바를 닫아서 殿尙道나갓더면 이런욕을 당하지안을걸…………이놈恩植의게 분푸리를 하여야되겟다。강간이라고 告訴을할싸…………告訴을하면 이일이 新聞에날터이지…………그러면 一星氏도 妻이이니 一星氏가 얼마나 속이상하겟노…………아아 이린때에 賢洙氏나 게시면 의론이라도 하여보련만…………아니 賢洙氏가아모리 親엄마와 갓더라도 이일은 의론할수가업다。부스러워서엇서케하노……』

淳卿은 한참 호득호득늣기면서 울다가 고개를번적들어 창을내다보니 東便하늘에는 曙光이 희미하게보이며 江건너村에는 새벽을 재촉하는 닭의소래가 자조들니다。淳卿은 다발근뒤에 自己의 얼골을 남의게 보이는것조차 부스러운 성각이나서 채발기前에 魔窟갓흔 이놈의집을 써나야되겟다고 맘을定한뒤에 茶店鋪세나 淸流壁新作路로 나려간다。

恩植은 淳卿이가 정신업시 쓰러진뒤에 自己의目的을 達하고는 主人의게 간조를 原하게 하여주고『녀인손임은 비루를 한잔마시고 취하여 누어스니 쌜때싸지 그랑두라고』 付托한뒤에 自己집으로 도라가고 말앗다。

淳卿의父親은 學校에서 도라와서 老婆의게 淳卿이가 恩植이와갓치 園遊會에 갓다는말을듯고는 平素에 恩植의親切함을 고맙게성각하든터임으로 그다지 수상하게도 녀기지안코 밤에 도라오지안치만은 아마恩植의 집안家族들과갓치 그집으로 가서놀기에 자미가들어서 時間가는줄을 모로고잇다가 밥이깁허서 그집에서 자는게다。自己혼자 推想할뿐이요 여지것 어듸가서 밤을지내여 도라온적이업는 淳卿의 平素에 行動은 조금도 성각지안는다。이는 그父親이 淳卿을 몹시사랑할뿐만안이요 쏘한 그爲人을 크게 信任하는고로 무슨다른일이 잇스리라고 렴녀하지안는다。

그잇흔날아춤에 淳卿은 허둥지둥 집으로 도라왓다。그父親은 敎授時間이되여서 學校에가려고 두루마기를 닙다가 淳卿이가 들어옴을보고 반기면서 『녀ㅣ 이쟈 오니? 어젯밤은 아마 恩植氏宅에서갓

지』못는다。 淳卿은 정신업시 다만「네ㅣ」할쌔름이다。 그父親은『응 그런줄아랏다 어서들어오너라 나는 시간이되여서 學校에 가야되겟다』하면서 나가려하는것을보고 淳卿은 무슨말을하려고『아버지』불너스나 그다음말은 입속에서 나오지 안는고로 미쳐못한다。 그父親은 淳卿을 도라보면서『오ㅣ 네가 쏘一星이생각이 나는게로구나……별서 한달은 지내스니싼 이제두달만 지내면 도라올터인데 창으렴으나。 나는 學校에가야 되겟다 내가 한시간을 쌔지면 여러학성이 모다한시간式 闕할터이니 그손해가 얼마나크냐!! 니야기는 잇다 學校에갓다온뒤에 徐徐히 하자………』말을 채 그치지도안코 총총히 밧그로 나간다。 果然이 父女의 談話는 東問西答이란말이 가장 適當하겟다 그러나自己의 썰을 깁피밋는 그父親의 公務를 重하게 생각하여 私談을後에 하쟈는그公益心은 본바들만 하도다。

四

一星은 健康이 回復되어 다시 自己의 職務를 服行하려고 東萊梵魚寺를 向하야 써나고 賢洙는 그길노 곳평양으로 도라와서 淳卿을차자가니 淳卿은 일변반갑기도하지만은 自己의過失로因하야 몸이더러워진것을 생각하고는 두렵고 무서움이 섞겨서얼골이 自然 붉거짐을 깨닷지못하엿다。 淳卿은 賢洙의게 一星이가 벼랑에 더러저서 傷한발을 둣고는 몹시놀내엿지만은 賢洙가 가서 治療를식힌 結果로 지금은 다시健康이 回復되여 東萊로갓다는말을 들을쌔에는 깁븜을 의이지못하야 賢洙의재 감사함을 表하는 同時에 自己가 가서 看護치못한을 속으로 恨하엿다。 그러나 賢洙은 [illegible]淑의일은 죠곰도 말하지안앗다。 이는 賢洙가 淑香의 行動을 고약하게 생각하지만은 그의烈烈한사랑이 잇슴은 同情할이요 쏘는 一星이가 도라오면 自然이알게될일을 공연이 自己가 말할必要가 업다고 생각함이옴。 더구나 自己는 醫師인고로 남의 神密은 직키는것이 天職임을 아는싸닭음이다。

淳卿은 비록 自己를 몹시사랑하고 心理를아라주는 賢洙이지만 自己의지은일을 말하기는 부서럽기

도하지만은 억지로 부스럽을 무릅쓰고 말을하여서 분푸리를 하려고『오라비며』한마듸 붇너스나 말이 다시는 입박세나오지 안음으로 그만中止하엿다 賢洙는 淳卿이가 一星의생각이나서 그러는줄만 알고 우스면서『누이 너쏘 一星이생각이 나는게로다 ……………이제는 오래지안아서 도라올터인데……… 그러케 보고십거든 써라가렴으나…………』롱담을 한마듸하고는 事務가 분주하다고 病院으로 도라갓섯다。

一星은 하로가 三秋갓타서 어서 職務를마츠고속키 도라가더고 晝夜를 헤아리지안코 여긔저긔단녀면서 애를쓰지만은 일이 뜻과갓치 速키進行되지못하여 三個月가량이 되엿스나 不得已 二個月동안더 視務하지 안을수업시되엿섯다。

淳卿은 賢洙가 간뒤에 혼자 외로이 안자서 自己의 將來를 헤아려본다。

『이일을 엇지하노 아부지는 밤낫 남의 아희들만 대리고 敎育을하시노라고 집에도라오시면 분주하다。분주하다하시면서 총총히 단녀가시고하니

아부지씨 말슴을 들이려하지만은 결을이 잇서야지…………아모리 父母라도 부스러워 잇세케 말을하노…………내몸이 더러운줄 모르는 一星氏는 每日通信을하는데…………나는 一星氏의편지를 밧을새마다 가슴이 두근두근 해서 두려움이 성기는데…………웬일인지 요새는몸이困하고 입마시업서 못견대겟서…………언재 賢洙氏의게 조용이가서 진찰을 한번하고 服藥을좀하여야 되겟다。그러나 이더러운몸을가지고 오래살면 무엇하노…………나를밋고 살아가시는 아부지생각을 하더라도 오래살기는 살아야될터인데…………아이구 이 더러운몸을 一星氏가 도라오면 무슨낫츠로 對하노………… 惡魔갓튼 그놈의게 깨끗한내몸을…… ……아이구 분해못견대겟다 이놈을 걸러서 재판을 할까? 아니……그러나 나부터 망신인대…… …이를 엇지하면 조흘고…………』

* * * * *

살가티 빠른세월은 어느덧 一星이가 집을써난지

四個月이 되엿다。淳卿은 每日근심과 걱정으로 지
낸다。잇다금 賢洙가 와서 말동무나 하여주지만은
그는 잠시뿐이다。淳卿은 몸이 차츰무거워지고 몹
시疲困하여오는고로 하로는 賢洙를 종용이 차자가
서 진찰하여주기를 請하엿다。賢洙는 우스면서『어
듸가 아프니?』뭇는다。賢洙은 무어라고 대답을
할넌지 한참 주저하다가 얼골이 쌀가케되면서『어
듸 그러케 압푼곳은 업지만은 몸이 무겁고 疲困하
여서 못견대겟서요!』다답을하니 賢洙는『그럼
어듸 진찰을 하여보쟈』하면서 聽診과打診을 한
참한뒤에 눈쌀을 씨프리면서 무슨생각을 하넌지잠
간 침묵에 잠겻더니 코개를들어 淳卿을건너다보면
서 罪를심문하는 재판관갓치 아조嚴正한목소래로
『누이 너 내게 바로 말하여라 그럿치 안으면……』
말이 체끗나기前에 淳卿은 賢洙의웃는口調가 異常
함을보고 가슴이 두근두근하는것을 억지로 진정한
뒤에『옵바 무엇말이야요?』未詳한대답을 하엿
다。賢洙는 더욱 怒한얼골노『너 바로 말하지안
을터이냐?』醫士는 못속여………… 내게 바로말
하지안으면…………』끗테말은 할새말새 주저하다
가 그만 中止한다。淳卿은 自己가슴속에 싸이고싸
인 비밀을 생각만하여도 몸에소름이 세치고 두려
움이 생기거든 엇지 참아 남의게 말을하리오『비
록 賢洙가 自己를 몹시사랑한다 할지라도 엇더케
생각할넌지 아지도못하고 또는 말은하려하나 입속
에서 나오지안는다。한참 머뭇머뭇하다가 賢洙의
게는 말을아니할수업다고 생각함인지 얼골에는 부
어슬 決心한듯한빗치 나타나보이면서 아조 天眞란
만한 어린아희가 自己의슯흔일을 그父母의게 告하
는듯한 口調로 맨처음 思植이가 停車場에서 가방
을 집어다가 주던말부터 浮碧樓넙페 茶店에서 혼
미한中에 욕을본니야기를 호득호득늣기면서 賢洙
의게 救하여달나는듯이 끗을마춘다。賢洙는 가만
이 눈을감고안자서 듯고잇더니 사랑과 同情이가득
한얼골노 淳卿을처다보면서『그만하면 짐쟉하겟다
네분푸리는 내가하여주마…………그런데 來日한번
다시오너라…………진찰을 다시한번 자세이할必要
가 잇스니…………』淳卿을 여러가지 말노 위로하

여서 돌녀보내고 혼자 진찰실에 안자서 淳卿의 일을 생각하여 본다。

『내 진찰이 분명하기는한데 저것을 엇지하노 그냥두면 一星이도 불상하려니와 無罪한 淳卿이도 또한 광인이 애매한 루명을 쓸터이니 엇지할고 만일 手術을 한다하면 이는 法律上 또는 道德上罪가 안인가? 그럿치만 淳卿의말하는양을 보니까 自己는 아직 모르는모양인데 正直하고 單純한 그性質에 만일 그런줄을알면 부끄러워서 自殺이라도 할터이니 이일을 엇더케 처치하여야 正當하고 安全할고…………』

賢洙는 賊賢殺人인고로 法律上罪보다도 道德上罪를 더욱 두려워 하든터이다。 고개를 숙이고 默祈禱를 한참하고 잇더니 무슨決心을 한듯이 고개를 번적들면서 혼자 입속말노『내일 다시 진찰을 하여본뒤에 수술을할수밧게업다 두사람을 爲하야 한목숨을 버릴수밧게업다。 법률상죄가 될넌지는모르겟다만은 내良心이 同意하는일인즉 하나님께서도 용서하여주시겟지…………』 중얼거렷다。

淳卿은 집에도라가서 혼자 속으로 賢洙의말을 다시 생각하여보왓다。

『아마 내病이 重한모양이야 그럿치만 그다지 압흔데는업는데…………病이 重하지안으면 手術을하자고할理由가업지…………手術을 엇더케하노…………賢洙氏도 야속하지…………무슨일인가 무러도 대주지도안코…………아니……그거슨 내가 病名을알면 도로혀 心慮를할터이니까…………나를極愛하시는 옵바가 가라처주지안는게지…………더구나 醫師는 秘密를직키는것이 天職이라니까…………一星氏께 通知를할까? 말까? 아니…………一星氏도 自己가 病나슬때에 내가 놀날가 렴녀하여서 通知을안이하엿다는데…………아々 내몸은 더럽힌몸이다 그惡魔의게…………아이고 무서워…………나는 一星氏의 純潔한사랑을 밧을만한資格이 업다…………그러나 내가 죽기前에는 一星氏를 니즐수는업서…………太初에이와와 아담이 惡魔의 씌임을 밧아 善惡果를 먹고 에덴 동산

에서放逐을當할파갓치 나는 惡魔의때임을밧아 몸을 더럽혀스니 사랑의樂園에서 放逐을 當하겟구나 一星氏가 내일을알면 얼마나 놀내며얼마나 愁할쇼? 네마음은 白雪갓지마은 나를더러운게집이라고 도라보지도 안을터이지…… 사람이 언제나 한번죽기는 一般인대 캬! 죽을까? 그래도 一星氏 얼골을 한번다시 보와스면…… 一星氏는 내가 이런쥴은모르고 도라오실때에는 土産도 만이사가지고 오실터이지……그리고 婚禮도 지내쟈고하실터인대……엇지하면 죠은고? 살아서 남의게 치쇼를 當하는것보다 차라리 죽는것이 낫지…… 제몸을 스사로 죽이는것도 살인이라고여수씌서 말슴하엿는데……아이고 무서워…… 進退兩難이란말은 나를두고한말인게로다。…… 左右間 내일 賢洙氏게 다시가서 진찰이나하여보쟈……넓은世上에 내마음 아는사람은 賢洙氏한사람뿐이다……아부지나 一星氏도 나를사랑하기는 하지만은 내맘은 몰나…… 아부지나 또는 一星氏의게는 참아 하지못할 그말도 賢洙氏에게는 말하여스니깐…… ……物質不滅이라는 學者의말파갓치 愛情도不滅이겟다。가령 一星氏가 나를不顧한다할지라도 나는 一星氏를 나좃수는업다。그러치만 一星氏와 結婚은할수업스니 내몸은 입이 더러운몸이니깐 비록 一星氏가 내일를모르고 婚禮를 하자하더라도 내良心이不許하니깐…… 죽는날까지 獨身生活을 할수밧게업다。내가싀집을가면 또한 아부지씌서 혼자 寂寞하게지내실터인데…… 그럿치만 사랑하는 一星氏를노코 혼자 외로워서 엇더케살쇼? 내가 왜? 虎狼갓흔 恩植이 그놈을 親하엿든고? 그일은 생각만해도 몸에 소름이 세친다。아아 무서워……』

淳卿은 어리가지 煩悶으로因하야 잠을 일우지못하고 자리속에서 이생가저생각 하는동안에 날은거의 밝갓다。사람은 누구나 한가지弱点은 다잇슨것이다。비록 英雄豪傑이라도 잇것든 하물며 녀자는

몸도 弱하려니와 맘이全體弱하게생겨나스니 先天的弱点의 結晶이라하여도 過言이안인듯하다。 그러나 무슨決心을 한가지하고 그것을實行하는데는 女子가 오히려 男子보다 强한点도업지안타。 淳卿은 하로밤사이에 여러가지 解理을한結果 自己는 더러운몸인고로 一生을 사랑하는 그마음은 닛을수업스나 結婚은할수업다고 굿게決心하엿다。 아아 이決心이 언제까지나 存續할는지 이는 疑問이로다。

淳卿은 일즉 니러나 早飯을먹는듯 마는듯하고方今學校에出勤하려고 門밧그로 나가는 그父親의게 對하야 오늘외가되면 手術을할넌지 모르겟다고 간단한말노 告하니 그父親은 『무슨 病인지는 모르지만은 手術手術』 입속으로 중얼거리면서 눈살을 찌프리고 맘입시 大門을 나섯다가 다시 들이와서 엇써가下學한뒤에 病院으로 가겟다는 말을하고 도로나간다。淳卿은 곳人力車를불너라고 病院으로갓다。

賢洙도 속의煩悶으로 因하야 잠을 일우지못하고 밤을 뜬눈으로 새엿다。 淳卿과 賢洙가 다갓치밤을 새여스나 두사람의 心理는 各各다르다。 淳卿의 일은 대강우에말하엿거니와 賢洙는 혼자속으로『두사람의 써지려하는 愛情을 復活식키고 아직 채되지안은 惡魔의씨를 업시할싸? 또는 未成하엿다할지도 그도하나님이 주신生命을 가저슨즉 그를살니고 두사람을 平生苦痛으로 지내게할싸? 한生命을 爲하려면 道德上 良心의 苛責이잇고 두사람을 爲하려면 法律上 犯罪가될터이니 엇지할싸? 두사람……………한生命………아무래도 두사람을爲하야서 한生命을 업시할수밧게업다 그는 비록 生命이엇슬지라도 惡魔의씨이다。 업시한다할지라도 法律上罪가될넌지는 모르지만은 道德上죄는 안이다。 來日 다시진찰한뒤에 手術를 할수밧게업다』 맘을定한뒤에 默祈禱로써 自己의決心을 主께 告하엿섯다。賢洙는 비록 法律上 善이라고 判定하는 일이나 또는 여러사람이 올타는 일이라도 自己良心이 不可라는것은 行한적이업섯다 그러나 法律上 罪라고 認定하는일이요 또는 멧멧사람의게 有害한일이라도 自己良心이道德上善이라는 判定을하면 남들이야 무어라고 하던지 기탄업시 行하는 正直한 사람이다。 이날도

아츰에 일족나려나 看護婦를 불너 오늘 大手術이 잇슬터이니 機械를 미리整頓하여두라고 指揮한뒤에 淳卿이 오기를苦待하고 잇섯다。 고개를 숙으리고 얼굴이 쌝가케되여 緩步로 거러들어오는淳卿을 보고는 곳 나려서서 진찰실로 더리고들어간다。진찰을 자세이 한뒤에 賢洙는 淳卿의게向하야 비속에 瘤(所謂랭)이잇스니 開腹手術를하여야 되겟다고 간단히 說明하엿다。 淳卿은 元來 賢洙을 信任하는고로 그의말이라면 水火라도 피치안으려든 하물며 自己의病을 곳처주겟다는 그말을 엇지 거역하리요! 當日노 곳手術하여주기를 請하엿다。賢洙는 미리 그러케하려고 準備하엿든터인고로 그날 午后에 淳卿을手術臺에누이고 콜로홈을 씌긴뒤에 手術를 始作하려고 칼을잡으나 醫士된지 六七年에아모리 큰手術이라도 서슴지안코 着手하던 賢洙이지만은 이날은 공연이 손이떨닌다。 넙페섯든 看護婦는 賢洙의氣色을 살피고 嘲弄하는口調로『先生님! 사랑하시는妹氏 手術를하시려니깐 아처러운 생각이 나시나봄니다그려! 院長先生님더러 代身하시라고하시면 조흘듯합니다』 勸告를하엿다。賢洙는自己혼자만 알고잇는 秘密은 남이알면 큰변이 나리라고 생각을 함인지 다른사람을 手術하는것갓흐면 다른醫士를 좀도와달나고 請하기라도 하련만은 오늘은 다른醫士가 도와주겟다는것도 거절하고 다만 自己가 信任하는 看護婦 한사람만 더리고 手術을 始作하던터이다。 看護婦가 院長다려 代身하여달나는것이 조켓다는말을듯고는속으로『내가 맘이이러케 弱하야서는 참말手術을 할수업시 될터이요만일 그러케되면 큰일이날터이니 정신을차려야 되겟다』고 決心을 한뒤에 意見을 말하는 看護婦의게 向하야『무얼......관계치안어............내가 그러케 용렬한 겁재기는 안이니깐.........』自己가 넉넉키 할수잇스니 걱정말나는뜻을 表하고는 곳칼을들어 開腹을한뒤에 비속에서 피덩이 한아를 쓰집어내고는 다시 封皮하엿다。 피덩이는 自己가 紀念한다고 곳알콜에 담아두엇다。 아아! 이거시 석달젼 生命인줄이야 하나님과 賢洙外에는 누구나 모른다 갓치잇는 醫士들도 그거시 瘤인줄만알고 淳卿自身

도 勿論 그리캐 認定한다。

淳卿은 手術하고 入院治療한지 一週만에 賢洙의 神妙한 手術과 親切한 看護로 因하야 아조 完人이 되여 退院하엿섯다

五

一星은 官命을 기여하기 어려워 三個月期限이된 다음에 또다시 三個月을 繼繼하게되여스나 도로혀 自己의 職務을 完成하재졈을 깁비하엿다。한가지 마음에 걸니는것은 淳卿의일이다 「나를 기다리노라고 석달동안을 三年보다도 더 길게생각하여슬터인데 또다시 두달동안을 엇더케 지낼소! 이새것 古蹟調査는 나아니라도 할사람잇겟지만은 우리淳卿이야 나아니면 누가 保護하고 사랑하여 주겟나 ……비록 賢洙가 잇다하지만은 나만 못해…… ……에라! 모로겟다……… 官職이고 무엇이고 모다 집어던지고 우리淳卿의 따뜻한사랑의 가슴에 어서 안겨야 되겟다………아니………先公後私라니……古蹟調査는 公이지만 나와淳卿의關係는 私이다 만일 私를爲하야 公을不顧한다하면 남의게 嘲笑를 밧을터이니……참어라……석달참하스니 두달더참지못하겟니………」

一星은 하로라도 速키하려고 晝夜兼行으로 或엇던때에는 밤길을가다가 산즘생의게 놀난적도 잇고 或은 職務가 頻煩하야 집에 편지쓸 餘暇도 업섯다 그러나 淳卿의게는 한週日에 두장식은 어느쌈에던지 써서 부친다。그럿치만 淳卿의게 오는 回答는 그다지 길지도안코 다만 간단하게 安否만 무를뿐이다。

元來 女子는 마음이 細微하여 편지에도 잔말을만이쓰는고로 依例히 男子의 편지보다 길게되는것은 自然의法則이다。그러나 淳卿의편지는 도로혀 一星보다 간단하니 무슨사닥인고? 獨一無二하신 神파 또는 淳卿自身外에는 참말 쥐도모른다。만일淳卿이가 自己를 手術한 賢洙의 뜻을 알앗더면 더욱 부끄러워서 敢히 붓을들어 간단한 그편지라도 쓸勇氣가 업서슬터이다。淳卿이가 그일을 몰은것이 幸인지 不幸인지는 將次알터니와 간단하지안은 淳

卿의 굴이 他鄕에 외롭게 지내는 一星의게는 큰慰安을 주엇섯다。 一星은 사랑에 눈이 어두워 一字一劃이라도 淳卿의 筆蹟을 볼새마다 깁뿐생각이다。 一星이가 만일 淳卿의게 그런秘密의 過失이 잇는줄을안다하면 얼마나 놀내고 落心하리요! 만은 幸인지 不幸인지 一星은 自己의熱情的사랑으로써 淳卿의게 感應을 求할싸름이다。 多年風霜을 지내엿고 또한 맘이 仁慈한고로 淳卿이가 故意로 그런 일을 行하엿다하면 엇썻던지 모르거니와 一時的 過失! 다시말하면 惡魔의유혹을 밧아서 몸을 더럽혓다하더라도 더욱 一星은 同情하며 애처럽게 생각하더로다。

흐르는듯한 세월은 어느덧 一星이가 집을써난지 五個月이되엿다。 一星은 아직 未畢한것이 若干 잇지만은 自己의職務를 대략마츤뒤에는 不得已한 事情이 잇다고 辭免하려하여스나 官廳에서는 一個月休暇를 줄터이니 집에나 잠간다녀와서 다시 繼續하여 調査를 마츠라함으로 마지못하야 一個月後에 다시 하겟다고 休暇를 利用하야 어서 킥으로 도라가서 淳卿를 맛나보고 이번에는 婚禮를 하여야 되겟다고 淳卿이갓다줄 土産을 準備하기에 汲汲하엿섯다。

淳卿은 一星이가 日間온다는 소식을듯고 혼자한숨을 쉬면서 自己의將來를 생각하여본다。

『一星氏가 日間오신다는데 이몸이 더럽혀진것을 모르시고 나를보시면 반가워하실터이지…………나도 一星氏를 뵈이면 반갑기는 하겟지만은…………이더런운몸을 가지고 엇써케…………내가 왜! 惡魔갓흔 恩植이놈을 조차갓던고 칵! 죽으면 조켓다………… 一星氏가 이번에는 期於히 혼례를 지내자고 하실터인대……아이고 두려워…… 내가 一星氏를 사랑하던그맘은 永遠히 不變하겟지만은 婚禮를 지낼수는 업다…………恩植이놈의 일은 생각만 하여도 몸에 소름이 세친다。 내가 웨? 그째에 精神을 일헛던고………… 차라리 그째에 죽엇더면…………아니! 내가 죽으면 홀노재신 아부지께서 얼마나 슬퍼하실고………… 내가 前에죽

넌날까지 獨身으로 우리 아부지나 奉養하겟다 그럿치만 아부지께서『네가 웨! 獨身으로 지내려느냐? 하오시면 엇더케 대답하노……비밀을 말할까? 말까? 아모리 나를 꼽시 사랑하시는 아부지라도 그말을 들오지면 내속은 모르시고 나를 미련한 계집년이라고 얼마나 慾하시게기……賢洙옵바의게도 말을하지안으려고 하엿더니 醫師되여 벌서 몬저짐작하고 작고 뭇는고로 할수업시 말을 하엿재만은…… ……그리고 賢洙옵바는 그일을 안다하여도뉘게던지 말을 에지안을터이나만……상관업지……참말 이일을 엇지하노…… 賢洙옵바는 그까짓일 상관업다고 一星氏와 婚禮를하라고 하시지만은 내良心이 부쓰러우며샨 決단코 婚禮를 할수업다……左右間 一星氏를 한번 맛나보기만 하여도……아니! 쓸데업다……婚禮도하지못할터인대 보면 무엇하노……그럿치만……』

淳卿은 비록 良心에 苛責되는일이 잇다 할지라도 사랑은 사랑이다 그가 一星을 사랑하는 單調한 생각은 깁피 맘속에 박켜잇다。참말 그의몸에 순환하는 더운피가 식기前에는 一星을 사랑하는 그 맘도 식지안을터이다。그는 맨첨에 賢洙를 사랑하엿스나 賢洙와 兄弟되기를 決心한뒤에는 그의모든사랑을 全部一星의게 옴겻섯다。무론 賢洙도 사랑하지안음이 안이나 이는 다만兄弟사이에友愛뿐이오 異性사이에 情愛는 안이다。賢洙온 비록 一星을나즈려하나 自己맘을 自制하기 어렵고 날노날노더욱 그맘이 깁허갈뿐이다。『보구두 못먹는것은 그림의 떡이란 말파갓치 깁피깁피 사랑은하지만은 結婚을 할수업는것은 나의事情이라』고 혼자 한탄을 하면서 매양눈물노 세월을 보내고잇섯다。

賢洙는『명일오후삼시 평양차』이라는 一星의 電報를밧고는 니마에 손을대고 테분에의자하여 一星파 淳卿두사람의 將來가 엇지될넌지 근심하는낫초로 눈쌀을 찌프리면서 혼자 속으로 중얼거렷다。

『一星君은 이번에 도라오면 婚禮를하겟다고할 터인대……淳卿이가 말을 들어야지……

물론 淳卿이도 一星君을 사랑하기는 하지만은 自己良心에 부끄워서 할수업다는것을 억지로 할수도업고………… 淳卿이가 手術한 그일를 모르기에 가만이잇지 만일 그런줄을 알면 正直한 그性質에 自殺이라도 꼭 할터이지…………一星君에게 淳卿의 비밀을 말하여서 이럿터라도 그過失을 용서하여주고 結婚할생각이 잇는냐고 무러 볼까……… 아니! 그럴수도업지……내가 淳卿의게 對하야 그일은 뉘게던지 말하지안켓다고 맹세하엿는데………또는 남의비밀을 직키는것이 나의 天職이니싼………할수업다………… 淳卿이를 勸하여 혼례를 하게할수밧게업다…………따른말은 무슨말이나 내가 식키는대로 하겟지만 이일은 自己良心이 不許한다고 하니싼 그러케 强勸할수도업고………… 어듸 一星의 사랑이 얼마나熱烈한가보쟈…………비록 淳卿이가 獨身生活하기를 굿게 決心하엿다 하지만은 自己도 一星을 사랑하거니와 또는 一星이가 熱狂的으로要求하면 自己사랑하는 一星의속을상하게 하는것이 아처러워서라도 허락은 할터이지…………

* * * * *

一星은 自己집에와 淳卿、賢洙의게『명일오후삼시평양착』이라는 電報를노코 오늘은 여러가지 準備를하노라고 밤이깁도록 혼자 困沒하게 지내다가 열두시가 지난뒤에야 비로소 자리에 누엇다。낫에 생각하는일이 밤에 꿈으로 나타난다』는말을 果然 是認할수밧게 업섯다。一星은 淳卿을 맛나서 자미잇는 니야기하는 꿈을쒸다가 새벽을 재촉하는 遠村의 鷄鳴聲에 놀나깨치니 窓이훤―하엿다。날이 벌서 밝앗넌가 의심하여 窓을열고 내다보나 날이 밝음이 안이라 놉고구름업시 蒼淵한푸른빗 가온하놀에 보름을지내여 이즈러진 달비치 낫인가 의심할만하게 밝게빗치여 風波만흔 우리人生을 嘲笑하는듯하다。

愛人을 니별하고 半年동안이나 他鄕客地에서 외롭고 적막하게 지내든 一星은 비록 來日이면 愛人을 맛나보리라는 깁붐이잇지만은 客懷을 禁치못하

야 너러나 뜰노나려가다。 뜰가운데 서리마저 닙써러지고 외로이섯는 오동나무아래 써러진닙을 쌀고 안저서 來日일을 생각하여본다。

『내일 평양을가면 停車場에 淳卿氏가 나올터이지…………오래간만에 맛나서 무슨말부터 문저할소? 그동안 안령이 재셧소할싸? 아니……………그간 身病으로 因하야 入院까지 하엿섯다는데 안령이 재셧소』가말이되나…………지금은 몸이 아조 健康하엿젓소? 그럴싸………… 나는 잇재던 淳卿氏는 내게 무슨 말부터 하려는고?………… 일전 賢洙君의 書信中에 『淳卿이가 君을사랑하기는 하지만은 婚禮는할수업다데』하엿스니 이것이 무슨말일싸? 나를 사랑하기는하여도 혼인은할수업다니。…………웬셈인고………… 사랑하는 男女 사이에 혼인을 못하다하면 엇던 사람세리 혼인을하노………… 아마 賢洙가 나의맘을 시험하여보노라고 하는말이겟지…………』

길고긴 가을밤을 無心히 지내는사람도 길다하거든 하물며 一刻이 三秋갓치 기다리는 一星은 時計을 쓰내여보더니 『웅! 네시는 되엿다 이재 두시만 지내면 날이 밝겟다』고 중얼거리면서 다시 방으로 드러가 자리에 누어스나 잠을 일우지못하고 속으로 여러가지 空想을 하던중안에 불근햇빗이 東便山머리를 소사올나 一星이 누어잇는窓에 쌀가케 비치엿다。 一星은 머리를들어 窓을내다보더니 『어ㅣ 이쟈 발갓군…… 밤이길기는 길더니…………汽車가 여들시십분에 써난다지…………行李를整頓하여가지고 停車場으로 나가야 되겟다…………』고 혼자 입속으로 중얼거리면서 자리에서 니러낫다。

이날午前八時에 慶州驛에는 一星을餞送하기爲하야 나온사람이 官民合하야 數百餘人이다。 一星은 一一히 作別을 한뒤에 北行車에 몸을 실엇다 汽車가 비록 全速力을 다하여 달아나지만은 一星은 汽車가 떠딘것을 恨한다。

車가 中和를지내기前부터 一星은 나릴準備를 하고잇더니 大同江鐵橋를지나 평양정거장에 거의 다 다랏슬째에 一星은 車窓을열고 프라로홈을 내다

보니 얼는보이는 사람은 貝賢洙요 그다음은 自己慈親이다。웬일인지 淳卿이는 보이지안는대。停車場에 나려서 몬저 慈親의게 인사을 하고나니 賢洙가 손목을 턱잡으면서『無事히왓나?』한다 一星은『응!』하더니『그런데 淳卿氏는 왜? 나오지 안앗너냐』무러보러고 할때에 賢洙는 벌서 짐작하고『이사람! 淳卿이맘인가 압프다고 드러누어 잇데 내가 악까 정거장에 나올때에 가보니깐……』대답을한다。一星은 아조 근심하는빗이 얼골에 나타나보이면서 賢洙의게 向하야 다시 뭇는다。

『淳卿氏가 압파서 누어서? 어듸가 엇더케 압프다던고? 자네! 진찰하여보왓갓구만……무슨病인가 무슨病이야?』

賢洙는 一星의熱狂的으로 뭇는말을 엇더케 대답을하여야 조흘넌지 未安한생각이 나서 한참躊躇하다가 모호한대답을하엿다。

『나는 肉身의病이나 治療를식키지……… 淳卿의 맘에잇는 근심과 煩悶이야 알기는 알지만은 내힘으로는 할수업데……… 아마 자네를 오래간만에 맛나게되니싼 넘어 깁부고반가지만 아직 處女의몸인고로 부끄러워서 그러는게지………』

一星은 淳卿의 弄談비슷하게 하는그말에 무슨意味가 잇는듯하야 속으로 여러가지 의심하다가『그니! 그럴理가잇나 賢洙가 내맘을 시험하여보려고 淳卿이을 나오지 못하게하고 나를 嘲弄하는것이겟지………』이러케 짐작한뿐이요 賢洙가『아직 處女의몸인고………』할때에 얼골이 붉거지넌양은 살피지못하고 다시 淳卿의일을 무러보려고 할때에 自己母親이 녑으로와서 慶尙道風俗과 여러가지 일을뭇는다。母親말대답을 하는사이에 어느던停車場構外에 나섯다。세사람은 人力車을 불너라고 城內를 向하여 갓치 들어오지만은 세사람의 생각은 各各다르다。

一星은 집에들어가 自己 父親의 인사를한뒤에는 곳그길노 淳卿의집을 向하야뛰여간다。

淳卿은 그前날 一星의 電報를 맛고는 여러가지 煩悶과 悲哀로 因하야 기나 긴 가울밤을 뜬눈으로

발키고 아츰에 비대나 잠시하고 오후에는 停車場에도 나가려고 생각을 하지만은 잠을 자지 못한인지 몸이 몹시 困하고 머리가 헹뎅하여 자리에서 닐지도못하고 册床우에서 똑닥거리는 時計의 태엽풀니는소래와갓치 心臟의 鼓動소래가 쉰침업시 귀에 들닐뿐이다。 눈을감고 조는듯하더니 화닥닥놀나깨치면서 『아아 一星氏!』 소래를 지르고 방안을 휘―도라본뒤에 다시 눈을 스르르 감으면서 『꿈이로구나? 시간은 벌서 네시나 되엿는데 雨는 왜스런만……』 혼자 입속으로 중얼거린다。 이째에 문을 열고 들어오면서 『여보 淳卿氏?』 부르는 소래는 오래동안 그립든 一星의 목소래가 分明하다。 淳卿은 自己의 꿈이 깨흔것도 니저바리고 벌덕 니러나 一星의 가슴에 안기면서 『一星氏!』 한마듸 부른 뒤에는 다시 말을 繼續하지못하고 흐득 흐득 늣기며 울뿐이다。 一星은 오래간만에 맛나서 무슨말부터할넌지 업는 생각도 나지안코 또는 淳卿이가 무슨 까닥으로 우는지 속으로 궁리를하여 보왓스나 도모지 웬셈인지 알수업섯다。 一星은 淳卿이가 웨우는지 理由은 모르지만은 다만 淳卿의게 同情하는 마음이 생김인지 夫婦는 一休라니 淳卿의 悲哀가 一星의게도 感應이잇슴인지 自己도 눈물을 흘인다 두사람은 잠간 침묵에 잠겻더니 몬저 말을 쓰내는 一星의 多情한口調는 熱烈한 사랑이 充滿하야 果然 듯는사람으로하야곰 鐵石肝腸이라도 녹일만하다。

『여보 淳卿氏? 웨 그러서요? 몸이 엇더케압……프십니싸? 賢洙君의게 진찰을 좀하여 보시지……요!』

淳卿은 一星의 多情한 목소래를 들을째에 속으로『내몸은 더럽힌 몸인고로 一星氏의 純正한사랑을 밧지못할몸이다。 一星氏가 섭섭하게 생각하시겟지만은 거절할수밧게업다……아아 내身勢! 내運命!!』 이런생각을하다가 아조 가늘고 썰니는 소래로 대답한다。 비록 말소래를 크게하려하나 입안에서 슬어진다。

『네! 別노 압흔데는 업지만은 몸이 困하여서……: 그다지 重하지난 안타고 賢洙옵바가

말슴하셧겟지요!』
『그러면 좀안심됩니다 그런데 울기난 왜 우리
서요? 오래간만에 맛나니싼 넘어 반가와서 그
러시난게구려! 이번에 一個月동안 休暇를 엇
어가지고 왓난대 저번에 편지한말과갓치 이번
에은 혼례를 지냅시다。』
『혼례말슴을 하시지마셔요! 저난 獨身으로살
렵니다。年老하신 아부지도 혼자 계시고 또난
내 ……모……올……』
『그게 무슨말이야요? 弄談도 분수가잇지! 獨
身! 獨身! 淳卿氏가 獨身으로 지내겟다면
나도 獨身으로 지내지요……』
『그럿치만…………저는…………』
一星은 암만 싱각하여도 淳卿의心理를 알수가업
섯다。賢洙는 모든일을 자세이 알터니 가서무러보
겟다』 마음을 定하고 淳卿의게는 紀念品으로 사가
지고온 土産을 준뒤에 저녁에 또 다시 오기로말하
고 곳賢洙를 차저갓다。
淳卿은 一星이가 주는 紀念品을 밧을때에 얼골
빗이 파랏케되며 손이썰니엿고 腦속에는 두려움이
싱겨서 다만 『고맙습니다』 簡單한 디답을 할뿐이엿
스나 一星이가 만일 그氣色을 살펴더면 더욱 의심
이싱겨슬런만은 『아마 몸이困하여서 그러는게로다』
이러케 짐작하여슬뿐이다。
賢洙는 一星이가 淳卿의게 갓다가는 반다시 自
己를 차자올줄 짐작하고 一星의게 말할것을 미리
싱각하고 잇섯다。
一星은 賢洙를 차자가서 雜談을 除하고 淳卿의
말을 단도직입的으로 뭇는다。
『여보게 賢洙이사람아? 淳卿이가 웬일이야?
나를 보더니 작고 울기만 하데그려 그리고 獨
身으로 지내겟다고 하면가? 자네는 잘알겟구
면……………자세한 니야기를좀듯세……………』
『내가 자네의게 몬저 한마듸 무러볼것이 잇네
자네 淳卿이가 엇써한 過失이 잇슬지라도 용
서하고 그래도안해로 할만한決心이 잇나?』
『아암 그런決心이 잇지 잇서……………』
『남들이 무슨말을 하던지……………세상에는 공

연애 남의 黑詳을 하는사람도 만흐니싼……
……」
『이사람 자네가 나를 이런아회로 아는구먼…
……나를 그러케 못밋는가?」
『무론 나야 자네를 信用하지 자네 쌕 내말대로
하겟나……」
『아암 하고말고 자네말은 水火라도 避하지안
울터이니 어서 말을좀시원이하게……」
『그럼 말을 하지…… 자네 淳卿이가 무
슨過失이 잇는줄만알게 그러나 그것이 故意는
안이요 惡魔의 呪詛를 因함인줄만알게……
그리고 淳卿의게 가서는 엇셔한 過失이 잇던지
용서하게되고 그르게……」
『이사람이 무슨일인가 내게야 말못할것잇나
무론엇더한 過失이 잇던지 용서하겟네……
더구나 依直가 업는것을 자네가 증명하는以上
에야……左右間 좀알기나하세……」
『아니 別必要가 업서……알지안는것이도
로혀 자네게 利하지……이다음 자네가 혼

레를하게되면 自然알때가 잇겟지……아모
리 자네하고 親하지만은 醫士가 남의비밀을직
키는것이 天職이라네 ……지금 이일도 淳
卿의게는 비밀이니싼 말할수업서……나밧
게는 아는사람이 업스니 안심하게……」
『자네를 밋으니싼 자네 말대로 하겟네……」
一星이가 원만한 사람갓흐면 賢洙의말을듯고 淳
卿을 의심하련만은 賢洙는 自己가 가장 信任하는
知己요 淳卿은 참말 自己가 첫사랑이엿승으로엇셔
한 過失이잇던지 용서하지 안을수업섯다。
그다음 一星은 每日二三次式 淳卿을 차자가서 사
람은 누구나 一時的過失이 업는사람이 업슨즉 淳
卿氏가 엇셔한허물이 잇던지 용서할터이니 安心하
고 婚禮를 지내자」고 조르기도하며 或은新舊約에
잇는말을 引證하여 우리始祖아담과 이와가 善惡果
를 먹은뒤로 에덴樂園에서 放逐을當하엿슴과 예수
씌서 罪人과 갓치 음식을 잡스며 모든죄를 회개하
면 용서하여주시겟다 하서스니 무슨過失이 잇던지
사람압페서 아니……내게라도 말하기가 어려운

말슴하셧겟지요!」

『그러면 좀안심됩니다 그런데 올기난 왜 우리 서요? 오래간만에 맛나너산 넘어 반가와서 그러시난게구려! 이번에 一個月동안 休暇를 엇어가지고 왓난대 저번에 편지한말과갓치 이번에은 혼례를 지냅시다。』

『혼례말슴을 하시지마셔요! 저난 獨身으로살 념니다。年老하신 아부지도 혼자 계시고 또난 내 ……모……음……』

『그게 무슨말이야요? 弄談도 분수가잇지! 獨身! 獨身! 淳卿氏가 獨身으로 지내겟다면 나도 獨身으로 지내지요……』

『그럿치만……저는……』

一星은 암만 생각하여도 淳卿의心理를 알수가업섯다。賢洙는 모든일을 자세이 알터니 가서무러보겟다』 마음을 定하고 淳卿의게는 紀念品으로 사가지고온 土産을 준뒤에 저녁에 또 다시 오기로말하고 곳賢洙를 차저갓다。

淳卿은 一星이가 주는 紀念品을 밧을때에 얼골빗이 파랏케되며 눈이썰너엿고 腦속에는 두려움이 생겨서 다만『고맙습니다』簡單한 대답을 할뿐이엿스나 一星이가 만일 그氣色을 살폇더면 더욱 의심이생겨슬연만은『아마 몸이困하여서 그러흔게로다』이러케 짐작하여슬뿐이다。

賢洙는 一星이가 淳卿의게 갓다가는 반다시 自己를 차자올줄 짐작하고 一星의게 말할것을 미리 생각하고 잇섯다。

一星은 賢洙를 차자가서 雜談을 除하고 淳卿의 말을 단도직입的으로 뭇는다。

『여보게 賢洙이사람아? 淳卿이가 웬일이야? 나를 보더니 작고 울기만 하데그려 그리고 獨身으로 지내겟다고 하면가? 자네는 잘알겟구먼……자세한 니야기를좀듯세……』

『내가 자네의게 몬저 한마듸 무러볼것이 잇네 자네 淳卿이가 엇써한 過失이 잇슬지라도 용서하고 그래도안해로 할만한決心이 잇나?』

『아암 그런決心이 잇지 잇서……』

『남들이 무슨말을 하던지……세상에는 공

연이 남의 惡評을 하는사람도 만흐니산 ……
……』
『이사람 자네가 나를 이렇야회로 아는구면…
………나는 그리케 못잇는가?』
『무론 나야 자네를 信用하지 자네 속내말대로
하겟니………』
『아암 하고말고 자네말은 水火라도 避하지안
올터이니 어서 말을좀시언이하게………』
『그럼 말을하지……… 자네 淳卿이가 무
슨過失이잇는줄만알게 그러나 그것이 故意는
안이요 惡魔의 咀呪로因함인줄만알게………
그리고 淳卿의게 가서는 엇더한 過失이잇던지
용서하게ᄒ고 그르게………』
『이사람이 무슨일인가 내게야 말못할것잇나
무론엇더한 過失이잇던지 용서하겟네………
더구나 故意가 안인것을 자네가 증명하는以上
에야………左右間 좀알게나하세………』
『아니 알必要가 업서………알지안는것이도
로혀 자네게 利하지………이다음 자네가 혼

레를하게되면 自然알때가 잇겟지………아모
리 자네하고 親하지만은 醫士가 남의비밀을직
키는것이 天職이라네 ………지금 이일도 淳
卿의게는 비밀이니산 말할수업서………나밧
게는 아는사람이 업스니 안심하게………』
『자네를 밋으니산 자네 말대로 하겟네……』
一星이가 엄격한 사람갓트면 賢洙의말을듯고 淳
卿을 의심하련만은 賢洙는 自己가 가장 信任하는
知己요 淳卿은 참말 自己가 첫사랑이엿슴으로엇더
한 過失이잇던지 용서하지 안을수업섯다。
그다음 一星은 每日二三次式 淳卿을 차자가서사
람은 누구나 一時的過失이 업는사람이 업슨즉 淳
卿氏가 엇더한허물이 잇던지 용서할터이니 安心하
고 婚禮를 지내자』고 조르기도하며 或은新舊約에
잇는말을 引證하여 우리始祖아담과 이와가 善惡果
를 먹은뒤로 에덴樂園에서 放逐을當하엿슴과 예수
씌서 罪人과 갓치 음식을 잡스며 모든죄를 회개하
면 용서하여주시겟다 하서스니 무슨過失이 잇던지
사람압패서 아니………내게라도 말하기가 어려운

일인것갓토면 혼자 默新婦로서 主의 自服하여 용서하심을 밧고 어서 婚禮하자고 재촉을하엿다。淳卿은 自己몸이 惡人의게 더럽힌바되여스나 당신을 사랑한기는 하지만은 結婚은 할수업다고 굿게거절하여스나 열번찍어서 넘어가지 안는나무가 업다는 말과갓치 一星의 誠心熱情으로 간구하는 말을씃새지거절하기어려워서 나중에는 두가지 條件을 提出하여 一星의 承認을 밧은후에 自己도 結婚하기를 허락하엿다。

두가지 條件이라함은 (一)내가 비록 惡魔의 색임을 닙어 몸을 한번 더럽힌바되여스나 故意로 犯하지안은것을 承知하시고 용서하여주시며 그일은 내가 혼자생각만하여도 몸에 소름이 씨치고 두려움이 싱기니 내게 對하야 그일의 詳細한것을 뭇지안키를 바라며 (二)나를 爲하야 惡魔恩植이놈의게 원수를 갑하주기바란다는 것이다

星一은 맘이寬大하고 活潑할뿐안이라 또한 淳卿의 心理를 잘아는고로 一時的過失? 이나? 一時的誘惑으로 因하야 비록 淳卿의몸이 暫時더렵혓다할지라도 平素에 사랑하든 그맘을變할수업섯다。一星은 淳卿이가 婚禮하기를 許諾한다할째에 깁븐그말을 形言할수가 업섯다。두가지 條件은 姑捨하고 열두가지 條件이라 도承諾할만하게되엿다。

一星은 그길노 곳賢洙를 차자가서 의론하고 禮式日字는 九月九日노 定하엿스나 이제부터 一週日後이다。

婚禮日에는 賢洙가 모든일을 主宰하여 아조 盛大하게 지내엿섯다。그이튼날 新聞第三面에는 金一星 李淳卿兩人의 結婚寫眞이 낫고 또한편에는『馬賊의게 被害된 朝鮮人』이란 題目下에『平壤人 崔恩植은 滿洲旺淸縣에서 支那人 馬賊의게 被殺되엿다고』云云한 記事가 記載되엿섯다。자리속에서 新聞을보던 一星과 淳卿두사람은 自己의 寫眞이난것을보다가 一星은 우스면서 淳卿의게 向하야『여보 淳卿氏ㅣ 우리두사람의寫眞이 낫구려ㅣ』한다。淳卿은 얼골이 빨가케되면서 부끄러러하는 口調로『아이고 망측해라 점직해서엇셔케해요 』대답을한다。一星은 新聞을 어긔져긔、두적두적하더니

愉快한목스래로 말한다。

『여보淳卿氏 ㅣ이것보시요 恩植이가 滿洲서 馬賊의게 죽엇구려 참말 善한者의게는 善한열매가 생기고 惡한者의게는 惡한열매가 생긴다는 법이 果然 올소이다 사람이란 그러기에 남의게 惡한일을 안이하여야 되겟서…… 淳卿氏 원수는 天罰을 밧앗구려………… 시원하지요?』『그럿치만 그도 우리同族인대 馬賊의게죽엇다니 불상하지안아요 아모리 惡人이지만은………』

『그런말슴은 입비죽이도 싸지요 』

* * * * *
* * * * *

慶州徐羅伐館에서 一星의게 排斥을 當한 裴淑은 그后에 敎員을辭免하고 집에 도라왓다。 一星파 淳卿이가 婚禮식에는날 禮式에 찰예하라는 請牒을밧고는 가슴이 터지는듯하여 한참 엎데여 울고 잇다가 닉러나면서 『예익ㅣ』하던니 한숨을 길게 쉬면서『예라 혼사 살겟다 저사람은 나를 不顧한다

맛는 나는 너를수업다ㅣ 아ㅣ 一星氏ㅣ』중얼거렷다。

果然 朴裴淑은 一平生 獨身으로 지내엿고 一星淳卿 두사람은 幸福된 生活을 하고잇다。

一九一九、五、一二、

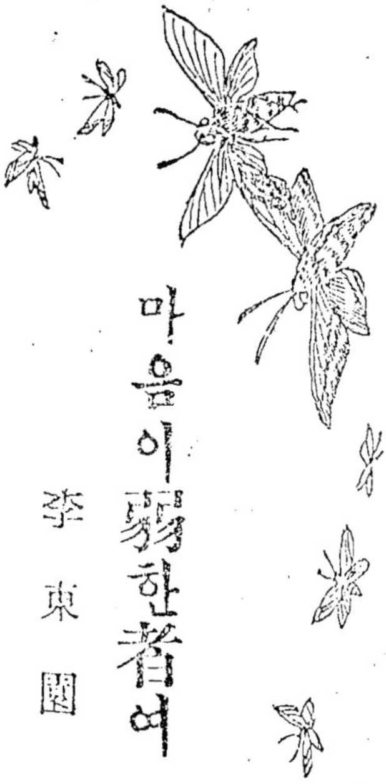

마음이弱한者여

李東園

第一信

오랫다ㅣ 果然 長久한時間를 彼此에 沈默하엿다 以前갓호면 三日에一信이 不足하여서 所謂 一刻이 如三秋라고 싱각하엿더니 昨年四月부터 벌서 九個月이다 아아 歲月이流水와갓다더니 果然 그럿도다 昨日보다도며 前時間보다도미 네記憶이 鮮明한데 이것이 벌서 九個月ㅣ 아아ㅣ 歲月이쌀도다 歲月이ㅣ너와나와 단두리서 사랑의 未開地을 開拓할재난 그야말로 人間에樂園의時間이엿다 사랑은 恒常過去을追憶하다가 或은 웃고울며, 現在를觀察하다가 悲하고 或은樂하며 未來을推想하다가 快樂의 希望에笑하머 或은絶望의 恐怖에哭하는것이다 나는只今現在를周察하거나 未來을預測할時間을 가지지못하고 다만過去 너라는 異性의個体와 一致點을 엇어던過去를 回顧한다 如何間愉快한記憶이만타。

只今부터셕四年前 夏期放學時엇다 네가 H市女學校의 一年生썩에 나를싸라東京에올나와서 靑山原宿에서 그夏期을지낸일이잇지。그째는 他人의 面目을忌憚하노라고 그랫던지 事情이許諾지아니하얏던지 其原因은 只今다시 斷言할限定이아니지만 何如間 素人屋에서 一個月有餘를지낸記憶이 너도亦是이鮮明하리라 其時는쏘너마도親하고 나마도莫非同生인M孃파갓치이섯지 그집二層四疊半房에 둘이서 誼조케잘잇더라 그런대 나라는 한男性이 每日或은隔日로 그림자가 靑山原宿에처엿다。하로는내가午後에 지지는듯씨는듯 내리누로는더위를 廻避할 有餘를가지지못하고 일업시가섯지 或은놀내갓다고할는지 그째는마치 내가神經衰弱으로因하야 不眠症

으로 每밤고생으로 지내던세엇는대 每밤자려다 못자고 夜中에니러나 排살위스키를一二盃마시지아너하면 자지못하엿다 그런대 그더운太陽에 쪼이면서 네집에갓떠나 갑작이睡眠의襲來를當하야 머리기름내녀던 네벼개윤 어디베고자섯지 數時間을 자다가 困한눈을쓰닛가 뜨기운太陽이 前面森林우에올나안젓고 어대서신선한바람이부는것갓더라 저가는저녁헤빗은 斜面으로 흰바람비을빗치고 더우에 끈해진맴이의우는소래는 저가는해를 吊喪하는것갓흔대三人이團欒하야夕飯을먹고 笑話와弄談으로 三十分이나지내다가 너의細些한話何에내가 發怒하야 帽子을손에집은자로쓰고 人事할時間도업시 밧그로다라나섯다 其時에M孃은默然不談하고 다만不快한表情을가지고 半面을하고안젓고 네가 내뒤를 싸라나오는줄을알미서로 나는 一時의興憤한怒氣를抑制하지못하야速步로기리를지내서 空地풀밧우에너로러 뒤를도리다보니 他人의目前을서리워서 나를부르지는못하고 모든위엄다내여서 나를 싸라오는것을 보고나는한투 그풀밧우에발을미추고 너를기다렷다

그때 네가나게로急히와서 내소매을 붓잡고 無條件으로잘못햇다고 容恕을請햇지 그런대 나는무엇이 그다지분하던지 微弱한感情에쓸녀서 멧마대 怒氣를滯한말을發한後에 다시가려하나 네가붓잡기로셜치고가려하나 너는힘이弱하야 그만잡앗던손을놋코 그풀밧에 퍽쓰러젓지 나는그것을알면서 그냥가려고 四五間을거러가다가 다시떠 一步를거를勇氣를내지못하야 돌아서서 너를보니 黃昏에떠힌 풀밧우에 너는 흰옷닙은체로그냥업드렷더라。

그것을보고는 누가쓰러가도 나는가지못하게되여섯다 가슴이 타는것갓해서 다시발거름을돌녀서 너한대로가서 니려나라고請하니 너는無言으로 놉흔숨소래만들너더라 내가 너를안아서니러켯다。 내가슴에다 네가얼골을파뭇고올째에 쓰거운눈물이내가슴을적실째에 나는斷腸의생각이싱것다。 無限한懺悔의念이싱것다。 나는셜니 는목소래로容恕을請하여섯지。 내가追憶으로特別히 이것을생각하는것은 其時에聯像이넘우도 깁헛던쌔닥이다。 아아 人生은다참말測量하기어렵다。 너와나의두個體가그럿케도

堅固하게結合하얏던것이 只今은내가슴에다만 슬픈 思出의形骸로化하고마럿다。 너하나와두사람의사랑의過去를무엇에다 比較하면조흘가 春夢인덜그럿케야속절이업슬가 이것이다亦是무슨運命의神의惡戱럿다。 나는只今辨明지빈 사랑을爲하야 無限히울다。

나를爲하야운다、 너를爲하야운다。 人生을爲하야운다。 너와나와그다지 머지아니한곳에잇다。만내려면一日에멧번이라도 能하겟다。

아아 이世上에서는 모던것이사랑이라는것으로結合体울멘드는것이다。 以前에는數千里올相隔하야이스면서 三日의一信을一刻이三秋와갓치 기다렷던나 只今은 百里도隔하지못한곳에이스면서도彼此에存在의與否를 뭇지아니하게되여스니 지내간사랑인덜 이것을爲하야 누가우지아니하겟나 마음이 잇는者치고야。 그런대사람의우름이 共同淚者를엇을때는그다지쓴것은아니겟다。 理由로써서보면 혼자우르나둘이울으나 무엇이나으랴만은 나는只今同淚者업슴을 더설어한마。 사람은어대까지 共居住에도群居를願하나니만치 슬픈때에도亦是갓치울자를求한다。 나는只今이러하다 내슬픔을世上에傳播햇스면 마치偉大한思想家가 남이알기前에먼지 眞理를깨다랏스면 自己의生命을賭하고라도 그것을宣傳한러난것갓치아니에世上에失戀에우는 슬퍼하는男子나 女子가얼마나만켓니 나와갓혼境遇를當한사람도 必然썩지아니하갓지 人生에게는不平의部分이 大部分을占領한것갓다。 나는過去의記憶으로 愉快한것은 永久히保存하고 그러치못하고 그것의思出로現今苦痛의原因이되는것은 消滅식이려한다。 그러나 이것을發見하엿다。

사람에게는 그런비우조혼일은 許諾하여지지못한다。도로혀 愉快한記憶이 다消滅되고 오직남은것은苦痛의思出뿐이다。 萬若누가나한데 質問하기를 사람이 언제정말불상하게되너냐하면 나는簡單하게失戀한때에불상히된다하겟고 누가 第一불상하냐하면失戀者가第一불상하다고 對答하런다。 人生의 不幸이빗치만코 種類가여럿이나 不幸이라하는簡單한一名詞가온대 참말 그內容이複雜하고 度의强弱이 幾

萬屛이다。 그런대이世上에서는 이러한者가 幸福한者요 그다음에는良心인는者 良心의呵責을當하지아니하는者가 第一福밧은者로다。

當初에너와나와彼此間에 愛情이生하게된것은只今에생각하면 젼偶然이라고도하겟지만

그一個偶然의命令下에서 눈물도만엇고 絕望도여러번이엇다。 내가只今부터 四五年前에東京에 이슬때에 K라는사람 이京人下宿하는대 寄宿하엿지 그때에K의妻는너와K와異常한 關係가잇다고 猜忌하야自殺한다는狂言을 每日몟번식이나演出할때에 너는그래도 處女의마음이라 남모르는가슴을만이알다가必竟은避치못하야 너까지自殺한다고 狂言을演합에니르러스니 只今생각하야도 K난참으로若痛스러서술것이다。 그세에 내가偶然히 석여드러던偶然의犧牲者로다。

英語에 Sympathy acts love 同情은一사랑을맨든다는것과갓치 나는그때에無條件이엇던지 네게다無限한同情을가져섯다 그러나輕率하게自己의生命을傷損식이면 엇지하나하고 無用한근심을혼자하엿다 그것이아마사랑의新萌이엇던지 그래서 너를차자가서慰勞하고십헛다。 네의下宿門을敢히혼자차저가기가羞怪하기도하고未安스럽기도하야서下라는한少年을더리고 너를訪問하엿던것이다。 네가自殺한다고 失望가온대에席하야 一二日이나食事를斷絕하고 치운房에불도꼭이지아니한것을보고 나는놀내고 근심하엿다。 그떠리맛헤學校에서 筆記한空冊과 편지를쓰저서뭉처싸아노은것을보고 甚히놀내야 엇써케하면其絕望을將撫식일가하고 百方으로 생각하엿다。 너을訪問하얏던그밥에는 혼자생각에奔走하야서 자지못하엿다。 只今생각하면우습다 남의女子가 痴話口論인가 失戀에落心에失望하얏는대 나라는사람이근심할것은무엇이잇던지 나는모러리만치 愚者의行動이엇다。 이行動이 내게는 致命的이엇다。 이것을比較하면 或電車을타려다가負傷한것과갓다고나 할는지 사람에게는偶然이라는 運命이그림재와갓치따라단니지아니하나하고생각하엿다。善한것도運命、惡한것도運命 하야 생각하니 나의運命은 꽤殘酷한 性質을가진것이다。 내生活가온대 不幸도 計數하지못하

리만치만엇다。朝鮮靑年된것도 不幸이고 其上에加霜으로 貧賤한家庭에生을밧은것도 亦是한不幸、天才的人物이못되고 平凡에우는것도 또하나ㅣ偉人的素質이업고 凡努에閑息하는것도 또하나이다。

其中에最大인不幸하나은 너를 알게되엿던것이다 그時間에 나의幸福이 모다咀呪를밧앗다。以上에말한것파갓치 安價하던同情이사랑을맨드러스닛가 그러케水泡一塊보다도 더危弱하게消滅이되엿는지 모르거니와 나는네게對하야 이대까지信任하고或時내맘가온대疑心이생기면、스사로責罔하엿다。그리고마음으로 네게다容恕를請하엿다、그러나今日을致來하게한것은 내가너를너무信任하엿던것이 其原因이一이分明하지아니하랴。나는只今에너를알게되얏던 動機가惡魔의戲弄이라고하고 그것을取消하면 그리고다시아모것도업스면 그만침이라도 幸福이라고하겟는대 事實은그와正反對로 가슴의傷處을곳치지못하니 그것만내가最大不幸이다。우리가 普通生活하야가는대 或은마음이變하얏다던지 冷冷하여젓다는말은각금듯는文句로다。

그러나 너와갓치맘이變하얏다는事實은 보기어렵고듯기쉽지아니하겟다。참말奇想天外요突飛的이고激變도分類가잇지、내가이럿케말도하고글도쓰면듯는사람이나 보는사람이나 未練이니집착이니하고십흔대로부루려는지는 모르거니와 나는未練도남기지안코 집착도두지아니한다。다만그럿케도 生死를分配하고모든故障을무릅스고、두個体를爲하야 사랑으로結合한一個体를爲하야 如何한犧牲이라도 앳기지말고社會를征服하고 將來를開拓하자고 네입으로大言壯言을 멧번이나하더니 너는그럿케도弱하게마음업시 생각업시 變하여젓다。그러나 나를보아라 나는나를爲하야 너를爲하야 모든苦痛을다참고 여러가지苦境을다지내왓다。우리두사람의將來에는 平坦한花園이 限定업시開展하엿던것이다 社會가惡評할時期와 父母가不肯할時代도 다지냇던것이다。이날에對한네의態度참말醜로다 不信이다。弱한者의行爲오醜한者의行爲로다。良心이업는者의行爲로다。惡魔의行爲로다。네가가슴에아직도 지내간것을 反省할資料가或남아잇는지업스리라 分明히업갓지。나는네게

이러한소리가들녓다。

이ᄯᅢ에녑헤서 一證人이나와서 이사람의罪로가득한一平生의行狀을 一一히세엿다。 착한行實은 하나도업섯다。

이소리를들은후、 문저편에서

『그러면天國에들을수가 업소이다。 어서 이곳에서 물너가시요』

罪人은

『오ㅣ하나님、 저는 당신의목소리는 듯습니다마는 얼골도뵙수업고 누구이신지도 모르나이다』

물엇다 ᄯᅩ목소리가들녀

『나의일홈은 使徒베드로』

『네ㅣ저를 불상히녁여주소서 使徒베드로氏요、사람의弱함과 하나님의限업는慈悲를 生각하여주소서、당신은그리스도氏의 使徒가아니시오니ᄭᅡ。그리스도가말슴하신것과 여러가지行하신事蹟을 잘아시는바이아니오니ᄭᅡ。 저ㅣ것을記憶하시겟습니다。 그리스도氏가 靈魂의苦痛을밧으실ᄯᅢ에 당신에게 눈을ᄯᅳ고祈禱하라하시지안엇습니ᄭᅡ。 그ᄯᅢ에당신은눈이무거워조을엇습니다。 그것을 예수씌서는 세번이나보시지안으셧읍니ᄭᅡ。 저와 ᄭᅩᆨ갓습니다。…………ᄯᅩ記憶하시겟습니다。 당신은예수씌서도라가시기ᄭᅡ지 決코니저바리지안켓다고 約束ᄭᅡ지하시고도세번이나모른다고 하시지안으셧습니ᄭᅡ。 저와 ᄭᅩᆨ갓습니다。…………ᄯᅩ記憶하시겟읍니다。 당신은 닭우는소릭를듯고 눈물을흘니시지안으셧읍니ᄭᅡ。 이도 저와갓습니다。…………그럼으로 당신은내가드러감을拒絶할수업겟습니다』

이러케말한즉 門저편쪽목소리는 업서젓다。

얼마잇다가 罪人은다시 문을두다리며 天國드러가기를求하엿다。 이번은 門저편에서 前과다른목소리로

『누구시오、 그대는저世上에서무슨일을하엿소』한즉 一證人은다시 여러가지로罪人임을말하엿다。 勿論罪惡의行實뿐이오、 조흔것이라고는하나도업섯다。

이를들은門저편의목소리는

『이곳을뒤로하시오、 그대갓흔罪人은 우리와갓치

살수가업소』

『오-하나님、저는목소리는듯습니다마는 누구이신지 알수가업습니다。얼골을뵈옵지못하엿사오니』

罪人이이와갓치對答한즉

『豫言者써비드王이오 이나는』

罪人은 이일홈을듯고 失望하지안엇다。또한그곳을 써나려고도하지안엇다。

『저를불상히녁이소서、써비드王이여、사람의弱함과 하나님의無限한慈悲를 生각하여주소서。하나님은 당신을사랑하사 領土와名譽와富貴와妻子를주섯읍니다。마는당신은 貧寠한이의 妻를내여쏫차罪를犯하고 어려운者의羊을쌔앗고 그사람을죽이지안으섯읍니까 저와꼭갓습니다。………그러나이것을記憶하시겟습니다。당신은那終에罪를깨닷고「저는저의罪를깨닷엇습니다」하지안으섯습니까。그겻도꼭저와갓습니다。………그럽으로당신은 저를쏫칠수는업지안겟습니까』

저편의목소리는 곳잠잠하엿다。

얼마잇다가 罪人은또門을두다리며 天國에드러가기를 간구하엿다。한즉또門저편에서

『누구시오그대는 그리고저世上에서무슨일을하엿소』

證人은다시罪人의行爲을말하엿다。亦是착한일한것은 하나도업섯다。저편쪽목소리는

『이곳을물너가시오、그럭한罪人은天國에들수가업소이다』

『목소리는듯습니다마는 얼골도뵈옵지못하고누구이신지도모르나이다』

『예수께서사랑하시든 使徒요한이외다』

罪人은깃버하엿다。

『당신은제가드러감을拒絕하시지안으시리다。베드로와써비드는 사람의弱함과 하나님의無限한慈悲를알므로 저를들여주시지아니치못하겟습니다。그러나당신은 깁히사람을사랑하시니 저를들게하여주시겟습니다。………聖經에「하나님은사랑이라、사랑이업는者는하나님을아지못한다」고쓴이는 당신이아니오니까。또「兄弟여 너희는서로사랑하라」고쓰신이도당신이아니시오니까。그러면 웨저를쏫츠려하시나이까。당신은스사로말슴하신바를否認치아니하시나 저를天國에들게하여주시옵소서』

이때 하날門은열니고 요한은悔改한罪人을가슴에안고 天國으로드러갓다。(쯧)

醜의勝利 (對話劇)

韓雪坡

人物
A 美貌의青年紳士
B 上同
C 上同
D 俱樂部생이

時 現代

場所 倫敦市中第一繁華한곳、富豪家青年紳士들이 社交機關이라할만한、엇던俱樂部의喫煙室

밤十時頃A、B、C三人이 스토포에 둘너안저 葉卷煙을피우고잇다

A 大体웬일인가? 오늘밤에는 엇재모두다ㅣ松虫이나 한마리씩새쑨사람갓치하고잇스니。

B 아니참그럿티 나만그런줄아랏더니、C君도잔뜩씨푸리고안젓네。

C 아ㅣ이럿케 안젓는것은 자네나 나쑨만 안일세 A君도오늘밤에는 엇재그모양이야?。

A 아ㅣ그래 그럿케말을하니 말이지 나도엇재 오늘은아침붓터 精神이흐ㅣ한것이 當初에滋味가업는것이………자ㅣ 이럿케안젓서도 所用업스니 한번勇氣를 恢復하량으로 어듸든지 나아가 보지

C 안으랴나?。(포케트에서時計를써내보면서) 열시ㅣ지…… 애꼭조타 엇던큰自働車를 부르라고할싸?。

B 그런데 어듸를간단말이야? 오늘밤갓흔세는 누구를만나든지 술을먹든지 滋味가업다네。

A 그래ㅣ참ㅣ그럴넌지도몰나 정말이지 오늘밤갓치滋味업고 不愉快한밤은업서。

C 정말이지 나도오늘밤에는 어듸ㅣ놀나가고 십지도안아 只今누가 가자고나하면 갈엣드니

A B君자네가 잘못일세 못처럼내가 놀나가자고햇는데 공연한쓸데업는말을해서 氣勢가쑥드러가고 말앗서。

B 그렷치만 자네가 여느때갓트면 내가不贊成한다고 가만이잇슬자네들인가? 나만그른것이아니라 모두다그렷치。

C 나는엇더케意氣가銷沈해잇슬때라도 자네들얼골을 보기만하면 고만興味가滔滔해서 곳游蕩氣分을쓰어냇는대 이렷케세사람이 모두다悲觀을하고 잇는것은 참ㅣ이상한일일세。

A 이때것 우리세사람이 어대던지술먹으려가서 相對者가우리를슬타고 휙ㅣ도라선적은업섯지!?

C 응ㅣ그것이 놀나당기기 시려진原因이지 홀닌女子가실타고해야 잇쪽에서 연해애를써서 精神이업시 쌔라단닐터인대 女優를부르던지 무엇을보던지 우리는不幸히 저쪽에서고만 달나붓트니깐 진작시려지는것이야。

B 그것은참그래 우리는只今적어도 女優라던지 其外엇든것이든지 고만실흠해젓서 그축中에선우리와맛서서 좀쌧벗한것은 한아토업스니깐…… 그렷치만 그런것때문에 이리고안젓는것은아니야 자네동사람이던지 쏘ㅣ나도이렷케 滋味업게되는것은 무엇……싼原因이잇지?!

A 무엇ㅣ싼原因이란니?

B 내가說明할것도업서 자네들도다알고잇스면서

C 아ㅣ그것原因이란것이 무엇인가?

B 아니그렷케 아주시침이를 쭉ㅣ자바쎄일것이 안이야 자네들은그것을 다ㅣ알고잇스면서 滋味가업스니쌔 모루는체하고잇지!? 나두그렷케愉快한

일'이안이난산 조와서업에 내고십지는안치마는우리세사람쑨이니 서로숨기지말고 고만自白하고말자ㅣ

A 아ㅣ엇던일인지 자네붓터自白을하게나。

B 그럿케하면 자네들도自白하겟나?!

C 그것이야 燒酒에싸아서 自白안이할것도업지。

B 아ㅣ그러면 亦是자네들도 自白할만한事實은 잇는모양입세그려。

A 대ㅣ그럴거시아 자네붓텀自白을하게。

B 그러면 내가自白하기前에 먼점 자네두사람에게 質問할것이잇네 자네들 어제밤下町伯爵未亡人邸宅에서 開催한假裝會에 아마ㅣ出席햇섯섯지?!

A (C와얼골을 마주보면서) 자……C君자 네는엇덧케햇시나!?

C 아ㅣ나보담 質問者B君은엇덧케햇나!?

B 그러면나부터말하지 나는確實이갓섯네 A君 자네도出席햇섯지?!

A 자네生覺한대로 나도갓섯네。

C 그러면말하지 나도어제밤出席햇섯네。

B 아ㅣ그랫슬터이지 그런대자네들 그것때문에 이럿케滋味업서안젓지!?

A 응그럿케말하면 셥은그래。

C 아니 只今까지 서로잔잡고잇서서 퍽ㅣ각금해그런대大體 어제밤일은 그것이엇지된것인가 生覺할수록 텅부하여못견듸갯서。

B 나도그래 어호한데를본것갓하서 이야기도 할수업서。

A 아ㅣ그러닛깐 대ㅣ자네들도 亦是 그未亡人에게 生覺이잇섯네그려

B 그것이야 으례그럿치 그好色者未亡人이 假裝會를 開催한다는것은 來會者中에서 自己마음에 드는자를 차저랴는것이지 그證據에는 어제밤 來會者大部分이다 절문사람이아니든가。

A 사내히가 女子의假裝을한다 女子가 男子服裝을한다 퍽ㅣ宏壯햇서 나는엇더케된 셈인지 알수가업데。

B 그러나 나는퍽注意해서 假裝한축에서 男女를區別하여보는데 女子가男子服裝을한 것은 그러케안

이햇지만 男子가女子모양을한者의一擧一動은 꼭注意하고잇섯지。

C 그러면자네 내가엇던假裝을햇섯는지 아나。

B 나는대강 그ㅣ金絲로梅花수논것을입고 녯날 엇던나라에皇后모양을한것이 꼭자네라고 想覺햇재 그ㅣ應接室에芭蕉盆노흔 窓엽헤섯슬적에 내가엽흐로가넌샨 그皇后服裝을입은 놈이고만逃亡을하데。

C 가만시잇가라 그러니샨 想覺난다 그재네엽헤온것은 女優모양을한男子이엿는데 나는그것을처음에꼭정말女子인줄만알고 잔득보고잇섯드니 그女子에 쓰렷쓰렷한눈동자가 암만해도누구인지나ㅣ아는 男子친구갓두구나 그래샘작놀내逃亡하엿드니그女子가 자네이엿네그려。

B 응ㅣ그女優가넬세 자네는나를女子인줄아랏다고하지만 나는자네를그러케 꼭속아섯지 싼득잘못하드면 자네를女子인줄알고……쌘하엿지 아뭇튼그자리에서 女子가女子모양을하엿든 夫人令孃들보담 자네가一層더女子갓치보이데。

C 여보게 뭇수그럿케稱讚하는것은 좀고만두게。

A 그러면B君나는어적게밤 엇더케모양을하엿는지 아랏든가?

B 자네는當初에 알수가업데 C君이와잇는以上 자네도꼭와잇슬터인데 자네갓흔假裝者가업서 나는最初에 자네가女子모양을햇슬줄노 밋기때문에잘찻지를못햇지………자네는 아마封建時代에 武士服裝을입엇섯지?

A 武士모양을한사람이 나以外에도 퍽만 잇섯는데 자네제법 쌔아랏네그려。

B 그거야알고말구 자네와갓흔服裝을입은사람들은 거반다………女子뿐이엿는데 자네만 男子이엇지 그리고자네가또 女子보단더美人으로 오히려女子가男子服裝을입은것 갓치보이데。

A 아니大端이感謝하이 그러나C君모양으로 뭇수그런소리를들을수록속만더傷하네。

B 그것은그럿타고하고 자네들그未亡人이 무슨假裝을하엿덧는지 아랏나

C 응아랏써 나는어적게밤 산것은 본체도하지안코

未亡人만자질아고햇지 검정우단 잭케트에 또그런바지를입고 어던貴公子모양을한것이 꼭未亡人이엿지。

A 그래 나도그것인줄알고 될수잇는대로 未亡人눈에씌우게 그이를새나지아니하엿다。

B 나는요전에假裝會招待狀을바다슴때붓터 未亡人을 손에넣을사람은 우리세사람中에한사람이라고生覺하엿다。會場에모힌男女中에 우리三人보다 더나흔사람은 아미한사람도업섯지 그런대우리보담썩ㅣ잘난사람이 하나이잇섯다 그것은 그ㅣ검정우단옷을입은未亡人이야

C 아ㅣ참사내밀게로 그未亡人에美麗한것은 고만사람以上이데 우리갓흔것은 그未亡人에발뒤굼치도 못싸루겟데。

A 그래도나는 그貴公子모양을한것이未亡人이기에 좀낫섯네 만일그것이정말男子이더면 그것을엇더케하나 입세지도못하고……

B 엇더튼그未亡人을除한外에 어젯밤會館에는우리三人보담 나흔것은하나도업써써 우리세사람이女子모양을하면 모든女子보담더낫고 男子가면여러男子보담더훌륭햇섯지 그저ㅣ머ㅣ 우리세사람의競爭이엿섯지。

C 나는 애초붓텀 그것은 내것이나하고잇섯다。

B 자네가 그럭케生覺한것도 無理가안이냐 未亡人은 자네가男子인줄을안뒤에는 자네에게秋波를보내는것갓더니 어느틈에자네는 未亡人에손을쥐고잡싼庭園수풀새이에서 도라단이지안이햇나?

C 머ㅣ자네는 그것을아나?

B 모르면엇더케하게 그리고또噴水엽 소나무밋헤와서는 자네가고개를未亡人억개에대고 엇던行動을할야고햇지。

C 아ㅣ그것세지보고잇섯담 너무지독하고나!

B 지독이라는것이다무엇이야 어제밤자네는 나와競爭者가안인가 나는될수잇는대로 자네成功을妨害해야 아니되나………그때未亡人은 술이얼근하게醉해 우둑케니서서 자네自由로될번햇섯지

C 아ㅣ아랏다………그때 뒤수풀속에서ᄋ에헴ㅡ하고물속에 돌을던진것은 자네作亂일세그려。

B 그래넌쌉 자네두사람이 서로헤처서 應接室로드러갓섯지。

C 그래 그리고는그뒤로未亡人을뭇잡을 機會가업서서

A 그러면 내妨害를한것도 역시 자네作亂이 아닌가?

B 그러코말고 그것도 내가作亂을한것이야 나는君을멀니한뒤에 未亡人에마음을당기게하랏드니 어느틈에 나보담먼첨 자네가未亡人파 팔을 세고잇지안은가。

A 그것도 겨우二十分인지三十分쯤이야 나는未亡人에게 실여會場에混雜한틈을타서 二層에夫人방으로 몰내가라고햇지 그래나는武士服裝을한대로未亡人을등에다업고 層階를 올나서자마자 『이層階로는놋올나온다』하면서 쉬진목소리로 어되선지크게질느두구나。

B (하하ㅣㅣ우스면서) 그래자네는 그소리질는사람이 어되숨엇든지 아랏나。

A 아니………나는그소리를 드른뒤로 인애 惶忙해서 내려오고말앗지 누가소리를 질넛는지 調査할餘裕가잇섯나。

B 하하………쪽그랫슬줄아랏지 나는그때層階을나가는데 큰大理石기둥뒤에가 숨어이섯지。

A 홍………너아주 고약한놈이로구나。

B 머ㅣ이사람을 이러케성내지말게 그리고 내이애기를좀드러보게 나는자네들妨害運動에 成功하고인제는내次例이니하고잇다가 고만종룡하게 失敗를하지안엣나………자네두사람이 써러지자 내粉裝이눈에씌인게야 가만가만이내엽흐로와서『失禮올시다마는 당신은 정말女子인가요? 혹은男子이십잇가?』하고 남이몰을세라고조금앗케뭇데그려 그래 나도역시조금아케『男子요 男子이야요』………『그럿치만 나를男子이라고 想像하는것은당신뿐이요 나와손목울붓잡고 당기여도누구던지당신을 의심한사람은업소』하고하엿더니 내말이 維當이勳力이잇는것갓탯섯는대 그놈이 二三分만더지치되엿드면 내가아주 最后勝利를 으덧든것인대………

C 그놈이라야 그靑鬼말인가。

B 응ㅣ그靑鬼말인세 내가未亡人을 母親이 어린아해를 달내는것갓치 끗드리안쇼 막ㅣ문에 나서랴고하는데 밋안간應接室에서 會衆이 와ㅣ하고 써드는소리가 나두구나 그래보니싼 그ㅣ靑鬼란놈이 막ㅣ유리개을 쾅쾅세트리고 嚴然이 會場에돌어스지 나한그때 몹시醉한세닥인지 그ㅣ무서운形狀을한번보고 정말귀신이 아인가하고 너무悚然해서 고밋에서잇하고 안앗든未亡人을 써렷트렷섯네……。

C 정말귀신이랑 읽기도그럴뜻해 엇더슨身次이 六尺이나 넘는거시全身에다 綠靑色을칠햇서무섭고 두소뿔이쑥ㅣ새찬한파대이리쌘。

A 그ㅣ靑鬼가!? 낫바낫슬적에는 會衆이보다 한쪽醉해서 누구한사람 그놈의失禮를책망하는사람도 업시 와하며 유리창을 쌔트릴적에는 모두喝采를해주지안튼가。

B 모두다술새판에 精神이업섯지 나는잠간 靑鬼를볼때에 그ㅣ醜하고奇怪한모양이 점점美麗하고崇嚴하게뵈이데。

C 그것은자네생각아니야 누구든지 그럿케 想覺햇지 第一그놈은 퍽ㅣ豐滿하고 隆隆한筋肉을가지고잇지 特別이腹部가 쑥나온것이라든지 虎皮로 압箋가리우고 두다리는훌륭하게살이닷거 그것이電燈에빗처서 綠靑色이 번쩍번쩍하는것은 참壯觀에壯觀이야。

A 그런데다가 두팔목에세인水晶과 가슴에 달고잇는루비(寶石의種類)色에夜光珠갓흔것이 綠靑色肉體에反映해서 一層그놈의動作과態度는 惡魔갓흔妖艶과 威嚴을具備햇섯지。

B 그놈얼굴의輪廓은 只今도아련하게想覺나ㅣ크고 납작한 안장코에 양볼이쑥나오고세쪽한네마빗헤 사납게 생긴눈동자가 햇불갓치번쩍번쩍한것이그 것이만일普通사람이라면여간醜惡하지안을터인데 그째나는 美醜以上에美貌갓고 人生的價値를超越한雄壯하고 燦爛한魅力을가진것갓치生覺이되데。

C 그놈肉體全部가 쑥ㅣ地獄에 불꼴갓치 이상하게 밟쇼눈이시게 아주ㅣ嚴肅하게滿場을 鎭壓해서會

衆이 처음에는 恐怖와驚異한마음으로 멀니 물너섯섯는대 瞬間에그놈은 고만ㅣ讚嘆과渴仰의焦点이되엿섯지。

B 나는勿論그때까지 뛰어나온 武士에A君 皇后C君도 그靑鬼가나온뒤로는 고만光彩를일허바린것갓고 오히려싼사람보담 더可憐하게뵈이데。

A 會衆가운데서 그ㅣ靑鬼와美를競爭할만한사람은 다만未亡人한아뿐이야 두사람의美는 正反對로되엿지만 人生以上에는一致하엿서。

B 未亡人은 靑鬼를본瞬間에 지금까지 안기여잇든 내想覺은 이젓든게야 應接室잇족에 서잇더니 별안간靑鬼를向하고 꼭기갓치뛰여가지。

C 그때靑鬼도未亡人을보고 엇청어청 거러오지 會衆은어이가업서서 左右로쭉ㅣ갈나서서 두사람에擧動만보고잇는데 꼭應接室中央電燈밋헤서 靑鬼와未亡人이만낫서。

A 검정貴公子옷을입고 애쁜天使갓흔 未亡人이 地獄불길에싸인것갓더니 벌서靑鬼팔둑에 거려안젓지 가심에달니인寶石갓치 조금아코 奇麗하게 靑鬼쪽에건 紅玉과따이야몬도에 쌔이어서未亡人에毛髮은黃金갓고 양쌤은珊瑚갓고 손의皮膚는眞珠갓고 눈동자에光澤은黑耀石갓햇섯다。

B 靑鬼에動作은 大膽하고 傲慢하게 우리와달나서衆人環視中에 숨허서안온대로 應接室에서二層으로悠悠하게올나갓지만 누구한사람 그놈을妨害못하고 오히려靑鬼가未亡人을 占有하는것이當然하다고 想覺한것갓햇섯지。

C 그光景을보고 조금잇다가고만 나는退場해 왓는데 大體그뒤로는 엇더케되엿나?

B 엇더케되엿는지 나도모르지 그뒤로 진각散會햇슨니싼 그뒤일를아는것은 아마未亡人과靑鬼뿐일터이지。

A 그런데그靑鬼는 누구야!?…………누가扮裝을하고갓섯나!。

C 우리아는사람가운데는 그럿케키가 코고 醜惡하고 무섭게생긴男子는 업는것갓흔데。

B 나는어제밤 집에가서 잘한잠못자면서 靑鬼의正體를想覺해슨데 암만해도알수가업서(이럿케만하

면서 暫間想覺하다가) 그런데악가 이俱樂部에드
러올적에 偶然이 想覺이낫써……그놈이야……
쏵그놈이 틀니지안이헤。

A 그놈이따나 누구만인가。

B 너무意外에사뻑이니싼 자네들은 想覺못하리 그
青鬼의正體는 아마이俱樂部에싼이지。

C 에ㅣ무잇 이俱樂部에 싼이라니!?

A 아ㅣ저ㅣ소마고釧名못는、쑥거먹코 醜惡한 샌이
말인가!?

B 그래 그놈이야確實히 그놈이틀니지안이해 想覺
해보게 身長이六尺이나 넘고 안장코에 이마가쑥
나오고 거기다가 훌륭한體格을가진놈은 그놈박
게업서 내가악가 드러오는데서 그놈을만나 無心
하게그얼굴을 처다보는瞬間에 直覺的으로그럿케
想覺햇서。

C 그러치만 자네ㅣ그놈이 엇더케해서 S伯爵未亡
人집假裝會에들온단말인가?

B 그것이야 갑야고만하면 假裝會이니싼 아무것도
아니지 그놈이아마 新聞갓흔데서 떠럭아랏지 그
리고 時間을맛처서 青鬼모양을하고 유리창을 깨
치고 뛰여드러왓지。

A 설마그놈이 그런작란을햇슬나고。

B 싼ㅣ싼이 이야기를드르닛싼、엇쌔든그놈은 큰
色魔래 엇던美男子를 相對者로해서도 저본일이
업다고 以前부터 큰ㅣ소리를한데 만일자네들이잘
ㅣ모르겟거든 여기서물너보지 그놈파댁이를 한
번만보면 이내 疑心이업서질터이니。

C 그러면 엇던든물너보세。

(C가이러나서 招人鍾을눌는다 조곰잇다가 문을
열고 샌이D가드러온다 세사람은 일제히 D에얼
골을 처다보고 샘작놀네이면서)

A 야ㅣ참이것이다、이것이야 나는 只수이야 想覺
난다!

C 이파댁이야 이놈이 틀니지안아。

B 옹ㅣ그럿치 역시이놈이엿섯저。

D (恭順하게 문엽해서 머리를수기여禮를하면서)부
르셧슴닛싸?

B 그래 너한데좀ㅣ무러볼말이잇서서 불넛서 ……

……너ㅣ어제밤S伯爵未亡人집 假裝會에 갓섯지?

D (삼작놀내이면서)아니요 그런일이업슴이다。

A 어ㅣ그런일이업다 볼수록이놈이 어제밤 靑鬼와 똑ㅣ갓해 우리가 꼼작못하고 속앗써。

C 엇던것은 이놈이틀니지안이해 그런대 우리가 엇더케이런ㅣ못생긴자에게 속앗써。쓸데업시몸집만클뿐아니라 그遲鈍한눈이라든지 野蠻人갓흔 코라든지 어데한아 取할데가업는데 이것이 그때에는 엇데케서 그러케莊嚴하게보엿나。

B 아ㅣ참그래 그ㅣ참奇妙하네 이것이빨가벗고 몸에다綠靑色을바르고 寶石을걸기만햇는데 그럿케崇嚴하고 奇麗하게보입샤。

C 나는엇던지알수가업네 그러면 이놈이 안이엿섯든가。

D 고럭케 당신들이輕蔑이하시면 正直하게 말올하지요 어제밤靑鬼는 제올시다。

A 確實이 네가갓섯늬?

D 네 確實이 저올시다……당신들은 이세상에서 自己갓흔美男子는업다고 想覺하시지요 또女子라는女子는 모두ㅣ다ㅣ당신들에게 홀닌다고하지요 아니당신들뿐만아니라 이세상사람은 당신갓흔美男子가 나갓흔못생긴자보담 女子에對해선 恒常이긴다고하지요? 나는그誤解를 打破하기爲해서 어제밤조꼼 작란을하얏슴이다。

B 그러나 우리가 너한테지것은 假裝한것때문이지 너는假裝한힘으로 우리를익엿섯지。

D 아니ㅣ그것은그럿치안슴이다 내가假裝한程度대로당신들도假裝하섯지요 당신들이自己에 美麗한容貌를利用한것갓치 나는내의못생기고 보기실은것을發揮햇지요 나는어데서지든지 醜를가지고美와競爭햇서 結局醜가美를이긴다는 證據가되지안앗슴잇가?

A 그런ㅣ검방진수작울할랴면 네가이번엔假裝을하지말고 未亡人을만나보아라 그래서 未亡人이도라서지안으면 그때는 네가처음으로우리보담나은것이되지。

D 하하…………그런걱정은마십시요 나는오늘아침

에도 이모양대로 未亡人을만나서……………왓슴이다。

C 야ㅣ이놈아 미정한거짓말을마라마。

D 하하………만인 거진말이라고 想覺하시거던 내일밤에도 ○○호텔에서 만나기로約束올햇슷닌싼 午后여섯시쯤에서 호텔문엽에서 기대려보시구려 未亡人과 가불 테온自動車가 들어갈터닌되요。

ABC三人이 滋味엇는얼골로잠잠고 서로마주보기만한다。

D 엇덧슴잇가 인제야美男子의 당신들이 못생긴나한테 진ㅣ짜價를아시갯슴닛가……… 그理由는 머ㅣ말하자면 이렷치요………女子라는것은 엇더게하면 고만人生보담惡魔를 조아하는일이잇지요.그런대世上에 못생진자가惡魔의美를獨占하고잇담이다……………(끗)

「이世上이 흔히 善에보다 惡에誘惑되기쉬운줄알이라」

戀의成功……

李鍾鎔 作

昨日出獄한 漢鎭에外樣은 참으로可憐하다 다써떠저 헤여진 ○○專門學校徽章붓흔 帽子는 形體만남은것을 눌너쓰고 더럽고세여진 두루막이나마 참혹히 검은살점을 드러내고야만다 그는常習과 如히 疑心暗鬼를 排하랴고 두팔을가삼우에 힘잇게 겻고 머리를 左右로흔든다

재는初冬黃昏일다 漢鎭은 압헤거러가는 하이카라 男女의 뒤를밟아가며 分明치못하든지 時時로 검은 눈동으로 두눈을左右로 문지르며아래,우를 훌터본다 十餘步압서서 거러가는 하이카라 男子와 白色衣

服으로갈은 女子두사람은제두에 누가쩌라오는지도 모르고 그뒤도자미잇는듯이 成愉快한듯이 男聲 女聲이 우슴을 合唱하면서 거러간다

漢鎭은至今 두사람에讚辭마 態度로이럿케 推想한다 女子는아죽쌔지도 마음變한 개꼬리(犬尾)는 아니라고 이러한推想도 漢鎭의 推想대로 오래繼續하면 幸福이겟다 그러나 이可憐兒에게는 無慘하게도 憔悴하나마 希望에殘光을 黑雲으로덥혀노흘 女子에 목소래가 明瞭하고도 썰니는소래로 漢鎭에귀를울니엿다

그릿치요朴氏에게對한 義理上으로는 안되엿지요만은 朴氏의집안은 全滅되다십히慘酷히되엿스닛가 저도 참말이지 그외롭고 구차한朴氏에집사람이되는가하면 원통해서 혼자울기도여러번하엿시요.

그럿치요 어너누가 그朴哥에게 밋처서 쌔라갈사람이되겟나 더구나仁淑氏만한處地에 純潔한몸을 그더러운懲役軍에게 依托하다니될말인가요……

그러하지도안슴니다 그이가懲役이라니 그이게큰허물이라고는 할수업슴니다 엇잿든 그이야아죽쌔지도 自己집안滅亡됨을모르겟지요.

男子는 他의不幸을 그래도시원한듯이

그러하겟지요 제아비는죽어넘어가고 제어미야무식하닛가 片紙한장할수업겟고 간난한「거지」닛가 어미가京城까지 갈수도업섯슬터이닛가

女子는조곰未安한맘이잇는듯지 적은말소래로

모르심니다그려 그이가三月달에 獄에갓친後에그이의아버지는虎列刺에 世上을써나고 母親은넘우나 傷心이되여서 行衛不明이되엿는데或은失神하여定處업시나아갓다하고 或은물에 싸저自殺하엿다고도하나 左右間慘酷한 大悲劇이지요 그이가 오래지안아서 出獄한다니 本宅에事情을 알것이면……………

참말 同情에 눈물이흐름니다

이말한마듸가 昨日京城西大門監獄에서 出獄한○○北門學校四學年生朴漢鎭에게는 靑天에 霹靂이엇다。

참고하얏든 怨恨悲哀은 爆發되고 바라고 밋엇든 一條의希望의줄은 無慘하게 끈허젓다 앗가붓터 집안金淑이라니 異常하게 녁엿드니 事實이그모양인다 父親는 도라가시고 외롭게되신 母親은 行衛不明?

아아

漢鎭은 넘우안내고 넘우서러워서 前後不覺으로 「악」스래치고 失神한사람갓치 비슬거름으로急히달녀가서 不意에 놀나시도라보는 女子에억개에손을힘잇게언젓다 男女두사람은 깜짝놀나서 바라보매 깨가비록黃作이나 쉬지하나마 初사흘달빗헤 自己네가 嘲笑하든 朴漢鎭에얼골分明하다 男子는 붓그럽고도 忿怒한表으로 漢鎭을호려보며 그의손을 女子에억게에서세이라고한다 漢鎭이 비록 獄中에苦礎는격것스나 그의腕力은 아죽도 놀고먹든 하이카라男子쎄와 二三介는쉬웁게안다 忿怒에勝는 마울수 업스나 至今은 그러한子息으로더부러 쓸데업는 닷춤을할때가아니라고 怒氣를참고 왼편손으로 쎄밀치며

金哥야 無禮히굴지 말어라 네ㅣ相關할바 아니다 나는다만仁淑氏 에게내집消息을뭇고저한다

잠간만 기다려라

漢鎭에게 잡히인 女子에 간는손목은 全身과한가지로 北風에 붓너우는 마른나무닙셜듯한다 漢鎭은 悲痛한 顔色을 女子에게 向하면서

仁淑氏나는앗가 停車場에서붓터 그대를면녀바라보면서 짜라왓소 至今當하야 내ㅣ 仁淑氏에게 무엇不足히생각함은 조금도업싸외다 다만 내집消息을한조각도셰니알고지 쏫차왓서요 그대의뒤를짜르면서 자미잇는 이약이를엿드름(竊聞)은容恕하여주시오 果然내집形便이 그대의입으로서 發表되얏스니 임이말한以上에는이사람에게 바로알녀주시오 자ㅣ내父親은도라가시고 母親은 行衛不明이되엇서요? 참말임닛가 자ㅣ어서 말슴하시요 엇지된 일인가요? 어서어서

漢鎭에눈에는 눈물이비오듯 잡은自己의손이나잡힌女子의손이나 가릴것업시 뜨거운 눈물노 洗禮를준다 눈물에洗禮밧은 仁淑이라고하는女子는 感激한마음 두려운마음에 手巾으로 눈물을씻으며 四肢

를 발발썰면서 敢히對答을못한다 漢鎭은 참지못함인지 더힘잇는목소래로

어서말슴하서요 제가仁淑氏재밉쏫은 업슴니다 다만한時밧비 父親님消息을듯고저함이외다 자ㅣ어서말슴하서요 네‥‥‥‥‥

仁淑은눈물에 겨운顔色으로 漢鎭을울러보며

네ㅣ당신씌서 생각하신바와갓슴니다

그러면아비님은도라가시고 어머님은 行衛不明

네ㅣ틀니지안슴니다‥‥‥‥‥

아하ㅣ漢鎭에 希望은 無慘하게 쓴치엇다 昨日出獄할째아니至今까지 自己의집消息을 傳해주는者잇서서 多幸으로도 供沒한 父親를 一縷에希望으로 나밋엇더니 至今自己의 唯一의愛人에입으로서이말을들음이야 엇더타形言하랴 적지아니한漢鎭에 身体는 大地우에 주저안젓다 넘어지氣絶하엿다 이貌樣을본金哥는 多幸으로녁이여 仁淑에간은손목을잡고 다라나랴고한다 그러나 아즉까지 漢鎭에人格性格을알며 사랑에줄이 아조끈허지 아니하엿다가 수時에 써거운눈물에 洗禮를밧은 仁淑은 듯지아니한다 悒悒한態度 썰니는목소래로 漢鎭을흔든며

「여보서요漢鎭氏 精神차리서요」 소래치면서손발을주물너준다 漢鎭은精神이드럿다 그코다란눈에는 눈물이 滂沱하며 힘업는말노

「고맙슴니다 仁淑氏」 다만한마듸 다시아모말업시늣길뿐이라

어서이러나서요 찬기운씌면感氣들니다 宅이멀지안으니어서宅으로가십시다

고맙슴니다仁淑氏 갓치가십시다 滅亡한우리집에 나혼자가기도무서워요 아ㅣ이사람은仁淑氏의사랑을 다만한가지希望으로밋슴니다

漢鎭은仁淑에弱한힘으로 이러섯다 한거름두거름거러가다가 비로소金哥가압헤잇슴을알엇다 그러나 아모말업시다만굿재담은입크게썬두눈으로흘려보며지나간다 仁淑에態度仁淑에말仁淑에行動을본金哥는怒氣는衝天하지만 漢鎭에압헤서는 엇지할수업다

仁淑氏ㅣ다아랏슴니다 그만두시오 당신도後悔할째가잇스리다

그러나 仁淑은아모對答업시 맥업는漢鎭의말을써

여안고고개넘어漢鎭에洞里로向하야 거리간다

울타리도업서지고 등불도켜지아니한 적으나젹은 「개울」가 돈비인집은캄캄한어두움밤에 젊은主人이 도라오는것도 모르는듯이寂寂하기그지업다

洞里에이뭐개석기들이 멋업시짓거리는소래에 한사람두사람洞里사람들이 모여들기 始作한다 萬口同音으로 빈지다는人事와 慘酷하다는慰勞에말도 漢鎭 仁淑두사람에게에는 아모所用업는헛소리뿐이엇다 洞里사람들이켜주는燈光에 써력운冷房北便壁에 걸녀잇는 白手로그린 父母兩位에肖像畵압헤 쓰러업대여큰소래로 痛哭한다 젊고쏫갓치어엿분仁淑이가 갓치痛哭할에는 新智識배운仁淑을嘲笑하든 村사람들노하여곰 感動케하엿다 갓가이가서慰勞도못하고 멀직이안저서 그험한손등으로 自己들에눈물을씻치며 코도푼다 십미後에洞里사람이정성으로갓다주는 菜食을 다만두어술써먹고 精神업시안저잇는 漢鎭 仁淑두사람에 가삼은압흐로그지업시애가탄다 이두男女의前程은 濃霧세인暗夜갓다

밤은점점기허저서 洞里사람들은 한사람두사람모다도라가고 서름에밧친 漢鎭파仁淑 두사람만 精神업시안저잇다 이윽고 漢鎭은仁淑에게向하야

仁淑씨집으로 도라가시지안습닛가 父母님께서 걱정하시리다

相關업서요 저도이곳에서 지내겟습니다

漢鎭은놀내는듯이

무선말슴이심닛가 저혼자잇서도 相關업습니다 이사람에알은걱정마시고어서가십시요

그러나 눈물에洗禮를밧고사랑에줄이 끈어지아니한仁淑은 나의사랑하는愛人을비넌집에 홀노지내게할수업고 悲嘆失望中에 홀노비려둘수가업다 漢鎭에맘을限死코 듯지아니한다 漢鎭도엇지할는수업시 仁淑은 아랫목에서 自己는웃목에서 밤을 지내기로하엿다

漢鎭은 元來鳳山엇던村에貧寒치는 아니한집子孫이엇다 大正三年四年頃金融恐慌時代에商業上 적지안한失敗로 남은것은다만債務數千圓뿐일다 하는수업시 祖傳하여오든田畓家屋은모다 競賣에붓치고村한편구석에二間斗屋으로移居하게되엿다 그의 父親

은 先覺者이라 債務는아즉벗지못하고 當場衣食은업슬망정 그의아들漢鎭에敎育은 게을이하지아니하엿다 東貸西取로 이재 몿京城○○專門學校商科에通學식히여 今年七月이卒業期이라 幸인가不幸인가

三月에이러난○○運動이爆發되자 漢鎭도群衆과한가지로 ○○運動에參加하야 熱狂的으로 奔走하엿다 漢鎭의身上에는 當局에注意를밧게되엿다

三月下旬부터는 西大門監獄赤土色衣服입은 囚徒中에 漢鎭에얼골이 석기엿다 그가投獄된지四介月만에 流行하든 虎列剌의魔軍은終乃 氣槪잇고 先覺者인 漢鎭에父親의生命을强奪하여갓다 그의외롭게된母親은 넘우悲痛한가운데 飮食을全廢하고 三四日동안을드러누어잇다가 精神에異常이생기여 온다간다 아모말업시定向업는발거름을옴겨노흔지가벌서三個月餘일다

仁淑은漢鎭에집과過히멀지아니한 隣里豪農에「마동」딸일다 그의아버지의頑固함으로도 仁淑의고집에는엇지하는수업시 京城遊學을 許치아니치못하엿다 五年前漢鎭과 仁淑은 冬期放學歸省中 京義線車室에서서로親하게알게되엿다 두男女의사이에는 알지못하는가운데 어느듯사랑에줄이 얼매여젓다仁淑은其後에 自己母親에게 漢鎭을紹介하엿다 그리고는處女의붓그러운마음이라 말노는하지못하고 片紙로서 自己의理想的良人이될사람은 天下가넓어도오즉漢鎭이한사람뿐이라고하엿다 그片紙를밧아본 仁淑의父親李參書의怒함은如干이 아니다 嚴重한叱責酷毒한懲罰、틈업는監視 는쉬일새업시 仁淑에身上에臨하엿다 그러나 仁淑과漢鎭의사랑의줄은 날노굴게되고 愛의연못(池)은달노더부러깁허간다 戀愛에단맛을맛본 仁淑의弱한몸 女兒의매운맘을能히엇지하지못하엿다 終當李參書도할수업는 許諾을하게되엿더라 그後로는 두男女의情愛는더욱 濃厚한度를加하게됨올셔라 今年七月漢鎭의卒業後에 正式結婚을內定하엿든바 好事多魔로漢鎭이投獄되자 未幾에漢鎭에父親이病歿하고 母親이行衛不明이되니 李參書에맘은突變하엿다

이재에 이두愛人에게큰不幸의 非喫이생기엿다仁淑의洞里에서 十里假量相距되는 鳳山郡廳所在地인

沙里院市에嬬嬬한實業家로 富力이當郡에 第一位로名聲놉흔 金般煥의둘재아들金相俊이가 오래동안留學하든 日本東京으로서 明治大學專門部法科를卒業하고 도라왓다○오래동안異國風情에沐浴하고것흐로나마 戀愛思想의感染된그는歸國하면서即時로 子女를둘이나낫코 自己爲하야苦生하고 自己爲하야四五年間이나 空房직히든그妻를 相互間將來幸福을爲함이라는 美名下에離婚을强迫하엿다 舊道德에思想이매인그妻는 離婚이라는말에 天地가업서지는것갓치놀낫다 離婚이라함은絶對로不可한罪惡으로아는 그는그 怨懟한相俊의强迫에못니기여 無窮한怨恨품지못할會恐을미숫고 피눈물섞이면서 血書로遺限을記錄하고 相俊의허리띄로 목매어自殺하엿다 어듸까지든지 薄人情한相俊은 妻自殺을시원이녁여病死하엿다所聞내고 三日만에良家處女를 物色하기始作하엿다 相俊에눈에드는處女는 不幸하개도仁淑밧게업섯다 그러나仁淑에게는 當當한良人될朴漢鎭이가잇슴을알엇다 처음한동안은 相俊이도落心을하엿으나 仁淑의良人될사람이 아모것도보잘것업는朴漢鎭인으로써 陰兇한相俊은 一縷에希望을붓치엇다三月에漢鎭이가投獄되자 그는即時로 仁淑에父親李恭習을手中에너엇다 자조李恭習에집에來往하면서 仁淑의歡心을엇기에 百計를젓처놋코 奔忙하엿섯다仁淑도그의陰計를 알지못할女子는아니나 漢鎭의投獄된후 指向업시외롭은마음 一時弱한女子에맘에 자조相從하는 相俊에게隱然中 愛着心이생기기始作하엿다 李恭習는仁淑이가 相俊이와 자조來往하면서 交際함을보고서는마음에 恰足하여젓다 그는自己에女兒의마음을 誤解하엿다敎育밧은男女의交際를 愛의發生에證據로아럿다 그리고는 조흔機會라고조흔配匹이라고 朴漢鎭에게許諾하엿든前言을取消한다 너의配匹은金相俊이라고 仁淑에게말하엿다 이말을들은 仁淑의놀내임은如干이아니다 父親에말에極力反對하엿다 그러나아모所用업다 일이이地境이되니自然相俊과의交際를避하랴고 相俊이가와도 반갑게나아가 마자드리지아니하게되고 바라는것은 다만하로밧비漢鎭에出獄될것뿐이라 仁淑自己의 良心에는조곰도검은點이업것만은 自己의父親이 漢鎭과의約

婚을破하고 金相俊과 婚姻하게하리라는말을한後로는異常하게도 漢鎭의父母尋訪할마음이적어저서 往來의度가뜨게되엿다

그일이잇는지數日內에 漢鎭에父親의 別世한말이仁淑에귀에드러갓다 눈꼽에저른仁淑에얼골이 마르기도前에 漢鎭의母親마자行衛不明된일이 仁淑에귀에드러갓다 한동안은 哀痛한가운데 世上모르고 지내이다가 그일을漢鎭에게알니우고저하나 父親母親에嚴重한監示는 仁淑으로하여곰 片紙한장써서보내지못하게되엿다 처음에그父親이 漢鎭파의破婚한다는말을듯고 다만한번 獄中에苦楚밧는未來의郎君에게애닯은事情、、父母의變心된일을簡單한글월노하소연하엿섯다。그일이片紙붓친지數日後에 父親李泰晋에게알니어젓다 沙里院市에가서 片紙붓친使喚兒孩까지도 大端한叱責을밧엇다 事情이그러하니 只今當하야 漢鎭에게그의不幸일을알녀줄길이 茫然하다 그리저리넷서름은 漸次로사라지고 그지업시외로운心事는自然히 金相俊에게로 쏠여드러가기始作하엿다 相俊에게第一로마음이쏠여드러가게될 最大原因은 明年봄에米國遊覽이엿다 金相俊과對座할재마다明春亞美利加로 新婚旅行兼留學가자는 말을듯는다 이誘惑에는 女子의缺点인虛榮心이動하엿젓다 오래동안싸혀저잇는 朴漢鎭의男子다운氣像、 將來性잇는容貌는 仁淑에머리에서 차츰차츰 蕭微하야지고 하이카라西洋服닙고 自働車타고 三四十層놉혼집이列立한市街로도타다닐것과 四年後에 自己는女學士로서 博士男便과손길을마조잡고 萬人歡迎中에歸國할像想이濃厚하게되여간다 그러나아주싸지도 그父母에게確實한對答은아니하엿다 다만 自己마음으로마음苦生을하고잇다 現在는볼것업스나 將來가만은朴漢鎭에게로갈가? 將來는何如하든지至今에 安樂愉快히生活할金相俊에게로갈가? 하는煩悶에 사로잡힌이되엿다 이러나저러나 現在에마음붓칠곳이업스니 자조來往하는金相俊을 以前갓치실혀하지안음은事實일다 참된사랑이업고 歪情으로사모하지아니하고 다만一時虛榮心에끌녀잇는 仁淑에마음은日後凜凜하고丈夫다우며 快活하고將來性잇는 朴漢鎭을對할재에는 以前에愛情이다시사라나고 以前에熱熱

하는戀愛가 더욱熱熱하게復活될것입니다

陰曆으로十月初二日은 平壤사는 仁淑의外祖의生日이엇다 仁淑은外祖의生日宴도볼겸 外四寸아오되는順熙도맛나볼겸 三日前에平壤外家로갓섯다 仁淑이가 初三日에還家할것을들은金相俊은 仁淑을沙里院驛에서迎接하야 停車場構內에잇는飮食店에서 점심兼數三種의 西洋料理와洋菓子를 갓치안저서먹엇다 自己의戀人을홀노보내기실흔마음으로 仁淑에집보다五里假量깃가게잇는 自己의村집에도갈兼 仁淑파억게를가즈런히하고 夕陽이西山머리에 허리를걸칠제에 飮食店을써나서村으로드러가든길에 昨日出獄한 仁淑에眞正한 愛人朴漢鎭을 맛나서 못처름자미잇든情話도못해보이나리 밋고밋엇든 仁淑에마음쫏차自己를背反하게된 大失敗를當하고 自己의村집으로忿怒한발거름을옴기엿다

仁淑이가朴漢鎭에집에서 밤을밝킨 翌日아츰일다 仁淑에집안은 야단법석이이러낫다 입싸른隣家老婆는李参書가아침밥을먹을째에 仁淑이가昨夜 漢鎭에집에서잣다는말을 三곱은느려서 誇大하게말하엿다 이말드른李参書의 大驚小怪忿怒함은 참으로무서웟다 밥床을거더차며 물그릇을엽지르며 門짝을째지라고열어젓치며 男女下人을부른다 無罪한夫人을叱責한다 아들들을호령한다 前後不覺으로修羅場을만드럿다 終當은仁淑의큰오라바니性浩와 개집종桂月이가 漢鎭에집으로向하야갓다 이性浩亦是그父親에性情을本밧은사람이라 平時에도 仁淑에게好意를가지지안엇섯다 더욱여 至今일소냐 漢鎭에집에 當到한그는 漢鎭에게懇勞한마되인한샛더러 漢鎭에人事도모르는듯이 漢鎭을젓눈으로흘겨보며 不問曲直하고 仁淑에아름다운머리채를 惡惡스럽게글거쥐고亂打한다 本來붓터이러한일이잇슬줄自覺한 仁淑은조곰도두려워하지아니하고 그軟弱한몸에 그毒한매를避하라고도아니한다 漢鎭은넘우나어이가업서서 性浩에게모다自己의罪惡이니 自己를代身罰주라고 비럿다 그러나性浩는漢鎭을써밀치면서 仁淑을적퇴압세우고 自己집으로도라간다 漢鎭에집뜰을나슨仁淑은 漢鎭을도라보며 意味잇는微笑를눈물에엉킨그눈에나타내엿다

仁淑은性浩에게끌니어 自己집문안에드리섯다 그는 父母와兄弟들압헤서 決然한마음으로叱責파 酷罰을기다리고섯다 李蓀晳는仁淑이가 도라왓다는말을듯고 한거름에뛰여드러와서 「이—집안망케할 계집년아」 大喝하면서 새만남은주먹으로 仁淑에아름다운볼을쥐여질넛다 仁淑은압흠에못니기여 그자리에주저안저서바르르썬다 李蔘晳는 忿에못니기여全身을부르르셸면서 仁淑에허리를발길노나려 밟으랴고바른편발을놉히드럿다 이모양을본仁淑에母親은 아모리 仁淑의게큰罪가잇서도 차마傍觀만하고이슬수업서서 急히달녀들어 仁淑에허리우에 놉히 들녀잇는自己男便에발을 잡아제칫다 李蓀晳는뒤거름질치다가 문턱에걸니여넘어가며 아츰먹다남은된장찌개그릇을살고넘어젓다 李蓀晳는忿하고도 붓그려워서 仁淑은젯처놋코 그夫人에게달녀드러 夫人을후려갈긴다 큰며누리性浩의婦人파 性浩는시어머니와아버지를세여안고 싸홈을말니노라고 아버지 시어머니 아들 며나리의네사람에衣服은왼통된장찌개로 山水畵를그럿다 李蓀晳의夫人王氏는 사닭모르는서름에 치마자락으로 얼골을가리고 소래처울며李蓀晳는忿怒에못니기여 怒呼한다 男종女종들은 머리를 돌니고소리업시웃다가 李蓀晳의大喝一聲에 모다검에색기다라나듯 부억으로드러간다 性浩에婦人崔氏는정한솜으로 仁淑에입에서흐르는鮮血을씻처주며 대야에물을써다 洗水를싯기여서 건는방으로다리고드러갓다

서름에북밧친 仁淑은 그兄崔氏에무릅에업드러서 痛哭한다 崔氏도사닭모르게同情에눈물을 업드려잇는 仁淑에머리우에셔러트린다 崔氏는元來無識하엿섯스나 시누이 仁淑에게서틈틈히배운글字와數理가 普通學校出身만못하지안케되엿다 崔氏에게 同情하는이는仁淑이요 仁淑에마음을아라주는사람은 崔氏밧게업다 仁淑이가서울서나려올째마다 어머니다음으로第一반갑게맛는사람은崔氏며 仁淑이가 第一고맙게아는사람도 이崔氏일다 그는女子의特徵인질투性이남다로게적은대신에시어머니의 사랑은 三同서中에第一일다 仁淑이가京城서나려올째마다 그동안보고듯든新文明의異常함과 新女子들에 엇더케活動

합을第一번저부러보면서 드둘재마다醫院에 눈을크게뜨면서 자미스러워한다 그리고는아래목에困히잠든 者ㄴ배에서나온걸가라치면서「저것도언제 그런工夫를쇄한수잇슬가?」하다 그럴새마다 仁淑은「工夫를식히야지요 그런은兄님에맘하나지요」한다崔氏는「재아비가여기요 대야엇더케하나?」한다仁淑은 崔氏얼굴을쳐다보는듯한얼굴노치다보면서「그것은 왜요? 배구녕工夫식히는데 男便이 무어라고한단말이요 兄님말비음에잇스면 오라바니야兄님에말대로 左右케될수가잇지안아요?」한다 그말에崔을뚝뚝히보코만崔氏는다만「그럴수가잇슬가?」할색이자

오늘도仁淑은崔氏를爲모삽아 지욱이서름을 이젓다 밤여돏시를 壁上에걸녀잇는時計로서 報한다 건는방에는崔氏와仁淑兄弟가 마조안저서 아모말업시잇고 그엽헤는 崔氏의어린딸이 困하게잠드럿다 수年아홉살되는 崔氏의맛아들작난꾸럭이는 아주도자지아니하고잇다가 그어머니에게 얼굴을向하면서

어머니ㅣ지업집에사는처녀는오래새서방엇는대요 왜ㅣ우리姑母는 새서방엇지아니하나?

하는天眞爛漫한訊問을發한다 崔氏와仁淑은 一時에우섯다 崔氏는아들에볼을 쥐여질넛다 장난꾸럭이아해는 얼굴이빨개지면서「으아」울기를始作한다仁淑은철업는족하를세어안으며 달내이나 듯지아니하고 떡욱소래치서울고잇다 큰방에서할머니王氏夫人이드러와서 겨우우름을끈치게하고 할아버지孝孫韓에게로보내엿다。

王氏는길다란담배대를 픽픽빨다가 재더리에툭툭털면서 仁淑에게向하야

이애너도좀정신차려서 아바지걱정 식히지말이라 너도네맘대로만할야면 엇지한단말이냐

仁淑은아모對答도업다

앗가네아버지와도 말은햇다만은 至今되여서야金氏재실호민엇지하나 집안體面도 생각하고아버지마음도便安케하여야지

仁淑은怨망한는얼골로

집안體面만생각하면 제몸은엇지합닛가 저는體面이라는 것모양에 제한몸을팔아야 되겟습니

가?

네몸을팔다니 그게무슨말이냐 金氏宅에야무엇이不足하니 그리가는것이네福이지 그래不足한것이무엇이냐

仁淑에얼굴은 그母親을모루하게너이는 表情이드러나면서 아모對答도아니한다 王夫人은仁淑에압흐로닥아안즈며

이애야대답을하렴으나 싸닭도업시 너혼자만알고잇스면 엇지하나 金氏네가아모렴은朴哥만이야못하겟너 여러말말고어서아버지말대로 하게하자

朴哥라는無嫌한말에 仁淑에얼골은 빨가케변하여진다 그러나至今은이러한枝葉에일노닷홀때가 아니라고 마음을決斷하고서 어머니에게向하야金氏게로가지못할事理를말한다

어머니 그게무슨말슴이시야요 金氏가아모런富者기로 女子된제게무슨所用이며 金氏가아모리榮貴하다기로 女子인제게 무슨榮華가되겟슴닛가 더군다나金相俊그이는 無罪한그夫人을虐待하야 죽기싸지하엿서도 조곰이라도 後悔의빗치업시 얼골곱고外樣고흔女子만보면 뒤를쏘차다니기에奔忙하게지내나 제가아모리知覺이업다기로 그러한沒人情하고 虛浪한金氏집사람되기는願치안슴니다 朴氏가至今은비록困窮하고의롭기짝이업스나 將來에큰人物이 될것이닛가저는 將來를성각하고 限死코朴氏를싸를야고합니다 설사朴氏가榮達될수가업다고하여도 朴氏와저와 오직두사람지내가게야못하겟슴가 이말저말할것업시 저는朴氏집사람이되엿슴니다

그게무슨말이냐 너ㅣ정그러면 왜金氏와親하게相從을하엿단말이냐 相從하여 情은泰山반치드려놋코至今되야서 朴氏가엇더니 金氏가엇더니 네맘대로하면 될듯십프냐 世上일이란그리孟浪하게되는것이아니란다

어머님그게무슨말슴이야요 제가金氏와 情드린것이무엇이예요 그이와얼마동안 相從을하엿스닛가 그럿케하시는말슴이지 相從한다고모다情이들게되면 이世上은말못할淫蕩世界며 女子란

貞操가진사람이업술것이외다 情이란 그러쉬웁게드는것이아니며 그러無理하게 드는것이아니올시다 제가아모리不學無識하다하면 사람답지아니한金氏게 情드릴만한못난짓은 아니합니다

이말에王夫人은성이벌덕낫다

그래그ㅣ기지며 微役官인朴哥가 그리大端하단말이냐 계심아래가글자나조곰배왓스면 건방지고주제넘게 情이엇더니 사랑이엇더니 사람이바른시에 所謂엇더한것이냐 富饒한집안에夫婦가되여세지내면 自然히생기는法이지 別달니생기단말이냐

대통으로 재떠리를쌔여저리하고 뚜들기면서분연히이러서서 안방으로건너간다 안방에서孫子아들을다리고잇든李淑嬪는 忿然히 드러오는 王氏夫人을보고

그게진사해가 무엇이라고 주둥이를놀녓서 누가앏게조 영감이나가서 엇더케하시오 제어미말은 쥐새기볼알만치도앏지안는지 그래도그ㅣ거지를잇지못하겟다고합니다

무엇이야 그년이그럿한말이야 버릇을알녀야지

忿怒한李淑嬪는 이러섯다 王夫人도 이러섯다 건는방으로뛰여드러갓다 仁淑과마조안젓든 崔氏는엽흐로 물너서서漸次이러날風雲을걱정한다 李淑嬪는霹靂갓흔 큰소래로

이못난년 무엇이엇지엇제해ㅣ 한달안으로金氏와婚姻式할줄알어라

仁淑에맘은電光石火갓치 무슨暗示가일어난다 寶로生死에境에臨한勇士갓흔굿은決心이 드러갓다 헛된陋名을씨드라도 이제操할手段은 다만한가지밧게업다

仁淑의얼골은 紅潮가돌며 몸은썰닌다 決心한仁淑은

아모리하시드래도 제몸은임이潔白한處女의 몸이아닌 더러운몸이닛가 金氏아니라그보다더한곳이잇서도 엇지할수업습니다

李淑嬪는부르르썬다 自己의귀를 疑心하는貌樣으로

무엇이 엇지해 처녀의몸이아니라니 무슨말이

딴말이나 말이람그리쉬웁게할것이아니다

仁淑은屈치아니한다 엇지되든지 至今에일을決定치못할지면 日後에더큰風波가 생기리라는 굿은맘으로

아니올시다 제몸은 處女의몸이아니닛가至今은 더러운몸으로 다른곳에 婚姻할수업는것이외다

李泰晳夫婦는 仁淑에게속앗다 一時權道로써仁淑自己가陋名과毒罰을밧을지라도 父母로하여곰 金哥에게斷念케할생각으로 自己의몸은 處女의몸이아니라하엿다 그러나李泰晳夫婦생각에는 處女의몸이아니라는말에 「저게집아해가 昨夜에발서 더러운몸이되엿고나」 하고生覺하엿다 놀내임과忿함은 形言할수업다 李泰晳와王夫人은 全身을브르르떤다

이년에게집년아! 더러운그몸을 엇저하잔말이냐 요런발칙한년갓트니라고 네년이살면무엇하니 집안만망케하지所用업다 너죽고나도죽어서 집안홈이나더럽히지안케하자

王夫人은仁淑에머리채를 굴거쥐고 잣바저서몸부림을하고 李泰晳는주먹으로亂打한다 仁淑은父母의하는대로 두눈을감고아모말업시 매를맛고잇다 崔氏는크게놀나 仁淑에머리채를 굴거쥐인시어머니의손을페이라고 애를씨며눈물을흘닌다 큰방에서놀든장난꾸럭이와 건는방아렛목에서잠자든崔氏에 어린쌀은 이것을보고올며불며 야단을친다이웃집으로몰갓든자근며누리李氏와 게집종桂月이는 무슨일인지모르고 한便엽헤서벌벌떨고잇다 舍廊에서잠자는性浩는요 란한소래에잠이깨여急히드러와보고 사닭은엇더튼지 그아비지를세여안고 큰방으로다리고간다 李泰晳는아들에게안기여서 비슬거리며 「저게집아해가 발서朴哥에게몸을더럽혓다는구나」 하면서 怒呼한다 王氏도근며나리에게안기여 큰방으로건너갓다 李泰晳夫人는큰방에서한숨쉬면서 드러누어잇고 건는방에서는 李氏와桂月이가 仁淑에散亂한머리와써여진衣服을 바로하여줌다 仁淑은崔氏에무릅에업드리어 서름에북밧친우름을슨칠줄을모로고 울고잇다 仁淑에머리에는번개갓치 異常한感情이생기엿다 이苦海갓튼世上에서 부질업시목숨을이어가랴고 애쓰면서 苦生사리를하는것보다 차라리저나라로가서

世上모르고지내겟다는 生覺일다. 다시말하면失戀의悲慘한生活보다 戀人의가삼에안기여死함이 幸福일것이라고生覺하엿다 그리고는會心의笑와 悲哀의感情이서로얼크러저서 가삼은며옥붐타듯라. 오른다 仁淑은두손으로 젓가삼을부둥키고 全身을바르르떨엇다 崔氏는仁淑을곳안에이르키면서 어린아에달내이듯이얼니인다 仁淑에얼굴은形言치못할煩悶狀이 낫타나면서도 그입에는微笑가隱隱하게낫타난다 仁淑은決心하엿다 틈만잇스면다라나서 愛人의무릅을배고 世上을下直하리라고굿게決定하엿다 그리고는爲先家人을安心시키어서 機會를엇지안으면 안되리라生覺하고 나오지아니하는우슴을억지로우섯다 崔氏도싸라서우섯다 그러나崔氏의가슴에는 異常한暗示가드러갓다 仁淑의웃는것이必竟알지못할秘密이 드러잇스리라는直覺이드러간다 그秘密이란 果然엇더한것일가「出奔」「죽음」「變心」세가지中의一일것은分明하다 崔氏는혼자두려움에못견대여 全身이썰니인다. 崔氏의눈은仁淑에얼굴을뚜러지게 드려다본다 仁淑은或是自己의決心한바를짐작하고 自己의얼골을드려다보는가하야 崔氏의銳敏한眸子를 避하랴고 手巾으로얼골을가리면서 나오지아니하는말소래로「兄님은남에얼골을 웨그리드려다보서요?」하면서웃는다 崔氏도싸라우섯다 그러나疑心은풀려지지아니하야念慮가적지아니하다

三日지내四日동안은 無事하게지내엿다 李恭諧以下崔氏에이르기싸지 져우이放心하엿다 第五日밤이되얏다 밤十二時가조곰지나서 仁淑은잠이세엿다家人은모다깁흔잠이들엇고 이世界는 死의世界와갓치寂寂하기짝이업다 仁淑은가만히일어나서 衣服을주어입고 困이잠든崔氏에손을가만히잡고흔들엇다 仁淑에눈에는 눈물이핑도랏다 仁淑은눈물을씻고도라스지아니하는발거름을 억지로옴기어 房門을열고나섯다 뜰안한편구석에서잠자든仁淑의사랑하는개 五月이는 女主人의나아옴을보고 꼬리를치면서仁淑에치마자락을물고쓰러다니인다 仁淑은 五月에머리를쓸어주면서「너도오날싸지가마지막」作別일다 춥겟다어서네자리에가서자거라」입안에말노일으고발자최를갑만히하야 後門으로나아갓다 五月은主人의最

後를吊상합인즉두어번「킹킹」짓는다 아즉滿月이못된반달은 西山으로드러가랴고 薰微한빗을이世上에빗최이며 찬서리매운北風은 仁淑에全身을싸늘하게한다 仁淑은緩한거름으로고개넘어漢鎭에집에 當到하얏다 漢鎭은아즉새지자지아니하는지 燈光은薰微하고잇다꼼기」恨숨소래가둘니인다 仁淑은 허기춤한번하고 문고리를잡아다니엿다 漢鎭仁淑두男女는二三步間隔두고、마조서서바라보면서 暫時동안아모말도업섯다 仁淑에눈에는눈물이맷치엿다「漢鎭은이게웬일이요!」하면서 두팔을벌녓다 仁淑은漢鎭에가삼에넘어지듯이안기면서 서름에못니기는 눈물과반가움애못니기는눈물이 쉬일새업시흐르며 두손으로漢鎭의가삼을써안엇다 漢鎭에손은 仁淑에억게우흐로仁淑에 목을씨러안고丈夫에두어줄눈물은 兒女子仁淑의머리우에 사정업시써러진다

얼마後에 漢鎭仁淑두愛人은 燈火압에마조안젓나漢鎭에손을마조잡은 仁淑에손은힘잇게쥐이면서 仁淑에입과눈은 씽긋우스면서 全身을 바르르썬다 漢鎭은旺氣에感應을밧은것갓치 부르르썬ㄱ다

仁淑氏—이처윤밤에엇지오섯소

엇지오다니요 당신은엇지하야 아즉새지지못시지안엇슴닛가!

나야엇잿든 女子의몸인 仁淑氏께서겨울밤먼길에혼자오시는것이엇진일이요!

당신에마음에 아러보시면 제맘도아실것이안닙닛가 당신께서는그동안 엇더케 지내셧슴닛가 오작피로우셧겟슴닛가

(未完)

寄稿歡迎廣告

本社에寄稿하시는諸位는左의事項을注意하시압

一、寄稿는每月三十日以內로付送하시압

一、寄稿의揭載與否는本社에서定함

一、寄稿는返還치아니함

編輯室에서

定價表

一冊 本號特價六拾錢 郵稅貳錢

冊數	參冊	六冊	拾貳冊
先金	一圓十五錢	二圓三十錢	四圓六十錢
郵稅	六錢	十二錢	二十四錢
合計	一圓二十一錢	二圓四十二錢	四圓八十四錢

廣告料

等級	特等	一等	二等	三等
半頁	……	……	七圓	六圓
四半頁	……	……	四圓	三圓五十錢
一頁	二十五圓	十六圓	十三圓	十圓

大正九年四月廿五日印刷
仝 九年四月廿七日發行 （每月壹回十五日發行）

編輯兼發行者 京城府堅志洞百十二番地 張道斌

印刷者 京城府黃金町二丁目二十一番地 崔誠愚

印刷所 仝 新文館

發行所 京城府光化門通一百三十二番地 漢城圖書株式會社出版部 【電話一四七九番】【振替口座京城七六六〇番】

時計班指眼鏡各種

主 玄錫柱

特別大賣出

戰雲滿天不捲ᄒᆞ야物品輸出이甚難이러니習々和風이吹來ᄒᆞ야物品輸出至便而金價도亦爲低落에當此期ᄒᆞ야各種物品을無漏俱備ᄒᆞ와ᄉᆞ니多數使用ᄒᆞ시伏乞

銀片蓋馳時票	十八圓	至	五十圓
銀兩蓋同	二十五圓	至	六十圓
赤銅片蓋同	十六圓	至	三十七圓
十八金片蓋同	五十七圓	至	三百圓
十八金兩蓋同	九十圓	至	三百十圓
十八金腕卷同	五十七圓	至	百圓
純金鎖	五十圓	至	百圓
金眼鏡	十九圓	至	二十五圓
純金班指二個	三錢付		十七圓三十錢
同 印盤	四錢付		二十四圓九十錢
同 甲丸	一錢付		十二圓二十錢
同 高彫	三錢付		二十二圓八十錢

金品은右記以外合意ᄒᆞ시ᄂᆞᆫ重量의多少와物品의異形을依求酬應홈

京城鍾路二丁目

普信堂時計鋪

電話八八三、振京二八五一

支店 京城鍾路二丁目七一

THE SEOUL

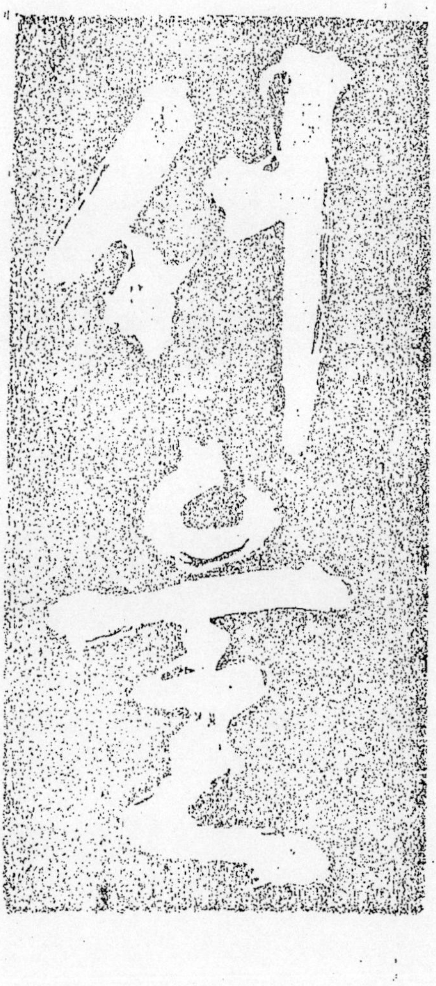

第四號

注意（本堂에서數十種賣藥을發賣ᄒᆞ옵은近日濫賣ᄒᆞ는各種不完全ᄒᆞᆫ賣藥에見欺受害之弊가有ᄒᆞ와一般同胞의疾苦를救濟ᄒᆞ자ᄂᆞᆫ微誠에서出ᄒᆞᆷ이오絕對的營業目的이아니오니此廣告를讀ᄒᆞ신諸位ᄂᆞᆫ本堂製藥을服用家되실을新聲ᄒᆞ오며廣告를廣布ᄒᆞ시와事業을成ᄒᆞᆫ思鄕에一助되실줄自信ᄒᆞ오니이다）

◎謹告于用藥諸位及同業諸位◎

本堂은元來漢藥局元祖로셔蔘茸唐草材와一切貼藥丸藥散藥이며金鷄納各種을擇品發賣ᄒᆞ와僉君子愛顧之澤으로業務日益繁昌ᄒᆞ온바恩澤에萬一을報ᄒᆞ고廣濟에微誠을表코져四五十年間累試累驗ᄒᆞ여百發百中ᄒᆞᄂᆞᆫ靈藥數十種을新發明ᄒᆞ와一般同胞의疾苦를誠心救濟코져ᄒᆞ오니服用家諸位의愛護贊成ᄒᆞ심을苦希ᄒᆞᄂᆞᆫ同時에同業諸位게特告ᄒᆞ오니速々히本堂製劑을請買試驗ᄒᆞ소셔速效잇ᄂᆞᆫ賣藥은貴下에營業을興旺케ᄒᆞ오리다左에重要ᄒᆞᆫ藥名만揭載ᄒᆞᆷ

氣血雙補	蔘茸不老丹	男女老少 氣血不足 神經衰弱 陰虛咳嗽 房事不能 遺精夢泄 陰虛火動 頭眩腰痛 手足厥冷 下焦虛冷 消化不良 精神昏迷 健忘不眠 諸虛氣損 長服則延年益壽ᄒᆞ고與陽借力ᄒᆞᄂᆞᆫ靈效가有ᄒᆞᆷ	十日分 一個月分 二個月分	貳圓五十錢 六圓 十一圓五十錢
調經孕胎	百子金丹	子宮病 月經不調 臨經腹痛 腰痛腰寒 赤白帶下 血積冷積 頭痛眩暈 下腹痼痛 面黃體瘦 胎中口逆 產後虛弱 難產落胎 정忡不順 過年無子 等婦人病特效藥	十日分 一個月分 二個月分	貳圓 五圓 九圓五十錢
花柳病最新藥	廣濟千金丹	男女老少 一二三期 一切梅毒 上下疳瘡 走馬疳瘡 先天梅毒 新入淋病 淋疾膀胱 疝症疼痛 連珠瘰癧 一切皮膚病에神効ᄒᆞ되臨時服用則殺菌消毒豫防傳染	一週分 三週分	貳圓 五圓
小兒聖藥	廣濟抑肝丸	小兒肝氣 身熱夜啼 便青吐乳 弄舌直視 急驚慢驚 解腦昏迷 腹痛乳癖 咳嗽斑疹 口糜不乳 痢疾雀目 痿休體弱 小兒百病에無不神効 無病兒長服則肥兒益壽	一日分 一週分	貳十錢 壹圓貳拾錢

朝鮮京城府茶屋町五

本舖 廣濟堂大藥房

電話 　番

振替京城一四八四番

大理店 特約店 大藥集

本社에서 茸唐草乾材를 貿入發賣하는 中 特別히 賣藥製造部를 設置하고 古來妙方의 丸散과 其他藥品을 當世國手의 妙方을 受하야 精製販賣하오니 僉君子는 請求試用하심을 爲要

●本社의 特製藥

保和丹 (消化良藥)
(能効) 保脾和胃、吐瀉霍亂、水土不服、其他服痛、消下食滯、中暑中濕、山嵐海瘴、痞滿胃効
(一包六十粒 定價拾錢)

調經益嗣丹 (婦人聖藥)
(能効) 經血不調、帶下崩漏、經脈不常、孕婦下服之漏、久不受姙、經行腹痛、可調可姙、保胎無憂、臨産服之、産後服之、難産易生、除去雜病
(一ケ月分 定價四圓)

化痰丸 (治痰仙藥)
(能効) 痰嗽瘀血、咳喘反胃、中風痰厥、頭眩痰塞、遂成顚癎、眩暈耳鳴、失志顚狂、致生怪疾
(一月分 定價三圓)

落梅丸 (黴毒根治)
(能効) 黴毒、咽喉痛、疳瘡、腦腫炎、淋疾、神經痛、眼疾、皮肉腐爛、子宮炎、血管硬化症
(一月分服 定價四圓)

消滯丸 (消滯妙藥)
(能効) 消化不良、胸腹滿痛、新舊食滯、積聚上衝
(三日分服 定價三十錢)

消腫龍排水
(能効) 跌打損傷、諸般腫毒、落傷青腫、立見消散
(十五瓦入 定價二十錢)

截瘧丸 (瘧疾名藥)
(能効) 一日瘧、二日瘧、間歇熱(振寒身熱)
(三日分 定價參拾錢)

無憂膏 (百症靈藥)
(能効) 瘰癧瘡癤、筋骨作痛、疥瘡濕痒、濕痰流注、破傷結腫、內腫諸疾
(一包 定價拾錢)

萬應膏 (消腫新藥)
(能効) 消腫排膿、去腐生新、
(一包 特價拾錢)

唐麝香蘇合元
(能効) 霍亂吐瀉、內腹胸滿、一切氣疾、食滯腹痛、中暑中惡、小兒驚風
(一包一介入 定價四拾錢)

京城府光化門通二〇九

蔘茸唐草乾材
有名賣藥製造

漢藥社

主任 李常和

電話二六〇一番
振替口座京城四四六五番

다음 第五號內容豫告

營業品種目

旅行用鞄膝掛
船來化粧品
洋服附屬品
婦人ショール

其他和洋雜貨
小供服、小供清涼衣
毛布、空氣枕
洋傘、雨傘

OHPOK&Co.

京城府南大門通五丁目

五福商店

長電話一八六八番
振替京一二五〇番

營業品種目

ヤレプー婦人肌衣
クレープサルマタ
クレープシャツ
メリヤス類各種

手提金庫
學生用運動シャツ
綿布製シャツ類各種
毛シャツ

서울

第四號

翩々黃鳥
雌雄相依
念我之獨
誰其與歸

(琉璃明王)

實行

우리는實行하여야하갓다理想만으로아니된다議論만으로아니된다理想이잇거던理想대로實行해보아라議論을말고서議論갓흔實行을하여라이것이곳王陽明의所謂「知한다면서行하지못하는者는眞知가아니라」한것이다

우리는대개理想으로는破壞도잘하고建設도잘한다그러나實行에는遲鈍하다或者는이러케말한다우리가理想은잇지만時勢가不許하고事情이不許하야實行하지못한다고한다그러나此는대개거즛말이다試思하여라驚天動地、曠古絕今의大事業은成功者의말갓히時勢、事情이不許한다할수잇지만조고마하고平易한일이야무슨時勢事情에걸니어못한다는말이냐지燐寸한갑을우리가맨드러야하갓다는理想은언케붓허잇섯나냐지금껏이燐寸한갑을못맨든것이此亦時勢、事情의不許한싸닭이라하갓나냐다實行아니하는싸닭이니라또우리는議論은잘한다小々問題를가지고라도東奔西走하며議論이風生한다그러나말뿐이오일은업다오늘날民衆問題니勞動問題니婦人問題니하야萬國이騷然하닛가我人들도또한무엇이니무엇이니하면서議論들은잘한다그러나實地有益한事業은잘생기지아니한다남이무엇이라고떠들매우리가서따떠들뿐으로될수업나니남들은떠드는밋헤반드시實行이잇나니라

實行하여라생각만하지말고實行하여라말만하지말고實行하여라敎會한個나學校한個라도남의힘빌지안코내손으로完全히하도록家屋한個나冊床한個라도남의힘빌지말고내손으로完全히맨들도록實行하여라무엇이던지내손으로하야내生活을供給할만하도록實行하여라생각만말만으로아니된다

現代의思潮와我人의素質

張道斌

一、文化主義

文化主義는現代의思潮이다무릇近世列强은武裝主義이엇다基督崇拜主義보다事實上拿翁崇拜主義가盛行하얏다各國이대개文化를힘쓰지아늠은아니엇지만그文化를힘쓴結果ㅣ武裝主義의發達을促進하얏다그까닭에世界는侵略、防禦、拓土、耀武의世界가되얏섯다맛츰내歐洲大戰亂이되야至大한生命財產이犧牲되야世界無前의大洪水를지낫다

그러나兩虎共鬪에서로다疲弊하얏다聖誕에平和를希望하는勢力이增進되야카이제루가倒하고世界平和를克復하게되얏다이카이제루가倒함은곳侵略主義、帝國主義、武裝主義가一部分下火된事實이다이에世界人은점々戰爭을忌避하는思想이생겻다戰爭을忌避함으로조곰武裝主義를甘愛치안케되엇다곳이武裝主義가吾人生活에그리조흔것이아니라는感念이多數人의腦에생겻다그反動으로文化主義가喧傳된다이에文化主義가現代思潮의一이되얏다

文化主義는곳人類生活의大勢力을文化方面에偏重함이다가령精神物質의發達研究를軍事上보다平和、交通、産業、藝術等에努力하며政治는壓制보다民衆意思를重視하며經濟는資本家保護보다勞働本位를注意하며植民地統治策도多少緩和를實現하고國際間問題도國際聯盟을協議하게된等은다이文化主義의影響이니라

우리朝鮮人은文化主義의時代에매우適合하다我人은매우文化的의素質을가젓다上古의我人곳檀朝、五國의我人은世界無比의道德上黃金時代를建設하얏고三國時代에밋처는武强이全盛하얏스나그러나此는當時四圍에異族의侵害가猛烈한故로不得已武强의勢力을雄張하얏슬뿐이오그時代에도社會中心力은文化方面에偏重하얏나니三國의敎學、藝術等이燦爛히發達함은곳이런까닭이라三國以來에我人이니어文化主義를張하야文化向上에注力하얏거늘彼侵略主義를持한漢人、鮮卑人、契丹人、女眞人等이각금我人을侵擾하야我人의文化및勢力이점々衰退하얏나니라

朝鮮人은文化創造의能力이잇나니라곳四五千年前에임의獨創的으로國家生活을營하얏고五國을經하야및三國以

來에는其間許多한文化創造가잇나니辰韓의鐵貨와扶餘의礦冶와箕朝의德敎와扶餘의織法과三韓의共和政治와高句麗의建築、繪畵와百濟의建築과新羅의鑄造、彫刻과玄琴、伽倻琴、活字、磁器、鐵甲艦과高句麗의八關과新羅의五戒와朝鮮의國字等은다朝鮮人의創作에係한者니라

또朝鮮人은文化宣傳의能力이잇나니라東으로日本에文明을授하고北으로靺鞨에文明을布하야東亞諸邦에文化에大傳道를行하얏나니東洋에在하야文化의創造로는朝鮮人이支那人의次이나文化의宣傳으로는朝鮮人이支那人의以上이니라

朝鮮人은이러케文化의長技가잇스나侵略에는短한故로侵略主義時代에는매우失敗가多하나니挽近以來로朝鮮人의社會가크게頹落됨은곳이侵略主義時代에失敗한所以니라

이제我人은매우適合한時代곳文化主義의時代를當하얏나니이제文化의向上을圖하야一躍하야世界文化의列에加入함이決코不能이아니라곳我人은敎育의普及、世界的知識技術의習得、德性과努力의向上等을힘쓰면可히써文化時代의一主人이될수가잇나니라

그러나此에注意할一點이잇다지금文化主義의時代라하나此가世界大戰亂의結果로出來한時代的現象뿐이오世界의趨勢는또侵略的으로變動하리라我人은文化的運動에努力하야固有의文化를增長하고外來의文化를採用하되또一邊으로는世界的變態에順應하야世界的으로進行하여야될것을記憶하여라

一、民衆主義

民衆主義는現代思潮의重要한主義이다무릇在來의政治社會는대개小數人이多數人을治하얏다專制政體는勿論이오其他政體도흔히少數의權力階級、知識階級、資産階級等强者들이政治上實權을行使하얏다이것이一般弱者의反感을招하야다곳權力、知識、資産等을가진强者에게對하야一般弱者들의平等運動이起하야一般民衆의多數意思로萬事를裁하자는主義가宣傳된다이것이곳民衆主義이다이主義가이番世界改造의機를乘하야大々的으로實現되라한다

民衆主義는我人의素質에매우適近하다我人의古來政治主義를考하건대民衆主義는我人의本色이며歷史的事實로觀하야도곳民衆主義니彼古史所謂「神人、降于太白山檀木下、國人共立爲君」은곳民衆의意思로君을立하야國을理한證據오五國時代에箕朝를除하고는대개다民衆政治니其中에三韓은곳聯邦民主政治라곳馬韓、辰韓、弁韓의政治組織概要는左와갓흐니라

一、馬韓五十四國、辰韓十二國、弁韓十二國에各히人民의推選으로國長을置하야此가대개終身官으로在하고其次에諸官吏를置함

二、馬韓은馬韓의五十四國이聯結하야一大聯邦곳馬韓을成하고辰韓은辰韓의十二國이聯結하야一大聯邦곳辰韓을成하고弁韓은弁韓의十二國이聯結하야一大聯邦곳弁韓을成하얏나니이러하고內治의大法則및外交의大事件은그聯邦全體가共通으로共同的行動을取하얏는지라곳馬韓은馬韓五十四國의協議로內治外交의大問題를解決하얏고辰韓、弁韓도또한그러하얏나니라

三、馬韓、辰韓、弁韓의各國에다各部가잇나니곳이各部가會合하야一國을成한지라또이各部에는部長이잇섯나니部長은또한各部의人民의推選으로되얏고이各部長이그部內의政事를行하니라

三韓의外에扶餘도民衆主義的精神이만핫다檀君의後에는대개部族政治가行하다가및五國時代가되매箕朝는支那式의君主政治를行하얏더라그러나扶餘는檀朝의制度를따라民衆的精神을만히가젓다扶餘에中央政府의外에各邑落에豪民이잇서下戶를從하얏나니이豪民은곳部長이니라이部長은그部內의政事를行하고이部長은또中央政府의政事를與知하얏나니甚至於水旱等災殃까지中央政府에問責하얏나니라

五國의後에三國은君主政治가되얏스나또한다民衆主義가만핫나니高句麗、百濟、新羅、伽倻에다各部가잇고그部內에또各히小部가잇스매小部의政事는村長이行하고各部의政事는部長곳大人이行하얏고또이各部大人의下에諸官吏가잇섯스매各部의大人、官吏및各小部의村長等은대개民選으로되얏나니라커高句麗의五部와百濟의五部와新羅의六部等은다이各部制度로出來한者오또此가流傳하야南北國時代에新羅의六京、渤海의五京、高麗京都의五部、李朝京城의五部가되얏나니라

三國의各部는다만그部內의政事를行할뿐아니라一方으로中央政府의政事에協議하얏나니高句麗의政府에서大事件더욱政府大官選擇等은흔히五部에諮詢하고軍事는거의全혀各部의自管에屬하얏스며新羅의中央政府도그部內에關한事는대개그部內民衆의協議를聽하얏다이것이高麗時代에其人制度가되얏나니其人은곳地方各郡縣의該事者一人을京師에招來하야政事決定에協議케한것이다밋李朝에至하야는全혀支那式의專制政治를採用하야前朝의其人制度外지廢止되얏나니라그러나李朝時代에도各郡縣에坊里가잇고이坊里에坊長이나里長을置하얏스매이坊長이나里長은대개民選을採用하얏다此는實로古代民衆主義의流傳된一斷片이니라

그럼으로我人은實로四千餘年以來에地方自治의習慣을가졋나니此는東洋에在하야我人이專有한榮譽니라이自治의習慣과또前述갓히古來民衆意思를根據로한中央政府制度는實로現代의民衆主義와適近하니라吾儕는이에지금民衆主義時代에我人의前途가多福한줄로認한다

三、勞働本位主義

勞働本位主義는現代第一의多事한局面을生하얏다곳勞働者가資本家의橫行을敵對하야이勞働本位主義를宣傳또實行한다이勞働本位主義가我人의素質에엇더한가고一考하랴한다

朝鮮古代에는무론勞働本位主義이다朝鮮古代에經濟의豐富를致함은그主要原因의一이勞働本位主義인줄思한다此는그證據가잇다朝鮮古代에는무론土地國有의時代이다當時에는私有土地制度가업섯다곳政府에서土地를管理하야엇던人民이던지丁年에達하면一定한土地를分給하얏다此가所謂口分田이다이러케土地를分給한後에는그土地를耕作하는人民에게租稅를徵收하얏다土地를受하얏던人民이死亡하면또그土地를다른丁年된人民에게分給하얏다이러한故로土地私有者는업섯다곳엇던人民이던지自耕自作하는丁年者가國家에서受하는土地뿐인故로耕作치아니하는者는土地가업섯다이에何人이던지丁年이되면반드시土地를受하는權利와義務가잇고因하야土地를耕作하야生活하얏다다만官吏、軍人、僧侶、商賈、工匠의等은土地를耕作치아니하얏다因하야官吏、軍人、僧侶는祿田、軍田、寺院田의租稅로그生活을供하얏다商賈와工匠은土地업시곳商工으로生活하얏나니此가아마高句麗所謂遊人이다當

時에는遊衣遊食하는者는업셧다곳官吏軍人은官吏나軍人으로勞働하고僧侶는僧侶로勞働하고商賈와工匠은商賈와工匠으로勞働하고그以外一般人民은다土地를受하야耕作으로生活하얏다이럼으로近世大地主처럼不農不商하고豪奢遊惰한生活하는等은全혀업셧다이에全國四民이다勞働하고야生活하얏다土地를平均分配하야裕足히耕作하고그收穫은若干의租稅를納한後에는農民이全혀그收穫을享有하얏나니當時에農業이繁盛하고農民이豐足할것은定한일이다農本位國에農業이繁盛하고農民이豐足하니가그社會의經濟가豐富할것은定한일이다

이土地國有制度곳勞働本位主義가檀朝以來三千七百年間곳高麗末世까지實行되엿다이것이高麗의最末곳李朝創立時節에變更되얏다高麗의末世에勢族豪民이土地를私有하얏다곳彼等이一次受한土地를맛당히返納할時機에返納치아니하고國法壞亂의機를乘하야自己私有로하얏다이에小作制度가생기고大地主가생겻다當時에도此에對한批難攻擊이만핫다그러나맛츰내李朝初世곳허이土地私有制度가公認되얏다이에土地를私有하야此를受授하고此를賣買하얏다이에土地所有者는不農不商하고아모勞力업시土地收入으로遊惰娛樂한生活을하게되얏다이에多數農民곳小作人은勞働力作하야도收入이僅小하야農村의衰退를來하얏다이에遊食者가만히생기고資産本位主義가橫行하얏다이에勞働本位主義가休止하고勞働社會가窮屈하얏다

現代所謂勞働者는무릇이農業의農働者곳小作人을包含치아니하얏다現代各國所謂勞働者는곳工場이나又는此에類似한事業에從事하는勞働者를指함이다그러나우리社會에는아즉工場이無多하고因하야此種의勞働者도別로히업다그럼으로此를農業의勞働者곳小作人에게比照한다因하야古代土地國有時代에는이農業의勞働者가勞働本位主義下에서安樂히生活한것을言及하얏다何如間古代我人은勞働本位主義곳勞働하야生活함을本位한主義로써生活한것을記憶하여야한다

지금我土에는우즉그場이別로히업다因하야雇主와勞働者間에爭議잇슬일도別로히업다그러나이것이幸福인줄알어서는誤解이다오작社會가幼稚하야서工場이업갓나냐雇主와勞働者間의爭議가업갓나냐그러나勞働本位主義를알기는하여야한다勞働本位主義를行하기는하여야한다다시말하면우리는勞資紛議의解決보다먼저工場의施設、勞働者의就業을奬勵하여야하겟다지금까지는我人이土地廣濶한德으로資産家는土地를買하야收租로食하고貧民은小作

하야食하얏다그러나점々人口의增殖、外來資本家의土地買收等으로我人의土地가점々不足하게될것은分明하다因하야我人의生活難이滋甚할것은分明하다北間島나西間島로만간다고滿足할수업나我人도今後에는資産家는現金이나株券의所有者가增加할지오貧民은小作하랴도土地가업서서小作도못하는일이점々만하질것이다그러닛가我人도점々工業이나商業으로生活하여야하갯다商業이繁하랴면먼저工業品의盛產을힘써야하갯다工業을만히니러커資産家는雇主로工場을施設하고貧民은勞働者로工作에從事하여야하갯다이러하고야我人의生活難을救할수잇갯다그러닛가吾儕는我人工場의施設、勞働者의就職을祝하는同時에반드시勞働本位主義에注意하야他邦갓히勞資衝突이업게하기를希望한다我人의勞働者는그德性으로는實로世界에卓偉한素質이잇나니此를善히保護獎勵하면決코勞資의衝突이업시個人이나社會의福利를增進할줄認한다

四、男女平等主義

男女平等主義는現代思潮의一이다이男女平等主義는我人素質에適合한主義이다무릇爾來男女는대개不平等이엇다東洋은勿論男尊女卑의習慣이굿엇섯고西洋은騎士制度、耶蘇敎旨等關係로婦人의地位가조곰向上되얏스나진한男女平等은아니엇다아모리西洋의人權平等을尙하는나라이라도婦人에게는參政權이許諾되지아니하고여러方面으로男女의差別이잇섯다그럼으로女子社會는오랫동안地位向上을求하얏고男子間에서도점々婦人地位改良論을提唱하게되얏다이번歐洲大戰亂에女子로도만히公務에奔走하얏다밋이大戰亂이休止되고世界改造를實現하게되매이에女子社會는大活動을開始하야婦人參政權問題가前日보다크게白熱的運動을加하얏다이에歐美各國에점々婦人參政權問題가實行되야女代議士가到處에出來한다이러케男女平等主義가事實로現出하게되얏다어하人類의大福音이로다

이男女平等主義는古代我人의實行한主義이다太古의我人은女子에게조곰劣等視한듯하다彼檀君의父인桓雄이天으로서降하야太白山에서化身한女를娶하야檀君을生하얏다는傳說을據하건대何如間에當時에我人은男子가女子를劣等視하야곳男子는天에서生하고女子는地에서生하얏다는觀念을가젓다그러나檀君以後五國爾來에점々婦人의

地位가向上되얏다扶餘의男女淫者를同等으로處罰하며箕倂의嫁娶에所借가업스며三韓에男女가內外의別이업슴은다男女平等의主義이다三國時代가되매男女平等主義는더욱實現되얏다東洋에在하야女子에게王位繼承을公認한나라는朝鮮뿐이엇나니彼新羅의善德王、眞德王、眞聖王은다女子로王이되얏다곳王室에서男子嫡統이絶한時는女子에게傳하기로하얏다此는곳男女平等主義의結果이엇다高句麗、百濟、新羅가다自由婚姻을行하얏나니高句麗東明王의母后柳花는父命을逆하고解慕漱王과自由婚姻하얏고高句麗의溫達公主는父王의命을逆하고溫達과自由婚姻하얏고新羅金庾信의妹文姬는新羅太宗과自由婚姻하얏슨즉此는다男女平等主義로女子라고男子의强制婚姻을當치아니한까닭이다高句麗의遊女가잇섯나니此가公娼과恰似하나또한女子放任의結果이엇다渤海는女子의權利가매우强大하얏다渤海의婦人은男子를制限하는團體的運動에잇섯다渤海의男子가淫佚한行爲가잇다하면婦人團體는그男子에게總攻擊을加하얏다그럼으로當時男子는淫佚의行爲가업섯다또古來我人은곳一夫一婦制度이엇다古代東洋에는一夫多妻의主義가盛行하얏다더욱支那人은此의代表者이엇다古來我人은妾이업섯다곳一夫一婦의美德을上下三千餘年에確守하얏다이것은我人이世界에向하야誇할만한長点인同時에我人이本來에곳男女平等主義의民族인證據이다

이러케我人은社會上、道德上으로무론男女平等主義이오政治上、法律上으로도男女平等主義이엇다이男女平等의主義가不幸히高麗朝以來로支那式、儒敎式道德의盛行을따라고만男女不平等主義로變하얏다이에女子社會는千年以來에男子의拘束、侮辱의下에서生活하얏다近者에朝鮮女子도世界大勢에參加하야新機運을導할만한時代를遭하얏다女子는무론이거니와男子들도이男女平等問題에注意하야女子는天賦의幸福을찻고男子는解放의功蹟을行하야男女平等의實現을힘쓰면다시古代我人의男女平等곳社會健全한福樂을中恢하리라

五、人道主義

文化、民衆、勞働、婦人等問題는다人道主義의産物이다무론十九世紀乃至二十世紀初곳歐洲戰亂以前의世界는野心主義의世界이엇다弱肉强食을當然의事라고認하얏다이번歐洲戰亂의洗禮를지나世界가改造되매野心主義가多少

廢跡하고人道主義가主唱되다이人道主義는곳現代思潮의一部를占有한大主義이다이人道主義는我人의素質에매우適宜하다

　人道主義는곳自由、平等의主義이다人道主義는弱者를扶하고弱者를救함이强者의責任이라는意思까지包含하얏다少하야도弱者의自由、平等을保全하라한다이主義가아즉完全히實現하지는아니하얏다그러나此가幾多의人類生活上好影響을주엇다

　무릇人類의生存은個々人의享有한權利이다이生存을爲하야必要한데싸지는다自由、平等으로進行치아니할수업다키山의百合花를보아라그움이돗고싹이피고닙이나고가지가자라고뿌리가뻣음은百合花의自由오百合花의平等이니어느百合花가그네의自由가업고이平等이업스랴저野의走獸를보아라노루는노루대로사슴은사슴대로너구리는너구리대로각긔○○○○○를고뛰며먹고마시고색기를기르고種類를퍼치지아니하는가사람이아모리한들百合花나노루사슴만못하랴此는곳人道主義의誕生한所以니라

　그러나彼草木은人間가濫함으로小草는스러지기쉽고彼鳥獸는强한者가弱한者를食하나니此는草木의道오鳥獸의道더니와人道는그러치아니한지라오직大하고强한者가小하고弱한者를損害하지아니함이人道니이主義가곳吾人宗敎의主義라此는곳人道主義의誕生한所以니라

　我人은人道主義의民族이잇다古來로比較的人道를만히主張、發揮한民族이다我人은古來로君子의國이라는名譽가잇섯고道義를重한實績이만햇다彼唐人이高句麗를侵할時에도蓋蘇文專制의罪를擧하야高句麗人民을煽動하얏다彼契丹人이高麗를侵할時에도康兆反逆의罪를擧하야高麗人을煽動하얏다此를觀하야도當時我人의人道觀念이잇더케强大한것을미知할리라곳我人의人道觀念이强大함으로彼當時外國의奸雄들이此를利用코저함이엇다我人의最古敎化곳天帝桓因의敎旨는곳人道主義이엇다그럼으로○○政治가行하고婦人平等이行하얏다高句麗가孝慈를尙하고百濟가仁信을主하고新羅는君主가國家를爲하야王位를賢人에게傳授하고高句麗가八關戒를設하고新羅가國仙道를闡한等은다이人道主義의結晶이엇다

　古來我人은매우人道主義宣傳에努力하얏다爲先國內에서는民衆敎育을大擴張하얏다高句麗人은비록窮里僻巷의

家라도다子弟를敎育하게되얏다이敎育方法은精神이나肉體의發達을自由自在로식엿다高句麗뿐아니라三國이다그러하얏다그럼으로當時社會의人道主義가大盛하얏다또이人道主義를遠方에宣傳하얏다三國의學者、僧侶等이日本、其他各國에敎化、文物을傳播함은곳이人道主義로出하얏다

이人道主義가크게衰退하기는李朝以來의事이다李朝가建設될때에벌서利己主義로成功하얏다李朝以來로는王室이나政府가대개利己主義下에서萬事를料理하얏다이에非人道의政治、敎育等이施行되얏다利己主義임으로貴族은平民을制限하고男子는女子를制限하고儒敎徒는佛敎徒를壓迫하얏다이에社會가날로分爭消耗에入하얏다우리社會가이러케衰亡에陷함은곳이非人道主義의結果이엇다人道主義로興하고非人道主義로亡함은우리의實驗한證據로다

이제우리는人道主義의時代를맛낫다이제우리는人道主義를回復하야人道主義의生活을하자우리人道主義의中興이곳우리社會의中興인줄알어라

그러나우리는人道主義가아즉未來의事인줄알이라우리는우리가人道主義의先鋒이되야먼저自己가人道主義를實行하리라人道主義는我人의本性인줄알이라我人의本能인줄알어라

西洋人의朝鮮女子敎育方針을 根本的으로改革하라(上)

吳天錫

一

記者가 이제 이러한題目을初頭에걸어놋코 幾分間이나마 愚見의一部를 披瀝하랴할때에 或者는말하리다、「外國人으로서 朝鮮人을敎育식혀주는것만도 惶悚千萬이이혼거긔에무슨批評이냐」고。 그러나 記者는이에對하야 다음과갓흔 通俗的譬喻를引用하야 그이에게 記者의이小論文을草하는眞意義를 明解케하랴

한다。

「여긔一家庭이잇는대 人跡이稀少한寒村입니다。兩主와안살이사는때 一日은近處醫員이 이집에왓다가 그집살을診察하야보고, 內部에이러이러한病이잇스니 不可不施術治療하여야갓다하야 多大한好意로 몸소自己외藥을가저다가 每日以時間式 誠心으로看護治病하엿슴니다。」

其醫員이 이살에게 무슨野心을품고 이와갓치 하는것이건아니건, 그의親切함과感謝함이隱할수업는事實임은 贅言을要치안을것이다。 그러나 多幸히 其効果가낫타낫다하면 更論의必要가 업갓지마는 萬若其成績이良好치못하야 漸々病勢가危重하야가서 其影響을 온집안에까지及하게되엿다할진댄 正히 其責任을何者에게 돌니여야可할가? 責任問題는第二로민고 萬若그집의親族中에 醫術方面에修養이잇고도 이에對하야 絶對沈默을직히면서 그醫員의恩惠만惶悚히生覺하고잇는者가잇다할진댄 讀者는어느者를批難하고 누구에게 好意를가지랴하는가? 스사로 冷靜히 判斷하야보라。

現今朝鮮의 西洋人이經營하는女子教育狀態가 곡 이와갓다。 西人은無教育한朝鮮人을모하노코 誠心으로教育에努力한다。 이에對하야는 感謝의念과 羞恥의念을 感하지안을수가업다。 그러나 西人下에서 教育밧고나온 우리社會女子들이 吾族社會에 供獻한功績은 果然 갓흔吾族社會에 잇처노은 生活과比較하야얼마나 그差度가엇는가! 讀者는 記者로더브러 여긔에疑問表를付하기에 躊躇안할것을 記者는確信한다。 이러함에도不拘하고, 西人下에서教育밧은女子로브터 吾社會가밧는生活이 顯著한事實임에도不拘하고, 吾社會는 너무도이問題에對한態度가 冷情하엿슴은 遺憾의極이라하겟다。 記者는 이제 執筆하는根本義를여긔에두고 管見의一部를提供하랴하노니, 幾分間이나마 吾教育界에 도음이되다할진댄 記者의本意는 이에盡하엿다한다。

二

西洋人教育者自己自身들이 몬저 朝鮮人이되야가지고 朝鮮女子를 教育하라。

朝鮮人은 어데까지이든지 英國人이아니오 佛國人이아니오 米國人이아니오 朝鮮人이니 不可不 朝鮮

人은 朝鮮의되여야하갯다。 朝鮮人은 어데까지이든지 英國을爲하야의 朝鮮人이아니오 佛國을爲하야의 朝鮮人이아니오 米國을爲하야의朝鮮人이아니오 朝鮮을爲하야의朝鮮人이니 不可不朝鮮을爲하야所用될 社會의適合한人物이되여야하갯다。

朝鮮的朝鮮人을作하며、朝鮮社會에適合한朝鮮人을作하랴면 몬저무엇보다도 朝鮮知識으로서 其土臺을鍊磨식혀노아야하갯다。朝鮮社會을支配하야가는思潮를 考査硏究하야 朝鮮家庭이나社會에서 要求하는바를充分히觀察하야、이에適合하게 順應하게 敎育식혀야만 비로소 朝鮮的朝鮮人을 作할수잇슬것이다。萬若이와反對로 朝鮮社會와는沒交涉主義로 西洋的朝鮮人을作한다하면、맛치 머리에맛지안는갓이나、발에맛지안는보선과갓하야、조금도所用이업는 無用之長物이되고말것뿐만안이라、朝鮮人이한그것까지 無用되고말것이다。

西洋人이朝鮮에드러와 女子敎育機關을各處에設立하고 專心斯界에從事한지數十餘年에 그들의經營한事業은 一言으로다하자면朝鮮女子를原料삼아 西洋女子의裝飾品을만들엇다함일것이다。따라서 敎育機關인學校는 무슨學校라는名稱보다도 무슨컴패니ㅡ朝鮮分工場이라는편이 穩當할것이며、學校卒業生이라는것보다도 舶來式製造品이라는편이 可合할것이다。其舶來式製造品을 그대로外國으로輸出하여간다하면 吾社會는其原料를失하는것外에는 損害를 밧지안갓지마는、事實은 이와反對로 朝鮮社會에 오히려 머물너잇서 自己의舶來式임은 自矜하야 平和의家庭을 不和의火淵에써러트리며 穩靜하든社會를 旋風속에 집어너허、時時刻刻히 靑年社會가 이로因하야 墮落되고 腐敗하야가는것이 吾人의目擊하는바 避할수업는事實이니 이엇지 寒心의極을達한現象이아니라 [illegible]잇슬까!?

西洋各國은 임의相當한 文明國人衆으로組織된國家이니 다시 外來의裝飾品을要치아니할것이오、朝鮮은 朝鮮的朝鮮人을, 朝鮮時代가要求하는朝鮮人을기다리는것이니, 그러한 舶來式製造品을 歡迎치안을것이다。그러면 十餘年동안이나 온갓精力을다하야 敎育식혀노흔 朝鮮女子의大部分은 무엇에使用하겟는가。朝鮮에富豪가 그리만치못하니 黃金萬能主義者들인 그들을 一一히富豪의집 노리개로도 보낼수업고, 設或朝鮮

에 富豪가 만히하는때도 그러한 舶來式노리개를 朝鮮的賤婦보다 더ㅣ歡迎할目的의靑年富豪가 稀少한 것이오。英米國에留學하고나온靑年이 朝鮮에 그리흔치못하나 英語會話敎師兼으로나 다더간는지는 모르거니와 그亦數에僅少하고。朝鮮에 音樂을理解하는사람이 不過數十名에 達하지못하나 數百名數千名의 피아니스트나 오ㅣ케스트롤 다ㅣ잇지 최치할슈업고。三四層洋屋에 피、아、노、나옵위고、싀父母도업고 다 말못어룬도업는 靑年富豪의家庭에드러가 女王노릇이나하랴하는 空想諸나 虛榮에 그리며、잇던女子雜誌에실렷든 某外國人經營學校寄宿舍生活의昔日갓치 同性과 食後逍遙하는代身에 한異性의손이나붓잡고 그것을하야보랴하는 享樂的思想에 捕虜가되여잇는、所謂當者들의 口口에서喜하는 理想(?)에適合한靑年을 朝鮮에서發見하기는 퍽困難한것이다。

所謂高等敎育을밧엇다하는 彼女들의現今狀態(勿論그中에例外도잇겟지마는大部分은)가 이러타할슈잇스나、이것이 被敎育者에게도 多少間의責任이 不無하겟지마는 責任의大部分은 이들의敎育者인 彼西洋人들에게 잇슬것이다。이弊害의原因이어데잇느냐하면、根本的遠因으로는 彼等의腦中에、徹底한自覺이업시朝鮮에나온것이갓스며 臨時的近因으로는 朝鮮에對한知識이 一分엇치도업서 朝鮮이라는것을 알지못하며理解치못함에잇다。西洋各國의 豪奢한文明을 朝鮮化식히지못하고 輸入한그대로 誤用한것에잇다。(西洋文明을 朝鮮化식히서 잘咀嚼하지못한것이 감출슈업는 被敎育者의幾分間의責任이갓다。)

現今朝鮮社會는 過渡時代에處하야잇스니 朝鮮人된사람은 누구를勿論하고 犧牲的精神을 念頭에깁히印처두어야할것이다。이것이 時代가要求하는 人物이라할슈잇다。

우리朝鮮은 創業時代에 處하야잇스니、不可不 自己의生命을 犧牲식혀서라도 破壞할것은 破壞하고 建設할것은建設하여야하갓다。이것이 時代가要求하는 人物이라할슈잇다。古言에 苦로움이 지나가면 甘한것이 도라온다하엿스니、現今我靑年의피와땀이 지나간後에는 우리子孫에게 平和와安樂이잇슬것이오、現今我靑年의 차듸찬이두운此뒤에는 우리後進에게 따뜻한光明的삶이 나올것이다。

現今朝鮮社會의男子中에도 勿論 只今이時代를 快樂하게노리보다하는者가 적지아니하지마는 西洋人下에서

[illegible]求를 吾社會에 宣傳하랴한다。

朝鮮現今社會에서는 文明國의流行語를直輸入하야가지고 입으로만 女子解放이나男女平等論을 主唱하는 無自覺的女子보다도、더ㅣ緊急하고 重要하게要求하는것은 實力實行잇는 自覺한女子이다。他人에게或은男子에게 高聲大言으로 盛히女子解放이나男女平等갓흔 時代의流行語를弄하야 根底잇혼 自覺업는 實力업는 其目的을達하랴함보다 女子가、敎育맛은女子가 먼저 몸소自己를깨닫아 自覺잇는行動을하며 自覺잇는事業을하야 他人이 男子가 自發的으로 男女平等을 論하도록하며 女子解放을 主唱하도록만들어야만 그것이 順序잇는길욕이라할介잇다。自覺업는 男女平等女子解放을 千이나萬마디 絶叫하는것보다 完全確實한根底우에서 熱烈히나오는 實行의一步가 더욱價値잇고 보다做意를表할만한 行動이라하겟다。記者는 여긔에對하야 記者가일즉지나본 經驗을써서 이를證明하려한다。

記者가 일즉 어느都市靑年會의幹部로잇슬때에 그곳男女靑年들이 한곳에合하야、討論하는것을보앗다。그討論記를 某新聞紙上에도 紹介하엿거니와 當時의女子演士에게서나오는말은 何々節々히 男女平等女子解放을主唱하는것이엇다。그들의 衷心으로 솟어나오는것갓흔 熱烈한雄辯은 듯고잇는記者로하야금 감흔強한 感激을 餘地업시 깨닭게하엿다。果然女子가 저와갓치自覺의人이되야 自己解放 自我權利를爲하야 苦戰을견혀안하니 吾女子社會도 이로브터남과갓흔 生命잇는 實力잇는 光明이빗최는 그것이되엿고나고 記者는 크게이에囑望을두고 吾女子社會의覺醒을깃브게生覺하엿다。

其後近一個月後에 女子靑年會에서 討論會가잇다하야 먼저付하엿든囑望과 好奇心에잇글니어 求訪策갓다。그會々長은 반가히記者를歡迎하야 會場으로引導하엿다。案內하는대로따라가서 會場一隅에 坐席을定하고안졋다가 時間의餘分이잇슴으로 다시會場外에나와 왓다갓다散步하엿다。이윽고女子三四人이 作伴하야나와서記者를向하야 帽子를返付하면서 나가라고한다。다시말하면 나는退去命令을맛은셈이다。그理由를들으매 男子傍聽을不許한다함이엇다。討論會에「男女七歲不同席」이라는 舊道德說을 利用하야가지고內

外會를 열나고 함이잇다。

讀者는勿論하려니와 그네들은 一個月前그討論會에서 가장熱烈히 男女平等、女子解放을絕叫하든 그者들이다。그네들은 엄연히女子解放을高唱하면서 스사로 封領속으로 기여들어가며 男女平等을絕叫하면서 스사로 男女間階級을 세우랴한다。

이들은 果然 西洋人下에서 舶來式敎育을밧은 身分에不合當한 末熟品들이다。勿論西洋人들이 이와갓치 直接으로 言行이不一致하게하라고 敎育식힌것은 아니갓지마는 彼敎育者로하여곰 徹底하게理解하지못하도록 敎育식힌것만은 避할수업시 西洋人들에게로 도라갈것이다。

故로 吾人은 西洋人敎育者들의受苦를、그들의誠意를 成功의希望이잇는곳에쓰게하야 前과갓치 無益한곳에 犧牲치말게하기爲하야。또는西洋人의功績을 朝鮮社會에確立식혀 그들의功勞를 一般人衆에게 알니기爲하야。又는吾社會의 女子自身을爲하야。吾家庭과 女子社會와 全社會를爲하야。이에西洋人敎育者에게 朝鮮女子를敎育식히기前에 몬저 朝鮮이라는것을 배호며、몬저 朝鮮社會라는것을 硏究하야 徹底하게朝鮮을理解한後에 비로소 朝鮮女子를모하놋코敎育하야 西洋的朝鮮女子보다 朝鮮的朝鮮女子를作하도록 努力하라고絕叫한다。萬若朝鮮女子로하여곰 사람다온女子를作하기爲하야 西洋人들이 朝鮮에渡來하엿거든、社會에供獻이되는女子를作할 精神으로敎育하랴거든 몬저 西洋人敎育者自己自身들이 朝鮮人이되여가지고 朝鮮女子를 敎育하라고 提言한다。(未完)

—一九二〇、四、十七—

우리는西洋人士네朝鮮女子敎育을힘써서朝鮮女子社會가進步되엿슴을感謝하는同時에一部女子에게는右論文과갓흔弊習이잇슴을認한다右論文이 論鋒은좀너무銳하나筆者의衷心的言論이니讀者의海諒을望하노라

(編輯人)

宣言 (하이네)

吳天園

夕日의幕은 나려오고
바다의물길은 더욱히 搖動한다。
나는 바다가에 안저서
하얀 물결의 춤을 바라보고잇다。
나의가슴은 바다와갓치 솟어올나오고
깁흔鄕愁가 나의마음을 얼싸안는다。
아름다운恣態여、그대로因하야鄕愁가—
그대는 四面에서 나를에워싸고
八方에서 나를부른다
너르는곳에서、너르는곳에서
바람의소리에도、바다의울님에도
이몸의가슴의 嘆息에도。

가늘은 갈대줄기로 모래우에썻다
「악네쓰여、나는그대를 사랑하노라!」고
그러나 無情한 물결이와서
이즐거운 마음의告白을
애련도업시 지워버린다

힘업는 갈대여、쉬허지는 모래여
흣너서 새여지는 물결이여
나는 임의 너희들을 밋지안는다!
하날은 어두어가고 이내마음은 사나워간다。
나는 힘잇는손으로 키크게 諾威의숩풀에서
가장놉흔 회나무를 색아다가
그것을 에트나가 불꼿터 올나오는
커—샙빨간 噴火口에 적시어서
그불을 품은 크다큰 붓으로
어두운 하날의것(表)에 나는쓰리라
「악네쓰여、나는그대를 사랑하노라!」고。

그러하면 밤마다 몹은하날에
永遠의 불길의글자는 불꼿흐리라
그리고 뒤로뒤로 世上에나오는 子孫들은
歡呼하면서 이하날의 말을닑으리라
「악네쓰여 나는그대를 사랑하노라!」고。

(一九二〇·四·二十)

經濟現象을보고서

韓重銓

世界的大破壞인未曾有한大戰을따라經濟界에도적지안은破壞가잇섯다。建設은破壞를因하야產出된다난眞理에基하야將來적지안은經濟的建設이잇슬것은贅言을不要하난것이다。勿論大破壞에서大建設까지到達되기에는小破壞와小建設이間斷업시繼續되는것도階級的進步에正當한順序이다。우리半島經濟界에서는남과갓치그리큰直接으로破壞의影響은밧지안엇스나此로基하야產出되는建設。그에對한覺悟와反省은相當히밧은줄自認도하거니와世間도公認될줄自信無疑한다。大破壞가終結된以來의우리經濟界를보라。雨後竹筍갓치생족생족一時에芽出하는會社와銀行의建設。換言하면문닷고暴利獨占主義와自我至上主義로는새로히開幕되는經濟的新活舞臺에서徹底히남과갓치억개겻고進行치못할것을깨닷고「이제부터는무슨事業이나、單獨孤立으로는不可能하고合力하여야되겟다」한結果로各方面各階級에建設되는會社銀行을보라 그러면더嚴冬갓튼破壞는가고따뜻한봄갓튼建設을 即經濟的새現象을雙手를擧하여滿腔의깃븜을부르지즈며歡迎하기를躊躇하지안는다同時에我經濟的新建設을어느程度까지完全無缺한것으로만틀고더욱그以上의經濟的建設을豫算하여두지안으면將來오는破壞에얼마쯤은第二建設期가느저질줄밋는것이다 그러나余는現在建設되는會社와銀行을完全無缺케하는것이順序인故로爲先그經營하는方針에參考될만한것으로自認하는卑見을말하고저하노라。

무슨會社나銀行을勿論하고其所在地인

地方的經濟狀況으로 우리半島의

또外國經濟狀況까지精通하여야

할絕對의必要가잇는것이다。萬一남과갓치經濟的觀察이敏活치못하야其地方과其時代에適宜한經濟的狀況에精通치못하다하면 그會社나銀行은其地方其社會를爲하야秋毫의利益이無할것이다。뿐만아니라營利를目的으로하는會社나銀行에自體도모든것이時代에落伍者가되여畢竟은不意의失敗를演出하여一時的이라도經濟界가어느程度까지擾動케될것이고 從하여其惡影響을밧어經濟界의不利益한것은적지안을터이다。그런고로其地方經濟狀況에精通하여야其地方形勢에適宜한實業方針을定케된것은 그리하여야其地方에利益이된다할지라 또半島와外國經濟狀況에精通되여야남과갓치時勢

에適宜하게前進할수가잇스리라한다。 그런즉一般經濟狀況은엇더한方便으로던지間斷업시觀察을겨으로지안이하야 그經濟狀態의變遷을따라自然히其營業方針까지라도時勢에適宜하게經營치안이치못할지며그런同時에

金融活用에對한稠密한數學的觀念

이잇어야할터이다。 會社나銀行이그營業性質이各殊할터이나此를一律로論치는못하나그러나營利의目的으로設立된會社나銀行이되여서는絕對로稠密한數學的觀念이有하여야하겟고萬一無하다하면將來發展할餘望이업다고斷言하노라。 그런즉먼저金融活用할要領을理解하여야될터인데此를理解하랴면적어도其運轉活用되는正路를차자出發点부터最終到着点까지의經過即그運轉利用되는要素를解得하면어느程度까지融通의圓滿을期할지로다從하야事業經營하는自我와其地方또其社會가果然엇더한利益과損害가잇슬지事々件々을天秤에걸어稠密한數學的智識으로輕重을判斷하면事業에失敗는업다하여도過言은안이리로다。 萬一數學的觀念과其注意가周密치못하면外面으로相當한利益을엇은듯갓트나內容은損害를未免할것이다。 아조쉬은例를들면一米穀商이穀物을買置하고其市價以上되기를長久한時日을기다려幾個月間不但보다高價한價格으로放賣하엿다하면其賣價와買價의差額幾圓은利益이라할터이나。 그러나內容은不然하다、 資金에對한其間利子도不少하겟고그穀物의品質數量等에對한損失도적지안은故로結局一石價로말하면利益이된듯하나稠密히數를計함에는反히損害되는境遇가非一非再하갓다。 더구나銀行等은資金을低利로맛하서高利로貸出하야其利子差額으로取利하는것이主要部分이되엇스며「數」란觀念에對하여는더욱緻密한것을要한다。 또金融活用이란問題에對하여는工業會社나農業會社나商事會社보다銀行은더욱緻密한數的觀念과技能을要하는同時에一般會社에對하야其地方에對하야金融機關이란重大한責任이잇다。 勿論金融活用에對한것을爲替預金貸出로말할수이스나 나는預金과貸出에對하야몃마듸말코저한다銀行이란者는其地方헐맛는데外지에ㅣ人社會ㅣ游金을。 또振替로預金을모와事實會社나個人을勿論하고正當한事業界에放資하야어듸까지던지實業發展을計圖하는것은唯一한責任이라하겟고 또其社會아니其地方에昨年과갓튼旱災가잇던지其外에무슨經濟的變亂이잇스면此를救濟하는것도金融機關의責任이라하겟고 또經濟的趨勢에依하야最近과갓치戰亂의反動?으로物價가漸落되고株式이暴落하여商

業界에失敗者가續出되여자못不安한狀況이繼續되는。엇더한悲劇을演出케될지前路가아조險惡한經濟界를救濟하는것도金融活用上에잇서못할金融機關되는者의責任이라하노라

無視치못할것은商業道德

이다。工業界에서相當製品만造出하여暴利를엇자하면一時난惡人도成功이될수잇는것이니一時有形的利益은엇을지도모르거니와不然에는其無責任無道德한其我利盲者主義가露出되면가서相當치못할致命傷을가지고悲慘한運命을未免할터이니商一商業家에서前날閉鎖時代와갓치문닷고暴利獨占하려든非人道無道德沒人情한野卑的商略으로然한詐取取用을敢行케되면此는決코社會가容赦할問題가아닐줄안다。그러면此惡商業家는畢竟公明正大한社會的制裁에罪로商業上自然禁錮를免치못하게되리라。그밖에金融機關되는上記와如한重大責任을가진者가物價漸落함으로破産者가連發되여도「나는모른다」其他經濟的變動으로因하야失敗하는者續出하여도「나는모른다」不意의災厄으로人命에싸지크게關係되는經濟界大恐慌에도「나는모른다」하게되면엇더할고？上記한工業家商業家以上에ㅣ人責任이잇지안을가？其罪가더머큼으로處刑方法은讀者諸氏에게一任하노라！

「아ㅣ經濟界에未曾有한新現象으로會社나銀行을설식히난諸君！諸君이여、우리社會에未曾有한。大亂에서맛은大覺悟와大反省으로되는여러會社、여러銀行이。前途洋々한半島經濟界에上記한것갓흔不良工業家、惡商業家、또不道德의銀行家가出演하리라한것은안이다！決코안이다！그러나此를豫防아니하여서는아니된다。그리고한가지더注意하기를바란다、近來에、모、크、라、시ㅣ이니同盟罷業이니八時間制勞働이니하는問題가적지안게떠들지만우리는決코如此한問題에拘泥될쌔가안이고우리의힘잇는대로時間이許하는대로生活할수만잇스면其맛흔事業에獻身的으로働作치안을수업는秋收期갓치만히奔走한때를當하엿다。더욱錢荒이한발이漸々普及되고物價漸落과今金融機關의貸出伸縮等으로因하여株式公募도매우어려울것이고從하여拂込도容易치못할此時에平常時갓흔勞働과力作으로난經濟事業이完全히成立되겟다고一般的으로樂觀할수난업다하노라 그러나는々한諸君의煞强的結晶은左記와갓흔難關을足히脫할수도잇고能히完全無欠한會社나銀行이組成되여將來우리經濟社會에多大한利益을엇칠줄밋고疑心치안치만은魔는注意치안는곳만차자드는고로不意의悲劇을演出할지도測量키難한것이다

[illegible]

屆치말고 최종計劃대로. 더욱더큰規模로나어〳〵會社銀行이續出되여우리實業界도남에게依賴한것업시當々한그것되기만바라노라。

옛날前에 氏를自宅으로訪問하엿나이다。氏는舊韓國時代에 嶺南에서保東學校(甲種商業學校程度)를卒業하고 爾來十餘年間을 某銀行에서 服務하엿이잇슴니다。

나는오래前부터熱誠이지만은 인재는지氏를맛나서 經濟界의니야[illegible]

수[illegible]氏를訪問하엿[illegible] [illegible]의記憶力이不足하여 氏의말[illegible] [illegible] 매우유감입니다。그다음말의先後가맛귀인것도不無하오나 이는[illegible]의記者의責任이오니 이리[illegible]용서하는맘으로 [illegible]보와주시기[illegible]다。

(白哲生)

外國婦人의社會的事業

金 成 龍

一

「十九世紀의最大發見은婦人이라는것을發見한것이라」

社會改良家로有名한「프란시쓰위라ㅣ드」女史는이와갓치말하엿다。勿論十九世紀前이라도婦人이發見되지안이함은안이다。「家庭」이라는狹範圍內에서充分히發見되엿으나即婦人이라하는것은家庭에蟄伏하여主宰로하여衣服飮食을하며、子女나生産養育만하면그것으로써그責任을다하엿든것이다。그째의社會는此로써充分히생각함으로婦人에對하여別로히다른條件을要求하지안엇다。

그러나十九世紀가到來함으로뭇社會는이러한것을容恕하지안엇다。그러하여여러가지로婦人에게對하여要求하기시작하엿다。이러한外部의要求만잇섯을뿐안이라當事者된婦人도그內面으로써自覺하여自己들의相當한地位를要求하엿다。從하여이地位에相當하기爲하여自發的으로活動하기시작하엿다。이러함으로뭇一般婦人은먼저自己自身을修養하여얼마동안은準備를하고、이準備가充分히完成함으로뭇그들은社會的으로活動하기시작하엿다。

오래동안沈滯하엿든一般婦人의動力은이에步武를着々히하여社會를爲하여努力하며盡心함에그功도또한만케되엿다。그리하여그들은비로서女子의解放을要求하며、男女의不平等을主張하엿으나元來그들의自身의修養과社會的貢獻이多大함으로그要求와主張은大部分滿足하게되엿다。그리하야그들은是一步를進하여各項要求를提出하엿으나그도또한그要求대로되엿다。婦人의參政權、勞働權갓흔것共擴張함은實로婦人이社會上으로만히活動한結果이다。

「프란사쓰、윌러ㅣ드」女史는이러한經路를보아서「十九世紀의最大發見은婦人이라는것을發見함이라」한이다。나는이제「外國婦人의社會的事業」이라題하고十九世紀의社會的事業에貢獻한婦人의一班을極히斷片的으로抄하여볼가한다。

二

「엘니사벳、후라이」女史는十九世紀의社會的事業에가장活躍한女子다。十九世紀女子活動史上에大書特筆할女子다。그는全生命力을다하여、안이一生을獻身的으로하여監獄을改良하엿다。大抵監獄이라하는것은말할것도업시이世上의地獄이다。우리東洋뿐안이라西洋에서도罪囚의待遇는至極히酷하엿다。甚하엿다。그罪囚를監禁하는方法은罪囚로하여금悔改하라하는것이안이오도로혀監禁으로써一種罪의報果라고만생각하엿다그리함으로一時感情으로或은不時의過失로써이監獄에入함을免하지못하는者도非命에死하엿으며內面으로는非人的待遇를至極히痛歎히생각함으로爲政者를咀呪하는狀態를免하지못하엿든것이다。

「프라이」女史는이에着念하여엇지하면監獄의內容을改良할가하엿다。그는一家의主婦이엿을뿐안이라子女가十餘人이나되엿섯다。一面으로家庭에서家事도보아야할사람이다。그러나그는처음에먹은마음을變更하지안이하고一心專力으로이事業에努力하엿다。

그가처음으로이事業을시작하는當時는社會의사람이만히嘲笑하엿슬뿐안이라도로혀迫害까지하리고하엿다그리하여千萬의障碍는날로甚하여普通人物의女子이엿드면거의絶望하고그事業을中止할번한쎄도五六次가안이엇섯다。그러나同女史는恒常百折不屈의마음으로써前進하여社會의有力者를달내여서는그輿論을起하게하며當局者와討하여서는조금이라도그事業을進行함에全心을다하엿다。이러한遠大한決心과努力은畢竟獨逸의政治家、宗敎家或은實業家를感動식히여多大한同情을得하게되엿다。

그리하여 그는 一生을 犧牲함으로써 그 目的을 종래 達하엿다。 이러한「ᄭ라이」女史의 活動으로 因하여 監獄의 內容은 漸次로 改良하여 젓다。 今日 갓흔 完全한 監獄의 內容이 出來함은 모다「ᄭ라이」女史의 德澤이라 할수잇다。 十九世紀初頭에 在한「ᄭ라이」女史의 偉大한 功蹟은 잇지못할 事實이라。

三

「ᄯ란시쓰、위라ㅣ드」孃도 十九世紀에 社會를 爲하여 크게 活動한 女子다。 그는 本來 敎育家이엇으나 後에 禁酒及矯風事業에 從事한 以來로 米國禁酒會의 會頭로 推擧되엇다가 一千八百八十八年에는 世界矯風會의 會長이 되엇다。

그가 이러한 事業의 成功과 榮譽를 得한 裏面에 잇는 無雙한 困難은 생각하여야 한다。 그쌔는 그 나라의 社會도 今日과 갓히는 發達하지 못하엿섯다。 그러함으로써 이러한 事業을 經營하려 하는 사람은 더욱 困難을 當하엿다。 卽 一般社會는 이러한 事業을 하려 하는 사람을 指하여 好事者라 하엿으며 非大主義者라고 하엿섯다。

그러하지만은「위라ㅣ드」女史는 조금도 그러한 社會의 物論에 耳를 傾하지 안이하고 自己의 目的한 바 事業을 天職으로 생각하여 一心으로 盡力하엿다。 或은 多大한 旅費를 費하여 巡回演說을 試하며 쌔로는 機關雜誌를 發行하여 禁酒의 思想을 鼓吹하는 等 여러 方面으로 힘을 다하엿다。

아모리「위라ㅣ드」女史의 事業을 非難하며 攻擊하든 社會라도 그 女의 이러한 奮鬪에는 伏하지 안이하지 못하엿다 그리하여 그 非難은 同情으로 되고 그 攻擊은 援助로 되여「위라ㅣ드」孃의 努力은 날로 그 功을 顯하게 되엿다。 今日은 世界各國에 基督敎矯風會 或은 禁酒會가 업는 곳이 업느니 米國만으로도 그 支部가 一萬餘요 會員이 三四十萬以上이라 한다。 이것은 모도「위라ㅣ드」孃의 努力으로써 生한 結果다。

現今 米國은 法律로써 禁酒하엿다。 이 痛快한 禁酒案이 無事히 議院을 通過하여 一般國民이 實行하게 될쑨안이라 世界各國에서도 만히 禁酒에 對한 活動을 開始하느니 그 原動力은「위라ㅣ드」孃이 努力한 結果다。 우리 東洋에서도 이 禁酒問題가 次々로 그 範圍를 擴張하는 模樣이다。 勿論이 世界의 文明은 一切 모든 것이 惡에서 善으로、醜에서 美로、濁에서 淸으로 進하는 것을 意味함이다。 이 禁酒問題도 이로 못하 全世界를 風靡하여 크게 成功할 것이다。 그러할 曙光이 眼前에 잇다。 이러한 것을 생각할 쌔마다「위라ㅣ드」孃에게 感謝하지 안이할 수 업다。

四

「죠세프씨트라ー」女史는公娼廢止에努力한女子다。그는世人이이問題을생각하시도안이할때못하獻身的으로이事業에努力하려하엿다。그리함으로社會는一時그事業에對하여嘲笑罵詈하엿을뿐안이라一部人士는도로혀여러方面으로障碍를加하엿다。

實로富가貧에對하며、强이弱에對하여、貴가賤에對하여橫暴한行動을任意로하며國家社會를不顧하고奢侈와淫惡을極함으로써、[illegible]를삼든十九世紀初의社會風潮는이러한問題를至極히苦痛으로생각하엿을것이다萬一公娼을全廢하게되다하면그들의娛樂의一大機關은打擊을바듬이甚하나。더욱意志를듬히여말하면그들의生活의興味를잃어버림에同하다。그리함으로써一般社會가이事業을蛇蝎視하며虎狼視하여곳조곰成功하지못하게하엿을것이다。

그리함으로一般社會의有力者는積極的方面으로는物質上으로困難을與하며消極的方面으로는그事業進行上에多大한打擊을與하엿다。卽形式으로財政上活動을困難하게하엿으며內容으로는此事業을非難攻擊하며一般社會에對하여反對的態度를敎唆煽動하엿다。

그러나同女史는조곰도屈하지아이하엿으며落心하지안이하고千辛萬苦와奮鬪하여初一念을貫徹하기에努力하엿다。今日世界各國이或은公娼을全廢하며或은公娼全廢를가장熱烈히主唱함에至한은그功이實로同女史에게잇다할수잇다。이天意人道에違反되는人類의行爲! 萬物의靈長이라는人類가되여가지고참아하지못할事業!

이것을同女史는至極히憤慨하엿다。그志는實로壯하다안이할수업고그奮鬪는實로歎하지안이할수업다。

一千八百八十六年에英國은大決心으로率先하여이公娼을全廢하엿다。露西亞에서도革命이起한以來로이公娼을全廢하엿다。그外에도公娼을全廢한나라가만히잇다이는모다同女史가이事業에對하여全力을傾注한結果다그가獻身的으로이社會를爲하여活動한恩德이다。

正當한者가最后에勝利를得함이定理다。天則이다。이女子의眞實한目的、人道에可合한事業은畢竟成功하엿다。이로부터公娼全廢를하는事業은大速力大威力으로써全世界를征服할것이다。그리하여 아우리社會는次々로幸福된方面에進할것이다。그事業이엇지壯하지안이하랴!

五

米國의社會的事業은他國에比하여볼만한것이만히잇다。特히救濟事業은더욱그規模와範圍가큼을보갓다。이救濟事業中에서도더욱大學移殖事業은他國에比하여

大々的으로되엿음은안이며他國으로써移植하여야할만한点이만히잇다。「제임아담쓰」女史는이大學移殖事業에對하여貢獻이적지안은女子다。

大抵大學移殖事業이라하는것은大學生、大學卒業生大學校敎授갓흔模範的人物을貧民의地區에居하게하여그들이居하는會館을中心으로하여各方面으로貧民을德化하며人格化하는事業이다。이러한社會中心의人物이貧民窟에居하여下等勞働者、勞働者의婦人、勞働者의子女、其他下流人物을中心으로하여그들을交際하여써指導하며人格으로써感化식히는貧民救濟의消極的事業이다。

무릇貧民을救濟함에는一時的金錢으로써하면足할것이다。即財政으로써하여그들의生活에餘裕가잇게하면그쁜이다。그러나그것은一時的이다。萬一그들로하여금그心性을改造하지안이하면一時的救助는도로혀그들의行爲로하여금勤勉性을失하게함에不過한다。그들은곳이一時的救助로因하여自力을食하갓다는自信을消失하며依賴心을助成함이多한것이다。그러한方面으로써이事業이著染됨은當然한일이다。이것이即貧寠을濟救하는根本的方針이오社會敎育의第一義다。同女史는이러한事業이畢竟은絶對로必要함을看破할만한識見과度量이有한것다。그러한自信이有함으로써그는大困難을當하면서도그主張主義를徹底히實行하여全心力을다하엿다。

「제임아담쓰」女史는처음이事業을시작함에當하여一生을犧牲할決心이엇다。그러함으로그는맛츰내成功하엿다。一般勞働者는그를慈母와갓히尊敬하엿으며사랑하엿다。

그는이事業의機關으로勞働者俱樂部、兒童俱樂部、婦女俱樂部、老人俱樂部를組織하여이機關으로써本事業과協力하게하엿다。그리하여一般人民의德性을涵養하고智識을啓發함에遺憾이업게하엿다。그任에當한사람은勿論大學生、大學卒業生、大學校敎授들이지만은그를主宰하여局에當한사람은「제임아담쓰」女史다。

이러한不斷의努力과徹底한主義를實行하여社會人民의恩人이됨으로因하여米國에서社會事業을經營하는某々巨人의一人이되엿다。同女史가이러한榮譽와地位를得함은勿論萬難을排除하고一心全力으로그目的한事業에對하여努力하며勉勵한까닭이다。

六

社會를爲한救濟事業을말하는者는「바―나―드」夫人을記憶할것이다。그는참으로이事業을함에大々的으

로、안이라世界的으로活動하엿다。그는一千八百六十五年에처음으로이救濟事業을시작하엿다。그는許多한救濟事業中에서도孤兒의救濟——이것이가장緊要한問題임을覺하엿다。

엇더한事業이든지先決問題는爲先金錢이다。더욱이러한救濟事業에在하여서는一層더金錢이라는것이事業의成不成을판한다。하물며이無依無家한孤兒를發育하며敎育하는事業이리요。그럼으로이러한事業은尋常普通의人으로는經營하지못할것이다。如干한決心과忍耐와度量이업스면到底히成功하기難하다。「바ㅣ나ㅣ드」夫人은처음에이事業을經營하려함에만히硏究하엿다。그리하여心中에一定한計劃이成立한後에야비롯어決心하엿다。그決心이한번되자그는一心으로그決心을實行함에注意하엿다。그리하여時々로오는困難과奮鬪하엿다。이러한困難이前途에올줄을알은同夫人은以前으로붓허만히忍耐에對하여修養하엿다。그는但只抽象으로만하엿을뿐인이라實地로그忍耐의德을修養함에注意하엿다。그리하여모든內容의準備가完成後에야그는비로서事業에着手하엿다。

그가처음에孤兒收容所의經營을시작함에當하여入所한者가約七千이라하니이것으로만보드라도그從前의準備와用意가如何이엇는지를알수잇다。未幾不遠事業이다。國家에對하여이러한큰事業은드믈것이다。現今도이收容所에서는七八千人의孤兒가收容되엿다한다。그리고그敎養의主要한目的은善良한市民을養成함에잇다그러한主義로써그는다른모든職業보다도農業으로써한이目的과相應함을知하고重要한敎科目을農業으로하엿다。그러한主義로써養成한溫、順、한農民은自國에서만活動하게할뿐인이라外國으로보나임에힘쓴다。現今加奈陀에서土地를開拓하며農業을經營하는者가實로多數하다。

이러한敎育을밧은그들은모도善良한市民이되여或은自國內에서或은他國에서大活步로活動하게되엿도다。그들은이로붓허生活이裕餘하고智力이相當함으로小로는一身一家를修濟하고大로는國家社會를爲하여일하리니그러한생각을할새마다「바ㅣ나ㅣ드」夫人의偉大한功을切感하갯다。

그런데「바ㅣ나ㅣ드」夫人이이러한大成功을한것은勿論여러가지困難과奮鬪한結果다。大抵大成功은그理想을貫徹하기爲하여困難障碍와奮鬪하여서勝利함에잇다。古往今來로무슨事業이든지成功하엿다하는이들은모도이러한것을經驗한사람이라고想象하면差違가업다그는男女의差別이업다。（끗）（生江孝之氏의「婦人問題」參照）

滿洲의天産物

盧子泳

一、植　物

南滿洲에는、鴨綠江上流에大森林이잇다。濶葉樹를主로삼아、胡桃와槲木과楚楡와楸木과柞木等의樹木이鬱々若々하야잇스며、그리고江面에서머러짐을쫏차、漸々濶葉樹가쥰되、針葉樹가交錯하야잇고、또는더욱江面과떠남을쫏차、濶葉樹는其影을沒하고、針葉樹가其傾을点하야、森林帶를形成하야잇다。곳建築材로用途가넓은紅松과黃花松과杉松과赤柏松等이到處에繁茂하야잇다。

그다음은鴨綠江에注入하는渾江의支流곳哈密河의流域에잇는森林帶이다。이地方에는濶葉과針葉等의雨樹가交錯하야茂樹의色을자랑하며、二中白松과椴木과楡木과椴木과萬花松等이主要한者인되、特히紅松은打牛勾地方에만限하야生育하는것이다。北滿洲에는松花江의、上流烏蘇里江의沿岸으로始作하야、黑龍江省의東部貝加爾地方에接한呼倫貝爾의北部에針葉樹林의大森林地帶가잇다。그一部는河流를利用하야採伐運搬을行한다하나、멈이內部에至하야는、斧鉞이아직不及한大密林이數百里에漸々히도러섯다。이로부터滿洲에對한有用植物에就하야는、吾人은다시滿洲通誌의滿洲植物에關한參考의記事를抄錄하리라。

滿洲植物의大部分은、日本及支那의植物帶에編入할者이다。滿洲는土地가廣大한故로、氣候도亦是同一치아니하야、그植物의生育上에도幾多의變化가이슴은、自然의勢일다。엇더에는와및穆稜河上流地方갓치저우草生을보며、或은遼東半島갓치瘠瘦한地方이업지안치만、廣茫無限한이滿洲에는、植物에變化가特別하야硏究者의眼을要함은、實際上이地方을旅行한者들이證明하는바다。

盛京省곳南滿洲의植物과、黑龍江省과및吉林省곳北滿洲의植物은、特別히相異한바가잇느니、이셔面에이것을南北二大部에區別할수가이슴이다。

一、南滿洲의植物은、全혀支那黑龍江地方과및南部蒙古朝鮮의植物의混合으로되여잇다。齊々哈爾로부터南進함을쫏차、伯都訥與安嶺支脈等의平原은、寂寞無趣味하도다。이平原으로부터멀이南遼河方面에이름은쫏차圖分含有的는、次第로草原으로變한다하나、大同

米耕地로、다못吉林과奉天附近에만、支那人의移植한者가만흔되、白楊과柳樹와松栢類等은、果木과相混하야栽培가되야잇스며、그러하고罌粟麻草稷의栽培된耕地는、菜園과또는菜園과서로連接하야잇다。遼河口遼東灣沿岸附近一帶에는、海水로쎠沼澤과濕地가이서서이들沼澤濕地에는、만흔갈되(蘆)가密々히繁茂히이슴을볼수가잇스며、그러하고이갈되는이地方住民燃料로充하는가장重要者의一이다。또이地方에는、지우鹽分을含有한土地에서發生하는普通의植物이잇다。곳老大한苦蓬은、蒿와相交하야、蒲와밋蒲公英과其他의雜草가發生한다。低地와上部에到하면、田園이이러는곳마다열이여、各種의稷과高粱과大豆와밋各種의米와麥과煙草와其他諸種의果樹가發育된다。

다시南進함을따라서、矮小한樸樹의一種이發生하야奉天附近에至하면、雜木으로부터形成한森林을處々에서볼수잇다。南滿洲東部植物에는、種類가頗多하나、長白山系로논히인支脈에는楓木이적고、이山嶺에는種々의野草花、萱、蘭草石竹類가發生함에不過한다。遼東半島東岸地方과밋安奉沿線에는樹木이만히森林이散在하여잇다。이地方에는松樹와雜木이만코遼河地方과千山山脈에는種々의植物이繁茂하야、或은喬木과灌木의繁樹를帶하엿다。그러하고滿洲最南部에對한森林中重要한者들은、巨大한松樹와落葉松과樅木과樺木과櫸木과落堤樹와胡桃等인되、灌木에는佐牛花와水接骨木과赤楊과鼠李와忍冬과黑接骨木과밋諸種의野薔薇와葡萄等이잇다。上述함과갓치遼河各地에起伏한長白山西北斜面에는、다못過草와稀薄한灌木이生할뿐이나、松花江上流圖們江水域과鴨綠江上流域地方에横한長白山脈의東南部는、實로廣大한森林이繁茂하야잇다。이森林帶는諸種의喬木과灌木의類로부터、成立되엿고特히高峻한山頂에는、暗綠色의針葉樹가繁茂하야잇다。그主要한者를擧하면、朝鮮栢과밋赤松과落葉松等인되、山中腹에至하면濶葉樹가茂生하야잇고또諸種의楓樹等이잇다。또이地方은여러灌木이密生하야、人馬가侵入키不能한密林이만코、이叢林中에는、各地에散在한樹物밧게日本種木蔓、木蘭科가잇다。다음溪川이湧出하는低地에는柳樹와白楊과蓮荊球花와支那林檎等이이서서野草의重要한者로는、신시리시쓰、오유리等이잇다。

一、北滿洲의植物：大小興安嶺은氣候灌漑上重大한關係가잇슴으로쎠、植物帶의分類에도多大한影響을밧고잇다。興安嶺의植物은、黑樺木과落葉松帶에編入되야、鹽分을含有한土層으로掩蔽된山地에는、處々에濕

漠한草原地가되아잇고、蒙古地方에連積한砂石으로掩蔽된低地溪谷에는、松樹가点々히發生하얏스며、海拉爾附近에는小松樹의森林이잇다。 또이러한丘陵中에는、矮小한胡桃와榛木과밋黑白二種의樺木이이슬지라도、山頂에近至함을쫏차、胡桃와榛木等은자못其跡을絕하고、겨우楊柳만될뿐이며、春秋의溫和期가短하야即히寒冷에移하고또는乾燥時보다濕潤에轉하는急劇한大陸的氣候는、興安嶺에發生하는樹木의發育에大障害가됨으로樹木은統히矮小하다。樹林地의兩端에는恒常赤楊이發生하며、濕潤한地方에는、諸種의楊柳를만히生한다。또乾燥한草原地에는到處마다無數한苦蓬과鐵線蓮과菖蒲와밋大輪의白芍藥과淡赤黃色의百合과蛇豆花와蛇麻等이繁茂히잇다。欝茂한森林樹서이에는、諸種의矮小한灌木이發生하는딕、그主要한者는懸鉤子와櫻과茱와越橘갓흔野果木이오、또極北에發生하는蘚苔類도만히잇다。

興安嶺峰、그高峰을臨함을쫏차樹木이漸々稠密하야興安嶺谷地一面에는欝茂한빗이全山을가리워잇다。그樹木은大概樺木과山楂와柳木과밋栢樹等其他雜木인딕、이雜木은山頂에發함을從하야疎林이되고、那終에는樹影도볼수가업게된다。興安嶺東側部에는、西側部와매우달나 樺木은全無하고蒙古櫟만만흠이다。針葉樹는山嶺을下함을쫏차漸次減少하고、黑樺를混交한榆의闊葉樹森林이되야잇스며、그리하고東進함을쫏차榛樹楓樹와菩提樹와刺針樹갓흔闊葉樹가漸々多數하며、또이森林中에는蘚과其他雜草도茂盛하야잇다。

山嶺의草地는次々降下하야두사리面積을增加하야野蘭와諸草와野薔薇와榛木等이交在하며溪河沿岸地域을更히降下하면、青々한草原이人馬를掩함에至한다。

興安嶺에對한森木發生의境界는西部側에는二千七百呎이오、東部側에는三千呎內外이다。興安嶺의東側部는樹木의欝茂할지라도東進함을從하야、稀薄하고草原은次々擴張이되야全혀茫々한大平原이되얏다 그리하고다음廣大한森林은河流를隔한支地方에存在하니이를大森林은、槲木과黑樺와菩提樹와椴樹와楡木과胡桃와支那榛子로된櫟木이繁茂함으로交通이매우困難하다。 이森林中荊棘의主要한者는、伏牛花와忍冬과野薔薇等으로된叢林인딕、가장이地方에繁하야日光을强히밧는곳은南部諸地方에適하는同植物들이다。要컨딕北滿洲에對한植物은羊齒類에屬한者가만흐며、또樺木이만코矮小한樹木이富한것은、이地方의特色이다

이제모리손氏의滿洲植物表를揭하야參考의資하려라。

		곳全種類의
菊　科	三十種	十四分의一
毛莨科	二十七種	十五分의一
薔薇科	二十六種	十六分의一
百合科	二十一種	二十分의一
羊齒類	二十種	二十一分의一
禾本科	十九種	二十二分의一
荳　科	十六種	二十六分의一
十字花科	十三種	三十二分의一

또左의重要樹木의種類를드니라。

白樺木은大興安北滿洲에在한山嶺의大部分곳黑龍江松花江、烏蘇里等各地에잇다。黑樺는大槪諸樹木과雜生하야獨立森林을成한者가업스나、南長城附近까지는繁茂하야잇다。黃樺는小興安嶺地方에産하며、白楊은黑龍江과烏蘇里沿岸에만으로、赤楊과蒙古槲는、黑龍江과松花江과烏蘇里의長白山全部에잇스며、黃楓은大興安嶺과黑龍江谷地와및長白山中에만흐며、白楓은松花江의谷地와및南滿洲에만흐며、細葉楓은黑龍江과烏蘇里江과長白山과및南滿洲에만흐며、菩提樹는黑龍江과松花江과烏蘇里江의長白山中과南滿洲와및營口附近에만흐며、滿洲楡은、黑龍江의南由된地方과또長白山에만흐며、黑胡桃는松花江과長白山과烏蘇里谷地에잇스며、銀白楊은大興安嶺東部에가장만코、南滿洲地方에서는、人家村閭의附近에만잇다。그리하고白楊은到處마다生하야、支那人은이것을建築材로使用한다。赤樅은烏蘇里江沿岸과및長白山東北斜面에針葉樹로雜生한다。松木은大興安嶺西部海拉爾附近에만흐며、或잇더한것은獨立林으로南滿洲各地에散在하엿다。또滿洲柏樹는小興安嶺南支脈과및長白山脈에産하며、미구나朝鮮柏은到處마다山腹에生한다。

其他南北滿洲農産物에는、大豆와高粱粟과玉蜀黍와稗와小麥과蕎麥과黍와大麥과陸稻와小豆와水稻와其他作物等인데特히其中重用作物로는、南滿洲地方에는麻煙草와藍과棉花와木耳等外에梨樹와林檎과葡萄갓흔果樹이며、그리하고蔬菜等이産出한다。要컨대田作의重要한者로는、大槪産出치아니하는것이업스나、水稻에至하야는、水利의關係上頗히稀少하다。

二、動　物

滿洲에는虎豹熊猪狼狐等이며、또는黑貂와貂와兎와栗鼠等의種類로부터滿洲鶴과鷲와杜鵑等의鳥類에至하기까지、數十種을算할수잇스며、天鵝이라는吳推鶴의一種은、滿洲의特有物이다。黃海와및渤海에는魚類의

棲息하는者가만흔데、그種類를擧하자면鮫、黃花魚、鯛魚、鯧、鱸、鮊、鮭、鮑、鰻鱇、鰈、太刀魚、化子魚、比良目等으로始하야、烏賊魚와章魚로부터牡蠣에至하기까지、蝌、螺等의貝類에至하기까지、魚族이甚히만코、特히鯛魚와黃花魚는其中最히産額이만타。

그리하고松花江과밋그支流또는鴨綠江等의大河에는淡水魚가만히棲息하며、鯉魚와鰻魚와鯰魚와鯽魚와白魚等을算할수잇고、特히鮭魚는어나河川에든지著名하다。黑龍江은鱘魚와鰉魚等外에時期的으로海豚의大群이來襲함도볼수가잇다。

此等鳥獸와魚族은、北滿洲地方에는到處에群을成함으로湖沼河川에잇는魚族은、손으로、捕獲할수가잇다。

只今滿洲通誌에記錄한바에依하야滿洲에對한動物의關한記事를抄錄하야參考에資하리라。

滿洲에對한動物의全體는、支那朝鮮及日本에棲息하는者와大略相似하나、滿洲의山形과氣候와或은植物界의分布關係는이地方動物의形態組織을相異케할뿐만아니라、諸動物의混生을極히容易케한다。左에그分類表를擧하면、哺乳動物五十五種、肉食動物二十種、蟲食動物五種、肢翅動物五種、皿蹄動物十六種、厚皮動物一種、反芻動物九種、此中滿洲東北支那日本及朝鮮種의者가三十八種이다

滿洲及黑龍江省에는五十種、沿海洲에는四十三種、蒙古及後加爾洲에三十八種、東部西伯利亞의三十七種北極地方에十五種

滿洲의鳥類는만히歐羅巴와亞細亞內에屬하엿다。

游泳鳥類四十種、涉水鳥類四十六種、鷄類八種、鳩類四種、肉食鳥類三十五種、其他百二十四種、啄木鳥類十一種

次에滿洲에對한魚類의調査는精密치아니함으로그完全한表目을揭示키不能하나、大體的으로이地方에産하는主要魚類는다음과갓다。支那鱸魚와鯰魚屬과鮭魚와馬魚와만자이魚類와白魚와鹹魚와鱘魚等이다。黑龍江과烏蘇里江에魚族이豐富한것은、임이世人의認하는바이나、松花江에잇는魚類에關하야는、아직아는바가甚少하다。그러나한번滿洲魚族界의狀態를大觀하면、河人이든지그大小河水와沼澤等에棲息하는魚類가만흠에大驚하리라。

이地方에産하는魚類는、永久히그河流에生棲하는者와通過魚의二種인데鱘魚를除하고其他는前者에屬하고鱒魚와鮭魚의類는、每年産卵하는外에海로보터河에入하고、後에다시海에還한다。此等魚類은往々히群을

成하야溯游한다。

是等魚類가最初溯上하는時節은、大略六月一日頃부터約二三週日間이다。

滿洲에對하야는、其氣候가爬蟲類棲息에不適한故로其類가매우僅少하다。거북이와毒蛇의類는蜥蜴과鮭類等과共히混棲한다。

이제滿洲地方에對한動物中有用한者를擧하면麋鹿은줌혀北地에棲息하는獸類인데、大興安嶺北部에만產하며、南滿洲에는아주그類를볼수가업다。셀바스、에다루스(鹿類의一種)는全히北部滿洲와및東北部滿洲森林中에棲息하는데、單獨으로或은五六頭가群을지어徘徊한다。山羊은滿洲의森林或은叢林中到處마다產하며그肉은住民의副食物이되며、그毛皮는衣服과寢物等에用한다。麝香은針葉樹林中岩間에서볼수잇스며、支那人은麝香發見에위하야이것을涉獵한다。野猪는南北滿洲에棲息하며、針葉樹林中에는줌혀其影子도볼수가업스나、濶葉林中에는、大槪적지아니하다。西伯利栗鼠는滿洲到處마다針葉樹中에는、만히棲息하며、그毛色과毛質이良好함은、大興安嶺北部와長白山에產하는者에限하며、其他는大槪價格이低廉한것이다。黑貂는針葉樹林의繁茂한地方에棲息하는데、이것은東部西伯利亞產에다음가는良好한者로、特히松林中에서棲한者는、其價格이極히貴하고、滿洲人生活에重要貨物가된다。水獺은到處마다山川溪流地에는만히棲息하며그價格이黑貂다음가는高價의貴產인故로、이地方사람들은깃버이이것을獵獲한다。狐貍는滿洲到處마다棲息하고、또價格도低廉할지라도支那人은깃버이것으로衣服을製造한다。狼類는滿洲西南部에만잇는데甚히猛惡하야恒常群을지어徘徊한다。

褐色熊은大興安嶺樹林과및烏蘇里江畔에만잇스며、十月下旬으로부터翌年三月까지는、穴居를하고、夏期는出穴하야、山嶺으로巡遊한다。西藏熊은小興安嶺西部에産하야、褐色熊보다그體軀가矮小하며、그肝臟과膽汁은、藥餌가되며、그毛皮는敷物用이된다。虎는그棲息範圍가不明하나、古昔에依하면南滿洲에는昔時보다屢々히虎狼이盛行하야、이獲物을北京朝에貢하엿다고한다。豹는滿洲南部地方에産한다하며、此外牛馬와鷄豚과및羊類는家畜으로집々마다飼養하야、미우繁盛하다。

三、鑛山

滿洲에各鑛山이富함은世人의熟知하는바이다。就中

砂金과鐵과石炭이富한것은、他에其類를볼수가업는바이다。그리하고砂金은全혀北滿洲로부터西伯利亞에만흐며、鐵과石炭은南滿洲에만코、金產地는黑龍省의아무ㅣ洲와後貝利洲와및黑龍江上流地方인딕、黑龍江의支流제야河갓흔곳에는土砂는모다砂金이라고稱한다現金砂金場으로有名한곳은、東北岔、夾皮溝、黃河、迦除部爾操、五斯割拉、其他百餘個所의砂金採取場이잇고、吉林省에도數個所의砂金坑이잇스며、또南滿洲各地에도散在하야잇다。

◎鐵鑛◎은全혀南滿洲와奉天各地에잇스며、金州半島의鐵山島와復州와蓋平과海城과遼陽과鐵嶺과猴馬集과岫巖과本溪湖와鞍山站等地인딕、就中本溪湖와鞍山站은有名한大鐵坑으로日本人의經營에在하며 ◎炭坑◎은吉林奉天各地에잇는딕、就中奉天省에는有望한炭坑이만코本溪湖와猴馬集과牛心臺와烟臺와砂河子와撫順等地는가장有名한곳이오、더구나撫順갓흔곳은日本南滿洲鐵道會社에서經營하고잇다。○附近數十里間은全혀炭坑인딕九億噸以上에炭量이라고한다。現今日日五千噸식採掘한다하며그리하고이撫順炭坑以上에大炭坑도잇다하는딕、그곳은奉天省內에잇다한다。별서滿鐵의손에依持하야採掘하는中이며、이炭坑의石炭과鐵은、자못無盡臟이라고觀測한다。北滿方面에는烏蘇里沿線의蘇城炭坑과일크크縣의쥐랩후우坑과돌스크縣의안젤ㅣ坑갓흔곳은、石炭坑으로는、有名하나、그質과量에對하야는、南滿洲炭坑에比較할수가업다。銀銅鉛과및重石갓흔것도處々散在하며、天寶山銀坑갓흔곳에는、더욱有名하며、또曹達갓흔것은、嫩江과松花江과遼河의流域에散在하야其量도莫大하다。其他石綿과石炭과또各種石材와硝子原料等이富하다。

일직日本關東都督府에서는、太子河以北과昌圖以南의中部滿洲의鑛山을調査하엿는딕、炭坑이三十三이오鐵鑛이十二個處며、金鑛이三十三이오、硫化鑛이數個處며、또銅鑛과鉛鑛이數個處이라고한다。또滿洲地質研究調査에依하건딕、松花江上流와및沿岸에砂金이八十個所요、鐵이十箇所요、石炭이四十餘箇所오、銀銅이十五個所오、石炭石材가二十五箇所며、水晶이三箇所요、안티모니가數箇所라한다。또奉天을中心삼고遼河沿岸에는、數十個所의石炭과鐵鑛이잇다고한다。다시鴨綠江西岸에鑛床調査를보면、無數한鑛物發見의希望이잇다고한다。엇잿든지滿洲에鑛山이富한것은、疑心할餘地가업다。(滿洲地誌參照)

學校訪問記

一記者

敎育問題! 今日우리朝鮮에여러가지改造의問題가橫行하는中에서一部가조금식은改造의曙光을보이지만은一般世人이依然히閑却하게생각하는것은敎育問題이다 아! 우리는가장으로도다른것은改造를高潮로唱道하는今日에우리이敎育問題만一隅에서冷待의狀態를未免하는가? 이로因하여識者는日夜慨歎하여마지안이하며 靑年들은엇든荒野에서歸趨할바를알지못하여彷徨하고 父兄들은敎育의方針을擇함에迷하여또한變應萬端中에在하도다

果然이러할진대今日의敎育問題가그인가? 이러한今日에敎育의根本釋古인學校의現狀은果然엇더한가그當局에在한敎育家의意見方針은엇더한가? 이것을考察하며披瀝하도또한敎育界를改革進步식히려는우리의微衷에[illegible]하노라

우리서울은模範的이라는[illegible]各學校를歷訪하여아모쪼록까지. 매우寂寞한우리의學界를社會에紹介하는同時에當路者의意見을聞하여써 有識者의考察에供하고저하노라

徽文高等普通學校

어제밤에는눈이흐리더니오늘은아츰붓허晴明하고 따스한中에더구나東大門으로솔솔히불어오는바람은어대엇지든지「봄은우리人生에게사랑이라」고귀속말을한여주는듯! 風塵속에서복잡한生活을하는우리로하여금들(野)로가거라山으로가거라가르치는듯하다。내가徽文高等普通學校를訪問한것은四月十五日午前十一時頃이다。

나는어제못하이計劃을품어엇으나該校를訪問함이처음이다。그럼으로미리洪䄵先生에게엇이두엇든紹介狀을가지고이學校에張膺震先生을맛나보고敎育에關한先生의놉흔意見도드르려니와아울너校內를求景하려하엿다。

나는安洞바거리를지나면서만히생각하여보앗다—— 徽文高普는엇던한學校인가? 그敎育狀態는엇더할가? 先生들은엇든이들일가?……이런默想을하는동안에나의발은어느듯발서苑洞어구에이르럿다, 이에비로서精神을차린나의가슴은웬셈인지공연히두근〳〵하엿다。

나는學校의正門을드리서기前에몬저솜몃이校內를드려다보앗다。學生들은上學하는中인지運動場은고요하고各敎室에서講演하는先生의소리만잇다금들닐뿐이다「萬一校長과張先生도敎授를하면엇지하나?」하는새근심이싱기엇다。

나는엇젯든지膽大히校門을걱드리섯다、事務室압헤는한창픠는桃花、진달네、개나리쏫이방긋／＼웃으면서어서드러오라고손짓을하는듯하다。事務室우層에는놉히「三一齋」라는懸板을다랏으니——그것만보와도발서教育이란것의至極尊貴함을세다를수잇다。

나는事務室로드러가紹介狀을내놋코張先生을만나보앗다。先生을만남이처음이라나의至今석지先生에對한無限한思慕는맛서이첫번의人事로셔充分히滿足하엿다

나는先生이東京高等師範學校를卒業하섬도임이알엇다。그리고오래동안平壤에서教鞭을잡으섬도알엇으며當時에여러가지로고생하섬도알엇다。우리教育界에서훌륭한教育家를차즈려면업지는안켓지만은先生과갓히專門으로教育을研究하신이는아마멧분되지못할것이다남의나라사람으로말하면高等師範만卒業하여도멧해지나면벌서奏任官待遇를밧는다、그러나先生은期必神聖한教育事業을浮雲갓흔榮華로써는밧구지안겟다는理想을품으섯다。先生과갓흔이는참으로우리教育界의重鎭이며代表라고할만하다。

先生의얼골에는仁慈한빗이充溢하여누가보는지賢明한教育家임을째닷게한다。그質朴한衣服、그溫順한態度、무엇이나不足한點은업는듯하다。

나는先生의容貌에서一種不可犯의威가隱然中에낫하남을살피는同時에이溫中의威、和中의嚴은教育家의不可無할것이라고認定하엿다。

先生을對하고보니前에내가想像하는것보다는멧倍以上敬慕하는마음이싱김을禁하지못하엿다。

張先生은곳나를校長인任璟宰先生에게紹介하고自己는무슨맛본일이잇다고밧그로나간다。나는刹那에企待하든무엇을일은듯한늣김이생기엿섯다。

그러나張先生을敬慕하든나의맘은그만任先生에게로올마가고말엇다、任先生은暫間보아도老練한教育家이다、나는前에못하張先生을思慕한것과갓히또한任先生도思慕하엿섯다。任先生이前者의日新學校出身인것도알히아랏섯다。그쌔의同校出身은모다高官이되여가의다榮華를누리지만그中에任先生이홀로음々하고冷淡한우리教育界에서活動하는것만보와도벌서先生의全人格을알기에足하다、나는수日에이두先生을訪問하게됨이無上한榮光인同時에큰幸福임을懇切히感하엿노라。

任先生은親切히나를案內하여주엇다。勸하는대로倚子에안저勸하는茶를마시며、차々該校의狀況을듯게되엿다任先生은우숨의낫으로만저該校沿革에對한니야기를하엿다……

「이學校는 처음에 校主인閔泳徽氏私邸에 設立하엿섯으니當時는光武八年인距今十七年前이엿으며、그저微々한廣成義塾이라는小書堂에不過하엿다。閔氏가처음으로이義塾을設立한本意는門中子弟의敎育을爲함인듯하다。그럿ᄒᆞᆫ것이光武九年에는私立學校의許可를得하여同十年에現在의苑洞으로校舍를옴기고。다시校名을私立徽文義塾이라改稱하엿다。

同校가처음으로苑洞에移校ᄒᆞᆯ쌔는、大略三部로內容이分하엿섯으니即敎育部、編輯部、印刷部이엿다、그러나次々로敎育의進步、事務의繁雜으로因하여編輯、印刷二部는廢하고다만敎育으로만힘쓰게되엿다。再昨年三月로붓허校名을다시徽文高等普通學校라고하엿으니이로붓허內容은漸々進步하여더욱우리社會에色彩를放하엿음은世人의共知하는것이다。

爾來十七年間에同校에서産出ᄒᆞᆫ十一回의卒業生四百有餘는現今實業界、敎育界、或은官公吏로써實社會에立ᄒᆞ여活動ᄒᆞ며。그中에는現今高等學術을研究ᄒᆞ기爲ᄒᆞ여笈을海外에負ᄒᆞ는者多ᄒᆞᆫ뿐만안이라專門學校에入學ᄒᆞᆫ이도만타」고ᄒᆞᆫ다

現今在學生의總數가三百八十五名이라ᄒᆞ니오늘날우리의中等學校로는만타ᄒᆞᆯ수잇스며、職員이十六人이라는데그들은거의다專門大家인듯ᄒᆞ며또ᄒᆞᆫ實踐的老練한手腕家도마은모양이다。

나는눈을드리事務室의四面을살혀보앗다그淸潔ᄒᆞᆫ것그잘整頓된것——무엇으로보든지規則的으로된것을窺知ᄒᆞᆯ수잇다。敎育大家누구는말ᄒᆞ기를「學生의規律에對ᄒᆞᆫ觀念如何를보려면먼저그先生의居處를보라」고ᄒᆞᆫ그말이果然올타고씨닷게되엿다。이때마츰햇빗이事務室南窓에들기시작ᄒᆞ며밝든室內가더욱明朗ᄒᆞ여졋다。나는任先生에說明을一心으로듯다가、다시뭇기로시작ᄒᆞ엿다「昨年事件으로貴校도아마만히打擊을밧으섯지오?」校長은溫和ᄒᆞᆫ낫에웃음을씌이며「네、그러ᄒᆞᆫ打擊을밧기는ᄒᆞ엿읍니다만은그러도他校에比ᄒᆞ여서는比較的적엇읍니다」「今年에入學ᄒᆞᆫ學生은얼마나되는가요?」「네、今年에는約一百二十名가량을募集ᄒᆞ려는預定이엿스나意外에應募者가만하서二百二十名가량이나밧엇슴니다。已往學生을募集ᄒᆞᆫ쌔에는每樣人員의不足이엿음에比ᄒᆞ면우리靑年들의向學心이向上된結果인가봅니다。그래서應募ᄒᆞ기爲ᄒᆞ여數千里를왓다가落第를ᄒᆞ고、도라가는學生들이엇지가엽슨지모르것서요?」나는「그것은先生님들의德澤이올시다」ᄒᆞ고마음이며「참으로慶賀ᄒᆞᆯ일이올시다。」라고ᄒᆞ엿다。校長은깁은낫

에웃음을씌여、빙긋/\웃는다。나는「그러면今年븟허는校舍도擴張ᄒᆞ여야ᄒᆞᆯ갓슴니다그려」「네、校舍뿐만안이라여러方面으로擴張ᄒᆞ며充實히하여야ᄒᆞᆯ갓슴니다大體로爲先校舍를增築ᄒᆞ여學生을收容ᄒᆞ며寄宿舍도建築ᄒᆞ고ᄯᅩ器具도購入ᄒᆞ여敎授方法을改良ᄒᆞᆯ터이며、職員의俸給도생각ᄒᆞ려ᄒᆞᆷ니다만은어데마음대로되여야지오?」ᄒᆞᆫ다나는「校主씌서勿論그러ᄒᆞᆫ熱誠이잇으니까그게야으레히되겟지요?그런데참말요사이學生界의一般風紀가날노흐려간다는世評이잇스닛가寄宿舍를建築ᄒᆞ는것이急務일줄암니다」라고대답ᄒᆞ얏다。校長은그外에現今器具를注文ᄒᆞᆫ것과敎室一部를修繕ᄒᆞ여講堂을만들려ᄒᆞᆫ다는說明을ᄒᆞ다가말을이여서「참말우리朝鮮은아즉도敎育이進步되지못ᄒᆞ여서걱정이야요?初等敎育機關으로만말ᄒᆞᆯ지라도全國을通ᄒᆞ여完全ᄒᆞ다ᄒᆞᆯ수업스니그런寒心ᄒᆞᆫ일이어듸잇게서요!그리고敎授나或은訓鍊方法이幼稚ᄒᆞ여서참으로急々히改良을加ᄒᆞ여야ᄒᆞᆯ갓서요!」ᄒᆞ며現下敎育界를爲ᄒᆞ야憂慮를ᄒᆞᆯ뿐안이라。初等敎育의年限延長을力說ᄒᆞᆫ다。나는만히感服ᄒᆞ엿다。나는다시「貴校敎育方針의特色은무엇임니가?」무럿다、校長은빙긋이웃으면서「別로히特色이라고는업지만은大概는數理에더욱盡力ᄒᆞ여敎授ᄒᆞᆷ니다」이채는張先生도엽헤와서잇엇다。

나는校長과張先生의얼굴을번가라보면서「참으로先生님갓흔이들의게訓鍊을밧는學生들은幸福이올시다」ᄒᆞ엿다、두先生은웃으면서謙遜의말로「千萬의말슴이올시다」ᄒᆞᆫ다。

나는上學鐘의울음을機會로ᄒᆞ여말을中止ᄒᆞ고敎室보기를請ᄒᆞ엿다。張先生은快히引導ᄒᆞ신다、이에權悳奎先生이朝鮮語를敎授ᄒᆞ시는一學年甲組와閔麗植先生이漢文을敎授ᄒᆞ시는一學年丙組와李益采先生이英語를敎授ᄒᆞ시는四學年과金顯琪先生이代數를敎授ᄒᆞ시는二學年과李尙俊先生이音樂을敎授ᄒᆞ시는三學年을次例로보앗다。諸先生의얼굴에는깃븜이가득ᄒᆞ엿으며學生들의낫에는씩々ᄒᆞᆫ氣像과熱誠이잇음을볼수잇다、우리將來의社會를爲ᄒᆞ여만히活動ᄒᆞᆯ健兒들!우리의敎育界의重鎭인敎員들!나는만히視察ᄒᆞ는同時에無量의心感을禁ᄒᆞ지못ᄒᆞ엿다。

二層우에서東으로보니昌德宮안의蒼鬱ᄒᆞᆫ松林은古色을그대로씌엿잇다。안으로는方開ᄒᆞᆫ紅黃의春花밧그로는鬱々ᄒᆞᆫ蒼林!참으로位置가좃ᄒᆞᆫ學校라絕叫ᄒᆞ엿다!

나는張先生의뒤를ᄯᅡ라다시事務室로드러갓으나쎄에맛츰來賓이잇음으로兩先生의親切을謝ᄒᆞ고도라오려고門밧게나스니나를우슴으로마자주든桃花는우슴으로나를보닉는듯ᄒᆞ더라。(끗)

漢詩

石僧棚 瑾

東風

漫々東風拂地來
千村萬落盡花開
吾閭尙晚春消息
笑喚家僮急灌培

曉日

曉日如盆出扶桑
天地萬物總生光
寄語金鷄聲莫斷
我家兒子睡猶長

十大殖民偉人

油　耘

第一、高　天　王

一、我人의殖民과高天王

古來我人은殖民의天才가잇섯다이天才를發揮하야殖民史上의大光彩를放한者ㅣ多々하얏다또我人은自來로大陸과半島를幷有하얏다그럼으로항상半島의不足을感하는同時에大陸發展을努力하얏다이것이곳我人의中으로大殖民偉人의輩出을釀成하얏다

이에上으론原始開荒의世븟터下으로目下現況에徵하야도흔히大陸開拓의旗를揚하며혹은西으로혹은北으로進하얏다이에小하면彼大陸의一抔土라도我의手中에入하게되고大하면天下壯絶世界雄飛의國家的社會的建設이잇섯다이제우리高天王은이殖民偉人中에有名한一人이다

高天王은이殖民家의活動으로一方新域에君臨하야大國의天王이되고一方母國의藩屛으로四裔에雄視하얏다

高天王은이런大殖民偉人이다

二、高天王의出身

高天王은姓은高오名은雲이니高句麗의皇族이오祖父의名은和오그派系는高句麗皇室支庶에屬하얏더라

天王의出生地는아마靑山(山海關附近)等地인듯하니天王이高句麗皇室의支庶로아마그리顯榮치는못한家庭에서誕生한듯하더라 天王의祖父인高和는또한庸人은아니더라그럼으로高和氏가當時亂世(慕容皝이高句麗丸都城에入寇한時)인中에靑山에서一異彩를放하얏더라곳高和氏가西進路의開拓者인同時에맛츰내天王의業을大成하게되얏더라

當時四國의形勢는엇더하얏나뇨이時代는곳高句麗가漢土와大爭하는口이오또漢土에는所謂五胡亂華의時代곳鮮卑族이崛强히起하야漢土北部에橫行하는時代더라이鮮卑族의一派에慕容氏가잇스니慕容家는곳當時高句麗의大敵이엇더라慕容家의祖上에慕容廆라는者는高句麗의烽上王、美川王等時代에자조入寇하다가다我軍에게擊退되얏고그後에慕容家가점々隆盛하야一邊으로我人의西進을遮하는同時에一邊으로漢土를席捲하얏다무

是慕容家가當時劣等野昧의種族으로、沙漠風雪의塞外(東蒙古附近)一帶를取하야혹은東으로我土(滿洲및朝鮮)에涎을垂하고혹은西으로漢土에眼을睨하다가我土에서는저高奴子의名將等의勳을驚하야고만東進을中止하고其時에맛츰漢土에在司馬晉의衰弱한時임으로慕容家의旗幟는드되여西으로向하야漢土北部로黃河以北의大地를攫取하고이에國號를燕이라하고支那四百州를號令하니라얼마아니하야慕容家도衰運에入하얏다이에彼가四分五裂하야고만解體에至하얏나니이時代에우리高天王이彼의地에頭角을現하니라

그時代에慕容家의一派인慕容寶ㅣ北燕王이되니北燕은곳지금支那의直隷省北대라慕容寶ㅣ高天王의盛德을聞하고크게驚惜하야建威將軍夕陽公으로招聘하니高天王이登官하매才德이出衆하야一國을聳動식이더라

三、高天王의大建設

高天王은天資英偉하고性度寬厚하며沉着寡言하고喜怒가色에形치아니하며大衆을包容하는德量이잇스며才가高하고智가博한지라官에在한中에一國의人心을大得하야彼의國人男女가다高天王에게誠意로膜拜하더라그러나天王은더욱謙厚弘恕하야그廉恥는王位를鴻毛갓히視하고그慈善은萬民을赤子갓히憐하는지라決코功을恃하고意를恣하지아니하며決코力을伏하야位를取하지아니하더라그럼으로衆人은더욱高天王을仰戴하고天下는더욱高天王을謳歌하더라

高天王의德望이날로隆盛할사록慕容家의威信은날로墮落된다其中에燕王熙ㅣ高句麗를擊하다가大敗逃還하야다이에彼의國人이다날마다高天王의臣民되기를希望한다一日은馮跋이奏曰公이高句麗의名門으로엇지慕容氏의麾下에居하기를甘하나잇가公은어서大位에登하야萬姓의熱望을慰하소서하니天王이再辭三辭하더라

그러나馮跋以外諸大官과또國中人民이燕王熙를殺하고니어天王의登極을請하는지라天王이드되여北燕天王의位에登하시니이에全國이歡喜하야서로慶하고萬民이雀躍하야서로賀하는지라天王이이에文武德政을廣施하더라

대저天王은高句麗人이오이北燕人民은漢人및鮮卑人이라만일常例로論하면彼此不共戴天의敵人이니高雲氏가彼地에서身을容하기도難한지라이제高雲氏가彼地에居하매彼地가다感服從順하고彼地가다敬愛欣慕하야맛츰내彼全國이雙手로國家人民을氏의前에奉呈하야氏를皇王으로樂戴하고氏를聖后로服事하니氏여氏는과연偉

人이로다古來史上에혹同民族의中에서仁德이잇는者를君主로奉하얏다하는記錄이잇스나此는대개後人의造僞오그러한事實은거皆의無한지라함을며異族異土의人을이리오이제氏는彼頑冥不還한鮮卑人을渾然히感化식며一人의不平者가업시擧國欣心의極으로畢竟彼를統治하고大國家를建設하얏스니氏의德이얼마나廣大하더뇨

四、高天王의勢力과功德

高天王이皇位에登하야龍城(支那北京附近)에都하니是時北燕의疆土는東은遼水에至하고南은黃河에至하고西는지금山西等地를有하고北은지금東蒙古一帶를統括하얏더라

高天王의登極한時代는高句麗의一全盛時代인廣開土王의時代니廣開土王이東으로日本을물니치고西南으로百濟新羅를服屬식이고西으로慕容燕을打破하고北으로靺鞨契丹을擊取한時代라慕容家가衰運에入하기는무론廣開土王의大征伐에破碎된事實이그大原因이더니라이에廣開土王이高天王의登極함을聞하고너무歡喜하야使臣을遣하야登極을賀하고또宗族의禮를敍하니天王이感謝하야侍御史李拔을遣하야報答하니라

當時我人의勢力이엇더하더뇨世界英傑인廣開土王이出하야我人의土地光榮威力을大擴張한同時에또高天王이西邊에起하야漢土大部에君臨하얏스니當時我人의勢力은北은黑龍江붓터西는支那의山西等地오南은黃河、渤海、濟州島로東은蒼海에極하얏더라

五、高天王의成敗

高天王이登極한以來로國家가安靜하고四方이無事하얏스며더욱我人의勢力이世界에光耀되고我人의威嚴이諸族을震駭식이더니不幸히馮跋의亂이起하얏더라

첨에馮跋이恃功專恣하야異志를潛蓄하더니맛츰내跋이王位를簒取한지라高天王의事業이너무短期됨은實로志者의一大遺憾일너라

是時高句麗에는廣開土王이崩하고長壽王이登極한時代라이馮跋의亂을聞하고크게憤慨하더니맛츰내馮跋이死하고그弟弘이政亂兵衰한中에來魏의來侵이滋甚한즉彼가使臣을遣하야高句麗에歸附하기를乞하거늘長壽王이許하야將軍葛盧、孟光을遣하야數萬兵으로龍城에往하야弘을擒來하고因하야彼의財物과民衆을만히取하니라및弘이北豐(旅順附近)에至하매順長壽王이弘을殺하야高天王의讎를報하니라

第一、達 賈

一、達賈의 出世

高句麗中川王은 매우 國勢岌嶪한 中에 紛擾하얏다 西에 漢魏의 侵寇가 不絶하고 東에 樂浪의 小盜가 頻發하며 北에 靺鞨의 反附가 無常하고 南에 濟新의 橫棘이 滋多하얏다 이 中에 靺鞨의 亂이 가장 苦痛을 주엇다

中川王은 皇弟達賈가 잇스니 達賈는 智勇이 兼備한 名將이엇다 是時에 達賈는 과연 出將入相의 地位를 가젓다 이 達賈가 靺鞨의 亂을 平하얏나니

二、靺鞨과 我人

靺鞨은 곳 滿洲族이다 檀朝時代에는 肅愼이라 稱하고 五國時代에는 邑婁라 稱하고 三國時代에는 勿吉 또는 靺鞨이라 稱하얏다 靺鞨이 檀朝時代붓허 我人에 附하야 我土의 北部 곳 지금 北滿洲 및 露領沿海州에 居하얏다 五國時代에는 彼가 扶餘에게 服屬되얏다 三國時代에는 高句麗 東明聖王이 彼를 征服한 以來로 항상 高句麗에 附하얏다 및 是時에 高句麗의 權威가 稍衰하매 彼가 叛하야 騷亂을 니르킷다 이 騷亂을 達賈가 平定하얏다

이 靺鞨이 高句麗에 附하야 高句麗季世에는 항상 高句麗軍의 先驅되야 東征西伐에 驅逐하얏나니 맛치 露西亞의 코사크 兵갓햇다 및 高句麗가 亡하매 高句麗舊將大祚榮氏가 高句麗人 및 靺鞨人을 合하야 渤海國을 建設하얏다 渤海時代에는 靺鞨人이 조곰 地位上進되야 거의 同等의 人民으로 統治되얏다 그러나 그 時代에도 我人은 治者오 彼等은 被治者이엇다 맛치 지금 美國白人의 黑人待遇와 갓히 我人이 彼等을 待遇하얏다 및 渤海가 亡하매 彼等은 이에 金國을 建設ᄒᆞ얏다 金國이 亡하매 彼等은 女眞部落으로 變하얏다 女眞이 맛츰내 滿洲 곳 淸朝를 建하얏다 이러케 靺鞨은 我人에게 오래 附屬하얏던 人民이다 그런데 이 靺鞨을 服屬식인 先民의 中에 이 達賈는 참 燐々한 大元勳이다

三、達賈의 功德

中川王 年에 靺鞨이 叛하야 邊境을 擾하거늘 國人이 大患하는 中에 中川王이 靺鞨平定할 將帥를 求하니 衆臣이 다 達賈를 擧薦하거늘 王이 이에 達賈를 命하야 大軍으로 靺鞨을 征하니라

達賈ㅣ 兵을 進하야 北으로 白山(白頭山)以北을 穿하야 靺鞨의 根據地인 檀盧城(黑龍江附近인 듯)을 向하얏다 達賈의 軍이 戰勝攻取하야 檀盧城을 破하얏다 檀盧城을 取하야 彼의 心腹을 업시하고 因하야 彼의 遺衆을 安輯하고 我의 彊

域을整理하얏다이에靺鞨이다시異志를懷치못하고永히高句麗屬民이되얏다靺鞨이全혀高句麗에服屬하야絕對我人에命令에順從함은역逵賈의征伐이成功한後의事이다逵賈의功이이러케크다

逵賈의北征이成功한後에我人의北方蕃殖이매우增進하얏다곳逵賈가靺鞨을擊破한後로我人은北方殖民에安全히成功하얏나니朝廷에서北方殖民을奬勵하는同時에人民이즐거北方에移植됨은곳土人의橫頑이업서진싸닭이니라

逵賈가北方을平定하고凱旋하니君王이大喜하야安國君을封하고國相을삼아靺鞨梁貊部落을統率케하다國人이서로慶賀하야歡聲이雷갓흐다

梁貊部落은곳梁水(遼河)附近에잇는貊種이엇다이梁貊이또한王朝의命令을不順하는中이다逵賈가此를征服하야또한自己의統率下에置하얏다이러케靺鞨梁貊의亂이平定됨으로國家가安寧하얏다또因하야我人의西北殖民이大成하얏다

中川王이崩하고烽上王이登極하매매우失政이만핫다烽上王이安國君의威望을猜忌하야맛츰내殺하얏다國人이다哀痛하야曰저번靺鞨梁貊의亂에安國君이아니더면우리가生存할수업섯다하더라

第三、李懷玉

一、李懷玉과支那

李懷玉은高句麗人이다高句麗가亡하고渤海가아즉建設되지못한中에懷玉이平盧(山海關附近)에서生하다懷玉이生長하는中에我人은渤海國을建設하야高句麗故地를恢復하고威勢매우隆々하얏다是時에支那에는唐朝가매우疲弊하야外로渤海에게敗하고內로安祿山의亂을經하야天下蕭條하얏다이에唐의山河는점々解體되야所謂邊鎭强權의時代에入하얏다李懷玉은이時代에支那의東邊인平盧에잇섯다

北燕天王高雲氏의後에我人으로支那天地에大活動한者는아즉寥々하얏다이李懷玉氏가平盧에生長하자支那의疲弊가이러케甚함은또한一大好機會가我人殖民界에來함이엇다

二、李懷玉의活動

李懷玉이平盧에잇스니當時平盧節度使(都督)는王玄志이더라밋玄志ㅣ死하매懷玉이衆官과함씌玄志의子를殺하고侯希逸을節度使로擁立하얏다希逸의母親은懷玉의姑母인故로懷玉이希逸을擁立하얏다希逸이平盧節度使되매곳懷玉으로兵馬使를삼엇다懷玉이兵馬(未完)

列國과潛航艇

李鍾駿

諸言

歐洲大戰의幕이열인以後獨逸潛航艇의猛威는實로놀날만하엿다。

大戰開始後一個月이미지나지못한一九一四年八月五日에、一隻의獨逸潛航艇이三個水雷發射에依하야、英國의一萬二千噸級의裝甲巡洋艦三隻을힘안드리고擊沈하고、自己는아모損害업시悠々히退却하엿다함은、當時諸新聞에報道한바이오、其後獨逸潛航艇에關한酸鼻의報道가各新聞에滿載되엿슴은、世人周知의事實이다今에大戰開始以來一個年間에英國의軍艦及商船을擊沈한數만擧하여도二百十五萬噸、列國의擊沈된者二千餘隻에近하엿다。

如此히今日戰史에不吉의血痕을남긴이怪物에對하야우리는흔이此潛航艇이란武器가近日에發明된것과갓히思하나、其實은게、以前부터우리人類의腦를주어짜내인것이다。

此潛航艇은當初부터戰時의目的으로研究도하고製造도하엿슴으로、此潛航艇을記錄함에는此怪物의戰鬪力、防禦의方法을列記하는것이順序인지나煩雜의弊와紙數의制限으로、아즉其由來原理及各國의潛航艇數를記함에止하려한다。

潛航艇由來

距今三百四十餘年前即一五七八年英國數學家「윌리암、섹인」이라는人의考案以來其後四十二年를經過한即一六二○年에英國의宮中賓客인和蘭人「뜨레쎌」이라는이가實際로製造하야英京「테임쓰」河에서試驗運轉을行하야良好한成績을보앗다는報道를남기고、一七七四年英國造船手「떼으이」의失敗도有하엿다。此等經驗과失敗를參酌하야潛航艇이라고할만한潛航艇을建製한이는、今日까지「潛航艇의父」라는이름을가진米國人「색시넬」이엇다。是는一七七五年即合衆國獨立戰爭中、英國軍艦을襲擊할目的으로製造한것이다、勿論幼稚의域을不脫하엿다此의構造는거북(龜)두個를合하여논것과如한形態이엇고、其進行에는、現今使用하는推進機와如한者를使用하엿다 。此推進機를回轉식힘에는勿論

其時는蒸汽及電氣가아즉發明되지아니하엿슴으로動力을用하지못하고足踏으로回轉하게하엿다。今日로셔보면實로鈍物武器에不過한다。

潛航艇의浮沈ᄒᆞ는理由

뷔인鷄卵殼을水上에置하면、初에浮上하나此에水를注入하면、其水가多入할사록其鷄卵이漸次水中으로入하야終에는水面과同一하도록沈下하리니、潛航艇의沈下하는原理도此를利用한것이고、其浮上하는原理도그리어려운것이아니다、即魚類가水中으로沈下하엿다가浮上하려할時는、魚類의在한氣胞를擴大하야浮力을增加케하여浮上하는原理와同一한것이다。

即此를綜合하여言하면潛航艇의艇內에水槽를設하야潛航艇이沈下하려고할時는此水槽에水를入하고、一端沈下하엿든潛航艇이浮上하려고할時는、艇內에設置한壓搾空氣을押出하면艇은其重量이輕하여짐으로浮上하게되는것이다。(往昔에는壓搾空氣를使用치못하엿슴으로沈下時에注入하엿든水槽의水를强力폼프로艇外에放出하야艇重을輕히한事도有하다。

其原理는大概如右한대、水中에서方向轉換等은艇의尾部의有한舵를用하며、水中에在하야水面上을展望함에는「페리스콥」展望鏡을用하야水面上에在함과如히水上形勢를見할수가잇다。

「페리스콥」의構造

展望塔에는數多의反射鏡과鏡玉(렌쓰)을利用하야水面의光景이反射하야艇內下部에잇는望遠鏡에비치게裝置하엿다、그리하야艇內에서此望遠鏡만視見하면水面上에잇는敵艦의艦形을見할수잇스며、兼하야此「페리쓰콥」은其圓筒이電力으로因하야回轉하게되엿고其圓筒下端에는鈑板에度를그리엇슴으로旋回하야敵艦이鏡中에映寫될時는、其敵艦이艇首에서幾度左又는右에在함을明知할수가잇게하엿다。

潛航艇에는魚形發射管과速射砲를備置하엿다、速射砲는艇이水上에在할時에、驅逐艦或은飛行機를防禦하기爲함이고魚雷는自働的으로水面下十尺乃至十四尺의位置를航進하야其頭部가敵艦에觸하면裝塡한爆藥이猛烈하기爆發하야艦體를分碎케하는것이다

列國海軍潛航艇表(開戰時의隻數)

左에列國의潛航艇類別及隻數를記하면

佛	五二	獨	三九	諾威	四
米	五一	墺	一一	西班牙	三
英	八四	伊	二五	瑞典	五
露	六〇	和	九	葡	一
日	一七	丁抹	九		

近代社會主義者 칼 맑 크 쓰

柳 瀅 基

헐헤름, 리북네히트

一八一八年五月五日 또ㅣ마文明의紀念과 라인地方의中世舊蹟을掃蕩하고 쯔랑쓰革命의새로운 遺證우에서잇는獨逸의最古한 都市 트레페쓰의猶太人의집에서 一男兒가낫다。 그는곳 맑, 맑크쓰그人物이엿다。 쌔는 다위地方이 푸러시아의領土가된지겨우四年이다。 獨逸人은基督敎的獨逸精神을自己의新國民의게너허주려고 所謂「神聖同盟」에奔忙하엿다。異敎徒인 쯔란쓰人은 라인에서 全人類平等을宣言하고一千年間이나 迫害와壓倒를加하든 유대人의게 市民權을許諾하엿다、 그러나이「神聖同盟」의基督敎的獨逸精神은、異端的쯔란쓰的事物의 精神을 擁護하며古昔의狀態를 回復코저하엿다。

맑크쓰의난지얼마안되여 모든 유대人의게基督敎洗禮를밧든지 或은모든公職公務를辭職하던지、二中의一을撰擇하라는 命令이나리엿다。

卓越한 유대人의法律家며。 또地方法廷의公證人이엿든 맑크쓰의父親은 不得已 全家族으로더부러基督敎로改宗하엿다。

二十年後 맑크쓰는 유대人問題에對한一小冊子를만드러其中에 二十年前暴行에對하여最初의래푸라이를發하엿다。 그의全生涯는이對答이며同時에復讐이엿다。

맑크쓰의父親은偉大한 才能의人이며 또 宗敎科學 藝術에對하여도 十八世紀의쯔란쓰思想에 徹底한人物이엿다。 그의母親은 헝가리유대人의後孫이엿고 그의幼時의벗은 에너ㅣ(後에맑크쓰의婦人)와웨스트짤렌 이잇섯다。 맑크쓰의게最初 로맨티趣味를吸入식힌것은 其의父親이 半스캇트렌드種인까닭이며 그父親는맑크쓰의게 쎌ㅣ렌ㅣ라신ㅣ(佛의悲劇詩人)의詩를 닑어들녀주엇스며 웨스트짤렌은호ㅣ머ㅣ、쉐익쓰피ㅣ아의詩를 들녀주엇다。 이著作家들은 實노 맑크쓰의平生愛好한이들이다。 그는

恒常兒童과갓치작난을하는고로 學友들의게는 사랑도밧고 또尊敬도밧엇다。그는普通의課程을맛치고故初 쎈ㅣ大學다음에 쎌린大學에入學하여 暫間동안 父親의希望을 따라法律을 배왓다。또自己의願대로 歷史와 哲學도工夫하엿다。칼、맑크쓰의 愛娘이記錄하엿다。

一八四二年 그는쎈ㅣ大學의哲學講師가되리고햇다 그러나 쎌린大學時代의友人이며 또講師이엿든 바우얼은 停止하라고忠告하엿다。그리는사이에 靑年맑쓰크에게는 實際的活動의舞臺가열니엇다。그때 라인州의 反抗的 또는自由의感情에充滿한 所有階級이 이ㅣ二十四歲의靑年ㅣ그의異常한才能을確認한 關係로一八二四年가을에맑크쓰를主筆로一新聞을發行하엿다。그것이곳「라인新聞」이다。

이新聞의編輯과當局의檢閱은恒常戰鬪的이엿다신문檢閱은 獨逸에依然히流行하엿다、그러나 그檢閱은 라인新聞을滅할수가업섯다。이危險한新聞紙는二重의檢閱을受한時도잇다。곳檢閱官의檢閱과 州知事의檢閱이엿다、그러나 그亦是無効하엿다。思想이란것은 蝴蝶과갓치捕捉할수잇는有形한物件은아니다。政府는 權力을用하여 一八四三年三月「라인新聞」을禁止하엿다。

조곰前에 그의어린빗、後에 푸러시아의反動主義의大臣이된 폰、웨스트쌀렌의妹弟、에니ㅣ、폰、웨스트쌀렌과 結婚하고、파리에轉居하며 아ㅣ놀드、루ㅣ쥬ㅣ와갓치「獨佛年報」를發刊하엿다。이年報에 맑크쓰는 헤ㅣ겔의法律哲學과유대人問題에對하여 提篇의論文을 發表하엿다。그는벌서 헤ㅣ겔의哲學은 뒤에두고 그때못하 맑크쓰의發展과活動은 우리의 맑크쓰主義라고말하는 또그의資本論中에 模範的으로完全히 表現된 主義를向하여 一直線으로出發하엿다。「獨佛年報」도亦是 오래繼續지못하엿다。그原稿는 볼수잇을수가 업다고한다。

獨佛年報에關係하는동안에 맑크쓰는自己보다 二年아레되는 엔겔쓰와知己가되엇다。맑크쓰는英國滯在中볼수보다 더욱 唯物的觀念을得함을따라 自身을全然히 헤ㅣ겔의哲學에서解放하엿다。맑크쓰와엔겔쓰는서로잘理解하엿다。二人은遊戲政治、科學에同盟하여二人의絕大의能力을發揮식히며、發展식히여、더욱〱二人의事業을堅固케하엿다。

「獨佛年報」의休刊後에 맑크쓰와엔겔쓰는 하이네、엘쌜벡크、其他여러同志와갓치 파리에서 協力하여

新同盟을組織하엿다。 그들의新同盟의最初宣言의하나으로「神聖社家族」을發表하엿다。

파리에서는 特別히 經濟學(獨逸에서는國民經濟學이라고불넛다)과 푸란쓰革命의研究에沒頭하여잇든말크쓰와同時에 푸러시아政府와는 不斷의鏖戰을繼續하고이섯다。

말크쓰는 색만텔에가서 거기서氏는 勞働者클럽(구락부)을建設하며고盡力하엿다。同時에新聞에寄稿와 自己의研究를繼續하엿다。一八四六年에그는自由貿易者集會에서 自由貿易에對한 一場의演說한그것을其後에 반쪽멘트와함긔冊子로出版하엿다。 그는푸ㅣ돈의「貧困의哲學」을反駁키爲하여「哲學의貧困」을써서旣히完全한 말크쓰主義 우리의게 보이엿다。 부랏셀에잇는 말크쓰와其의友人들은同盟에入會하엿다 말크쓰는革命은오직 勞働者의게서만 나타날것이라고明白히生覺하엿다。「헤ㅣ겔의法理哲學批判」이란氏의論文中에 그는 平民階級만이홀노 階級的法則을打破하는것이라고宣言하엿다。其故를問하면 勞働者中에는아모階級도업고 壓迫할것도업는싸닭이다。그리나 獨逸에는아직經濟狀態가充分히發達되지못하엿다。그때는 아직 第四階級이란것이업서슬것이다「第四階級은産業運動을通하여 나타나는中이다。自然히發達한것이아니고 人工的으로生한貧困이다。그는社會의高壓을因하여눌니여된人塊는아니오 그猛切한崩解特히中産階級의崩解로因하여生한것이다」 그것이第四階級을形造하는것이다。勿論自然的貧困과 基督敎的獨逸의奴隷高級이 이第四階級으로漸々進向하는것은自明의理이다。

이것이곳 「資本論」의根本觀念

○○同盟은一八三六年 파리에잇는 獨逸亡命者들의基礎한바이다。엥겔쓰는「말크쓰가入會하기前은多少共謀的이엿든會가只今은蓄積한 同盟으로變化하여共産黨의 푸로파간다(宣傳運動)에對한組織이되여獨逸社會民主黨의最初의機關이되엿다。其會는獨逸勞働者의 클럽이存在한곳에는 必然이섯다。各國에잇는 모든獨逸클럽과本國에잇는모든클럽中重要한會員은 學者이會에(同盟)싸지加하엿다。漸々進步하여(獨逸勞働者運動에 이會가준힘은實노重大한힘이엿다그리고우리會는英, 伯, 佛, 墺, 폴란드, 人들을加入하여 國際勞働者會合을 론ㅣ돈에서召集하여實際運動을開始하엿다) 고섯다。

外國에잇는獨逸의勞働者클럽은 一八四八年以前은

社會主義와共産主義의 高等學校라고稱함을밧엇다。
一八四八年의二月革命조금前 맑크쓰와엔겔스의編纂으로된「○○黨宣言書」를出版하엿다。其後歐洲各國語로번역되엿다。이宣言은近代勞働運動의根本이며同時의 맑크스의資本論의 푸로그람이다。
宣言書는一八四八年二月처음으로 世上에나타낫다 二月二十二日革命의噴火口는十八年의休息의後다시爆發하엿다。二月二十四日 七月王朝는 싸스치유街七月柱의前에서 被燒되엿다。七月柱는短時間內에다시 自由柱가되엿다。
革命은爆發되엿다。各處에示威運動이니러낫다。베루가ㅣ政府는맑크쓰를捕縛하며 國境外에輸送하엿다 그는곳 파리를向하엿다、氏의友人 急進「改造」의主事假政府의黨員인 프로콘氏가招待한까닭이다 氏는「라인新聞」을繼續할計畫을가지고三月 코론에도라가五年間中絕되엿든것이 五年前에發刊하엿든 革命의領土에서 實際運動으로나타낫다。「라인新聞」은有名한記者를包含하엿다。이新聞은其當時第四階級의立脚地를辯護하는民主的運動의 唯一한新聞紙이엿다고 엔겔쓰는썻다。政府의無法한發賣禁止와調査등은 견대고繼續하든復活한「新라인新聞」은드듸여暴力에못견듸여 廢刊되엿다。
一八四八年六月一日에「新라인新聞」의第一號를 發刊하고 同四九年五月十九日에는 廢刊號가낫다。이廢刊號에는 所謂 레드넘바ㅣ로 赤紙上에印刷하여其卷頭에는 아래詩로써最後의辭을發하엿다。

正直한싸홈에서
公然한打擊에因함이아니오。
나는深應에가만히드러온
卑劣한낙시(釣)에걸니여너머지노라。

* * *

一八四九年以來十數年間或은셀넌과或은파리에一定한住所도업시 東奔西走하다가 一八六三年四月二十八日同情의會合이 런던에열니엿다。그는곳리시아와게亡한 폴랜드를위하여모히엿든것이다。
各國의勞働者代表를招待하며 國際的勞働者同盟을組織키로決定하엿다。인틀내쇼널 원깅맨쓰 아소시에이슌이란名稱이비로소使用되엿다。二個月後곳六月二十二日 폴랜드를爲하며 第二次의 同情會가런던에열니엿다。一八六四年春 國際勞働者同盟을創立할目的으로 各國의代表者를 召集하야 最初의 事務를맑크쓰에게委任키로 獨逸、폴ㅣ랜드、英國、米國等

各代表者와 議論키를決心한 勞働者代表가 와、리、로 갓하 到着하엿다。

五個月後一八六四年九月二十八日 런、던、의 聖、제、임、쓰、會堂에서 記憶될만한 인、터、내、순、날、 월、킹、멘、쓰、아、소、시、에、이、순、(國際勞働者同盟)이 世上에 나왓다。

맑、크、쓰는 戰鬪機關보담도ㅣ 歐洲大陸에서 勢力을 엇을 境遇에 잇는 에와지ㅣ 勞働階級의 解決을 指示하는 모든 努力의 中心될만십 新組織의 發會演說과 順序構造를 編輯하엿다。「만、국、의、勞働者들아、結合하라、!」이러한 精神으로 國際勞働者同盟이 성겨낫다。

* * * *

맑크쓰의 死는 夫人의 死가 非常히 影響을 及한 것은 勿論이다。夫人의 간후얼마못되며 又夫人의 뒤를 따랏다。一八八三年三月二十四日이엿다。

別世한지 三日後 그、의、死體는 하、이、 게、잇、ㅣ의 墓地에 장사하엿다。 親友엥겔쓰는 墓地에 모힌 모든 弔客의안헤서 눈물을흘니며 그의 生前의 經歷을 닐엇다

(一九二一、四、五)

「크로포토킨의」略傳

春城

크로포토킨은 一八四二年에 모스코公爵의 아들노나서 四歲時에 어머니를 일허바렷다。

家庭敎師인 푸랑쓰人에게서 佛國大革命의 이야기를들으며、로시아先生에게서 만흔感化를 밧어며、그리하고 當時耽讀하는 文學에서 至極한 影響을 밧아、眼底은 저로하야 吾十二歲時에、拔調文學的試驗으로 爵位를 바리고에、「크로포토킨」이라고 署名하게하엿다。十五歲時에는 軍人學校에 入學하엿다。그러나 天性의 勤勉으로서、獨逸語를 배우고、兄일닉산더의 感化아리서、哲學과 理學의 諸冊을 만히 닑엇다。

크로포토킨은 近衛兵의 軍曹로、皇帝의 侍附가 되엿스나、宮中에 對호 任期가 다하매、저는 大學에 入學하엿다 後에 官吏로 東方西伯利亞에 赴任하야、五年동안 그곳에서 歲月을 보니엿다。辭職한後 센트、베드로부루구에 도라와 當地大學에 入學하엿다。그리하고 研究한 結果、東亞細亞의 主要山脈은、南西로부터 北東에 走하야 잇다는 科學的發見을 하엿다。

一八七二年에는瑞西에가서國際勞働會스런띄、쥐순에加盟하엿다。다시 쎈트、뻬드로뿌루구에도라와、「허야유엔스키의群」이라는一團에加盟하엿다。그리하고

크로포트킨은、機業者의興味를가지고、粗服으로職業하든中、一機業者에게公衙의本體가漏說이되야、一八七四年二月二日에 쎈트피ㅣ다ㅣ와쎈트監牢獄에幽閉되엿다。

크로포트킨은、甚히健康을害하엿슴으로、衛戍病院에移入하엿스나、얼마後即히解放되야、英國으로向하엿다。英國에서저는匿名으로「自然」이라는出版物科學欄을擔當하기도하고「타임스」를爲하야、露西亞의地理的研究를쓰기도하엿다。그後瑞西에가서諸國의亡命客과交遊하며、文學을硏究하고、또社會主義를講演하며歷遊하엿다、얼마後白耳義會議에出席하엿다。이곳에서三捕縛이될번하엿스나、同志의救助로英國으로向하엿다。그러나파리의勞働運動의再燃은、저를誘惑하엿다 저는最初의社會主義團體를造成하는데助力하고、또는同志를爲하야、新聞의謀反編輯을企圖하엿다。一八八一年에는、瑞西에서逐出을當하야、妻와함ᄭ佛蘭西로갓다。一八八二年末에는、里昂附近機織者에게演說하엿다는嫌疑로、同志等十人과함ᄭ捕縛을밧앗다、그리나明白한罪狀이업슴으、이獄中에서저는「大英百科辭典」과「十九世紀辭典」을爲하야記事에精勵하엿다。

一八八六年一月에는放免이되야、妻와함ᄭ巴里로倫敦으로、또英國과蘇格蘭大都를遍歷할적에는、「自由」라는月刊雜誌를發行하고、싸윈의「生存競爭」을反對하면서自然의法則은、「相互扶助」라고說破하엿다。저는이思想을「十九世紀辭典」中에論文「動物間의相互扶助」「原始人의間」「野蠻人의間」「中世의都市」「우리들自身의間」에記述하엿다。數年後에저는「人間의相互扶助」를刻다。

一九一七年五月革命後에、크로포트킨은、오래간만에露西亞에도라왓다。

演義史話 百濟의 末路

秋江

一、三國時代의形便

여러분아시는바와가치 우리朝鮮에는 썩녯적에는 三國으로논히어잇섯든일이 잇슴니다。北便으로는 至今京畿道以北으로부터滿洲一幅乃至黑龍江까지 차지하엿든 高句麗가 잇섯고 南便으로는 돌노 논히어서 慶尙南北道忠淸江原兩道의一部을 版圖로한 新羅가 잇섯스며 西便으로忠淸南道全羅南北道을雄한領土을가진 百濟가 웅거하여잇섯슴니다。勿論이 세나라는 同種族이오 言語、風俗、習慣等이、거이 다갓하지마는 恒常戰爭으로 지내엿슴니다。그러하야 이세나라가 서미마다 다 두나라를 征服하야 이朝鮮을 統一하려는생각을 가졋슴니다。이세 三國의形便을 말하면。

新羅는 北으로는 强大한 高句麗와 接境하엿고 西로는 百濟와 隣接하야 北西兩方으로다敵을밧게 되中 東便으로는 바다를건너 日本과 서로 좃치 못하게지내엿슴으로 말하자면 三面으로 敵을바게 되잇슴니다。新羅는 自己의獨力으로 到底히高句麗百濟두나라를 平定하야 全朝鮮을統一하기는 不可能할뿐아니라。自己나라를 安保하기도 極히어려운 形便이잇슴니다。그럼으로、新羅는 自國安保上 또는 全朝鮮統一의大目的上 不可不他와聯合할必要가 잇섯슴니다。그때 支那에는 隋나라가 恒常 高句麗와不和하게지내엿슴으로 新羅는 隋와結托하야 自己의目的을達하리고 하엿슴니다 그러나 隋가高句麗와 싸와 累次戰敗한後에 國力이消耗되어 自己國家도保全하지못하고 唐에게亡한바되며 一時新羅로하여곰 落膽케하엿스나、그러나 唐이隋을滅한後支那全土를威壓하야 自己의令이行하지 아니하는곳이업스되 오죽高句麗는 敢히엇지하지못하엿슴으로 機會만 잇스면 兵端을이리키어 戰爭을하엿슴니다 新羅가이에 다시唐과結托하여 高句麗을對抗하려고하엿슴니다。

이러하야 新羅는 唐의힘을빌어 北便高句麗로하여곰 南方을 도라볼餘暇가업시하고 다시唐兵과聯

合하야 百濟를처서 滅亡식힌後 北으로唐과合하야 高句麗를 平定하야 全朝鮮을 統一하리라는 計劃을가젓고。

高句麗形便으로만하면、自己의獨力으로라도 南方두나라를 征服하기는 그리難事가아니나、恒常北方으로 隋唐等이 번가로 境界를騷亂식히여서 아모리하여도 全力을南方에 用할수업스며 또한 北方으로 全力을다하야 支那로하여곰 다시 國境을犯하지못할만치 큰打擊을 주려고하나 南方兩國이聯合하야 침노할 念慮가잇슴으로 勢不得已 南方의百濟와 聯合할 必要가생기엇슴니다。그리하여 百濟로하여곰 新羅를처서 新羅가 南으로 高句麗을侵犯할念慮를 노코 北으로全力을다하며 支那를처서 此를平定한後 其主力을轉하야 新羅를討平하고新羅만平定하면 百濟는 잠깐또테고 征服할지라이러하야서 三國을統一하랴는 計劃을세웟스며。

百濟로말하면 元來小國인中 北으로 高句麗、東으로新羅와、隣接하야 三國統一은姑捨하고 一朝有事한時는自國保全도 極難한形便이엇슴니다。此亦他强國과 結托하지아니하면 不能한事勢인中 唐은이미 新羅와聯合되엇스며 新羅는 百濟當面의敵 實로拱手傍觀이엇든中에 高句麗의請함을 바라 高句麗와聯合하게되엇슴니다 百濟도 勿論 高句麗가自國의大敵임은知하나 그러나 新羅征服은同一함으로서로聯合한것시며、百濟의計劃으로는高句麗와聯合하야新羅을 平定한後 다시 南方勢力을合하여 高句麗와抗戰하여서 三國을統一하리라고하엿슴니다。이리하야 이三國이恒常 干戈로 서로보게되엇슴니다

二、百濟의義慈王

距今一千二百三十年 三國이 이리케서로지르고잇슬째에 百濟에는 義慈王이라는이가 登極하게되엇슴니다。이義慈王이아말노 百濟最後의幕을 自己손으로 나린 가엽슨 님금입니다。

그리나 義慈王은 決코暗眛한님금은아니엇슴니다二。의 性格은 매우勇敢스러웟고 天性이 孝性이至極한이엇지오。그님금이登極한以後 大將으로는勇猛스럽고 이름이 四海를 썰치든 階伯이라는이와、大臣으로는 德이만코 度量이넓은 興首라는이와 謀士로는 忠誠만코 知略만흔 成忠이라는이들의 計策을씨々 北으로 高句麗와聯合하야 新羅와싸와 七十餘城의싸흘 빼앗사슴니다 이리하야 新

羅의運命은 참으로 바람압헤 燈불이엇슴니다。

그러나 戰勝한즉 驕奢하여지는法이외다。百濟는 一城을取하면 一城을取한사록 慢心은더하여가고、奢侈는甚하여저서 우흐로 宮中에서는 連日連夜風樂의소리가 쓰치지아니하야 이른바 肉林酒池의酒宴이盛行하며 아래로는 民心이 懈怠하야 奢侈의風이 滔々히 流行하야 朝廷은 날노이즈러워지고 政府는 날노게을니가며 國事는 날노 그릇되어 百濟의압길을 헤아릴수업시되엿슴니다 이째에다시 民心을收拾하고 政事를 가다듬어 나아가스면 百濟의前途는 挽回하엿슬지나 王은政事를도라보지아니하고 小人을信任하며 美女를갓가히하여一向곳치는 氣色이업섯슴니다。그리하야 國家의前程을생각하는사람은 위태하나도 근심하지아니하는者업스며 憂國志士는 慨然히 들어서 諫諍할者이엇슴이다。그러나 하나도 王에게 나아가 直言으로써 諫하는者ㅣ업섯슴니다。이에忠義와智謀를兼한 佐平成忠이 참다못하야 宮闕에들어가 前後數次에亘하야 죽엄으로써 決心하고 써림업시 直言으로 諫하엿나니 請컨대 讀者는 下回를 見하소셔。

三、成忠의直言

이째 義慈王은 半醉한얼골을들어 成忠을바라보고。

「오。卿은잘드러왓도다。우리나라가 卿等의힘으로 新羅의七十餘城을쎄앗서々 前의힘든 領土를넓히하여 밧그로 나라威嚴을드러내고 안으로 人民이裕足하야 擊壤의노래가 들니니 實로 予와卿이한가지로 즐거움을 난홀째라 卿은 조곰도 이러워말고 나아와 가치參與함이 엇더한고」하고宮女를命하야 술을부어 成忠을勸하엿슴니다。成忠은몸을端正히하고 얼골에셋셰인 決心의빗을 씌인後。

「大王께서 臣을賤微에서 부르시사 顯高한地位를맷기시고 政事에參與하게하심을 생각하오면 實로 聖恩의罔極하옵심을 깨닷사오며 이優渥하옵신聖恩의萬分之一이라도 報答하옵기爲하야 부르심을밧자온以後 大王帳幄에뫼시온지十數年 오즉臣의不足하옵만 恨하엿사온데 이제또한 이가치하옵시니엇지敢히辭讓하오릿가마는 治에잇서서 亂을잇지아니하여야 한다하옵은 古來先哲의말이오라 大王은

다시한번 생각을 깁히하옵소서。」

王은

「네 卿의뜻한바를 모르는바는 아니거이와 卿은 넘어여러번 朕을괴롭게말지어다」

成忠「至今알외온 말숨이 大王의귀에 거사린듯하오나 大王ㅣ大王쐬서는 新羅의七十餘城으로 滿足하시고 朝鮮全土를 이즈싯스며 國家安危를 생각지안사오닛가、臣은 그윽히 生覺하옵컨대 高句麗가 오늘날 우리와 協力하야 新羅를치나 新羅가 亡한後에는 그칼끗이、반드시 百濟로向할것이오며 萬一 高句麗가 唐에게敗하게되면 新羅는 唐兵과合하야 우리百濟를 侵略할것은 確然한일이오라。엇지하옵삽든지 方今百濟形便은할宜노 危急存亡之秋이온즉 이제民力을休養하고 士氣를振作하야써 非常한쌔를 準備하여야 하겟사옵고 따라서 機會를기대려 쉬큰抱負를 實行할것이옵거늘 大王쐬서는 但히七十餘城의小成에 滿足하시고 連日連夜 宮中에酒宴이 ㅁ치지아니하고 美女가恒常 大王身邊을 뫼셧사오며 任子等小人의黨가 大王의 聰明을 가리웟사옴을 생각하오면 國家의압길을 預測키 어렵사와 累次히 알외옵나니 多幸히 大王쐬서는 다시 그前聰明에 도라가시사 身邊을괴신 美女를내치시며 단 북죽을 안코시고 任子等 小人을 멀니하옵서、國家의安全을 泰山에比하게하옵소서」

하고 쑤려안즌 무릅우에 쏘거운눈물방울이 남모르게 옷을적심니다。

王은冷淡하게 가로되「이러커여러번 말하는것을 보니 반갑기는하나 卿아 朕이하믈이잇스면 卿의 말이 업셧슬지라도 벌서곤치것슴이안닌고 卿은더 말하지말지어다」

成忠은 沈着한態度로 조곰도 셔둘지아니하고 고요하고도 힘잇는 목소리로

「臣은 일즉이듯사오매 아비가 잘못함이 잇스면 아들은 비록죽엄을當할지라도 만류하여야하고 님금이 過失이게시면 그過失을 곳치시도록 諫하옵이 臣된者의道라하엿사오매 臣은비록 愚昧하오나 大王쐬서 그릇함을 쌔달으시기前에는 一步도宮闕을하즉할수업나이다」

王은 怒氣를씌이고 語氣을놉히하여이르되

「卿은、너무 眼下無人의態度로말하도다。朕을凌辱함이엇지 이리甚한고 朕은가만히 살피매 卿이

小功을밋고 朝廷을專橫하리라하도다。 어서 내압해뵈이지말지어다」

成忠은 우리안즌姿勢로 變하지아니하고

「大王……」하고 말을이루지못한지良久에 다시繼續하야

「大王은 깁히생각하옵소서 臣이不忠大逆이라는 讒妄을밧사옵은 恨이업사옵거니와 오직百濟前途를爲하야……」

말이맛츠기前에王은大怒하야

「卿이 大逆者가아니면 무엇인고 것흐로 忠誠을거즛하고 속으로陰謀를計하니 實로言語道斷이라 내이믜 들은바가 거짓이아니로다」

하고 武士를불너 成忠을結縛하야 獄에나리게하엿습니다。

이쌔에 佐平任子가 나아와 王을뵈온대 王이마자드리며가로대。

「予ㅣ 卿의말이아니드면 大事를그릇칠번하엿도다。予ㅣ卿의말을드른後 가만히사람으로 成忠의行動을監視하는中이더니 오날와서予를面前에凌辱하는것을보매、實로 卿의말이 果然이로다이제成忠을下獄하엿노라。」

任子듯기를다한後 거짓憂慮의빗을씌이고 對하여가로대。

「臣은 生覺하옵건대 成忠의行實은 萬番可斬할것이오나 其外에잇는勢力이 어렵사옵나이다。成忠이下獄되엿다는말을 드르오면 共謀者인興首、階伯이가만이 잇지아니하오리니 大王는將次엇지하리하옵나이가」

王이가로되

「卿은實로 朕의股肱이로다 卿이아니드면 또한번大變을當할번하엿도다 卿은반듯이 生覺이잇습지니 이일을엇지處理하면 조홀고」

任子엿자오되

「臣의不敏하온生覺에는 먼니興首를내여치고 階伯의職을奪하시사 일을未然에防禦함이 得策일듯하노이다」

王이 무릅을치고曰

「果然 卿의意見이올토다。 내卿의意見대로 實行하리라。

四、百濟의黨爭

배는가을이엿습니다。 호릿한햇빗은 扶餘城西로 넘

더가고 왼城中은 陰冷한氣運이가득하며 全扶餘城民은 물끌듯하고 全百濟人民은 憂愁의빗을씌이엇습니다。

이써宮中에는 써벅〳〵하는 燈불은 義慈王의焦慮한는 얼골을빗치엇고 文武百官은 愁心中에默々히안젓습니다。

王은 百官을나려보시고

「報告하는바를 듯건대 唐이이믜 十三萬의海軍에動員을命하야 我國을向하엿다하고 新羅또한 五萬의陸軍을動하엿다하니 卿等은 이에對한方策을말할지어다」

한臣下나이와 엿자오되

「小臣의生覺에는 이兩國大兵을 우리나라獨力으로는 到底히對抗하기 어렵사온즉 他國과聯合함이아니면 到底히勝算은無하온中 高句麗로말하오면 從前에 我國과聯合하엿든 關係도잇사옵고 또한唐、新羅兩國과는敵國이오매 急히高句麗에使臣을 보니시사援兵을請함이可할듯하옵나이다」

말이맛치매 他一人이가로되

「至今 말한바가 一見有理한듯하오나 臣은生覺하옵건대 假令高句麗의힘을 비러 一時唐、新羅兩國의兵을 물니친다하오나 一敵이간後에는반듯이一敵이來하올지라。其後는高句麗가功을밋고 國政을叅與할지며 머지아니하여 다시 高句麗에게 滅亡을當하올지니 이는安全의策이아니로소이다。그리하오나 日本은 元來我國에게 好意을가저사옵고 조곰도 害할意志이 뵈이지아니하오며 또한 新羅와는不和之間이온즉 大王쎄서는 皇子豐을日本에急送하시사 도음을엇더 唐、新羅兩兵을擊退함이 可할듯하옵나이다」

이에또一人이 이어가로되

「압에말한 兩人의意見이다 萬全의策이안인듯하옵나이다。自己나라를防禦함에 他國兵을引入하오면이는다시 敵을迎入하는것이온즉 其道를取하옵보다 勝敗을天에歸하고 百濟의全力을擧하여 兩軍을激擊함이可할가하옵나이다。그리하오매 이리長皇히論爭으로 時日을虛費하지마옵시고 速히將士을命하고士氣를興振식히어셔 一戰으로國을保함이 可할듯하오니 大王은 洞燭하옵소셔」

이와갓치議論의分々한中에 任子의党人一人은

「臣은듯사옵매 寸을굽히고 尺으로페는것이 爲政者의할일이라」 하엿사온즉 至今 他國의援助로나

또는百濟獨力으로는到底히 防禦키難하온지라 萬一一時의恣을못이기여 彼此決戰하야勝한즉 己어니와 萬一不然할진대 實로大事이온즉 一時의國辱을當하올지라도 新羅에게 前日奪取한七十餘城을 返與하고 新羅를달내면 新羅動하지아니할터이오며 唐에게는 使臣을보내이 謝罪하오면 唐亦動兵치아니하오리니 이리하여셔 一時의急을救한後 徐々히民力을休養하야 他日을圖謀함이 可할듯하노이다。

이쌔에末席에안젓든 一人의臣下는 힘잇슨말소리로

『臣이敢히엿자옵거니와 집이가난하매 賢妻를싱각하옵고 나라이어지럽옴에 忠臣을싱각하옵는지라 方今非常之秋를當하와 더욱이其激切하옴을感하옵는中、前日大王의責하심을밧자온 興首로말하오면 수日까지도오즉 大王을사모하옵지니 大王은깁히싱각하시사다시興首께 計策을무르심이 可할듯하노이다。大王는한번더 深量하옵소서』

義慈王이 한숨을쉬이고 머리를들어이윽히보다가

『予ㅣ이미輕率히處罪함을後悔하고 더욱이이쌔에 興首을生覺함이 懇切하나 오즉興首가 無罪히내여침을怨하야 바른意見을베풀가함이 疑心이로다』

任子黨中에서 一人이이어가로되

『果然大王의말슴과 갓도소이다。今日策士로는興首에넘치는者입슴지도 모르옵거니와 이미大王께罪을어더 遠島에너여친者이오매 엇지셔 正當한道를올니오럿가 도리여弊害를끼칠가 念慮하노이다』

義慈王은 沈默良久에 입을여러

『其亦 그러할듯하나 내사름을보니여 其意見만무러보리라』

하고 急히사름을 興首의配所로보내인後 一便으로 高句麗의援助를請하고. 一便으로皇子豐을 日本에急送하야 도움을請하엿슴니다 이리하야 意見百出하든 會議가一時는決定된듯하나 안으로흐르는暗流는 쓰치지아니하야 더욱〱 이其猛威를 드러내이려고홈니다。

五、興首의計策

一段前述함과 如한行動을取하엿스나 高句麗黨은어데까지든지 高句麗聯合論을固張하고 日本黨은日本依賴論을固執하며 新羅唐에게一時屈하자는一派는 그러치아니하면 國家를保하기어렵다 主張하야 滔々한 濁流가 거칠업시盛行하여셔 其黑白을헤아

리가어려운中에 與首에게보니엿든 使臣이도라와 與首의意見書를올니엇슴니다 其意見書一端에曰

「……方今 我國形便으로말하오면 陸軍으로는十萬의壯士가칼을만지고 號令만기다리오며 倉庫에는中南兩部의穀糧이 그득하와 우흐로朝議가一致하고 아레로民心이合一되면 唐、新羅兩軍을 擊破함이難事가아니온즉 北으로高句麗을引用하야써 唐의陸軍을防備케하고 西으로 七萬의壯士을보니여 唐의水兵을 白江좁은어구의셔 邀擊하오면 疲困한軍士를擊退할수잇스며 東으로는 三萬의精兵을거느려 써炭峴에셔新羅와迎戰하면 大勝을 得하오리니 바라옵건대 먼저朝議를一致케하옵시며 時日을遲延치마르시고 軍士를動하시사 西로는唐兵이 白江좁은어구를 지나지못하게하옵시고 東으로는新羅의陸軍이炭峴을넘지못하게하옵소셔……」

이를들은 任子는 王에게엿자오되

「至今 與水의計策을 들엇사옵거니와 臣의싱각에는 與首와如히 我國兵力으로라도 善戰만하오면可勝을期올지나 오즉 唐兵이西으로 白江좁은어구를지나지못하게하며 東으로 新羅의軍士로 炭峴을넘지못하게하라 하옴에對하야 저이알지못할바가잇도소이다 白江좁은어구로말하오면 甚히狹窄하야動兵하기不能하오매 찰아리唐兵으로하여금 좁은어구를通過케한後 이를邀擊할것이옵고 炭峴은馬不並行하는 險路이오매 新羅兵이其通過홈을따라 襲擊할것이안닐가하노이다」

이리하야 우흐로王은 其決定할바를 아지못하며 아레로臣下는 兩便으로分하야 口角의더품을내일뿐이엇고 連日爭論만하야 敵國의漸々好機만줄뿐이엇슴니다。百濟萬一與首의策을써 時日을浪費하지아니하고、急히軍士을動하엿스면 百濟는安保함을 得하엿슬거이어늘 오즉無用의爭論으로 歲月을徒費하야大兵을 左右로두고 動兵할生覺도아니하엿스니 엇지써其가이업는 運命을免할수잇섯스리오 무서운것爭論이오 두려운것은 黨爭이외다 百濟의써亡한바는新羅、唐이아니요 오즉百濟自身이되다。이써에

「唐兵이이믜 白江좁은 어구을 지나엇고 新羅兵이 炭峴을넘어슴니다」

하는報告가드려왓슴니다。萬事가休矣외다。이에王은놀니고 색달음이잇스나 새이믜느졋도다 이에이르러 時日을遲延케한 小人 任子을내여치고 옥즁에잇든 將軍階伯을불너、五千兵을거느리고 新羅을

邀擊하게하고 三萬의壯士로 唐을邀擊하엿스나 時已晩이요 機已過라 北으로는 高句麗兵이唐陸軍을邀擊하야 大勝을得하엿스나 西으로百濟三萬의兵은드듸어 大敗를當하엿고 東으로 階伯은僅히五千의手兵으로 新羅五萬의兵과 對戰하야 一當百의勇氣로 舊戰勇鬪하야 一戰三勝의戰蹟을得하엿스나 可憐하다 階伯은 衆寡不敵하야 몸을戰場의버리고兵士또한 屍体를 敵前에버리게 되잇슴니다 그리하야 新羅는東으로 唐은西으로 扶餘城을 圍擊하게되엿습니다。그리하야 王은城을넘어숨키이고 可憐한宮女는 落花岩의鬼神으로變하며 華麗하든 扶餘城은 三個月에亘한火炎中에 저로나타가서 前後六百七十八年의 百濟는 一朝에荒野로 變하엿슴니다。

아百濟에 階伯、成忠、興首等不世出의大軍人 大謀略家、大政明家를두고 엇지任子等 奸逆의跳를싱기게하엿든가。(完)

本會社出版部囑托으로新任한諸氏의芳名

張膺震氏
金銖衡氏
黃達永氏
兪鎭熙氏
金禹範氏
李尙俊氏
徐椿氏
柳瀅基氏

船室의 밤 (하이네)

에델生

바다에는 眞珠가 숨어잇고
하날에는 별이 빗나고잇다
그러나나의가슴에는、나의가슴에는
나의가슴에는 사랑이잇다。
바다는 크고 하날은 넓으나
나의가슴은 더욱 넓다
그리고 眞珠나 별보다도
나의사랑은 더욱 아름답게 빗이난다。
어린、조쯤안 處女이여
나의 넓다라넓은 가슴으로 오너라
나의가슴과 바다와하날은
사랑을 위함이면 죽기라도 하리라。

× × ×

셥파랏케 맑은 하날에는 아름다온
별이 반작〳〵 빗나고잇다。
거긔에 나는 이입살을 갓다대이고
마음썻 크게 울고십다。

저긔저별은 나의愛人의 눈이다
굿침이업시 깜박거리며 빗최이면셔
나의게 아양스럽게 禮를한다
셥파랏케 맑은 큰하날에셔。
저긔저 셥파랏케 맑은 큰하날노
그리운 사람의 눈을향하야
나의팔을 내여밀고
그리고 간절히 祈禱한다。
「溫優한눈이여、恩惠의빗이여
오오、나의마음을 幸福케하소셔
나를 죽게 하시옵소셔
그리하야 그대와 저하날을 賞으로 주시옵소
셔!」

× × ×

하날의눈에셔는 셜면셔
누른빗火花가 어둠을지나 셔리쳐온다
그리고 나의마음은 사랑으로困하야
더욱〳〵 넓어져간다。
오오、그대들 하날눈이여
그대들이 나의마음에셔 울기를始作하면 빗나는

별의 눈물노因하야
나의마음은 가득하여진다。

× × ×

바다물결에 흔들니우면서
꿈과갓흔 生涯에 살니우면서
나는 從容히 船室의
어두운 모퉁이의 자리에 누어잇다。
열녀잇는 船口로
놉다란 밝은 빗을 바라본다
깁히도 마음에 사랑하는이의
사랑스러운 반開目蓋를
그사랑스러운 단目蓋는
나의頭上에서 把守를보고잇다
그눈은 盛히 반짝거리서는 軍號를한다
샙파랏케 맑은 큰하날에서。
샙파랏케 맑은 큰하날을
즐거운 마음으로 오ㅣ래동안 보고잇섯다。
샙하ㅣ얀 안개의面紗가
그사랑스러운눈으로 감출쌔까지。

× × ×

나의 잠을쉬는 머리를 두고잇는
배범구리에 배板장에
물결은 사나온물결은 쎄여저 突하지고 물결은
쏴열〱 소리를내여
가만가만 나의귀에 속은거린다
오오 이어리석은 靑年이여
너의팔은 맑고 하날은 멀다
그리고 별은 黃金못으로
키ㅣ놉흔곳에 쌕박혀잇다
쓸데업는 애탐 所用업는 한숨
너는 어서 잠드는편이 낫다

× × ×

고요한 白雪에 남은곳업시 싸인
넓은 거츠른 드을을 나는슬퍼다
그리하야 그白雪밋헤 파뭇쳐서
나는 졸고잇다 寂々하고 차듸찬잠을。
그러나 어두운 하날에서는 별의눈이
나의무덤을 나려다본다
단눈이여 그눈은 勝戰한것과갓치 빗이난다
고요하게 快活하게 더욱히 사랑의마음에 充滿
하야 (一九二〇、四、十二)

「聖母마리아」 베르렌作

春城譯

우리聖母마리아밧게
나는사랑하지아니함니다
그밧게사랑은억지의사랑이야요
나의所願은우리聖母참말聖母뿐
그의가삼에사랑의불길을더짐이외다。

그를위하야나는원수를사랑함니다
그를원하야이몸을밧침니다
軟美한마암에싸기운불로
아그는이誓願를許諾ᄒᆞ엿씀니다。

내가이제惡한생각에싸질쌔
손은게르고눈동자는길에昏迷할쌔
그는내손에입마초(키쓰)며
그는내손을붓잡으며
救援의길을가라쳐줌니다
精神이푹드는貴한말로써。

내가苦痛을무셔워아니함도
聖母마리아
내가災害에온몸을밧칠도
아우리聖母마리아爲함이웨다
이리ᄒᆞ야十字架엽헤서
내가祈禱할쌔에도
그는보냄니다짯듯ᄒᆞᆫ慰勞를。

우리聖母마리아밧게
나는사랑하지아니함니다
智慧의住家인그를
사랑의源泉인그를
우리佛蘭西의어머니여
나는기다림니다
祖國에神의榮光이잇업기를

더러움에물들지아니한마리아여
사랑의샘이여救援의燃불이여
산밋음이여生命이여
아당신을사랑한다함이
참람하지아니한가요
그러하나당신의손을삽고
天國의새空氣를마실써까지
아容恕하여주시오사랑하지아니할수업는것을。

平壤을떠나서京城으로

田榮澤

第一信

天園君이어

나는나의平壤을떠낫나이다。過去一年間의平壤、그거슨내가한平生닛시못할거시외다。짜른동안의內容이直히複雜한生活、그가운데서破傷的이엇고、가장人間味를切實히맛본生活이엇나이다。적어도내안해와내게는平生의달고。쓴追憶의그림자가될거시외다。周圍의事情은나를붓잡아두려고하는거시만앗소이다。그러나나는다썰치고써낫나이다。써낢때에섭섭한거슨、사람의平壤보다도 自然의平壤이더이다。써날때뿐아니라一年동안平壤에서살면서

아ㅣ아름다운平壤의自然이어

그러나 미운平壤의사람이어。

이러한嘆息을、나는南山峴이나、或은蒼翠峴놉흔데서서그絕妙하고도莊嚴한大同江、文秀峯、모란봉부벽루의雪景을자라옷(漁村)의暮煙을막々히바라보다가、발밋해서 지쎠리는 市街、市民을보고、멋번이나 發하엿스릿가。

少年靑年친구들이어、마음이잇는이는겨울의平壤을가보아라、어름우에그린드시안저잇는漁夫！유리가튼、어름우에잘도노는스케트軍！가마여울、近處의힌눈덥힌老楊나무에비치인明月！머일니、西便에웃둑소슨、龍岳山의白雪！어느거시나美아닌거시이스며、詩人의感銘的材料가아니며 畵家의祕妙한實景이아닌가。

그동안에나는、마음이나몸이몹시、괴로울때에도오직平壤의自然의게만흔慰勞를바닷소이다。그러한平壤을나는갑작이써낫슴니다。過去一年間에사괴인친구는數十名이되지만몹슨추위를、무릅쓰고餞送하려나와준이는、우리창조同人인金東仁君(感氣로누어잇든)과崇德學校長(平壤靑年會長)鄭斗鉉두분이엇나이다。

그야말노萬感이交生함을禁치못하엿나이다。멀니素服한모란봉이차々희미하여지다가나종에아조보이지아니할때에는。

第二信

天國갓이여

우는안해의더운손을 잡앗다노은손으로 설넝〱솟는가삼부듸안고 車室한모퉁이에、가만이안저서반자고만쳐여 뒷일압일을 곰々히생각하는새 車는南大門驛에다앗나이다。사람은왜스선거리지만 몸시도쓸々한停車場을다시금뒤로도라보면서 어린동생 銀秀를세브란쓰病院에차젓나이다。웃둑웃둑한쌜간벽돌집밋헤못퉁이〱녹다남은흰눈무덕이를 말업시내려비치는半空의맑은달빗츨등에지고 쌍에누은제그림자바라보면서 한참이나그니렷나이다。머리헐곱실〱하고쌜간쟈겟트닙은洋女가나와서 내얼골만얼는보고 드러가드니 一年前에집안이란 쇠우리에서뛰어나간동생이버선발노다라나오더이다。감은두루막닙고더감은머리테두머리하고 반가운깃븜에입이벙으러진 동생의한손을바른손에잡고 왼손은그부드러운등에올녀놋코應接室노드러갓나이다。처음브터웃쌔지상긋〱웃는양하며、가늘고정다온말세하며 一年도채못된새에엇드케그리케秋毫도어김업시 얌전하고 어엽븐서울애기로化하엿는지 놀낼밧게업더이다。

YUCA에서、낫에애가타고화가나서 자리를정치못하고、밤에잠못자며邪惡한사람밉고쓸々한세상실여안가치兄과한週日동외로우신東關주저하는 삶가락가지내면서 아모게나안뵈는 남의게못뵐詩와日記를낫낫치다보앗나이다。그죽어못니즐서름과한이 그의엽골에서와가치눈물적신죠희에서흘너나더이다。

아—사랑(戀愛)그것과人生!

아—神이냐 사랑이냐!

네— 엔젤이냐 사탄이냐!

아—사랑 그것과 生命!

아—사랑!

아—運命!

아— 그것들과 내형님!

나는밤이면三層방유리창으로長安 사람다잠들고、하날에별과쌍에싸스불만솝벅일새 내다보면은朦朧한밤빗체희미하게보이는 마죠뎐南山과그밋헤어두엇신갓치웃둑선天主敎堂鐘閣이 미리해만에돌는손의게무슨極히秘密한 니야기를쏘군거리는듯하고 바루밋헤鍾路에잇다금 짤니다라나는밤사람의 발자국소리볼상한母子의붓들고울며 가는곰에소름을쌔치는 처량하고무서운소리에 헤쳐진人間味、社會의暗黑面을솔직이아라보앗나이다。

나는마즌편 廣益書舘店頭에 學之光、創造、서울、曙光、女子時論、三光等各가지新刊雜誌의廣告看板이 가지런이서잇는거슬보고는 欣然히싱글〳〵우섯나이다。 그거슨차차되어간다。 무던하다ㅣ이런것붐。 即우리의게도、文明의세비빗치燦々히비최오는거슬보고 깁비함이엇나이다。 이만에京城을들는則各方面으로、뜻잇는靑年들이 집외새로운文化運動을、크게니르키는거시宛然히나다나더이다。 나는간절한뜻으로 그들의아름다온 成功을빌엇나이다。

이新文化運動者의曉將이매일만한、 가장猛烈하고가장自然的活動을하시든張德俊兄님을、 나는、서울을떠나기꼭二十分前에 채보란쓰病院病室에차졋나이다。張兄은그새여러날을먹지못하고 먹지못하고勞心焦思로얼스면서四面八方으로 그야말노南船北馬로도라단니다가、마참내몸을傷하야、前에도그래셔念慮하든거시再發해서、甚한咯血을하고肺結核이生겨서入院하셧뎌이다、 슬슬한病室寢臺에눕노누으신 그蒼白한얼골을볼세에는 나는자연최당하고 슬픈생각이나지만은조곰도 그러한氣色을드러내지아니하고。

「잘조리하고 治療하면이내든든해지지오。 이제나은後에는조선을위하야 부듸몸을도라보아주시오。 일을하셔도 너머過度하고激烈한運動은하지마십시오 잠도좀자면서일하십쇼。 부듸이담에는몸조심하시오」하고간절이부탁햇나이다。 「그러치안코不安히안저서야일이됨닛가。」

이거슨그의對答이엿나이다。 아직도氣運이萬丈갓해서「이제며즐이스면退院하겟소。 이제新聞일노東京가면뵙겟소。 염녀마시오」

「아ㅣ밋브고귀하다。」 張兄의마음이어、兄은「至誠」한가지가이슬뿐이녀、 우리靑年들이제가기다이러할진대안될일이무어시리오。 靑年친구들이어 張氏를본밧으십시다」 나는이러케 브르지지러하나이다。

나는張兄의健康과成功을爲하야、하나님의빌고、釜山行列車에몸을실엇나이다。

第 三 信

天園君이어

나는지금永登浦를지나나이다。 여긔셔車를밧고아타면仁川을갈수잇나이다。

미우섭々합니다。 꼭들놀나고하든仁川을、君이「音樂會에參席할겸내일꼭오십쇼」할세에「꼭가지오」하고단々히約束을하고도 그만가지못하고、지금永登浦를

간一年의 로만틱한生活의希望으로의仁川을, 君이文藝로音樂으로處女出世에熱中한歡迎을맛는光景을늑보고십헛나이다。그리고새로운趣味와理想을가지고現代文化運動에참피온이되실여러분, 뜻잇는男女靑年들을親히맛나, 재미잇는니야기나하고십헛스나事情으로모도다몰쉬품이되고말앗스니 엇지하리잇가。다만내뜻만아라주시면後日에다시機會를, 보아서가려고하나이다。

第四信

天國君이어

지금은車가烏致院驛을ㅣ지나나이다。오면서내々(連해더러붓는유리창을녹이면서) 沿路의다라가는山野의雪景을보다가, 烏致院에니르러서나는얼는(公州行自働車)라는看板을보앗나이다。公州라는意識이머리에드러올쌔에, 聯想으로, 번개가치싱각난거슨○氏의죽음이외다。나는죠히를쓰내여, 참지못하는뜻을이러케적엇나이다。

△

아ㅣ기맥히도다。人生의最後여
아모리「죽음」의사쟈가몹슬기로서
本據를떠나서東京으로
지나니 엇절수업시거짓말쟁이가되엿소이다。
天國君 용서하시요 참말나는무엇보다도君의지나
울며발버둥치는어린애기의게서
그를잇글며, 도아주든어린형까지
어머니의젓못먹어, 우는철업슨애기
붓들고울며갈팡질팡, 앨쓰든힘업는형
그거슬마자떠려가는, 죽음의사쟈
아ㅣ몹쓸다, 저도사람죽은구신이겟지。
아ㅣ참모를일이로다。모를일이어
키작고똑々하든그형님
지난해三月쌔지, 나하고한방에서
자리를가즈런이하고자면서

△

압일을니애기하며, 밤이깁도록
客窓에비치는달빗츨바라보든
그兄님이죽다니웬말이요
그거시分明이헛所聞이지
아ㅣ부듸헛소문이어라
그소문이헛소문이어라。

△

아ㅣ불상한쌔앗긴, 어린애기어

어린형세앗긴、어린애기이
나는너위해우노라
너는어이그리도참상하냐。

△

아ㅣ兄이어、兄이이
당신의외로운靈魂이시랍
찬바람부으는他國의、낫설고쓸쓸한어느벌팔에
어느한조각힌구름이되어、떠도나잇가。

△

오ㅣ애기야울지마러라
애기는형이죽음으로
형은애기를、떠남으로
큰뜻이일우워지나니라。

△

넛지마러라、남이들아
그의뎐퉁에서、으러나든、가라침을
넛지마러라、동생들아
그형님의피눈물노니르든말을。

天園君、그가죽을줄이야꿈엔들생각하엿겟소。암만해도참말것지가인더이다。동생春江이그말을듯고、깜작눈버여한참은아모맙도못하고、슬퍼하더이다。春江은

서울이술세에貞洞서그의게(主日學校에서)聖經을배와다하더이다。春江밧게도그의게聖經배운만흔누이들이눈내고、슬퍼한줄아나이다。

그가그의故鄕인、公州를한번떠나고는이제다시는도라오지못하고、그의세는어느일흠모르는山빗타리에무쳐서다른나라의한줌흙이되지오。아ㅣ그의사랑하는夫人그의子女들은엇지되엿는지오。

第五信

天園君이어

前에업든所謂旅行證明업노釜山서이틀이나묵엇나이다。平壤서떠나기前날밤에마지막으로동텀이국수를먹고釜山서아조마지막으로、조선장국을먹고배를탓나이다。風浪업시無事이바다를건넛나이다。

쎄、모、크、라、시를汽車에도應用하느라고、그랫는지一等車는업시하고三等列車가前보다매우조와젓더이다。그러치만人心은如前하더이다。瀨戶內海의蒼茫한바다를바라보면서、愛人의게부친글이이거시외다。

푸른물결너울기는저물우에
머얼니半空에떠나가는힌갈매기
우리님이날생각하는一片丹心

그精氣化하여오는데선쳐가아닌가 狼林山김흔골재기구비〳〵흘너서 모란봉、浮碧樓、淸流壁을비치면서 綾羅島半月島싯기면서 萬歲前브터흐르는、맑으나맑은大同江물에 아ㅣ너입분양을비처라。

그리면웃물이흐르고흘너서、大海로나올때에 물에바친네그림자둥실〳〵떠돌아 나를따라여긔까지따라와서 쳐긔쳐긔쳐물에눔실눔실비치나보게。

再昨年夏期에君으로더브러、내〻노래부르고니야기하면서오든생각이간절이나더이다。廣島驛을지나면서는、머리털을베어주면서盟誓하엿다는、미처片紙가아니오면 며츨이라도밤을안먹고아랏든엇든 女性이여거서는눈물을흘니면서、그愛人을離別하엿스리라생각하고비웃고쳐주하는우슴을우스면서내다보앗나이다。그리고女子의머리털도미들수업고、눈에서짜내는물방울도미들수업는거슬다시금늣겻나이다。그리고세상을버리고아조失心을한東園兄을다시간절이생각하고同情하엿나이다。

富士山은구름에가리어못보앗나이다。東京驛에나리닛가、몬져온禹君과月林君이마조나왓더이다。八年동안ㅣ그야말노八年風塵을가초젹고지내든、나의가장기운잇고感情만흔靑春時節을오래君으로더브러정답게지내든靑山을다시왓나이다。

異域의찬바람몹시불어쓸〻하게쇼지엄고마음붓지아니하고故國의정든님생각간절해서、이압흐로몃해를엇지지낼가살가십지아니하외다。

君의압길에환한비치비치며、君의社會的헌신、犧牲的奉仕로하는、文化의꼿피인아름다온藝術의동산잇는理想鄕을向하고나아가는「處女航海」에하나님의祝福을빌고붓을던지나이다。 二月廿五日 프른뫼에서

가난한벗에게

億生

K兄!

우리의압헤는 끗이지안는 만흔줄이, 힘업는나뷔나, 벌을 잡으랴고 거미이 쳣는모양으로, 벌려잇습니다. 그런데 사람은 걷습니다, 밤이나낫이나 것습니다, 하다가는 늙으는동안에 그줄에 걸니게됨니다. 하고 그줄이 몸사람을 살아단닙니다. 사람의길은(로만, 로맨의벌을 밟것도업시)장미꼿을 펴노흔芳香의길이 아니고, 苦惱의외마데길입니다. 비방울갓흔幸福, 불길스톤不幸ㅣ이아레서 애닯은犧牲이 얼마나 만히 생기엿겟습닛가. 아닙니다, 얼마나 만흔犧牲이 생기면서잇습닛가. 아희의 날써의 첫소리를 苦海에서 根의부르짓줌이라고합니다, 果然肯定되는말인줄압니다. 우리는幸不幸은 께로하고, 生命과意識을 가진「人生」으로 생겨낫습니다. 只今와서는 엇지할수업습니다, 괴롭은生이거나, 즐겁은生이거나 밧힐수업는定命으로 廻避할수업습니다, 임의廻避할수업는일이매, 다만 犧할만한 갑잇는무엇을 그안에서發見하야 써 慰安의길을 잡지아니하면 아니되겟습니다. 問題는 여긔에생깁니다

한데 이現實世界를 밧(外)하고 다른 즐겁은世界가 잇다하면 구태여現實世界과執着할必要가 업겟습니다, 만은 업는것갓습니다. 그리하야 엇지할수업시 실타실타하면서도 이世界에 매달니게됨니다 그럿치 아니하다면, 自己가自己를 바리는自殺이 잇슬싸름입니다. 그것도死後에 엇더한것이 잇을는지 아모도 몰읍니다. 그럿치아니하겟습닛가, 이에 現實世界와 執着하랴하는데 곳 犧할무엇이잇서야하겟습니다. 다시 말하자면 괴롭으면서의 즐겁음을차자야하겟습니다. 베、드、벤의니른바 「설움을통코의즐겁음」ㅣ갑잇는 그것을 자자야하겟습니다. 가난과不幸과苦惱와 싸호는苦痛의苦痛안에서도 歡喜의 적으나마 다사한볏은 늘우리의가슴의 어둡고 빗못밧는 꼿밧을 빗최이도록하여야하겟습니다. 이려한길을 차자야할것은 兄뿐만이아니고, 그러나더욱兄을위하야는 잇서야하겟습니다만은 우리모든人生은 다갓치 차자야하겟습니다. 엇지할수도업시착게도됨니다.

K兄!

世上에는 애닯은것이 한아, 둘만이 아닌것은 兄도 다 알으시겟습니다, 한데 무엇보다도 애닯

은것은 富貴밧거는 더갑잇는무엇이 잇는것조차 몰으는것이며、生命은 생각지아니하고 먹을것반 엇드라는것이며 몸을 걱정하지아니하고、입을것만 생각하는것입니다。 그리생각하는이야말로 그나서엇더케할것을 몰으는것이며、한生涯을 그릇보내랴고하는것이 아니고무엇이겟습닛가。

「아、가난한이여、걱정말아라、希望을 잃은이여 슯허말아라。 씃다운生命의샘이 말지아니하고、그대의가슴안에서 물결지여 솟아나리니、깃버하여라。 그대의 설은逆命을 헤치고、그대의生에서 오는悲哀를 뚤코의歡喜를 맛보아라」

눈에 보이지아니하는「不諧」이라는大敵과 싸호며 한거름、한거름식 압흐로 慰安의새길을 밟바야합니다、그갓튼때에 眞正한「나」를 차자、그「나」를살니지아니하면 아니됩니다。 몬저 「나」라는무엇이냐가 찻는順序일듯합니다、한데 美를求하기위하야는 醜를對象으로하는것과갓치 眞正한「나」를찻는데는 늘 다른「나」와 싸호야합니다。「나」를理解하는心情과 살니는힘으로 「남」도理解하며、살네야합니다。「나」를헤아리는 헤아림으로 「남」을 헤아리랴고할때에 비롯소 生命의힘을 가진理解가 생깁니다。

그리하고 同感의共鳴이 몰으는듯 우리의맘맛을알으게됩니다。「나」를 알고 「남」을 알으랴는理解ㅣ 이것은 뜻업는싸홈에서 비롯합니다。

勇進主義(헤로이즘)의主唱者인 로만、로란의말을 빌으면 「空虛」와 싸호라는生命입니다、無와 싸와서有를 엇드라는것입니다。 다시 나아가말하면 그야말로 理解와힘을 가진 生命의生命이며 어둡은 밤을밝이는燈불이며、永久한빗입니다、生命에서의眞理、眞理에서의사랑、사랑에서의理解ㅣ우리의싸호는것은 이것을 엇드랴는것입니다。이싸홈은 끗이업습니다。죽는날싸지 싸호와도 끗이업습니다。그리하고싸홈에서 慰安을 엇습니다。人生은 싸홈의刹那에서 싸홈의刹那로 옴기여갑니다。그옴기여가는刹那刹那에서 生命은進化되며、無限으로 發展、向上됩니다。生命을위하야의싸홈의目的은 靜的이아니고 動的입니다。가장勇氣잇는 봄우에 거름하야봄을 피우야합니다。바람이 불든가、물결이 것츨든가우리의勇氣만은 잇서야합니다。Current of action에서 突進하는사람이라야합니다、왼世界는 그러한사람으로말미야서 나아갑니다。世界는 어둡습니다、가만히 잠들엇습니다。

업마아니하야 우리의理解를 찻는사홈에서 새쏫이 피겟습니다。하고眞正한『나』를 土臺로하고의理解를 가진生命의사랑으로 만미야서 우리의모든悲痛、不幸은 업서지고 아니 업서지는것이 아니고、理解으로의사랑이 깁하시면 깁하질사록 모든悲痛、不幸의늣김이 잇디지며、『悲哀를 넘고의歡喜』의 幸福스러운웃슴이 웃시입니다。이것이 우리의압헤 버려노흔 보이시인는『不幸』의쏠에서 廻避할수잇는 길입니다、살아서 平安이며、生命의밝은길입니다。

兄ㅣ

限엇 밤이 [illegible] 어느덧점으려지며 어둡으러합니다。익기곱 부드러운바람은 어린나무닙을 가만히 흔들며、한가히 지내갑니다。나는멋슥새팔한 어린희미수에 안젓습니다。알으시는바와갓치 여긔는 都會의바람이 밋지못하는 싀골의 외따른곳입니다。都會의 요란한 부르짓즘이 업슨代身에 寂靜한單調ㅣ 아가야都市의 요란한부르짓즘처럼單調함이 업지만ㅣ의맛이 싀골아니고는 맛볼수업는『黃昏의淒凉한배바람』으로 말미여서 새여집니다。生活에 쫏기여가는農夫의맙자최의소리、어미를 찻는송아지의울음소리、여긔서 저긔서 들니는갑소리 들비이름의소리、黃昏의 밋기를 찻기에 바밧바하는小鳥의소래 탐의 한가한울음소리ㅣ、和蕩하야 쫄음이쪽쪽오는自己의魂까지 니저바릴만한봄날에도 이러한 黃昏의 뒤숭숭한靜寂은 살아단니는것인가봅니다。한데、나는 아모리한써럼과 아모리한未安도업사 안젓습니다、아마나의 안즌자리아래에는 내의履道를 밧아 죽는버레가 한아、둘만이 아닐듯합니다、다사한맘을 못가진나를 원망을할지도몰으겟습니다。한데「사람처럼 모든 惡의안에서 가장惡하고 곱흔맘도업고 아름다은말도 몰으는殺伐者는업습니다。雖覺人生이란無Satiricalness니다」한것이 兄인듯합니다。나는 닛지아니하고 멋슥엿記憶합니다、果然그럿습니다。내의한쎄의粹興으로 맘미야서 얼마나만히 비레는 그앗가운生命을새앗기엿겟습닛가。사람의無意識한、惡意업는散策의옴기는발거름의아레마다 만흔犧牲이 생긴다한것이 아마외헤인듯합니다。이말을 생각 할때에는 남몰으게未安과 부쓰러움을 늣김니다。엇지하면 사람은『나』를 쓰짓기에는 넘고 『남』을 쓰짓기에는 좁은가하는생각도 납니다。「나」를앗기며 사랑한다함은即 남을앗기며 사랑하라는것과 다름이잇겟습닛가

理解한다하는것이 이러한것이 아니것슴닛가。만일 그럿치안타하면 모든것이다 갓차거즛입니다、거즛 아닐수업다고합니다。

우리가 아츰에 새소리를 듯고서는 적어도 새와갓튼 늣김과 갓튼맘을 經驗하게되지 안는 限에서는 「사람으로의全的生活」은 업슬수압니다、다시말하면 「남」과 「나」를 난호지도아니하고 서로支配나 서로支配밧음도업시「한아」되는点에서의生活이아니면 아모뜻이 업슨줄압니다。그러기에 넷적부터 오늘까지의 나려온人類의긴살님은 적어도 「한아됨」을根底로하고의理解、「나」와「남」과를 갈이지아니하자는 갓튼生命의길을 찻즈랴고 애쓰든苦悶史라고합니다。兄이여、人生의큰길은 저녁안개에 잠기여어두으려합니다。그리하고 四圍의보지아니하는不幸의줄은 차々더 퍼집니다。밝고바른人生의큰길을걸으려하는兄이여! 이것이 때가 왓슴니다。理解와生命과 「사랑을위하야 차와야할때가 왓슴니다。

K兄!

밤은 언제밝서 깁허젓슴니다。나는窓을 열어놋고 내의압흘 막아섯는수풀을 바래보고잇슴니다。어데선지는몰으나 그윽히맑게 꼬국새 소리가들니니다。아마 지내간우리의祖先詩人의맛보든때도 이러하엿스리니 나는생각합니다。더욱밝은하늘에는 밝은달빗이 쎄뚤어보이도록 밝는데 네나、이제나또는이뒤에나 한결갓튼 씩욱하는 꼬국새의 소리는 아모리하여도 바리기어렵은閑靜한생각을 줍니다。모든것은 다고요한데 수풀은 적은소리로 무엇을 노래하며(Silhouette)모양으로 섯슴니다。하고바람에 흔들이는 나무가지는 어즈럽은뇌를 쌍우에 놋고잇슴니다。自然은 어데까지든지 어리고弱한人生의모든것을 비웃고잇슴니다。무심을줍니다。여기에 새삼스럽게 투르게네쯰의冷靜한自然、慈悲업는自然하며、길게默思하든것을 記憶하면서 나는 잠々하고잇섯슴니다。果然그럿슴니다、사람은自然과對할 그때처럼弱少함과恐怖를 늣길적은업슴니다。모든것은「끗업는自然의嚴冷」과「끗업는時間의어둠」으로들어가선 업서지는것갓슴니다。그리하고 거긔에는 아모리한容恕도업는듯합니다。兄이여。내의가슴은답々합니다、더욱 내自身을 돌아볼때에는 부끄럽습니다、힘이업섯슴니다、無能하엿슴니다、또그우에惰怠에잡히여 뜻없이 보내엿슴니다。나는 이에니르

어 새롭히 불洗禮를 밧아야하겟습니다。그리하고 새生의쏠는불에 가슴과맘을 담아두지아니하면 안될줄도 압니다、만은 내의압헤는 모든誘惑과 외임과 모든恐怖와厭倦이 모혀들어서 어데까지든지 나의가지고잇는것을 빼서가며、불내이며、비웃으며、또는깨처려합니다。에[illegible]합니기도하엿습니다。새롭은 불洗禮를밧아이미입엇습니다。兄이여、힘의손을 잡고 큰길을걸어가지아니하렵닛가。

K兄ㅣ

지내간녀름에 심미黃浦의바다가를 것다가、여러해동안 바다물에 시달녀옴밧은 닯아진돌우에 안젓든것을 아마只今도記憶하시겟습니다。적어도 너가只今까지記憶함에게는 그때에 더욱 반혼興味를 가젓든兄은 이記憶하실줄압니다。그리하고 후、르、케、네、쁘、의[illegible]節ㅣ더욱그때에 兄이 모래우에쓰기도하엿습니다、一사람은 웃슴감도아니고絶叫도아니고、또한快樂도아니고ㅣ사람은무서운苦痛이다。放蕩、永久의放浪ㅣ그것이人生의秘義며 열쇠다一한것을 엇더캐同感을가지고 읽엇습닛가、후、르、케、네、쁘、의가슴에은憂鬱의苦味가 가득하고 눈물갓치 지내간가이업는몃해를 생각하고는 人生의[illegible]無常을 쓸어하며 아모리하여도無益하다、쓸데업다、自然과 時間이 모든것을 깨치고만다하면서 灰色의世界를 실은눈물을가지고 나리다본사람中에 한아이엿습니다 그는혼자엿습니다。孤獨의몸은 낫설은異鄕에서 보내엿습니다、그러나 그에게는 굿든밋음이 灰色의世界를 뚤고 그의가슴에잇섯습니다。만일 그에게 아모리한밋음이업섯다하면 그는自殺이라도하엿겟습니다。그에게自己放蕩란것이 아모리한힘도업섯습니다。프、로、베、르와갓치 生命보다도 世界의 아모것보다도絶代로의藝術은 못가젓다하여도 그에게 모든悲痛을 쓸고의그윽한밋은잇섯습니다。

孤獨의늣김은 반듯시寂寞한것을 늣김은 아니라합니다、生命의늣김에 살아오는無限에對한有限의時間의늣김입니다。그리하고 그늣김이 가장한自己의 갑을아는때라고합니다。時間과對하야의人生을 생각할때에는 반듯시孤獨을 늣기게됩니다、이는永劫이라는것을意識하며 그압헤섯슬때에는 적다하는외롭음은반듯하고 늣기게됩니다。永劫이라는「힘」의 나타남을적은동안이라도「나」라는 찰나은안에 내나고할때에는 生物로의命으로라고하여도 놓을수업는自信을 가지게되며、또한[illegible]

[illegible] 그것은 [illegible]으로自己의 몸을 엽시하면서잇지만은、그갓治世에서自己는生와死를 더새롭게 늣기게됩니다。 그러기에 孤獨은人生에게 絕對的自己의 갑에對한自信을줍니다。 [illegible]의 灰色의가슴에 그러한自信이업섯겟습닛가。 兄이여孤獨임을 실어마시고 하로밧비 새길를 잡아절어주시겝니다。 바른길을차아야합니다。

K兄!

산다고實體하며、存在의늣김을 가진이로의 가장무섭은現實世界의生을根本으로 破壞하랴는것은죽음입니다。이무섭은大敵은、밤낫으로人生이라는弱한物件을 어두운곳으로 끌어갑니다。不可抗的이라고합니다。現世의모든「有」를 無로보냅니다。 한편으로보면有에對한無의업서져가는悲情―모든權威、온갓光榮、잇다고하는悅樂、이들모든것은 生의根本破壞者인죽음의 압헤는無能이며、弱者갓게 되아니됩니다。

自己를理解하며、남을理解하며、다시나아가서는 自己를無限으로 向上식히는路程에잇는「悲哀한生으로의 歡喜」를맛보며잇는이에게는 죽음은 아모러한힘도 업습니다。 그러한 「살음의살음」으로의生―길을 것는이에게는죽음과 괴롭음은 刻一刻으로「그늣김이 엿터짐니다、다만非歡이며、眞正한破滅로의 [illegible] 故鄉―이 갓가와진다닙니다。 죽음이 그에게는죽음이아니고 죽음이 그의生을 끝내게하는것은 生의 生이아니고 生의 션되기밧게 되아니됨니다。

兄이여、괴롭아말아야합니다、희미한世界는 차々 그빗이 것기여갑니다。 아름답은理解의빗을 새生命은 그씨를것흠은世界에 색리면서잇습니다。 사랑잇이왼世界를 멸하삽이라고합니다。 우리의새절이 키괴잇습니다、「悲哀를生으로의歡喜」―勇氣가가득합니다 바래건덴自重自愛하시겝니다、(一九一八、四、二〇)

마음이약한者에

李東園

第二信

이것이第二信이다、 네마음에깁피숨어잇난苦痛의記憶을喚起하난것이다、 이니라特別히時間을撰하야喚起식이는것이아니고、自然히가슴가온대서끌던것이다、내가今番에셔第二信을쓰는亦是第一信과갓치 文章의裝飾도目的이아니오、所謂藝術의要求도勿論아니다、내가슴에끌던苦痛을참지못하야 他個體의苦痛의有無나同情의如何를考慮할餘有도업시다만압흔마음이命하던대로自然에다文字를排列한다。

嗚呼ㅣ人生은슬픈것이다、 길지못한人生에게苦痛의聯鎖가웨그다지심한가、 나는아모리성각하야도나의現在를우지아니할수업다、 내가우난것을、나라던거美이만흔女性의一個가아니다、 오직人生을우난것이고、죄어도女子를爲하야사람의눈물을흘닌다 사람은良心의所有者로생긴것이다、 그럼으로良心을所有치못한者良心을일어버린者、男子나女子를勿論하고 이世上에서惡한者라고할가、 불상한者라고할가 動物界에一部分인사람이지만 特別히다른動物로區別하야 마치動物이라던境界線을脫함과갓치 萬物之衆에惟人이最貴라고自稱最貴를부르던것도 다른動物이所有치못한良心이란것 그것이라고한것이다、 그러나나는네게다只今良心所有存否를뭇지안고 또는그것을무러도無用이오 네게는업난것갓다다만女子난엇더케그러케惡에膽大한物件인가하던것이이내게는무엇보다도解得키難한問題로다 네가良心은업다할지라도 普通動物이所有하던 普通的記憶性은잇갓지 外出하엿다가네집을차자올만한記憶性은잇갓지、나는只今이너의良心에다무를勇氣가업고 너의記憶性에다무러본다 너와나와彼此에아지못하던個體가一時的共鳴點을엇어가지고 사랑의나라를오래동안探險하엿다、목마를때에는淸泉을갓치마시며 눈물을서로밧고아싯츠며 선々한나무그늘에서苦悶의샘을서로씻츠며 아아ㅣ三年동안의生活에變化도만엇고 苦痛도만엇다、社會의耳目을忌憚할일도만엇다、 너의집에서는웨그다지反對를하려고드던지、只今생각하면可笑롭다、 너와只今男便되던(

罰리는아모만도업시 他人의所視을避하노라고敎會의傳道師를 비숫이네집에불너다 結婚式을擧行하던그만치卑劣한네의家庭에서、내게對하야서는 웨그다지잔말이만흔지、如何間이만치困難이만턴사랑을三年동안繼續식이노라고 彼此間에남모르난눈물도만이흘던고 가슴이압흠써도만이이섯다、그런데그만치苦痛이잇던사랑의報酬를사랑하던其時도맛음이러엇다、二人間에幾千里의距里를두고花朝月夜에靑空을바라보며思慕하노라니、나의사랑은始作부터破壞을當할째싸지苦痛의連鎖이엇다、 아아ㅣ이世上에모든苦痛은忍耐하려는사람은그苦悶을잠재우던말이苦盡甘來라하더니 너와나와사랑의境遇에異常스럽게도文字와갓치苦盡困來가되고마릿다、 아아ㅣ苦盡甘來도참기어렵다고將來의甘來을苦待치못하야人生을戕賊하거든況苦盡甘來의나의今日이야、 네가只今에잇섯生活을하던지分明히아지못하거니와 風聞의消息을綜合하야보면 너는아모苦痛도업시安樂하게지내난것갓다、 나는너의現在의苦痛업는生活을咀呪하지도아니하나特別히羨望하는것도아니다、數月前에엇썬親故로서이런편지를맛엇다。

「오래隔阻가아니엇스나 오래진것갓치생각이됨니다 今에一言을告하려함은 貴下의現在個體的苦痛에잇섯點에는中心의하나의되엿다하던其女性을昨日鍾路警察署안에서만내슴니다 上京의理由를무르닛가自己妹의男便이拘引을當하얏슴으로 그것을좀아라보려고왓다할데다、 그는손에金반지를둘식이나씨고하이마라가만이되엿고 얼굴도파리하지아니하엿섬데다、그런대貴公은웨그러케혼자苦痛을當하십니가 그苦痛을自取하심이아님니가 第三者의痛嘆이업던冷情한批評과近似하갓지만 저는日當에貴下의苦痛의多大한同情을하던바 昨日에意外에그女性을만내고 貴下에게이런말을하려라던생각이낫슴니다、 이런말은하던것이貴下의苦痛을더刺激식이려함이아니오 오즉反省하시기바램이내目的임니다」 이편지를맛고 나는簡單하게이럿케廻答하엿다 勿論주신편지을嘲笑的으로나批評的態度로쓰섯다고난 생각지아니하오나 이것의觀察點이나와大差가有함을 貴下에게反問하나니다、그女子의現在의安樂이아모苦痛도업다하야 果然良心잇던者의所爲라하갓슴니다、萬若苦痛의對答을주시면 나도今時抑志의安樂을가지리라、 나는이럿케생각합니다其女子의無暗苦한良心이업던者의所爲一步를더進하야말하면惡魔의所爲나의苦痛을良心잇던者의우름사람의우름이라합니다、 나는惡魔의安樂을取하기보다사람의우름

을撰하랏니다 이것이 내의 對答이 잇다、 이너의 安樂은 惡魔의 우슴이라고 나는 名命하엿다、 우리의 生活에는 過去의 印象이 깁히 되마이엿것이다、 슬푸던 過去며 苦痛의 印象깁혀던 過去며 愉快의 印象、 네 미리 가운데는 너와나와 사랑하던 엿젼田境이 마이 엿니、 良心의 苛責이 업슴도 사람이라던 範圍外에 行使 대하갓기 든 萬若이 런 印象의 記憶 싸지 업다 하며 너는 腦髓를 所有치 못한 一個千古의 未命有한 怪物이 더고 더니 歲은 昔時希臘과 羅馬의 神話에나 나갓흔 怪物도 잇더서 나는 只今 根底브터 破壞된 사랑의 敗跡에 안젓다 네게 한가지 平生에 원망되던 것은 또 하나이것이다 네가 사랑을 背反하려기든 時間이 나 한번 反省하야 본지、 네가 昨年四月에 入獄한 것은 네 一生에 決코 榮光도 아니며 同時에 卑見한 大自日을 다시 보지 못할 罪人도 아니엿고 또는 社會에 對하야 面目이 업던 破廉恥罪도 아니엿다、 그러나 肉體의 苦痛의 餘燼이 남녀 왓던 것이다 그런대 나는 사람의 生活도 브터 享有한 部分을 다 强務을 當하고 饑慾下에서 마디면 한 苛苦을 겨우 마러브고 苦痛의 時間을 兩손에 의 몃 동안에 일즉은 나의 苦痛을 半分아나 負擔하고 나의 同情者의 第一人이 保護者의 第一人이오 사랑하던 者의 第一人이오 平生의 苦樂을 半分以上한다고 盟誓을 하고 밧談을 하던 네가 그 세에다 른

男子의 가슴에 안기다니 이것을 意外라고 할가 奇想天外라고 할가 우리의 生活가운데 不理解한 部分이 만코 한던 너의 態度처럼 不可解理의 것은 업섯다 나는 獄안에서 하나님의 新禱도 런 것이 無限이 後悔가 싱진다 맛치 하나님을 속인 것 갓해서 또는 하느님한테 嘲弄을 當한 것 갓해서 네게 너를 爲하야 눈물의 新禱를 獄안에서 드렷던 바에 惡魔난 拍掌大笑을 하엿슬 것이다 너와 나의 사랑이 破壞된 今日에 내게는 數업난 變化가 만이 싱 것다 모든 것이 悲觀에 色調을 帶하고 暗黑에 못첫다、 其中에 第一顯著한 變化의 一은 今日 내의 게 對한 女性觀이다、 나는 女子을 보면 無限히 輕蔑하고 십다、 더구나 社會的 福利와 公的 生活에 不可相離할 關係가 有한 朝鮮女子난 全體가 내 눈에는 仇敵과 갓치 보인다、 이것이 果然 偏狹한 者의 所爲라고 自認하면서도 나의 모든 理性은 이럿케 一時에 興憤된 感情下에 壓倒가 되엿다、 그럼으로 日常의 談話中에나 詩나 몰 試作하던 文章中에도 女子에 對하야 조금도 同情을 가지지 못하고 自然히 仇敵의 態度을 가짐이 잇다 或時는 수意識中에 女子의 行爲을 批評하다가 我에 歸하야 가지고 後悔을 마지 못할 도 적지 아니하다、 바다의 물을 한 줌 맛보고 다 짜다는 것도 特別히 大過난 업갓지만 물이라던 全體가 다 짠 것이 아닌 것 갓치 너와 갓흔 良心을 所有치 못하엿던

女性의하나으로女子全體를보던標準이 變動한다하면 나의感情을分感치못하던他의個體들을 非難도할것이다만수이글을쓰고잇는동안에、 나는無限히徒勞의感이가슴에너리난대、 너갓흔籍物귀에는 내말이한마대가들어갈수업고 滿天下에만은사람이 이글을읽고나에感情에百分의一이나엇던、 사람인뎌엇기를바라갓나 아아ㅣ사람이라던兩個體의사이에는 참말글로形言할수업던大洋이가로막엿다 以前에는말을第一잘理解한난사람이 이世上에잇다하면 네가其第一人이라더니 只今은正反對方向으로世上사람이 다나의感情을理解하야주지못하는가운대너는其中에도第一理解치못하는사람이되고말엇도다 이다지도애답은사람의生活을나는無限히恨嘆한다、 나는또今日까지에너를詛呪치아니하려난努力이힘드던것이하나이다、 우리가우리에게罪지은者을赦하야줌과갓치 아리의罪를용샤하십소셔하던것이 基督敎信者의信仰生活의 憧憬의一이넛가 내가東京가슬때에 내目前에 너와C를握手식히고하나님한테祝福을비럿다 그것은果然나의獨斷이라하면獨斷이고或은意氣업는男子의行爲라하면그럿키도할것이다、 判斷의如何난내가一々干涉하던바가아니려니와如何間나는네게對한 모든敵仇心을업시하려고적지우나한努力을하고잇다 그러나한便으로周圍의消息을綜合하면너는참말 아모고로움이업다난것을드른즉너의安樂을세아스려는 野心으로나오난請忠心이ㅎ니러너다너무도無神經하고無良心한것이내게不平이된다、 可憎하게싱각날때가 만히잇다、 C가日常得意로便用하던話句가「原狀復回」은不可能이라하더니 참말너와나이도世上에서다시C가便用하던 原狀回復은不可能의不可能이다、 그럼으로비게잇던靑緖은다시잇서게잇난希望이조곰도아니고 다만追古의눈물이오女子를우난사람의눈물다。

아아ㅣ밤은깁퍼가고 嚴冬의封鎖로三田다믜는소리업시地面에서리진다 이것이萬物을發生식여라던思兩인것이다나는더비방슬슬하나식동의서여면서갈수한沈默가운되거지안젓다、 나는아직도大地우에서彷徨하년靑年이오너는벌서、 그사람의所有物이되야 이버니되기를準備하엿다、 아아ㅣ人生이애답다고나는탄건題나의將來는한에쓰지만너는벌서賢妻되고賢不賢은問다라할지라도너는 임의妻가되엿스니인제는良問問題면너의地上生活은그만이고인케하나남은것은葬式이요나너는죽어서어뫼其同墓地에무친던지모르거니와 나너가죽으면갓치大地로도라갈것이다。

八十萬年後의社會

하벨렉웰쓰 原著
金白岳 譯

一、造化의理想應用

「될理致가업다」고생각하던것도될수가잇으니 이것이 即文明이다。「아이!夢中旅行!그런일이야꿈에나할던지모르지만 또다시不能일것이라」고누구나생각하여슬것이다。그러니요즘날은 夢中旅行도 그다지힘드지안케맘대로하게되엿다。「무어!八十萬年後!그런일을잇더케알수가잇서?」하면서 博士의親舊들은우섯다。그러치만博士는「八十萬年後의世界에 旅行하여서갓다오게되면 알수잇지안갯소?」하고대답하엿다。一同은荒唐으로만생각하는고로「아ㅣ그갓다오면알수잇지요!」하면서또우섯라。그中에한사람은「그럿쿠말구!星世界에旅行을하게되면、星世界의일을알수잇으니깐 八十萬年後의社會라도 旅行을하여서갓다오게되면 알수잇겟지만은!」다음에또한사람이말을니여서「그럿치만 그旅行하는方法이업으니깐結局은不能이외다!」補充을하엿섯다。

이談話는 數學博士의집晩餐會에 招待를밧은學者여슷사람이 晩餐을畢한뒤에 煖爐를둘너안자서閑談으로하는니야기엿섯다。여슷사람은閑談으로만생각하지만은「될수잇다」고하는數學博士는 확실히自信하는말이니 참으로「未來世界에旅行」을主張한것이나博士는지금까지에 「사람으로는도뎌이할수업다」는것을여러가지發明하엿다。果然놀만한天才이다。그의天才는누구나다承認하지만은 未來世界라든지 過去의世界에 旅行을할수잇다는 그말은밋을수가업슬뿐안이라、생각지도안아슬것이다。

博士는말하엿다「이제부터 實驗의端緖를보여드리기爲하야。내가이旅行을생각하게된처음부터 니야기하리다。諸君「神秘」라고하는것을압니싸우요?」甲「아ㅣ사람이「神秘」에맛난다는말이녯사람의니야기로는잇지만은」乙「무!어녯사람뿐이안이지!數年前어느地方中學校先生平、、、라지벋이란이가 神秘에맛낫다는말이

新聞에낫섯지? 그래世上에서 몹시셰든일이잇기는잇지만은……」

博士는아조滿足한表情으로대답하엿다。「올소! 그造化라는그것이, 내硏究의처음이요! 대개造化라는것이무엇이겟소? 現在사라잇는사람이 突然이없어젓다가 數日만에아모相關도없는 딴곳에나타나는것이니 그사이에는當者그사람조차 自己가어듸가서잇섯는지 모르는것입넨다」乙「올습니다、그럿습니다。그쪽、라、지、밸이란敎師는 敎室에서生徒에게講演을하다가生徒들눈압헤서突然이없어젓다가 限一週日後에또突然이그隣村밧가운데서낫하낫다하되다。참말그當者는며호의게홀녓든사람처럼 어밋〳〵하고눈이멀거니잇더라지요?」

博士「그것이그미로造化라고하는것이지요! 實노그사람은一週日後에旅行을한것이외다。그래서一週日後가되면 自然이身體가나타나는것임넨다」듯든사람도점〻귀를기우리게되엿지만博士의말의意味는分明이몰낫다。

博士「나는 그쪽、라、지、넬氏를맛나서 實地談을듯고그때부터「航時機」發明에着手를……」丙「이同時에「무어!「航時機?」博士「네! 航時機라는것은내가지은일

홈인대、이것을타게되면 過去의世界나未來의世界을맘대로 단녈수잇다는말이외다」一同은博士에게홀녀싸지지나안엇나? 의심하엿다。

二、飛行機에對한航時機

博士「암만해도 諸君은아직도疑訝를하는모양이구려! 자! 우리가地球의表面은 東西南北어듸든지旅行할수가잇지요! 그러나飛行機가생기기前싸지는 空中旅行을할수없엇지만 그것도只今은할수잇습니다。一萬尺以上의大空에도 乘降할수잇으니 空間上下로旅行할수잇는現代에잇어서 時間을前後로旅行할수도잇슬것이외다。다만거긔에도機械가必要하니 空間을上下에旅行하려면 飛行機를使用하여야지요! 그런데時間을前後에旅行하는機械가 卽이航時機라고일음하는것이외다」甲「글세요! 航時機! 일홈은아랏습니다만은그機械가? 實物이아직되지를안앗스니깐… 그것이遺憾임니다。」博士「예! ― 그實物을맨들기에 내가滿七年을허비하엿소!」이말을듯고는누구나普通의弄談이라고는 생각지안케되엿다。博士는熱心이 그얼굴에나타나보인다。

「實物」이라는그말에는 一同이놀나지안을수없엇다只今싸지아모말도하지안코 잇든戊學士도「참! 정말

그機械의實物이되엇슴니까?『博士「實物과雛形이다되엿소! 오늘밤에그雛形을가지고 實驗하야 여러분씌보여들이려고請하엿소!』—

博士의오늘날까지에 놀낼만한여러가지의發明한것으로써헤아려보면빈디시거즛말이라고는생각할수없엇다。博士는더욱一同이밋을만한證據를 充分히하려는듯이『내가아희쩍에 내친구하나이 造化에맛나는것을보와는데 그는나의同年輩十四歲의少年으로서! 어느날나와손목을잡고이야기하면서 郊外에나가散步하다가 突然히내손을노코어듸로갓는지 없이지고말앗스니 實로(不可思議라고할수밧게없지요! 그의父母도놀나고 洞里사람들도놀나서 차즐수잇는대로는다차자보왓지만 結局은無効가되고말엇는데、그다음限一週日지난뒤에얼핏하게그當者가 山기슭으로어정〳〵도라옵되다 洞里사람들은아마 山에숨어잇든게라고그럽되다만은其時에내가그當者의게 여러번무러보왓지만은『엇더케되엿섯는지모르겟다』고自己가스사로의심하는外에는 別로대답을하지안슈되다。그後얼마잇다가病으로죽엇지요! 나는그쌔에아희엿지만은 『造化』라는것은確實히只今時間보다 後의時間에旅行하는것이라고밋고 그後에學問은모도이時間旅行問題를 解得하라는目的에集注하든中에、神이나의게이問題를解得하게하시려고그랫는지는모르지만은 나自身도造化에맛나보왓소 그러나아조短期 겨우三日間나는확실이後의時間에旅行하엿슴으로 나의이經驗으로써 모든疑問을풀게되엿소?』『同學士는여기까지듯고는무엇을처음으로쌔다른듯이『아! 先生님이第四側面의數理를發明하신것도 이까닭이심니다그려!』『博士「올소! 그러나그일은 오늘날누구나모르는이가없으니한 다시말할必要가없지만은! 잇재스나그쌔부터나는잇쌔는지사람이空間을上下에旅行할수잇는以上은 時間을前後에旅行하는것도안될수없아겟다는確信을가지고 航時機發明에從事하야 考察이거의成立되랴는쌔에 죄쭈、、、라지멜氏의造化가잇섯슴은 내게對하야天祐라할수잇서습니다나는곳쭈氏를차저가서여러가지로質問을하여본結果쌔다른것이만엇서요! 그쌔서그쌔부터航時機製造에着手를하엿지만 그것이다되기까지는七年을허비하엿소!』이것는누구나 博士의말이참인것을 의심할이가하나도없엇다。

三、一時間에十萬年의速力

博士의實驗談은넘어나 異常함으로 참말一同은놀내엿다。

博士는몬저丈一尺、幅五寸쯤되는雛形을갓다가室中央에잇는데불우에노앗다、材料는茶褐色의合金이요構造는大部分이싸여(包)잇슴으로 잘알수는없으나 外面에나타난部分에는 여러가지計數器가붓터잇는듯!鞍、舵、輪等도잇스나 타기에씩죠케되엿다。異常한여러가지機械로된고로 다른엇써한것에든지 比較할수는없지만은 精巧함와堅牢함을兼備한것은 엇는보와도알수잇스나、다만原動도엇써케잇는지 알수업지만은세여잇는가운데發條와갓튼것이잇는듯하다。博士는말하엿다「이것이卽航時機의雛形이요!果然時間을旅行하느냐?못하느냐?實驗을하게되면 이雛形은없어지고맙니다」甲學士「엇재서그럿슴니가?」博士「이機械가 只今이라는只今의時로부터未來의世界에나라가고말터이니까요 마치사람이造化에맛나는모양으로諸君의눈압에서忽然이없어질터이니……」乙「요술쇠련……」丙「나라갓다가 그時가오면다시나타날수잇겟슴니가?」博士「아니요!이것은단지雛形임으로 사람이할수는없오니깐 한번出發하게되면며출수가없어서限定없는未來에나라가고맙니다!」「그럼方은한時間에며몃나」博士는微笑을하면서「네!空間을東西나南北으로旅行을하게되면 몃數로計算을하겟지만은 時間을前後에旅行을하는데는 몃로는말할수없오나!엇잿든一時間에 十萬年을가는計算이외다」丁은놀나는듯이「예!一時間에며!十萬年……」博士「그럿소!」戊「몃해後에든지 停止식길수는없슴니가」?博士「네그年代을計算할만한數字가잇을것가트면 適當한年代에進行을멈춘다하여도죠치요!」甲「그러면只今부터數萬年以前의世界에든지 또는數萬年後에모든狀態를구경하고、도라올수가잇다는말슴임니까?」博士「無論그럿치요!그것이이機械의目的이니까……」一同은博士가넘어나自身力이强하다고 서로눈짓을하고잇섯다。

博士「자!實驗의着手하봅시다。諸君의疑念이남지안토록하여틀림것이니 雛形을똑븟들고잇스시요!내가出發針을며리까지……」指示하면서「여리까지틀어노케되면 이雛形은곳造化스럽게없이집니다」六人은半信半疑하지만은 엇재소나雛形에손을모아서똑븟들고멀두눈동자는 쌈작거리지도안코하雛形만보고이섯다。엇는생각하면요술갓타서무십기도하지만은참은참이다。그때에博士는出發針을틀엇다。造化!造化해도참말造化中에도造化요 異常한中에도참異常하다。그針이預定하엿든곳까지가고보니「지!」하고가는소래를남겨노코 雛形은없이지고말엇다。六人의손은

아무것도없는데불우에 휙々쉬리질한이다。博士「이것이造化와갓소! 벌서雛形은몃百年의未來世界를 나라가습터이외다」

四、機械와博士가다없어젓다

果然未來의世界에나려가는지? 안이가는지는모르지만은 左右間航時機는 造化와갓치없오지고말앗다。十二의눈동자가직히고잇서스니 다시의심한것은없이되엿다。

博士는다음에一同을自己의細工室에案內하엿다。여긔는雛形보다明倍나더한實物이잇다。博士는意氣가揚々하야 아조滿足한드이「이航時機는 나한사람의손으로맨든것이외다。發明의秘密이남의게 알녀질危險이잇는고로 아모도使用치지안코……」乙學士「안이요이秘密이야 몰노 博士와갓튼天才가안이면 도뎌이알수없는것이외다」丁「참말외갓튼天才는 世界에없으니까누구든지그秘密은모뢰할수없다고 饒若합니다」甲「이機械는벌서實驗을마초신것임니까?」博士「예! 機械의竪牢을시험터고 다는변습을하기爲하야 原은二三回、數萬年後의社會에갓다와지만은 이번에는아조觀察할目的으로出發하렴니다。갓다와서는諸君의게報告하겟소! 참만人間社會는數萬年後만해도 可驚할狀態를呈하엿는데 數十萬年後는엇썬狀態일던지……」

博士는니야기하면서 校에거러안자把柄을쥐고「이모양으로타는것이요! 自由轉을타는方法과대략갓지요!」丙「先生님……어느새에出發하시렴니까?」博士「氣分만조을것갓트면 明日이라도出發하겟소! 벌서服裝과行具는準備가되엿스니까……」戊「그가……참부럽습니다」博士는아조말에취하여 一同이나를도라보면서 한손을出發針에대고잇다。

博士「今日以後에 電話로무러보와서 만일내가집에업다고하거든出發한줄아르시요!。집에는어느村에旅行을한다고만말을하고! 限三四日後에는도라올터이니……」丙「今싸지아모말도하지안코 안자엇든己學士「그럿치만先生님이 입이면슈하시노라고 航時機를타서술그새에보시고·오신것만이라도잠간말슴하여들녀주십시요 비록一瞥間이라도좃습니다」戊「그럿습니다 우리는人類의이文明이라는것이 果然우리를幸福스럽게하는지? 或은不幸으로引導하는지? 大略만이라도알고십습니다」博士는아조滿足한듯이「그러면내가瞥見이지만은 特히提當하게成說된것만말하겟소! 何고未來의世界에는무엇이러고 비유할수업는意外의일이잇어요! 내가두번재旅行에……」니야기를채마초기前

에出發針을쥐고잇든博士의손은 不知不識間에出發點까지그針을돌녀노왓다。機械는博士를태운대로「쇠ㅣ〇」소리를남녀노코는 博士와갓치忽然이없어지고말엇다。아！博士는出發의準備도업이 다만니야기에취하여그릇出發을한것이다。

五、灰色의天地를突破함

突然이博士가 航時機와갓치없어지는양을본六人은말이나오지안으리만큼놀내섯다。博士는임이未來의世界에나라가고말엇다。

그럿치만아모準備도업이出發하엿다。다만出發針에대엿든손이、不知不識間에出發點까지 無意識的으로돌녀노은까닭에 私情업는機械가 나라갈뿐이엇스나타고잇는博士도무론크게놀나슬것이다。

이러케생각하면 또한가지근심이 六人의가슴을두근거리게하엿다。그럿치만잇지할수업는고로 한時間은눈이멀거니안자서。쳐다보며 議論이분々하다가六人은놀니고怪異하고 걱정스러운생각을품고 各々헤여저집으로도라가고말앗다。

그잇흔날아츰에 六人은누구나다昨夜의일이 꿈이아닌가？의심하고 여러가지로생각하여와스나 꿈은안이요、確實히博士는航時機라는 異常한機械와갓치없어진것이다。그럿치만이것이 博士가우리들속인것은안인가？…올타！一種의魔術하는方法으로 突然이機械와갓치 몸을숨긴것이다。우리가晩찬먹을때이스을먹은까닭에 醉하여서밋기어려운說明까지 밋엇는지모르겟다。아모리進化의理致를硏究한다하여도 時間을前後에旅行하야 過去의世界와未來의世界에 往來할수는업는것이라 이러케斷念을하고말앗다。

數日後에는 六人이저마다各々博士의魔術에 속은것、이리고結論을하엿지만 博士의기름자가암만하여도나타나지안음에對하야는 얼마마큼不安의念은 업어지지안잇다。

그런데博士없어진것은 무론魔術은안이다。참말航時機에거러안저잇는동안에 뜻밧게機械가나라난것이다。博士自身도모르는동안에 無意識的으로다만「獨嗡을못진外에는 아모것도생각나지안엇다。차츰々마음이平靜함을살아精神을차리고「아！내가出發針을쥐고잇다가 아지못하는가운데 出發點까지돌녀노왓구나…」생각하엿다이생각을하는동안에도 機械는一時間十萬年의快速力으로나라간다。낫과밤이瞬間보다도더빨으게變하는고로 明、暗을분간할수가업이混同이되여 眼前에灰色이보일뿐이요、그밧게는아모物件

도보이지안는다。 그러나自己의몸이 大速力으로작구다라나는줄은感得하엿다。 그럿치만機械에 備置한速力計와 年代에는機械및自己의몸과갓흔速力으로 다라나는고로볼수는이섯다。 博士는치유으로「그새！엄마나왓는지?」 생각한떼는 엄이年代計가二十三萬餘年을가르치고이섯다。 다시博士는速力計를드러다보다가「아하！이거참不可思議의일이다」疑訝하며중얼거렷다。

六、나중에八十萬年後에着함

博士는 무엇을不可思議러고 중얼거리느냐? 하면 다른것이안이라。 이機械는一時間十萬年의速力이라는預算이엿섯는대 只今은二十萬年으로나타낫슴안이라차츰速力을더할뿐이다。 感覺力이싸른博士는곳解得하엿다。 마치、空中으로쉬떠러지는 物體모양으로漸々速度를더하는것이나 只今은一時間二十五萬年으로서三十萬年에최흡配하여지는것이다。

그러하지만은 博士는아모것도 旅行에必要品을가진것이없엇다。 미리寫眞機械와 其他여러가지用品은적은가방에너어、 두엇섯지만은 晩찬後에드집어너여놋코不意에그만떠나버렷다。 아！不意에써난博士는 아모것도가지지못하고 다만포、켓、트속에성냥과담배가이슬뿐이다。 만일이제로二十世紀의元世界에도라가려면도라갈수없는것은아니엿섯다。 이航時機는機械의一端에一種의長槓이잇처잇으나 槓을압으로가우리치면未來의世界를가르치되 뒤로가우리치면過去의世界에가는것이다。 그럿치만博士는 엄이三十萬年以上을經過한기세에잇어서 다시背後로도라가는것도유감이라고생각하엿다。 그리고未來의世界는 文明이進步하여서사람도親切하고 무슨일의設備든지 調和잇게갈되여슬터이니 무엇이나二十世紀의不規則한物品을 가지러갈必要가없다고 생각을定하엿다。 이러는사이에도博士의마음에는 여러가지의想像이往來하엿다。 幾十萬年後의社會에 二十世紀라는大昔의人類가 가게되면반다시學者의硏究材料에도 提供될터이요 或은盛大한歡迎會가열녀서 이몸이二十世紀의일을 講話하지안으면 안될일이이슬던지도모르겟다 。그럿타살지라도 二十世紀의言語가그世界의사람의게도 通하게될는지도모르겟다ㅣ는疑訝도없지안엿섯다。

博士가두번재速力計를그쎄에는 機械의速力이一時間三十萬年以上이되여잇다。 념어쌀니가는것도자미없지만은 그럿타고急히마초게되면、危險도잇고機械에도조치안음으로 조곰식速力을수리다가 나중에는

아조進行을停止하엿다。 멋는同時에、只今까지晝夜의混濁한灰色의天地는、明朗하여젓다。 멧時間이나지냇는지모르지만은 이世界에는 낫二時쯤된듯하다。

그럿타하고 얼마쯤왓는지몰나서 다시年代計를보고는 령리한博士도놀나지안을수없엇다。 年代計의針이802701를가르처스니 卽八十萬二千七百一年에旅行한것이다。 아! ㅣ未來도未來ㅣ八十萬年도未來의世界! 엇지케되면별서人類는 다없어지고? 世界는다사劣等物의사는곳으로 되여잇지나안는가?. 하는두려움도잇지만은 엇지스나 이제부터나는 二十世紀의同胞는 누구한사람도보지못한奇觀을 이몸이혼자만보게되엿다고생각할때에 博士는一種의武士的快感을늣기고 心臟에는鼓動의音절이니러낫다。

七、兒孩는안이요成人이다

博士는참말스사로 自己를놀내엿다。 八千萬年이라면實노길고긴時代이다。 우리의아는人類의歷史는 겨우五千年밧게 溯上할수가없지만은 그五千年間에는社會도變하고 言語風俗도變하고 人生의智力은勿論體格까지도놀낼만하게 크게變化한것을생각하면 길고긴八十萬年은 얼마나人類를變化식켜슬던지 알수없을것이다。

只今까지는 다만未來의世界를본다는 것뿐생각없임으로 자미잇는想像만그리고이섯지만 實은엇더한危險에將次빠질는지 알수없는것이다。 自己의몸에는短銃一挺도가지지안앗스니 만일이世界사람이 별서人類라고는할수없는 慘酷한動物이라도되엿다하면、엇지하나하는념녀도없지안앗다。

그러나博士는 航時機에서나렷다。 「자ㅣ여긔는어된고? 航時機의舵를보면 조끔도左右로動하지를안앗스니 英國으로부터 쌔게뛰여날理由는없다。 그러면確實히 여긔는 八十萬年前의쎄、입、쓰河畔이니 卽「내가居住하는倫敦이안이면 안되겟다」고認定하엿다 博士는四面을도라보다가 넓은마당을發見하엿다。 方今비가오다가 머젓는지? 풀닙헤는이슬이배처잇다 森은보드러워서 博士의발자국과 航時機의바퀴자리가옴폭〳〵나리만큼커젓다。 쌔는初夏인듯! 日光이몹시强하다。 아! 地球나太陽은 아직그러케衰老는안은듯하엿다。

博士의눈압헤는 大理石으로쌋가세운 크다란獅身女面의肖像이이섯다。 넷날埃及에잇든스뗑、스라는것비슷하다、썩오랜것인듯! 零落한흔적도보이지만은 그가슴아래에鋼으로맨든넓은門모양의것이잇으니、과

或은그가운대무슨物件이라도 너어두게되듯하다고、생각은하엿지만、자세이아지는못하엿다。

이肖像의周圍에는 이러가지의풀과、나무가잇으니 나무에는 다롬다운맛이잇서보이는果實、꼿내는美麗한꼿들이달녀잇나。벌서이時代사람은 꼿이나열매없는無飾無能의草木은 다색아버렷는지도 알수없다고 생각하엿다。

나무들뒤에는 廣大한돌집이보인다。그큰것이야말노二十世紀에서는보지못하든것이다。아! 傳說으로毒蛇의깃드리는곳은안이요 亦是人類가사는世界이다。

그런데그집에서 綠을입고三四人의적은사롬들이、머리를내여밀고 博士를내다본다。博士는 「아! 저들이아희들인가보다!」—생각하는동안에 그들은마당에나와서 이리저리오는모양이다。나무사이로반작〳〵보이는衣服이보기에쌕美麗하다。그러나그들은 石像의것혜싸지는 오지안코限十間쯤밧게서서 博士를처다보고잇다。博士는웃는나츠로그들을對하엿다。아ㅣ그들은兒孩가안이요、참어른이다。그러면八十萬年中엔人類가저러케적어졋는지? 모르겟다。키는四尺이될낙! 말낙하다。그들은容易히갓가이오지안음으로 博士는自己가몬저 親切하게두팔을버리고 그들에게로거러다갓다。

八、어듸로더리고가는가?

두손을비러고 博士가갓가이가지만은 그들은두려워하는氣色도보이지안코 잠간동안서로쇽군〳〵속새기를하드니 도로허슴근〳〵거러나와서 博士를들너싸고 博士의모든衣服도삽아단기여보고 或은博士의손도만처본다。그들의모든態度는 어린아희들의作亂하는것과조콤도다를것이없는듯하엿다。

그들의하는대로 그냥맛겨두엇든博士는 그들을한번자서히보왓다。그들은帽子도쓰지안코 머리털은억개서지느러졋으며 신은金屬으로면든것을신엇스나 實노그들은어염부고도 弱하여보이는人種이다。얼골빗도사나운바람은쏘이지안은듯이 透麗하여옥蠟으로맨든人形모양으로보인다。萬一博士가纖拳을한번두르게되면 한검언에열이나스물을 처서넘어트리기는 容易하리라싱각하고보니 爲先이거하나은安心하엿다。그들이서로수근거리는목소래는 애요령소래와갓치자미잇게들니고、博士의게接하는 그들의손은솜과갓치보드러웟다。아! 여긔는 참으로平和의天地라고博士는自己의觀察한것으로서 스사로判斷하는同時에 입속으로중얼거렷다。

만일平和의天地라고 認定하는이世界에 이다음、博士의智力으로나 腕力으로判定할수없는 大難題가 니러나게되면、 博士가얼마나놀날는지！의문이다。

그런대博士는 그들의게自己가 八十萬年前의社會로부터왓다는것을알녀주려고 몬저航時機잇는곳으로가니벌서그들中에한사름이 航時機가에가서作亂을하고잇다、 곳、博士는그곳에가서 出發針을脫取하여、自己의衣襚에너엇다。 이것만내가가지고잇게되면 다시未來의世界에 다라날념녀도없고、 또는어린아희들갓흔이人種의힘으로는 機械를돌니는것조차 容易치안켓는고로爲先安心하엿다。

그다음에博士는 쉬운말과여러가지손짓을하여서、自己의뜻을傳하려고애을썻지만은 말은조금도아라듯지못하는모양이고 손짓은不完全함인지 더욱모르는듯하다。 그려는中에그들의數는 벌서二十人以上이增加되엿다。 그中한사람은 무엇을뭇는모양으로 博士를向하야하늘을가르치면서 사랑스러운모소래로、雷聲하는임내를내인다。 영니한博士는「아！알겟다얼마전에이世界에 雨雷가잇슨것이다。 地面이저즌것도그싸닭인듯」 하다고그의 뭇는意味를짐쟉 하엿다。

『당신이얼마前의 雷聲할쎄에하늘노부터나려왓숨니

싸웃는말이다。

博士가이意味를解得하고는 자못失望하엿다！이人種은智識조차 五六歲의어린아희와갓치幼稚하고나그러고보면 이世界에도여러가지 硏究할價値는없는듯하다고생각하엿다。 그럿치만博士는다만「그럿소！하늘노부터……」라는듯이 머리를쓰덕〳〵하엿다。그들은感心하는모양으로 여러사름이고은쏫들을 쎡거다가 博士의게주엇다。博士는밧아서옷깃에쏫기도하고 衣襚에너키도하야 感謝하는뜻을表하니 다시그들은博士를더리고 어듸인지案內를하려는모양이다

九、不可思議의이世界

博士는끄을녀가면서 속으로이人種을 人形人種이라부르리라定하엿다。 참말華麗하게엡븐人形이다。

그런데맨첨에보든 돌집드리가는門에다다랏다。 實노雄大한建物이나 技術도놀널만하게 進步한흔적이보인다。 그러나넘어오랜年數를지내엿지만 손을대여修繕을하자안은듯！細部는적지안케破損되여스니 도모지零落한모양이보인다。博士는곳쌔다랏다。「아이人種은임이人類의末路로구나！이집도몃萬年以前에文明하든사람이建築한것인데 그子孫되는이人種들은이것을修繕할힘조차없는모양이다」

이런생각을하면서 저안에거러드러갓다。 이리는크고 넓은방이잇으니 高가一尺이나되는大理石테불이 이것도여긔져긔다써러진數列노노여잇고 百餘人의人形人種이食事를하고잇다。 博士도오래空腹이엇슴으로그들의손짓하는것을쪼차 食卓에가서안는다。

博士는肉食을조와하지만은 食物은다만果實뿐이다 먹어보니가지〳〵별맛이잇서 썩맛이좃타 이것도넷적에文明人들이 이러가지方法으로 人工을加하여改良을하여서 만드러밋는것인듯하다。 그러나한가지알수없는것은果實이 씨배기도없고씨도없는것이다。 크기는엇전것이든시 한입에버기가조흐리만큼되엿다。 博士는대개그들이六七人이너머울것을 혼자서먹엇다。

食事하는동안에 그들은번가라서 博士의겻테오지만은 짓치기쉽허고疲勞하기쉬운 人種인듯! 조곰식博士의姿態를 보고는곳들너간다。

그런데博士는「未來의世界에서大段이버航時機를發明하리라」假定하엿스나 마음이幼稚한그들은 조금도새닷는힘이없는듯하다。 임이이世界는오래滴當할必要가없으니 대킥구경이나하고는 곳떠나려고마음을定하엿다。

食事가끗날채음되니 맨처음博士를案內하든사람들까지 하나식둘식다어되로갓는지 없서지고말엇다。

博士는가만이여긔서나와서 발뜻가는대로散步하여、이世界의形便을살피기始作하엿다。 어듸를물론하고花園과果樹園을兼한公園이라할만한데 여긔져긔人形人種이 자미잇게놀고잇다。 그들은노는外에 아모일도업는듯! 實노게으른者들이다。 잇다금五人或十人式博士의겻테오지만은 잠간博士의行動을보고는도라간다。 깁흔好奇心도없스러니와 解하려는마음도없는모양이다。

博士는「하!」하고異常하게녁엿다。 엇재스나더들이죄고흔衣服과신을잇써케엇는가? 하야 다시여긔져긔도라단니면서보왓지만 不可思議의이世界에는 物品을製造하는곳도、파는곳도없다。 설마博士의눈에 보이지안케만드러야두어스랴? 그들의게는이런能力이이스리라는 싱각이안낫다。

十、 없다、 없다、 아모것도없다。

만일博士가참으로자세이 이世界를觀察할마음을내여슬것갓트면 充分히여러가지의 不可思議을發現하여슬것이다。 例를들면 이世界에는 다만製造者가없고買賣가없을뿐안이라。 運搬과交通의機關이없스니 勿論車類는一切없는것이다。 집에는가마도없고솥도없으

며 犬猫나牛馬도없고 空中에나는새도없으니 든모動物이다根絶하야서 全世界가完全히人類의棲所가되엿다。그래서그人類가노는外에는다른일도업다。苦勞나근심도絶無하여 智力도업고腕力도업고奮發도업다或은이것이참말黃金世界라고하는것인지도모르겟다。年만안이라이人類에는 小兒도잇고男女의別도잇지만은늙은이는없다。或은長生不老하는지경에나르렀는지도모르겟다。따라서이世界에는葬式이란것도없으며、墓地도없다。

이런世界를異常치안타고할수잇는가? 研究의價値가없다고니르겟느냐! 爲先무엇보다도엇더한組織、엇더한方法、엇더한秘術을가지고 이런大安樂의世界를맨드럿는가! 또는엇더케維支하여가는가 만해도實노크게研究할價値가이섯다。

그러나博士는맨처음부터이世界에不滿이이섯다。自己의航時機조차理解、할줄모르는人類를相對로한다하여도자미가없으니 速키여긔를떠나서조끔前의文明이盛한時代에가보겟다고맘을定하엿다。

博士는散步를中止하고 몬저食事하든집近處에도라왓다。이집뒤에는좁흔언덕이되여잇다。博士는여긔올나가서 總體의地形을한번보고이世界을떠나리라생각을하고 언덕에올나가서 眺望하기조흔곳을定하여잔듸우에주저안는다。이때는임이해는젓다。눈압헤는크다른獨身女面의肖像이보이고、肖像압헤는自己의航時機도그냥노여잇다。肖像은西向하야잇는듯! 前面에는夕陽의지는해가비취여잇다。

博士는心身이爽快하여 담배를퓌여물고 附近을도라보니 여긔는녯날쎄임쓰河의流域이다。河筋은여러갈내에논이며 가는골작이(谷)내물(川)모양으로보이는곳도잇지만은 쏫밧果實밧에連續하여잇는大公園을그물이실노께매여裁縫한것모양으로 뻐엿닥안되엿닥하면서 흘너가는양은實노絶景이다。博士는정신이황홀하여보고잇는中에 해는아조지고어스렴달빗의世界가되엿다。博士는얼마동안慌惚하여잇다가그以上더볼必要가없슴으로「자ー이제떠나겟다」하면서 그獨身女面의肖像압흘바라보왓다。아! 이것이웬일이냐! 航時機가없어졋다。肖像압페는달기름자가처여잘보이지를안는가? 博士는눈이둥글해서머리를내여밀고자세이보왓다。그러나分明이없어졋다。(繼續)

小聞

勞働共濟會　朴重華、高順欽等諸氏의發起로數朔前부터苦心經營하던朝鮮勞働共濟會는四月三日에愈々發起總會가成立하야發起會員이數百名에達하얏는데그目的은

勞働者에改善을爲하야品性向上、知識啓發、疾病救濟職業紹介等을實施하랴한다右會에對한記者의所感으로는.

右會의委員會員이느날金剛閣에서開하얏는데무릇知識階級이나資産階級이約六割勞働階級이約四割임에不拘하고勞働階級側의理髮師尹某氏가委員會長으로選擧되야會務를處理하는데그가會長이매우會務處理에良能하얏다旣往我土의階級熱이專橫하야兩班이平民을壓迫하던時代와對照하면轉變의感이實로桑田碧海와갓다우리가임의非人道의階級主義로크게衰替하얏나니이제此를悔改하야이理髮師會長의下에서前日兩班紳士들이嚴肅히聽命함을보매我人의生氣가此에서回復되얏도다諸君들아諸君은지금自家의寂寞을恨歎치말나我人도이런神聖한主義밋헤서眞正한人道的行爲가잇기始作하니我人은장차福樂을맛으리라또右會에對한感謝는

高順欽君의熱心이니高君은濟州島의出身으로매우新進인一靑年으로이러케大將來가잇는事業을獻誠盡作한이찬엇던犧牲의士이요

劉賢淑女史의演說　우리朝鮮도이제는男女平等主義가점々實現되랴한다朝鮮女子敎育會가組織되고東亞婦人商會가組織되얏다어느날中央禮拜堂압을지나노라니그大門압헤劉賢淑女史의演說廣告가잇다그날저녁에곳그演說하는時間이다時間이됨으로어서듯고십허밥비모라가中央禮拜堂한쪽모퉁이에안젓다조곰하더니劉賢淑夫人이드러온다이夫人은그禮拜堂女子靑年會々長이라한다먼저司會가되야演說會開會式辭等을한뒤에演說을始作한다그演說問題는時代가要求하는靑年이다그런데이런말何節이잇섯다

「여러분夫人들은男便을慰勞하십시오夫人이男便을慰勞할줄모르는것가그男子는家庭의慰安을모르고지나지오…또여러분男子는妻에게너무기만하지말으서오너무거만하는것가妻된사람은또한家庭의快樂을모르고지나요…………家庭이모혀서國家社會가되는대오…」

한다演說의材料를豐富히豫備할暇隙이업섯는듯한대

그림으로傍聽人의好感을끌기爲하야종々英語나日本말을넛는다그方法의當否는姑舍하고傍聽者의好感끌기로애쓰는것은참未安하다우리女子界에도이런明快한夫人이잇슴에야뉘가讚嘆치아니하리오

孤兒院 京城有志의會合으로京城孤兒院이設立되야다이케못하는父母업고衣食업고셜며주리죽게된여러千百의孤兒ㅣ그불상한孤兒들이다살게되얏도다압흐로만흔孤兒ㅣ늘살을길을엇갓도다엇더케感謝한뜻을다表할가어느날鍾路基督教青年會館에서音樂會를하얏다音樂의속은모르면서도音樂의맛은조화하는이사람은音樂會구경을갓다音樂會도잘하는貌樣인데더욱感激할것은當日音樂會도孤兒院을爲하야慈善音樂會로되얏다또한感激할것은當日出席男女中으로孤兒院에寄附를自願하야金錢을쓰어내는데多한이는數十百圓으로計한다우리社會도이러케慈善的行爲가만하가니吾儕는우리社會의幸運을爲하야慶祝하기를말지아니한다

東京片談 東京에는熊本利平、泥谷良次郎氏等의主催로輔仁會를組織하야朝鮮留學生의寄宿舍를設置하고朝鮮留學生에게無料로寄宿舍를貸與하기로하얏는데朝鮮人留學生은時事의關係로右寄宿舍에入舍하기를不願하야아즉入舍한學生이업다고한다

上海傳言 再昨年에夫人및子女를携하고身을潛跡耶蘇에投하얏다가昨年에飄然히上海로往하얏던安鍾國氏는去四月十二日에上海에서死去하얏다。嗣子는明泰이오本鄕은平壤이다

閔氏의私立學校 海州新花面馬龍里閔氏宗中에서는私立學校를設立하야兒童敎育을힘쓰는데農村改善敎育振興의一模範이되기를期한다고한다（一記者）

돗뵈기건너서

지나간四月달에는音樂會가씩흔하엿다。五日안에세번이잇섯는데 세번이다ㅣ營利的音樂會이엇슴은如何히朝鮮人이藝術이란것을誤用하엿는가를알기에充分하엿다。學校의財政이困難하니音樂會다雜誌社에돈이좀쏠일이지잇스니音樂會다。朝鮮의音樂會는音樂自身을爲하야의音樂會가되지못하고 金錢을몹기爲하야의音樂會가되고말엇다。慈善音樂會라는美名下에서好樂家(?)의돈을쌔아사가지고는 무슨會의간조가얼마다무슨館의計算이얼마다……。

Art for art's sake이니 아리는어데싸지이몹지藝術

은獨立한것으로하여야갓다。營利的音樂會에와서여러慈善家압해서、따라랑따라랑、쌍々。생싸〳〵하며「쏠라라레라、쏠、노、니、코、맷、이니코、리、쓰니하는그네들의心理도알슈업거니와、미운것이업서서商店門에와서 한푼줍시요하고求乞하는乞人에게는纖毫갓치굴며一分을앗기면서 이러한營利的音樂會에는 五十錢이나一圓式을앗기지안는 所謂紳士淑女의心理도想像이밋지안는다▩이것도音樂會에對한니야기다。어는音樂會라고分明히말하기는좀인되엿지마는 엇더턴어는慈善音樂會의司會者가다른出演者에게는 다ー氏를붓치면서엇던女子에게對하야만「○○○女史낭반」이라한것은 참귀가반쪽할일이엿다。그音樂會에女子가貴하여서그리하엿는지、또는女尊男卑說을實行하노라고그리하엿는지、或은그女子가미음에들어그리하엿는지！▩音樂會니야기만작고하니 音樂會한사람들은가슴이두군〳〵하겟지만 입의말이낫으니마자하여버리쟈。이것도어는司會者의、니、야기다。보니三十餘歲밧기되여보이지안는데、프、럭、코、트를말숙하게닙은 美青年이다。말이싸져나가혓나와는지는모르지마는「二人獨唱」이라한것은참古今에듯기어려운珍談이엿다。들으니어는實業會社의重役이라하는데 이러한社會의重要한地位에잇는人士로서 아모리音樂의修養이업기로 이러케도無識할순은업에도볼낫다、 이러한重役이우리社會에서업기를나는바란다。그사람의념헤잇든어는靑年이「二人合唱」이라고여러사람압해서矯正하여준것도좀 채신머리가업든걸。▩四月몃츨날인가머리가납바서니럿지마는女子敎育會라고 새로히生긴會의主催로어는禮拜堂에서通俗講演會를開하엿다는데男子는傍聽을不許한다는條件下에서다。그러나東亞日報라는新聞에其傍聽記가키다랏케난것을보면必竟은同紙의新聞記者가갓든것은明若觀火다。或은同紙에女子記者가잇는지、또는 同社의콤미쓰먹은女子探報員이잇섯는지도모르지만요사이어는女子를勿論하고男女平等을論안하는女子가업고이는女性을勿論하고女子解放을부르짓지안는女性이업는데、그러한保守的、封鎖的手段을쓰면 或反對派에게攻擊을밧지는아니할는지。아니라내들으니同會々長은合衆國留學生이라는데、合衆國에서하는女子解放方法은大槪그러한것인지、나몰나하노라。▩朝鮮京城에만도朝鮮人圖章名刺業이百餘個가되리라。그런데六號活字너흔名刺하나박는집이업다。鍾路通에잇는商店이라하면大槪는朝鮮의代表者라할슈잇는데、六號活字너흔名刺하나박으랴고三十餘處를도라단니며무러보아도개

게되박이다。他른事務가奔走하여서拒絕하엿는지는모르거니와、萬若技術이不足하야그럿타하면참말寒心안할슈가업는일이다。日本商店조곰아한곳에가서무리보와도「에、요로슈고자이마스」를연방붓으는데。名刺業者들아、名刺業이라는看板을商店머리에커다랏케걸어놋코良心이붓그럽지들안하냐?。남만콤알기싸지는只今이라도곳看板을뜻어나려라。▣世界사람을다모아놋코第一責任觀念이업는사람을골느라면나는朝鮮사람을擇하갯다。日前에무엇하나注文하랴고鍾路네거리에잇는金銀商店에갓섯다。처음사람은나오든니來日된다고한다。그다음에또다른主人비슷한이가나와서사흘은걸니겟다고한다。그리알고갓다가三日後에가본즉泰然自若히안저서「그것이그러케쉽게되나요?」하고도로혀責忘한다。하도턱무희서가만히잇슬슈밧기업섯다。나흘이나더잇서야간다한다。나흘後에또갓다。亦是泰然自若!「이제야板만듬니다」가그의無責任極한對答이엿다大概朝鮮은이럿타。이와갓흔例가하로에도數百個數手게式될줄안다。責任觀念이업는國民은野蠻人이라할슈밧기업슬것이다。普通사람에게도責任觀念이라하는것이頂하기싹이업거늘하물며、商人에잇서서랴。朝鮮사람特히朝鮮商人은좀더責任觀念을가지도록하라。

▣音樂會에서엇은印象이다시쓰사올나한가지더쓰랸다日本女人들이나와서琵琶를뜻엇다。日本人에게는모르지마는朝鮮사람치고는누구하나죠와할사람은업겟다。그이들이神奇한것과 또는히야가시할生覺으로 한번하고나려올때에 聽衆은一齊히拍手를繼續하엿다。當者네들은自己들이잘하야그리하는줄만알고意氣揚々히나려왓다。그러나쏫칠줄알엇든拍手聲은漸々勢力이더하여간다。자ㅣ인제는야단낫다。練習히가지고온것이싹、하나뿐이다。그中第一나희만히먹은先生비슷한이는얼골을붉키면서「사、고맛다요」한즉、弟子들은덩다라서「고맛다와」「고맛다와」를連發하면서갈팡질팡엇질줄을모르는樣은참近者에두믄奇觀喜觀의비범이엿다。

(睨眼生)

서울 (전2권)

인쇄일: 2022년 1월 15일
발행일: 2022년 1월 30일
지은이: **장도빈**
발행인: 윤영수
발행처: 한국학자료원
서울시 구로구 개봉본동 170-30
전화: 02-3159-8050 팩스: 02-3159-8051
문의: 010-4799-9729
등록번호: 제312-1999-074호

정가 200,000원